Queue de poisson

DU MÊME AUTEUR

Aux Éditions Denoël

L'Arme du crocodile, 1994
Strip-tease, 1996
Pêche en eau trouble, 1998
De l'orage dans l'air, 1999
Jackpot, 2000
Mal de chien, 2001
Fatal Song, 2003

Chez d'autres éditeurs

Cousu main, Albin Michel, 1991
Miami Park, Albin Michel, 1994
La Souris aux dents longues, Buchet-Chastel, 2002
Chouette, Gallimard Jeunesse, 2003

Carl Hiaasen

Queue de poisson

roman

Traduit de l'américain par Yves Sarda

DENOËL

Titre original :
Skinny Dip
Éditeur original :
Alfred A. Knopf

À la mémoire de Warren Zevon

Remerciements

J'exprime ici ma vive gratitude à Esther Newberg, Liz Donovan du *Miami Herald*, Bob Roe de *Sports Illustrated*, Burl George, Nathaniel Reed, Sean Savage, au capitaine Mike Collins, au mystérieux Sonny Mehta, à Barb, ma tête de mule de sœur, à Fénia, ma formidable épouse et au Dr Jerry Lorenz, l'un des nombreux héros méconnus des Everglades, pour leurs conseils, leur enthousiasme et leurs talents divers et variés.

Ceci est un ouvrage de fiction. Tous les noms et les personnages en sont soit inventés, soit utilisés fictivement. Les faits décrits ici sont en grande partie imaginaires, sauf tout ce qui concerne la destruction des Everglades de Floride et les huit milliards de dollars consacrés à tenter de sauver ce qu'il en reste.

1

Par une fraîche soirée d'avril, sur le coup d'onze heures, une dénommée Joey Perrone passa par-dessus bord du M.V. *Sun Duchess*, un luxueux paquebot de croisière. Chutant en piqué vers l'Atlantique ténébreux, Joey était trop abasourdie pour paniquer.

J'ai épousé un bel enfoiré, se dit-elle, fendant les flots, tête la première.

Jupe de soie, chemisier, petite culotte, montre-bracelet et sandales arrachés par le choc, Joey ne perdit pas connaissance pour autant. Tu parles. Elle avait été cocapitaine de son équipe de natation à l'université, une précieuse notule de sa bio que son mari avait négligé de relire, aucun doute là-dessus.

Bercée par son sillage mousseux, Joey regarda le *Sun Duchess* gaiement éclairé s'éloigner à toute vapeur, à vingt milles marins/heure. Un seul passager sur les deux mille quarante-neuf autres présents à bord était évidemment au courant de ce qui venait de se passer mais il n'irait le raconter à personne.

Salopard, songea Joey.

S'avisant que son soutien-gorge lui ceinturait la taille, elle s'en libéra avec force tortillements. À l'ouest, sous un dais de douce lumière ambrée, la côte de Floride était visible. Joey se mit à nager.

Si les eaux du Gulf Stream étaient un peu plus tièdes que l'air, un vent vif soufflant du nord-est soulevait un clapotis brutal des plus inconfortables. Joey trouva son rythme. Pour s'ôter les requins de la tête, elle se repassa les événements marquants de la semaine de croisière écoulée, qui avait débuté de façon presque aussi peu prometteuse qu'elle venait de s'achever.

Le *Sun Duchess* avait quitté Port Everglades avec trois heures de retard après qu'un raton laveur eut piqué une crise de folie furieuse dans les cuisines. L'un des chefs pâtissiers avait coincé de haute lutte la bestiole écumante et bavante dans un bidon de deux cents litres de crème de goyave, mais lacérant les bajoues du bonhomme, elle avait détalé en grognant dans les profondeurs du navire. Arriva là-dessus une équipe de capture du service de contrôle animal de Broward County, flanquée d'inspecteurs sanitaires et d'urgentistes. On réconforta les passagers évacués à coups de boissons au rhum et de canapés.

Plus tard, pendant la remontée à bord, Joey avait croisé les agents du contrôle animal qui redescendaient péniblement la passerelle, les mains vides.

— Je te parie qu'ils n'ont pas réussi à le capturer, avait-elle chuchoté à son mari.

En dépit du désagrément causé par le raton laveur, elle s'était surprise à prendre parti pour le petit polisson paniqué.

— Pense à la rage, lui avait dit son mari d'un air entendu. Si jamais cette vermine lève une griffe sur moi, je deviens proprio de cette compagnie de croisière.

— Oh, Chaz, ça va.

— Dorénavant, appelle-moi Onassis. Tu crois que je plaisante ?

Le *Sun Duchess*, 255 mètres et quelques, pesait un peu moins de soixante-dix mille tonnes. Joey tenait ces détails d'une brochure trouvée dans leur cabine de luxe. L'itinéraire comprenait Porto Rico, Nassau et une île privée des Bahamas que la compagnie avait achetée (selon la rumeur) à la veuve d'un trafiquant d'héroïne, qu'on avait découpé en morceaux. La dernière escale avant que le bateau ne revienne mouiller à Fort Lauderdale devait être Key West.

Chaz avait choisi lui-même la croisière, clamant que c'était un cadeau pour leur anniversaire de mariage. Il avait passé le premier soir sur la plage arrière à slicer des balles de golf dans l'océan. Au début, Joey avait été contrariée que le *Sun Duchess* offre un practice, sans parler d'un faux mur d'escalade et de courts de squash. Chaz et elle auraient pu rester à Boca Raton et faire la même chose.

Tout aussi absurde était le salon de bronzage du paquebot, qui connaissait des embouteillages dès que le ciel se couvrait. La compagnie de croisière tenait à ce que tous les passagers rentrent chez eux soit dorés, soit cramoisis, preuve de leurs sept jours passés sous les tropiques.

En fin de compte, Joey se retrouva à escalader le mur de fausses pierres et à profiter plein pot des autres équipements, même du bowling à deux pistes. L'autre possibilité était de boire et de manger à s'en rendre malade, la gourmandise étant la principale source de distraction pendant une croisière. Le *Sun Duchess* était réputé pour ses buffets « chair et poisson » vingt-quatre heures sur vingt-quatre, et c'était ainsi que le mari de Joey avait tué le temps entre deux escales.

Sale porc, songea-t-elle en plongeant pour se débarrasser d'un agrégat d'algues qui s'était enroulé autour de son cou comme une guirlande de Noël détrempée.

Chaque matin, le soleil avait beau se lever sur un nouveau port rutilant, villes et marchés pittoresques étaient similaires jusqu'à la nausée, comme si une franchise les avait conçus pour mieux les gérer. Joey avait fait de sérieux efforts pour se laisser charmer par la poterie indigène, mais la plupart des pièces semblaient de la main d'artisans de Singapour ou de Corée du Sud. Et puis de quelle utilité pouvait être une conque marine géante, retouchée maladroitement au vernis à ongle ? Ou encore une noix de coco évidée arborant le portrait du prince Harry peint main ?

Le rôle de touriste était si insipide et accablant que Joey s'était surprise à attendre avec impatience la visite de « l'île vierge privée », comme la brochure en faisait l'article. Pourtant, la chose s'avéra démoralisante. La compagnie de croisière avait rebaptisé l'endroit Extase Key de façon fallacieuse, tout en ne se livrant qu'à un effort minimal de restauration. Coqs, chèvres et cochons sauvages représentaient la faune prédominante, ayant survécu au contrebandier qui les élevait à des fins de chère à banquet. Les marécages spongieux de l'île étaient criblés de carcasses d'avions de transport de drogue engloutis et les seuls coquillages qu'on pouvait ramasser le long de la plage dépouillée d'arbres étaient de calibre 45.

— Je vais me louer un jet ski, avait décrété Chaz avec entrain.

— Et moi tâcher de trouver de l'ombre et finir mon livre, lui avait répondu Joey.

La distance qui les séparait était demeurée vaste et inexplorée. Et quand le *Sun Duchess* avait atteint Key West, Joey et Chaz ne passaient plus environ qu'une heure par jour ensemble, laps de temps qu'ils consacraient habituellement à baiser ou à se disputer. Ce qui était peu ou prou le même programme que chez eux.

Autant pour les latitudes romantiques, avait songé Joey, qui aurait aimé en éprouver plus de tristesse.

Une fois que son mari eut décampé à Mallory Square pour « aller voir ce qui s'y passait », elle envisagea sur un coup de tête de séduire l'un des garçons de cabine, une belle brute de Péruvien du nom de Tico. Mais finalement, Joey en avait perdu l'envie et renvoyé le jeune coq dépité, nanti d'un bisou sur le menton et d'un pourboire de cinquante dollars. Elle n'en avait pas assez gros sur la patate contre Chaz pour le tromper, même par dépit, tout en soupçonnant que ce dernier ne s'en était pas souvent privé (y compris, c'était fort possible, pendant la croisière).

En revenant sur le *Sun Duchess,* Chaz s'était montré aussi bavard qu'un cacatoès sous PCP.

— T'as vu tous ces nuages ? Il va pleuvoir, lui avait-il affirmé avec une pointe d'allégresse singulière.

— Ce qui veut dire pas de golf ce soir, je suppose, lui avait rétorqué Joey.

— Tu sais, j'ai compté : il y a vingt-six boutiques de tee-shirts sur Duval Street. Pas étonnant qu'Hemingway se soit fait sauter le caisson.

— Il ne s'est pas suicidé ici, mais dans l'Idaho, lui avait signalé Joey.

— Et si on allait bouffer ? Je pourrais avaler un cachalot.

Au cours du repas, Chaz n'avait pas cessé de remplir de vin le verre de Joey, malgré ses protestations. Elle comprenait pourquoi maintenant.

Elle éprouvait aussi la fatigue de la déshydratation due à l'alcool. Elle remontait à la crête des vagues à coups de pied énergiques, avant de redescendre à la brasse au creux de la houle, mais à présent, elle perdait à la fois son rythme et son endurance. Ça n'avait rien à voir avec la piscine olympique chauffée d'UCLA ; elle était perdue en plein milieu de ce maudit océan Atlantique. Joey serra fort les paupières pour atténuer la brûlure de l'eau salée.

Je sentais bien qu'il ne m'aimait plus, songea-t-elle, mais tout ça est d'un ridicule achevé.

Chaz Perrone eut beau guetter un *plouf*, il n'entendit rien à part le grondement sourd et berceur des moteurs du navire. La tête légèrement inclinée, il resta perché près de la rambarde aussi immobile et solitaire qu'un héron.

Il n'avait pas prévu de la balancer à la flotte par ici. Il avait escompté le faire plus tôt pendant le voyage, quelque part entre Nassau et San Juan, dans l'espoir que les courants entraîneraient son corps dans les eaux cubaines, hors de toute juridiction américaine.

Si les requins-taureaux ne s'en chargeaient pas avant.

Malheureusement pour lui, il avait fait un temps radieux pendant cette première étape de la croisière et chaque soir, les ponts promenades étaient bondés de couples ouvrant des yeux de merlan frit. Le dessein de Chaz exigeait une certaine discrétion et il avait presque abandonné tout espoir, quand la pluie survint, trois heures après leur départ de Key West. Ça n'avait beau être que du crachin, Chaz savait que les touristes resteraient confinés à l'intérieur, se ruant sur la salade de homard ou se bousculant devant les machines de poker vidéo.

Le second élément crucial de son plan, c'était la surprise : si Joey était en excellente forme physique, Chaz de son côté était un poil plus mou du genou. Avant de l'attirer à la poupe du *Sun Duchess* sous le faux prétexte d'une balade à la clarté des étoiles, il s'était assuré que son épouse eut absorbé moult vin rouge ; quatre verres et demi, avait-il compté. Deux suffisaient d'ordinaire à provoquer sa somnolence.

— Chaz, il bruine, avait-elle observé comme ils s'approchaient de la rambarde.

Naturellement, ça n'avait pas manqué de l'interpeller, elle qui savait que son mari détestait se mouiller. Le gaillard ne possédait pas moins de sept parapluies.

Feignant de ne pas entendre, Chaz avait piloté Joey en avant par le coude.

— J'ai l'estomac en capilotade. Il est temps qu'ils retirent le *ceviche* du menu, tu crois pas ?

— Et si on rentrait ? lui avait suggéré Joey.

D'une poche de son blazer bleu, Chaz avait retiré subrepticement la clé de leur cabine et l'avait laissée choir sur le plancher ciré à ses pieds.

— Oups.

— On se gèle ici, Chaz.

— Je crois que j'ai fait tomber notre clé, lui avait-il dit en se baissant pour la récupérer.

Du moins, Joey l'avait-elle cru.

Il ne pouvait que supposer ce qui était passé par la tête de sa femme quand elle avait senti qu'il lui agrippait les chevilles. Il me fait une blague, avait-elle dû penser.

L'acte en lui-même reposait sur un effet de levier rudimentaire, consistant à la faire basculer en arrière par-dessus la rambarde. Ça s'était passé si vite qu'elle n'avait pas pipé.

Quant au *plouf*, Chaz aurait préféré l'avoir entendu ; une douce ponctuation de leur mariage et de son crime. Mais encore une fois, il y avait loin du pont à la mer.

Il se permit un bref coup d'œil mais n'aperçut que crêtes blanches et écume dans les reflets moutonnants des lumières du bateau. Le *Sun Duchess* allait de l'avant, ce qui était un soulagement. Nul klaxon n'avait retenti.

Chaz ramassa la clé et regagna en hâte leur cabine de luxe, tirant le verrou derrière lui. Après avoir suspendu son blazer, il ouvrit une nouvelle bouteille de vin, en versa dans deux verres et but la moitié de chaque.

La valise de Joey était ouverte sur le lit, prête à être refaite, Chaz l'en retira et la déposa sur le sol. Il déploya son propre sac de voyage qu'il entreprit de fouiller en quête d'un antiacide. Sous une pile de caleçons bien pliés — Joey était la reine des bagages, il fallait bien l'admettre — Chaz tomba sur une boîte enveloppée de papier cadeau écossais, ornée d'un ruban vert.

La boîte contenait un splendide jeu de protège-clubs de golf en cuir, gravés à ses initiales, C.R.P. Il y avait aussi une carte : « Bon deuxième anniversaire ! Amour toujours, Joey. »

En admirant les « chaussettes » en veau soyeux, Chaz sentit une pointe de remords au creux du ventre. Mais ça lui passa vite fait, comme une remontée d'acidité.

Sa femme avait de la classe, aucun doute là-dessus. Si seulement, bordel, elle avait été moins... observatrice.

Dans six heures exactement, il signalerait sa disparition.

Chaz se mit en sous-vêtements, expédia ses habits dans un coin. Rangée dans son sac de voyage, se trouvait une édition de poche de *Madame Bovary*, qu'il ouvrit au hasard et plaça bien en vue sur la table de nuit, du côté du lit de Joey.

Puis, Charles Regis Perrone mit le réveil, posa sa tête sur l'oreiller et s'endormit du sommeil du juste.

Le Gulf Stream entraînait Joey vers le nord à une vitesse de quatre nœuds environ. Cette dernière savait qu'il lui faudrait nager plus énergiquement si elle ne tenait pas à aller s'échouer telle une baudruche pourrissante sur quelque banc de sable de Caroline du Nord.

Mais, bon Dieu, qu'elle était fatiguée.

Ça devait venir du vin. Chaz savait qu'elle ne tenait pas l'alcool et, bien évidemment, il avait tout prévu. En espérant sans doute que dans sa chute, elle se briserait les jambes ou perdrait connaissance, et sinon, quelle importance ? Elle serait à des kilomètres de la terre ferme, dans un océan noir comme un four, morte de trouille. Personne ne la retrouverait même si on la cherchait car elle se noierait d'épuisement avant le lever du jour.

Voilà ce que Chaz avait dû s'imaginer.

Il n'avait pas oublié non plus ses jours de gloire à UCLA, se rendit compte Joey. Il savait qu'elle se mettrait à nager, au cas où elle survivrait au plongeon. En fait, il comptait bien qu'elle le fasse ; il avait parié que sa femme têtue et orgueilleuse s'épuiserait au lieu de faire la planche pour conserver ses forces, comme elle aurait dû le faire, jusqu'à l'aurore. Du moins alors aurait-elle l'ombre d'une chance d'être repérée par un bateau croisant par là.

C'est à se demander où j'ai la tête parfois, songea Joey.

À un moment donné, un tanker passa si près qu'il masqua la lune. La silhouette du navire était ramassée, sombre et carrée aux deux bouts, comme une tour de « condo », renversée sur le côté. Joey avait hurlé et gesticulé, sans aucune chance que sa voix couvre le fracas des machines. Le tanker poussa plus loin, masse brun-roux de bruit et de vapeurs, et Joey se remit à nager.

Bientôt ses jambes s'engourdirent, un lent fourmillement qui partait des orteils en remontant. Des crampes musculaires ne l'auraient pas surprise, mais cette insensibilisation lente, si. Elle se retrouva à lutter pour garder la tête au-dessus de l'eau et bientôt, elle sentit qu'elle avait complètement cessé ses battements de pied. Vers la fin, elle opta pour la brasse, ses jambes à la traîne comme des câbles brisés blafards.

On n'est mariés que depuis deux ans, calculait-elle. Qu'est-ce que j'ai fait pour mériter *ça*?

Pour chasser ses idées morbides, Joey dressa mentalement la liste de ce que Chaz lui reprochait :

1. Sa tendance à trop faire cuire la volaille, le poulet en particulier, en raison de sa peur de toujours de la salmonelle.
2. La crème hydratante qu'elle s'appliquait la nuit sur le visage et qui sentait vaguement l'insecticide.
3. Qu'il lui arrive de s'assoupir pendant les matches de hockey, play-off compris.
4. Son refus de lui faire une pipe quand il roulait sur l'Interstate 95, le Sunshine State Parkway ou toute autre route où la vitesse limitée dépassait 80 kilomètres/heure.
5. Qu'elle puisse le battre à plates coutures au tennis si ça lui chantait.
6. Qu'elle oublie « de remettre à leur place » de temps en temps ses CD préférés de George Thorogood.
7. Son refus d'envisager la possibilité d'inviter sa coiffeuse à lui pour une partie de jambes en l'air à trois.
8. Qu'elle soit membre d'un club du livre hebdomadaire.
9. Qu'elle ait plus d'argent que lui.
10. Qu'elle se brosse les dents avec du bicarbonate de soude au lieu de dentifrice.

Voyons, Joey, se dit-elle.

Un mec ne décide pas tout à trac d'assassiner sa femme, simplement parce qu'elle lui sert un poulet de Bresse caoutchouteux.

Il y a peut-être une autre femme, songea Joey. Mais alors pourquoi ne pas tout bêtement me demander de divorcer?

Elle n'eut pas l'énergie de tout passer en revue. Elle avait épousé un moins que rien et un chaud lapin, voilà qu'il l'avait balancée par-dessus bord pendant leur croisière-anniversaire et sous peu, elle se noierait et serait mangée par les requins. Dans le coin, on en trouvait de toutes les espèces grand modèle : requins pointes noires, citron, marteaux, tigres, mako et autres taureaux...

Je vous en supplie, mon Dieu, faites qu'ils ne me dévorent pas toute crue, se dit Joey.

Le même picotement tiède démarrait au bout de ses doigts et bientôt, elle le savait, elle aurait les deux bras aussi fourbus et inutilisables que ses jambes. Elle avait les lèvres rongées à vif par le sel, la langue enflée comme une *kielbasa*, les paupières boursouflées et encroûtées. Et pourtant, les lumières de la Floride lui faisaient signe tel un poudroiement d'étoiles, chaque fois qu'elle revenait à la crête d'une vague.

Donc, Joey continua à lutter, croyant toujours qu'elle avait une petite chance de survivre. Si elle parvenait à traverser le Gulf Stream, elle pourrait enfin se reposer ; faire la planche et se laisser flotter jusqu'au lever du soleil.

Elle avait oublié momentanément les requins quand quelque chose de lourd, à peau rugueuse, vint buter contre son sein gauche. Se débattant avec force grognements, elle cribla la chose de coups de poing jusqu'au complet épuisement de ses forces.

Basculant dans l'inconscience, elle eut une brève vision de Chaz en train de troncher une croupière blonde dans leur luxueuse cabine, avant de gagner la plage arrière du *Sun Duchess* pour un dernier seau de balles de golf.

Espèce de blaireau, songea encore Joey.

Puis dans sa tête, ce fut écran blanc.

2

Si, foncièrement, Chaz Perrone était sans conteste adultère et véreux, il avait toujours fui la violence avec autant de scrupule qu'un quaker d'antan. Aucune de ses connaissances, ses rares amis inclus, ne l'aurait imaginé capable de commettre un meurtre. Chaz lui-même était quelque peu éberlué d'en être arrivé là.

Quand le réveil sonna, il se réveilla avec l'impression d'avoir tout inventé. Puis en roulant de côté sur la couchette, il s'aperçut que la place de Joey était vide. À travers le hublot, il distingua les jetées qui délimitaient l'entrée de Port Everglades et sut alors qu'il ne rêvait pas. Il avait bien tué sa femme.

Chaz fut ébloui par son propre sang-froid. Tendant la main vers le téléphone, il passa l'appel qu'il avait préparé et attendit la suite. À part un léger gargarisme, il ne fit aucun brin de toilette, un mari aux cent coups étant censé avoir le cheveu en bataille.

Peu après l'accostage du *Sun Duchess*, les interrogatoires commencèrent. Le chef de la sécurité du bateau, plein de sollicitude, fut le premier à se présenter, suivi d'un duo de gardes-côtes aux visages de bébé et finalement d'un inspecteur, souffrant d'embarras gastrique, du bureau du shérif de Broward County. Entre-temps, on passa le *Sun Duchess* au peigne fin de la proue à la poupe, sans nul doute pour exclure la possibilité embarrassante que Mrs Perrone soit pieutée avec un autre passager ou pire encore, un membre de l'équipage.

— À quelle heure exactement votre femme a-t-elle quitté la cabine ? demanda l'inspecteur.

— Trois heures et demie du matin, répondit Chaz.

Cette précision mensongère était importante pour s'assurer que l'opération de sauvetage se cantonnerait à la mauvaise portion d'océan. La position du navire à trois heures et demie devait être à environ soixante-dix milles marins au nord de l'endroit où il avait flanqué sa femme par-dessus bord.

— Et selon vos termes, elle allait « mater » la lune ? insista l'inspecteur.

— C'est ce qu'elle m'a dit.

Chaz s'était frotté les yeux pour les rendre rouges et larmoyants, comme il seyait à un époux affligé d'une gueule de bois et pris de panique.

— J'ai dû m'assoupir. À mon réveil, le soleil se levait, le bateau entrait dans le port et Joey n'était toujours pas revenue. C'est alors que j'ai téléphoné pour réclamer de l'aide.

L'inspecteur, de type scandinave, pâle et glacial, nota une seule phrase sur son calepin. Puis montra du doigt les deux verres à vin, près du lit.

— Elle n'a pas fini le sien.

— Non, fit Chaz avec un gros soupir.

— Et elle ne l'a pas emporté non plus. Je me demande bien pourquoi.

— On s'était déjà descendu une bouteille pendant le dîner.

— Oui, mais n'empêche, poursuivit l'inspecteur, en sortant pour admirer le clair de lune, la plupart des femmes feraient suivre leur verre. Et certaines même, leur mari.

Chaz pesa prudemment sa réponse. Il ne s'était pas attendu à se faire asticoter ainsi, d'entrée.

— Joey m'a demandé d'aller la retrouver sur le pont-promenade et je lui ai répondu que je me chargerais des verres, rétorqua Chaz. Mais au lieu de ça, je me suis endormi... bon, d'accord, disons que j'ai sombré. On avait pas mal picolé, il faut dire.

— Vous avez bu plus d'une bouteille, alors.

— Ben ouais.

— D'après vous, votre femme était-elle en état d'ébriété ?

Chaz haussa les épaules, l'air lugubre.

— Vous vous êtes disputés tous les deux, hier au soir ? insista l'inspecteur.

— Absolument pas.

C'était la seule partie vraie de l'histoire de Chaz.

— Alors pourquoi ne pas être sortis ensemble ?

— Parce que j'étais aux chiottes, vu ? Occupé à liquider une affaire perso.

Chaz s'efforça de rougir.

— Le *ceviche* qu'on nous a refilé hier au soir, disons qu'il avait un goût de dégueulis de chat. Alors, j'ai fait à Joey : « Pars devant. Je te rejoins dans quelques minutes. »

— En apportant les verres.

— C'est ça. Mais à la place, j'ai dû m'allonger et sombrer, confirma Chaz. Ce qui fait que, ben ouais, c'est moi le fautif à la base.

— Qu'est-ce qui est de votre faute ? lui demanda l'inspecteur avec douceur.

Chaz éprouva une oppression passagère dans la poitrine.

— Si jamais il est arrivé quelque chose à Joey, je veux dire. Qui blâmer sinon moi ?

— Pourquoi ?

— Parce que j'aurais pas dû la laisser sortir toute seule si tard. Vous croyez que je le sais pas ? Vous pensez que je me sens pas à cent pour cent responsable ?

L'inspecteur ferma son calepin et se leva.

— Il n'est peut-être rien arrivé du tout à votre femme, Mr Perrone. Peut-être qu'elle réapparaîtra saine et sauve.

— Je l'espère bien, mon Dieu.

L'inspecteur sourit dans le vide.

— Le paquebot est grand.

Et l'océan, encore plus, songea Chaz.

— Dernière question. Mrs Perrone a-t-elle eu un comportement dépressif, ces derniers temps ?

Chaz émit un rire crispé en levant les deux mains.

— Ne vous engagez pas sur cette voie ! Joey n'était carrément pas *suicidaire*. Pas du tout. Demandez à tous ceux qui l'ont connue...

— Qui la *connaissent*, rectifia l'inspecteur.

— Juste. C'est la personne la plus positive qu'on puisse rencontrer.

Cette réponse catégorique était censée consolider la position de Chaz vis-à-vis des autorités. Il savait d'après ses recherches d'amateur que les parents des suicidés nient communément avoir remarqué tout symptôme précurseur de dépression.

— Parfois, quand les gens boivent... lança l'inspecteur.

— Ouais, mais pas Joey, le coupa Chaz. La boisson lui donnait — lui *donne* — le fou rire.

Chaz s'aperçut qu'il se mordillait la lèvre, ce qui ajoutait une fine touche au tableau. Ça le montrait vraiment inquiet de la disparition de sa femme.

L'inspecteur s'empara de l'exemplaire de *Madame Bovary*.

— C'est à vous ou à elle ?

— À elle.

Chaz fut ravi de voir qu'il mordait à l'hameçon.

— Pas de quoi attraper le fou rire, observa l'inspecteur, en jetant un coup d'œil aux pages ouvertes du livre.

— Je l'ai pas lu, avoua Chaz, qui disait vrai.

Il avait réclamé un bouquin tragique et romantique à l'employé de la librairie Barnes & Noble.

— Ça parle d'une dame incomprise de tous, y compris d'elle-même, précisa l'inspecteur. Et qui finit par avaler de l'arsenic.

Parfait, songea Chaz.

— Écoutez, Joey était heureuse hier au soir, fit-il, d'un ton moins affirmatif. Pourquoi sinon aurait-elle filé toute joyeuse, à trois heures du matin, sur le pont ?

— Voir le clair de lune.

— Juste.

— Le capitaine m'a dit qu'il avait rencontré un peu de pluie.

— Oui, mais ça, c'était plus tôt, fit Chaz. Sur le coup d'onze heures, par là. Quand Joey est sortie, il faisait beau.

Avant le départ du *Sun Duchess* de Key West, Chaz avait regardé le bulletin météo à la télé dans un bar célèbre, le Sloppy Joe's. Il avait appris que le ciel serait dégagé sur le coup de trois heures et demie du matin, horaire fictif de la disparition de sa femme.

— C'était la pleine lune, cette nuit, ajouta Chaz afin de donner la fausse impression qu'il l'avait vue en personne.

— Je crois que c'est exact, affirma l'inspecteur.

Il s'attardait comme s'il attendait que Chaz lui en dise plus. Ce que fit ce dernier.

— Une autre chose me revient. Il y avait un raton laveur, un raton laveur enragé, courant en liberté à bord du bateau.

— Oui.

— Je ne plaisante pas. Demandez au capitaine. On a été retardés des heures au départ de Fort Lauderdale dimanche dernier, pendant qu'on le cherchait.

— Continuez.

— Quoi, vous saisissez pas ? Et si Joey s'est fait attaquer en allant sur le pont ? Et si jamais ce givré de petit monstre l'a pourchassée et qu'elle est tombée par-dessus bord accidentellement ou un truc du même genre ?

— Un peu tiré par les cheveux comme hypothèse, fit l'inspecteur.

— Vous avez déjà vu un animal enragé ? Il déraille à fond les ballons.

— Je suis au courant pour le raton laveur, répondit l'inspecteur. On l'a coincé dans le linge sale de l'équipage et on l'a débarqué à San Juan, d'après le livre de bord du capitaine.

— Ah bon, fit Chaz. Ma foi, c'est bien que vous ayez vérifié.

— On essaie d'être minutieux.

Cela fut dit d'un ton acerbe que Chaz trouva déplacé dans un échange avec un mari aux abois. Il fut heureux que l'inspecteur prenne enfin congé et encore plus soulagé d'apprendre qu'on l'autorisait à faire ses bagages. La cabine devait être libérée bientôt, car le *Sun Duchess* se préparait à effectuer sa prochaine croisière.

Un peu plus tard, au moment où Chaz Perrone, suivant le porteur, descendait la passerelle, il aperçut deux hélicoptères orange pétard décoller de la plate-forme de la station des gardes-côtes de l'autre côté du port. Les hélicos virèrent en filant vers le large, où une vedette et deux bateaux de sauvetage plus petits quadrillaient déjà le secteur à la recherche de Joey. Les gardes-côtes enverraient aussi un Falcon depuis l'aéroport d'Opa-Locka, du moins l'avait-on assuré à Chaz.

Consultant sa montre, il songea : Treize heures à la baille, elle a vécu.

Ils peuvent toujours se fouiller.

Hank et Lana Wheeler vivaient à Elko, Nevada, où ils possédaient un casino prospère qui proposait un numéro de danse d'ours russes. Les ours étaient élevés et dressés par une maîtresse SM en préretraite qui s'affichait sous le nom d'Ursa Major.

Au fil du temps, les Wheeler s'étaient attachés à Ursa au point de la considérer comme un membre de la famille. Quand il poussa à Boris, l'un de ses artistes vedettes, ours d'Asie castré de deux cent dix kilos, une prémolaire enclavée, les Wheeler frétèrent généreusement un jet Gulfstream pour transporter l'animal chez un vétérinaire périodontique réputé de Lake Tahoe. Hank et Lana firent partie du voyage, histoire d'apporter leur soutien moral et aussi de se payer une escapade de ski printanière.

Au cours du vol retour, quelque chose tourna au vinaigre et l'avion piqua du nez dans les monts Cortez. L'enquête fédérale établit par la suite que, pour des raisons inconnues, l'ours convalescent occupait la place du copilote au moment du crash. Une pellicule retrouvée dans un appareil 35 mm, propriété des Wheeler, montrait plusieurs photos de Boris, calé tout droit aux commandes. Sur l'une d'entre elles, Ursa, pelotonnée, hilare, sur les genoux de la bête, portait à ses babines retroussées une bouteille de Bailey's Irish Cream. Sur un autre cliché, Boris posait, casque audio sur le crâne et lunettes d'aviateur teintées au bout du museau.

Les liaisons radio enregistrées entre le Gulfstream et les tours de contrôle au cours du vol confirmaient qu'une atmosphère hautement festive, et peut-être bien une certaine confusion, régnait à bord du jet des Wheeler. Pourquoi s'était-il soudain écrasé, le mystère restait entier, bien que l'assistant d'Ursa supposât que l'humeur badine de l'ours s'était évaporée de façon dramatique, une fois les effets de la Xylocaïne dissipés. Pendant la fatale descente en vrille de l'appareil, des contrôleurs aériens, tentant d'établir un contact radio avec le cockpit, n'obtinrent pour toute réponse que reniflements et grognements animaux.

Les Wheeler valaient leur pesant d'or : somme qui, après homologation du testament, fut partagée équitablement entre leurs deux enfants en bas âge. Joey Wheeler, qui devait son prénom à la chanteuse-actrice Joey Heatherton, n'avait que quatre ans à la mort de ses parents. Son frère, qui devait le sien au comique Corbett Monica, n'en avait que six. Les deux enfants se retrouvèrent illico en possession d'environ quatre millions de dollars chacun, plus un pourcentage garanti sur les recettes hebdomadaires du Keno du casino de leurs défunts parents.

Joey et Corbett grandirent en Californie du Sud, élevés par la sœur jumelle de Lana Wheeler, qui intrigua avec zèle mais sans succès pour faire main basse sur le fond en fidéicommis dans lequel l'héritage des enfants avait été placé. Par conséquent, les orphelins Wheeler atteignirent l'âge adulte, leur fortune intacte mais leur innocence écornée.

Tandis que Corbett se barrait en Nouvelle-Zélande, Joey mettait le cap sur la Floride. Une fois sur place, elle ne souffla mot à personne de sa fortune, y compris à l'agent de change qui devait devenir son premier mari. Benjamin Middenbock et elle connurent une liaison de cinq ans avant d'être mariés quatre ans de plus, jusqu'à ce que le destin prenne la forme d'un parachutiste qui tomba sur Benny, un bel après-midi ensoleillé, alors qu'il s'exerçait au lancer mouche dans le jardin. Le parachute dudit ne s'étant pas ouvert, il avait atterri en silence, mais tel un sac de ciment, sur le dos du mari de Joey, en train de roder une canne Loomis GLX neuve. Cette tragédie laissa Joey seule au monde, abasourdie et plus riche que jamais, grâce au chèque de règlement à sept chiffres de l'assureur de la société de parachutisme.

Pour la seconde fois de sa jeune existence, Joey bénéficiait sur le plan matériel, et sans le vouloir, de la mort d'un être cher ; elle eut bien du mal à penser à cet argent, et encore plus à y toucher. Une culpabilité mal placée la jeta dans les œuvres caritatives et un train de vie modeste, même si elle gardait un faible pour les chaussures italiennes. Joey Wheeler espérait un jour mener une vie normale parmi des gens normaux ou découvrir du moins si vivre ainsi lui était possible.

Elle rencontra Chaz Perrone un après-midi de janvier sur un parking, devant l'attraction du Royaume des Animaux à Disney World, où elle venait de plaquer en plein vol un ado qui avait piqué le sac d'une touriste belge. Le coupable, qui faisait partie d'un groupe de jeunes chaperonnés par Joey, souffrait soi-disant d'un déficit d'attention chronique. Bizarrement, la capacité de concentration dudit jeune n'était pas entamée au point de l'empêcher de repérer un authentique sac Prada parmi le flot des hordes de touristes. Cette même concentration n'avait pas non plus flanché, ne serait-ce que d'un poil, pendant qu'il pistait sa victime d'âge certain depuis le Fourmilier Géant jusqu'à Dino-Land, où il avait effectué l'arrachage.

Joey avait poursuivi le répugnant boutonneux à travers les tourniquets avant de le précipiter rudement sur l'asphalte brûlant à l'extérieur du parc. Tout en le maintenant au bénéfice des agents de sécurité de Disney, elle avait fait tomber de ses poches un porte-clés Gucci et un allume-cigarettes Tiffany, ce qui projeta un doute supplémentaire sur la nature de son handicap.

Chaz Perrone, ayant assisté au placage depuis un tram en partance, en avait sauté pour complimenter Joey de son cran. Elle l'avait trouvé si incroyablement beau qu'elle n'avait rien fait pour le décourager de la draguer. Chaz lui avait appris avec fierté qu'il était biologiste et assistait à un congrès de scientifiques distingués œuvrant à la sauvegarde des Everglades. Il lui avait confié en sus que, censé faire un tour safari VIP du Royaume des Animaux, il filait en douce jouer à la place à Bay Hill, terrain de golf préféré et berceau de rien moins que Tiger Woods.

Chaz avait séduit Joey grâce à sa belle mine mais aussi à sa participation à une mission aussi noble que le sauvetage de la nature sauvage floridienne en proie aux griffes de pollueurs rapaces. À l'époque, il lui avait semblé représenter une prise de valeur, bien que rétrospectivement, Joey se rendît compte qu'elle avait eu le jugement faussé par des déceptions antérieures. Avant sa rencontre avec Chaz, elle avait été larguée froidement, et successivement, par un joueur de tennis professionnel, un garde-plages et un pharmacien destitué, une lamentable série qui avait ébranlé son estime d'elle-même autant que ses critères de choix.

Donc, elle aspirait avidement, sinon intrépidement, à une relation stable. La cour de Chaz n'avait été qu'un tourbillon de roses, lettres d'amour, dîners aux chandelles et autres mots tendres chuchotés au creux de l'oreille... Il s'était montré persuasif sans désemparer et Joey, après un minimum de résistance, s'était laissé fléchir. Son souvenir le plus net de leurs douze premiers mois de mariage, c'était des scènes de baise torride sans défaillance, domaine où il s'avéra que le talent de Chaz brillait de tous ses feux. Ça virait aussi chez lui à l'obsession. Au cours de leur deuxième année, bien plus révélatrice, de vie commune, Joey se rendit compte qu'elle avait confondu les accès de rut de son infatigable mari avec une amoureuse ardeur, quand, en vérité, le tout était à peu de chose près aussi impersonnel qu'un exercice de gymnastique corrective. Elle développa aussi la conscience aiguë que Chaz ne considérait pas le mariage comme une entente charnelle exclusive.

D'autres épouses auraient pris leurs cliques et leurs claques, mais Joey était trop fière et portée sur la compétition pour ça. Elle résolut d'embrasser goulûment tous les aspects de l'univers de son mari afin de devenir ce que les ouvrages de développement personnel appellent « une véritable partenaire d'existence ». Le but visé était que Chaz éprouve un besoin d'elle si impérieux qu'il arrête ses conneries et fasse amende honorable.

Leur croisière d'anniversaire parut à Joey une bonne occasion de mettre son plan à exécution, si bien qu'elle accepta l'invitation en nourrissant de grands espoirs. Elle avait attendu avec impatience de « renouer des liens » avec son mari comme le conseillent les experts conjugaux. Le plus grand défi serait d'engager avec Chaz au minimum une conversation intime, portant sur autre chose que la durabilité sans égale de ses érections.

Une fois en mer, malheureusement, l'instant propice ne s'était jamais présenté. Ou peut-être que si, mais il avait manqué à Joey la motivation suffisante. Rapports sexuels mis à part, Chaz était tout sauf un compagnon captivant. Plus Joey l'écoutait — l'écoutait *vraiment* —, plus elle éprouvait un vide. Pour un scientifique, Chaz paraissait d'une désinvolture décourageante, matérialiste et égocentrique. Il parlait rarement de son travail dans les Everglades et semblait se soucier du viol de la planète comme de sa première chemise. S'il ne manifestait nul courroux face à la campagne en faveur de forages pétroliers dans une réserve naturelle en Alaska, il pestait une heure durant, en postillonnant des lambeaux de palourde à demi mastiqués, en apprenant d'un autre passager de la croisière que Titleist augmentait le prix de ses balles de golf.

Joey avait été frappée de constater qu'elle aurait beau passer le reste de sa vie à feindre de l'enthousiasme pour ce qui intéressait son mari, ce dernier se moquerait allégrement que ce soit le cas ou pas. Alors pourquoi, bon Dieu, l'avait-il épousée ? Joey avait eu l'intention de lui poser la question au cours de leur promenade nocturne sur le pont du *Sun Duchess* avant de changer d'avis. Déprimée par les nuages ardoise et le crachin, elle n'avait eu qu'une envie, retourner à la cabine et se pieuter.

Elle regardait vers l'Afrique, rêvant à Dieu sait quoi, quand Chaz s'était penché pour ramasser un truc qu'il avait laissé tomber sur le pont, une clé avait-il dit. Cela avait perturbé Joey de sentir ses mains moites la saisir aux chevilles… elle s'était imaginé qu'il allait lui écarter les jambes et la baiser comme un lapin, Chaz étant porté sur les coïts rapides en extérieur. La dernière chose à laquelle elle s'était attendue de sa part, c'était qu'il la balance par-dessus bord.

L'enfoiré, l'ordure, songea Joey.

Et dire que je suis là, mourant de soif, délirant, à moitié aveugle, à me cramponner à cette saleté de requin qui a tenté de me bouffer.

Ce qui est d'un grotesque fini, donc, je suis morte ou alors vraiment pas loin de l'être…

Il savait qu'il ne pouvait pas faire main basse sur le fric, même s'il m'arrivait quelque chose. Il sait depuis le premier jour que mon héritage est intouchable. Alors pourquoi a-t-il fait ça ?

Ça n'avait aucun sens pour Joey Perrone. Rien n'en avait.

Ni Chaz ; ni ce requin flemmard, fleurant bon, à peau rugueuse ; pas plus que les mouettes criant tout excitées au-dessus de sa tête… ne pouvait-on même pas mourir en paix ?

Ni encore le « teuf-ra-teuf » d'un moteur hors-bord devenant plus distinct, ni le « flic-flac-floc » des vagues contre… quoi donc, la coque d'un bateau ? N'en crois pas tes oreilles, se dit Joey. Qu'est-ce qu'un bateau viendrait faire au beau milieu de nulle part ?

Ça n'avait pas de sens. Pas plus que la voix qui la hélait de loin, une voix d'homme qui l'encourageait à tenir bon : « Mon chou, tenez bon encore un petit moment. »

Puis la même voix lui disait : « OK, je vous tiens maintenant, vous pouvez lâcher, allez, lâchez tout ! »

Quelque chose la souleva comme si, libre et légère, elle n'était qu'une bulle de savon. Des gouttelettes vitreuses dégoulinèrent le long de ses jambes nues tandis qu'elle s'élevait au-dessus des flots, ses orteils balayant la crête écumeuse des vagues.

Puis, pelotonnés dans une odeur de linge sec, vinrent la chaleur et le sommeil presque aussi profond que la mort.

3

— Bougez pas, lui dit l'homme.
— Où suis-je ?
— En sécurité. Tâchez de vous tenir tranquille.
— Et le requin ? Il m'a mordue ?
— Quel requin ?
— Celui auquel je me cramponnais quand vous m'avez trouvée.
L'homme rit doucement.
— C'était un ballot d'herbe.
— Sans blague, fit Joey.
— Trente kilos de jamaïcaine, et de qualité supérieure.
— Fabuleux.
Dans son délire, elle avait pris la toile à sac pour de la peau de requin.
— Où suis-je ? répéta-t-elle. J'y vois que dalle. Qu'est-ce que j'ai aux yeux ?
— Ils sont gonflés donc fermés.
— À cause du sel ? Je vous en prie, dites-moi que c'est tout...
— Et des piqûres de méduse, ajouta l'homme.
Joey tendit la main, effleura prudemment ses paupières enflammées. Une galère portugaise avait dû lui balayer le visage pendant sa dérive.
— Vous serez d'aplomb dans un jour ou deux, lui dit l'homme.
Joey tâtonna sous les couvertures. Elle portait ce qui semblait

au toucher un pull-over en polaire et un pantalon de jogging en coton.

— Merci pour les vêtements, lui dit-elle. Ou bien devrais-je dire merci à votre femme.

— En fait, ce sont ceux d'une amie.

— Elle est ici en ce moment ?

— Je ne l'ai pas revue depuis une éternité.

Donc, ils étaient seuls dans cet endroit, Joey et l'inconnu qui l'avait secourue.

— J'entends encore l'océan dans ma tête, fit-elle.

— Il est dehors, juste sous la fenêtre. Vous êtes sur une île.

Joey était trop épuisée pour avoir peur. Elle aimait bien la voix de cet homme. Ce n'était ni celle d'un psychopathe ni celle d'un délinquant sexuel. Puis, souviens-toi de ton palmarès des premières impressions trompeuses, se dit-elle encore une fois.

— Redressez-vous, l'entendit-elle lui dire.

Elle sentit le citron, puis le goût d'un thé fort et chaud quand il porta la tasse à ses lèvres. Elle but jusqu'à la dernière goutte. Ensuite ce fut le tour d'une soupe de légumes, qu'elle finit aussi.

— J'aimerais bien voir à quoi vous ressemblez, lui dit-elle, puisque vous avez tout vu de moi.

— Désolé, fit l'homme, c'est comme ça que je vous ai trouvée.

Nue comme un ver sur un ballot de beu, songea Joey, chagrine. La chaleur envahissante de la soupe la fit frissonner et un instant, elle redouta de vomir. L'homme lui reprit la tasse et lui fit reposer la tête sur l'oreiller.

— Retour au dodo, lui dit-il.

— Je jurerais avoir senti le chien mouillé.

— Oui. Un vrai casse-couilles, mais il ne mord presque jamais les dames.

Joey avait mal quand elle souriait, tant elle avait la peau tendue et à vif.

— Il est de quelle race ? réussit-elle à demander.

L'homme siffla. Joey entendit le cliquetis alerte d'ongles

canins sur le plancher. Une truffe humide vint se lover dans son cou. Elle flatta la tête de l'animal avant que l'homme ne le renvoie d'un nouveau coup de sifflet dans le coin invisible d'où il venait.

— Au toucher, il m'a l'air d'un molosse, observa-t-elle.

— Doberman. Infoutu de nager, dit l'homme. Joey, vous sentez-vous assez en forme pour me raconter ce qui vous est arrivé ?

— Comment savez-vous mon nom ?

— Il est gravé à l'intérieur de votre alliance. Je vous l'ai retirée avant de vous plonger dans la baignoire.

— Vous m'avez donné un bain ?

— Ne vous fâchez pas, mais vous empestiez la marijuana comme un *bong*.

Joey vérifia sa main gauche... la bague de platine était toujours à sa place. L'homme aurait pu la voler facilement, mais ne l'avait pas fait. Il aurait pu lui raconter qu'elle l'avait perdue dans l'océan, mais au lieu de ça, il la lui avait repassée au doigt. À présent, elle était prête à croire que c'était un type bien. Les premiers signes étaient prometteurs.

— Je suis tombée d'un bateau, lui dit-elle.

— Quel genre de bateau ?

— Un paquebot de croisière géant. Le *Sun Duchess*.

L'homme eut l'air d'en douter.

— Il aurait fallu des vagues de quatre mètres cinquante pour être balayée d'un paquebot. Il ne faisait pas si gros temps, cette nuit.

— Je n'ai pas été emportée par une vague. C'est mon mari qui m'a jetée par-dessus bord.

— Je vois.

— Vous ne me croyez pas ?

Il y eut un silence indéchiffrable dans la pièce. Joey leva la tête et se tourna vers où elle pensait que l'homme était assis.

— Je ne suis pas bêtement tombée, d'accord ? Ce salaud m'a poussée.

— C'est dégueulasse, fit l'homme.

Joey lui narra exactement comment Chaz avait procédé.

— Mais pourquoi ? demanda l'homme.

— Je ne sais pas. Dieu m'est témoin que j'en sais rien.

Elle l'entendit se lever, repousser son fauteuil loin du lit. Elle lui demanda où il allait.

— Il n'y a pas de téléphone dans la maison. J'ai branché mon portable sur la batterie du bateau pour le recharger, lui répondit-il.

— Attendez un instant. Qui allez-vous appeler ?

— D'abord les gardes-côtes, puis les flics.

— S'il vous plaît, ne faites pas ça, dit Joey.

— Et pourquoi non ?

— Dites-moi votre nom.

— Mick.

— S'il vous plaît, Mick, fit-elle, n'appelez personne. Pas tout de suite, d'accord ? J'ai besoin d'y voir un peu plus clair.

— Je vais vous aider. Ce qu'a fait votre mari s'appelle une tentative de meurtre et aux dernières nouvelles, c'est toujours interdit par la loi.

— Attendez, je vous en prie.

— Bon, comme vous voudrez, fit l'homme.

Sa voix lui parvenait de plus loin et Joey sut qu'il se tenait sur le pas de la porte. Elle se dit qu'il la ménageait.

— Vous allez quand même appeler, hein ? Dès que je me serai rendormie, vous vous faufilerez jusqu'à votre bateau pour téléphoner aux flics.

— Mais non. C'est promis.

— Alors où allez-vous, Mick, hein ?

— Pisser un coup. Ça vous va ?

Elle se laissa retomber dans les draps, en riant toute seule et en songeant : Quelle bécasse je fais par moments, je te jure.

Les gardes-côtes étendirent les recherches à trois mille milles marins carrés, peu ou prou, en portant le plus gros de leurs efforts sur un secteur trapézoïdal au large de la côte nord de Miami-Dade, ce qui correspondait aux faux renseignements fournis par Chaz Perrone. Tout en demeurant confiant qu'on ne retrouverait pas Joey, ce dernier nourrissait la crainte secrète que, si les requins se montraient négligents, son corps pût être rejeté sur le rivage un peu plus bas dans les Keys. Ce qui laisserait un trou béant dans sa chronologie fictive et donnerait un coup de fouet à cet enquiquineur d'inspecteur de Broward County.

Une heure après avoir débarqué du *Sun Duchess*, Chaz se paya une belle frousse. Il regardait la télévision dans sa chambre du Marriott de Harbor Beach quand passa la bande-annonce des infos de la soirée. Un bateau charter parti d'Ocean Reef avait accroché un cadavre en pêchant l'espadon à la traîne... Ne zappez pas, vous aurez tous les détails!

Le souffle coupé, Chaz sortit en trombe de la salle de bains où il se masturbait, sans résultat, à l'aide d'une pile de revues porno danoises. Pendant les trois minutes de pub pour un laxatif, il trembla de peur, s'attendant à entendre que c'était sa femme qu'avaient remontée les pêcheurs avec stupéfaction.

Le reportage démarra par des plans d'hélicoptère tremblotants du bateau charter à l'ancre, suivi d'un zoom avant sur le corps — enveloppé dans une bâche jaune vif — qu'on hissait sur un brancard à bord d'une vedette des gardes-côtes. Interviewé plus tard sur les quais, le jeune second du bateau charter, décoloré par le soleil, déclara à propos de la prise macabre : « On a su tout de suite que c'était pas un espadon parce que ça sautait pas. »

Ensuite, le présentateur révéla d'un ton sépulcral que la victime était un touriste de Newport News, disparu trois jours plus tôt après avoir accidenté son Wave Runner de location sur un couple de tortues caouannes en pleine copulation. Chaz se laissa tomber sur son lit en hululant de soulagement... sa femme demeurait, par bonheur, perdue en mer.

Chaz avait choisi de séjourner au Marriott à cause de sa proximité avec Port Everglades et la station des gardes-côtes. Son domicile n'était qu'à une demi-heure de là par l'Interstate, mais il pressentait que rester dans les parages, à la disponibilité des autorités, fortifierait sa crédibilité. Il était important qu'il paraisse monter la garde.

S'il fut surpris qu'une journaliste du *Sun Sentinel* ait réussi à le retrouver, il ne perdit pas son sang-froid pour autant. La journaliste lui expliqua qu'en consultant les rapports journaliers de police, elle était tombée sur l'avis de disparition où figurait le Marriott comme point de contact du mari de ladite disparue.

— Avez-vous appris du nouveau ? demanda Chaz à la journaliste qui lui répondit que non.

— Quand avez-vous vu votre femme pour la dernière fois, Mr Perrone ?

— *Docteur* Perrone.

— Ah bon ? Et quelle est votre spécialité ?

— L'écologie des marécages, répondit Chaz.

— Vous n'êtes donc pas docteur en médecine.

— Non, je suis biologiste.

Chaz espéra qu'à l'autre bout du fil, la femme ne l'ouïrait pas grincer des molaires. Ça lui tapait sur les nerfs quand les gens faisaient des manières pour l'appeler « Docteur ».

— Donc, quand avez-vous vu Mrs Perrone pour la dernière fois ? reprit la journaliste.

Chaz lui resservit une version abrégée du récit qu'il avait fait à l'inspecteur. Au ton de sa voix, la journaliste paraissait tout sauf fascinée, ce à quoi Chaz ne voyait aucune objection. Du barouf dans les médias, c'était bien la dernière chose qu'il désirait.

— Avez-vous une petite idée de ce qui a pu se passer ? lui demanda la journaliste.

— Je n'arrive pas à l'imaginer. Vous avez déjà entendu parler d'un truc pareil ?

— Oh oui. Des gens disparaissent sur ces bateaux de croisière de temps en temps, mais d'habitude, il se trouve qu'il s'agit de...

— Qu'il s'agit de quoi ? demanda Chaz, qui connaissait parfaitement la réponse : d'accidents dus à l'ivresse ou bien de suicides. Ah pour ça, il avait potassé le sujet à fond.

— On ne me dit presque rien. C'est frustrant, ça, d'ailleurs, ajouta-t-il.

— Je vous rappellerai si jamais j'apprends du nouveau, lui affirma la journaliste. Vous serez longtemps joignable à ce numéro ?

— Jusqu'à ce qu'on l'ait retrouvée, répliqua Chaz, stoïque.

Là-dessus, il descendit dans le hall en vitesse, où il appela Ricca d'une cabine.

— Quelque chose de terrible est arrivé, lui annonça-t-il. Joey est tombée du bateau.

— Tombée ? Comment ça ?

— Du moins, c'est ce qu'on pense. On ne la retrouve nulle part.

— Ah ! mon Dieu, fit Ricca.

— C'est simplement incroyable.

— Tu crois qu'elle a pu sauter ?

— Pourquoi elle aurait fait une chose pareille !

— Elle avait peut-être tout découvert sur nous.

— Absolument pas.

— Eh bien, je préfère ça, fit Ricca.

Il y eut un silence sur la ligne que Chaz décrypta aussitôt.

— Peut-être qu'elle a découvert autre chose, dit Ricca.

— S'il te plaît, recommence pas avec ces conneries. C'est vraiment pas le moment, l'implora Chaz.

Ricca lui faisait une confiance des plus limitées.

— Ou *quelqu'un d'autre* peut-être. Une autre de tes copines, par exemple.

— Ne sois pas bête. Tu es la seule.

— Comme si je te connaissais pas.

— Ricca, j'ai pas le temps de t'entendre me jouer les Glenn Close. La moitié des gardes-côtes des États-Unis est en train de rechercher ma femme à l'heure qu'il est... en bateau, en jet, en hélico, j'arrive pas à y croire.

— T'as pas d'autre copine ? C'est bien vrai ça, Chaz ?

— Oui, *c'est vrai*. Écoute, je ferais mieux de raccrocher...

— Je pourrais passer ce soir, lui suggéra-t-elle. Histoire de te changer les idées, que tu déprimes pas.

Il fut tenté de dire oui, mais Ricca était du genre bruyant. À trois reprises, pas une de moins, ses miaulements orgasmiques avaient fait tambouriner les agents de sécurité de l'hôtel à la porte de la chambre, persuadés qu'un meurtre au pic à glace était en cours. Il ne pouvait courir le risque d'un tel vacarme ce soir : ça serait vraiment désordre qu'un mari soit surpris à s'envoyer sa maîtresse moins de vingt-quatre heures après que sa femme eut péri en mer.

— Je t'appelle demain, dit Chaz à Ricca.

— Je suis vraiment triste pour Joey, mon bébé.

— Moi aussi. Bye, Ricca.

— Attends. C'est qui Glenn Close ?

Chaz fit halte au bar de l'hôtel, commanda un dry martini. C'est là que Rolvaag, l'inspecteur, le trouva.

— Vous buvez quelque chose ? lui demanda Chaz.

— Sortons faire un tour, proposa l'inspecteur.

Chaz versa son cocktail dans un gobelet plastique, suivit Rolvaag à l'extérieur. Le soleil se couchait, il faisait doux avec une légère brise, tout juste comme la soirée de la veille. Un mariage avait lieu à l'hôtel et la mariée posait dans le jardin pour les photographes, devant une haie de bougainvillées luxuriante. C'était une jeune cubaine, dix-neuf, vingt ans à tout casser, aux courbes voluptueuses ; Chaz se surprit à nourrir d'impurs fantasmes sur le déroulement de la lune de miel.

— Pas de chance pour le moment, fit Rolvaag.

— Quoi ?

— On n'a pas retrouvé votre femme.

— Oh.

— On arrêtera sans doute les recherches demain, fit Rolvaag.

— Non, mais vous plaisantez ! Je croyais qu'on devait les poursuivre pendant au moins une semaine.

— J'ignore quelle est la procédure normale. Il faudrait interroger les gardes-côtes.

— Mais ils ne peuvent pas déjà abandonner ! se récria Chaz tout en songeant in petto : C'est trop beau pour être vrai.

Il avait été consterné qu'on ait élargi les recherches vers le sud, sachant que ça mettrait des appareils de surveillance à proximité du lieu de son crime.

— J'ai encore deux, trois petites questions, fit l'inspecteur. La routine, mais pas particulièrement agréables.

— On peut pas remettre ça à une autre fois ?

— Ça ne sera pas long.

— Alors bon Dieu, qu'on en finisse.

Chaz espéra avoir pris le ton exaspéré qui convenait.

— Avez-vous souscrit une assurance-vie au nom de votre femme ? demanda Rolvaag.

— Non, monsieur.

— De son côté, en a-t-elle souscrit une à son propre nom ?

— À ma suggestion, vous voulez dire ?

— À celle de n'importe qui.

— Pas à ma connaissance, répondit Chaz.

— C'est facile de vérifier, Mr Perrone.

— Et vous n'y manquerez pas, j'en suis sûr. Au fait, appelez-moi *docteur* Perrone.

L'inspecteur lui jeta un étrange regard avant de continuer à ramer laborieusement.

— Êtes-vous associés en affaires, votre femme et vous ? Investissements communs, comptes commerciaux, biens immobiliers, avoirs fonciers...

Chaz le coupa.

— Permettez que je vous fasse gagner du temps. Joey a son fric perso. Des tonnes.

Intérieurement, il se félicita d'avoir collé au présent de l'indicatif.

— Et si elle meurt, je n'obtiendrai pas un centime. Son argent ira alimenter un fidéicommis irrévocable.

— Qui en est le bénéficiaire ?

— La World Wildlife Mission. Vous connaissez ?

— Nân, dit Rolvaag.

— On s'y bat pour les pingouins ou les pandas en péril. Ce genre de choses.

— Et vous n'y voyez pas d'inconvénient, Mr Perrone ?

— Bien sûr que non. Je suis un biologiste, vous vous souvenez ? Je suis à cent pour cent pour qu'on sauve la faune de la planète.

— Non, je voulais dire au fait que vous ne toucherez rien de l'argent de votre femme.

— Eh, c'est pas le mien, répliqua Chaz avec aménité. C'est son héritage familial. Elle peut faire tout ce qu'elle veut avec.

— Tous les maris n'auraient pas cette façon de voir.

Chaz sourit.

— Ah, mais si elle change soudain d'avis et décide de tout me laisser, je ne déchirerai carrément pas le chèque. Mais ce n'est pas ce qu'elle souhaite.

— C'était une source de friction entre vous deux ?

— Pas du tout. Elle m'a exposé tout le binz avant même qu'on soit fiancés. Ses parents sont morts dans un accident d'avion et lui ont laissé un pactole... Qu'est-ce que j'étais censé lui dire ? « On fait part égale, tu veux bien, ma chérie ? »

L'inspecteur demanda combien pesait Joey, financièrement parlant. Chaz répondit qu'il ne le savait pas avec précision, ce qui était vrai.

— Estimeriez-vous la somme à plusieurs millions de dollars ? insista Rolvaag.

— Oui, j'en ai l'impression. L'accord prénuptial ne portait pas de chiffre exact, fit Chaz.

Il omit d'ajouter qu'il avait signé ledit accord en prévoyant qu'il serait envoyé complètement à la casse à une date ultérieure. Dans son inébranlable vanité, Chaz croyait qu'il finirait par charmer sa jeune épouse au point de lui faire partager son immense héritage avec lui. Il s'était imaginé que la cérémonie intime aurait lieu dans la chambre à coucher, bien sûr, après une nuit de baise athlétique : Joey, encore rayonnante, déplierait l'accord prénuptial et le présenterait à la flamme d'une bougie parfumée au lilas. Ça ne s'était jamais produit, pourtant, et après bientôt deux ans d'attente, Chaz avait abandonné tout espoir. Joey ne thésaurisait pas tant la fortune familiale qu'elle ne la prenait pas en compte, ce que Chaz jugeait un crime contre nature. Quel intérêt y a-t-il, se demandait-il, à rester l'époux d'une femme richissime qui refuse d'agir en tant que telle ? Réponse : *aucun.*

— Et après votre mariage, poursuivit Rolvaag, quel a été l'arrangement financier entre vous et Mrs Perrone ?

— Simple. Chéquiers et comptes bancaires séparés, répondit Chaz. Et on divise les factures en deux.

— Je vois.

— Comment se fait-il que vous ne notiez rien de tout ça ?

— Pas nécessaire, fit l'inspecteur. Vous avez un avocat, Mr Perrone ?

— Ça s'impose ? demanda Chaz.

Jusque-là, la conversation avait tout à fait suivi le cours qu'il avait prévu.

— Je veux dire, y a-t-il quelque chose que vous me cachiez ? A-t-on trouvé un indice qui laisse à penser que c'est, vous savez bien, un crime ?

— Non, monsieur, dit Rolvaag. J'ai remarqué tout à l'heure que vous avez utilisé la cabine téléphonique du hall de l'hôtel. Je suis curieux de savoir pourquoi vous n'avez pas appelé de votre chambre... vous savez bien, question intimité et tout ça.

— Ma foi...

— Puis il m'est venu à l'idée que vous pouviez parler avec votre avocat, fit l'inspecteur, parce que c'est le genre de chose dont certains avocats sont bien capables... d'obliger leurs clients à les appeler d'une cabine.

— Pourquoi ?

— Parce que de cette façon-là, l'hôtel ne garderait aucune

trace d'un appel extérieur, dit Rolvaag. Certains de ces gars-là, ils voient trop de mauvais films.

— Je connais même pas d'avocats, dit Chaz.

— Très bien.

— J'appelais notre femme de ménage. Je devais lui donner le code de l'alarme de la maison puisque je ne serai pas là quand elle viendra lundi. Ça m'était complètement sorti de la tête et ça m'est revenu dans l'ascenseur en descendant au bar.

— Ouais, vous avez eu beaucoup à penser, fit Rolvaag.

— Elle s'appelle Ricca, si vous voulez vérifier.

— Pas nécessaire.

— Ricca... Ah, zut, c'est quoi déjà son nom de famille? se marmonna Chaz à part lui.

À présent, les deux hommes étaient sur la plage, à fouler le sable mou en direction des jetées. Chaz était content de la façon dont il venait de se couvrir, rapport au coup de téléphone; l'inspecteur semblait totalement blousé.

Tout à trac, Rolvaag s'arrêta, abattit une main sur l'épaule de Chaz.

— Regardez là-bas, Mr Perrone.

Un long moment à donner la chair de poule, Chaz eut peur de lever les yeux. Il devenait évident que cette balade n'était pas sans but... l'inspecteur l'avait piégé de la plus cruelle façon. Les genoux de Chaz flageolaient, comme prêts à se déboîter.

Mais il s'avéra que Rolvaag ne pointait pas du doigt le cadavre boursouflé de Joey, ballotté par le ressac comme Chaz l'avait redouté. Il lui montrait la silhouette étincelante d'un paquebot de croisière au large de la côte. La proue du navire visait la pleine mer.

— C'est le *Sun Duchess*, lui dit l'inspecteur. Il est resté à quai deux heures de plus pour qu'on achève la fouille.

Chaz reprit lentement son souffle en tâchant de dissimuler son soulagement, ce qui lui donnait le tournis.

— Et on n'a pas trouvé trace de ma femme, nulle part à bord? Rien de rien?

— Je crains bien que non.
— Alors elle est dans l'eau, pas de doute, conclut Chaz.
— Ça me semble une supposition raisonnable.
— Joey est une nageuse... je veux dire, une championne de natation. On peut pas interrompre les recherches au bout seulement d'un jour ou deux. C'est *impossible.*
— Je comprends ce que vous ressentez, fit Rolvaag.
— Alors que suis-je supposé faire ?
La voix de Chaz se brisa de façon convaincante, résultat de nombreuses répétitions en privé.
— Et merde, je fais quoi, moi, maintenant ?
Ils firent demi-tour vers l'hôtel et l'inspecteur lui demanda :
— Y a-t-il un ecclésiastique que vous pourriez appeler, Mr Perrone ? Ou un proche de la famille ?
— Faut que j'y réfléchisse à tête reposée, lui dit Chaz.
Intérieurement, il se marrait comme une baleine.

4

Mick Stranahan fixa une queue de daim blanche au bout de sa ligne et se mit à lancer depuis le ponton, thérapie qui fournirait en prime du lutjanide frais pêché pour le dîner. Ça faisait un bail qu'une femme n'avait plus posé le pied sur l'île et Stranahan ne savait trop ce qu'il était censé faire au sujet de Joey Perrone.

S'il n'avait pas plus de raisons de douter de son histoire que d'y croire, il n'en avait certes aucune bonne de s'en mêler ; ça ne ferait qu'aggraver sa situation : davantage de temps passé sur le continent, et d'une, et pour Stranahan chaque minute en ville était une souffrance. Les migraines qu'il en ramenait étaient aussi douloureuses que si on lui transperçait la calotte crânienne avec un clou de voie ferrée.

Ces jours-ci, il ne faisait le voyage de Miami que pour se réapprovisionner et encaisser le chèque de sa pension d'invalidité, douteuse annuité pour avoir abattu un juge ripou qui avait tiré sur lui le premier, lors de son arrestation. Mick Stranahan n'était en rien handicapé mais le bureau du procureur de Floride avait eu besoin d'un motif plausible pour le mettre à la retraite à l'âge canonique de trente-neuf ans. Une blessure par balle était une excuse qui en valait bien d'autres.

Stranahan ne désirait pas abandonner son boulot, mais on lui avait expliqué discrètement que, pour des raisons politiques, le procureur de Floride ne pouvait garder à son service un enquêteur (tout efficace qu'il fût) ayant tué un juge dûment élu (tout marron qu'il fût). Stranahan avait donc accepté ce marché risible et fait l'acquisition d'une vieille bicoque sur pilotis dans la baie de Biscayne, où il avait coulé des jours relativement paisibles jusqu'à ce que le cyclone Andrew ne réduise l'endroit en brindilles.

Cette nuit-là, Stranahan séjournait à Coconut Grove chez sa sœur, dont l'époux, cet incapable, était trop occupé à faire la pute à un congrès d'avocats à Boston pour revenir d'un coup d'avion installer les volets anticycloniques. Deux jours plus tard, lors d'une accalmie et par une chaleur étouffante, Stranahan avait mis son skiff à l'eau et, se frayant un passage à travers les débris flottant à la dérive, était retourné chez lui, à Stiltsville. Et n'avait retrouvé là où se dressait autrefois sa maison que huit pilotis en tout et pour tout. Il en avait fait le tour une seule et unique fois, avant de mettre son bateau cap au sud.

Il avait bientôt fait escale dans une île qui tenait davantage du récif de corail, à peine assez large pour la modeste baraque en forme de L qui l'occupait. Sa structure en béton avait admirablement résisté au cyclone, même si le raz-de-marée avait estampé les fenêtres et balayé le contenu du rez-de-chaussée et de l'étage, gardien inclus. Mick Stranahan avait été ravi de prendre sa relève.

Le propriétaire était un romancier mexicain qui avait bonne presse et une vie personnelle complexe qui l'obligeait parfois à chercher refuge dans des juridictions étrangères. En huit ans, il n'était venu que quatre fois sur l'île, ne s'éternisant jamais plus de quelques jours. Lors de sa dernière visite, Stranahan avait trouvé l'écrivain d'une pâleur farineuse, avec un air hagard gravé à l'eau-forte sur le visage. Quand Stranahan lui avait demandé s'il était malade, l'homme avait éclaté de rire en lui proposant une partie de bras de fer avec un million de pesos d'enjeu.

Néanmoins, Stranahan voyait déjà le jour où le bateau d'un ranger arriverait porteur de la nouvelle de la mort du vieil écrivain et de la vente de l'île au Service des Parcs nationaux. En attendant, Stranahan avait l'intention de rester dans la casemate jusqu'à ce qu'on l'en expulse officiellement.

Son seul compagnon permanent était un doberman pinscher qu'un orage tropical avait rejeté sur le rivage, deux ans plus tôt en octobre. Stranahan supposa que le chien à moitié noyé avait basculé d'un bateau ou d'un autre, mais personne ne vint le chercher. L'animal se révélant à l'usage aussi borné et débile qu'un champion de course à pied, Stranahan l'avait baptisé Cross. En fin de compte, il réussit à maîtriser les deux tâches pour lesquelles les dobermans sont génétiquement programmés — aboyer et saliver — et aurait pu faire un chien de garde passable, n'eussent été sa maladresse et sa vue basse. Stranahan gardait souvent Cross attaché à un cocotier, car cette tête de linotte était capable de dévaler la digue en vol plané, au premier bateau qui passait.

Stranahan jeta un coup d'œil de sympathie au chien, qui roupillait dans un carré d'ombre, justement sous le cocotier. Trois lutjanides gras de la mangrove avaient beau donner de bruyants coups de queue contre la paroi du seau, le doberman ne bronchait pas. Il montrait un manque d'intérêt louable envers la plupart des entreprises de Stranahan, pêche et idylles occasionnelles comprises. Les visiteuses bénéficiaient d'un reniflement d'accueil pour la forme, avant d'être ignorées royalement. Comme si Cross savait leur séjour destiné à être de courte durée et partant, ne voyait aucun intérêt à faire ami-ami.

Compte non tenu de l'opinion du chien, Mick Stranahan ne se considérait ni comme un excentrique ni comme un ermite, même si à l'âge de cinquante-trois ans, il vivait en solitaire sur une île au bord de l'Atlantique, sans ligne de téléphone fixe, antenne parabolique ni autre PC. C'était cependant la triste vérité que les femmes qui venaient séjourner à demeure résistaient rarement plus de quelques mois, le temps que tant de paix et de tranquillité jamais troublées leur fassent péter les plombs. Si Stranahan regrettait de les voir s'en aller, il avait l'amabilité de ne plus les épouser comme il en avait l'habitude quand il vivait sur le continent.

Sans rien connaître de Joey Perrone, Stranahan fut impressionné par sa résistance et son sang-froid. Nombre de nageuses auraient été soit catatoniques soit geignardes et incohérentes, après une nuit noire passée en mer, mais Joey avait conservé toute sa tête et l'esprit affûté. Stranahan était enclin à lui accorder le répit qu'elle lui avait réclamé. Il savait à quoi ressemblait de survivre à une tentative de meurtre, si tel était bien ce qui lui était arrivé.

Instinctivement, une partie de lui-même voulait en savoir plus, poser des questions indiscrètes et creuser autour, comme au bon vieux temps. Une petite voix plus avisée lui soufflait de laisser tomber : Mrs Perrone et sa crise conjugale seraient bientôt loin, et alors les flics pourraient démêler son histoire.

Après tout, je suis à la retraite, se rappela Stranahan à lui-même, en décrochant un nouveau poisson de l'hameçon.

À la retraite.

Après toutes ces années, ça lui semblait toujours aussi absurde.

— Que faisiez-vous par là-bas, de toute façon ? demanda Joey.

— Où ça, par là-bas ?

— Sur l'océan. Dans votre petit bateau.

Stranahan trempa les filets l'un après l'autre dans de l'œuf battu.

— Primo, ce n'était pas tout à fait l'océan, rectifia-t-il. C'était seulement à un demi-mille d'Elliot Key. Je taquinais le tarpon.

— En d'autres termes, vous êtes en train de me dire que j'aurais flotté jusqu'au rivage, dans tous les cas de figure.

— Ouais, d'une manière ou d'une autre.

— Donc, peut-on appeler ça un sauvetage à proprement parler ? fit-elle. Même si l'idée d'avoir été sauvée commençait à me plaire.

— Attention à la gazinière, l'avertit Stranahan.

Chaque tranche de poisson allait d'abord dans un bol de chapelure, puis dans la poêle à frire. Joey entendait grésiller les filets quand ils atterrissaient dans l'huile chaude ; elle en compta huit et se demanda si ça suffirait pour eux deux. Elle ne s'était jamais sentie aussi affamée.

— Parlez-moi de vous, Mick. Je vous promets que vos secrets les plus noirs seront bien gardés, lui dit-elle.

— Comment vous sentez-vous ? Vos yeux vont mieux ?

— Je ne le saurai pas tant que vous m'ôterez pas ce sacré bandeau.

— C'est pas un bandeau, lui dit-il, et vous pouvez l'enlever quand ça vous chante.

Il avait taillé une compresse dans une serviette de bain, l'avait trempée d'eau douce fraîche et d'aloès avant de la nouer délicatement autour du front de Joey. Une heure plus tôt, s'entêtant à se déplacer dans la maison par ses propres moyens, elle avait trébuché contre un sac d'aliments pour chien et failli s'esquinter la cheville.

— Je ne connais même pas votre nom de famille, lui dit-elle.

— Stranahan.

— Et que faites-vous exactement dans la vie, mister S, quand vous n'arrachez pas les demoiselles en détresse aux eaux profondes du grand bleu ?

— Pas si profondes que ça, à vrai dire. À peine six mètres, peut-être, là où je vous ai trouvée.

— Bon d'accord, mais ça suffit amplement. Je vous sens déterminé à me gâcher cette aventure, répliqua Joey. Comme si ça n'était pas assez nul que je doive la vie, semble-t-il, à un contrebandier d'herbe rasta. Vous me dites maintenant que j'étais, quoi, à cinq minutes de la plage au moment de mon pseudo-sauvetage.

— Ça vous soulagerait si je vous confiais avoir aperçu un requin-marteau de cinq mètres rôder au même endroit la semaine dernière ?

— Vous plaisantez.

Stranahan fit non de la tête.
— Je suis sérieux. Il déjeunait d'une raie pastenague.
— Sans déconner !
— Vous préférez avec du citron vert ou de la sauce tartare ? lui demanda-t-il.
— Les deux.
Joey sursauta légèrement quand il lui prit les mains.
— Pas de panique, lui dit-il en l'amenant jusqu'à une table de pique-nique, sur le ponton de bois.
En la voyant grimacer devant le soudain afflux de soleil, il lui dit de garder les yeux couverts. Sans assistance, elle trouva la nourriture, engloutissant quatre morceaux de lutjanide et reprenant deux fois du riz et des haricots noirs. Stranahan lui servit ensuite une part de tarte aux citrons verts des Keys, arrosée d'une bière.
— Le meilleur repas de ma vie, déclara-t-elle, cherchant à tâtons une autre serviette.
— À mon avis, vous serez bientôt rétablie.
— C'est quoi ce bruit... un hélicoptère ?
— Ouaip. Celui des gardes-côtes, lui dit Stranahan, regardant à l'horizon un petit point orange traverser très vite la baie
— Je me demande si l'on me recherche, dit Joey.
— Possible.
Elle ne tenait plus en place.
— Vous voulez pas qu'on rentre ?
— Pourquoi ? dit Stranahan.
— Le soleil descend pas ? Je sens la fraîcheur qui augmente. Il est joli, ce soir... le coucher de soleil ?
— J'en ai jamais vu un de moche.
— Demain, plus de serviette, reprit Joey, et je découvrirai enfin à quoi vous ressemblez. Je vous imagine en Clint Eastwood d'âge mûr.
— Alors préparez-vous à une grosse déception.
— Mais vous êtes grand, non ? fit-elle. Quarantaine bien tassée.
— Petite cinquantaine.

— Les tempes grises ?
— Vous voulez une autre bière ?
— Pas tout de suite, dit Joey. Redonnez-moi vos mains.
Stranahan éclata de rire.
— Risque pas. Elles empestent le poisson.
— Vous mangez avec les doigts ! Ça me plaît.
— Ma façon de me tenir à table n'est plus ce qu'elle était, lui dit-il. Le fait de vivre seul, je suppose.
— Combien de fois avez-vous été marié ? lui demanda Joey. Je sais que c'est d'une grossièreté incroyable de vous poser la question, mais, bon, j'ai ma petite idée.
— Six, répondit Stranahan. Six fois, précisa-t-il en se levant pour débarrasser la table.
— Mon Dieu, j'aurais dit trois.
— Vous voyez, je suis plein de surprises.
— Qu'est-ce qui s'est passé ? lui demanda Joey, mais la seule réponse qu'elle obtint fut le « bang » de la porte-moustiquaire.
Quelques instants plus tard, elle entendit un robinet qui coulait et un entrechoc d'assiettes dans l'évier. Quand Stranahan ressortit, elle s'excusa.
— De quoi ? fit-il.
— D'être aussi curieuse. Je me suis dit que vous deviez en avoir ras le bol puisque vous avez claqué la porte.
— Nân, les gonds sont vachement rouillés, c'est tout.
Il lui planta une bouteille fraîche dans la main.
— Mais c'est vrai, six ex-femmes, il n'y a pas de quoi se vanter.
— Du moins, aucune n'a tenté de vous assassiner, dit Joey.
— Une a bien failli.
— Vraiment ? Elle est allée en prison ?
— Nân. Elle est morte.
Joey en eut le souffle coupé. Elle prit une longue gorgée de bière d'une main mal assurée.
— Calmos, ma belle, lui dit Stranahan. Je ne l'ai pas tuée.
— C'était qui ?

— Quand je l'ai rencontrée ? Une serveuse, comme toutes les autres.

Joey ne put s'empêcher de glousser.

— Vous avez épousé *six* serveuses ?

— Cinq, en fait. La dernière était productrice télé.

— Oh, Mick...

— Et toutes étaient absolument merveilleuses au départ. Quand ça tournait mal, c'était de ma faute, d'habitude.

— Mais bon sang à quoi pensiez-vous ? Je veux dire, franchement, quand vous en êtes arrivé à la numéro six...

— Oh, mais je ne pensais à rien, répondit Stranahan. Aimer et penser sont deux choses différentes. Vous devriez le savoir.

Joey Perrone se pencha en arrière son visage drapé tourné vers la lumière déclinante.

— Le ciel là-bas est rose et or, je parie. Bon Dieu, je dois avoir un look d'enfer avec ce bandeau.

— Chaz est votre premier mari ?

— Le second. Le premier est mort. Dans un accident, s'empressa-t-elle d'ajouter.

— Craignos.

— Il était agent de change. Chaz est biologiste.

— Les moucherons sont en train de vous bouffer, fit Stranahan. Rentrons.

— C'est drôle, mes yeux me font mal uniquement quand je pleure, dit-elle. Si seulement je pouvais m'arrêter.

— Venez, prenez ma main.

— Non, j'aime bien être dehors. Les moucherons ne me dérangent pas.

Joey renifla un bon coup d'un air de défi.

— Et puis, écoutez-moi bien, ce n'est pas cet enfant de salaud de Chaz Perrone qui me fait chialer. Je suis certaine à quatre-vingt-dix-neuf pour cent que je ne l'aime même plus.

Stranahan resta coi. Il était un expert en amours finissantes, spécialiste du vide paralysant qui s'installe jusqu'à ce qu'autrui vous refasse des avances.

— Mais ce que Chaz a fait là-bas, poursuivit-elle en désignant le large, ça me prend royalement la tête. Vous n'avez pas idée.

Oh que si, songea Stranahan. La question étant en suspens, il se lança et la posa :

— Alors qu'est-ce qui vous fait pleurer ?

— Bah, je suppose, de m'apercevoir que toute ma vie aboutit à cet instant, à cet endroit précis et à cette... — elle balaya l'espace d'un geste de colère — situation merdique, nulle. Sans vouloir vous vexer, Mick, se retrouver à moitié aveugle sur une île avec un parfait inconnu n'est pas vraiment ce dont je rêvais à cette période de mon existence. Ça ne prend pas du tout la tournure à laquelle je m'attendais à trente ans et des poussières.

— Écoutez, ça va aller.

— Ah ça, oui ! Après que mon mari à la con, excusez ma façon de parler, m'a jetée par-dessus bord, merde, pendant notre croisière d'anniversaire, merde ! Comment une femme fait-elle au juste pour laisser ça derrière elle, hein ? Comment fait-on pour « dépasser » ce genre d'échec personnel ?

— Le voir emmené menottes au poignet pourrait hâter la guérison, lui répliqua Stranahan. Pourquoi ne pas me laisser appeler la police ?

Joey fit non de la tête avec une telle véhémence qu'il crut que la serviette allait s'envoler.

— Le procès serait un cauchemar, Mick : ce serait ma parole contre la sienne. Il dirait probablement que j'étais bourrée et que j'ai basculé par-dessus la rambarde. C'est ce qu'il a déjà dû déclarer aux gardes-côtes, j'en suis sûre. Il y a quatre ans de ça, je me suis fait choper connement pour conduite en état d'ivresse à Daytona ; les avocats de Chaz déterreraient ça en deux secondes chrono. « Auriez-vous l'obligeance, Mrs Perrone, de venir à la barre et de raconter à la cour comment votre petit ami, un pro du tennis, vous a larguée pour un mannequin de maillots de bain et comment, après avoir descendu une bouteille de cabernet, vous avez garé votre voiture au beau milieu de l'A1A avant de vous endormir... ? »

— OK, on se calme.

— Mais j'ai pas raison ? Ce serait bien ma parole contre la sienne.

Stranahan admit que les choses pourraient tourner au vinaigre dans le prétoire.

— Ce ne sont pas mes oignons, Joey, mais y a-t-il de l'argent en jeu ? Chaz deviendrait riche si vous disparaissiez ?

— Nân.

— Pas même une assurance-vie ?

— Pas à ma connaissance, fit Joey. Vous comprenez maintenant pourquoi je suis aussi... je ne sais pas, abasourdie. Qu'il ait tenté de me tuer, ça n'a pas de sens. S'il voulait divorcer, il n'avait qu'à le dire.

Elle demanda à Stranahan ce qu'il ferait à sa place.

— Je commencerais par enlever mon alliance, lui dit-il.

Joey, penaude, retira la bague de platine de son doigt et referma sa paume dessus.

— Et ensuite, quoi ?

— J'irais trouver les flics direct, fit Stranahan, se demandant quels autres choix elle pouvait bien envisager. Il choisit de ne pas poser la question à Joey, apaisée semblait-il par la brise naissante.

— Vous souriez. Bonne chose, lui dit-il.

— Parce que c'est mouillé et que ça chatouille.

— Qu'est-ce qui vous chatouille ?

— Je vous en prie, Mick, dites-moi que c'est le chien.

Stranahan jeta un œil sous la table.

— Cross, tu es un très vilain garçon, fit-il en tendant la main vers le collier du doberman.

— Je crois qu'il m'aime bien, dit Joey en pouffant avec amertume. Ils sont tous comme ça au début.

L'inspecteur Karl Rolvaag était un homme du Midwest. Il le savait au fond de son cœur et chaque jour, en se rendant à son travail, tout le lui rappelait.

N'importe quel État, ou presque, du Midwest du Nord lui

aurait convenu : Michigan, Wisconsin, Minnesota, les deux Dakota. Là-bas, crimes et délits étaient carrés, évidents, dus banalement au fric, au sexe ou à l'alcool. La Floride était plus compliquée, portée aux extrêmes, on ne pouvait y jurer de rien. Chaque magouilleur merdique d'Amérique y débarquait tôt ou tard, tant les opportunités de prédation y abondaient.

— Je le sens pas, le sieur Perrone, observa Rolvaag devant son capitaine.

— Déjà ?

Le capitaine s'appelait Gallo. Il aimait bien Rolvaag car ce dernier lui permettait de faire bonne figure en bouclant nombre d'affaires épineuses, même si à fréquenter, l'inspecteur était tout sauf un joyeux drille.

— Vous pensez qu'il l'a poussée ? demanda Gallo. On aura vachement de mal à le prouver, s'il l'a fait.

Rolvaag haussa les épaules.

— Je le sens pas, c'est tout.

Ils prenaient un café dans un restoroute sur la route 84. Minuit approchait et Rolvaag avait hâte d'aller s'assurer que les rats ne trottinaient pas partout dans sa voiture à l'heure qu'il était.

— La victime, fit Gallo, redites-moi combien elle pèse sur le plan financier ?

— Treize millions de dollars, peu ou prou. Les gestionnaires du fidéicommis s'emploient à établir un chiffre.

— Et le mari ne récoltera pas un sou, c'est bien ça ? Pas même celui d'une assurance-vie ? demanda Gallo.

— Pas d'après ce que j'ai trouvé, mais on n'est qu'en début de partie.

— Ce serait complètement débile de mentir sur un truc pareil.

— Je suis d'accord.

Rolvaag consulta sa montre discrètement. Ça faisait six heures qu'il avait quitté l'animalerie. Il espérait que les rats ne s'étaient pas grignoté un trou dans la boîte à chaussures.

— Qu'est-ce que la proche famille nous dit du jeune Chaz ? demanda Gallo.

— Les parents de Mrs Perrone sont décédés et son frère unique élève des moutons en Nouvelle-Zélande.

Gallo tiqua.

— Bon Dieu, ça fait cher le coup de fil. Tâchez de faire court mais bon.

— Chachéchur.

Rolvaag donnait parfois dans le sabir genre *Fargo* quand Gallo le titillait stupidement ou autre. L'inspecteur avait quitté Saint Paul pour Fort Lauderdale parce que sa femme avait été prise du désir inexplicable de faire l'expérience de l'humidité tropicale. Dix ans plus tard, elle s'en était retournée dans les Villes Jumelles, Saint Paul et Minneapolis, et Rolvaag, divorcé, était toujours en Floride à suer comme un perdu, onze mois et demi sur douze.

Cependant, son salut était fourré dans sa serviette sous la forme d'une lettre du chef de la police d'Edina, Minnesota, banlieue de Minneapolis, agréable et civilisée. Ledit chef de la police avait proposé à Rolvaag un boulot dans l'unité des crimes de sang, qui étaient peu nombreux. Rolvaag comptait en aviser le capitaine Gallo dès que se présenterait un créneau dans la conversation.

— Et je parie que personne à bord de ce navire de croisière n'a vu ni entendu que dalle, disait Gallo. Une jolie fille fait la culbute et tout le monde roupille.

Sans la moindre trace de sarcasme, Rolvaag lui expliqua que le temps lui avait manqué pour interroger les deux mille quarante-huit autres passagers ou l'équipage.

— Mais personne ne s'est présenté spontanément non plus, ajouta-t-il.

Gallo faisait tournoyer un jeu de clés de voiture sur le petit doigt de sa main droite.

— Et les gardes-côtes, ils ont terminé ?

— Demain midi, ouais. Ils garderont un hélico en l'air jusqu'au coucher du soleil, mais surtout pour la galerie, lui précisa Rolvaag.

— Et notre mari est dans tous ses états ou quoi ?

— Il balance les bonnes répliques, mais comme s'il avait appris le scénario par cœur.

Gallo eut un sourire crispé.

— Karl, même si elle réapparaît flottant quelque part...

— Ouais, je sais.

— ... à moins qu'il lui ait tordu le cou ou fichu un grand coup sur la cafetière...

— Oui. On pourra rien prouver.

— Il a une poule planquée quelque part ?

— Je suis en train de vérifier.

— Et même s'il en a une...

— Je sais. Ça ne signifie pas automatiquement qu'il ait tué sa femme.

Rolvaag était conscient que Gallo, ayant lui-même plusieurs petites copines, pouvait se montrer un tant soit peu sur la défensive, question adultères et compagnie.

— Mais vous ne croyez pas Perrone, je le vois bien, dit Gallo.

— Je ne pense pas qu'il nous ait tout dit sur son mariage, loin de là.

Gallo éclata de rire.

— Ça, Karl, vous ne l'obtiendrez *jamais*. Jamais de la part d'un mari, votre serviteur compris.

— Mais votre femme n'a pas disparu en mer.

— Ça vous turlupine, pas vrai ? Je le vois à la triste bobine de prince de Norvège que vous tirez.

Rolvaag se força à sourire.

— C'est qu'une affaire parmi d'autres, fit-il. Mais ce n'était pas tout à fait son sentiment.

— Vous possédez toujours ces serpents géants ? lui demanda le capitaine.

— Rien que ces deux-là, ouais. Mais ils font à peine plus de deux mètres.

— Et vous les nourrissez toujours avec des saletés de rats ?
— Malheureusement, la fricassée de légumes ne leur dit rien.
— J'arrive pas à croire que le commando du condo n'ait pas encore réussi à vous faire expulser.
— C'est pas faute d'essayer, concéda Rolvaag.
La plupart de ses voisins d'immeuble, possesseurs de chiens-chiens, étaient terrifiés à l'éventualité que les pythons de Rolvaag ne fassent une fugue. Ses frais juridiques dépassaient déjà les six mille dollars.
— Nom de Dieu, Karl, ce sont des reptiles. Pourquoi ne pas vous débarrasser simplement de ces foutues bestioles ?
— Je les aime.
— Plus important : est-ce qu'elles vous aiment, *vous* ?
— On s'entend bien. Contre le gîte et le couvert, elles me gratifient d'une indifférence inconditionnelle.
Gallo déclara qu'une danseuse topless d'Oakland Park de sa connaissance serait aux anges d'avoir ces serpents comme partenaires pour son numéro.
— Elle leur assurerait aussi un bon gîte. Du genre qui nous fait tous rêver.
— Merci quand même, dit Rolvaag en se levant. Je ferais mieux d'y aller avant que ces rongeurs de mes deux ne me chouravent ma bagnole.
— Vous êtes un drôle de zigoto, lui dit Gallo, non sans bienveillance. Bouclez-moi l'affaire Perrone pour vendredi, d'acc ?
— Vendredi ?
— Eh, on peut pas gagner à tous les coups, Karl. Y a des affaires, on peut pas faire plus.
Surtout en six jours, songea Rolvaag avec irritation.
— Une chose que son mari m'a révélée, fit-il, c'est que c'était une star de la natation à l'université.
— Ouais, bon, je doute sérieusement qu'elle y ait pratiqué le plongeon du pont d'un paquebot de croisière ou la nage parmi les requins. Donnez-vous jusqu'à vendredi, Karl. Inutile de classer le dossier, glissez-le simplement sous la pile.

— Chachéchur.

Plus tard, en roulant vers son domicile, avec sa boîte de rats, Rolvaag se souvint de la lettre dans sa serviette. Il fut fâché contre lui de ne pas l'avoir mentionnée à Gallo, afin que le capitaine commence à préparer la paperasse pour sa démission.

Lundi, à la première heure, se jura l'inspecteur. Il lui tardait de plus en plus de se tirer de cette fosse d'aisances fumante et de rentrer au Minnesota. Ah chachéchur.

5

Charles Regis Perrone était biologiste par défaut.

La médecine avait représenté son premier objectif... et plus précisément, une carrière pépère de radiologue. Si la perspective de faire fortune l'avait poussé vers le domaine de la santé, en hypocondriaque grand teint, l'idée d'être en relation avec de vrais malades lui répugna. Étudier des radios dans l'isolement relativement aseptisé d'un laboratoire semblait une option séduisante, qui lui accorderait beaucoup de temps libre.

Les beaux plans de Chaz avortèrent en raison de ses appétits lubriques. Au cours de ces deux années de prépa, il consacra plus de temps aux préservatifs qu'aux rayons des bibliothèques et par conséquent, effectua son petit bonhomme de chemin à l'université de Floride où il obtint un GPA[1] tout sauf éblouissant de 2,1. Peu d'écoles de médecine se disputent avidement des étudiants de troisième catégorie. Mais il en fallait plus pour décourager Chaz. Il avait déjà décidé qu'être médecin pèserait trop lourdement sur son calendrier mondain et qu'il trouverait un autre biais pour devenir riche.

Entre-temps, il cingla toutes voiles dehors dans la société, armé de sa belle gueule à la Ken, le fiancé de Barbie, de son pria-

1. Grade Point Average ou note moyenne. Le maximum obtenu ne peut dépasser 4.0.0. *(N.d.T.)*

pisme affable et d'une licence dans une matière qu'il détestait entre toutes : la biologie. Trois mois après l'obtention de son diplôme, Chaz revint en traînant les pieds chez sa mère, dont le nouveau mari, un ex-pilote de la RAF complètement givré, du nom de Roger, prenait un malin plaisir à le harceler à coups de plaisanteries zarbies. Chaque fois que Chaz se faufilait aux toilettes pour une branlette, ce qui lui arrivait plusieurs fois par jour, Roger mettait les Irish Rovers à fond et tapait sur le montant de la porte en psalmodiant : « Sale macaque ! Sale macaque ! » d'une voix de fausset à donner la chair de poule.

Chaz souffrait sous le toit de sa mère, mais sans boulot, il ne semblait pas y avoir d'échappatoire. Un seul employeur potentiel avait manifesté une lueur d'intérêt devant ses références universitaires, à savoir le refuge de la SPA de Bay County, qui cherchait une perle rare pour passer au jet les chenils deux fois par jour.

Chaz prit conscience qu'il était condamné à l'enfer d'un salaire de misère à moins d'obtenir une maîtrise, aussi en acheta-t-il une auprès d'une fameuse usine à diplômes du Colorado. Les huit semaines de cours par correspondance lui garantissaient son titre (avec mention) pour un montant de 999 dollars que Chaz carotta à sa mère sans l'ombre d'un remords. Tout sujet entretenant un vague rapport avec la biologie convenait pour le mémoire, le double interligne étant la seule condition exigée. Le texte de Chaz, résultat d'une recherche d'un unique après-midi au rayon produits frais du supermarché du coin, avait pour titre : « Analyse comparative des oranges tardives, des pamplemousses roses et autres tangelos. »

Dix jours après avoir posté le manuscrit terminé — un chèque de banque agrafé à la page de couverture comme requis —, il reçut une lettre recommandée déclarant que ledit établissement avait fermé ses portes, dépouillé de son accréditation et expulsé du centre commercial où son « campus » était cantonné.

À contrecœur, Chaz accepta la possibilité d'assister à des cours pour obtenir un diplôme supérieur. Sa mère, tombant par hasard sur les pièces les moins ragoûtantes de sa collection pornographique, hâta son départ en abusant de la gentillesse de l'un de ses cousins, enseignant à l'École Rosenstiel des sciences marines et atmosphériques de l'université de Miami. Bien que les résultats à l'examen d'entrée de Chaz fussent presque aussi peu mémorables que ses notes, politique du népotisme aidant, il fut admis en programme de maîtrise.

C'est en étudiant de troisième cycle plein d'allant et conquérant que Chaz débarqua sur le campus de Rosenstiel, à Virginia Key : dans ses rêves de grandeur, il se voyait déjà voguant paresseusement sous les tropiques en goélette, à la recherche de groupes de dauphins souffleurs. Dans son fantasme, Chaz tenait une paire de jumelles dans une main et un verre de margarita givré de sel dans l'autre.

S'il s'était donné la peine de survoler le programme à l'avance, il n'eût pas été autant terrassé par la réalité aride de la biologie de terrain. Sa première mission fut d'assister un candidat au doctorat dans son étude des « poux de mer » côtiers, expérience qui ralluma l'antipathie de Chaz pour le plein air et tous ses hôtes, petits et grands.

Parmi ses corvées, figurait la collecte d'amas d'algues abritant des micro-organismes de forme granulaire, qui n'étaient pas à proprement parler des poux, mais des larves de *Linuche unguiculata* ou méduse dé-à-coudre. L'aversion initiale de Chaz pour son sujet d'étude fut justifiée dès le second jour de terrain quand cette vermine se réfugia, Dieu sait comment, sous sa combinaison de plongée et lui colonisa le haut du torse donnant lieu à une éruption de pustules urticantes... état douloureux qu'exacerba de façon spectaculaire un choix d'eau de toilette malavisé. Avant la fin de la moitié du premier semestre, Chaz donnait l'impression d'un rescapé d'une plate-forme pétrolière en flammes. Il informa froidement son directeur de maîtrise que le seul objectif de bon sens de l'étude desdits « poux de mer » consisterait à isoler une toxine qui les éradiquerait de la surface du globe.

Il était clair que Chaz ne possédait ni l'étoffe ni l'optique voulues pour la recherche scientifique. Pire encore, il n'attachait aucun intérêt, même le plus minime, aux espèces inférieures. En tant qu'étudiant de prépa, il s'était dépatouillé en cours de biologie pour en mémoriser juste assez et passer ses examens. Sur le terrain, il était moins facile de contrefaire. Le boulot, répétitif, faisait suer au propre comme au figuré, était en un mot *dur*. Chaque fois que Chaz demandait à aller batifoler avec les dauphins, on l'envoyait récolter un nouveau baquet de varech.

Son parent épargna à Chaz la honte d'être recalé. Au lieu de ça, on l'orienta vers un champ d'études qui minimisa son exposition à la nature : le cycle de reproduction du poisson moustique en captivité. Après s'être occupé de l'entretien d'aquariums, deux mornes années durant, il décrocha une maîtrise de biologie marine d'importance marginale. Lors de la remise de diplôme, le corps professoral de Rosenstiel se leva comme un seul homme pour acclamer Chaz traversant l'estrade, tant il était ravi de le voir pour la dernière fois.

À sa grande surprise, à peine avait-il fait plastifier son diplôme qu'on lui offrit un job. La société en question était une fabrique de cosmétiques qui, ça tombait bien, n'avait que faire de la connaissance des océans de Chaz et nul souci de ses notes peu reluisantes. Le groupe avait juste besoin d'un membre du personnel présentant bien — que les biologistes sérieux qualifiaient avec mépris de « biostitué » — pour certifier consciencieusement que ses produits de parfumerie ne contenaient qu'en quantité négligeable toxines, acétones et autres substances cancérigènes. Les recruteurs de ladite société de cosmétiques furent impressionnés par la beauté des traits de Chaz et le souci méticuleux de son apparence qui, à leur sentiment, rehausseraient son impact de témoin expert, en particulier auprès des jurés.

Affecté dans l'usine de la société, à Jacksonville, on lui donna un bureau, un petit laboratoire et, pour commencer, une portée de cent souris blanches. Il les humectait à l'occasion de Passion Bleue, Frisson ou autre nouveau parfum qu'on testait à ce moment-là, avant sa mise sur le marché. De temps à autre, une souris développait une tumeur de la taille d'un kumquat, ce qui obligeait Chaz à se saisir de la malheureuse bestiole avec des pinces à barbecue et à la balancer dans la rigole derrière le bâtiment. Documenter scientifiquement de telles excroissances malignes ne lui vint jamais à l'esprit : Charles Regis Perrone n'effleurerait jamais du bout de ses doigts impeccables de la vermine malade, pas pour trente-huit mille malheureux dollars par an.

Et puis, un beau matin, tandis qu'il déchirait des journaux pour les cages de ses rongeurs, il aperçut un gros titre qui allait changer son destin : LE CONGRÈS MÉDITE UN PLAN DE 8 MILLIARDS DE DOLLARS POUR LA RESTAURATION DES EVERGLADES.

La fortune apparut à Chaz dans un jaillissement mystique de lumière verte. Avec un zèle qui aurait époustouflé ses anciens professeurs de fac, il s'embarqua dans un projet de recherche ambitieux qui le mit en contact pour finir avec un dénommé Samuel Johnson Hammernut qu'amis et ennemis connaissaient sous le diminutif de « Red ». Le nom de Hammernut était devenu familier à Chaz par le biais d'articles de journaux archivés, qui faisaient état d'atrocités récurrentes perpétrées contre son prochain : la main-d'œuvre agricole immigrée, en particulier, et l'ensemble de la planète, en général.

Si, au départ, Red Hammernut s'était montré méfiant face à l'audacieuse proposition de Chaz, il avait vite fait de s'y rallier. C'était lui qui téléphonait à présent à trois heures du matin à Chaz au Marriott.

— Qu'est-ce que j'apprends ? aboya Red Hammernut, qui semblait l'appeler depuis un tunnel aérodynamique de la NASA.

Chaz jeta un coup d'œil inquiet au réveil numérique.

— Vous êtes où ? lui demanda-t-il.

— En Afrique, t'as déjà oublié ?

Red Hammernut, en quête d'un tarpon record du monde, l'appelait depuis un téléphone satellite à bord d'un bateau, quelque part au large du Gabon.

— Bon, c'est quoi cette histoire avec Joey ? fit-il. C'est vrai ?

Chaz se redressa dans son lit, soudain sur le qui-vive.

— J'en ai peur, Red. On est partis en croisière et elle... eh bien, elle a dû tomber du bateau. On ne la retrouve nulle part.

— Bordel.

— Comment êtes-vous au courant ?

— C'était dans les journaux de Fort Lauderdale. Lizbeth m'a faxé l'article, expliqua Red Hammernut.

— Mais comment avez-vous fait pour savoir où j'étais ?

— J'ai appelé la journaliste en me faisant passer pour ton oncle. Ah ah !

— Oh.

Chaz comprit qu'il ne s'agissait pas d'un coup de fil de sympathie, un tel sentiment étant étranger au caractère de Red Hammernut. Le bonhomme voulait se renseigner tout en rappelant à Chaz ses responsabilités supérieures.

— Je ne sais pas ce qui s'est passé, fit ce dernier prudemment, au cas où l'inspecteur Rolvaag aurait mis sa ligne sur écoute. Joey est montée sur le pont en pleine nuit et elle n'est jamais revenue. Personne ne l'a vue passer par-dessus bord, mais on suppose que c'est ce qui est arrivé.

— Ouais, sûr. Merde, qu'est-ce que ça pourrait être d'autre ?

La voix de Red Hammernut louvoyait dans un tourbillon de friture.

— Putain, c'est teurribleu, vraiment teurribleu. Dis-moi, fiston, on la cherche toujours ? Les gardes-côtes, j'veux dire.

— Jusqu'à demain midi. Puis ils arrêtent tout.

— Ben ça, c'est fort de café.

Chaz voyait d'ici le nabot floridien se prélasser dans la cabine du yacht, en lampant un grand verre de Jack Daniel's. Ses jambes en quilles de bowling, tachetées de rousseur, devaient être rose vif, suite aux coups de soleil, et la brise marine avait dû ébouriffer comiquement ses cheveux clairsemés et cuivrés. Quant aux cercles blancs cernant ses yeux de louchon — dus à d'absurdes verres polarisés surdimensionnés —, ils devaient faire à Red une tête de lémurien irradié.

— Si t'as besoin de quoi que ce soit, Chaz, de quoi que ce

soit, répéta Red Hammernut. Je peux faire décoller six hélicos à l'aube si c'est ce que tu veux. On fera des recherches et du sauvetage persos, bordel !

Avec anxiété, Chaz se demanda combien de verres Red avait sifflés.

— C'est très généreux de votre part, lui dit-il, mais ils ont fait une bonne dizaine d'allers-retours le long de la côte. On l'aurait retrouvée à l'heure qu'il est, vous ne croyez pas ? L'océan est plein de requins.

— Eh, man, dit Red Hammernut. T'entends ce boucan ?

— Bien sûr, fit Chaz.

— Ça chie des bulles par ici. Ça doit souffler entre six et sept Beaufort.

— Soyez prudent.

— Et merde, fiston, tu me demandes même pas si la pêche donne ?

— Si, si. Comment ça se passe ?

Chaz sentit qu'il était temps de clore la conversation avant que Red ne cesse carrément de feindre d'éprouver de l'inquiétude.

— Ça craint un max, voilà comment ça se passe. Quatre jours et on a pas remonté un seul tarpon de plus de cinquante kilos, se plaignit Red Hammernut. Toi qu'es le scientifique, l'as de la vie marine, c'est quoi ce plan de merde ? Il est où mon poisson ?

Chaz n'en avait aucune idée.

— Peut-être qu'ils sont en train de frayer, fit-il sans conviction aucune.

Quand Red Hammernut riait, il rappelait une mule constipée.

— En train de frayer, mon cul ! Me dis pas qu'il t'a fallu un doctorat pour m'en sortir une aussi *belle* ! Un doctorat pour lequel j'ai raqué, *moi*, bordel !

— Ma foi, c'était pas de mon ressort.

Chaz peinait à dissimuler sa contrariété.

— Et c'était quoi ton ressort ?

— Les poissons d'eau douce migrateurs.

Red Hammernut s'esclaffa.

— Bien dommage, car j'aurais vachement besoin d'l'avis d'un expert blanc bleu en ce moment. Cette petite expédition me coûte trois mille dollars par jour.

Alors, t'aurais peut-être dû t'attaquer à du menu fretin débile, genre perche, pour commencer, eut envie de lui balancer Chaz. Red Hammernut ne s'était mis à la pêche sportive que trois mois plus tôt.

— Peut-être que demain votre chance tournera, suggéra Chaz. Mais ce salopard de vieux bourru n'allait pas s'en tenir là.

— J'parie qu' t'en sais plus sur les requins qu'sur les tarpons, fit-il, si tu suis mon raisonnement.

Ce type est incroyable, songea Chaz, il plaisante sur ce qui est arrivé à Joey.

— Je crois que j'ai plus de réseau ! hurla Chaz dans l'appareil. Prenez bien soin de vous, on en reparle à votre retour.

— C'est sûr, fit Red Hammernut. Eh, j'regrette vraiment pour ta dame. Une vraie calamité qu'c'est, merde.

Le petit péquenot tâchait de paraître sincère, mais Chaz ne s'y trompait pas. Le bonhomme avait autant de cœur qu'un scorpion.

— Fais attention, ajouta Red sur un ton d'avertissement à ne pas s'y méprendre. Tu m'entends ? Fais vraiment gaffe. Tu m'reçois ?

— Cinq sur cinq, Red.

Joey Perrone, réveillée avant le lever du soleil, ôta le pan de serviette qui lui enveloppait la tête. Même si ses paupières restaient sensibles, suite aux piqûres de méduses, sa vision semblait bonne. Elle gagna sans se hâter la salle de bains où elle tenta d'ignorer la femme au visage marbré et aux yeux rouges, reflétée dans la glace.

Elle avait dormi dans un maillot de Stanford extra-large et un short de jogging blanc ayant appartenu à l'une des ex-femmes de

Mick Stranahan, la productrice de télévision. Quand Joey lui avait demandé combien de temps ce mariage-là avait duré, il lui avait répondu :

— Ça dépend à qui vous posez la question.

Elle se débarbouilla avec moult précautions, puis s'arrangea pour se gargariser sans émettre un seul glouglou. Ensuite, elle fouilla dans la coiffeuse et y pêcha un chouchou pour ses cheveux.

Stranahan dormait, vautré sur le canapé du salon. Joey s'approcha de lui sur la pointe des pieds et se pencha au plus près qu'elle osa. Dans le demi-jour, elle examina ses traits et sourit.

Pas mal, se dit-elle. Je le savais.

Elle fit étape dans la cuisine, le temps de rafler deux pommes et une banane mûre. Se faufilant par-derrière, elle prit soin de refermer doucement la porte-moustiquaire. Cross leva la tête quand elle sortit, pieds nus, sur le ponton. Joey lui caressa le museau en chuchotant :

— T'es un beau toutou, toi. Peut-être qu'un de ces jours, Mick te trouvera une copine.

En grimpant à bord du skiff, Joey songea : C'est très mal élevé de ma part. Le moins que j'aurais pu faire, c'était de lui laisser un mot.

Elle détacha les amarres, repoussa le skiff vers le large. Alors qu'il glissait avec légèreté en s'éloignant, Joey s'installa au volant, pela la banane et attendit. Elle ne voulait pas lancer le moteur trop près de l'île et réveiller Stranahan... elle se sentait déjà bien assez coupable de s'en aller en catimini.

À l'intérieur de la console, Stranahan avait branché son portable pour le recharger ; cela signifiait que Mick n'aurait aucun moyen de prévenir les autorités en constatant la disparition de son bateau. Joey se sentit à nouveau dégueulasse, mais un Mick non joignable lui donnerait de l'avance pour faire ce qu'elle avait à faire.

Laissant le skiff dériver, elle termina la banane dont elle déposa la peau sous le siège. Dans une écoutille arrière, elle localisa la poire d'amorçage qu'elle pressa jusqu'à ce qu'elle devienne dure dans sa main. Elle possédait quelques rudiments du maniement des moteurs hors-bord... Des années plus tôt, elle avait initié son premier mari au ski nautique et ils avaient acheté ensemble un Aquasport propulsé par un Yamaha de 150 chevaux.

Le vieil Evinrude de Stranahan démarra au troisième essai. Joey poussa la manette en avant, en jetant un coup d'œil par-dessus son épaule. Aucun signe de Mick, mais le doberman, oreilles dressées, l'arrière-train se trémoussant d'excitation, la guettait au bout du ponton. Elle agita la main en signe d'au revoir dans sa direction, puis mit le cap sur les tours du front de mer de Miami.

— Ah non, pas encore une fois, maugréa Stranahan, filant un coup de pied dans une noix de coco tombée.

Il s'installa à la table de pique-nique avec une tasse de café, Cross couché à ses pieds. Si Joey n'était pas la première à se casser avec le skiff de Mick, c'était la seule et unique avec laquelle il n'avait encore ni couché, ni vécu, ni poussée jusqu'à l'exaspération. Quand elles décidaient de s'en aller, le mélodrame semblait inévitable.

La dernière à avoir tenté la même chose, c'était Susan, une agente de brevets à succès. Elle avait professé adorer l'isolement de l'île, mais en fait ce qui l'avait rendue chèvre, c'était de n'avoir pas réussi à connecter son Blackberry — quoique ça ait bien pu vouloir dire, merde — suite à d'obscures anomalies atmosphériques. Mais il était possible que d'autres facteurs aient aussi contribué à son intranquillité, en avait conclu Stranahan après coup.

Un soir au coucher du soleil, Susan avait craqué. Après avoir additionné le rhum-coca de Stranahan d'un comprimé de Stilnox, elle fit ses bagages, piqua son bateau et s'emplafonna promptement sur les récifs submergés du côté de Ragged Keys. Elle se cassa non seulement la clavicule mais bousilla aussi l'arbre de l'Evinrude, ce qui coûta à Stranahan la bagatelle de mille huit cents dollars.

— Bon Dieu, pourquoi tu m'as pas simplement demandé de te déposer ? lui avait-il dit plus tard aux urgences.

— Parce que je ne voulais pas te déranger, lui avait-elle répondu. Je sais comme tu es.

C'est ce qu'elles disaient, toutes autant qu'elles étaient — *je sais comme tu es* — et d'habitude, elles se trompaient. Elles ne le connaissaient absolument pas. Mais puisque Stranahan n'était pas très doué pour révéler la sensibilité de son moi intérieur, on ne pouvait reprocher aux femmes qui s'intéressaient à lui de mal en interpréter les signes. Si l'épisode Susan l'avait projeté dans une phase de franche introspection, il avait pris des mesures, en attendant, pour protéger à l'avenir son humble embarcation d'emprunts intempestifs de la part de compagnes mal lunées.

À l'aide d'une lunette de tir, il repéra facilement Joey Perrone, dérivant à moins de trois milles de l'île.

— Tu veux venir, toi ? demanda-t-il à Cross qui déclina son offre, préférant se lécher les parties.

Stranahan traîna le kayak océan jaune hors du hangar, le mit à l'eau. Il ôta sa chemise, envoya valser ses tongs et grimpa à bord. Il fendit le léger clapotis à coups de pagaie fermes et rapides ; le soleil lui brûlait agréablement les épaules. Avec le vent dans le dos, il atteignit le skiff désemparé au bout de vingt minutes.

Joey était assise à l'avant, jambes pendantes.

— Deux fois en trois jours, fit-elle. Qui dit mieux ?

Stranahan se hissa à bord et fixa le kayak à un taquet à l'arrière.

— On ne peut pas parler de sauvetage aujourd'hui, dit-il ; c'est une plantade pure et simple.

— Mick, je ne volais pas le bateau. Juré.

Ouvrant l'une des écoutilles avant, il s'y introduisit, tête et bras.

— Je l'aurais laissé amarré à Dinner Key, insista Joey. Écoutez, je voulais pas bousiller ce sacré rafiot. Je vous paierai les réparations, d'acc ?

Il répondit d'en dedans :

— Qu'est-ce qui vous fait croire qu'il est bousillé ?

— Il l'est pas ?

— En réalité, il marche à la perfection.

Il se releva, s'essuya les mains sur son pantalon kaki et regagna la console. Dès qu'il mit le contact, le moteur vrombit, revenant à la vie.

Joey demanda, d'un ton grognon :

— Comment vous avez fait ?

— Il y a une valve manuelle sur l'arrivée d'essence, près du réservoir. Hier soir, je l'ai fermée, expliqua-t-il. La force de l'habitude, sans doute.

— Une valve d'arrêt.

— Oui, c'est le terme exact. Le reste de carburant dans le tuyau, vous n'aviez que ça à votre service ce matin, poursuivit-il, c'est pour ça que le moteur a calé.

— Malin.

Joey tricotait des mâchoires.

— On m'a déjà barboté mon bateau, vu ?

— Ça ne m'étonne pas.

D'un geste Stranahan la chassa de l'avant. S'approchant de la glacière, elle garda profil bas et l'observa manœuvrer le volant.

— Je ne vous reproche pas d'avoir été déçue. Vous espériez le *Pale Rider* et vous n'avez récolté que moi.

Joey leva les yeux au ciel.

Stranahan ne revint pas plein gaz jusqu'à l'île, le kayak bondissant légèrement dans les remous du sillage du skiff. Se penchant de côté, il dit :

— Je vous aurais volontiers reconduite sur le continent. Bon sang, qu'est-ce que vous avez cru ?

— Que vous appelleriez quand même les gardes-côtes ou la police, et ce n'est pas ce dont j'ai envie.

— Où alliez-vous comme ça ?

— Surprendre mon mari. Pour jouir de la tête qu'il ferait en voyant que je suis toujours vivante.

— Et ensuite... le laisser tenter de vous tuer encore une fois ?

— Bon, c'était peut-être pas l'idée la plus intelligente que j'aie jamais eue, reconnut Joey. Mais je suis tellement en pétard... J'aurais attendu qu'il soit sous la douche pour me glisser dans la salle de bains et tirer le rideau. J'ai pensé qu'il pourrait se payer un infarctus.

— Super scène, mais pas super plan.

— J'en ai imaginé un meilleur. Vous voulez l'entendre ?

— Nân, fit-il.

— Ça m'est venu tout à coup pendant que je flottais par ici dans votre bateau, dit-elle. Je pense que vous m'approuverez.

— J'en doute, fit Stranahan. Et, soit dit en passant, je tiens mes promesses. Vous n'aviez pas besoin de vous enfuir... je n'aurais pas appelé les flics tant que vous n'étiez pas prête pour ça.

Joey retira le chouchou de sa queue-de-cheval.

— Et si je ne le suis jamais ?

— C'est ça votre nouveau plan ? Vous avez envie que tout le monde continue à croire à votre mort ?

— Surtout mon criminel de mari, l'ordure.

Stranahan entra dans son jeu.

— Afin de disparaître très loin d'ici, hein ? De prendre un nouveau nom. De commencer une nouvelle vie.

— Oh que non, l'arrêta Joey. Afin de pouvoir lui pourrir la sienne.

— Ah, je vois, genre la vengeance est un plat qui se mange froid.

— *Se faire justice soi-même* me paraît plus juste.

— Pitié.

Stranahan éclata de rire. Elle ne manquait pas d'air, celle-là.

— Joey, et votre famille ? Et vos amis ? Vous tenez vraiment à leur faire éprouver un pareil chagrin ?

Elle lui apprit que ses parents étaient morts, que son frère unique vivait à l'autre bout du monde.

— Lui, je le préviendrai, fit-elle. Il prendra ça de façon cool.

— Et votre patron ? Les gens avec qui vous bossez ?

— J'ai arrêté de travailler quand je me suis mariée, lui rétorqua-t-elle. D'ailleurs, autant que vous le sachiez : j'ai tellement d'argent que c'en est grotesque, plus qu'assez pour mener à bien ce que je réserve à Chaz.

— Merde, vous rigolez pas.

— Évidemment non. Je suis surprise que vous ne compreniez pas.

Joey se détourna, levant le bras pour se protéger les yeux du soleil.

Quand ils touchèrent au ponton, Cross se compissa allégrement. Stranahan amarra le skiff, remisa le kayak et rentra préparer une omelette. Joey se changea, enfilant la robe bain de soleil jaune de quelqu'une des ex, coiffant un chapeau de paille surdimensionné.

Le petit déjeuner, jus de pamplemousse fraîchement pressé inclus, fut servi dehors sous un ciel en partie nuageux. Stranahan attendit qu'ils aient terminé pour achever son sermon.

— Écoutez-moi, s'il vous plaît, lui dit-il. Vous ne pouvez pas tuer votre mari et vous en tirer comme ça, simplement parce que tout le monde vous croit morte. Ce genre d'absurdité n'arrive qu'au cinéma.

Elle le scrutait, à l'abri de son couvre-chef immense, en ayant l'air de s'amuser beaucoup.

— Mick, je n'ai pas l'intention de *tuer* Chaz Perrone. Je veux juste lui pourrir la vie au point qu'il se mette à se la pourrir tout seul. Vous ne voyez pas l'éventail des possibilités ?

Stranahan fut alarmé de se retrouver intrigué par cette idée. Il espéra que Joey ne le remarquerait pas.

Elle se pencha en avant sur son siège, l'attention en éveil.

— Quelqu'un a déjà tenté de vous assassiner ? Dites-moi la vérité.

— Oui, en fait.

— Et vous avez réagi comment ?

— Le cas était différent, Joey. Je faisais partie des forces de l'ordre.

Elle frappa triomphalement la table du plat de la main.

— Je le savais ! Bon sang, je le savais !

— J'ai employé l'imparfait, fit Stranahan. C'était il y a très, très longtemps.

— Répondez à ma question, Mick. Qu'avez-vous fait au type qui a tenté de vous assassiner ?

Il inspira lentement avant d'obtempérer.

— Je les ai tués.

Elle se redressa sur son siège aussi rudement que si on l'avait poussée.

— Wouah, lâcha-t-elle.

— Vous avez envie de papaye ?

— *Vous les avez tués ?* Vous parlez de plusieurs morts ?

— J'ai fait aussi l'armée, répondit Stranahan. Je reviens tout de suite.

Il entra dans la cuisine, en ressortit avec deux bagels et des tranches de papaye luisantes sur un plat.

— Racontez-moi tout, lui dit Joey, les yeux brillants.

— Jamais de la vie.

Les deux sujets de conversation que Stranahan appréciait le moins étaient, dans l'ordre, les femmes qu'il avait épousées et les hommes qu'il avait tués. Parmi ces derniers, Raleigh Goomer, le juge ripou, était le plus connu, bien que d'autres l'aient précédé et suivi. Toutes ces morts avaient, à l'aune de la plupart des critères moraux, leur justification, depuis les soldats de l'armée régulière du Nord-Vietnam abattus lors d'une fusillade jusqu'au tueur à gages trop lent qu'il avait embroché sur le rostre d'un espadon empaillé. Il y avait là matière à des récits hauts en couleur, supposait Stranahan, mais aucun dont il eut envie de régaler une jeune femme inconnue.

— Je crois que je devrais avoir peur de vous, dit Joey.

Il fit non de la tête.

— Je vous renvoie la politesse.

— Je vous le répète, Mick, je ne veux pas tuer Chaz. Je ne peux même pas écraser une de ces sales punaises de chou palmiste sans me sentir coupable. Mais je veux lui faire payer ce qu'il m'a fait.

— Quelle dent vous avez contre la prison ? demanda Stranahan. Faites-moi confiance, dix ans au pénitencier de Raiford ébranleront le petit monde de votre mari d'une façon bien pire que tout ce que vous pourrez imaginer.

Joey mordit dans une tranche de papaye.

— À condition qu'il soit condamné, dit-elle, ce qui est loin d'être acquis d'avance. Sans témoins oculaires ni même de mobile. Je me trompe ?

— Il doit y avoir un mobile, Joey. Il y en a *toujours* un.

— Écoutez, j'ai examiné ça sous tous les angles. Mais laissez-moi vous dire une chose... Chaz est plus malin qu'une anguille dans une botte de foin, comme dit à peu près le proverbe.

— Oui, à peu près, fit Stranahan.

— L'idée de l'affronter au tribunal me terrifie trop. Je ne peux pas courir ce risque.

Stranahan fut sensible à l'appréhension de Joey. Les procès en Floride du Sud sont réputés pour leur imprévisibilité.

— Avant notre rencontre, Chaz travaillait pour une société de cosmétiques, lui expliqua-t-elle. C'était leur supercrack scientifique, celui qu'ils expédiaient au trot certifier que leurs parfums étaient sans danger. Il m'a montré une cassette de lui à la barre et vous savez quoi ? Il était bon, Mick. Je vois bien un jury gober complètement sa version.

Stranahan savait qu'il aurait dû lui dire de se fier au système, mais s'en sentait incapable en gardant son sérieux. Il avait vu plus d'un monstre de sang-froid quitter nonchalamment le prétoire, blanc comme neige.

— Alors où on en est ? lui demanda Joey. Qu'est-ce que vous allez faire de moi, maintenant ?

Il soupesait sa réponse quand il remarqua un hélicoptère

orange pétard qui s'approchait en rasant l'océan. Cross l'aperçut aussi et se mit à aboyer comme un perdu, sautant en cercles.

Le chapeau de Joey tomba quand elle pencha la tête pour mieux voir l'appareil, qui les survola directement avant de ralentir et de se mettre en position stationnaire. Stranahan distinguait le garde-côte, posté à une porte ouverte. L'homme, coiffé d'un casque blanc, braquait ses jumelles, recherchant presque à coup sûr Mrs Charles Perrone, supposément disparue en mer.

Pour en finir une bonne fois, Stranahan n'avait qu'à se lever, agiter les deux bras en l'air et désigner la femme en robe bain de soleil jaune... celle qui s'était empressée de replonger sous sa capeline d'où elle l'épiait à présent avec anxiété.

Comme ce serait facile, songea-t-il, et que c'était tentant, aussi, car, à vrai dire, il était trop vieux pour ce genre de conneries.

Et pourtant, il n'adressa pas un seul geste à l'hélico, selon les normes en vigueur. Au lieu de ça, saisissant la main gauche de Joey, il l'effleura de ses lèvres, suffisamment longtemps pour que le garde-côte le voie faire.

Si bien que ce dernier en conclurait, comme n'importe quel observateur à sa place, que la femme en robe bain de soleil n'était pas une naufragée mais, ça tombait sous le sens, la femme ou la petite amie du veinard d'âge certain, installé à la table de pique-nique.

Et, comme prévu, l'hélicoptère alla bourdonner plus loin. Ils le suivirent des yeux jusqu'à ce qu'il ne soit plus qu'une tache brillante à l'horizon bleu clair. Satisfait d'avoir rempli sa tâche, Cross cessa d'aboyer et se roula en boule. Une volée de mouettes désorientées se matérialisa au-dessus de leurs têtes.

— Merci, dit Joey Perrone à Stranahan. Ça signifie que je peux rester ?

— Je dois être devenu dingue, fit-il.

6

Les gardes-côtes appelèrent pile poil à midi.

— J'arrive pas à croire que vous laissiez tomber ! fit Chaz.

Ses sacs étaient prêts depuis une heure.

— Ma femme est quelque part, là-bas dans l'eau… et si jamais elle était encore vivante ?

— Les probabilités sont très minces. Je regrette, Mr Perrone.

Chaz régla la note du Marriott et rentra chez lui en voiture, soulagé et enhardi. Il avait commis un crime parfait. Trente-sept heures s'étaient écoulées depuis qu'il avait fait passer Joey par-dessus bord et on n'avait rien retrouvé d'elle, pas un seul cheveu. L'océan avait fait son office.

En pénétrant dans la maison, Chaz éprouva vaguement… qu'était-ce donc ? Non, pas du remords, un accès de mélancolie charnelle, plutôt. Dans les lieux flottait légèrement le parfum préféré de Joey, odeur qui ne manquait jamais de lui faire de l'effet, sexuellement parlant. Bien plus subtil que la lavasse fruitée que mettait Ricca, songea Chaz. Peut-être que je pourrais la convaincre de changer de marque.

Il écouta une flopée de messages téléphoniques d'amis de Joey, la voix étranglée, ayant lu la nouvelle de sa disparition dans le journal. Chaz médita sur la bonne fortune d'avoir épousé une femme sans famille ou presque, lointaine ou pas, pour faire des histoires. Chaz n'avait même jamais rencontré le frère unique de sa femme et se demanda si la nouvelle de la mort de Joey ferait quitter à Corbett Wheeler, l'ermite, sa chère Nouvelle-Zélande.

D'entrée de jeu, la vue des vêtements de Joey dans la penderie déstabilisa Chaz. Il se sentit mieux après avoir vidé les cintres et encore mieux après avoir expurgé la salle de bains de tous ses savons, crèmes, gommages, hydratants, exfoliants, lotions et autres baumes. Il rassembla méthodiquement tout ce qui avait appartenu à sa femme et l'empila sur leur lit à deux places. Il fit main basse sur tout sauf un fascinant soutien-gorge en dentelle et une petite culotte qui iraient à la perfection à Ricca si elle perdait un kilo ou deux. Épargnés, aussi, les bijoux de Joey, qui valaient de dix à douze mille dollars.

Chaz, ne possédant rien d'assez grand pour contenir toutes les affaires de sa femme, se rendit en voiture à la plate-forme de déchargement d'un BrandsMart voisin où il taxa plusieurs mégacartons. À son retour, il aperçut une conduite intérieure Ford grise dans son allée et Karl Rolvaag, qui l'attendait sur le perron.

Pour éviter de montrer qu'il assumait fort bien son veuvage, un autre mari meurtrier aurait laissé les cartons dans la voiture, hors de la vue de l'inspecteur blasé. Chaz, cependant, était résolu à ne pas se laisser intimider ni démonter pour si peu.

— Qu'est-ce que vous avez là ? demanda Rolvaag. C'est pas un de ces nouveaux 4×4 Hummer ?

Sans piper mot, Chaz déverrouilla la porte d'entrée, entrant à reculons chargé des cartons. Il alla directement dans la chambre, le flic au teint cireux le suivant poliment à distance.

— J'en peux plus de voir toutes ses affaires, là. C'est beaucoup trop douloureux, dit Chaz, qui entreprit de jeter en vrac robes et chemisiers de Joey dans un ancien carton de téléviseur Sanyo 16/9. Où que je me tourne, je l'aperçois, continua-t-il d'un air sombre. J'arrive même pas à me décider à défaire la valise qu'elle avait emportée en croisière.

Rolvaag gardait un air pensif.

— Chacun réagit différemment après un choc de ce type.

Certains ne toucheraient à rien dans la maison. Ils laisseraient chaque objet exactement à sa place habituelle, et ça concerne tout et n'importe quoi... les draps, le linge sale. Vous seriez étonné. Ils veulent même pas jeter la brosse à dents de leur cher disparu... ils la gardent plantée dans un verre sur le lavabo. Ça dure parfois des années.

Chaz poursuivait le remplissage du carton.

— Pas mon cas. Avec toutes ces choses autour de moi qui me la rappelleraient, je serais trop déprimé pour me sortir du lit.

— Vous allez faire quoi de tout ça ?

— J'ai pas encore décidé. Le donner à une bonne œuvre, sans doute.

L'inspecteur avança la main et s'empara d'une brosse à cheveux à manche d'écaille de tortue.

— Je peux prendre ça ?

— Servez-vous, fit Chaz de façon automatique.

Puis il ajouta après un instant de réflexion :

— Je peux vous demander pourquoi ?

— Juste au cas où.

— Ah ouais ?

— Au cas où quelque chose resurgirait dans quelque temps, dit Rolvaag. Une partie de corps ou autre. Sans vouloir parler crûment, Mr Perrone, ce sont des choses qui arrivent.

— Ah, je vois, vous tenez à avoir un échantillon de l'ADN de Joey.

— Exact. Les cheveux sur cette brosse devraient suffire à établir un recoupement si nécessaire, fit l'inspecteur. Vous y voyez un inconvénient ?

— Ma foi non.

Sans le moindre pincement au cœur, Chaz rafla deux sacs à main sur le lit et les balança dans le carton.

Rolvaag glissa la brosse de Joey dans l'une des poches intérieures de sa veste de costume.

— On a connu des incidents de ce genre, par ici en Floride, dit-il, un pêcheur remonte un énorme requin qui donne de violents coups de queue sur le pont du bateau et dégurgite tout à trac un morceau de corps humain. Et ça peut arriver, bah, des *semaines* après la disparition de la personne. Entre-temps, le requin a pu parcourir deux à trois cents milles marins à la nage...

Chaz l'interrompit avec une grimace nauséeuse.

— Je vois le tableau.

— Excusez-moi, Mr Perrone. Vous avez probablement étudié des cas semblables à Rosenstiel.

Le regard de Chaz passa en un clin d'œil du carton au visage de l'inspecteur.

— Oui, en effet.

Il décela une pointe de nervosité dans son ton. Rolvaag s'était renseigné sur son compte.

— Prenez tout ce dont vous avez besoin, lui proposa Chaz en lui désignant la pile des affaires personnelles de Joey. Je consens à tout, s'il y a une chance de clore le dossier.

L'inspecteur eut un sourire que Chaz choisit d'interpréter comme étant de sympathie.

— Clore le dossier serait une bonne chose, dit Rolvaag. C'est parfois douloureux, mais ça représente quand même un pas en avant. Je m'excuse d'avoir empiété sur votre intimité.

Chaz le raccompagna à la porte en disant :

— Les gardes-côtes m'ont appelé. Ils cessent les recherches à midi.

— Oui, je sais.

Chaz ajouta, simulant le chagrin :

— Trois mille milles carrés d'océan et ils ont trouvé que dalle.

— Oh mais si, ils ont trouvé quelque chose, dit Rolvaag, pétrifiant Chaz, la main sur la poignée de la porte. Quatre ballots de marijuana, point barre.

Chaz attendit que son mal au cœur soudain s'apaise.

— Poupou-pi-dou, fit-il. Je suis sûr qu'ils doivent péter de trouille, là-bas en Colombie.

— En fait, il se trouve que la marchandise est jamaïcaine.

Mais vous avez raison, on ne saura jamais qui l'a balancée ni même où. Le Gulf Stream a dû la faire remonter depuis les îles.

Chaz renifla.

— Des Bermudes, peut-être. Pas de la Jamaïque.

— Comment ça ?

— Le Gulf Stream. Il s'écoule du nord au sud !

Rolvaag fronça ses sourcils blonds.

— Pas la dernière fois que j'étais dans le coin, dit-il. Je suis quasiment certain que c'est tout le contraire, Mr Perrone. Il s'écoule vers le nord.

Chaz fut pris d'une quinte de toux imprévue. Et si cet inspecteur à la masse n'avait pas tort ? se demanda-t-il avec abattement. Ça signifiait que les courants océaniques avaient entraîné le cadavre de Joey du périmètre éloigné de la zone de recherche jusqu'à plein dans le mille.

— Zut, vous pourriez bien avoir raison.

Chaz s'éclaircit la gorge.

— J'ai les idées tellement embrouillées aujourd'hui que je ferais pas la différence entre le soleil et la lune.

— Je comprends parfaitement. Reposez-vous, conseilla Rolvaag qui se dirigea vers sa voiture.

Chaz referma la porte, s'y appuya avec lassitude. Parmi les millions d'individus tout sauf certains du sens dans lequel s'écoule le Gulf Stream, lui seul probablement possédait un titre universitaire en science océanographique. Il fut pris de l'envie fugace de téléphoner à l'un de ses anciens professeurs et de résoudre le problème séance tenante. Mais ça lui aurait attiré un mépris que Chaz n'était pas d'humeur à essuyer. Ce fut l'une des rares fois où il regretta d'avoir été un tel flemmard pendant ses études.

Il retourna bien vite à sa corvée — se débarrasser des affaires de feu son épouse —, se consolant à l'idée que les requins longeant la côte de Miami Beach étaient aussi peu regardants dans leur mode d'alimentation que leurs congénères des Keys. Joey, ça ne faisait aucun doute, avait été avalée par l'un d'eux, la preuve la plus forte étant l'absence de cadavre.

Quand Ricca téléphona, pourtant, Chaz ne put s'empêcher de lui demander :

— Chouchou, dans quel sens s'écoule le Gulf Stream ?

— C'est une colle ? Y a combien de réponses possibles ?

— Deux. Nord ou sud, fit Chaz.

— J'en ai aucune idée, mon bébé.

— Merde.

— Bon, te mets pas en colère contre moi, dit Ricca. C'est pas toi qu'es supposé être top savant ?

Ce qui était exactement ce que se disait Karl Rolvaag au sujet de Charles Perrone tout en se rendant à la station des gardes-côtes.

Corbett Wheeler était parti en Nouvelle-Zélande à l'âge de vingt-deux ans, persuadé que s'il restait en Amérique, il passerait le reste de sa jeunesse à batailler pour dérober son héritage à sa tante aux doigts gluants. Corbett avait supplié sa sœur cadette de fuir les States avec lui, mais Joey s'était mis en tête d'aller en Floride. S'il n'avait pas été surpris quand elle avait épousé Benjamin Middenbock, il tomba des nues quand le trader se révéla un garçon honnête et droit, sans intérêt avéré pour l'argent de Joey. Ce ne fut que plus tard, une fois Benny aplati par le parachutiste, que Corbett apprit de Joey qu'elle n'avait jamais instruit son très amoureux mari de la fortune familiale. Corbett en avait déduit alors que sa petite sœur était parfaitement capable de s'assumer toute seule.

À la même époque, il était tombé amoureux de la Nouvelle-Zélande, aussi vaste et splendide que la Californie, mais sans ses hordes motorisées. Il s'était pris d'un intérêt invraisemblable pour les ovins lors de l'introduction de la race frisonne venue de Suède. Les brebis laitières frisonnes étaient parmi les plus prolifiques du monde et leur croisement avec les souches néo-zélandaises donna lieu à une abondance d'agneaux, joufflus et crépus.

Corbett Wheeler avait bien réussi, même si le profit n'avait jamais été son but ; il possédait simplement un penchant innocent pour l'élevage des moutons. Rien ne lui donnait plus de joie que de s'asseoir sur la véranda de sa ferme et de tirer sur un joint, le regard perdu sur des pentes verdoyantes tachetées de l'étain mouvant des béliers, brebis et autres agneaux.

Un soir, tout excitée, Joey l'avait appelé pour lui apprendre que la sœur jumelle de leur défunte mère — l'avaricieuse harpie qui les avait élevés — était envoyée en prison pour réclamations frauduleuses aux assurances. Dottie Babcock bossait à Los Angeles comme victime d'accident professionnelle, totalisant deux, trois collisions imaginaires par mois, de mèche avec un médecin ripou. À chaque pseudo utilisé par Dottie Babcock correspondait une vertèbre écrasée, une hanche brisée ou un décollement de rétine. Un journal l'avait filée avant de placarder une photo d'elle en première page, faisant du roller blades à Santa Monica avec son moniteur de stretching du Centre Pilates. Les autorités avaient été contraintes de prendre des mesures et un juge colla à Dottie une peine de douze ans de détention dont huit fermes. Joey avait joué les gazettes dans l'espoir que son frère reconsidère son éventuel retour aux States, mais Corbett avait décliné la proposition. À si grande distance (et filtrée par l'œil malveillant de la BBC), la civilisation américaine lui paraissait de plus en plus déséquilibrée et sans attrait. En outre, Corbett Wheeler ne pouvait imaginer une existence dépourvue de mise bas d'agneaux.

Il n'était revenu qu'une seule fois, pour l'enterrement de Benjamin Middenbock, et n'avait pas résisté plus de quarante-huit heures. La vulgarité aveuglante de la Floride du Sud avait été *too much* ; une surcharge sensorielle complète. Corbett s'était renvolé chez lui à Christchurch, résolu à s'y terrer et à soigner ses troupeaux. Il parlait régulièrement à sa sœur et, par ce biais, avait appris ses doutes grandissants quant à la fidélité et à la rectitude du Dr Charles Perrone, son second époux. Cependant, Joey n'avait jamais au cours de ces conversations lâché la moindre allusion au fait qu'elle craignait pour sa vie.

— Il t'a vraiment poussée du bateau ?

La main de Corbett Wheeler tremblait en agrippant le téléphone.

— Mais comment ? Et pourquoi, bon Dieu de bon Dieu ?

Joey lui raconta ce qui s'était passé cette nuit-là. Il réussit à rire quand elle en vint au détail du ballot d'herbe.

— Qui t'a retrouvée, la brigade des stup ?

— Tu es très loin du compte.

— Mais tu es bien allée trouver la police, hein ?

Pas de réponse.

— Joey, qu'est-ce qui se passe ?

— Ce serait ma parole contre celle de Chaz, lui expliqua-t-elle, et c'est un bon acteur, Corbett. Bien meilleur que moi.

Corbett Wheeler rumina ça quelques instants.

— Bon, quel est ton plan ? lui demanda-t-il.

— J'en ai un potentiel. J'aurai peut-être besoin de ton aide.

— Tu n'as qu'à dire, fit-il. Où es-tu en ce moment ?

— Sur une île, répondit-elle.

— Ah, super. Tu es seule ?

— Je séjourne chez celui qui m'a repêchée.

— Allez, Joey, déconne pas.

— Je lui fais confiance, précisa-t-elle.

— Tu faisais confiance à Chaz, aussi, objecta Corbett Wheeler. À la première heure demain, je me loue un jet.

— Non, pas encore. S'il te plaît.

Sa petite sœur avait ses moments de faiblesse, Corbett le savait, mais tout au fond, c'était une dure à cuire.

— Qu'est-ce que tu manigances au juste ? lui demanda-t-il.

Après avoir raccroché, Joey sortit et découvrit Mick Stranahan pêchant sur la digue, Cross roupillant à ses côtés.

— Au bout de combien de temps, minimum, Chaz peut-il me faire déclarer légalement morte ? lui demanda-t-elle. Ça prend quoi... des semaines ? Des mois ? Quand il n'y a pas de corps, je veux dire.

— D'après la législation en vigueur dans cet État, cinq ans, lui dit Stranahan.

Joey fut ravie de l'apprendre, même si elle n'avait nullement l'intention de consacrer autant de temps à harceler son enflure de mari. Elle avait envie de quelque chose de rapide et de vachard.

— Corbett va appeler le bureau du shérif pour leur dire qu'il ne s'agit ni d'un accident ni d'un suicide, fit-elle.

— Vous avez envie que les flics mettent la pression sur Chaz aussi vite ?

— Plus on est de fous, plus on rit. D'ailleurs, ils ne peuvent pas prouver qu'il a fait ça. Vous l'avez dit vous-même.

— Pas sans votre témoignage. Ils ne peuvent probablement pas.

— Alors ils se contenteront de lui poser tout un tas de questions et de lui pourrir la vie, ce qui me convient parfaitement.

— Il ne pourra plus fermer l'œil la nuit en se demandant quelle nouvelle tuile va lui tomber sur la tête, développa Stranahan.

— Ouais, exactement. Les yeux collés au plafond.

— Mais pour aboutir à quoi, à la toute fin ?

— J'en sais trop rien, fit Joey. Vous avez pas de chouettes idées, vous ? Je parie que si.

Stranahan remonta un lutjanide qu'il balança dans le seau.

— Un certain ressentiment vous est permis. Ce type a essayé de vous tuer, après tout.

— Avant tout, j'ai besoin de savoir pourquoi, dit Joey. Quoi qu'il advienne avec Chaz, je ne peux pas laisser tomber sans connaître la raison de son geste. Je vous ai précisé qu'il était plus jeune que moi ?

— Non.

— De presque cinq ans. Grave erreur d'épouser un ado attardé.

Elle se tut, s'inquiétant des possibles implications de ce qu'elle venait de dire. Elle ajouta, d'un ton lourd de sens :

— Ce qui ne veut pas dire que je vais me mettre illico à sortir avec des mecs plus âgés.

— Ah, c'est bien ma chance, fit Stranahan sans quitter l'eau des yeux.

Joey tiqua.

— Le sarcasme n'a rien de séduisant pour moi. Chaz était un spécialiste en ce domaine.

— Le vol qualifié n'a rien non plus qui me branche.

— Quoi !

— Vous m'avez volé mon bateau, vous avez déjà oublié ?

— Bon sang de bois, fit Joey.

Elle tentait d'établir quelques règles simples, voilà tout. Elle ne voulait pas que Stranahan se fasse de fausses idées sur leurs rapports. Les pierres angulaires de sa façon relookée d'aborder les hommes seraient la sincérité et la lucidité. Stranahan était le premier à subir le test.

— Mick, je tiens à vous payer pour votre aide. Plus les frais, bien entendu, ma pension complète y compris.

— Je ne peux cependant pas vous promettre de ne pas tenter de coucher avec vous, lui dit-il. Je me comporte souvent comme ça quand je rencontre une femme séduisante. Il est juste que vous soyez au courant.

— Merci de votre franchise, j'apprécie vraiment.

— Mais ne vous en faites pas, vous me verrez venir à des kilomètres. Je ne suis pas très futé.

— Ah non ?

— Du vin français, le clair de lune et du Neil Young, strictement à la guitare sèche. Ne riez pas, je sais que c'est fadasse.

— Ça dépend du vin, fit Joey.

Elle se souvenait de la manière dont il lui avait baisé la main pendant que le garde-côte les matait du haut de l'hélicoptère. Elle se demanda s'il y avait eu là plus que de la frime.

— Si vous étiez ma sœur... commença Stranahan.

— Ou votre fille.

— Merde, je suis pas *si* vieux quand même.

— Continuez, l'encouragea Joey.

— Si vous étiez ma sœur... je peux vous parler franchement ? Je vous dirais de virer vos fesses de cette île à la vitesse grand V.

— À cause...

— À cause que, à ce que vous en savez, lui dit-il, je pourrais présider le fan-club de Ted Bundy. Être un serial killer *slash* violeur *slash*, remplissez la case vide.

— Voilà que vous essayez de me baratiner, fit Joey d'une voix traînante.

Stranahan remonta un nouveau lutjanide et décréta qu'il y en avait plus qu'assez pour le dîner. Se levant, il siffla Cross pour que ce dernier le suive jusqu'à la table où il vidait les poissons.

— Il adore embêter les mouettes, dit Stranahan.

— Vous mangez du poisson tous les soirs ?

— Non. Du homard aussi parfois. Parfois, des crabes de roche.

— Et la solitude ne vous pèse pas ? demanda Joey.

— Ça compense toutes ces folles années où j'ai vécu avec quelqu'un.

Stranahan, dégainant un couteau mince et courbe, se mit au travail. C'était une entreprise délicate car les lutjanides étaient petits, mais la lame ne tremblait pas, précise, entre ses grandes mains burinées. Joey se surprit à l'observer avec une étrange sorte de vénération, comme si éventrer un poisson était un rite mystique.

— Un soir, peut-être qu'on pourrait prendre le skiff et remonter jusqu'à Key Biscayne, lui dit-il. On y trouve quelques restaurants convenables...

— Mick, vous avez une arme ? lui demanda-t-elle.

— On est en Floride, chère amie.

— Je ne plaisante pas.

— Moi non plus. Le chef de l'Office de tourisme de Miami

dort avec un Uzi sous son lit, dit Stranahan. Donc la réponse est : oui, je possède une arme à feu.

— Vous m'apprendrez à m'en servir ?

— Je ne pense pas, non.

— Juste au cas où Chaz se douterait de quelque chose.

— C'est trop dangereux.

— D'accord, fit Joey en songeant : Même un babouin débile peut apprendre à tirer.

— Quel est au juste le gagne-pain de votre mari ? demanda Stranahan.

— Je vous l'ai déjà dit. Il est biologiste.

— Mais il fait quoi ?

— Il travaille sur le projet Everglades pour le Service des eaux de l'État.

— Et il est bon dans son domaine ? demanda Stranahan.

— J'en sais trop rien. La science est une *terra incognita* pour moi, répondit Joey. J'étais la sportive de haut niveau de la famille.

— Il gagne combien ?

Stranahan jeta une poignée d'entrailles de poisson dans l'eau. Une mouette plongea en piqué sur l'éclaboussure, faisant fi des aboiements enfiévrés de Cross.

— Chaz touche soixante-deux mille dollars par an, répondit Joey. Je le sais pour la bonne raison qu'il a eu un contrôle fiscal.

— Il peut mettre la main sur votre argent ? C'est important.

Elle assura à Stranahan que son héritage était en sécurité.

— Et Chaz a de toute façon signé un accord prénuptial. De temps en temps, il m'a lancé des allusions comme s'il voulait que je le déchire, mais sans trop insister.

— Ça ne vous paraît pas étrange ?

— Non, parce qu'il a un matelas bien à lui. Je ne suis pas allée fouiner. L'argent ne pose pas de gros problèmes dans notre mariage, si c'est ce que vous voulez me faire dire. On se partage les factures et on fait une déclaration d'impôts chacun de son côté.

— L'argent pose problème dans tous les mariages, Joey. Demandez à tous les avocats spécialisés dans les divorces.

Stranahan expédia une arête de poisson luisante dans le bassin. Elle y sombra lentement en décrivant une volute cramoisie.

— Les parents de Chaz sont riches ? demanda-t-il.

— Son père s'occupait des espaces verts d'un country-club avec golf de Panama City, fit Joey. Les pesticides l'ont rendu malade puis fou, d'après Chaz. À son réveil, un beau matin, il s'est pris pour le général William Westmoreland. Il s'est rendu en voiture sur les quais et a attaqué un crevettier, armé d'un putter Ping et d'un râteau à bunker. Le capitaine et l'équipage étaient des immigrés vietnamiens...

— Wouah. Chaz vous a raconté ça ?

Joey opina.

— Il a gardé les articles de journaux. Résultat des courses, son père est interné. Sa mère bosse chez Target, elle s'est remariée à un pilote de combat anglais en retraite.

— Alors d'où provient le « matelas » de Chaz ?

Stranahan, qui avait fini de nettoyer les filets, arrosait la table au jet.

— Il claque beaucoup ?

— Pas énormément, d'habitude, fit Joey. Mais, ça fait environ trois mois de ça, ça lui a pris d'un coup et il s'est payé un Hummer H2 tout neuf. Et pas à crédit, en espèces. Jaune canari, en plus. D'après lui, il avait besoin d'un 4×4 pour aller bosser sur le terrain, dans les marécages.

Stranahan gloussa.

— Magnifique.

— Quand je lui en ai demandé le prix, il m'a genre cloué le bec, se rappela Joey. Et je ne l'asticotais pas. J'étais simplement curieuse de savoir combien ça lui avait coûté. Comme lui se montre curieux quand je rentre à la maison avec une nouvelle robe ou une nouvelle paire de chaussures. Mais cette fois, il m'a dit de m'occuper de mes oignons en me traitant de sale fouinarde.

— Et vous avez réagi comment ?

— Je l'ai averti que s'il me reparlait sur ce ton, je lui plongerais la main dans le gosier et je lui en retirerais les testicules l'un après l'autre, répondit Joey. J'ai du tempérament, vu ?

Stranahan se jura de ne pas l'oublier.

— Et puis cette nuit-là, on était au lit, poursuivit Joey, et voilà mon Chaz qui me dit qu'il regrette d'avoir pété un plomb. Et ça, tout en essayant de me grimper dessus. Et qui me raconte qu'il a touché un gros chèque à la suite d'un accident de voiture.

— Quand ça ?

— Il y a longtemps, avant notre rencontre. Un membre du Club Kiwanis en état d'ivresse l'avait emplafonné, là-haut à Tampa, ça lui avait bousillé salement le dos. Il a ajouté qu'il s'était déplacé avec des béquilles pendant six mois.

— Et c'est seulement au bout de deux ans de mariage qu'il vous mentionne cet incident traumatique qui lui a changé la vie, fit Stranahan d'un ton rêveur.

— Peut-être qu'il pensait... je ne sais pas.

Joey secoua la tête.

— Peut-être que ça l'embarrassait d'avoir obtenu de l'argent en faisant un procès.

— Je n'en doute pas. Il avait sans doute envie que vous pensiez qu'il avait remporté le prix Nobel ou peut-être même une bourse MacArthur.

Elle se sentit plus idiote que jamais.

— En d'autres termes...

— Supposez que votre mari n'ait fait que vous débiter des craques depuis le début, lui dit Stranahan. Quel est à votre avis le prix de ce Hummer flambant neuf ?

— Soixante mille au bas mot, avec tous les accessoires. J'ai vérifié sur Internet.

Un jappement les fit se retourner. Cross pataugeait comme un perdu dans le bassin de marée sous une nuée tourbillonnante d'oiseaux de mer qui le narguaient. Stranahan sauta calmement dans l'eau et récupéra le grand chien dans ses bras. Joey s'empressa d'aller chercher une serviette de toilette.

Plus tard, après avoir mis le poisson à frire, Stranahan ouvrit une bouteille de vin.

— Pas de panique, dit-il à Joey. C'est du vin californien, pas français.

— Donc, il ne s'agit pas de l'un de vos plans drague de célibataire qui sait y faire ?

— Faites-moi un peu confiance.

— Mais c'est pas Neil Young qu'on entend ?

— Avec le Buffalo Springfield, c'est exact. Vous avez l'oreille sacrément fine pour une gamine.

Stranahan lui remplit son verre à vin.

— Ça vous dirait qu'on quitte ce rocher demain ?

— Bonne idée. Attendez un peu de voir ce Hummer, dit Joey.

— Ce que j'aimerais voir en réalité, répondit Stranahan, c'est un fonctionnaire qui peut se payer cash un véhicule sur roues de soixante mille dollars.

La quartier-maître s'appelait Yancy.

— Voilà ce dont je vous ai parlé.

Les quatre ballots s'alignaient dans une cellule de garde à vue inoccupée. L'herbe détrempée dégageait une odeur forte, légèrement écœurante.

Yancy pointa du doigt le troisième ballot. Karl Rolvaag s'accroupit pour l'examiner de plus près.

— Bizarre, hein ? fit la quartier-maître.

La bâche était abîmée à deux endroits. Rolvaag sonda avec soin la toile fripée du bout encapuchonné de son stylo-bille. Des traînées de minces sillons longitudinaux délimitaient ces deux zones, dont plusieurs, assez profonds, avaient percé l'emballage.

— Je peux vous demander un service ?

L'inspecteur fit signe à Yancy d'approcher.

La quartier-maître s'exécuta. Rolvaag lui souleva la main gauche qu'il plaça sur l'une des excroissances du ballot. Puis lui prenant la droite, il en recouvrit la seconde. L'alignement était presque parfait, chaque doigt de Yancy s'adaptait à l'une des stries froissant la toile à sac.

— Qu'est-ce que vous dites de ça? demanda Rolvaag.

Yancy se raidit.

— Ce n'est pas moi, chef. Je vous en donne ma parole, fit-elle. Ça ressemblait à ça quand on les a trouvés.

— Du calme, lui dit l'inspecteur. Je vous crois.

— Vous nous avez demandé de signaler tout ce qu'on découvrirait ou verrait qui semblerait anormal, lui rappela-t-elle. Tout ce qui sortirait de l'ordinaire, vous avez dit.

— En effet, et ceci m'aide beaucoup. Je ne sais comment vous remercier.

— Trop heureuse de vous être utile, chef.

— À quel endroit les a-t-on retrouvés?

— Angelfish Creek, répondit Yancy.

— Sans blague? Ça fait une trotte.

Ce qui signifiait que Joey Perrone était tombée à l'eau bien avant le moment où son mari disait qu'elle l'avait fait.

— J'aurais encore besoin de deux petits services, fit Rolvaag à Yancy. D'habitude, vous brûlez l'herbe que vous confisquez, je me trompe?

— Oui, chef, on remet toute marchandise de contrebande à la *task force* fédérale qui l'incinère, confirma la quartier-maître.

— Vous voyez ce ballot-là? Dites-leur de ne pas le brûler, fit Rolvaag. Classez-le comme pièce à conviction et conservez-le à l'abri.

— Comme pièce à conviction, entendu, monsieur.

— Et auriez-vous aussi une pince à épiler et un sachet plastique?

— Faut que j'aille voir au poste de premier secours, dit Yancy.

Pendant son absence, Rolvaag s'assit sur l'un des autres ballots et se moucha un bon coup. Il souffrait de nombreuses allergies aux céréales et autres pollens. Celle à la marijuana humide atteignait chez lui le degré dix de réactivité.

On avait gravé le mot *Libertad!* sur l'un des murs de la cellule ; l'inspecteur se demanda quel pauvre diable l'avait écrit et où l'on avait bien pu l'expulser. Rolvaag avait beau détester la Floride du Sud, il n'était pas inutile de se rappeler que des endroits infiniment pires existaient, pas si éloignés que ça ; des endroits auprès desquels Hialeah était la Ville d'Émeraude du Pays d'Oz.

Yancy, la quartier-maître, revint avec les articles requis. À l'aide de la pince, Rolvaag se mit à explorer méticuleusement chaque griffure laissée sur la toile d'emballage. Il ne lui fallut pas longtemps pour en extraire l'indice qu'il espérait.

— Vous pouvez m'ouvrir le sachet plastique ? demanda-t-il à Yancy.

— Oui, monsieur. Qu'avez-vous trouvé ?

L'inspecteur souleva la chose qu'il tenait fermement au bout de la pince pour la lui montrer.

— C'est un bout d'ongle ? demanda-t-elle.

— On dirait bien. Celui d'une femme, j'en suis presque sûr.

— Elle a donc tenté de déchirer le ballot... c'est bien ce qui s'est passé ?

— Non.

Rolvaag laissa choir la rognure d'ongle dans le Zip-lock.

— Elle s'y accrochait pour sauver chèrement sa peau.

Tandis que Yancy la quartier-maître examinait les sillons dans la toile, Rolvaag crut la voir tressaillir.

— Chef, est-ce que c'était la femme... est-ce que ces marques ont pu être faites par la femme qu'on a tenté de retrouver ? Celle qui a disparu du paquebot de croisière ?

L'inspecteur lui répondit que c'était possible.

— Bizarre, dit Yancy calmement. Bizarre, ça fiche la trouille.

— Oui, en effet.

Rolvaag se pencha à nouveau sur le ballot détrempé.

— Voyons s'il y en a d'autres.

7

Le lotissement s'appelait Les Dunes de West Boca Tranche II.

— Quelles dunes ? se récria Mick Stranahan. On est à vingt kilomètres de la plage.

— Chaz a essayé d'acheter dans la Tranche I, parce qu'elle donne sur un terrain de golf, lui expliqua Joey Perrone. Mais tout était déjà vendu.

— Toutes les maisons sont pareilles, on dirait.

— Ah pour ça, identiques. L'ensemble des trois cent sept pavillons de notre quartier floridien moderne, fit Joey en parodiant le laïus de vente, sauf que certains ont leur grande chambre orientée à l'est et d'autres à l'ouest. Avec piscine en option.

Stranahan abaissa les jumelles.

— Mais vous n'en avez pas.

— Chaz a horreur de l'eau, lui dit Joey.

— Mais pas vous. C'était votre spécialité sportive en fac, non ?

— De l'histoire ancienne, fit-elle.

— N'empêche, ça aurait été sympa pour vous, une piscine.

— Ouais, bon.

— Que diriez-vous d'une autre figue ? demanda Stranahan.

Ils s'étaient arrêtés à un marché en plein air à Pompano Beach où Mick avait fait le plein de produits frais. La voiture sentait à présent comme une salade de fruits pour un régiment.

Joey Perrone reprit la parole.

— Une chance que vous ayez cette île comme plus, Mick, parce que ça — elle tapota le tableau de bord — c'est tout sauf un piège à minettes.

— Pardon ?

— Pur chazisme pour une voiture qui déchire.

— La Cordoba, c'est un classique de l'automobile. Vous serez sans doute ravie d'apprendre que votre postérieur se prélasse sur du riche cuir « Corinthe ».

— Au bon vieux temps, je ne dis pas.

Depuis des années, Stranahan garait la voiture rouillée à l'ombre d'un figuier près de la marina de Dinner Key où il amarrait son skiff quand il se rendait sur le continent. Plus rien dans la Chrysler ne fonctionnait correctement, excepté son moteur énorme qui marchait à merveille.

— Si on reste assis plus longtemps là-dedans, fit remarquer Joey, quelqu'un va prévenir la police, ça fera pas un pli.

Mick Stranahan lui concéda que la Cordoba faisait tache avec les 4×4 derniers modèles qui rutilaient dans les allées parallèles des Dunes de West Boca Tranche II. Joey lui dit de s'activer tandis qu'elle cherchait un endroit où planquer la voiture.

— Il faudra peut-être que je brise un carreau, lui dit-il.

— Il y a un double de la clé dans une mangeoire à oiseaux du jardin.

— Et pas d'alarme ?

— Elle est cassée. Je vous retrouve dans dix minutes.

Stranahan, coiffé d'un casque blanc, arborait une chemise à manches courtes de la Compagnie d'électricité de Floride. Il gagna la porte d'entrée et sonna. Au bout d'un instant, il contourna la maison et gagna l'arrière où il fit mine d'examiner le compteur électrique jusqu'à ce que, à son humble avis, même le plus curieux des voisins de Joey se désintéresse de la manœuvre.

La mangeoire était suspendue à l'unique arbre du jardin des Perrone, un olivier rachitique. La clé était recouverte de fiente de mainate et Stranahan la frotta sur l'herbe. Une fois dans la maison, il se récura les mains dans la cuisine puis enfila une paire de gants en caoutchouc. Il patientait près de la porte d'entrée quand Joey y frappa.

— Alors, que dites-vous de mon nouveau look ?

— J'arrive, lui dit Stranahan.

Coiffée d'une courte perruque brune, elle portait une robe d'intérieur grise lui tombant aux genoux et une vieille Bible à la main. Le tout venait d'une boutique de fripes qu'ils avaient trouvée dans la rue du marché de primeurs.

Stranahan lui fit signe d'entrer et referma la porte. Elle se raidit et demeura sans un mot dans le hall un long moment.

Puis il la prit par le coude en lui disant :

— Tout va bien.

— Il y a quelque chose qu'il vaut mieux que j'évite de voir ?

— Je n'ai pas fait le grand tour, mais voilà ce que j'ai trouvé sur le comptoir de la cuisine.

C'était un cahier du *Sun Sentinel*, ouvert à une page intérieure.

Joey lut le gros titre à haute voix :

— « Les gardes-côtes interrompent les recherches de la passagère de la croisière portée disparue. » Ah mon Dieu, me voilà ! « On craint que notre concitoyenne n'ait péri noyée. » Non, mais vous y croyez ?

Elle lâcha la Bible et empoigna le journal à deux mains.

— Je le savais, Mick. Il raconte que j'étais soûle et que je suis tombée par-dessus bord !

— Ça ne figure pas dans l'article.

— Oui, mais c'est sous-entendu et ça ne trompera personne. « Perrone a déclaré à la police que lui et sa femme avaient bu plusieurs bouteilles de vin plus tôt dans la soirée. Le couple fêtait son second anniversaire de mariage. » L'enfoiré !

Joey froissa le journal et l'expédia dans la poubelle.

— Je vais appeler Rose, dit-elle.

— C'est qui ?

— Ma meilleure amie. Elle fait partie de notre club du livre.

Mick Stranahan attendit au salon, tâchant de deviner qui avait décoré l'endroit. Le canapé, deux fauteuils de lecture, confortables et élégants, représentaient la « touche » de Joey, probablement. Les contributions de Chaz devaient être la télé à écran plasma et le fauteuil relax Natuzzi noir jais. On pouvait attribuer l'aquarium, déplorable faute de goût, à l'un ou à l'autre. L'absence de livres et l'abondance de magazines de golf frappèrent Stranahan. Aucune photo de famille en évidence, pas même une photo de mariage.

Joey pénétra dans la pièce, une bière fraîche dans chaque main. Elle en donna une à Stranahan.

— Rose a failli avoir une attaque. Elle a cru que je l'appelais de l'au-delà... À propos, c'est quoi cette affreuse odeur ?

— L'aquarium, j'en ai peur.

Joey gémit en approchant de la cuve de verre.

— Ce débile de mes deux a oublié de nourrir les poissons !

On aurait dit de petits bibelots luisants qui dansaient dans l'eau trouble. Joey s'en détourna avec dégoût, en rage. Stranahan la suivit à travers la maison, pièce après pièce. Rien d'autre ne fut dit jusqu'à leur entrée dans la salle de bains.

— Ah ! super, mes affaires ont disparu.

— Toutes ?

— Mon dentifrice, mon maquillage.

Joey fouilla tiroirs et placards.

— Mes lotions, mes laits, mes crèmes, même mes tampons hygiéniques. C'est incroyable.

Elle passa en vitesse dans la chambre, ouvrit à la volée la porte de la penderie et poussa un cri.

— Mes vêtements aussi !

Stranahan ouvrit le tiroir du haut d'une antique commode.

— Vos dessous, annonça-t-il, un poil trop gaiement. Eux, il les a gardés.

— Le connard.

Joey claqua la porte de la penderie avec tant de violence qu'elle la déboîta.

— À titre personnel, je vous dirai que ruse et discrétion valent mieux que destruction massive, conseilla Stranahan.

Il redressa la porte et la remit en place. Joey fit main basse sur soutien-gorge et petite culotte dans la commode et s'assit au bord du lit, raide comme la justice.

— Bon, je vais pleurer maintenant et je veux plus vous entendre dire un seul mot. Plus moufter du tout.

— Pleurer n'est pas interdit. Ne vous gênez pas, allez-y.

— Et vous avisez pas de me prendre dans vos bras en me caressant les cheveux et en me berçant, plein de sagesse frangino-paternelle à la con. Sauf si je vous le réclame.

— D'accord, fit Stranahan.

— C'était ma maison, Mick. Ma vie. Et il me met à la porte d'un coup de balai comme si je n'étais qu'un grain de poussière.

Elle ferma les yeux et, bizarrement, se surprit à se rappeler le soir où Chaz l'avait suppliée de le laisser l'attacher aux montants du lit. Il s'était servi de foulards alsaciens mais avait serré les nœuds si fort qu'elle avait eu aussitôt les doigts et les orteils engourdis. Ça avait été l'une des rares fois avec Chaz où elle avait dû simuler, mais ce qui avait rendu la soirée mémorable par-dessus tout, c'est qu'il s'était évanoui sur elle, sombrant dans un état de stupeur sexuelle à fiche la trouille. Pas loin d'une heure, il était resté vautré à ronfler entre ses seins et à baver comme un saint-bernard tout en demeurant solidement fiché en elle. Joey avait éprouvé l'impuissance d'un papillon épinglé sur un morceau de liège.

En y réfléchissant, elle comprit que ce bizarre épisode avait été une leçon révélatrice : conscient ou pas, son mari était complètement tributaire de sa queue.

— Ce type est une brute et je ne m'en étais pas aperçu, dit-elle d'un ton inconsolable. Un primaire diplômé. Et j'ai été assez bête pour l'épouser.

— Joey ?

Stranahan se tenait sur le seuil de la chambre à coucher, faisant tourner son casque entre ses mains.

— Ouais ?

— Si vous devez pleurer, pleurez un bon coup. Faut pas qu'on tarde trop.

— Accordez-moi cinq minutes de tête-à-tête avec moi-même.

— Vous les avez, répondit Stranahan.

— Pas une de plus. Puis revenez, passez vos bras autour de moi et racontez-moi que tout ira bien. Toutes ces âneries à la guimauve.

— Vous êtes sûre ?

— Ouais, tentons le coup. Mais d'abord, retirez-moi ces gants ridicules.

Plus tard, ils trouvèrent le reste des affaires de Joey, fourrées dans trois cartons empilés dans le garage à côté de sa Toyota. Alors que Joey se mettait à en dresser le déprimant inventaire, Stranahan l'avertit que Chaz pourrait concevoir des soupçons en constatant la disparition de certains articles.

— Quant à prendre votre voiture, vaut mieux oublier, ajouta-t-il.

Elle souleva, l'air morose, un sac à main orange clair.

— Voilà ce que j'avais emporté en croisière.

Chaz avait laissé passer, c'était évident, son portefeuille qui contenait six cent cinquante dollars en espèces et une carte American Express.

— La carte, je la garde, informa-t-elle Stranahan. On en aura besoin.

— L'argent liquide, aussi.

— Venez ici et au travail, lui dit Joey en pointant le doigt vers un autre carton.

— Puis-je vous demander ce qu'il faut chercher ?

— Un truc coquin, lui répondit-elle. Un machin digne de tirer l'œil de mon vaurien de mari, d'un pithécanthrope de son espèce.

L'aube fut saluée par un orage et le couinement des rats. Les pythons de Karl Rolvaag s'étaient réveillés avec la dent.

Pendant dix minutes, l'inspecteur se tint sous une douche froide, rituel censé lui épaissir le cuir en prévision de son retour programmé au Minnesota. Rolvaag croyait que vivre en Floride du Sud l'avait transformé en mauviette de la météo.

Le capitaine Gallo lui avait dit de prendre sa journée, mais à part bosser, Rolvaag n'avait rien à faire. Une fois rasé et habillé, les serpents avaient terminé leurs agapes et Mrs Shulman tambourinait à sa porte. Habitant de l'autre côté du couloir dans l'appart 7-G, elle était auréolée du titre de vice-présidente suppléante de l'association du Sawgrass Grove Condominium. Sa mission actuelle était de faire expulser Karl Rolvaag des lieux.

— Bonjour, Nellie, la salua-t-il.

— J'ai encore entendu ces cris abominables, espèce de malade !

— Faut bien qu'ils mangent, répondit l'inspecteur, comme vous et moi.

— Si vous étiez pas flic, on vous jetterait en prison pour cruauté envers les animaux !

Mrs Shulman, qui pesait au bas mot quarante-cinq kilos, agissait comme si elle avait l'intention de le boxer en pleine poitrine. Elle serrait en tremblant ses poings osseux, tachetés de vieillesse.

— Combien l'association des condos a-t-elle payé pour l'extermination des rongeurs, l'an dernier ? lui demanda l'inspecteur. Trois à quatre mille dollars si je ne m'abuse ?

Mrs Shulman eut un rictus.

— Ne jouez pas au plus fin avec moi.

— Rien dans le règlement intérieur ne m'interdit de posséder des reptiles.

— Mais des « animaux de compagnie dangereux », si. Voir page 119.

— Votre chien a mordu quatre résidants, lui souligna Rolvaag. Mes serpents n'ont fait de mal à personne.

— Eh bien alors, disons qu'ils provoquent des nuisances sonores. Ces petites souris sans défense qui crient et gémissent pendant qu'on les étrangle, qu'on leur ôte la vie que Dieu leur a donnée… c'est horrible. J'ai dû doubler ma dose de Xanax, grâce à vous.

— Ce sont de gros rats bien gras, Nellie, rien à voir avec Stuart Little. Et, soit dit en passant, *quid* du poison que votre dératiseur a employé ? Et qui a fait exploser leurs petits bedons.

Mrs Shulman gémit et fit machine arrière.

— Pourquoi ne pas laisser la justice régler ça ? lui suggéra Rolvaag.

— Vous êtes malade, malade, *un malade*. Pas étonnant que vous ne soyez plus marié.

— Et pas étonnant que votre mari soit devenu sourd.

Quelque part dans les fissures de la face parcheminée de Mrs Shulman, son œil s'étrécit.

— Vous ne serez plus là en juillet, gros malin.

— Gardez Pétunia en laisse, lui conseilla Rolvaag, et vous n'aurez aucune inquiétude à avoir.

Après un petit déjeuner tardif, il se rendit au bureau en voiture et montra au capitaine Gallo la lettre du chef de la police du Minnesota.

— Très drôle, fit Gallo. Et où ça se trouve ce bled, Edina, c'est bien ça ?

— Dans la région des Villes Jumelles.

— Ça a pas inspiré une chanson ? « Y a rien de plus sympa que de se réveiller un beau matin à Edina » !

— J'envisage sérieusement d'accepter ce poste, fit Rolvaag.

— Arrêtez avec ça.

— J'ai envie de mener une vie normale dans un endroit normal.

— Et d'être sûr de crever d'ennui. Voilà ce que vous voulez.

Gallo lui tendit un bout de papier.

— Un certain Corbett Wheeler a appelé. Voilà son numéro.

— C'est le frère de Mrs Perrone.

— Une heure et demie du matin chez les kangourous, il est super éveillé, fit Gallo. Il veut parler à quelqu'un fissa. Il a dit que c'était important.

Rolvaag avait tenté de localiser Corbett Wheeler depuis le dimanche après-midi.

— Je le rappelle tout de suite, fit l'inspecteur.

— En PCV.

— Vous plaisantez.

Gallo haussa les épaules.

— C'est ce que nous a dit ce type : « Rappelez, mais en PCV. »

Quelque part dans les collines de Nouvelle-Zélande, le frère de Joey Perrone décrocha à la première sonnerie. Karl Rolvaag s'attendait vaguement au baragouin d'un Australien genre Crocodile Dundee, mais Corbett Wheeler n'avait rien perdu de son accent américain.

— C'est vous qui êtes chargé de l'affaire? lui demanda-t-il.

— Oui, tout à fait, lui dit Rolvaag.

— Alors ouvrez grandes vos oreilles. Ma petite sœur ne s'est pas soûlée et n'est pas tombée de ce bateau de croisière, affirma Corbett Wheeler. Peu importent les déclarations de son mari. Et elle n'a pas fait de plongeon non plus.

La communication était brouillée et Rolvaag entendait sa propre voix en écho quand il parlait.

— Je comprends combien ça doit être dur pour vous. Ça vous embêterait que je vous pose quelques questions?

— C'était dans le journal de Boca. C'est comme ça que je suis au courant... une amie de Joey m'a téléphoné pour me le dire.

— On a essayé de vous joindre depuis samedi, fit Rolvaag. Votre beau-frère m'a donné deux, trois numéros, mais aucun n'était le bon.

— C'est tout mon beau-frère, ça, dit Corbett Wheeler. Un connard et un dépravé.

— Quand l'avez-vous vu pour la dernière fois?

— Je l'ai jamais rencontré, je lui ai même jamais parlé. Mais Joey m'en a mis plein les oreilles… Je confierais même pas à ce mec ma boule de bowling, c'est dire le queutard que c'est.

Rolvaag avait entendu des avis similaires de la bouche d'amies de Joey, bien que toutes n'aient pas manqué de souligner que Charles Perrone ne s'intéressait à personne d'autre qu'à lui-même.

— Suggérez-vous que Chaz a quelque chose à voir dans la disparition de votre sœur ?

— Je parierais tout ce que j'ai que oui, fit Corbett Wheeler.

— Il y a loin de l'adultère au meurtre.

— D'après ce que Joey m'en a dit, il est capable de tout.

Rolvaag entendit bêler des moutons à l'arrière-plan.

— Peut-être qu'on devrait se rencontrer, suggéra-t-il.

— Pour être franc, je voyage pas des masses, répondit le frère de Mrs Perrone. Mais je serais prêt à voler toute la nuit pour voir ce petit sauteur de putes sanglé sur la chaise et éclairé comme le Dodger Stadium.

— Par les temps qui courent, la plupart optent pour l'injection létale.

— Me dites pas qu'on leur laisse le choix ?

— J'ai bien peur que si, lui répondit Rolvaag. C'est quoi, ce bruit ?

— Une de mes brebis qui essaie de mettre bas des triplets.

— Je peux vous rappeler ?

— Non, moi, je vous rappellerai, dit le frère de Joey Perrone.

Et la ligne devint muette.

Connard, dépravé, queutard, sauteur de putes, impressionnante et méprisante litanie à l'encontre de Chaz Perrone. Rolvaag communiqua les soupçons de Corbett Wheeler au capitaine Gallo qui fit avec un haussement d'épaules :

— Eh, qui a envie de croire que sa petite sœur est une maladroite et une pochetronne ? Il est au courant de l'épisode de sa conduite en état d'ébriété ?

— Je ne lui ai pas posé la question.

Rolvaag avait eu de nombreux amis arrêtés pour ivresse au volant : aucun n'était tombé d'un bateau de croisière.

— Et si Wheeler avait raison au sujet de Perrone ?

— Alors vous aurez deviné vous aussi et vous nous ferez tous passer pour des génies, dit Gallo. De préférence, d'ici à vendredi.

Rolvaag eut la finesse de ne pas mentionner les griffures d'ongle sur le ballot de marijuana avant les résultats du test ADN. Le procédé n'étant pas bon marché, le capitaine prendrait la mouche que Rolvaag l'ait ordonné sans son approbation.

Gallo lui rendit la lettre du chef de la police d'Edina et Rolvaag la remit dans l'enveloppe.

— Trois semaines, c'est un délai suffisant ? demanda-t-il.

— Vous n'avez pas entendu ce que je viens de dire ? Vendredi, Karl, puis on passe à autre chose.

— Je ne parlais pas de l'affaire, répliqua l'inspecteur. Mais de mon préavis. Trois semaines, ça suffit ?

Gallo se carra dans son fauteuil en souriant.

— Ouais, bof. On verra ça.

Chaz Perrone gara son Hummer sur la levée, à huit cents mètres du déversoir. Il n'arrêta pas la clim et lampa bruyamment du café, le regard perdu sur des hectares et des hectares d'Everglades. Une brise ébouriffait la laîche, peignant l'eau noire d'un friselis. Des poules d'eau se déplaçaient sur la pointe des pattes parmi jacinthes et nénuphars, un jeune héron transperçait de son bec des vairons dans les hauts-fonds, un petit bass s'aéroporta pour gober une libellule. L'endroit bourdonnait d'une vie sauvage et Chaz Perrone était malheureux comme les pierres.

Rien dans cette nature ne le remplissait de vénération craintive, ne l'apaisait ni ne le rendait humble : ni sa solitude, ni ses étendues mythiques, ni le flux et le reflux primordiaux. Aux yeux de Chaz, tout n'était ici que touffeur, fourmillement d'insectes, puanteur et traîtrise. Il aurait été tellement plus heureux sur un practice d'Eagle Trace.

Red Hammernut, c'était lui qui avait insisté pour que Chaz

colle à son programme, au cas où ses chefs du Service des eaux décident de le contrôler. C'était aussi Red qui lui avait acheté le 4×4, après que Chaz eut rouspété pendant des mois que les chemins de terre bousillaient les amortisseurs de sa Chevrolet modèle économique.

Chaz avait pris l'option jaune canari pour son Hummer en se fondant sur l'hypothèse qu'une couleur aussi criarde paniquerait les panthères, hantant peut-être le secteur des Everglades à lui assigné. Chaz était terrifié à l'idée de tomber dans le guet-apens d'un de ces gros félins, même si on n'avait jamais eu à déplorer aucune attaque d'être humains. En outre, ces animaux avaient presque disparu, il en restait à peine soixante à soixante-dix dans la nature.

Quand un biologiste de ses collègues rappela à Chaz que les chances d'être déchiqueté par une panthère de Floride étaient grosso modo les mêmes que celles d'être frappé par une météorite, ce dernier déclara qu'il ne courrait pas ce risque. Même en apprenant que les félins, daltoniens, resteraient par conséquent imperméables à la teinte éblouissante de son 4×4, Chaz ne fut pas entièrement déçu. Les filles semblaient craquer sur le jaune.

Quittant le siège conducteur, il fut prestement englouti par les moustiques. Battant l'air en grognant, il s'inséra avec difficulté dans les lourdes cuissardes de caoutchouc qu'il avait achetées en compulsant un classieux catalogue d'articles de chasse. Le tapage effraya une tortue qui quitta l'abri d'un rocher, son *plouf* fit pivoter Chaz comme une toupie et il fusilla les ondes révélatrices à la surface de l'eau d'un œil furieux. À sept ans, sa mère lui avait offert une tortue d'eau douce bébé achetée dans un prisu ; il l'avait baptisée Timmy avant de la balancer aux chiottes et de tirer la chasse, car il désapprouvait ses habitudes de popo décontracts.

Tout en pataugeant à contrecœur dans le marais, Chaz ne se souciait guère d'être attaqué par les tortues puisque les tortues n'ont pas de dents. Ceux qu'il redoutait, c'étaient les alligators, qui avaient toutes les audaces et qui pullulaient. Si, jusque-là, aucun scientifique n'avait été dévoré ni même estropié en travaillant dans les Everglades, Chaz pensait que ce n'était qu'une question de temps. Il se serait bien muni d'un fusil de gros calibre mais c'était strictement interdit et il ne pouvait courir le risque de se faire virer, rétrograder ou transférer des sites de prélèvement. Ça ruinerait tout, y compris son association profitable avec Red Hammernut.

Par conséquent, le seul instrument de défense de Chaz était un Fer 2 au manche en bore qui, entre ses mains, était de loin bien plus efficace pour effrayer les reptiles aquatiques que pour taper une balle de golf. Chaz faisait au petit bonheur des swings avec le club et poussait des hurlements de lynx hémorroïdaire en se frayant un chemin à travers la laîche détrempée. La nature reculait tandis qu'il cinglait l'eau, projetant agrégats d'algues et éclats de branchettes et tailladant les feuilles de nénuphar. Empêtré dans ses cuissardes, Chaz progressait d'un pas lourd et chancelant, tel le monstre de Frankenstein, mais atteignait son objectif : faire s'enfuir tout vertébré du périmètre immédiat de la levée.

Seuls moustiques et taons persistaient à harceler Chaz Perrone et leur zonzon impassible était tout ce qu'il entendait encore, quand il arriva pour finir à l'étang où se trouvait le premier poste d'échantillonnage. Autrement, le marécage était devenu muet et sans vie, tel que Chaz le préférait. Il se tint en lisière des eaux plus profondes, reprenant son souffle, et attendit que les vaguelettes, qu'il avait occasionnées, s'estompent.

Une fois là, Chaz était tenu de s'immerger jusqu'aux aisselles, renonçant au peu de mobilité à sa disposition. Les cuissardes de cuir rigide, si fiables pour le protéger de la laîche coupante comme le rasoir et des crocs mortels des mocassins d'eau, n'étaient pas faites pour nager et à vrai dire se rempliraient et entraîneraient Chaz au fond comme une ancre s'il n'y prenait pas garde.

Alors, il attendit que l'eau se calme, scrutant attentivement la surface pour y débusquer d'éventuels et sinistres museaux en forme de bois flotté. Dans ses cauchemars, c'était toujours ici que les alligators l'attrapaient — dans l'étang — car, à découvert et sans défense, il était une proie facile. Plus d'une fois, Chaz avait battu en retraite, à l'aveuglette et dans des gerbes d'écume, du poste d'échantillonnage, certain d'être poursuivi par un ou plusieurs de ces sauriens mangeurs de chair humaine. Aujourd'hui, le seul spécimen visible à l'horizon était un nouveau-né à bandes claires qui aurait tenu sans mal dans une boîte à chaussures. Chaz avança courageusement en jouant du Fer 2, échouant (comme d'habitude) à toucher son but. À peine le bébé alligator parti, Chaz se mit en branle.

Le club de golf au-dessus de sa tête, il progressa en glissant lourdement ses pieds à travers le fond vaseux. Il était prêt à dérouiller tout ce qui surgirait en surface, peu importe que ce soit petit et inoffensif, mais rien ne se dressa pour le défier. Chemin faisant, il fit halte pour déraciner consciencieusement plusieurs nouvelles pousses de quenouilles, petit acte de nettoyage que Chaz jugeait crucial pour son bien-être et sa fortune futurs.

Trois minutes lui suffirent pour prélever un échantillon d'eau au poste de contrôle. Chaz fit apparemment tout dans les règles, même s'il était quasi certain que toute personne du service se trouvait à plus de cinquante kilomètres de là. Red Hammernut disait que, parfois, on envoyait des hélicoptères surveiller les biologistes sur le terrain, mais in petto, Chaz en doutait. Il jouait la comédie du prélèvement d'échantillons, car tel était le souhait de Red, seul individu sur terre que Chaz ne tenait pas à contrecarrer.

Suivant sa piste fraîchement foulée, à grand fracas et en braillant, il revint sur ses pas jusqu'à la levée, sans incident. Après avoir calé le récipient d'un litre à l'arrière du Hummer, il se débarrassa avec moult coups de pied et contorsions de ses cuissardes, qui puaient la sueur et la vase. Il prit une Gatorade parfumée à la mangue dans la glacière et s'assit sur le pare-chocs, le Fer 2 appuyé à portée de main. De sa manche de chemise salie, Chaz s'épongea le front en se disant : quel trou à merde fumant !

Dire que les contribuables américains crachent au bassinet huit milliards de dollars pour sauver ça !

Pauvres pommes, songea Chaz. S'ils savaient.

Avec les jumelles, il vérifia la levée creusée d'ornières, dans les deux sens. Pas d'autre véhicule en vue. Il plissa les yeux vers le ciel et, mis à part les vautours omniprésents, qui évoluaient en cercles dans le sens des aiguilles d'une montre, il n'aperçut ni hélicos ni avions.

Satisfait, Charles Regis Perrone éclusa sa Gatorade dont il expédia la bouteille dans la laîche. Puis, dévissant le couvercle du bocal d'échantillonnage, il versa l'eau couleur de thé par terre à ses pieds.

Rivière herbue, mon cul, se dit-il[1].

1. La Rivière d'herbe est l'autre nom des Everglades. *(N.d.T.)*

8

Chaz, assis dans la baignoire, se décrassait de la saleté du marécage quand Ricca se pointa.

— Non, mais t'es dingue ? lui fit-il.

— Nân. Seule, c'est tout.

Elle retira ses talons sang de bœuf.

— Quelqu'un t'a vue venir ? Où tu t'es garée ?

Ricca ôta ses créoles qu'elle déposa sur la coiffeuse, près du stick de déodorant de Chaz.

— Pourquoi tu es si nerveux ? Je croyais que tu serais content de me voir.

Un instant plus tard, dépouillée de ses vêtements, elle le chevauchait impérieusement.

— Mais j'ai pas fini, protesta Chaz.

— Pour ça t'as raison, t'es loin d'avoir fini.

Ricca posa ses paumes sur sa poitrine et poussa. Chaz prit une brève respiration, fermant les yeux très fort avant de se laisser submerger. Accro à la propreté, il s'inquiétait des risques sanitaires d'une baise sauvage dans l'eau sale de son bain. Qui sait quels microbes tropicaux pernicieux il pouvait avoir ramenés de sa balade dans les Everglades ?

Mais il était trop tard pour protester. Il eut la sensation d'avoir été jeté dans un mixeur en compagnie d'un coyote vivant. Le carrelage amplifiait les feulements et autres hurlements de bête fauve de Ricca jusqu'à un nombre de décibels à vous glacer le sang, le boucan paraissant plus fort à Chaz chaque fois qu'il refaisait surface pour prendre de l'air. Entre-temps, collée à lui, Ricca le pilonnait avec un tel entrain qu'elle engendrait des claquements au rythme aussi violent qu'une secousse tellurique. Chaz craignit que ses tympans n'éclatent sous l'eau. Il se fit un casque de ses deux bras, à la fois pour protéger son ouïe et éviter de se fendre le crâne contre la bonde en cuivre. Ricca étant aussi expéditive qu'exubérante, Chaz gardait confiance : il pourrait survivre à ses assauts à condition de pas se noyer. Et comme prévu, elle eut fini en moins de quatre minutes. Chaz se dépêtra de là, sortit en marchant sur des œufs de la baignoire, qui était maintenant presque vide. S'emparant de deux, trois serviettes, il se mit à en éponger le sol et les murs.

— T'es vraiment trop, hoqueta Ricca.

Elle restait affalée dans la baignoire comme une poupée cassée, un pied planté dans le porte-savon et l'autre calé contre le robinet. Ses cheveux d'un noir de jais, emmêlés et dégoulinants, lui mangeaient la moitié du visage en retombant.

— Bon Dieu, Chaz. C'était fantastique.

— Ouais, fit-il. Tu m'as presque tué.

— Eh, mais tu bandes encore. Qu'est-ce qui se passe ?

— Rien du tout.

Il attrapa un peignoir au crochet de la porte.

— T'as pas joui ?

— Bien sûr que si, mentit-il. J'en ai mis partout.

— Alors, ça veut dire — Ricca le montrait du doigt — que t'es prêt à remettre ça ? Déjà ?

Il haussa les épaules.

— Allons dîner.

— T'es une affaire, grave.

Elle se leva et se tordit les cheveux.

— Tu veux que je te fasse une pipe ou autre chose ?

Chaz matait d'un œil perplexe le pubis de Ricca.

— Qu'est-ce que tu t'es fait ?

— C'est un trèfle à trois feuilles. Tu aimes ?

— Un trèfle à trois feuilles ?

Il ne l'avait jamais remarqué auparavant.

— Pour me porter chance, lui expliqua Ricca. J'en voulais un à quatre feuilles, mais j'avais des poils que pour trois.

Chaz essaya de se rappeler si elle était irlandaise.

— Ça m'a pris une heure pour le faire. Avec deux glaces, ajouta-t-elle.

— Et on peut se les teindre en vert par les temps qui courent ?

— Tu parles.

— Ben, je suis impressionné, fit Chaz.

— Alors, on est quittes. Viens ici, laisse-moi m'occuper de ça.

Chaz fut énervé en se rendant compte qu'il n'avait pas la tête à ça. Baissant les yeux vers la chose, il s'étonna : et merde, qu'est-ce qui m'arrive ?

— Je crois que le téléphone sonne, fit-il.

Et il s'empressa d'aller se rhabiller...

Quelques minutes plus tard, Ricca le retrouva avachi sur un coin du lit. Il avait enfilé une chaussette marron et une chemise pas boutonnée ; il contemplait d'un œil morne une penderie ouverte.

— Y a quelque chose qui va pas ? lui demanda-t-elle en lui touchant l'épaule.

Il fit non de la tête, l'air de dire n'insiste pas.

— J'ai pensé à un truc, mon bébé, poursuivit-elle. Tu vas organiser un service funèbre pour Joey ? Sans doute que tu devrais.

— Je déteste les enterrements Et, en plus, il n'y a pas de corps à enterrer.

— Une cérémonie du souvenir, je veux dire, corrigea Ricca. C'est ce qui se fait tout le temps pour ceux qui meurent dans les accidents d'avion ou dans un naufrage, quand tout le monde a péri en mer.

Chaz répéta avec insistance que ça n'avait pas lieu d'être.

— La seule famille de Joey, c'est son frère qui joue à l'ermite et vit de l'autre côté du globe.

— Et ses amis ?

— Ben, je ferai paraître un avis dans le journal. Ils pourront faire des dons à la World Wildlife Mission. Pour sauver les yaks menacés d'extinction ou autre.

Ricca lissa sa jupe et s'assit près de lui sur le lit.

— Et ensuite, il se passe quoi ? Je crois que tu dois la faire déclarer légalement… tu sais bien…

— Morte ?

— Oui.

— Nom de Dieu, Ricca, ça ne fait que quelques jours.

— Plus tard, je veux dire.

— Ça n'urge pas, fit Chaz.

Ce satané inspecteur, Rolvaag, l'aurait à l'œil quelque temps. Chaz ne voulait pas sembler pressé de retrouver le célibat.

— Combien de temps, alors ? demanda Ricca.

— Quelle différence ça fait ? Je ne récupérerai rien de son argent, de toute façon, lui dit-il. Ces saletés de yaks peuvent attendre.

— Eh bien, suppose que, moi, je ne puisse pas ?

Chaz fit mine de n'avoir rien entendu. Il s'approcha de la penderie et contempla encore une fois la robe noire transparente. Elle était décolletée par-devant et fendue sur le côté avec audace. Il la sortit et la montra à Ricca.

— Tu l'as apportée avec toi ce soir ? Parce que Joey en avait une comme ça, la même, je veux dire.

Ricca fut vexée.

— Elle n'est pas à moi, Chaz. À moins de grandir de dix centimètres et de perdre cinq kilos…

— Allez, quoi.

— *Elle n'est pas à moi.*

— Bon, bon.

Il arracha la robe du cintre, la roula en boule et la jeta dans un coin.

— Je suis sûr d'avoir emballé ça hier.

Ricca, mal à l'aise, jeta un regard autour de la chambre.

— À dire vrai, ça fout plutôt la trouille d'être dans la maison alors que ta femme est morte.

— Ah bon... parce que c'était plus facile quand elle était vivante ?

— Non, c'est juste très triste ce qui lui est arrivé, fit Ricca. On pourrait pas sortir d'ici ?

Chaz gagna la commode dont il fouilla les tiroirs l'un après l'autre. Il lui fut impossible de mettre la main sur la culotte et le soutien-gorge de Joey, ceux qu'il avait mis de côté pour Ricca. Il se demanda s'il n'était pas en train de craquer.

— Tu cherches ton autre chaussette ? Elle est juste là par terre, sous la table de nuit.

— Ah oui, fit Chaz. Merci.

À peine Ricca partie se remaquiller, il se faufila dans le garage par la porte de la cuisine. Les cartons qui contenaient les affaires de Joey étaient exactement là où il les avait laissés, empilés près de la Camry. On ne semblait pas y avoir touché, ce qui amena Chaz à penser qu'il avait oublié d'une façon ou d'une autre la robe noire de sa femme dans la penderie. Quant aux sous-vêtements manquants, peut-être les avait-il changés de place.

Dans le salon, il fut content de voir que les poissons morts empestant l'aquarium ne s'étaient pas rematérialisés depuis qu'il les avait évacués en tirant la chasse. Chaz se prépara un verre et entreprit de parcourir ses CD, classés alphabétiquement par artiste, à la recherche d'une musique qui déménage pour conduire. Ce qu'il découvrit en passant les T en revue lui fit froid dans le dos. *Bad to the Bone* manquait. Et aussi *Move it on Over.* Même l'Anthologie n'était plus là.

Ricca apparut, une vraie bombe mais troublée.

— J'espère que ça te dérange pas, dit-elle, j'ai emprunté le rouge à lèvres de Joey.

Chaz sentit les poils follets de sa nuque se hérisser.

— C'est impossible.

— J'ai oublié le mien dans la voiture. Excuse-moi.

— Tu ne comprends pas. J'ai balancé tous ses tubes de rouge, lui dit-il. J'ai vidé la salle de bains de tous ses putain de trucs et je les ai virés.

— Mais il était là, Chaz. Sur la coiffeuse...

— Non ! Impossible !

Chaz sentit une sueur froide lui perler sous les aisselles. Il fonça sur Ricca, lui prit le menton et tourna sa bouche vers la lumière afin de vérifier la teinte.

— Et merde, marmonna-t-il.

C'était bien Corail Taquin, le rouge préféré de Joey.

Son préféré à *lui*, en fait. Tout comme cette robe noire fendue, celle qu'elle avait portée à sa demande chez Mark's, Las Olas Boulevard, pour leur premier anniversaire.

Il lâcha le visage de Ricca en disant :

— Y a quelque chose qui déconne.

— Pourquoi je mentirais pour le rouge à lèvres ?

Se frottant la mâchoire, Ricca était abasourdie et furieuse.

— Tu as raison. Pardon, lui dit-il.

— On peut s'en aller, genre, *maintenant*?

— Tout à fait, lui répondit Chaz. Juste un coup de fil à passer.

— Super. Je serai dans la salle de bains.

Elle claqua la porte ostensiblement derrière elle mais sa rage ne dura qu'un instant.

— Il est où ton rasoir ? cria-t-elle à Chaz.

Mais il était déjà au téléphone.

Joey Perrone et Mick Stranahan surveillaient la maison depuis une allée du voisinage, un demi-bloc plus loin. D'après Joey, ils ne seraient pas dérangés car lesdits voisins étaient partis au nord de New York pour un mois et peut-être plus.

— Pour éviter d'être convoqués au tribunal, lui expliqua-t-elle. Ce sont des boursicoteurs ripoux qui fourguent par téléphone des biocarburants à terme aux citoyens du troisième âge.

Chaque fois que les fédés leur font plier boutique, ils foncent dans leur bungalow des Adirondacks.

— Quel grand et beau pays, dit Stranahan.

— Qu'est-ce que vous faites ?

— J'essaie de dompter cette saloperie de lecteur CD.

Pour effectuer la planque, Joey leur avait loué une Suburban vert foncé aux vitres teintées.

— Mick, pitié, pas ça, lui dit-elle.

Il compulsait les disques de George Thorogood que Joey avait piqués dans la collection de son mari.

— Quoi, vous n'aimez pas la guitare slide ?

— Je n'aime pas les souvenirs, fit-elle.

Joey entendait abandonner le sujet, mais se surprit à dire :

— On prenait la voiture pour se balader et chaque fois qu'il mettait *Bad to the Bone*, c'était le signal qu'il voulait me, enfin vous voyez...

— Vu.

Stranahan balança les CD sur le siège arrière. Alors comme ça, il se trouvait spirituel[1], Mr Charles Perrone, et une sex-machine par-dessus le marché.

Joey énuméra les dix choses qui chez elle déplaisaient le plus à Chaz, la numéro six étant lui cacher ses George Thorogood.

— Ce n'est pas pour cette raison qu'il a voulu vous tuer, croyez-moi, dit Stranahan.

— Vous voyez, c'est ce qui me rend dingue, fit-elle. J'arrive pas à imaginer pourquoi il a voulu faire ce qu'il a fait.

— Moi, je pencherais pour le blé.

— Mais je vous l'ai déjà dit, il ne touchera pas un sou à ma mort.

Stranahan tripotait les boutons de la radio.

— La plupart des crimes se ramènent au sexe, à la violence ou à l'argent, lui dit-il. D'après ce que vous m'avez raconté de votre

1. *Bad to the Bone* veut dire « Méchant jusqu'à l'os », mais *To Bone* signifie aussi « baiser » en argot, d'où la réflexion de Mick. *(N.d.T.)*

mari, je parie sur l'argent. Si c'est pas à cause de votre fric, c'est à cause de celui de quelqu'un d'autre.

Joey lui répondit que, dans un sens, elle espérait qu'il avait raison.

— Je détesterais croire qu'il m'a balancée de ce bateau rien que pour se retrouver avec *elle*.

Elle fusilla la maison d'un œil noir.

— Peu probable, dit Stranahan.

— J'aimerais que vous ayez connu Benny, mon premier mari. C'était un amour, dit-elle tendrement. Pas vraiment un crack dans certains domaines, mais un brave et honnête garçon.

Stranahan visa avec les jumelles la baie de la résidence Perrone. On avait allumé les lumières, mais les rideaux étaient restés fermés. Ça faisait une heure que la femme brune était arrivée, garant sa trois portes Ford bleue près du 4×4 de Chaz.

— Vous ne savez pas qui c'est ?

— Aucune idée. C'est pitoyable, dit Joey. Il fréquente tellement de pétasses qu'il faudrait leur passer à toutes un collier émetteur pour s'y retrouver.

Que Chaz Perrone accueille une présence féminine après trois jours à peine de veuvage ravissait Stranahan en secret. Un manque de retenue si ahurissant ouvrait un monde d'opportunités sordides à celui qui chercherait à pourrir la vie de Chaz.

— Restons-en là pour aujourd'hui, suggéra Stranahan.

— Franchement, vous la trouvez « super bonne », vous ?

— Plus on s'attarde, plus c'est risqué.

— C'est ce que conduisent les agents du Secret Service. Des Chevrolet Suburban.

— Joey, on n'est pas des agents du Secret Service. Je suis censément à la retraite et vous êtes censément décédée.

— Eh, on devrait relever le numéro d'immatriculation de sa voiture !

— Déjà fait.

Trop fatigué pour se fier à sa mémoire, Stranahan l'avait noté à la saignée du poignet.

— Encore un quart d'heure, fit-elle. Puis on pourra y aller.

— Merci.

Plus tôt dans la journée, en sortant de l'agence de location de voitures, ils s'étaient arrêtés, contre l'avis de Stranahan, dans une galerie marchande. Joey avait décidé qu'elle ne pouvait pas continuer à porter les vêtements des ex-femmes et ex-copines de Mick, citant à titre d'exemple que tous leurs soutiens-gorge, sans exception, lui étaient bien trop grands. Faisant grise mine, ce dernier l'avait suivie en traînant des pieds pendant qu'elle accumulait pour deux mille quatre cents dollars de pantalons, de hauts, de jupes, de chaussures, de produits de beauté et autres effets personnels. C'était l'acheteuse la plus acharnée et la plus efficace qu'il eût jamais connue, mais l'expérience l'avait épuisé si complètement que tous ses sens semblaient à présent cautérisés.

Ou peut-être était-ce là ce que tout le monde et n'importe qui finissait par éprouver dans le cadre des Dunes de West Boca Tranche II.

— Vous ne m'avez même pas posé de questions sur la robe noire, disait Joey. Il y a là-dessous une histoire plutôt croquignolette.

— Je laissais mon imagination galoper.

— Quoi qu'il fasse avec elle, cette nuit, il pensera à *moi.* Ça, je vous le garantis. Attendez seulement qu'il tombe sur le rouge à lèvres !

Stranahan appuya sa tête contre la vitre et ferma les yeux.

— N'ayez pas le front de vous endormir, lui dit Joey.

— Mon chien me manque. Je veux revenir sur l'île.

Elle lui tapa sur l'épaule.

— Les voilà !

Deux silhouettes émergeaient de la maison Perrone, celles d'un homme et d'une femme, qui descendirent l'allée en hâte. Dans l'obscurité, Stranahan ne put distinguer leurs visages mais sans aucun doute, il devait s'agir du mari de Joey et de son invitée. Au moment où ils montaient dans la Ford bleue, le plafonnier illumina brièvement leurs traits. Tous deux semblaient discrètement préoccupés et n'irradiaient pas exactement la satisfaction d'après l'amour.

— C'est lui qui conduit, fit Joey. Vous savez ce que ça signifie.

— Non, quoi ?

— Il l'a sautée, fit-elle. Les mecs ne vous demandent jamais de conduire votre voiture, pas avant d'avoir couché avec vous au moins deux fois. C'est ce que dit Rose et elle a connu à peu près quarante-neuf types.

— À ce que j'entends, il est temps qu'elle procède à une vidange.

— Bon, suivons-les, dit Joey.

— Non. Supposons qu'il l'a tirée, qu'il l'emmène dîner et qu'il la renverra chez elle après.

— Je retourne dans ma maison.

— Mauvaise idée, fit Stranahan. Vous lui avez assez flanqué la frousse pour ce soir.

— Donnez-moi dix minutes. J'ai besoin d'aller à la salle de bains.

Joey sauta de la Suburban et partit en courant dans la rue. À son retour, « Move it on Over » de George Thorogood, hurlait dans les baffles.

Elle sourcilla à l'encontre de Stranahan.

— Vous poussez un peu.

— C'est pas le CD. C'est la radio.

Il baissa le volume en tournant le bouton.

— Je suis tombé par hasard sur des classiques du rock.

— Qu'est-ce que ça a de si drôle ?

— À mon âge, on adore l'ironie du sort. Bouclez votre ceinture.

Joey n'ouvrit plus la bouche jusqu'à ce qu'ils soient sur l'Interstate à rouler en direction du Sud.

— Chaz a remarqué la robe dans la penderie, parce qu'elle n'y était plus quand je suis retournée là-bas.

— Excellent.

— Mais j'ai découvert un truc vraiment bizarre dans le lavabo.

— Quoi donc ?

Stranahan avait en tête de la gélatine ou de la crème fouettée, peut-être.

— Des poils pubiens, déclara Joey avec indignation. Des poils pubiens vert pomme. Cette sale bonne femme s'est rasée et en a semé partout sur ma coiffeuse.

Mick Stranahan tendit la main pour lui serrer la sienne.

— Personne n'avait dit que ça serait du gâteau.

Le dénommé Tool vivait dans une caravane, en périphérie de LaBelle, à un jet de pierre du lac Okeechobee. Ladite caravane faisait partie de la parcelle de vingt-cinq ares sur laquelle le propriétaire précédent faisait pousser des tomates, culture que Tool méprisait depuis l'époque où il était contremaître. Le jour de son installation, il accrocha un vieux bloc-moteur Pontiac à son pick-up et le traîna en long et en large dans le carré de tomates jusqu'à ce qu'il n'en reste plus que de la terre barattée.

En lieu et place de légumes, Tool se mit à planter des « croix du souvenir » qu'il récoltait au gré de ses trajets en Floride du Sud-Ouest. Ces petites croix bricolées arboraient souvent des compositions florales colorées, ce que Tool jugeait un plaisir des yeux. Chaque fois qu'il en repérait une au bord d'une route, il l'arrachait et la déposait sur le plateau de son pick-up. Si d'autres automobilistes furent souvent témoins de son larcin, jamais aucun n'avait tenté d'intervenir.

Tool, qui plafonnait à un mètre quatre-vingt-quinze et pesait ses 140 kg, avait la tête taillée comme un parpaing. Le haut de son corps était tapissé de poils au point qu'il transpirait copieusement, même par temps froid, et jugeait inconfortable de porter une chemise. Presque une année s'était écoulée depuis qu'un braconnier lui avait tiré dessus en plein jour, en le prenant pour un ours. On n'avait décelé à l'œil nu aucune blessure, car la balle s'était étrangement enfilée dans la raie du fessier formidable de Tool. Comme ça n'avait saigné qu'un minimum, il avait choisi de renoncer à tout traitement médical... décision qui devait revenir le hanter.

Bientôt la douleur fut si intolérable qu'il abandonna son boulot de contremaître, physiquement incapable dorénavant de harceler et maltraiter des ouvriers agricoles immigrés douze heures non-stop. Son calvaire était tel qu'un drogué de ses amis, inquiet, lui recommanda le Fentanyl, analgésique hyper puissant qu'on utilisait en chirurgie mais qui était aussi disponible, de façon plus pratique, sous la forme de patches.

Si Tool n'avait pas d'ordonnance pour ce médicament, il possédait une clé rossignol. Une fois par semaine, il roulait jusqu'à Fort Myers, entrait par effraction dans une maison de retraite et décollait méticuleusement les patches de Fentanyl du torse de malades du cancer sous sédatifs. En deux temps, trois mouvements, Tool se retrouva accro sans retour, ses doses grimpant à des niveaux qui auraient euthanasié un organisme bien plus évolué. Le seul obstacle sérieux à son addiction était sa toison excessive, si dense et si grasse qu'elle défiait les adhésifs conventionnels. Une moisson quotidienne s'imposait, effectuée souvent en damier pour loger les multiples patches volés.

C'est ainsi que Red Hammernut le trouva, nu comme un ver dans un tub mangé de rouille derrière sa caravane-domicile, en train de se racler brutalement les omoplates avec un rasoir jetable.

— Salut, fit Tool. Ça fait un bail.

— Chuis allé en Afrique taquiner le tarpon.

Avec un soupir, Red Hammernut, groggy, se laissa choir sur un fauteuil de jardin en lambeaux.

— Chuis revenu à Tampa à peine de c'matin, le jet-lag me bousille le crâne. J'peux te demander, sacré bon Dieu, c'que tu fous ?

— Z'avez du boulot pour moi ?

C'était l'une des choses que Red Hammernut admirait chez Tool... ce fils de pute allait droit au but.

— Achève de faire trempette. On parlera après, lui dit Red. Pendant ce temps, où s'qu'est mon vieux pote, Mr Daniel ?

— Y a une bouteille quelque part dans la chambre.

La chambre de Tool étant le dernier endroit que Red Hammernut avait envie d'explorer, il prit donc une bière dans le réfrigérateur à la place. Quand il revint dehors, Tool se rinçait au jet.

Red pointa le doigt vers le champ de croix blanches derrière la caravane.

— T'en es à combien maintenant ?

— Soixante, par là. Soixante-dix, p't-être.

Tool s'ébroua comme un bison mouillé.

— Dites, Red, lancez-moi cette saleté de serviette.

Il s'agissait d'un chiffon roulé en boule, taché d'huile de vidange, semblait-il. Red Hammernut le jeta à Tool, qui se le noua en bandana, de travers.

— Je vois toujours pas pourquoi tu gardes ces foutus bidules. Je trouve ça vachement déprimant, si tu m'demandes, fit Red.

Tool se tourna pour contempler les rangs de croix bien ordonnés. Il se fichait complètement des accidentés de la route, mais aimait la symétrie visuelle de son alignement.

— C'est un peu comme ce fameux cimetière pour soldats, là-haut à Washington... comment y s'appelle déjà ?

— Arlington ?

— Ouais. Un peu genre Arlington en miniature !

— Bordel, ça s'est sûr.

— Ben, c'est mieux en tout cas que ces saloperies de tomates.

— T'as raison *rapport à ça.*

Et Red Hammernut de s'esclaffer.

Les deux hommes s'étaient rencontrés quatre ans plus tôt quand la société de Red Hammernut avait fait l'acquisition de la ferme maraîchère où Tool dirigeait les équipes de cueilleurs et d'emballeurs. Après avoir observé les techniques de pointe de management de Tool, Red l'avait embauché pour de petits boulots qui réclamaient du muscle et une absence de conscience morale. Red l'avait trouvé fiable et concentré à la manière d'un prédateur naturel, bien que moins va-t-en-guerre que son prédécesseur, Crow Beacham. Ledit Crow s'était proposé spontanément pour le débarrasser de ce jeune idiot de Mexicain, celui qui se plaignait des chiottes bouchées et de l'eau marronnasse des campements pour immigrés. Âgé d'à peine dix-neuf ans, le garçon avait porté ses doléances devant ces pédés d'avocats communistes des services juridiques ruraux, qui se préparaient à la transmettre à un juge fédéral quand leur témoin-vedette disparut. Il fallut presque deux ans avant qu'on ne retrouve le squelette du jeune Mexicain dans une mine de phosphate, cent cinquante kilomètres plus loin, mais à cette époque-là, Crow Beacham était déjà mort de la syphilis et du ver solitaire. Tool prenait davantage soin de sa santé, nota Red Hammernut, quoique guère plus.

— C'est quoi le boulot, demanda Tool, et ça paiera combien ?

— Cinq cents par jour.

Tool, stupéfait, prit un air dubitatif.

— Faut que je bute quelqu'un ou un truc du genre ?

— Même pas.

— Me baladez pas, Red, j'suis pas d'humeur. Pas avec une balle dans le trou de balle.

Il se transbahuta à l'intérieur où il fit du potin quelques minutes. Il resurgit en salopette de jean noir, avec une pizza congelée dure de chez dure. Quand il mordit dedans, elle craqua comme du calibre 22.

Red Hammernut décida de ne pas questionner Tool sur les trois patches couleur chair qu'il s'était collés sur les zones rasées de son dos. Moins il en saurait sur les habitudes perso du lascar, mieux ça vaudrait.

— Écoutons voir, dit Tool.

— OK, voici l'affaire. Un gars qui fait un certain travail pour moi a perdu sa femme, y a de ça quelques jours. Il est un peu secoué en ce moment, j'ai besoin qu'tu l'tiennes à l'œil.

— Elle est morte comment ?

Du sang dégoulinait de la bouche de Tool là où la croûte de la pizza lui avait lacéré les gencives.

— Elle est tombée d'un de ces paquebots de croisière en plein océan.

— Sans déconner ? Elle était genre gogol ou quoi ?

— Au contraire.

Par expérience, Red Hammernut savait qu'il valait mieux ne pas encombrer les méninges de Tool d'un surplus d'informations.

— Bref, ce garçon a les nerfs comme qui dirait en pelote à cause qu'elle est perdue en mer, que les flics posent des questions, etc. Ce matin, il m'a laissé un message sur mon répondeur. Le voilà qui pense qu'on se faufile chez lui, qu'on y fout tout sens dessus dessous, grosso merdo pour le faire paniquer grave. De mon point de vue, j'ai comme l'impression qu'tout ça, c'est dans sa tête. Soit l'un soit l'autre, il a besoin d'un ange gardien et c'est là que tu interviens.

Tool opina, en mâchant comme un sauvage.

— Z'avez dit qu'il bosse à la ferme ?

Red Hammernut leva le bras à temps pour faire dévier la trajectoire d'un gros morceau de pepperoni en maraude.

— Nân. Il habite à Boca Raton.

— Ah merde, Red.

— Je sais, c'est teurribleu. Ça t'explique les cinq cents par jour.

Tool cracha à nouveau, exprès cette fois, et rentra balourdement dans la caravane. Il en ressortit avec un sachet de viande séchée en bâtonnets.

— Boca ! Nom de Dieu, Red.

— Je regrette vraiment, *man*.

— Quel genre de taf il fait pour vous, ce mec ?

— Pas envie qu'on en fasse de la pub, vu ? Au premier truc zarbi qu'tu remarques, j'veux que tu m'files un coup de bigo.

— Comptez dessus, fit Tool.

— Et t'en vas pas faire de mal à personne, ajouta Red Hammernut, sauf si j'te le dis.

Une fois, alors que les fédés enquêtaient à propos d'accusations potentiellement dommageables (quoique bien fondées) selon lesquelles Red traitait ses ouvriers agricoles comme des esclaves sous contrat, il avait envoyé Tool décourager lesdits ouvriers lésés de coopérer avec les autorités. Même si aucun d'eux ne disparut ni ne mourut, les rares qui osèrent témoigner furent unanimes pour portraiturer « Mr Hammernut » comme une sainte figure paternelle qui les avait arrachés à une vie de misère dépourvue de but, en leur assurant des lendemains qui chantent dans l'agriculture.

Se fondant sur ce qu'il avait vu dans les champs de travaux forcés d'Immolakee et Belle Glade, Red était confiant que Tool n'aurait aucun mal à gérer un blanc-bec, faiblard et choyé, tel que Chaz Perrone.

Red étira les bras avec un grognement, annonçant qu'il rentrait chez lui dormir au moins quatre jours. Tool le raccompagna jusqu'à la route pavée où la Cadillac grise l'attendait. Comme d'habitude, le chauffeur de Red avait laissé tourner le moteur et le thermostat affichait vingt et un degrés.

— Elle... c'était une beauté ? demanda Tool.

— Qui ça... sa femme ? Ouais, plutôt.

Tool se gratta le cou.

— Il l'a butée p't'être.

— Rien à battre, répliqua Red Hammernut. Et toi non plus, t'en as rien à battre.

9

Un beau soir du printemps 1896, un éminent natif de Pennsylvanie, du nom de Hamilton Disston, se fit sauter la cervelle dans sa baignoire. Il souffrait d'une grave dépression après avoir dilapidé son héritage dans une grandiose campagne en faveur du drainage de deux millions d'hectares de marais floridiens plus connus sous le nom d'Everglades.

Bien que Disston soit mort en s'estimant un raté, la suite prouva qu'il fut un pionnier et une source d'inspiration. Au cours des années postérieures, sous un aspect ou un autre, son fantasme rapace fut poursuivi par des légions de spéculateurs remplis de convoitise — promoteurs, banquiers, barons du chemin de fer, agents immobiliers, producteurs d'agrumes, éleveurs de bétail, nababs du sucre et, *last but not least*, hommes politiques à leurs bottes.

Ces terres marécageuses, impossibles à assécher, paver ou planter furent bientôt transformées en de vastes réservoirs par le corps du génie de l'armée américaine au moyen de tranchées et autres digues. Des milliards de litres d'eau douce qui, depuis une éternité, coulaient librement sous la forme d'un large fleuve bourbeux vers la baie de Floride furent désormais retenus captifs pour être siphonnés à des fins agricoles ou industrielles ainsi que par les municipalités en expansion. Une première route transversale, puis une autre sectionnèrent le pouce sud de la péninsule, interrompant tragiquement le cours vers le sud du filet d'eau restant, issu du lac Okeechobee. Ce qui de cette eau précieuse atteignait encore le cœur du marais y arrivait souvent pollué par les pesticides, les engrais et le mercure.

Pour protéger les fermes et les lotissements de fréquentes inondations — conséquences tout sauf surprenantes de l'occupation d'un marécage — on creusa des centaines de kilomètres de canaux pour acheminer le trop-plein jusqu'à la mer pendant les mois pluvieux d'été. Des ingénieurs, grâce à un chapelet de stations de pompage, manipulèrent le niveau des eaux, selon le temps et l'humeur, sans tenir compte de l'historique des cycles naturels. Inévitablement, les Everglades, leur faune et leur flore de toute beauté commencèrent à mourir, mais personne n'ayant le pouvoir d'empêcher ça, on n'envisagea même pas d'essayer.

Ce n'était après tout qu'une saleté de gigantesque marais.

Dans la dernière partie du XXe siècle, une série de graves périodes de sécheresse pulvérisa l'hypothèse outrecuidante qu'il y aurait toujours abondance d'eau à voler. Ceux dont la fortune reposait sur le fait d'appâter acquéreurs d'immobilier et touristes en Floride du Sud envisageaient désormais avec effroi l'éventualité que ces insupportables écolos aient eu tout juste depuis le début. Si les Everglades s'asséchaient ou succombaient sous la pollution, ça pourrait être aussi le cas de la vaste nappe phréatique qui fournissait en eau potable la région allant de Palm Beach aux Keys. Toute croissance serait stoppée, étranglée, et les richesses mal acquises qui l'accompagnaient s'évaporeraient plus vite que du foutre sur une plaque chauffante.

Ce scénario apocalyptique fut exposé aux politiciens de Floride et, en temps voulu, même les plus putassiers d'entre eux chantaient les louanges des Everglades, trésor national à préserver à tout prix. Des édiles qui, depuis des décennies, encourageaient sa destruction se fendaient maintenant, d'une voix chevrotante, de morceaux d'éloquence déplorant son décès annoncé. Pendant les campagnes électorales, ils se débrouillaient toute honte bue pour être photographiés faisant du kayak autour d'East Cape ou de la randonnée dans Shark Valley, avec des alligators assoupis ou des aigrettes neigeuses, bien en vue à l'arrière-plan. Sauver les Everglades devint une cause d'envergure nationale qu'embrassèrent les tenants des deux grands partis et les électeurs réagirent avec enthousiasme.

Triste à dire, il ne restait plus grand-chose à sauver. Quatre-vingt-dix pour cent des « glades » d'origine avaient déjà été aménagés, convertis à l'agriculture ou débauchés d'autre manière. Le seul vestige non foulé aux pieds était un parc national aux eaux de qualité douteuse. Néanmoins, à la fin des années 90, le Congrès des États-Unis et la législature de Floride affectèrent, ô stupéfaction, huit milliards de dollars à la restauration d'un flux naturel non pollué à la légendaire Rivière d'herbe. De nombreuses personnes respectables et bien intentionnées crurent qu'il s'agissait là d'un impératif catégorique.

Puis il y avait Samuel Johnson Hammernut et ses pareils, dont l'unique intérêt de soutenir les Everglades était de s'assurer que leurs 7 500 hectares de laitues, choux, maïs doux, tomates, radis, scaroles et autre persil jouiraient d'une irrigation illimitée à bas prix et à perpétuité. Red Hammernut se souciait à peine moins de la faune et de la flore en péril que du sort des malheureux qui trimaient pour des salaires de misère dans ses champs cultivés, retenus captifs à son service par les dettes imaginaires que leur infligeaient ses brutes de contremaîtres.

Quant au problème de pollution, Red Hammernut entendait continuer à se servir des vastes marais comme de latrines en disant merde à la loi. Individu pragmatique, il avait suivi de près l'évolution du projet bureaucratique de restauration des Everglades et pris des mesures pour sauvegarder ses intérêts. Huit milliards de dollars étaient une chiée de fric invraisemblable et Red Hammernut calcula que pas loin du tiers serait piqué par lobbyistes, avocats, consultants et autres lanceurs d'appels d'offres, favorisés par les politiques bien en place. Ce qui resterait de cette manne serait dépensé avec plus ou moins de sérieux, sinon d'efficacité par un quarteron d'instances municipales, d'État ou fédérales qui communiquaient rarement entre elles.

Au nombre desquelles on trouvait, au premier rang, le Service des eaux de Floride du Sud, qui recrutait des biologistes de terrain pour tester la teneur en substances nocives des eaux de ruissellement des exploitations agricoles. Confiée à des spécialistes, cette mission recélait un certain potentiel de complication pour l'existence de Red Hammernut.

Fort commodément, les membres directeurs du Service des eaux avaient été nommés par le gouverneur, dont Red Hammernut avait généreusement soutenu la campagne de réélection sur un plan financier et en mettant à sa disposition un Cessna Citation. Ce ne fut donc pas une surprise pour ce dernier que son appel au Service des eaux soit accueilli si cordialement, ni que sa chaude recommandation d'un jeune et brillant postulant soit si prestement suivie d'effet.

Dans la foulée, il fut aisé de faire en sorte que le biologiste nouvellement engagé soit désigné pour tester l'eau du secteur même où étaient situées certaines grandes fermes maraîchères.

Sur le papier, le Dr Charles Perrone paraissait le choix idéal.

Red Hammernut avait introduit sa taupe dans la place.

— C'est une bonne chose que vous vous occupiez, dit Karl Rolvaag.

Chaz Perrone acquiesça, stoïque.

— Votre chef m'a confié qu'elle vous a dit de prendre toute la semaine et même plus si nécessaire.

Chaz tiqua.

— Vous avez parlé à Marta ? Pourquoi ?

— Pure routine, répondit l'inspecteur. De toute façon, elle m'a appris que vous aviez insisté pour reprendre le boulot et je lui ai dit que ça pourrait être une chose salutaire, en fait.

— Ma foi, que suis-je censé faire d'autre : tourner en rond dans la maison toute la journée et sombrer dans une déprime morbide ? Non, merci.

Ils étaient dans la cuisine : Chaz, Budweiser en main, et Rolvaag sirotant un Sprite. L'inspecteur s'était présenté à la porte d'entrée, cinq minutes à peine après le retour de Chaz du travail.

— Je suis crevé, répéta Chaz pour la troisième fois.

— Ouais, ça a dû taper dur par là-bas, aujourd'hui.

Rolvaag avait vu aux infos qu'une tempête de neige printanière avait frappé les Villes Jumelles, alors que lui baignait dans l'air conditionné en Floride. C'était vraiment ahurissant.

— Marta m'a expliqué en quoi consiste votre boulot, dit-il. Et ça m'a eu l'air intéressant. Je parie que vous tombez sur plein de serpents dans le coin.

— Ben, y en a plein qui passent *sous* les roues de mon 4×4, fit Chaz incapable de s'empêcher de frimer en plaisantant. Écoutez, je veux pas avoir l'air de vous foutre à la porte, mon vieux, mais je suis lessivé pour de bon.

— Bien entendu, je comprends.

L'inspecteur éclusa sa boisson gazeuse et, levant la bouteille vide, dit :

— Vous recyclez ?

Chaz lui désigna du geste la poubelle.

— Dieu reconnaîtra les siens, dit-il.

Rolvaag déposa la bouteille sur le comptoir.

— Il y a juste un point que j'aimerais clarifier avec vous concernant cette soirée à bord du *Sun Duchess*.

— Vous savez qui vous me rappelez ? Ce flic à la télé, Columbo. Il est jamais à court de questions, fit Chaz. Je parie que c'est votre feuilleton préféré, je me trompe ?

— À vrai dire, je ne l'ai jamais regardé.

— Mais je suis sûr que d'autres personnes ont dû vous dire la même chose... que vous leur rappeliez Columbo. Pas dans votre look, mais parce que, comme lui, vous lâchez jamais le morceau. D'une façon sympa, faut le reconnaître.

— Ça passe quel soir ? demanda Rolvaag. J'aimerais voir ça.

Chaz secoua la tête. Irrécupérable, l'abruti.

— C'est plus diffusé depuis une éternité. Bref, que vouliez-vous me demander ?

L'inspecteur parut soulagé de revenir à ses moutons.

— Une seule chose, en fait. Vous êtes bien certain de l'heure à laquelle Mrs Perrone a quitté la cabine ?

Chaz éprouva une contraction déconcertante au niveau du côlon.

— Trois heures et demie du matin, comme je vous l'ai déjà dit. Je me souviens même d'avoir regardé ma montre.

— Et il n'y a aucune chance que votre montre n'ait pas marqué la bonne heure ?

Le ton de Rolvaag était neutre jusqu'à l'insupportable.

— La raison pour laquelle je vous le demande, c'est qu'on a trouvé un indice qui soulève la possibilité que votre femme soit tombée à l'eau quelques heures plus tôt que vous ne l'avez dit.

L'inspecteur était appuyé sans gêne au comptoir, les mains dans les poches.

— C'est impossible, fit Chaz.

— Je suis sûr qu'il y a une explication.

— Quel genre d'indice avez-vous trouvé ?

Rolvaag fit une grimace en guise d'excuse.

— J'ai bien peur de ne pas pouvoir en discuter.

Enfermé sous clé dans son bureau au boulot, il y avait le test confirmant que les bouts d'ongle retirés du ballot de marijuana appartenaient bien à Joey Perrone.

— C'est de ma femme qu'il s'agit, fit Chaz, et vous venez me chanter que vous ne pouvez rien me dire ?

Il sentit qu'il rougissait, mais c'était en fait une bonne chose ; il était censé avoir l'air en colère.

— Vous avez retrouvé son corps ou pas ? J'ai le droit de savoir, bordel !

— Non, monsieur, on n'a pas retrouvé son corps, fit Rolvaag. Ça, c'est un fait dont je peux vous informer. Ni même une *partie* de son corps.

— Alors, merde, c'est quoi ?

Chaz se torturait les méninges : Joey n'ayant pas pris son sac, un lambeau de vêtement avait dû s'échouer en un endroit contraire à celui, calculé par ordinateur, où son corps aurait dû flotter, compte tenu des courants et du vent, cette nuit-là.

— C'est pour ça que vous aviez besoin d'un échantillon d'ADN ? demanda Chaz.

— L'enquête est en cours. Certains aspects doivent demeurer confidentiels pour le moment, dit Rolvaag. Je regrette, Chaz.

C'était la première fois que l'inspecteur utilisait le diminutif de Charles Perrone et ce soudain accès de familiarité ne fit qu'accroître l'anxiété de ce dernier. Il avait assez vu de séries policières pour savoir qu'on était dans de sales draps quand les flics se mettaient à vous traiter comme si vous étiez cul et chemise avec eux.

— J'ai perdu ma femme et vous me prenez la tête avec votre petit jeu, lui dit Chaz, faisant mine d'être blessé et déçu. Tournez pas autour du pot et dites tout de suite que je mens si c'est ce que vous pensez.

— Je crois que l'erreur est humaine.

— Pas dans ce cas-là.

— Mais vous aviez pas mal picolé cette nuit-là, vous me l'avez dit vous-même. C'est pas toujours très bon pour la mémoire, fit Rolvaag.

Chaz décapsula une autre bière, la but lentement, histoire de gagner du temps et de permettre à ses émotions de s'apaiser. Il songea que l'inspecteur venait de lui fournir sans le vouloir une porte de sortie. Les gardes-côtes ayant cessé de rechercher Joey, quel intérêt y avait-il à discutailler du moment exact où elle avait basculé par-dessus bord ? S'il restait quelque chose d'elle, ce qui était hautement improbable après quatre jours en pleine mer, peu importait vraiment qu'on l'ait retrouvé bien plus au sud. On pouvait toujours blâmer un requin ou un autre charognard d'eau profonde d'avoir transporté sa dépouille hors du périmètre des recherches.

Chaz baissa la tête.

— J'étais salement torché, c'est vrai. Peut-être que je me suis emmêlé les pinceaux sur l'heure à laquelle Joey est sortie. Ou peut-être que je l'ai mal lue à ma montre.

Pour marquer le coup, il tapota le verre de sa Timex bon marché, qu'il ne portait que les jours de collecte d'échantillons dans les Everglades.

Comme d'habitude, Rolvaag garda une expression indéchiffrable.

— Ce sont deux possibilités, conclut l'inspecteur. Quelque chose qui donne à réfléchir en tout cas. Merci pour le soda.

Chaz éclata de rire.

— Le quoi ?

— La boisson fraîche, rectifia Rolvaag. À propos, quelqu'un surveille votre maison... un gros balèze poilu en monospace, il est garé à l'angle. D'après la plaque minéralogique, le véhicule appartient à une agence de location.

— Ah bon ? fit Chaz, qui songea : Attends un peu que j'en touche un mot à Red.

— Vous avez une idée ?

Chaz passa la tête à la porte et regarda dans la rue.

— Je vois pas du tout qui est ce type, mentit-il. Comment vous savez que c'est moi qu'il surveille ?

— Comme ça, au pif, répondit Rolvaag en souriant. Vous avez ma carte. Appelez-moi en cas de besoin.

— Je n'y manquerai pas, fit Chaz.

Quand les chèvres danseront le Lac des Cygnes.

Planté devant la baie, il regarda l'inspecteur fureteur s'en aller en voiture. Quand le téléphone sonna, il faillit l'arracher du mur du salon.

Bordel, quoi encore ? se demanda-t-il, maussade. J'étais pas supposé être peinard chez moi maintenant ?

Tiré d'affaire...

Ou à draguer en bagnole.

Au lieu de ça, ce flic de merde continue à fouiner, un pervers sadique se faufile chez moi et tripote les affaires de Joey... et maintenant, faut que je me farcisse un garde du corps à coupde-poing américain que Red a dû aller déterrer dans je ne sais quel trou du cul du monde.

Quand Chaz répondit au téléphone, le dénommé Tool était à l'autre bout du fil.

— Ce type qui vient de se casser ?

— Oui, alors quoi ? fit Chaz.

— Vous voulez que je lui coure après ?

— Pour quoi faire ?

Tool grogna.

— Chais pas. Lui éclater la rate.

Chaz soupira.

— C'est un flic.

— Ah ouais, et alors ?

J'y crois pas, songea Chaz.

— Fichez-lui la paix, s'il vous plaît.

— C'est vous qui voyez, fit Tool. Eh, faut que j'aille poser une pêche. Ça va aller ?

— Je crois que je peux me débrouiller.

Chaz se débarrassa de ses vêtements et resta sous une douche chaude une bonne vingtaine de minutes. Il eut beau faire des efforts, il n'arrivait toujours pas à voir la moindre erreur dans son plan, pas un seul faux mouvement.

Son crime était parfait. C'était le reste du monde qui ne l'était pas.

— J'ai menti, avoua Joey Perrone.

Elle avait passé la journée largement à ne rien faire : bain de mer, bain de soleil, plongeon dans un roman de John D. MacDonald en poche, trouvé dans la boîte à pêche de Mick Stranahan.

— Je vous ai menti, répéta-t-elle.

Stranahan ne releva pas la tête. Il cassait des pinces de crabe en les frappant du plat d'une cuillère. Tout est dans le poignet, lui avait-il expliqué. Des fragments de carapace volaient partout tels des éclats d'obus.

— Menti à propos de quoi ? demanda-t-il.

— En vous disant que je n'avais rien touché dans la maison quand j'y suis retournée pour pisser. Il y avait une pile de photos planquées dans le placard du couloir.

— Des photos de mariage, ce genre-là ?

— De mariage, de lune de miel, de vacances. Que des photos de Chaz et moi, détailla Joey, datant d'une époque plus heureuse.

— Qu'est-ce qu'elles faisaient dans un placard ?

— Mon ordure de mari les a retirées du mur, fit-elle, cinq minutes après être rentré de croisière sans doute. À mon avis, il n'a même pas pu supporter de me regarder en face.

Stranahan lui ôta d'une chiquenaude un éclat orange de pince de crabe sur la joue.

— Racontez-moi ce que vous avez fait.

Joey se détourna en pivotant.

— Un autre verre de vin, monsieur. S'il vous plaît.

— Qu'avez-vous fait de ces photos ?

— Pas de toutes. D'une seule, précisa-t-elle. Je me suis contentée de la retirer du cadre et de la glisser sous son oreiller.

— Ah merde, lâcha Stranahan.

— Mais j'ai d'abord pris des petits ciseaux à cuticules...

— Et vous avez découpé votre visage sur la photo.

Joey tiqua.

— Comment vous le savez ?

— Sans commentaire.

— Une de vos femmes ou une petite amie ?

— Mon épouse numéro trois, si ma mémoire est bonne, fit-il.

Elle soupira.

— La prochaine fois, je tâcherai de faire preuve de plus d'originalité.

Ils mangèrent à l'intérieur. Cross mendiait des bouchées, en gémissant derrière la porte-moustiquaire. Devant le silence de Stranahan, Joey se mit à craindre d'avoir commis une imprudence, quelque chose qui pourrait ruiner son plan, quel qu'il fût.

Elle posa fermement son verre à vin.

— Si vous avez envie de hurler après moi parce que j'ai découpé cette photo, ne vous gênez pas. Mais rappelez-vous d'une chose, c'est aussi ma maison. Et ce sont mes affaires qu'il est en train de balancer.

— Il n'y a jamais eu d'accident à Tampa entre Chaz et un chauffard en état d'ivresse, lança Stranahan.

— Comment vous savez ça ?

— J'ai vérifié auprès de la police de la route. Il n'y a pas eu non plus de poursuites, fit-il, selon les archives judiciaires. Et pas de gros accord financier, évidemment.

— Ce qui veut dire pas de bas de laine, dit calmement Joey.

— Hautement improbable. Vous voulez entendre notre plan ?

— Ça va me remonter le moral, ça c'est sûr.

— On va faire chanter votre mari, annonça Stranahan.

— Je vois.

— À vrai dire, on va seulement lui *faire croire* qu'il est victime d'un chantage.

Stranahan trempa une pince mahousse dans une tasse de beurre fondu.

— Et qui le fera chanter ? demanda Joey.

— Quelqu'un qui sait que Chaz vous a assassinée.

Stranahan sourit et prit une nouvelle bouchée de crabe.

— Quelqu'un qu'il nous faut inventer, bien entendu.

Joey adora cette idée même si elle ne voyait pas complètement vers quoi tout cela tendait.

— Ça le mettra sur une fausse piste, lui expliqua-t-il. Chaz panique probablement à l'idée d'être harcelé par un mystérieux intrus. Je suppose que vous n'avez pas envie qu'il s'imagine que c'est vous, du moins pas encore. Je me trompe ?

Elle secoua la tête énergiquement.

— Ne le prenez pas mal, dit Stranahan, mais ces petits messages ingénieux que vous lui avez laissés : la robe noire dans la penderie, le rouge à lèvres dans le tiroir, la photo sous l'oreiller, ça fait plan typique d'épouse délaissée. Trop d'indices du même genre et il va relier les points entre eux.

— Ouais, vous avez raison.

— Donc, il faut qu'on lui fasse croire que c'est quelqu'un d'autre qui lui pourrit la tête.

— Pourquoi pas quelqu'un qui l'aurait vu me pousser du bateau ?

— Voilà qui est parlé.

— Un témoin secret qui devient gourmand, fit Joey avec empressement. Ça serait cool. Mais qui peut-on inventer, Mick ? Et comment cet individu imaginaire saurait où retrouver Chaz ? Attendez une minute... comment il entrerait dans la maison sans avoir la clé ?

— Wouah, pas si vite, lui dit Stranahan. J'ai une idée pour faire tenir debout tout ça.

— Ça, je n'en doute pas.

Joey Perrone se sentait mieux qu'elle ne s'était sentie depuis des jours et pas seulement à cause du vin.

— Mais d'abord, ça nous aiderait vraiment de savoir pourquoi Chaz voulait vous voir morte, dit Stranahan. Ça nous ouvrirait des perspectives créatives, côté chantage.

Joey eut un haussement d'épaules d'impuissance.

— Je ne pense qu'à ça, nuit et jour.

— Ne vous en faites pas. On saura tout, lui dit-il en clignant de l'œil. Et ça pourrait être vraiment amusant.

10

Chaz ne trouva pas la photo glissée sous l'oreiller avant le mardi soir, car il avait passé la nuit du lundi dans l'appartement de Ricca pour une séance de thérapie sexuelle en automédication. Il avait blâmé l'aura persistante de Joey d'avoir empêché son final dans la baignoire, mais quitter la maison qu'ils avaient partagée n'avait pas arrangé son problème. Même dans la chambre parfumée au jasmin de Ricca, Chaz ne put chasser l'image de la robe noire moulante de feu son épouse ni les souvenirs coquins qu'elle ressuscitait.

Ricca l'avait travaillé au corps avec l'habileté d'une sculpteuse, mais les résultats étaient restés insatisfaisants. Pour la première fois de leur relation, de *n'importe quelle* autre relation, Chaz avait entendu la plus creuse et la plus redoutée des consolations :

— T'en fais pas, mon bébé, ça arrive à tout le monde.

Pris de panique, il avait traîné Ricca chez un disquaire voisin et acheté le *Best Of* des succès de George Thorogood en remplacement de son exemplaire, mais en vain. Même remastérisé numériquement, « Bad to the Bone » ne put redresser le membre de Chaz ni lui rendre son agressivité naturelle. Le spectre de l'échec le poursuivit toute la journée du lendemain pendant ses allers-retours en voiture le long des levées des Everglades. Il lui pesait encore sur les épaules quand il revint chez lui, même si la visite de Rolvaag lui avait offert une brève, bien qu'irritante, diversion.

En s'effondrant sur son lit ce soir-là, Chaz était tout sauf préparé émotionnellement à encaisser un nouveau choc macabre. Il fixa la photo et passa le doigt, d'un air absent, dans le trou fait aux ciseaux qui remplaçait le joli minois de sa femme.

Il ne se rappelait que trop clairement dans quelles circonstances elle avait été prise, le 31 décembre précédent aux sports d'hiver, à Steamboat Springs. Joey et lui venaient d'émerger de leur chambre après une heure dix-sept minutes de baise spectaculaire, des plus chahutantes. Ce fut la seule fois où Chaz cria grâce devant sa femme, manifestant, essoufflé, sa reddition en faisant un T avec les mains, tel un *quaterback* viré du terrain. Joey et lui en riaient encore quand ils avaient tendu l'appareil photo au barman, un peu plus tard.

À présent, penché sur le cliché, Chaz aurait dû s'inquiéter de celui qui l'avait extrait du placard et, littéralement, défiguré. Il aurait dû se demander quand cet acte de vandalisme venimeux s'était produit et comment celui qui l'avait perpétré était entré dans la maison sans casser de carreau ni forcer la porte. Il aurait dû convoquer son balourd de garde du corps poilu, le nervi de Red, pour découvrir s'il n'avait vu personne de suspect rôdant dans le voisinage.

Mais au lieu de ça, Chaz Perrone se remit à penser à cette soirée au Colarado, vieille seulement de quatre mois, revivant dans le moindre détail érotique comment la femme qu'il appelait autrefois tendrement « ma monstresse blonde » l'avait retourné comme une crêpe. Chaz se retrouva bientôt gratifié d'une érection formidable, qui l'expédia tout guilleret à la salle de bains, saisi d'un optimisme injustifié. Une fois là, il peina et s'acharna à la tâche, le visage cramoisi et déformé sous l'effort, jusqu'à en avoir une crampe dans le poignet, puis dans les deux. Aucun soulagement à l'horizon.

Chaz fusilla d'un regard noir l'objet de son tourment et jura. Ma bite n'a jamais été fidèle à Joey tant qu'elle vivait, songea-t-il, alors pourquoi le serait-elle maintenant ? Il était cinglant de constater que le peu de chétive conscience morale qu'il possédait se manifeste de façon aussi humiliante.

— Je voulais pas la tuer ! cria-t-il à son bourreau, tout irrité et déjà rabougri. Elle m'a pas laissé le choix !

Chaz déchira la photo en mille morceaux au-dessus de la cuvette des toilettes. Après avoir vérifié portes et fenêtres, il goba une demi-douzaine de comprimés de Maalox à mastiquer avant de s'écrouler sur le canapé du salon. Demain, il ferait changer les serrures, appellerait la société d'installation d'alarmes et transférerait les bijoux de Joey dans son coffre personnel à la banque. Ensuite, il fouillerait une fois de plus la maison de fond en comble jusqu'à ce qu'il n'y reste plus rien de sa défunte femme, pas même un seul faux cil blond, pour l'exciter à son corps défendant.

Puis, en revenant de la décharge du comté, il ferait halte chez Wal-Mart et s'achèterait un flingue.

— Vous n'auriez pas de la tisane, par hasard ?

— Le mieux que je puisse faire, c'est du café, répondit Karl Rolvaag.

— Du poison, autrement dit, fit Rose Jewell en fronçant le sourcil. Non, merci.

La quarantaine bien sonnée, elle affichait hardiment sa séduction. Tout le service de l'inspecteur s'était pétrifié à son entrée en pull de coton blanc, jean délavé collant, talons hauts. Sa chevelure était d'un blond électrique, jamais vu au Minnesota, le pays des blondes. Rolvaag lui-même éprouva une légère nervosité.

— Je suis la meilleure amie de Joey. Enfin, *j'étais*, dit Rose. Et je veux juste que vous sachiez qu'elle ne se serait jamais, ah ça non jamais, suicidée. Si c'est l'une de vos hypothèses.

— Il est encore trop tôt pour les hypothèses, lui dit Rolvaag, ce qui était faux.

Il était certain que Charles Perrone avait poussé sa femme du *Sun Duchess*. Il était sûr également que le prouver serait impossible sans cadavre, indice ou témoin oculaire.

Si le capitaine Gallo avait jugé intéressant qu'on eût retrouvé les ongles de Mrs Perrone enfoncés dans un ballot de marijuana, il avait ajouté que ça prouvait seulement qu'elle avait survécu à son plongeon... pas qu'on l'avait poussée à l'eau. Même si son mari attirait les soupçons en donnant un faux horaire de sa sortie sur le pont, convenait Gallo, ça ne suffisait pas pour le mettre en examen.

— Et elle n'était pas bourrée et n'est pas tombée du bateau non plus, continua Rose. J'ai lu dans le journal qu'elle avait bu beaucoup de vin... c'est un ramassis de conneries ! Je n'ai jamais vu Joey soûle. Pas depuis sa condamnation pour conduite en état d'ivresse.

— Comment allait son mariage ?

— Chaz Perrone était une vraie pute. Il la trompait dans toute la ville.

— A-t-il essayé avec vous ? demanda Rolvaag, quelque peu interloqué par son propre culot.

Peut-être que la franchise de Rose était contagieuse.

Elle lui sourit, croisant les jambes d'une façon qui réduisit l'inspecteur à l'état d'ado embarrassé de lui-même.

— Si Chaz avait posé une main sur moi, dit-elle doucement, je lui aurais flanqué mon pied dans les roubignolles. Mais non, je ne l'ai même jamais rencontré.

La rumeur d'infidélités à répétition ne faisait pas automatiquement de Charles Perrone, selon le point de vue tendancieux du capitaine Gallo, le suspect d'un meurtre. Dans trois semaines, Rolvaag reviendrait au Minnesota, consterné d'avance de savoir que sa toute dernière affaire en Floride se solderait par un échec... qu'un assassin de sang-froid échapperait à la justice. Le capitaine avait été on ne peut plus clair : il considérait l'affaire Perrone comme une impasse et on n'y consacrerait pas davantage de temps ni d'effectifs.

Souvent Rolvaag s'imaginait Mrs Perrone seule au milieu de l'océan, se raccrochant si farouchement au ballot qui flottait que le bout de ses ongles cassait l'un après l'autre. Ce fantasme était plus obsédant dans le détail depuis que Chaz Perrone avait fourni une photo de sa femme à la police et aux gardes-côtes. Sur le cliché, pris quelque part sur une plage, Joey Perrone était ruisselante. L'ironie morbide avait échappé à son mari mais pas à l'inspecteur, qui pouvait désormais se représenter la victime de Chaz... cheveux blonds collés en arrière sur le crâne, perles d'eau étincelant sur ses joues... telle qu'elle avait dû refaire surface après sa longue et si pénible chute.

Le sourire exclu. Joey Perrone ne devait pas être souriante après avoir été balancée par-dessus bord par son mari.

— Que croyez-vous qu'il se soit passé pendant cette croisière, Mrs Jewell ? demanda Rolvaag.

— Disons que je sais *ce qui ne s'est pas passé.* Mon amie n'a ni sauté ni plongé dans l'eau.

Rose se leva, mit son sac en bandoulière.

— Je voulais juste que quelqu'un le sache, c'est tout. Je voulais que ce soit écrit noir sur blanc dans un dossier quelque part.

— Ce sera fait, promis.

Rose lui effleura le bras.

— Je vous en prie, ne laissez pas tomber l'affaire, lui dit-elle, au nom de Joey.

Rolvaag n'eut pas le cœur de lui dire qu'il faudrait un miracle pour qu'il puisse pincer Charles Perrone.

En revenant chez lui, l'inspecteur fit halte à la bibliothèque municipale pour glaner des informations sur les Everglades. Il lui paraissait singulier qu'un individu ayant une sainte horreur de la nature étudie la biologie avant d'accepter un job dans un marécage humide et grouillant. Que Perrone ignorât même dans quel sens s'écoulait le Gulf Stream dénotait des connaissances pour ainsi dire minces. Son idéal ne semblait pas moins ténébreux et suspect. Rolvaag était en particulier dérangé par la remarque désinvolte de Perrone, comme quoi il écrasait les serpents sous les roues de son 4×4 bouffeur de carburant et aussi par la manière cavalière avec laquelle il avait écarté le concept de recyclage d'une bouteille de soda vide. Était-ce là un individu qui avait à cœur le sort de la planète ?

Bizarre que Chaz Perrone ait orienté sa carrière vers l'étude de la vie organique quand il n'affichait d'autre souci que sa chère petite personne. Toutefois, si un indice était enfoui dans la triste histoire fort compliquée des Everglades, Rolvaag ne put le découvrir. Les liens de Perrone avec une région sauvage si inhospitalière demeuraient une énigme et le temps pressait.

Tout en roulant vers son appartement, Rolvaag se remémora l'échec de son propre mariage, tout en trouvant impossible d'imaginer un scénario où le meurtre serait l'un des choix envisageables. Lors de cet exercice, l'inspecteur se découvrit handicapé par son patrimoine génétique : les Norvégiens étaient des broyeurs de noir nés, peu enclins à la sorte d'éruption volcanique associée aux drames domestiques. Cela dit, Rolvaag n'avait pas compris la majorité des criminels qu'il avait expédiés en prison, quels que fussent leurs crimes. Abattre un vendeur de crèmes glacées pour trente-quatre dollars et des poussières n'était pas plus compréhensible à ses yeux que de balancer son épouse, séduisante (et, de l'avis général, fidèle) du haut d'un paquebot de croisière.

Pourquoi Perrone avait-il fait une chose pareille ? Pas pour l'argent, puisque n'entraient en jeu ni prime d'assurance ni héritage, aucun jackpot de quelque nature que ce soit. Et pas par amour, non plus... si Chaz avait voulu larguer sa femme et s'enfuir avec l'une de ses maîtresses, il aurait obtenu le divorce assez facilement et de façon indolore. La Floride est une juridiction sans défaut qui classe sommairement les unions brèves et sans enfants. De plus, la fortune personnelle et substantielle de Mrs Perrone en faisait une candidate peu probable à l'obtention d'une pension alimentaire.

Gallo a raison, songea Rolvaag. J'ai que dalle pour le mobile.

En arrivant chez lui, il vit qu'on avait glissé sous sa porte une coupure de journal. On y relatait l'histoire d'un habitant de Saint Louis qui avait été étranglé, et quasi dévoré, par son énorme python apprivoisé, qu'il avait bêtement omis de nourrir pendant des mois. Le serpent avait vu ses macabres agapes interrompues par un voisin inquiet qui courut chercher de l'aide. Des urgentistes sachant jouer des Jaws of Life[1] survinrent et récupérèrent le corps étiré à l'extrême de la victime, liquidant le reptile dans l'opération. Au-dessus du gros titre, à l'encre violette, en pattes de mouche familières, on lisait :

« Voilà ce qui vous pend au nez ! »

Rolvaag pouffa en se disant : deux personnes seraient ravies de me voir disparaître, Chaz Perrone et Nellie Shulman.

Les deux serpents de l'inspecteur étaient lovés ensemble dans un grand vivarium de verre dans un coin du salon. Ils n'étaient pas d'un blanc immaculé comme certains albinos, mais plutôt d'une nuance crème avec d'exotiques dessins mandarine. À l'extérieur, en milieu urbain, leur éclat peu naturel aurait pu leur être fatal, mais les pythons étaient en sécurité dans l'appartement de Rolvaag. Ils ne lui en exprimaient nulle gratitude, bougeant rarement un muscle sauf pour manger ou se repositionner dans un rayon de soleil. Pourtant, Rolvaag prenait plaisir à les observer. Qu'un blaireau comme Perrone tue à dessein une créature d'une perfection si primitive faisait bouillir l'inspecteur d'une colère dont il était le premier surpris.

Il enfourna des lasagnes congelées et fouilla dans sa serviette jusqu'à ce qu'il retrouve le morceau de papier qu'il cherchait. Il composa le numéro de l'agence Hertz de Boca Raton et déclina son identité à un sous-fifre, qui se montra exceptionnellement coopératif. Quand Rolvaag raccrocha, il avait obtenu le nom du truand hirsute en monospace qui surveillait la maison de Perrone et également celui de la société qui payait la location.

Red Tomato Exchange, ou quoi ou qu'est-ce.

1. Littéralement, les « mâchoires de la vie », il s'agit d'un écarteur-cisaille hydraulique pour la désincarcération. *(N.d.T.)*

Joey Perrone réveilla Stranahan en le secouant.

— Mick, je viens de penser à quelque chose !

Il se redressa sur le canapé en se frottant les yeux.

— Quelle heure est-il ?

— Six heures moins le quart.

— Y a intérêt que ça en vaille la peine.

Il tendit la main vers la lampe, mais elle lui retint le bras.

— Je ne suis pas visible, lui dit-elle.

Même sans lumière, la maison était loin d'être plongée dans l'obscurité. Joey portait un tee-shirt blanc sans manches et une culotte genre bikini, dont la vue atténua quelque peu les ronchonnements de Stranahan.

— Racontez-moi ce que vous vous êtes rappelé.

— Une dispute entre Chaz et moi, il y a deux mois de ça. J'étais censée prendre l'avion pour assister à un mariage à L.A. mais vu les conditions atmosphériques épouvantables, une fois à l'aéroport, j'ai tourné les talons et je suis retournée à la maison. Je ne monte jamais dans un avion s'il y a un nuage dans le ciel.

Joey poursuivit en disant qu'elle était entrée et avait trouvé son mari attablé à la salle à manger, en train de porter des chiffres sur un graphique.

— J'ai regardé par-dessus son épaule et j'ai simplement dit : « Comment tu fais pour te les rappeler tous ? » Parce qu'il ne se servait pas de notes, il se contentait d'inscrire les nombres les uns à la suite des autres. Donc, je lui dis à peu près : « Comment t'arrives à te les rappeler tous ? », d'une façon tout à fait innocente et sympa, et lui, il a failli tomber de sa chaise. Puis il a pété les plombs grave.

— Vous ne lui avez rien dit d'autre ?

— C'était de la folie pure. Il s'est mis à hurler, à arpenter la pièce en faisant de grands moulinets avec les bras. Il m'a dit d'arrêter de l'espionner et de m'occuper de mes affaires, poursuivit Joey. Exactement comme le jour où je lui ai posé des questions sur son Hummer neuf… sauf que cette fois-là, il m'a traitée de sale c… Alors je lui ai flanqué un pain.

— Parfait.

— D'une droite dans les mandibules. Chaz n'encaisse pas vraiment bien.

— Donc, que vous ayez vu ces graphiques l'a fait sortir de ses gonds. Vous savez ce que signifiaient ces chiffres ?

— Il ne me l'a jamais dit. Mais une partie de son boulot consiste à prendre des mesures dans l'eau là-bas, genre pollution, fit Joey. Je subodore que ça a quelque chose à voir avec ça.

— Vous l'avez cogné pour de bon ? demanda Stranahan.

— Peut-être que j'aurais pas dû. Peut-être que c'est ça qui a tout déclenché, Mick.

— Déclenché quoi ? La décision de vous tuer ?

— Peut-être que son ego ne l'a pas supporté.

Stranahan lui répondit de ne pas confondre arrogance et orgueil.

— Un mec comme Chaz ranime son ego en un tournemain.

— N'empêche que je l'avais jamais vu paniquer comme ça avant, remarqua Joey.

— C'est important. Je suis content que vous me l'ayez dit.

— Eh, c'est un vrai Fruit of the Loom ?

Elle tendit la main et tira d'un coup sec sur la ceinture.

Stranahan plaqua un oreiller sur son giron. Il devenait évident que Mrs Perrone surmontait sa timidité.

— Le soleil est presque levé, dit-elle. Si on allait nager ?

— Ha ha.

— On fait trois fois le tour de l'île. Allez, je rigole pas.

— Je croyais que les requins vous terrorisaient, objecta-t-il.

— Pas si on est tous les deux dans l'eau.

— Mais l'un de nous est vieux et lent. Je vois ça d'ici.

— Oh, arrêtez de faire la chochotte, dit Joey.

— Pardon ?

Mais elle s'enfuit en courant, nu-pieds et en sous-vêtements. Stranahan entendit claquer la porte-moustiquaire, le tout suivi d'un *plouf*. En arrivant sur le ponton, il ne lui restait plus qu'à plonger et tenter de la rattraper. Cross les observait d'un air perplexe mais ne fit pas mine de vouloir les rejoindre.

Après avoir effectué un demi-cercle autour de l'île, Joey dit :

— Vous êtes plutôt en bonne forme pour un croulant.

Stranahan s'arrêta à mi-brasse et fit du surplace dans l'eau.

— Qu'est-ce qui va pas ? lui cria-t-elle.

De façon inquiétante, il lui désigna les vagues au-delà d'elle. Joey aperçut trois ailerons gris qui fendaient la surface et poussa un cri aigu. Elle se catapulta en arrière, directement dans les bras de Mick.

— Me cognez pas, lui chuchota-t-il au bout d'un instant, ce ne sont que des dauphins.

Elle expira lentement, cillant pour ôter le sel de ses yeux.

— Alors, c'est comme ça que vous vous donnez des sensations, fit-elle.

— Je suis absolument inoffensif. Vous pouvez demander à la ronde.

Les dauphins roulèrent plus loin et Stranahan les perdit de vue, aveuglé par l'éclat du soleil. Joey garda ses bras noués autour de son cou, ce qui le surprit.

— C'était assez génial, concéda-t-elle. Mieux qu'au Seaquarium.

— Je les vois jouer tout le temps par ici. Vous voulez qu'on continue ?

— Vous voulez dire à nager ou à se tripoter ?

— Je ne vous tripote pas, rectifia Stranahan. Je tente de nous maintenir à flot.

— Votre main est posée sur mon cul.

— Une cuisse, plus précisément, et c'est la meilleure prise.

— Ah, sympa, fit-elle. Combien je pèse à votre avis ?

— Même avec un flingue braqué sur la tempe, je ne me hasarderais pas à répondre à cette question.

Il se détacha de son étreinte et prit du champ.

— Soixante-cinq kilos et demi, déclara Joey, en se lissant les cheveux pour en chasser l'eau. Mais je suis grande. Pas loin d'un mètre soixante-quinze.

— Vous êtes superbe, fit-il. Alors bouclez-la et nagez. C'est vous qui avez eu cette idée de génie, vous n'avez pas oublié ?

Trois quarts d'heure plus tard, ils étaient séchés et rhabillés. Il préparait des gaufres et elle, du café, tandis que le chien aboyait après un bateau plein de pêcheurs de bass qui passait à proximité de l'île.

— Dites-m'en plus sur votre plan de chantage, fit Joey.

— Oh, ça me rappelle...

Il sortit un instant de la cuisine et revint avec le portable qu'il lui tendit.

— Faites le numéro de chez vous.

— Pas question !

— Pas besoin de lui parler. Faites le numéro et passez-moi l'appareil.

— Il a un mouchard. Il verra votre nom s'afficher, dit Joey.

— Alors faites étoile plus 67 et il sera masqué.

— Mick, qu'est-ce que vous allez lui dire ?

— Contentez-vous d'appeler, s'il vous plaît.

— Bien, bien, cap'taine.

Stranahan se coinça le récepteur sous une oreille tout en s'occupant des gaufres. Il adopta un ton théâtral qui obligea Joey à s'empêcher de pouffer.

— Je suis bien chez Charles Perrone ? Chaz, on ne se connaît pas encore, mais vous allez bientôt me remettre une somme d'argent d'un montant énorme, choquant... Non, ce n'est pas la compagnie du câble. Je suis la personne qui vous a vu pousser votre charmante épouse du pont du *Sun Duchess*, vendredi dernier dans la nuit... tout à fait exact. À onze heures, pile poil, sous le crachin. Vous l'avez chopée par les chevilles et balancée par-dessus bord. Chaz, vous êtes encore là ? Hou, hou, Chaz ?

Joey applaudit une fois que Mick eut raccroché.

— Vous imitiez Charlton Heston, non ? Au lycée, un soir

qu'on était raide défoncés, on s'était regardé *Les Dix Commandements* et *La Planète des Singes* à la queue leu leu.

— Je crois que je viens de gâcher la matinée de votre mari, fit Stranahan.

— Qu'est-ce qu'il a dit ?

— Au début, il a cru que j'essayais de lui vendre Pay-per-View en numérique. Puis il m'a accusé d'être un certain Rolvad ou Rolvag qui lui jouait une sale blague. Vers la fin, ce n'était plus qu'un gargouillis, en fait. Comme s'il avait avalé de la Javel.

— Ce que vous venez de faire, c'est légal ? demanda Joey.

— Peut-être pas. J'en parlerai au père Rourke la prochaine fois que j'irai à confesse.

— Vous avez l'air de bien vous amuser en tout cas.

— Chaz a amplement mérité qu'on lui allume une fusée au cul.

— L'image est admirable, ma foi.

— Et maintenant, redites-moi, s'il vous plaît, fit Stranahan, pourquoi vous avez épousé un connard pareil ?

Le sourire de Joey s'évapora.

— Vous ne comprendriez jamais.

— Ça ne me regarde absolument pas, j'en conviens.

— Bon, je vais vous dire pourquoi. Parce que trois types d'affilée m'avaient larguée pour une autre, vu ? Parce que Chaz m'a envoyé une rose tous les jours pendant deux semaines après notre premier rendez-vous. Parce qu'il m'écrivait des petits mots fleur bleue, m'appelait quand il m'avait promis de le faire et m'offrait des dîners romantiques. J'étais seule et, c'est évident, c'était un pro dans ce domaine, expliqua Joey. Et je lui ai dit oui, la seconde fois qu'il m'a demandé de l'épouser, parce que, franchement, je n'avais pas envie de me faire larguer une fois de plus. Soit dit en passant, c'est incroyable comme c'est humiliant d'aborder ce sujet.

— Bon Dieu, dit Stranahan, vous n'êtes pas la première à

vous être fait avoir. Mais quand vous vous êtes rendu compte de votre erreur...

— Pourquoi je suis restée mariée avec lui ? Ça ne faisait que deux ans, Mick, lui précisa-t-elle, et ce n'était pas l'enfer, loin de là. Laissez-moi tenter de vous expliquer ça sans passer pour une écervelée... Chaz était une affaire au lit et j'avoue que parfois ça compensait ses qualités moins admirables.

— Je comprends parfaitement, dit Stranahan. Et puis merde, c'est toute l'histoire de ma vie.

Il empila trois gaufres sur l'assiette de Joey.

— Plusieurs de mes pires mariages étaient débilement fondés sur le cul et pas sur grand-chose d'autre. Vous avez faim ?

Joey opina.

— Moi aussi, fit Stranahan. Sirop d'érable, beurre ou les deux ?

— La totale.

— Chouette, alors.

Cross jappant de douleur les interrompit. Stranahan se précipita au-dehors, Joey sur ses talons. Le chien gisait au bout du ponton, tripotant de la patte sa truffe endolorie. Joey s'assit et attira l'animal gémissant sur ses genoux.

À une trentaine de mètres à peine, voguait sur l'eau le bateau des pêcheurs de bass ; quatre d'entre eux gloussaient en faisant mine de vaquer à leurs appâts. Stranahan repéra un leurre de forme ovoïde sur le ponton et se baissa lentement pour le ramasser.

— C'est quoi ? fit Joey.

— Un plomb de soixante grammes.

— Oh non.

Stranahan héla les hommes à bord du bateau.

— C'est vous qui avez balancé ça sur mon chien, les gars ?

Les pêcheurs lui jetèrent un coup d'œil, murmurant entre eux, jusqu'à ce que pour finir le plus balèze l'ouvre :

— Ce sale clebs voulait pas la fermer, mon pote.

Mon pote ? se dit Stranahan. Voilà qui m'indique à qui j'ai affaire.

— Venez par ici, dit-il. Faut qu'on cause.

— Va te faire foutre ! lui gueula un autre pêcheur, modèle réduit du précédent. Et ta *puta* de copine aussi.

Affichant un air de défi, il projeta sa canne à pêche en arrière, lançant un lourd jig jaune vers le ponton. Il le manqua de peu et le leurre atterrit avec un « ploc » creux dans l'eau.

— Rentrez Cross à l'intérieur, s'il vous plaît, dit Stranahan à Joey.

— Pourquoi ? Qu'allez-vous faire ?

— Exécution.

— Il est exclu que je vous laisse seul ici avec cette bande d'abrutis.

— Je ne serai pas seul, lui dit-il.

Stranahan dénombrait trois manquements à l'étiquette pour lesquels ces pêcheurs méritaient une bonne leçon. Le premier, c'était la manière désinvolte avec laquelle ils avaient violé son intimité en s'approchant d'aussi près de l'île. Le second, c'était l'agression méprisable sur un animal plutôt bêtasse qui ne faisait que son boulot. Le troisième, c'était l'insulte grossière adressée à Joey Perrone, qui n'avait rien fait pour la mériter.

Par la fenêtre de la cuisine, Joey vit le bateau s'avancer vers le ponton, les quatre pêcheurs debout, prêts à la baston. Stranahan disparut brièvement à l'intérieur du hangar. Et en ressortit avec ce qu'il lui préciserait plus tard être un Ruger Mini-14, fusil semi-automatique d'un calibre redoutable.

Le bateau des intrus était équipé d'un Mercury de quatre-vingt-dix chevaux, dans lequel Stranahan tira méthodiquement à trois reprises. Les pêcheurs au comble de la panique levèrent les mains en l'air en signe de reddition et Joey entendit leurs suppliques apeurées, même les fenêtres fermées. En revanche, les instructions précises de Stranahan lui restèrent inaudibles, mais elle vit les pêcheurs tomber à genoux et, penchés au-dessus des plats-bords, se mettre à pagayer avec leurs bras. L'effet visuel était celui d'un mille-pattes paniqué dans une cuvette de chiottes.

Joey, attachant la laisse de Cross au pied de la table de la cuisine, sortit en hâte. Elle trouva Stranahan planté là, arme à l'épaule, ne quittant pas des yeux la progression laborieusement démente du bateau vers le continent.

— Alors, vous parliez de votre flingue, fit Joey.

— Oui, m'dame.

— Je suis impressionnée.

— Eux aussi l'ont été.

— Ce que vous venez de faire, c'est légal ?

Mick Stranahan se tourna et la regarda bien en face.

— S'il vous plaît, ne me posez plus jamais cette question.

11

Tool eut beau pousser l'air conditionné au maximum, il semblait toujours faire près de quarante degrés dans l'habitacle du monospace. Made in America, en plus, une véritable honte, songea-t-il. En Floride, entre tous les États, on loue pas des véhicules avec une clim naze.

Pas encore neuf heures du matin et sur Tool, déjà en sueur, se décollaient les patches de Fentanyl. Pour se rafraîchir, il ôta bottes et salopette, puis descendit un litre de Mountain Dew qu'il avait pris au Circle K de Powerline. Tripotant la radio, il dénicha par miracle une bonne station de musique country. Shania Twain chantait le grand plaisir d'être une femme, même si Tool n'arrivait pas à voir en quoi ça pouvait être vrai. À peu près toute la gent femelle qu'il ait jamais connue, à commencer par sa mère, paraissait perpétuellement en pétard contre l'espèce humaine. Ou bien, possible que c'était juste contre moi en particulier, songea Tool.

À neuf heures et demie, le type dont il était garde du corps émergea de la maison et remonta en vitesse la rue en direction du monospace. Vu de près, il était impec de sa personne... vachement trop jeune pour un veuf, rêvassa Tool. On pouvait pas s'empêcher de se demander ce qui était arrivé à la bobonne du mec.

Charles Perrone lui fit signe de baisser la vitre.

— Vous n'auriez pas vu quelqu'un de bizarre rôder dans le coin ?

— Tout cet endroit est zarbi, à mon avis, lui répondit Tool. Mais non, j'ai vu personne qu'ait pas affaire par ici.

— Vous êtes sûr ? Parce que je crois qu'on est de nouveau entré chez moi.

— Pas pendant que j'étais là, pour ça non.

Le type avait l'air de ne pas avoir fermé l'œil de la nuit.

— Quelqu'un a massacré une de mes photos préférées.

Tool se montra sceptique.

— Z'avez qu'à dire, je vous suis au boulot aujourd'hui sans vous quitter d'une semelle. Rien qu'au cas où.

Charles Perrone répondit qu'il n'irait pas bosser.

— Comment ça se fait que vous n'êtes pas habillé ? demanda-t-il à Tool.

— Parce que là-dedans, fait plus chaud que dans le cul d'un éléphant. Eh, au fait, z'êtes docteur ? fit Tool.

Charles Perrone parut ravi.

— C'est exact.

Tool fit pivoter son énorme masse pour lui montrer les deux derniers patches qui subsistaient sur son dos.

— Pouvez m'en trouver d'autres comme ceux-là ? lui demanda-t-il.

Ledit docteur parut dégoûté par le mur de chair moite dressé devant ses yeux.

— En sticks, fit Tool. C'est des médocs.

— Je sais, mais...

— Duragesic, c'est le nom de la marque. Pouvez me faire une ordonnance ?

— Ah, j'ai bien peur que non, lui dit Charles Perrone.

— C'est pour les douleurs grave mauvaises, expliqua Tool. Voyez, j'm'paie cette balle dans la raie du cul... je blague pas, sérieux.

Charles Perrone blêmit et s'écarta du monospace.

— Excusez-moi, je ne rédige pas d'ordonnances.

— 'ttendez une seconde, là.

— Je ne suis pas un docteur de ce genre-là.

Pivotant sur ses talons, il revint à grand pas et à l'accéléré vers la maison.

Tool poussa un grognement. Ce toubib de mes deux, y peut même pas faire d'ordonnance.

Deux portes plus loin, une femme d'un certain âge en robe de lin jaune sortit, tenant deux bestioles en laisse. Tool subodora que c'étaient des chiens, bien qu'ils ne ressemblent à aucun de ceux qu'il ait jamais vus. Leurs têtes rondes fripées étaient aplaties du mufle, comme s'ils avaient emplafonné plein pot une bétonnière. La femme elle-même avait une tronche plutôt flippante, lisse et tirée comme un masque d'Halloween trop petit pour son crâne. Tool fut régalé d'une vision en gros plan tandis qu'elle promenait ses étranges chiens plissés le long du trottoir. La femme ne devait pas l'avoir aperçu dans le monospace, car elle permit, avec nonchalance, à ses sales clebs de se soulager sur la roue avant droite.

Tool riposta immédiatement en filant un coup de poing dans la vitre passager, ce qui fit pleuvoir du verre sur les sandales de la femme. Elle bêla de frayeur en le voyant passer la tête à la portière et lui ordonner en termes non choisis de nettoyer les saletés occasionnées.

— Quoi ?

Elle tira les chiens à l'écart du monospace, puis les prit dans ses bras.

— Non mais des fois, vous vous prenez pour qui, monsieur ?

— Pour l'enfoiré de sa mère qui va se taper dare-dare tes mignons chienchiens si t'enlèves pas leur pisse de sur mon pneu.

Il entrouvrit la portière pour que la femme aperçoive tout ce qu'elle devait voir. En un clin d'œil, elle était à genoux, épongeant comme une furieuse le caoutchouc mouillé avec un tampon de mouchoirs en papier roses tandis que ses petits trésors gémissaient en grattant le sol, non loin de là.

Une fois qu'elle eut terminé, Tool lui dit :

— J't'ai pas entendue t'excuser.

La femme émit un son malveillant, ses joues devinrent toutes rouges, sans changer d'expression, cependant. Sa peau, du front au menton, était si tendue et luisante que Tool se demanda si elle ne risquait pas de se fendre comme une mangue pourrie.

— Allez, casse-toi, lui dit-il.

Ce qu'elle fit, battant en retraite dans un claquement de sandales. Ses chiens à face d'accordéon eurent du mal à suivre.

Quelques minutes plus tard, le toubib refit surface.

— Qu'avez-vous fait à Mrs Raguso ? demanda-t-il à Tool.

— Elle a laissé ses saletés de clébards arroser mes pneus ! protesta ce dernier. J'croyais qu'on était dans un quartier classe, « haut de gamme » comme on dit. Merde, moi, j'vis dans une caravane, et j'laisserais jamais *mes* chiens pisser sur le véhicule perso de quelqu'un d'autre.

— Vous feriez mieux de partir d'ici. Carmen Raguso doit probablement être en train d'appeler la police à l'heure qu'il est, dit Charles Perrone.

— Et pourquoi ? C'est elle qu'a commencé.

— Vous avez joué les exhibos devant elle ! J'ai tout vu depuis le salon.

Charles Perrone était dans tous ses états.

— J'ai pas envie d'avoir d'autres flics sur le dos, compris ? Maintenant, grouillez-vous avant qu'elle relève le numéro.

— Mais qui surveillera votre baraque ?

— Contentez-vous de démarrer et de rouler, lui dit Charles Perrone, jusqu'à ce que Mr Hammernut vous donne des nouvelles. Il vous dira quoi faire ensuite.

— Merde, lâcha Tool, qui parcourut la rue en marche arrière.

Arrivé à l'angle, il fit effectuer un demi-tour au monospace avant de foncer à toute vitesse vers la sortie des Dunes de Boca Ouest Tranche II. Plus d'une heure s'écoula avant que son portable ne sonne, mais à ce moment-là, Tool avait ajouté à son tableau de chasse deux croix du souvenir de plus, taxées sur la bande médiane herbeuse de la Sawgrass Expressway. Si les fleurs avaient flétri jusqu'aux rubans, les croix proprement dites étaient en très bon état. Par conséquent, l'humeur de Tool s'était nettement améliorée quand Red Hammernut l'appela.

— Pour ce job de garde du corps, fit Red, l'astuce, c'est qu'y faut se fondre dans le paysage.

— Jamais été trop doué pour ça.

— Vu. Laisse-moi le temps de trouver un autre plan.

— En attendant, j'peux changer de monospace ? demanda Tool.

— Mais oui.

— Faut que je m'en prenne un avec la clim qui marche.

— Tu parles.

— Au fait, votre gars, c'est pas trop un docteur.

Red Hammernut pouffa.

— Va pas le crier sur les toits.

Mick Stranahan et Joey Perrone eurent la surprise de voir le 4×4 jaune de Chaz en tournant à l'angle de la rue, à dix heures et demie.

— Devinez qui s'est pris un jour de congé maladie, fit Joey.

Stranahan gara la Suburban dans l'allée des télémarketteurs en cavale, comme la fois précédente. Quelques instants plus tard, une fourgonnette tourna dans la rue, dépassa la maison Perrone, puis freina, repartit en marche arrière et vint s'arrêter près du Hummer. Peint en rouge sur les flancs du véhicule, on lisait : SERRURERIE SOLEIL.

— Bordel, lâcha Stranahan. Il change les serrures.

— Et alors ?

— Le double de la clé de la mangeoire à oiseaux n'entrera plus.

Joey arqua un sourcil.

— Attendons de voir.

Bientôt un autre camion surgit. C'était un petit pick-up blanc, avec SYSTÈMES DE SÉCURITÉ DE LA GOLD CAST en lettres aimantées sur les portières.

— Allons bon, quoi encore ? bougonna Stranahan.

— Il fait rebrancher l'alarme.

— Magnifique.

— Vous voudriez bien arrêter de flipper, s'il vous plaît ? dit Joey.

— J'aime mieux vous prévenir, je suis pas très porté sur l'eff de dom.

— Traduction ?

— L'effraction de domicile. C'est toujours salissant, précisa Stranahan, et très dur à expliquer si jamais les flics se pointent en pleine action. Vos moustiquaires de fenêtre sont reliées à l'alarme ?

— Non, mais il y a des détecteurs de mouvements dans le couloir et les chambres. Je suppose que Chaz pourrait en installer plus, suivant son degré de trouille.

— Je dirais qu'il a une trouille bleue, fit Stranahan, si je me fonde sur ce à quoi on est en train d'assister.

— C'est le résultat de votre coup de fil, Mick, et de votre interprétation de Moïse.

— N'ayons garde d'oublier la photo glissée sous l'oreiller.

— Ah oui, c'est vrai.

Joey aurait tout donné au monde pour voir la tête de son mari quand il l'avait trouvée là.

À midi, serrurier et installateur d'alarme étaient partis, mais Charles Perrone n'avait pas mis le nez dehors. Joey ne tenait pas en place, prête à y aller. Ses cheveux fourrés sous une casquette des Marlins, elle s'était déguisée d'un pantalon long et d'une ample chemise de travail. En guise d'accessoire, elle avait troqué sa Bible pour une boîte à outils, cette fois. Quiconque l'aurait observée avancer sur le trottoir l'aurait prise pour un homme, à cause de sa taille et de sa longue foulée athlétique.

— Et s'il est vraiment malade et au lit ? dit-elle.

Stranahan scrutait l'endroit à la jumelle.

— Donnez-lui encore une heure.

Une voiture bleue vira à l'angle et s'approcha de la résidence

Perrone. C'était la trois portes Ford de la femme aux poils pubiens vert pomme.

Joey gémit.

— Vous plaisantiez sans doute.

— On se calme, maintenant.

— Quoi, il peut même pas attendre midi pour s'envoyer en l'air ?

— On dirait bien qu'elle ne va pas entrer, fit Stranahan.

La Ford lança deux brefs coups de klaxon, puis la porte d'entrée de la maison s'ouvrit. Charles Perrone en sortit, portant un sac en papier kraft.

— Vous voyez la chemisette de golf qu'il a sur le dos ? Je la lui ai offerte pour son anniversaire, fit Joey. Plus une nouvelle série de fers, aussi.

Chaz monta à la place du mort et la voiture bleue repartit. Joey nota que la femme portait de grosses lunettes noires style Jackie Onassis.

— Probable qu'elle tient pas à ce qu'on la reconnaisse si jamais on l'a vue dans des films de cul.

Stranahan conseilla à Joey de ne pas se laisser distraire de son vaurien de mari.

— Que voulez-vous faire ?

— Je veux rentrer dans la maison. Chez *moi*.

— Mais comment ?

— Attendez ici, lui dit-elle, jusqu'à ce que vous voyiez le tourniquet d'arrosage se mettre en marche.

Stranahan lui effleura le poignet.

— À la seconde où l'alarme se déclenche, je démarre. Débrouillez-vous pour sortir par la porte de devant, pas par-derrière, puis avancez très calmement jusqu'à la rue.

— Mick, ne vous avisez pas de me laisser en carafe ici. Ça craindrait salement.

— En y repensant bien, je vous dois encore un chien de ma chienne.

— Pas encore cette histoire de bateau volé, soupira Joey en

sautant de la Suburban. Combien de fois vous ai-je répété que je m'excusais ? Dix ? Douze ?

Stranahan avait sous-estimé les femmes pendant presque quarante ans, aussi ne fut-il pas époustouflé de voir s'épanouir en corolle les tourniquets sur la pelouse de l'ex-domicile de Joey Perrone. Il l'aurait félicitée simplement d'avoir contourné l'obstacle des nouvelles serrures ; qu'elle fût venue aussi à bout de l'alarme était vraiment impressionnant.

Quand elle lui ouvrit la porte, il lui demanda :

— Vous étiez cambrioleuse dans une vie antérieure ?

— Non, une épouse attentive, dit Joey. Chaz a caché la nouvelle clé dans la même mangeoire à oiseaux, tout juste comme je savais qu'il le ferait.

— Parce que...

— Écoutez, c'est lui qui a eu cette idée au départ. Il était si fier de lui, se trouvait fabuleusement malin. Et comme j'étais la seule autre personne à connaître la cachette...

— Et qu'il vous croit morte...

— Exactement. Pourquoi ne pas la cacher au même endroit ? fit-elle. Il s'est sans doute imaginé que quiconque s'est faufilé dans la maison a acheté l'ancienne clé au service de nettoyage ou encore au type qui s'occupe de l'aquarium.

— D'acc, mais comment avez-vous neutralisé l'alarme ?

— Voyons, Mick, réfléchissez deux secondes.

Il sourit largement.

— Ne me dites pas que Chaz a utilisé le même code.

— Ouaip, fit Joey. Vingt et un, deux, soixante-douze.

— On dirait une date de naissance.

— Bingo. Je savais qu'il aurait la flemme d'inventer une nouvelle combinaison.

— N'empêche, vous avez pris un sacré risque, fit Stranahan.

— Pas vraiment. Pas en le connaissant comme je le connais.

Ils se posèrent dans la salle à manger ; le sac à dos taché de vase était sur la table. Joey raconta qu'elle lui avait offert une belle serviette en cuir mais qu'il lui avait dit que ce n'était pas pratique pour bosser dans les marécages. Stranahan défit les nombreuses boucles et fermetures Éclair du sac à dos et vida son contenu, poche après poche : une liasse de feuilles volantes et de graphiques, une poignée de porte-mines, deux bombes aérosol d'insecticide, une trousse contre les morsures de serpent, du sparadrap et de la gaze, une paire de grosses chaussettes en coton, des gants de toile, des gants caoutchoutés, des cachets de chlore effervescent, un tube de pommade antibiotique, un magazine de charme danois roulé, un sachet de beignets au chocolat rassis, une livre de fruits secs et un flacon en plastique de Maalox.

— Votre époux est fragile de l'estomac. Ça pourrait nous être utile, conclut Stranahan.

Joey feuilleta les papiers.

— C'est le même genre que ceux sur lesquels il travaillait, le jour où il m'a incendiée.

— Vous aviez raison. Ce sont des graphiques pour des échantillons d'eau.

Stranahan récupéra un formulaire vierge qu'il plia et glissa dans la poche de sa chemise de la Compagnie d'électricité de Floride.

— C'est tout ce qu'on emporte ? lui demanda-t-elle.

— Pour l'instant, oui.

Il remit soigneusement en place chaque autre article dans le sac à dos.

— C'est un petit bonus sympa. Bon... où donc le sieur Perrone cache-t-il son chéquier ?

— Je reviens.

Joey disparut dans le couloir pour mieux réapparaître en tenant à bout de bras une basket hypercrade.

— Il l'a jamais lavée, annonça-t-elle avec dégoût.

Pas bête comme idée, dut admettre Stranahan. Même le plus prêt à tout des voleurs évite les chaussures pourraves. Joey renversa la basket et le chéquier en tomba. Feuilletant les talons, Stranahan ne découvrit aucune transaction inhabituelle ; les seuls dépôts étaient les chèques de salaire bimensuels de l'État de Floride à Chaz Perrone.

— Quand a-t-il acheté le Hummer, m'avez-vous dit ? demanda Stranahan à Joey.

— Mi-janvier.

— Rien ne figure à cette date, pas même un acompte.

— Peut-être qu'il a un autre compte dont j'ignore tout, fit-elle.

Ou peut-être n'a-t-il pas effectué lui-même le paiement du Hummer, songea Stranahan.

— Et la soi-disant pelote de laine de Chaz ? demanda-t-il.

Joey secoua faiblement la tête.

— En actions et en obligations ?

— Alors, il devrait recevoir des relevés de courtage par courrier.

Joey reconnut qu'elle n'en avait jamais vu aucun. Stranahan se leva en disant qu'il était temps d'y aller, avant que Chaz ne s'en revienne avec la dame de ses amies.

— Attendez. Laissons-lui un autre cadeau.

Joey zieutait l'un des parapluies de son mari, posé dans un coin.

— Hors de question, fit Stranahan.

— Allez, Mick, voyons.

— Il est déjà à bout de nerfs, je vous le garantis.

Joey le suivit jusqu'à la porte en faisant mine de bouder.

— Je peux au moins laisser les tourniquets branchés ?

— Le minuteur est à l'extérieur ?

Elle opina.

— Sur le mur à côté du débarras. Il n'aura aucune raison de penser qu'on est entrés dans la maison.

— Dans ce cas, d'accord, pourquoi pas, dit Stranahan. Si ça vous fait vous sentir mieux.

— Pour cette fois, ça suffira, fit Joey en réactivant l'alarme.

Ricca fit remarquer à Chaz qu'il avait une mine épouvantable.

— J'ai pas beaucoup dormi, marmonna-t-il.

— C'est parce que *je* n'étais pas là pour t'épuiser.

— Un débile m'a passé un coup de fil super tôt ce matin.

— Un obsédé qui respire fort ? demanda Ricca. J'ai des appels de ce genre tout le temps.

— Non, juste un débile.

En repensant au mystérieux coup de téléphone, Chaz sentit ses paumes devenir moites.

Ricca lui demanda s'il avait repensé à organiser une cérémonie du souvenir pour Joey.

— Mais qu'est-ce que t'as ? lui répondit-il avec irritation. Je t'ai déjà dit que je déteste les enterrements. T'as qu'à faire brûler un cierge si ça te fait te sentir mieux.

— Pas la peine que ça soit une superproduction, insista Ricca. Loue une chapelle, arrange-toi pour que le prêtre prononce quelques mots. Peut-être aussi que certains des amis de Joey aimeraient partager la peine qu'ils éprouvent.

Chaz restait le nez collé à la vitre à fixer le dehors.

— C'est important, mon bébé, fit-elle. Pour bien boucler la boucle.

Il soupira avec mépris comme s'il soufflait d'invisibles ronds de fumée.

— Un chapitre de ta vie s'est terminé, poursuivit Ricca. Le suivant commence à peine.

Bon Dieu, songea Chaz. Elle a à peu près la finesse d'une double hernie.

— En plus, ça fera mauvais effet si tu fais pas *quelque chose* en souvenir de Joey. Ça aura l'air de dire que tu t'en fiches qu'elle soit morte.

Ricca marquait un point, là. En fin de compte, il lui faudrait peut-être organiser un service funèbre pour sauver les apparences. Il était surpris que l'inspecteur Rolvaag ait omis de le rappeler à l'ordre *là-dessus*, aussi.

Ce fils de pute de maître chanteur ripou. Ça devait être lui, la voix du téléphone.

— Chaz, tu m'écoutes ? fit Ricca.

— J'ai le choix ?

Elle émit un son tristounet.

— Mon bébé, j'essaie juste de te soutenir, je suis ici pour toi.

C'est ça, se dit Chaz. Ici, là-bas et partout.

— Peut-être que j'organiserai une cérémonie dans quelque temps, concéda-t-il. Dans deux, trois semaines.

Et tout en se disant : une fois que tout ce merdier lourd de chez lourd sera derrière moi.

Ricca l'attendit dans la voiture pendant qu'il allait à la banque. Pendant le déjeuner qui suivit, elle se débrouilla pour lui demander ce que contenait le sac en papier kraft.

— Des bijoux, répondit Chaz. Je les ai mis au coffre.

— Les bijoux de ta femme ?

— Non, ceux de Liz Taylor. Elle me les a donnés à garder.

— Pas la peine d'être désagréable, fit Ricca.

Chaz bricola une excuse.

— J'ai des milliards de trucs en tête.

— Tu veux pas venir chez moi pour un petit défilé de mode ? Je viens de recevoir une boîte de strings made in Rio.

— Pas aujourd'hui, ma douce. Faut que je me trimbale une tonne d'ordures à la décharge du comté.

Ricca, figée en plein élan, garda sa fourchetée de pâtes en suspens à mi-chemin de sa bouche.

— Corrige-moi si je me trompe : tu préfères aller vider tes poubelles que coucher avec moi ?

— Allez, voyons. C'est pas aussi simple que ça.

Du moins, il espérait bien que ça ne l'était pas.

12

Pendant le trajet de retour à Miami, Joey se mit à repenser à la dernière fois qu'elle avait fait l'amour avec son mari... dans leur cabine à bord du *Sun Duchess*, moins de cinq heures avant qu'il ne la passe par-dessus bord. Elle n'arrivait pas à se rappeler si Chaz s'était comporté différemment au lit ; sa performance avait été typique : insatiable et sans défaillance. L'idée qu'il ait pu se donner du bon temps avec un tel abandon tout en sachant qu'avant minuit, il assassinerait sa partenaire de plaisir la mettait hors d'elle.

— J'ai besoin que vous m'expliquiez quelque chose à propos des hommes, fit-elle à Mick Stranahan, parce que vraiment, je ne comprends pas.

— Allez-y.

— Chaz et moi, on a fait la chose sur le bateau pendant qu'on se préparait pour le dîner. Et le même soir, il a voulu m'assassiner !

— Tout avait l'air de baigner ?

— Exactement, fit Joey. Comment il a fait pour bander ?

— Je crois qu'on appelle ça « cloisonner ».

— Ça vous est déjà arrivé ?

— En de rares occasions, dit Stranahan.

— Des exemples, S.V.P.

Il répondit avec hésitation.

— Eh bien… une fois, j'ai fait l'amour avec une femme trois quarts d'heure avant de décamper.

— Et vous saviez que vous la quittiez ?

— Ouaip. J'avais déjà loué autre chose.

— Et elle ne s'en doutait pas ? Pas du tout, du tout ?

— Bien sûr que non, fit Stranahan, à en juger par sa réaction.

Joey l'observa attentivement.

— Eh bien ? Ne vous arrêtez pas en si bon chemin. Aller au lit… c'était votre idée ou la sienne ?

— On dit que ça diminue le stress et Dieu sait que j'étais stressé.

— Ah ! s'il vous plaît, fit-elle. Vous vouliez juste y goûter une dernière fois.

— C'est possible, j'imagine.

— Les hommes sont de beaux salauds.

Stranahan garda les yeux sur la circulation.

— Prenez ça d'où ça vient, mais je ne balancerai jamais une femme du haut d'un bateau après l'avoir baisée sauvagement. Ni même de façon civilisée, d'ailleurs.

— Voilà qui est parler en gentleman.

— Et puis-je avancer l'idée que votre mari…

— Ne l'appelez plus comme ça par pitié.

— Très bien, fit Stranahan. Puis-je avancer l'idée que Chaz se trouve à des années-lumière en dessous de la saloperie masculine de base. C'est une ordure sans cœur, ne l'oublions pas.

Joey se laissa glisser avec lassitude au creux du siège.

— Comment ça s'appelle quand on commence à se détester soi-même ?

— Une perte d'énergie.

— Non. Du dégoût de soi, je crois. Toutes ces questions qui n'arrêtent pas de me marteler la tête. *À quoi tu pensais, Joey ? Pourquoi tu n'as pas percé ce type à jour ? Comment tu as pu supporter qu'il baisouille à droite et à gauche ?* Il s'agit d'un grave déficit d'estime de soi-même, Mick, dans mon cas.

Elle sentit une main lui effleurer la joue. Il vérifiait si elle pleurait.

— Vous inquiétez pas, dit-elle. Je suis bien au-delà de ça.

— Il semblerait qu'on ait presque un ego en bon état à nous deux. Ça devrait suffire.

— Pourquoi vous m'aidez ? s'entendit demander Joey.

— Parce que traquer des types dans le genre de Chaz, ça me manque. C'était le meilleur côté de mon boulot, d'envoyer des têtes de nœud comme lui en cabane.

— Vous n'essayez pas simplement de me sauter ?

Stranahan tambourinait le volant de ses doigts.

— Vous savez, ça m'irait tout à fait si vous arrêtiez de remettre ça sans arrêt sur le tapis.

— Bon Dieu, je meurs de faim. Si on se prenait un truc à bouffer ?

— On sera de retour à la maison dans une heure, fit-il.

Joey ne discuta pas. Elle savait combien Mick détestait la ville.

— Par moments, j'ai envie de tuer Chaz. Sérieux, reconnut-elle. La nuit dernière, j'ai rêvé que je le tabassais à mort avec l'un de ses parapluies. C'est dingue, non ?

Stranahan répondit qu'elle serait folle de ne pas éprouver de colère.

— Mais ce qu'on fait est une façon plus intelligente de la canaliser. Avec un peu de bol, ni vous ni moi ne finirons en prison ou à l'asile.

— On a vraiment fait avancer les choses aujourd'hui ? Je veux dire, à part arroser la pelouse.

— Carrément.

Stranahan tapota la poche sur sa poitrine.

— Le graphique que j'ai pris dans le sac à dos de Chaz sert à noter la teneur en phosphore dans l'eau aux postes d'échantillonnage. C'était probablement les chiffres qu'il inscrivait le jour où il a piqué sa crise et vous a engueulée.

— Phosphore... c'est la même chose que phosphate ? demanda Joey. Comme dans les engrais.

— En effet, oui.
— Rien de bon pour les Everglades.
— Pas à ce que j'ai lu, non, confirma Stranahan.
Joey bataillait pour faire tenir le tout.
— OK, disons ça comme ça : Chaz se relâche dans son boulot. Au lieu de crapahuter dans la cambrousse, il s'esquive pour jouer au golf. Ensuite, il bidouille un faux graphique pour blouser son boss.
— Ça collerait bien avec notre lascar.
— Là-dessus, je rentre à l'improviste, je lui pose une question innocente, élabora Joey. Et il part dans une parano telle qu'il s'imagine que j'ai découvert sa magouille. Que je l'ai chopé la main dans le sac.
— Alors il perd la boule.
— Ouais, mais attendez. Vous croyez vraiment qu'il essaierait de me tuer à cause de *ça*? Pour une banale histoire d'engrais?
— Je ne vous dis pas que c'est la seule raison. C'est juste une pièce du puzzle, précisa Stranahan.
Joey restait sceptique. Il lui semblait tout à fait plausible que la crise de rage de Chaz, deux mois plus tôt, n'ait absolument rien à voir avec ce qui avait eu lieu la semaine précédente à bord du paquebot de croisière. Même s'il était en train de maquiller des données scientifiques, le bonhomme ne trafiquait pas vraiment des secrets nucléaires.
— Avant la fin de tout ça, dit-elle, je veux en parler en tête à tête avec lui. Vous pourrez m'arranger ça?
— Tout dépend, Joey.
En atteignant Dinner Key, Stranahan gara la Suburban près de la vieille Cordoba sous le figuier. Une pluie glaciale se mit à tomber au moment où ils rejoignaient le skiff; ils se partagèrent un poncho durant la traversée houleuse jusqu'à l'île.

Karl Rolvaag roula vers le nord sur l'US 27, le miroitement de la laîche des Everglades cédant devant les champs de canne à sucre qui s'étendaient à perte de vue. Une fois arrivé au lac Okeechobee, l'inspecteur se dirigea à l'ouest sur la State Road 80, en direction de la ville de LaBelle. Il prenait son temps, profitant de sa balade à ciel ouvert. Les terres agricoles plates faisaient un damier en dégradés de vert et lui rappelaient l'ouest du Minnesota en été.

L'adresse de la Red Tomato Exchange se révéla la même que celle des Fermes Hammernut. Rolvaag suivit en ligne droite une route gravillonnée qui débouchait en impasse, au bout d'un kilomètre, sur un complexe moderne en brique, faisant partie d'une zone de bureaux excentrée. La réceptionniste examina le badge de Rolvaag, passa tranquillement un appel discret et lui proposa café, boisson gazeuse ou citron pressé. Une femme qui se présenta comme le « bras droit » de Mr Hammernut fit son apparition et conduisit l'inspecteur dans une salle de conférences donnant sur un étang stagnant, de forme parfaitement circulaire. Sur les murs lambrissés de la pièce, s'encadraient des photos de gouverneurs, de membres du Congrès, de Norman Schwarzkopf, de Nancy Reagan, de Bill Clinton, des trois Bush et même de Jesse Helms... chacun d'eux posait près d'un type vaguement roux et court sur pattes, que Rolvaag subodora être Samuel Johnson Hammernut. Sans nul doute, les photos étaient exposées pour rappeler aux visiteurs de Hammernut qu'ils avaient affaire à quelqu'un ayant le bras long. Suite à une recherche hâtive sur Internet, Rolvaag avait appris que les entreprises Hammernut rayonnaient bien au-delà de la Floride ; graines de soja en Arkansas, cacahuètes en Géorgie, coton en Caroline du Sud. Manifestement, le bonhomme nouait des amitiés importantes partout où il choisissait de faire du bizness. Il avait eu aussi à l'occasion des ennuis pour ses méthodes de travail brutales et son non-respect désinvolte de la législation antipollution. Qu'Hammernut s'en soit tiré avec des amendes ridicules n'avait rien de surprenant pour Rolvaag, étant donné qu'il avait dans sa manche des membres des deux grands partis politiques.

— Appelez-moi Red, dit-il, après avoir effectué une entrée

tout sauf imposante, en éternuant. Ces saletés d'allergies me reprennent à chaque printemps. Que puis-je faire pour vous ?

L'inspecteur évoqua pour Hammernut l'individu atypique en monospace des Dunes de Boca Ouest, Tranche II.

— Sa plaque minéralogique nous a renvoyés sur une agence Hertz. Qui nous a dit que la location avait été facturée à une carte de crédit de société... celle de la Red Tomato Exchange.

Hammernut opina.

— Oui, m'sieur, c'est bien moi qui dirige cette société. Et une bonne demi-douzaine d'autres.

— Connaissez-vous un certain Earl Edward O'Toole ?

— Pas comme ça, de mémoire. Il vous a dit qu'il bossait pour moi ?

— Je ne lui ai pas parlé personnellement, mais j'ai de bons yeux. C'est un individu qui a du mal à passer inaperçu, précisa Rolvaag.

— Comment ça ?

— Question gabarit.

— On engage des tas de balèzes par ici. Laissez-moi demander à Lizbeth.

Hammernut se pencha en travers de la table et pressa un bouton sur l'amplificateur.

— Lizbeth, est-ce qu'on emploie par hasard quelqu'un du nom d'Earl Edward... — il se retourna vers Rolvaag — comment déjà ?

— O'Toole. C'est ce qui figurait sur le contrat de location.

— O'Toole, répéta Hammernut à l'intention de Lizbeth, qui dit qu'elle allait vérifier.

Moins d'une minute plus tard, le téléphone bourdonna. Cette fois, Hammernut éteignit l'ampli et décrocha.

— Hmmm. OK, ouais, j'crois que j'vois qui c'est. Merci, ma belle.

L'inspecteur ouvrit son calepin et attendit.

Hammernut raccrocha et lui dit :

— Ce grand gaillard était contremaître ici, mais plus depuis quelque temps. Je sais pas comment il a fait pour mettre la main sur cette carte de crédit, mais j'compte bien le découvrir.

— Savez-vous où il travaille actuellement ?

— Nân. Lizbeth m'a dit qu'il a démissionné pour raisons de santé, répondit Hammernut. C'est dur de diriger une équipe. P't-être qu'il a craqué, qu'il en pouvait plus.

Rolvaag se donna la peine de griffonner le tout dans son calepin.

— Voyez-vous une raison pour laquelle Mr O'Toole traînait dans ce quartier-là de Boca Raton ? Il n'a fait de mal à personne, mais il a quand même causé des soucis à certains résidants... ça peut se comprendre.

— Ah ! fichtre oui, renchérit Red Hammernut. Si c'est le même gaillard que celui que je pense, y pourrait fiche la frousse à un igloo et le faire pisser chaud.

Rolvaag se fendit d'un gloussement.

— Ça vous ennuie si je jette un coup d'œil à son dossier ?

— Quel dossier ? Ah ! s'écria Hammernut. On a, quoi, des fiches. La moitié de ces types-là, on a du pot s'ils filent leur vrai nom. C'est le problème avec la main-d'œuvre intermittente.

L'inspecteur acquiesça avec commisération.

— Vous me le diriez, je n'en doute pas, si Mr O'Toole avait des antécédents violents ou de déséquilibre mental.

Hammernut éternua derechef et fouilla dans ses poches pour trouver un mouchoir.

— Les barjos servent pas à grand-chose sur une ferme comme la mienne. Si un zozo travaille du chapeau, y fait pas long feu.

— Vous devez croiser toutes sortes de spécimens, je parie, insista Rolvaag.

— Vous m'avez bien dit que ce garçon, il a fait de mal à personne, hein ? J'serais curieux de savoir comment ça se trouve que vous avez fait tout ce chemin depuis Broward County rien que pour vous rencarder sur lui. Est-ce qu'il fait l'objet d'une enquête, comme on dit chez vous ?

L'inspecteur n'avait nullement l'intention de répondre la vérité à Red Hammernut… qu'il partait à la pêche aux indices d'un meurtre potentiel ; qu'il n'avait rien de mieux à faire que de pister un gorille à la con qui semblait surveiller son principal suspect ; qu'il avait de toute façon besoin d'une excuse pour se tirer du bureau avant que le capitaine Gallo ne lui colle une nouvelle affaire sur les bras.

— Non, mais vous avez raison. Normalement, on se contente d'un coup de fil, admit Rolvaag, ou même d'un fax. Mais certains habitants du quartier où Mr O'Toole a été repéré… comment vous dire ? Ils se sont montrés de très fidèles supporters de notre shérif…

— Ce qui veut dire qu'ils ont filé un max de blé à ses campagnes de réélection, le coupa Hammernut, et donc quand ils ont un problème, le shérif, il s'y intéresse personnellement. C'est bien ça ?

— Je suis heureux qu'on se comprenne.

Rolvaag laissa son regard errer en connaisseur sur les photos alignées sur le mur.

— J'avais comme l'impression que ce serait le cas.

Hammernut eut un sourire de sage.

— Ça marche partout pareil, pas vrai ? La politique, je veux dire.

L'inspecteur lui retourna son sourire.

— Bref, je suis tenu de m'assurer que ce O'Toole n'est pas une espèce de tueur en série qui se jettera à la première occasion sur des femmes au foyer républicaines sans défense.

Un nouvel éternuement cataclysmique secoua Hammernut, qui tamponna délicatement son nez rubicond.

— Rentrez chez vous et dites à votre shérif de pas s'en faire à propos d'Earl Edward Machintruc. Il embêtera personne. J'y veillerai.

Rolvaag rangea son calepin et se leva, se préparant à prendre congé. Il envisagea de lancer en l'air le nom de Charles Perrone, histoire de voir la réaction que ça susciterait, puis changea d'avis.

Red Hammernut était trop finaud pour admettre ses relations avec le scientifique, si relations il y avait.

— Vous pouvez poursuivre Mr O'Toole pour l'utilisation de cette carte de crédit.

— Je pourrais. Et aussi lui fournir, comment on dit déjà, une séance de psy hyperperso.

Red Hammernut cligna de l'œil.

— Tout balèze et poilu qu'il est, j'ai des gars encore plus balèzes et poilus. Vous me suivez ?

L'inspecteur n'avait pas mentionné la toison saisissante d'O'Toole, ce qui signifiait qu'Hammernut se rappelait le lascar, et plus distinctement qu'il ne l'avait prétendu.

À la porte, le nabab poids coq tapa sur l'épaule de Rolvaag en lui demandant s'il voulait remporter chez lui un cageot de scaroles cueillies de frais. Rolvaag répondit à Hammernut qu'il ne digérait pas la salade verte, mais ne l'en remercia pas moins.

En roulant vers la grand-route, l'inspecteur fit une embardée pour éviter un bébé serpent qui se chauffait au soleil sur les gravillons. C'était un roi tacheté, de la taille d'un collier d'enfant, et immédiatement l'inspecteur remarqua sa difformité excessive. Le serpent était borgne de naissance et le bout noir d'ébène de sa narine affichait une excroissance en forme de gland. Rolvaag savait qu'il ne survivrait guère longtemps, mais ne l'en relâcha pas moins dans un bosquet voisin.

En se disant : Pauvre petit. Il a tiré le mauvais numéro.

Red Hammernut se souvenait du jour de sa rencontre avec Charles Perrone. Une Lizbeth en émoi était entrée dans son bureau en disant qu'un jeune homme voulait le voir en vue d'un boulot ; un jeune homme obstiné, lui avait-elle dit, qui ne voulait parler à personne d'autre qu'au patron lui-même. Le premier mouvement de Red Hammernut fut d'appeler la sécurité et faire jeter dehors ce petit impertinent, mais en jetant un coup d'œil au CV du jeune homme, il se dit, et puis merde, accordons-lui cinq minutes. Red Hammernut était curieux de savoir pourquoi le titulaire d'une maîtrise de biologie marine était si désireux de bosser pour une exploitation maraîchère.

Chaz Perrone entra, vêtu d'un blazer bleu, d'un pantalon mastic et d'une cravate club. Il gratifia Red Hammernut d'une vigoureuse poignée de main, s'installa de l'autre côté du bureau et se mit à blablater comme s'il faisait la retape pour des apparts à temps partagé. Sa suffisance était si puante que Red Hammernut ne put s'empêcher de l'interrompre de temps à autre d'un rot, mais au bout d'un moment, le jeune homme commença à faire preuve d'une dose de bon sens certaine.

Perrone, ouvrant un dossier, en sortit une coupure de journal récente, que Red reconnut avec morosité, et dont le gros titre claironnait POLLUTION DES EVERGLADES : FERME DE LA RÉGION MONTRÉE DU DOIGT. L'article concernait une série d'échantillons d'eau prélevés en aval de l'exploitation maraîchère de Red Hammernut. On y avait mesuré le phosphore en suspension à 302 milligrammes par litre, teneur presque trente fois supérieure à la limite légale pour les eaux de ruissellement dans les Everglades. À elles seules, les Fermes Hammernut déversaient plus d'engrais par litre dans l'eau de Floride du Sud que le plus grand ranch d'élevage et la plus grosse plantation de canne à sucre réunis, acte de pollution si énorme que même les puissants potes de Red Hammernut à Washington n'osèrent pas intercéder en sa faveur.

À en croire Chaz Perrone, les Fermes Hammernut continueraient à faire l'objet d'examens rigoureux tant de la part d'organismes de contrôle que des médias, c'était pourquoi il leur offrait généreusement ses services de consultant en écologie. Quand Red Hammernut rappela à Chaz Perrone qu'il n'avait aucune compétence en matière de traitement des déchets agricoles, ce dernier lui opposa qu'il apprenait vite. Il argua de son expérience de défenseur de son actuel employeur, une fameuse société de cosmétiques, dont on accusait les produits de contenir des substances cancérigènes et autres composantes industrielles corrosives. Il évoqua avec fierté la fois où son intervention avait jeté un doute crucial sur le témoignage d'une plaignante, dont les pommettes s'étaient mystérieusement desquamées après l'application d'un blush haut de gamme. Chaz souligna l'importance pour les entreprises d'avoir leurs propres experts, qui pouvaient contester de façon crédible leurs accusateurs sur des points scientifiques, ou du moins brouiller le débat.

Red Hammernut aima l'attitude de Chaz Perrone. C'était un plaisir de rencontrer un jeune biologiste s'encombrant si peu d'idéalisme, favorable sans aucun état d'âme aux besoins de l'entreprise privée. En outre, Chaz avait le verbe haut contrairement à certains scientifiques ringards que Red Hammernut avait engagés par le passé. L'air intelligent, la parole facile, il passerait de façon crédible à la télé. Malheureusement, un mémoire sur les « poux de mer », ça ne le ferait pas. Red Hammernut avait avisé Chaz : « Il vous faut un doctorat sur les marais, etc., sinon, les écolos, ils feront qu'une bouchée de vous. »

D'où il découla que Charles Regis Perrone fut inscrit au programme de doctorat à l'Institut des zones humides de Duke University. Il se trouva que l'admission improbable de Chaz dans un organisme aussi sélect coïncida avec une substantielle dotation en bon argent de Mr S.J. Hammernut, qui réglait aussi ses frais de scolarité. Red Hammernut subodora à juste titre que, étant donné sa situation au cœur du pays du tabac, Duke University n'aurait aucun scrupule à accepter des dollars agricoles pollués au phosphore.

Contrairement à son séjour à l'université de Miami, Chaz Perrone n'eut nul besoin qu'on le cravache dans sa quête de doctorat. Même s'il ne s'illustra guère à Duke, universitairement parlant, il ne se ridiculisa pas non plus. Cette fois, il ne manquait pas de motivation ; cette fois, il flairait le pactole à la sortie. Une fois diplômé, il espérait se voir offrir un contrat juteux de consultant aux Fermes Hammernut, mais Red avait d'autres vues. En faisant jouer le piston, il avait décroché à Chaz une place de biologiste d'État, chargé de tester la pureté de l'eau dans un secteur bien particulier de la Zone agricole des Everglades.

Le jeune biologiste fut énormément déçu, mais Red lui assura qu'un poste à six chiffres (plus un bureau climatisé) n'attendait que lui... s'il faisait ses preuves sur le terrain.

Et c'était ce que faisait Chaz. Moins de six semaines après avoir commencé son job, le taux de phosphore dans les eaux de ruissellement des Fermes Hammernut était enregistré à 150 milligrammes par litre, une baisse incroyable de plus de cinquante pour cent. Deux mois plus tard, le chiffre chutait à 78 mg/l. Six mois encore après, les études de terrain montraient une stabilisation de l'écoulement de phosphore aux alentours de 9 mg/l, taux si bas que les régulateurs retirèrent les Fermes Hammernut de leur liste ciblant les pollueurs hors la loi. Le Sierra Club régional alla même jusqu'à décerner une plaque à Red Hammernut et planta un cyprès en son honneur.

Red fut enchanté de cette publicité positive et ravi de ne plus avoir ces verts à la mords-moi-le-nœud sur le dos. Cependant, le plus important, c'était que les relevés fictifs de phosphore permettaient à Red Hammernut d'échapper aux inconvénients coûteux qu'on imposait à ses voisins au nom de la restauration des marécages. Contrairement à d'autres exploitations dans la même zone, celle de Red n'était plus tenue, par exemple, de réduire les quantités industrielles d'engrais qu'elle déversait sur les cultures, ni de dépenser des millions dans l'édification d'étangs artificiels pour filtrer les résidus de phosphate. Grâce au travail de terrain novateur du Dr Charles Perrone, les Fermes Hammernut pouvaient continuer à utiliser à leur gré les Everglades comme fosse d'aisances.

Il était bien sûr impératif que l'entente illicite entre Chaz et Red demeure secrète et, à cet égard, les aventures extraconjugales en série de Chaz se révélèrent une source de soucis continuelle. Plus d'une fois, Red Hammernut rappela à Chaz que son avenir prendrait un tour résolument négatif s'il révélait à une seule de ses petites amies le nom de son véritable employeur. Ironie du sort, celle qui inquiétait le moins Red Hammernut était l'épouse de Chaz, parce que, semblait-il, ce dernier ne lui confiait pas grand-chose.

Puis survint le coup de fil de Chaz aux cent coups où il lui bredouilla que Joey l'avait surpris en train de falsifier les données d'échantillonnage. Red lui répétait sans cesse : « Tu es bien certain qu'elle sait ce que c'est ? » Et Chaz de lui répondre qu'il n'était sûr de rien car Joey avait laissé tomber le sujet peu après. Au téléphone, cependant, il avait paru le soupçonner. Et carrément terrifié. Red Hammernut l'avait encouragé à rester cool : « Ne suppose rien. Attends de voir ce qu'elle en dira. »

Joey Perrone n'en avait rien dit du tout, pas pipé mot. Pourtant, Chaz était resté anxieux et ça avait déteint sur Red. Et si bobonne avait deviné la magouille Everglades, décidé de garder le silence et d'attendre son heure ? Dans les pires cauchemars de Red, Joey surprenait Chaz en train de tremper son biscuit au mauvais endroit et, folle furieuse, allait déballer au Service des eaux le bidonnage de ses échantillons. Tenter d'acheter son silence serait inutile car elle n'avait pas besoin de fric : selon Chaz, Joey pesait des millions de dollars.

Les jours devenant des semaines, Chaz parut se calmer. Comme ce dernier ne parlait plus autant de sa femme ni des soupçons qu'elle pouvait avoir, Red Hammernut en avait déduit que la situation sur le front domestique s'était aplanie d'elle-même. Puis, tout à trac, Joey était morte et voilà que quelqu'un tentait de faire chanter Chaz. À ce qu'il disait, du moins. Red Hammernut ne pouvait écarter la possibilité que le jeune homme soit en train d'essayer de l'arnaquer ; ça n'aurait rien d'incompatible avec le personnage.

— Tu es sûr que c'est l'inspecteur ? demanda Red.

— Qui ça pourrait être d'autre, merde ? Y a que lui qui me harcèle au sujet de Joey.

Chaz remuait les mains avec agitation.

— Il a tenté de déguiser sa voix au téléphone, on aurait dit celle de Charlton Heston.

Tool grogna de façon interrogative.

— Le type de la National Rifle Association, lui expliqua Red. Celui qu'a chopé la maladie des vieux.

— Il a fait aussi des films, dit Chaz d'un filet de voix.

— Tu sais qui imite Charlton Heston d'une façon vachement drôle ? L'autre mec, là, Robin Williams...

— Red, vous m'écoutez, oui ou non ?

— Bien sûr que j't'écoute, fiston. Cet inspecteur qui imite la voix des stars de ciné, tu penses aussi que c'est lui qui s'est faufilé chez toi ?

— Tout à fait. Ça serait un jeu d'enfant pour un flic, affirma Chaz. Vous savez ce qu'il a fait aujourd'hui ? Il a mis en marche les tourniquets d'arrosage. Il pleuvait des cordes quand je suis rentré chez moi et ils coulaient comme les chutes du Niagara, bordel ! Des conneries de ce calibre, y a de quoi vous rendre barge.

Red Hammernut songea : Il doit lire dans mes pensées.

Ils étaient tassés les uns contre les autres, telles des religieuses en goguette, à l'arrière de la Cadillac grise... Red empestait le bâton de chaise Montecristo ; Tool, le taureau mouillé ; et Chaz Perrone, la décharge publique où il venait juste de se délester de plusieurs cartons d'affaires de sa femme.

Red Hammernut avait expédié son chauffeur à la boutique de beignets au cas où Chaz lâcherait un truc stupide ou compromettant. Il fallait conduire cette conversation avec doigté, car Red ne souhaitait pas être gratifié de détails superflus. Quoi qu'il se soit passé entre Chaz et Joey Perrone à bord du paquebot de croisière, c'était une affaire privée et qui devait le rester.

À zieuter Chaz à présent, Red avait du mal à se le représenter balançant quelqu'un par-dessus bord... Joey, en particulier, qui était une grande fille baraquée. Tool aurait pu en venir à bout, pas de problème, mais Chaz ?

Peut-être qu'il est plus dur qu'il n'en a l'air, songea Red.

— Fiston, reprit-il, tu veux entendre un truc dément ? Figure-toi que je l'ai rencontré pas plus tard que ce matin. Ton flic.

— Rolvaag !

Chaz devint couleur de cendre.

— Nom de Dieu. Comment ça ?

— Il a fait toute cette trotte jusqu'à la ferme pour m'interroger sur un monospace de location.

Red lança un regard en biais à Tool qui se grattait distraitement une croûte dans le cou.

— Est-ce qu'il a cité mon nom ? demanda Chaz avec anxiété.

— Non. Il m'a raconté des craques, que j'ai crues sur le moment, selon quoi Tool foutait la trouille à des amies du shérif. Inutile de te dire que je savais pas que c'était le même inspecteur qui te colle au cul.

Tool prit la parole.

— Red, j'étais prêt à m'occuper de lui. Votre gars, ici présent, m'a dit de pas le faire.

— Il a eu raison, fit Red Hammernut. On peut pas régler leur compte aux flics comme on règle celui des chicanos. C'est un fait, malheureusement.

Chaz soupira, découragé. Tool fit craquer ses jointures et dit :

— Je pige pas comment quelqu'un peut faire chanter votre gars ici présent s'il a pas commis de crime.

Red rit dans sa barbe. Une fois de plus, le gaillard était allé droit au cœur du problème.

— Le type au téléphone dit qu'il m'a vu jeter Joey par-dessus bord. C'est simplement pas vrai, fit Chaz.

Tool tiqua.

— Qu'est-ce qu'est pas vrai ? Que vous l'avez fait ou que vous l'avez fait et que *quelqu'un* l'a vu ?

Chaz ouvrit la bouche pour répondre, mais il n'émit qu'un couac faiblard.

Red Hammernut changea prestement de sujet.

— Ce Rolvaag, il m'a pas frappé comme le genre de type à la jouer perso. J'ai assez navigué pour reconnaître un ripou quand j'en vois un.

— Et moi je vous répète que ça ne peut être personne d'autre.

Le ton de Chaz n'était pas aussi affirmatif que Red l'aurait souhaité. Si Chaz avait vraiment balancé sa femme du paquebot, un inconnu pouvait en avoir été témoin ; un autre passager, un garçon de cabine, n'importe qui.

— Ce maître chanteur, faut qu'on s'assure qui c'est et combien il veut, dit Red à Chaz. Ça pourrait être juste un petit malin qu'a vu l'histoire aux infos et à qui ça a donné la brillante idée de te pomper du fric. Ce genre de truc, on peut le gérer.

Il fit un signe de tête confiant en direction de Tool.

— Mais si c'est vraiment le flic, comme tu dis, alors faudra faire très, très gaffe. Il peut nous causer toutes sortes de problèmes, même si t'as rien fait de mal.

Chaz lâcha entre ses dents serrées :

— Je n'ai rien fait, Red. Comme je l'ai déjà dit, c'était un accident.

— Du calme, fiston. Je te crois.

Tool, qui sondait une petite peau avec un hameçon rouillé, renifla, semblant en douter.

— La prochaine fois que cet enfoiré t'appelle, dit Red Hammernut, tâche d'organiser un rendez-vous.

— Bordel, Red, vous voulez dire en face à face ? gémit Chaz. Mais pourquoi ? Qu'est-ce qu'on va faire ?

— Écouter poliment ce qu'il a à dire, quoi que ce soit, répondit Red. Et puis, fiston, soyons clairs là-dessus : il s'agit pas de « on », mais de « toi ».

13

Mick Stranhan téléphona à Charles Perrone à cinq heures quarante-deux du matin.

— Bonjour, ducon, lui dit-il, imitant cette fois Jerry Lewis.

L'écrivain mexicain à qui l'île appartenait adorait *Docteur Jerry et Mister Love*, Stranahan l'avait souvent visionné sur le magnétoscope. Il y avait de pires moyens de passer le temps pendant une dépression tropicale.

À l'autre bout du fil, le mari de Joey Perrone eut besoin de quelques instants pour se réveiller.

— Vous êtes le même type qui a appelé hier ?

— Ouiiiii.

— Faudrait qu'on se rencontre, vous et moi.

— Pour quoi faire ?

— Parler.

— On parle, là, répondit Stranahan. T'as balancé ta chère et tendre dans l'Atlantique. Je suis curieux d'entendre tes explications.

— Je l'ai pas poussée. Elle est tombée.

— C'est pas ce que j'ai vu.

— Écoutez-moi, supplia Chaz, d'une voix traînante.

— Hou hou ? Chaz ?

— Faudrait faire ça d'homme à homme.

— Faire quoi ? T'as mille huit cents dollars sur ton compte, fit Stranahan. Quelle misère.

— Je peux avoir plus, lâcha étourdiment Perrone. Puis, avec prudence : Comment vous savez ce que j'ai en banque ?

— Une mi-sè-re.

— Ne raccrochez pas. Non !

— Comment tu pourrais récupérer assez de blé ? fit Stranahan.

— Des gens m'en doivent.

Stranahan éclata de rire.

— T'es biologiste ou prêteur sur gages ?

— Suffit, Rolvaag. Dites-moi combien vous voulez.

Le voilà reparti avec son « Rolvaag », songea Stranahan.

— J'ai pas encore décidé du montant, dit-il.

— D'accord, quand est-ce qu'on peut se voir ? Je plaisante pas.

— Bye-bye, Chaz.

— Attendez, dit Perrone. Faut que je vous demande... la voix que vous imitez ?

— Eh ben ?

— C'est celle de Jim Carrey, non ?

— Mon prix vient de doubler, mon gars, conclut Stranahan.

Tool s'encadra dans la porte de la chambre, demandant à savoir qui pouvait bien appeler si tôt, bordel. Quand Chaz Perrone lui répondit que c'était le maître chanteur, Tool jura et repartit se coucher en titubant, dans le coaltar. Il avait eu une nuit longue et agitée, les patches de Fentanyl ayant séché l'un après l'autre, se flétrissant comme des fleurs. Le soi-disant toubib ne lui avait été d'absolument aucun secours... il était évident qu'il détestait l'idée que Tool séjourne chez lui et le sentiment était réciproque. Mais Red était le boss, et Red avait dit qu'il ne voulait pas que Tool, dans la rue, fasse paniquer le voisinage. Il devait rester près du toubib et s'assurer que personne n'entre par effraction. Chaz Perrone lui avait cédé à contrecœur la chambre d'amis. Ensuite, Tool avait tenté de prendre une douche, mais en cinq minutes, il avait perdu tant de poils bitumeux que la bonde s'était bouchée. Chaz l'avait curée avec un cintre, sans dire un mot, mais Tool avait bien vu qu'il l'avait mauvaise.

Pour le petit déjeuner, Tool prépara une omelette, cassant neuf œufs et additionnant un demi-litre de crème fraîche, deux cent cinquante grammes de cheddar, un assortiment de piments, une grosse poignée d'olives dénoyautées et plus de cent grammes de Tabasco pour faire bonne mesure. Tandis que Tool bâfrait cette création culinaire des plus relevées, le toubib battit en retraite de la cuisine, pris de dégoût.

Après ça, Tool annonça qu'il sortait chercher son médicament.

— Où est l'hosto le plus proche ? demanda-t-il à Chaz Perrone.

— Vous avez perdu la tête ? Vous pouvez pas vous faufiler dans un hôpital pour voler ça.

— Partout où y a un hosto, y a une maison de retraite pas loin. Ou encore un comment déjà... un endroit où on met, vous savez bien, ceux en phase terminale. Ceux qui vont crever.

— Vous voulez dire un genre de mouroir.

— Oui, fit Tool. Là où les gens sont trop mal en point pour faire des histoires.

— Et puis ?

— Je cherche jusqu'à ce que je trouve ceux qu'ont des sticks.

— Mon Dieu.

Le toubib se tut soudain.

— Eh bien ? demanda Tool.

— Mr Hammernut est au courant que vous faites ça ?

— Red, y fourre pas le pif dans mes affaires.

— Malin de sa part.

Charles Perrone tendit la main vers un stylo.

— L'hôpital le plus proche est celui de Cypress Creek. Je vais vous noter comment y aller.

— Faites-moi un dessin plutôt.

— Un plan, vous voulez dire.

Tool sourit.

— Ouais, ça serait bonnard.

Il avait largué le monospace chez Hertz et était passé à la concurrence chez Avis et à une Grand Marquis noire. Davantage de place pour les jambes, c'était le pied, et la climatisation était une pure merveille. Une fois que Tool eut repéré l'hôpital, il se mit à explorer les environs adjacents pour des cibles propices. Le premier endroit qu'il découvrit s'appelait Villas de la Sérénité, mais il fit machine arrière dès qu'il prit conscience qu'il s'agissait d'un centre de soins palliatifs. Ce qui voulait dire que les vieux piaffaient encore et, selon l'expérience de Tool, ne se séparaient pas de bon gré de leur traitement.

Son arrêt suivant fut le Manoir de l'Élysée, une maison de repos gérée par une église du coin. Tool enfila la blouse blanche XXXL qu'il traînait partout avec lui et entra par la porte de service, derrière le bâtiment. Pour un individu d'un tel gabarit, il se déplaçait sans se faire remarquer, vérifiant un lit après l'autre. Certains patients, réveillés, se montrèrent coopératifs, même si l'un d'eux se lança dans un monologue confus où Tool ne capta que dalle... il s'agissait de capituler à Yalta, où ça pouvait bien se trouver ça, bon sang!

La rareté des visites était l'une des raisons pour lesquelles Tool préférait les maisons de retraite aux hôpitaux. Pourquoi les gens passaient aussi peu de temps avec leurs père et mère souffrants, il n'en savait rien, mais c'était un fait sur lequel on pouvait tabler. Dans une seule chambre du Manoir de l'Élysée, Tool tomba sur un parent penché au chevet d'un patient... Tool s'excusa d'un vague geste de la main et poussa plus loin dans le couloir. Personne ayant autorité ne manifesta le moindre intérêt à sa présence; les infirmières harassées supposèrent qu'il s'agissait d'un aide-soignant nouvellement engagé, le turnover sévissant de façon universelle dans les cliniques gériatriques.

Il tomba sur une mine dans la chambre numéro 33, une chambre particulière. La patiente, épaules osseuses et cheveux argent permanentés, dormait, recroquevillée, la tête tournée vers le mur. Le dos de sa chemise de coton, dégrafé, révélait sur sa peau grisâtre translucide un patch de Fentanyl tout neuf. Tool s'approcha à pas de loup et entreprit de le décoller. La femme pivota violemment, le frappant de son coude droit, noueux tel un gourdin, entre les deux yeux. Titubant à reculons, Tool chercha à tâtons la barre du lit pour garder l'équilibre.

— Qu'est-ce que vous fabriquez ?

La femme, à l'œil d'un bleu intense, avait le regard clair et alerte.

— Je vous change votre patch, marmonna Tool.

— Mais on vient de m'en mettre un nouveau y a pas une heure.

— J'fais juste ce qu'on me dit, m'dame.

— Je crois que tout ça n'est qu'un ramassis de conneries, fit-elle.

Pas bon, songea Tool. Elle est têtue comme une bourrique.

— On vous en apportera encore, fit-il. Allez, tournez-vous maintenant.

— Vous êtes malade vous aussi, à ce que je vois. C'est le cancer ?

Tool tripota la bosse qui enflait sur son front.

— Chuis pas malade, fit-il, en lançant un regard vers la porte.

Il s'attendait à ce que quelqu'un entre en coup de vent d'un instant à l'autre.

— Moi, c'est Maureen.

La femme lui désigna une chaise à dossier droit dans le coin.

— Approchez ça et asseyez-vous. C'est quoi, votre nom ?

— Tout doux maintenant, lui dit Tool. Laissez-moi vous retirer ce patch et vous pourrez vous rendormir.

Maureen se redressa dans le lit, tapotant un oreiller derrière sa tête.

— Je dois avoir sale mine, fit-elle. Et je ne dormais pas, si vous voulez le savoir. Dans mon état, qui arriverait à dormir ? Tirez cette chaise, je vous donnerai ce que vous voulez.

Tool ne pensait à rien d'autre qu'à la chaude étreinte du médicament, profondément délicieuse. Il traîna la chaise jusqu'au chevet de Maureen et s'assit.

— Vous souffrez, n'est-ce pas ? s'enquit-elle.

— Plutôt, ouais. J'ai une balle logée dans la raie du cul.

— Wouah.

— Voilà pourquoi j'ai besoin de dope, fit Tool. Alors, qu'est-ce que vous en dites ?

Il ne voulait pas lui prendre le patch de force. C'était une bagarreuse, il faudrait qu'il la malmène, peut-être même qu'il l'étrangle...

— Comment ça se fait qu'on vous ait tiré dessus ? lui demanda-t-elle.

— Accident de chasse.

— Et on n'a pas pu vous la retirer en chirurgie ?

— Faut croire que non, dit Tool.

— Feu mon dernier mari était policier à Chicago, dans l'Illinois. Il a flingué un homme une fois.

— Pas d'une balle dans le cul, je parie.

— Non, dans l'épaule, fit Maureen. Cet individu était un criminel endurci. Il avait volé un chauffeur de taxi. Vous êtes un criminel ?

— Pas au sens que vous croyez.

Tool transpirait sous sa blouse blanche. Il refrénait l'envie d'arracher le patch à cette vieille peau et d'enfiler la porte.

— Bon, dit Maureen. Je vois que vous avez besoin de ce médicament plus que moi.

Elle se tourna et lui présenta son dos nu, gesticulant par-dessus son épaule.

— Allez-y, prenez-le. Mais, s'il vous plaît, faites attention. J'ai tendance à saigner pour un oui pour un non, ces temps-ci.

Tool attrapa le patch par l'un des coins supérieurs et le décolla soigneusement en tirant vers le bas comme pour une décalcomanie.

— Ils vous en apporteront un autre, assura-t-il à Maureen.

Vous aurez qu'à dire qu'il s'est enlevé pendant que vous preniez vot'bain.

— J'ai pas de baignoire, jeune homme. On me lave avec une éponge.

— Au lit ? Ça salit pas partout ?

— Ça manque vraiment d'intimité, dit Maureen.

Une fois que Tool eut terminé l'opération, elle roula sur le dos pour le regarder encore une fois.

— J'ai quatre-vingt-un ans, mais j'ai l'impression d'en avoir cent dix. Dites-moi votre nom, s'il vous plaît.

— Earl.

Tool eut du mal à reconnaître sa voix. Personne au monde ne l'appelait plus Earl.

— Votre mère est encore vivante ? demanda Maureen.

— Nân. Mon papa non plus.

— Je suis désolée, Earl. J'espère que ce n'était pas à cause du cancer.

— C'est ce que vous avez ?

Maureen opina.

— Mais il y a des jours où je me sens plutôt en forme. Des jours où je me surprends.

Tool examinait le patch couleur chair dans sa main, en songeant : elle pouvait pas être endormie ? Ou, au moins, comme un légume ?

— Non, gardez-le, lui dit Maureen en lui tapotant le bras. Je veux que vous vous sentiez mieux.

— Merci bien.

Il était à trois pas de la porte quand il entendit :

— Earl, vous pourriez repasser me voir, à l'improviste ?

Tool s'immobilisa, se retourna.

— M'dame, je... je bosse pas vraiment ici.

— Oh, je sais.

Ses yeux bleus pétillaient.

— J'ai l'air de quoi, d'une débile profonde ?

Rolvaag travaillait à son dossier de démission quand le capitaine Gallo survint et lui dit :

— Demain, c'est le dernier jour que vous perdez sur l'affaire Perrone.

— Oui, j'ai pas oublié, fit Rolvaag.

— La raison pour laquelle je vous en parle, c'est que j'ai reçu un coup de fil de l'autre.

— Sans blague.

Gallo se référait toujours au shérif comme à « l'autre ».

— Il m'a demandé ce que vous fichiez là-haut à LaBelle, hier, et j'ai pas vraiment pu lui répondre du tac au tac, dit Gallo, étant donné que ça fait trente ans que j'suis en Floride, merde, et que j'ai jamais eu de bonne raison d'y aller.

Rolvaag lui expliqua qu'il suivait une piste dans l'affaire du paquebot de croisière.

— Et ça vous a mené jusqu'au bureau de Mr Samuel Johnson Hammernut, fit Gallo. J'espère que vous savez qui c'est.

— Un fermier, répondit l'inspecteur.

— Non, un P-DG milliardaire au bras super long. À peine vous l'aviez quitté qu'Hammernut a appelé son connard de pote, le shérif de Hendry County, qui a aussitôt appelé celui de Broward County — à savoir, votre patron et le mien — en voulant savoir qui était ce Karl Rolvaag, bordel ? À peine le temps de souffler que je reçois un coup de bigo où on me demande comment ça se fait que vous soyez allé harceler un bon et honnête citoyen comme Red Hammernut ?

Gallo ouvrit les bras comme s'il se préparait à la crucifixion.

— Et qu'est-ce que je réponds, moi, Karl, à part bafouiller un truc d'attardé mental ? Qu'est-ce que je peux bien lui dire, moi, à l'autre ?

Rolvaag capuchonna son stylo et se redressa.

— Intéressant qu'Hammernut réagisse de cette façon. Vous ne trouvez pas ?

— Vous me prenez pour un con ou quoi, Karl ?

— Non, chef. J'essaie simplement d'achever de remplir mon dossier de démission.

— Ah bah, arrêtez avec ça.

— Je ne plaisante pas, je veux partir bosser dans le Minnesota.

— Ouais, taratata, fit le capitaine. Expliquez-moi seulement ce qu'un richard de péquenot comme Hammernut viendrait faire dans votre affaire... et j'entends ça au sens large.

Rolvaag informa Gallo que quelqu'un planquait devant la maison Perrone.

— Il a utilisé l'une des cartes de crédit de Hammernut pour louer son monospace.

— Et c'est tout ?

— Jusque-là. Mais c'est étrange, reconnaissez-le. Pourquoi quiconque filerait le train d'un veuf de fraîche date ?

— Karl, on peut pas aller en chambre d'accusation avec un fait étrange. Toute cette foutue race humaine est étrange, lui dit Gallo. Vous et votre choix de colocataires, par exemple. Certains diraient que c'est légèrement hors norme.

— Plein de gens ont des serpents chez eux, objecta Rolvaag.

— J'expliquerai à l'autre que c'était juste un coup d'épée dans l'eau, votre balade à LaBelle.

— OK, si ça doit vous simplifier la vie.

— Parlons de vous, vous voulez ? Et arrêtez un peu vos conneries et de me dire que vous avez envie de remonter dans le Nord, fit Gallo. Dites-moi simplement ce que vous voulez, Karl. Une augmentation ? Les week-ends de libres ? Je peux rien vous promettre, mais parfois des miracles arrivent.

— Je pense que Mr Perrone, fit l'inspecteur, a poussé sa femme du haut de ce paquebot. Je ne pourrai sans doute pas le prouver dans le peu de temps qu'il me reste avant de m'en aller d'ici, mais c'est ce que je crois. Pourriez-vous me donner deux, trois jours de plus pour bosser sur cette affaire ?

Ce qui tracassait le plus Rolvaag, c'était les ongles cassés qu'il avait découverts dans le ballot d'herbe. Il ne pouvait s'empêcher de penser à Joey Perrone, désespérée, terrifiée, tâchant de tenir bon dans les vagues, en ruminant tout ce temps l'acte terrible que son mari avait commis ; tenant bon dans le froid et le noir jusqu'à ce qu'à la fin, ses bras s'engourdissent et qu'elle glisse dans l'océan.

— Pas question, trancha Gallo. Désolé, Karl, j'arrête les frais.

— Supposez que je trouve un mobile.

— Au cours des prochaines, quoi, vingt-quatre heures ?

— Chachéchur.

— Alors je reconsidérerai la question. Ma foi, oui, dit Gallo. Mais ça aurait intérêt à m'épater foutrement.

— Peut-être que j'aurai de la chance.

Le ton de Rolvaag était plus confiant que ce qu'il éprouvait, n'ayant aucune hypothèse, pas la plus petite idée, pas même l'ombre d'une intuition quant au pourquoi de l'assassinat désinvolte de sa femme par Chaz Perrone.

Le générateur tomba en rade avant que Stranahan n'ait pu entamer la préparation du petit déjeuner. Il y travaillait encore quand Joey Perrone se réveilla et sortit.

— Les joies de la vie insulaire, fit-elle.

— Ce vieux Neil avait raison. *La rouille ne dort jamais*[1].

Stranahan portait un jean coupé en bermuda et pas de chemise ; il ruisselait de sueur, des traînées de cambouis telles des peintures de guerre lui barbouillaient le torse et le visage. Joey lui demanda s'il voulait un coup de main et il lui répondit que ce dont il avait vraiment besoin, c'était de dynamite.

— C'est à ce point ?

— Ce sera bientôt réparé, répondit-il, en faisant tournoyer un maillet. En attendant, vous trouverez de délectables flocons d'avoine dans le placard.

Joey demanda à emprunter son portable. Il lui désigna le

1. « Rust Never Sleeps », célèbre chanson de Neil Young. *(N.d.T.)*

bateau, où le téléphone se rechargeait, branché à la batterie, et se remit à taper de plus belle sur le générateur. Vingt minutes plus tard, Joey revint de la cuisine avec une carafe de thé et un bol de fruits. Ils gagnèrent le ponton et s'y assirent, Joey chatouillant l'eau du bout des orteils. Cross les observait en cillant, couché à l'ombre de son palmier préféré.

— Ça m'inquiète d'utiliser ma carte de crédit, fit Joey.

Stranahan lui assura qu'American Express ignorait qu'elle était portée disparue et s'en fichait pas mal tant que les paiements étaient honorés.

— Ils lisent pas les journaux. Tant que personne n'appelle pour l'annuler, la carte reste valable, lui expliqua-t-il.

— Le solde est automatiquement déduit d'un fonds commun de placement personnel, mais le relevé mensuel est expédié à la maison. Et si jamais Chaz y fourrait le nez ?

— Raison de plus pour agir vite, fit Stranahan, avant la fin du cycle de facturation. Il jettera probablement le relevé à la poubelle, mais s'il l'ouvre, alors là, on aura un problème. Il verra que vous continuez à dépenser de l'argent.

— Ouais. Pas mal pour un cadavre.

Joey tendit son visage vers le ciel, fermant très fort les yeux.

— Le soleil me fait encore mal.

— Ça ne fait même pas une semaine. La prochaine fois qu'on ira sur le continent, on vous trouvera des lunettes noires cool.

— J'ai encore rêvé de Chaz cette nuit, fit-elle.

— Vous le tuiez ?

— Pire.

Joey leva les yeux au ciel.

— Vous croyez ça, Mick ? Même après ce qu'il m'a fait, je baise avec ce type quand je dors.

— Vous êtes en manque affectif, point barre. Comme quand on essaie d'arrêter le café, le monde entier sent soudain comme chez Starbucks.

Joey mâchonnait sa lèvre inférieure.

— Peut-être que j'ai aimé pour de bon cette ordure jusqu'à la fin. Peut-être que c'était pas uniquement physique et que je peux pas l'admettre.

Stranahan haussa les épaules.

— Ne me regardez pas, je suis le prince héritier du dysfonctionnement. Ce qui compte, c'est de savoir ce que vous ressentez pour lui, ici et maintenant, avant qu'on passe à l'étape suivante.

Le chien se ramena sans se presser et s'allongea sur les planches chaudes près de Joey.

— C'est mon frère que j'ai appelé tout à l'heure, lui dit-elle. Ceux qui s'occupent de mon argent l'ont contacté parce que quelqu'un a vu dans le journal que j'avais disparu en mer. Corbett leur a dit de ne pas bouger. De toute façon, ils ne peuvent rien faire sans un certificat de décès.

— Chaz ne les a pas appelés pour s'informer discrètement du fidéicommis ?

— Nân. Ça a aussi surpris mon frère.

Joey sourit avec mélancolie.

— Bizarrement, j'aimerais que Chaz ait fait ça pour le fric. Dans ce cas-là, je pourrais presque comprendre, fit-elle. Mais tuer quelqu'un juste pour s'en débarrasser... mince, c'est dur de ne pas se sentir personnellement visée.

— Ce n'est pas pour cette raison qu'il a fait ça, Joey. Vous verrez.

Stranahan l'enlaça par la taille et elle laissa aller légèrement sa tête contre son épaule.

— Qu'est-ce que Corbett pense que vous devriez faire ?

— Il aime bien l'idée de rendre Chaz fou à enfermer, répondit-elle. Flotte autour de lui comme un fantôme, il m'a dit, jusqu'à ce que ce salaud en perde la boule.

— Ça pourrait bien arriver.

— Oh, devinez quoi d'autre ?

Joey souleva la tête.

— Cet inspecteur continue à téléphoner à Corbett pour

parler de Chaz... le même avec lequel Corbett a parlé lundi, maintenant, il rappelle et laisse des messages.

— Donc, il est sous pression, fit Stranahan, exactement ce que vous vouliez.

— Ce serait rigolo de le croire.

Et une raison de plus de faire gaffe, songea Stranahan. L'astuce serait de faire agir le flic sans qu'eux-mêmes se démasquent.

— Votre frère vous a dit le nom de cet inspecteur ? lui demanda-t-il.

— Rolvaag. Karl Rolvaag, répondit-elle, avec un *K*, pas un *C*.

— Nom d'un petit bonhomme.

— J'ai même noté son numéro de téléphone, ajouta-t-elle, au rouge à lèvres, malheureusement, sur le pont de votre bateau.

— Pas de problème, fit Stranahan gaiement.

— Qu'est-ce qu'il y a de si drôle ?

— Chaz. Il croit que le maître chanteur, c'est le flic. Au téléphone, ce matin, il m'a appelé Rolvaag.

Joey était aux anges. Puis :

— Eh, attendez une minute. Vous avez parlé à Chaz et vous ne me l'avez même pas dit ?

— Vous dormiez, fit Stranahan.

— Et alors.

— Dans le plus simple appareil. Franchement, j'ai été intimidé.

— Mick.

— C'est un compliment, soit dit en passant.

— Je ronflais ?

— Vous gémissiez, en fait. Si j'avais su que vous rêviez de Chaz, je vous aurais passée sous une douche froide.

Joey fit mine de vouloir le frapper, mais il lui emprisonna le poing dans la paume de sa main.

— Allez vous débarbouiller. Je vous ai mis du noir partout.

— Mon pote, si vous faites pas gaffe... dit-elle.

Et elle décocha à Stranahan un regard qui lui rappela celui

d'Andrea Krumholtz, sa toute première petite amie, le soir où elle avait ôté son soutien-gorge et l'avait balancé par la vitre ouverte de la voiture du père de Mick. Pour ce dernier, âgé de seize ans à l'époque, ça avait été un instant sublime et instructif.

— J'crois que j'ferais mieux de retourner bosser, dit-il à Joey.

— Vous en êtes sûr ?

— Il y a deux kilos et demi de homard au congélateur. Ce serait un péché capital de les laisser perdre.

— D'accord, dit-elle. Allez réparer votre idiotie de générateur.

Stranahan acheva le boulot deux heures plus tard, les bras douloureux, les jointures à vif. Il partit à la recherche de Joey pour lui annoncer la nouvelle, mais elle ne lisait pas dans son lit, ne prenait pas le soleil sur la digue, ne chahutait pas avec le chien sur le ponton. En fait, elle n'était nulle part sur l'île.

Cross agitait son tronçon de queue mais là se limitaient les renseignements qu'il pouvait fournir. Le Whaler était toujours amarré au pilotis, aussi Stranahan ne fut-il pas bouleversé en ouvrant en grand les portes du hangar de découvrir que le kayak jaune avait disparu. À l'heure qu'il était, Joey était si loin que la lunette de chasse était inutile pour l'apercevoir. Il grimpa sur le toit pour mieux scruter l'eau, mais toutes les taches brillantes s'avéraient être des voiliers, des windsurfers ou encore des pédalos. Il songea d'abord à prendre le skiff et partir à sa poursuite puis se dit qu'il était crevé jusqu'à l'os, crade, et au bon goût qu'aurait une bière fraîche.

À peine avait-il sauté du toit que le doberman se mit à japper et à gémir avec reproche, lui mordillant les talons jusqu'à la cuisine.

— Ah, boucle-la, toi, lui dit Stranahan. Elle va revenir.

14

La sœur de Mick Stranahan avait épousé un avocat du nom de Kipper Garth, un incapable à tous égards dans sa partie, sauf en matière d'autopromotion. Il avait été l'un des premiers arnaqueurs en préjudices corporels de Floride à faire de la pub télévisée et sur panneaux d'affichage, s'attirant une ruée de clients influençables dont il distribuait les affaires, comme les cartes à la belote, à des légistes blanc-bleu, en échange d'une part du gâteau. Comme ses adversaires mêmes le lui concédaient, Kipper Garth contribua à ouvrir la voie à ce concept absurde selon lequel trouver un bon avocat est aussi facile que de composer le numéro d'un plombier pêché dans les Pages Jaunes.

Cela chagrinait Stranahan que sa sœur Katie soit tombée amoureuse d'un tel ripou et qu'elle soit restée avec lui en dépit d'adultères en série, de contrôles fiscaux cuisants et d'une passion ruineuse pour le jeu. Une fracture du crâne infligée par un mari jaloux avait forcé Kipper Garth à prendre une retraite anticipée et, en deux temps trois mouvements, il avait flambé les économies de la famille en pariant sur les matches de cricket en Angleterre, sport qu'il ne s'était jamais donné la peine de comprendre. Acculé à la faillite, il avait rouvert son cabinet, stimulé par un traitement antidouleur de pointe et un nouvel angle marketing. Une nouvelle série de pubs télévisées le montrait évoluant dans une bibliothèque de droit dans le même fauteuil roulant que celui dans lequel il avait été confiné pendant sa rééducation domestique. Le but était de se présenter à la fois comme avocat et comme victime, qualifié par empathie (sinon par compétence), pour se spécialiser dans les litiges d'invalidité.

Toujours à flairer le vent, Kipper Garth était tombé sur un article de presse concernant deux avocats qui sillonnaient la Floride du Sud écumant restaurants, boutiques et immeubles de bureaux accessibles ou non aux fauteuils roulants. Si un endroit x ne possédait ni rampes ni ascenseurs requis, lesdits avocats recrutaient un handicapé — souvent un ami ou un parent — pour attaquer en justice. Classiquement, l'affaire se réglait à l'amiable, avant le procès, avec les propriétaires du bâtiment désireux d'éviter des manchettes sous-entendant qu'ils étaient insensibles au sort des handicapés. Le procédé était parfaitement adapté au talent singulier de Kipper Garth et bientôt, il était de retour en fanfare, supervisant une demi-douzaine de coursiers qui battaient la région des trois comtés à l'affût des violations à la législation favorable aux handicapés.

À travers bonnes ou mauvaises passes, Mick Stranahan s'arrangeait pour éviter le mari de sa sœur et calquait ses visites à la maison de Kate sur les jours où Kipper Garth en était absent. Kate, toujours heureuse de voir Mick, maintenait néanmoins une interdiction de longue date de discuter des multiples défauts de caractère de Kipper. Leur mariage était de ceux que Stranahan ne pouvait espérer comprendre, tout en étant arrivé à le considérer comme indissoluble. Il ne vit aucune raison d'apprendre à Kate qu'il avait aujourd'hui besoin des talents insinuants de son mari.

— Désolé, Mick, lui dit Kipper Garth. Non et non.

Stranahan examinait d'un œil sceptique le fauteuil roulant, rangé dans un coin du spacieux bureau à vaste baie de son beau-frère.

— Je m'en sers encore à l'occasion, fit Kipper Garth de façon préventive. Il m'arrive d'avoir des rechutes.

Un putter de golf était appuyé contre l'un des pneus du

fameux fauteuil ; trois balles de golf neuves et luisantes étaient alignées sur la moquette.

Stranahan s'assit en face du bureau.

— L'ordre des avocats sait que tu peux marcher ? Et aucune loi n'interdit qu'on se fasse passer pour un infirme à la télé ?

Kipper Garth se hérissa.

— C'est ce qu'on appelle une « recréation dramatique ».

— Dis plutôt une « déformation de la réalité », le corrigea Stranahan, qui pue l'escroquerie à plein nez. Qu'est-ce que t'en penses, Jocko ? Tu vas m'aider ou je passe ce coup de fil ?

— Katie ne te le pardonnerait jamais.

— Elle m'a pardonné, la dernière fois.

La nuque de Kipper Garth vira au cramoisi. Plusieurs années plus tôt, Stranahan avait témoigné volontairement contre lui, lors d'une audience de la commission de l'ordre qui avait tourné à la déconfiture de l'avocat. Sa radiation avait paru inévitable, jusqu'à ce qu'un mari cocu mît Kipper Garth KO et hors d'état de nuire, avec une balle de pelote basque, épargnant de la sorte au barreau de Floride une montagne de paperasserie.

— Mick, ce que tu me demandes là, ce n'est pas vraiment mon rayon, fit Kipper Garth, lissant sa cravate et ôtant d'une chiquenaude une invisible bouloche de son revers. Attends — il tendit la main vers son Filofax — je vais te donner quelques noms.

Stranahan se pencha et lui saisit le poignet.

— C'est basique de chez basique, Jocko. Un étudiant en droit de première année pourrait faire ça, les yeux bandés.

Kipper Garth dégagea son bras, bien que de façon point trop affirmée. Il connaissait assez les antécédents volcaniques de son beau-frère pour éviter de l'affronter physiquement. Il savait aussi que la comédie du fauteuil roulant était une parmi de nombreuses transgressions, dont Mick était parfaitement au courant ; donc, en bon tacticien, il se tint à carreau.

Stranahan déplia une feuille de papier jaune ligné qu'il fit glisser à la surface du bureau en disant :

— Voilà tout ce dont tu auras besoin.

Les renseignements avaient l'air anodins et tout ce qu'il y a d'honnêtes. Kipper Garth était sûr que sa secrétaire pourrait formater un document adéquat avec le logiciel du cabinet.

— Très bien, Mick, je vais faire ça pour toi, dit-il, en lui montrant du geste la double porte. Vas-y, fais-la entrer.

— Qui ça ? demanda Stranahan.

— La cliente.

— Oh, elle n'est pas là.

Kipper Garth eut l'air interloqué.

— Et pourquoi non ?

— Parce qu'elle a disparu.

— Pardon ?

— Enfin, à la fois oui et non, expliqua Stranahan.

— Tu veux dire, disparue genre Amelia Earhart[1] ou genre prisonnière en cavale ?

Kipper Garth se raccrochait à l'espoir que son beau-frère plaisantait.

— C'est compliqué, fit Stranahan.

— Mais j'ai besoin d'une signature, c'est évident.

— Je vais te dire : laisse cette partie en blanc.

Kipper Garth se sentit pris aux tripes.

— La signature est censée avoir lieu devant témoins.

— Je comptais sur l'indéfectible loyauté des membres de ton secrétariat. Ah, j'ai failli oublier... il faut dater la chose de début mars, tu veux bien ?

— De l'année prochaine ?

— Non, de l'année en cours, fit Stranahan, date-le d'il y a quatre semaines.

La voix de son beau-frère se dégonfla jusqu'à une plainte rauque.

— Voyons, Mick, on pourrait me *poursuivre* pour ça.

1. Célèbre aviatrice américaine qui disparut sans laisser de trace dans l'océan Pacifique le 18 juillet 1937, au cours de son premier tour du monde. *(N.d.T.)*

— Bah, on ferait pas ça à un infirme en chaise roulante.
— Je suis sérieux ! Si jamais ça chie, je nierai tout en bloc.
— Je n'en attendais pas moins de toi, fit Stranahan.
Kipper Garth souleva la feuille jaune et l'agita.
— À quoi ça rime tout ça ? Dans quoi tu t'es encore fourré ?
Mick Stranahan jeta un coup d'œil impatient à sa montre-bracelet.
— On perd un temps précieux, Jocko. fit-il. Fissa, fissa.

Pour le deuxième jour d'affilée, Charles Perrone se fit porter pâle auprès du Service des eaux. Ricca vint le rejoindre en lui apportant à déjeuner : sandwich au jambon, chips nacho et salade de homard. Ce que les voisins pouvaient penser de cette visiteuse aux formes plantureuses était désormais le cadet des soucis de Chaz ; il devait faire face à des problèmes plus immédiats.
— Qu'est-ce qu'il y a ? demanda Ricca.
— T'as l'embarras du choix.
— Tu veux en parler ?
— Nân.
Il l'emmena dans la chambre et la déshabilla. Vingt-cinq minutes plus tard, elle roulait avec lassitude en bas du matelas et ragrafait son soutien-gorge.
— Excuse-moi, mon bébé. Faut que je retourne bosser.
Chaz Perrone, tout sauf *al dente*, s'astiquait sous les draps.
— Non, mais j'y crois pas, bordel.
— Eh, ça arrive à tous les mecs. Je te l'ai déjà dit.
Ricca était dans la salle de bains, tâchant de ne pas trahir sa déception. Elle en émergea en se brossant les cheveux avec une énergie toute militaire.
— Tu me le dirais si tu avais quelqu'un d'autre, pas vrai, Chaz ?
— Nom de Dieu.
— Je veux pas être la dernière au courant.
— Continue comme ça, fit-il, et je vais faire mon shopping sur Internet pour me faire greffer un implant.

Elle prit son sac à main et lui fit une bise sur le nez.

— Ça va aller, mon bébé. C'est juste une mauvaise passe que tu traverses, c'est tout.

— Commence pas, par pitié.

— Après le service funèbre, tu seras comme neuf, ajouta Ricca. Une fois que tu auras dit adieu à Joey, tu redeviendras l'étalon que t'as toujours été.

Chaz se renfrogna.

— Je lui ai déjà dit adieu.

— Je pense exactement le contraire. Et je crois que c'est ça, ton problème.

Quelques instants après le départ de Ricca, Chaz entendit Tool franchir la porte d'entrée. Il passa sa tête en forme d'enclume dans la chambre et demanda avec une indifférence morne si tout baignait.

— Ouais. Géant.

— C'était qui, la fille ? J'ai déjà vu sa bagnole ici.

— Une psy-conseil pour faire mon deuil, lui dit Chaz.

Tool zieuta pantalon et caleçon du docteur, froissés en tas près du lit.

— Quand ma maman, elle a passé, dit-il, on m'a envoyé un pasteur pentecôtiste à la maison.

— Chacun assume à sa façon. Vous avez trouvé vos sticks ?

— Rien qu'un jusqu'ici. Mais tout neuf.

Tool pivota pour exhiber la zone rasée de son omoplate où il avait collé le patch de Fentanyl.

— J'crois que je vais aller me pieuter un moment, annonça-t-il.

— Faites de beaux rêves, lui dit Charles Perrone.

Il attendit que Tool ait disparu dans la chambre d'amis, puis tendit la main vers la table de nuit où il prit son nouveau flingue. Dépassé par l'éventail de choix proposé chez Wal-Mart, il s'était rendu chez un prêteur sur gages de Margate, où un néonazi aux tatouages imaginatifs lui avait vendu un colt 38 basique. Assis dans son lit à présent, Chaz soupesa le pistolet en acier bleui, le faisant passer d'une main à l'autre en s'interrogeant sur sa provenance ténébreuse. À ce qu'il en savait, on avait pu l'utiliser lors d'un braquage ou même pour tuer quelqu'un. Il y avait une boîte de balles à tête creuse, mais Chaz hésitait à charger l'arme. Il avait entendu une fois sur CNN que les particuliers qui s'armaient pour se protéger avaient cinquante fois plus de chances de se tirer dessus ou de se faire descendre que de flinguer un intrus. Comme il n'avait jamais tiré avec rien de plus puissant qu'une carabine à air comprimé, Chaz inséra les balles avec un maximum de précaution.

Après avoir rangé le 38 dans le tiroir, il sombra dans une rumination morose. Et si cette givrée de Ricca avait raison ? Il avait eu beau purger la maison de tout ce qui restait de feu son épouse, sa bistouquette demeurait obstinément en berne. Bien qu'il ne l'ait pas avoué à Ricca, la seule fois où Chaz avait connu un très léger accès de désir spontané, ça avait été en pensant à Joey. Ce matin même, sous la douche, par exemple, il avait récapitulé le meurtre minute par minute dans sa tête... pourquoi, il n'en savait rien. Il s'était rappelé les embruns salés de l'océan ; le crachin sur son visage ; les lumières ambrées délimitant le bastingage du pont ; le bourdonnement des moteurs du bateau.

Et les chevilles de Joey. Ça avait été le détail qui tue... se souvenir de la tiédeur soyeuse de ses chevilles quand il les avait empoignées. Bon Dieu, quelles jambes d'enfer !

Éprouvant une pulsation merveilleusement familière, Chaz avait jeté un coup d'œil vers le bas pour saluer son petit complice à la verticale. Il s'était penché avidement sur le sujet, le pétrissant et tirant dessus sans résultat, jusqu'à ce que, pour finir, il n'y ait plus eu d'eau chaude et que la cause soit entendue.

Il est donc possible que Ricca ait raison, se disait-il. Peut-être son inconscient n'avait-il pas encore lâché Joey, même si seul le côté sexuel de ce mariage lui manquait. Pour le reste, j'assure comme un chef, se persuadait Chaz ; j'ai fait ce qu'il fallait faire. Tôt ou tard, sa femme l'aurait surpris à baiser à la ronde et, par dépit, l'aurait cafardé pour falsification de données des Everglades. Elle aurait tout détruit... ses références de biologiste, son pacte secret avec Red, son avenir doré sur tranche.

Car elle connaissait la vérité. Aucun doute là-dessus. Ne l'avait-elle pas vu, de ses yeux vu, en train de maquiller les graphiques ?

Je n'ai fait que le nécessaire, songeait Chaz, et si c'était à refaire, je le referais.

Sur un coup de tête, il attrapa le téléphone et appela un pote de golf, un mec branché, bien connu dans le milieu des boîtes, le week-end.

— Tu te souviens, ces pilules que t'as essayé de me refiler pendant l'enterrement de vie de garçon de Richardson ? J'ai un ami qui veut tâter de ce truc.

— Un ami. Mais oui, bien sûr, Chaz.

— Bordel, c'est pas pour moi ! Ma femme vient de mourir au cas où tu serais pas au courant. Tu me prends pour qui, un enfoiré au cœur sec ?

— Pardon, mec. Je suis vraiment navré. Combien il en veut, ton ami ?

— J'en sais rien... il y en a combien dans un kit pour débutants ? demanda Chaz. Une demi-douzaine ?

— No problemo.

— Tu m'as bien dit que c'était plus fort que ce que donnent les médecins ?

— Ah pour ça, ouais. La FDA n'approuverait pas, carrément.

— T'es où en ce moment ? T'en as sur toi ?

— Je me fais quelques balles à Boca Pines Nord. Ton ami a une urgence, hein ?

— Ouais. Je crois qu'il est sur un coup.

— Retrouve-moi au club-house, disons, d'ici une heure.

— Parfait, dit Chaz. Je te revaudrai ça.

— Bah, t'inquiète pas.

Puis, après un temps d'embarras :

— Mec, c'est vraiment terrible ce qui est arrivé à Joey... Ça doit être *vachement* dur. Comment tu fais pour tenir ?

— Bof, ça dépend des jours, lui répondit Chaz Perrone.

Après avoir quitté le cabinet juridique de Kipper Garth, Mick Stranahan revint à Dinner Key voir si Joey était retournée à la marina. Nulle trace de son kayak ni de la Suburban de location.

Si Stranahan n'avait guère envie de remonter en voiture jusqu'à Boca, il ne pouvait pas non plus attendre tout l'après-midi à Coconut Grove ; ces derniers temps, il n'avait plus de patience pour rien sauf la pêche. Il récupéra dans son portefeuille un bout de papier sur lequel il avait inscrit le numéro d'immatriculation de la Ford bleue, propriété de la maîtresse actuelle de Chaz Perrone. Seuls deux enquêteurs du bureau du procureur gardaient un assez bon souvenir de Mick pour lui venir en aide ; il téléphona à l'un d'eux tout en roulant vers le nord sur l'Interstate. Quand il franchit les limites du comté, Stranahan était en possession des nom, âge, adresse, situation de famille et profession de la dame en question.

Ricca Jane Spillman détenait un diplôme d'esthéticienne de l'État de Floride, il suffisait donc de découvrir où elle exerçait ses talents. Stranahan fit un arrêt à Hallandale, le temps de trouver un téléphone public et d'arracher une liasse de salons de beauté des Pages Jaunes. Il restreignit sa recherche aux banlieues ouest de Broward County Nord et au bout seulement de cinquante-cinq minutes d'appels à l'aveuglette, il localisa la petite amie de Chaz. Elle était styliste/coloriste chef dans une boutique du nom de Hair Jordan[1] et, par chance, il se trouvait qu'elle avait un créneau de libre à cinq heures et demie.

Comme nombre des plus sélects établissements de Boca, ledit salon était encastré en chausse-pied dans un centre commercial de couleur corail. Mick Stranahan gara la Cordoba bouffée par la rouille, sur l'arrière, où elle était moins susceptible d'attirer les

1. Jeu de mots (tiré par les cheveux) entre Hair Jordan et la chaussure de basket Air Jordan. *(N.d.T.)*

regards. Il en attira lui-même quelques-uns en franchissant la porte de Hair Jordan avec sa chemise tachée de cambouis, son kaki délavé et ses chaussures bateau éculées. S'abritant derrière une revue, Stranahan tâcha de s'immerger dans le calvaire d'Eminem, jeune homme profond déchiré par des conflits existentiels. Apparemment, richesse, célébrité et sexe à tout va, ça a beau être sympa, le vrai bonheur spirituel vient de l'intérieur.

— Mr Smith ? Bonjour.

C'était Ricca, faisant signe à Stranahan de la suivre.

— Vous pouvez embarquer le magazine si vous en avez envie.

Il était quelque peu embarrassé par ses cheveux, poisseux de sel et rejetés bizarrement en touffe d'un seul côté, résultat de la traversée venteuse en bateau de la baie de Biscayne. Ricca n'en souffla mot mais, pendant le shampooing, fit une remarque admirative sur le fait qu'il soit extrêmement bronzé. Stranahan répondit que, vu son boulot, il restait exposé au soleil.

— Ah ouais ? Vous bossez où ? lui demanda-t-elle, l'essuyant d'une serviette et d'une main légère.

— Sur un paquebot de croisière.

— Oh.

Stranahan observa attentivement son expression dans la glace.

— Vous en avez déjà fait une ?

— De croisière ? Non, répondit Ricca, avec moins de peps qu'auparavant.

— Ces bateaux, c'est de vraies villes, ils sont si grands.

Elle retira une paire de ciseaux du stérilisateur.

— Vous les aimez courts comment ? Près des oreilles ?

— Je pensais à une coupe en brosse, comme Clint Eastwood dans le film qui se passe à la Grenade.

— D'accord.

— Je plaisantais, fit Stranahan.

Il la laissa opérer en silence quelques minutes — Ricca était distraite, ça crevait les yeux — avant de réattaquer.

— Vous avez le mal de mer ? Plein de gens l'ont.
— Ça m'arrive, dit-elle. Vous faites quoi exactement sur le bateau ? Votre boulot, je veux dire.
— Je m'occupe de la sécurité.
— Ah wouah.
Stranahan pencha la tête pour s'adapter au sens de la coupe.
— Comme je l'ai déjà dit, ça ressemble à une ville. Avec de bons citoyens, de mauvais citoyens.
— Mais la plupart, ce sont des ivrognes, non ? Il n'y a pas, enfin, de crimes graves à bord.
— Vous seriez surprise, dit-il. Pas plus tard que l'autre nuit, un type a poussé sa femme à la mer.
Le *snip-snip-snip* des ciseaux s'interrompit. Les yeux de Ricca se braquèrent sur ceux de Stranahan dans la glace.
— Ce n'est pas drôle, Mr Smith.
— Oh, mais je suis on ne peut plus sérieux, fit-il. Il lui a attrapé les jambes et l'a fait basculer par-dessus la rambarde.
— Ah, mon Dieu.
Stranahan afficha un sourire d'excuse.
— C'est tout moi, je suis en train d'essayer de vous vendre une croisière sous les tropiques et je finis en vous terrifiant avec une histoire horrible. Excusez-moi, je suis vraiment désolé.
— Non, c'est ma faute. Je n'avais qu'à pas vous poser de questions.
Les mains de Ricca tremblaient si fort maintenant qu'elle flanqua les ciseaux sur un plateau ; puis, s'emparant d'un peigne, elle le passa mécaniquement dans les cheveux taillés à moitié de Mick.
Stranahan la plaignait. Comme il plaignait toute femme qui s'était laissé prendre au baratin de Charles Perrone.
Elle lui demanda d'une petite voix :
— On lui a fait quoi, à ce type ?
— Il s'en est tiré, croyez-le ou pas.
— M... mais... comment ça ?
— Du moins, il *a cru* qu'il s'en tirait.

Stranahan lui fit un clin d'œil.

— Cet enfant de salaud ne savait pas que quelqu'un avait tout vu. Moi.

Désormais, Ricca n'était plus en état de manipuler des instruments pointus, aussi Stranahan retira-t-il la blouse soyeuse qu'on lui avait fait enfiler.

Reculant loin du fauteuil, Ricca lui demanda :

— Qui êtes-vous ?

À voix basse afin que Mr Jordan, le patron, ne se doute pas que quelque chose allait de travers.

Stranahan sortit un billet de vingt et le déposa sur le plateau, près des ciseaux.

— Chaz ne vous a pas raconté comment ça s'est passé ?

Elle secoua la tête avec raideur.

— Il m'a dit que c'était un accident.

— Ah non, c'était un meurtre. Avec préméditation.

— Pourquoi ne l'en a... avez-vous p... pas, enfin... empêché ?

— C'est arrivé trop vite. L'instant d'avant, elle était là, celui d'après, elle nourrissait les requins. Comme *ça* !

Stranahan claqua des doigts soudainement.

Ricca sursauta.

— Impossible. Chaz m'a dit qu'il dormait quand c'est arrivé.

— Il vous ment, Ricca, lui dit Stranahan. C'est un très sale type. Un tueur de sang-froid, si vous voulez la vérité. Je vous conseille pour ma part de vous trouver un nouveau petit copain.

— Mais vous êtes qui, *merde* ?

— Le prochain associé de Chazzie. Dites-lui que je suis passé.

— Comment vous m'avez trouvée ? Il vaut mieux que vous partiez, maintenant.

— Bien sûr, fit Stranahan. Mais vous devez savoir que l'existence du Dr Perrone va devenir extrêmement compliquée. Une personne avertie en vaut deux.

— Sortez ! lui chuchota-t-elle.

Stranahan dîna dans un restau thaï à l'autre extrémité du

centre commercial. La Ford bleue de Ricca n'était plus là quand il repassa devant le salon en sortant. Soit elle était en route pour affronter Chaz, soit elle rentrait en catastrophe chez elle pour verrouiller la porte, se préparer un verre et prendre en considération le fait inquiétant qu'elle sortait avec un assassin.

Le court trajet jusqu'aux Dunes de Boca Ouest Tranche II prit presque trente minutes à cause de la circulation de l'heure de pointe. Stranahan avait des envies de meurtre quand il enfila la rue de Chaz Perrone, mais son visage s'éclaira d'un grand sourire en apercevant la Suburban de location — son kayak jaune sanglé sur la galerie — garée dans l'allée des télémarketteurs en cavale. Il vint s'arrêter près de la grosse bagnole verte, descendit la vitre en s'attendant à ce que Joey l'imite. Mais rien ne se passa. Scrutant le verre teinté, Stranahan s'aperçut avec un pincement au cœur que la Suburban était vide.

— Merde, fit-il, avant de tourner son regard vers la résidence Perrone.

Joey s'était à nouveau faufilée à l'intérieur, ce qui était problématique puisque le Hummer jaune de son mari était garé devant. De même qu'une conduite intérieure foncée, soit une Grand Marquis, soit une Crown Victoria.

Stranahan mit pied à terre et avançait en vitesse quand un troisième véhicule vint se planter derrière le 4×4. C'était une Toyota blanche ou une Audi peut-être... Mick ne pouvait trancher dans le crépuscule. Il fourra ses mains dans ses poches et, ralentissant le pas pour adopter celui d'un flâneur, regarda une femme rousse et frisée, pendentifs aux oreilles, sortir de la voiture.

Alors que Stranahan approchait de la maison, la porte d'entrée s'ouvrit à la volée sur Charles Perrone en personne, tenant une bouteille de vin, semblait-il. De l'autre main, il fit signe à la rouquine d'entrer.

Alors, comme ça, on fait la fête, songea Mick Stranahan. Comme c'est sympa, tout ça.

15

Joey Perrone n'avait rien en vue de plus funeste qu'une virée shopping. Une fois à Dinner Key, elle hissa le kayak hors de l'eau et l'attacha sur le toit de la Suburban. Puis elle roula jusqu'à Merrick Park où elle fit l'emplette d'un sac à bandoulière, d'un bikini, de quatre paires de chaussures italiennes, d'une casquette de base-ball en toile et de lunettes noires Versace tordantes. C'est avec l'impression d'avoir presque retrouvé forme humaine qu'elle s'arrêta à l'Andalusia Bakery pour y prendre une tarte au citron vert des Keys.

Mais alors, tout à trac, le fait que son mari avait manqué de peu l'assassiner la frappa à nouveau de plein fouet. Si elle n'avait pas su plonger, elle ne serait plus en vie, ni en train de profiter de la chaleur du soleil sur ses bras nus, de Norah Jones à la radio, de l'odeur de cuir neuf de son sac. Chaz avait désiré qu'elle finisse dans les entrailles fumantes d'un requin ou grignotée par petits bouts par les crabes et autres aiguilles de mer.

L'enfoiré, songeait Joey, en se dirigeant droit vers l'Interstate. Cinquante minutes plus tard, elle retirait le double de la clé de la mangeoire à oiseaux, dans son jardin. Elle pénétra dans la maison par la porte de service et désactiva l'alarme. Un frisson intense la saisit tandis qu'elle rôdait dans ces pièces si familières ; il n'y avait plus aucun signe d'elle nulle part.

Suite à ses incursions passées, Joey était consciente que Chaz avait enlevé ce qui la rappelait de façon flagrante à son bon souvenir : photographies, vêtements, CD. À présent, pourtant, manquaient plus de choses encore. Tableaux ou croquis au crayon choisis par elle n'étaient plus sur les murs. Une figurine de dauphin en cristal qu'elle lui avait offerte pour la Saint-Valentin avait été retirée de la bibliothèque. Quatre chandeliers d'argent, cadeau de mariage de son frère, avaient disparu du dressoir. Sa boîte à bijoux ancienne restait introuvable.

Même dans la cuisine, Chaz avait effacé toutes ses traces. Où était donc l'orchidée, suspendue devant la fenêtre ? Et sa tasse à café ? La casserole de cuivre qu'elle avait achetée pour lui cuire ses chers spaghettis de merde ? C'était comme si elle n'avait jamais habité là, jamais vécu là, jamais existé.

Joey s'empara d'un couteau à viande dans un tiroir et gagna la chambre, dans l'idée de taillader les nouveaux draps en soie de Chaz, qui sentaient comme si on les avait trempés dans de la sangria éventée. Chaz, si pointilleux quant aux parfums de Joey, laissait manifestement ses pouffiasses s'inonder du premier tue-mouches trouvé sur le marché.

Elle brandit le couteau au-dessus de sa tête, mais n'alla pas plus loin. Lamentable, songea-t-elle, et pas d'une originalité folle non plus. Elle lâcha le couteau et s'effondra sur le lit... de *son* côté du lit, à elle. Elle contempla le papier granité du plafond comme elle l'avait fait des centaines de fois, la nuit, sauf qu'à présent, elle se sentait une intruse.

Ce qu'elle était bel et bien.

Il fallait rendre justice à Chaz sur ce point. Il l'avait totalement gommée du foyer qui avait été autrefois le leur. Les épaules de Joey se mirent à tressauter et, les genoux repliés sur la poitrine, elle s'aperçut qu'elle sanglotait. Ça la mit en colère — non, la rendit furieuse — de pleurer sur un homme qui avait voulu la voir morte.

Arrête ça, tu veux ! se morigénait-elle. Arrête ça tout de suite.

Rien à voir avec le fait d'avoir perdu Chaz. Et tout ça avec l'orgueil, la bonne image de soi-même et toutes ces salades genre

Dr Phil, le roi de la « positive attitude ». *Comment mon mari a-t-il pu en arriver à me détester à ce point? Qu'est-ce que j'ai bien pu lui faire?*

— Rien.

Joey l'affirma à haute voix, entre deux reniflements.

— Rien du tout, absolument rien.

Elle se redressa, se tamponna les yeux avec le drap de dessus.

— Bon, au diable Chaz Perrone.

Joey se glissa dans la salle de bains, grimaça devant son reflet; les yeux bouffis, les joues sillonnées de larmes. Elle s'assit pour pisser et imaginer ce qu'elle allait faire ensuite. Sur la coiffeuse, il y avait un flacon grand modèle de comprimés de Maalox à mastiquer, dont la vision lui remonta le moral. Un ulcère serait une excellente chose pour Chaz, songea-t-elle; un bon ulcère qui le brûlerait, bien saignant, de la taille d'une *tortilla.*

En temps normal, il ne rentrait pas du travail avant six heures, si bien que Joey supposa que le claquement de portière venait d'une autre allée. Quand une clé agita le bouton de porte de l'entrée, elle remonta son jean, sortit en flèche de la salle de bains, rafla le couteau à viande sur la moquette et roula en dessous du lit.

Un pas plus lourd que celui de Chaz traversa le salon, puis enfila le couloir. Joey retint son souffle, en se disant : merde, j'ai pas tiré la chasse. S'il le remarque, tout est fichu.

Elle fit passer le couteau dans sa main droite et vérifia sa prise, les pas s'approchaient maintenant du seuil de la salle de bains.

La façon la plus débile de se faire pincer, songea Joey morose. Pour une fois que j'oublie de tirer la chasse.

La vie est tellement plus facile quand on dirige une équipe d'ouvriers agricoles. Si on a besoin de blé, tout ce qu'on a à faire, c'est le prélever sur leur paie. La plupart du temps, ils disent que dalle qu'on les vole, tellement ils ont la frousse qu'on les balance aux services d'immigration. Qui les rembarquerait illico pour Haïti, Saint-Domingue ou Dieu sait quel trou du cul du monde d'où ils sortent. Adios, enfoirés, et sans passer par la case départ.

Le Fentanyl avait pris en charge la douleur de Tool, pas sa sensation de ne pas être dans son élément. Examinant les marques de dents qui suintaient sur ses jointures, il songeait : Je déteste la ville.

C'était en partie la faute de Red, qui ne lui avait pas filé de liquide. Tool avait oublié comme c'était duraille d'arracher un seul dollar à ce petit Blanc enrichi. Si Tool avait eu ne serait-ce qu'un billet de dix, ben, le chauffeur-livreur de ce camion de boissons gazeuses serait pas en route pour les urgences, la gueule en marmelade comme une citrouille pourrie.

Tool branlait du chef, exaspéré. N'avait-il pas demandé très poliment ?

— Eh, fiston, tu m'files une caisse de Mountain Dew ?

Le chauffeur avait pouffé, répondu qu'il ne pouvait pas vendre direct du camion ; il avait dit ça sur un ton que Tool avait jugé grossier et humiliant. Le type, le sourcil haussé, avait ajouté :

— Ça vaut combien pour toi, papa ? J'peux p't'être faire une exception.

Il ignorait, c'était flagrant, le besoin aigu de se rafraîchir qu'une personne sous l'influence d'analgésiques hospitaliers peut éprouver.

Tool n'était pas partisan de tourner autour du pot, aussi fit-il savoir au chauffeur qu'il n'était pas en mesure de lui payer la caisse de Mountain Dew, vu qu'il n'avait même pas une thune. Il promit au mec qu'il lui revaudrait ça plus tard, à sa prochaine livraison de boissons gazeuses à la supérette.

Ça déclencha une hilarité si forte chez le chauffeur qu'il se mit à hocher la tête d'avant en arrière, telle une saleté de perroquet, ce que Tool ne supporta pas une seconde. Là-bas, à la ferme, personne ne rigolait de lui. Personne n'osait même avoir l'air modérément réjoui quand il rappliquait dans le coin.

Le chauffeur du camion était un jeune type, large d'épaules, hyper musclé et imbu de lui-même. La plupart des individus y auraient regardé à deux fois avant de faire ce que fit Tool, mais ce dernier classa d'entrée le mec dans la catégorie chochotte de fitness. C'est son sourire plein de dents blanches et carrées, genre le carrelage des chiottes d'un dépôt de bus Greyhound, qui le trahit. Le chauffeur le prit de haut avec Tool comme s'il était débile mental, tandis que ce dernier, à la vue de ce râtelier à l'éclat parfait, se disait : cet empaffé s'est jamais chopé un vrai pain de sa vie.

Alors il entreprit de frapper le type en plein visage, lui explosant son sourire de star de ciné et le nez qui allait avec. *Exit* le chauffeur. Tool s'en fut avec une palette entière de Mountain Dew non réfrigérées : il s'agissait du maxi-modèle de deux litres, qu'il préférait à tout autre. En roulant vers la maison du docteur, il descendit au volant une bouteille tiédasse entière, tellement il était assoiffé.

À présent, il se tenait à roter dans le couloir, tâchant de décider s'il allait pisser ou bien s'étendre ou peut-être encore appeler Red et le baratiner pour avoir un peu de monnaie. Les mecs qui étaient gardes du corps du Président ou de stars d'Hollywood, etc., ils claquaient. Tool en était sûr. Il entra dans sa chambre, se débarrassa de sa salopette et s'assit cul nu sur le lit.

Le portable que Red lui avait prêté avait la fonction numérotation rapide préprogrammée pour joindre le bureau à LaBelle. Lizbeth lui répondit que Red était en réunion, mais promit de lui passer le message que Tool avait un besoin pressant d'espèces.

Ce dernier essuya sa main ensanglantée sur la couverture. Je suis pas d'ici, songea-t-il. Je suis pas un type de la ville.

Il alluma la télé et hop, voilà Dame Oprah, cette Black qui avait son émission. Tool avait entendu sur une station de radio chrétienne qu'Oprah était plus riche que certains Blancs les plus riches de la planète, aussi décida-t-il de ne pas zapper un moment pour voir à quoi rimait tout ce cirque. Et merde, voilà t'y pas qu'Oprah jacassait avec trois actrices de cinéma, qui se plaignaient du harcèlement qu'entraîne la célébrité avec tous ces paparazzi furetant partout, vous suivant jusqu'à l'épicerie, au DAB ou ailleurs. Tool ne se sentit pas un chouia navré pour elle ni les autres nanas, étant donné qu'elles étaient assez riches pour faire bâtir des murs de six mètres de haut autour de leurs résidences de luxe si elles en avaient envie. Majordomes, gardes du corps, le meilleur de tout.

Tool se surprit à repenser à Maureen, la vieille dame du Manoir de l'Élysée en train de mourir seule de Dieu sait quel cancer merdique. Ces connes d'infirmières voulaient même pas la laisser mettre le pied par terre pour prendre une douche ou aller aux chiottes. Voilà quelqu'un qui échangerait tout de suite sa place avec ces actrices, se dit Tool, Maureen, elle n'hésiterait pas. Elle sourirait aux photographes avec un petit signe de la main, tant elle serait soulagée de ne plus être malade.

Il éteignit la télé et se traîna jusqu'à la cuisine où, après avoir vidé le frigo, il entreprit de le remplir de Mountain Dew. Peu après, le docteur franchit la porte et demanda à Tool ce qu'il fabriquait, grand Dieu.

— À votre avis ? demanda Tool.

— Mais j'attends de la compagnie !

Charles Perrone sortit une bouteille de vin blanc d'un sac en papier kraft.

— Ça rentrera, fit Tool.

Il leva sa main qui l'élançait.

— Hé, examinez-moi ça. Regardez un peu si c'est infecté.

Charles Perrone réagit comme si on lui avait jeté une tarentule au visage. Il trébucha en arrière en disant :

— Je vous ai déjà dit, mon vieux, que je ne suis pas ce genre de docteur.

— Alors, merde, de quel genre vous êtes ?

Tool marcha sur lui, lui arrachant la bouteille de vin.

— Je suis biologiste, pas docteur en médecine, répondit Charles Perrone. J'étudie la pollution des eaux.

Il grimaça quand le gorille lui présenta ses phalanges pour inspection.

— La bouche d'un mec a rencontré mon poing. Il vous a pas l'air infecté ?

— J'ai des bandages et une crème antibiotique dans mon sac à dos. Je vais vous en chercher.

— 'ci bien.

Tout en faisant de la place dans le freezer pour le vin, Tool se demandait pourquoi un docteur en pollution des eaux avait besoin d'un garde du corps.

D'un ton plus calme, à présent, Charles Perrone lui dit :

— Vous voyez, j'ai une amie qui va arriver d'ici un petit moment.

Tool haussa les épaules.

— Bonnard pour vous.

— C'est-à-dire, vous pourriez peut-être vous couvrir un peu.

Tool se jeta un coup d'œil.

— En fait, je suis plutôt vachement à l'aise comme ça. P't'être que j'vais juste aller me pieuter.

— Merci, fit le toubib. Merci infiniment.

Chaz passa dans la salle de bains, ferma la porte et pêcha les losanges bleus dans sa poche. Son pote de golf lui avait dit que ça prenait pas loin d'une heure pour faire son effet et d'y aller doucement la première fois, histoire de tester son seuil de tolérance. Chaz en avala deux qu'il fit descendre avec de l'eau du robinet. Dans la glace, il s'aperçut que Tool avait pissé dans la cuvette, lunette baissée, et ne s'était pas donné la peine de tirer la chasse.

— Sale porc, grommela Chaz.

Il s'emmaillota une main d'une serviette en papier et appuya violemment sur le levier.

Qu'est-ce que cet abruti était venu faire ici de toute façon ? se demandait Chaz. Il avait sans doute bouché les toilettes de la chambre d'amis avec la masse de poils graisseux qu'il se payait.

Après une douche rapide, Chaz téléphona à Ricca et lui demanda de venir.

— J'ai une surprise pour toi, fit-il.
— J'ai pas la tête à ça.
— Allons, voyons.
— Je me sens pas bien, persista Ricca. Je vais aller me coucher tôt.

Même sans être doué d'une finesse particulière pour déchiffrer les femmes, Chaz Perrone détecta que Ricca était à cran.

— On en parle quand tu seras là, lui dit-il. Je vais t'améliorer ça.
— Je te l'ai déjà dit, Chaz. Je reste à la maison.
— Pas ce soir. S'il te plaît ? Me fais pas ça.
— Appelle-moi ce week-end.
— Attends, Ricca... c'est à cause de ce qui s'est passé à l'heure du déjeuner ? Tout est redevenu normal, chouchou, c'est ce que je suis en train d'essayer de te dire. Ça sera plus mahousse et meilleur que jamais, je te promets...
— Tu m'écoutes pas, le coupa-t-elle. Je suis HS. J'ai eu une journée merdique. Allez, bonne soirée.

La ligne devint muette. Charles Perrone jura et s'affaissa sur le lit. C'était pour Ricca qu'il avait acheté les losanges bleus. Il avait eu envie de lui prouver (et à lui-même, par la même occasion, c'est vrai) que son problème était temporaire et facile à surmonter.

À présent, il y avait du remue-ménage dans ses sous-vêtements ; lentement mais sûrement, tel un serpent qui se délove au réveil. Pressentant la mère de toutes les érections, Chaz désespéra de n'avoir personne sous la main pour l'en faire profiter. Si l'heure de son garde-à-vous s'approchait inexorablement, ses possibilités de trouver une partenaire étaient tristement limitées. À l'inverse de certains de ses amis, Chaz n'avait pas de copines de baise à appeler en cas de nécessité pressante. Les femmes avec lesquelles il couchait cessaient de façon symptomatique toute relation avec lui dès que perçait le pivot minable de son caractère, deux à trois mois d'habitude après le premier rendez-vous. Par conséquent, les noms inscrits dans le petit calepin noir de

Chaz se répartissaient en deux catégories : ex-petites amies le détestant cordialement et copines actuelles en passe de le détester cordialement.

Ricca mystérieusement indisponible ce soir, la seule solution de repli de Chaz était une réflexologue New Age, une frappadingue du nom de Médéa. Il l'avait rencontrée en jouant au golf à Boca Nord, où elle proposait des massages dans un bar sans alcool entre le neuvième green et le dixième tee. Chaz n'avait couché que trois fois avec ladite Médéa, avec un bilan mitigé. Tout en se montrant une maîtresse assez enthousiaste (et aussi agile qu'un singe hurleur), elle possédait plusieurs manies gênantes, entre autres une forte propension à fredonner pendant la chose. Sa chanson préférée, « Tribal Dream », Médéa affirmait qu'un certain Yanni l'avait secrètement écrite pour elle[1]. Autre trait peu engageant, elle enduisait rituellement sa personne dénudée (et, par contact, celle de Chaz) d'huile essentielle de patchouli chaude, dont la puanteur mentholée collait aussi tenacement à la peau que de l'essence de térébenthine. À peine moins dérangeant, son goût pour des tenues et accessoires flamboyants. Chaz frissonna en se rappelant le soir où ses boucles d'oreilles (qui auraient pu aussi faire office de deltaplane) avaient accroché, puis déraciné douloureusement une touffe de poils de son torse.

Pour couronner le tout, il y avait sa dévotion dingo pour la réflexologie, qu'elle insistait pour pratiquer sur lui avant chaque rapport sexuel, lui tordant avec brutalité doigts et membres, lui vrillant maladroitement le cou. Plusieurs jours d'affilée après l'une de ces séances, Chaz avalait des Advil comme du popcorn.

Telle était Médéa. Elle n'aurait pas pu accueillir son coup de fil avec plus de ravissement.

À son arrivée à la maison, Chaz l'attendait sur le seuil, avec une bouteille de vin et une trique de classe internationale.

1. « Tribal Dream » (Rêve tribal) figure sur *Ethnicity*, treizième album du phénomène Yanni, chanteur New Age mondialiste, grec d'origine mais émigré aux États-Unis, qui a pour particularité de ne pas lire la musique. *(N.d.T.)*

Les souvenirs de famille de Joey avaient beau avoir perdu de leur précision au fil du temps, elle gardait dans sa tête l'image indélébile de ses parents, souriants, bras dessus bras dessous. C'était ainsi qu'ils apparaissaient sur la plupart des photos d'eux qu'elle avait conservées : un couple uni et heureux. Elle se rappelait d'éclats de rire permanents à la maison ; sa mère, en particulier, trouvait de l'humour à profusion dans la vie quotidienne. Une telle façon de voir avait dû lui être utile pour diriger un casino, cette usine de la folie humaine.

Joey imaginait à présent Hank et Lana Wheeler l'observant depuis le Paradis en se demandant malicieusement si leur fille unique avait franchi la ligne rouge. Il était impossible de nier l'aspect comique de sa situation inconfortable... à se retrouver cachée sous le lit conjugal pendant que son mari s'employait à organiser une partie de jambes en l'air.

— J'ai une surprise pour toi, disait Chaz au téléphone.

Apparemment, qu'elle n'ait pas tiré la chasse ne l'avait pas alerté sur la présence hostile d'un intrus. Joey apercevait ses pieds pâles, veinés de bleu, arpenter la moquette. Comme il lui serait facile d'allonger le bras et de transpercer l'un de ses orteils glabres et potelés avec le couteau à viande.

— Allons, voyons, disait Chaz du ton pressant que connaissait bien son épouse invisible. On en parle quand tu seras là. Je vais t'améliorer ça.

Joey, nez à nez avec les ongles de pied de son mari, espérait que quelque exotique champignon des marais, attrapé dans les Everglades, pullulait à son insu en dessous.

— Pas ce soir. S'il te plaît ? disait Chaz, ne lâchant pas prise. Me fais pas ça.

Ah ! songea Joey. Elle est en train de le planter.

— Attends, Ricca... c'est à cause de ce qui s'est passé à l'heure du déjeuner ? Tout est redevenu normal, chouchou, c'est ce que je suis en train d'essayer de te dire. Ça sera plus mahousse et meilleur que jamais, je te promets...

À présent, Joey pouvait mettre un nom sur celle qui se trouvait à l'autre bout de la ligne. *Ricca.* Ça lui rappelait quelque chose. N'était-ce pas le nom de la coiffeuse-visagiste de Chaz ? Mrs Charles Perrone, sans y penser, resserra les doigts autour du manche en bois du couteau à viande.

— Merde, marmonna Chaz, Ricca lui ayant visiblement raccroché au nez.

Les ressorts du matelas grincèrent quand il s'assit lourdement sur le lit.

Il boude, supposa Joey. Elle lorgnait ses chevilles roses et osseuses, les faibles marques de bronzage qui en faisaient le tour. L'un de ses talons s'ornait d'une vilaine ampoule, résultant d'une chaussure de golf pas à son pied. L'ampoule a l'air à vif et tout ce qu'il y a de douloureux, songea Joey, éprouvant de façon distraite la pointe de la lame sur l'ongle de son pouce.

Elle avait eu plus tôt l'occasion de prendre la fuite, un créneau de dix minutes pendant que Chaz était sous la douche et que son invité — celui qui se déplaçait comme un éléphant — s'était retiré d'un pas lourd dans la chambre d'amis. Un instant, Joey avait envisagé de s'éclipser, en rampant de dessous le lit avant d'enfiler la porte de service. Ça aurait été la décision la plus sage et elle y avait sérieusement songé. Mais alors, quand aurait-elle une autre chance d'observer son meurtrier et adultère de mari à l'œuvre ?

Elle entendit une série de bips provenant du clavier du téléphone ; Chaz composait un nouveau numéro.

— Médéa ? fit-il.

Joey songea : Ah, c'est trop, voilà qui promet.

— Tu fais quoi ce soir, chouchou ? demanda-t-il. T'as pas envie de venir écouter de la musique ? Ouais... chez moi.

Chez moi ? Joey s'aperçut qu'elle serrait les mâchoires au point de grincer des dents. Elle remarqua que Chaz tapait la mesure du pied sans s'en rendre compte ; le salaud, il se sentait à nouveau sûr de lui.

— Je te file l'adresse, disait-il. T'as de quoi noter ?

Joey l'écouta avec attention s'habiller et se pomponner. Elle connaissait par cœur la bande-son de son petit numéro : le débouchonnage rapide du stick de déodorant, la légère plainte rotative de la tondeuse des poils de nez, le pincement rythmique du fil dentaire entre les molaires, le jodle de stentor de son gargarisme.

Consciente de ce qui se préparait, Joey aurait dû se sentir piégée, sinon paniquée, car elle n'avait vraiment aucune envie d'entendre son mari haleter et grogner en s'escrimant sur une autre femme. Pourtant, elle demeura étrangement calme, dans l'expectative. Ne serait-ce pas l'occasion rêvée de lui rendre son alliance, qu'elle trimbalait comme de la fausse monnaie depuis que Mick Stranahan l'avait secourue ? Le timing d'un geste aussi symbolique serait crucial, car Joey en espérait un effet dévastateur sur Chaz Perrone et sa visiteuse.

Dont le nom était bien, comme il s'avéra, Médéa.

Joey entendit son mari ouvrir la porte d'entrée, des bribes de bavardage chaleureux dans le salon, le bruit d'un bouchon qui sautait. Puis vint la musique... des ballades celtiques, imaginez un peu, preuve irréfutable que Chaz était désespérément en manque de bagatelle.

Ça lui prit moins d'un quart d'heure pour attirer Médéa dans la chambre. On alluma bougies parfumées et bâtonnets d'encens, ce qui força Joey à retenir un éternuement. Tandis que Médéa s'activait, préparant la chambre d'amour, Joey apprécia à sa juste valeur le peu qu'elle pouvait en voir : un bracelet de cheville en or avec un gri-gri en turquoise, le tatouage rudimentaire d'une rose ; des ongles des pieds au vernis lavande ; des pieds au bronzage impeccable, bien que pas mignons du tout.

— J'ai apporté quelque chose, dit Médéa à Chaz et, en deux temps trois mouvements, ces vêtements se mirent à s'empiler sur le sol en deux tas distincts. Joey jeta un coup d'œil furtif à l'étiquette de la robe style paysanne (taille XXL) en se demandant si la femme était aussi grande qu'elle.

Quand Chaz baissa son pantalon, Médéa s'exclama :

— Eh bien, salut toi !

— Je t'avais bien dit que tu nous avais manqué, fit Chaz, avec une autosatisfaction insupportable.

— Viens ici, lui dit Médéa en tapotant le lit. Que je te masse.

— Ça va. Je suis plutôt assez détendu.

— Allez, pas de discussion. Maman sait mieux que toi.

Joey se couvrit la bouche pour s'empêcher d'éclater de rire.

— Mais je suis déjà prêt, paré, s'impatienta Chaz.

— Et tu le seras *toujours* quand on aura fini de t'assouplir, insista Médéa, et moi, je le serai aussi. Maintenant sois un bon petit soldat et étends-toi pendant que je réchauffe l'huile.

— Chouchou, s'il te plaît. Ces draps sont cent pour cent pure soie.

— Ah, chut.

Tandis que Chaz s'étirait, les ressorts du lit émirent des pépiements de moineau. Avec une certaine nervosité, Joey se demanda combien pesait Médéa ; ses mollets ne lui avaient pas paru dodus, mais c'était sans aucune garantie. Et que faisait ce géant inconnu dans la maison ? Si Joey n'avait pas réussi à comprendre de quoi Chaz et lui discutaient tout à l'heure dans la cuisine, elle ne pouvait écarter la possibilité que son mari fût en train de mettre en pratique le fantasme qu'il caressait depuis longtemps : celui d'une baise triangulaire.

Quelle ironie lamentable, se dit Joey, si jamais le lit s'effondre et que je meure écrasée sous le poids d'une orgie.

— Wouah, entendit-elle s'exclamer Médéa.

— Eh ouais, renchérit fièrement Chaz.

— C'est normal ?

— Me dis pas que tu t'en plains.

— Non, c'est juste que... commença Médéa, d'un ton hésitant. Je ne me souvenais pas de l'avoir vue tout à fait aussi...

— Guillerette.

— Ouais, oh la la.

Chaz devait être aux anges, le cochon, songea Joey. Lui qui pouvait blablater sur sa queue toute une nuit.

Joey se recroquevilla quand Médéa grimpa sur le lit, mais aucune secousse sismique ne s'ensuivit. La conversation mollit une minute ou deux, puis soudain Chaz émit un jappement de souffrance.

— Ah, tu me tues !

— Pourquoi t'es si tendu ? fit Médéa, sur le ton pondéré d'un prof de yoga. Dis-moi où est le problème, mon chéri.

— On dirait que t'essaies de me déboîter les pieds. On peut pas sauter cette étape ?

— Pas nos exercices de mise en jambes. Non, mon bébé.

Joey regretta que sa position couchée sur le dos ne lui ménage aucune vision du miroir mural de la chambre.

— Il n'y a qu'une seule partie de moi qui manque d'exercice, protestait Chaz, et elle menace d'exploser.

— OK, OK, relax Max.

Les échanges entre Chaz et Médéa se firent moins verbaux, et bientôt, le tapage au-dessus de la tête de Joey atteignit un rythme martial bien connu d'elle. La jalousie ou le dégoût qu'elle aurait pu éprouver cédèrent bientôt le pas au souci de sa propre sécurité. Alors que Chaz peinait de plus en plus à la tâche, Joey arc-bouta ses genoux contre les lattes entrecroisées du sommier. Par expérience, elle s'attendait à ce que cette partie des opérations dure entre dix et vingt minutes : tout dépendait de la quantité de vin absorbée par son mari. Joey ferma les yeux en tâchant de ne pas visualiser ce qui se déroulait à portée de bras. Son plan exigeait de calculer, en gardant l'esprit clair. Elle projetait d'attendre que Chaz confine à l'orgasme avant de faire son apparition-surprise ; le grondement sourd de chien-loup, qui précédait toujours l'émission séminale chez son mari, lui donnerait le *la*.

Une mélodie ténue et discordante s'éleva du lit, flotta à travers la pièce... Médéa fredonnait et les grognements poussifs de Chaz fournissaient la partie percussion. Était-ce là une sorte de bizarre mantra tantrique, se demandait Joey, ou tout bêtement la version chantée faux d'un air intrinsèquement épouvantable ?

Elle entendit soudain son mari hoqueter :

— Nom de Dieu, pourquoi je ressens rien ?

Médéa interrompit son chantonnement.

— Hûnh ?

— Je te dis que je ressens que dalle ! fit Chaz furieux, soufflant comme un perdu.

— T'avise pas de me laisser en plan comme ça. Allez, un peu de nerf, chéri.

Les ressorts du lit grincèrent douloureusement tandis que Chaz se retirait. Joey n'arrivait pas à imaginer ce qui pouvait aller de travers... une fois lancé, rien, si ce n'est un conflit thermonucléaire, n'aurait pu empêcher son mari de mener son affaire jusqu'au bout.

— C'est tout engourdi, dit-il.

— Mais non, c'est parfait comme ça. Allez, continue, l'implora Médéa.

— Parfait pour toi, peut-être...

— Attends, mon chéri, laisse-moi t'aider...

— Non ! Pas ça !

— Au nom du ciel.

À l'entendre, la sereine Médéa perdait patience.

Joey entendit un son mat étouffé et se retrouva avec, sous les yeux, les jambes nues de Chaz ; il avait pris la décision radicale de quitter le lit.

— C'est quoi ce parfum ? demanda-t-il à Médéa.

— Je n'en porte pas du tout. C'est l'huile ou alors les bougies à la myrtille, peut-être.

— Rien à voir avec tes saletés de bougies. Je sens du parfum, affirma Chaz. Exactement le même truc que ma femme mettait.

Silence glacial. Puis :

— Ta femme ?

— Feu ma femme, rectifia Chaz en hâte.

— Comment se fait-il que tu ne m'aies jamais précisé que tu étais marié ?

Joey se surprit à prendre le parti de Médéa. *Dis-lui la vérité, salopard.*

— C'est un souvenir très douloureux, dit-il.

— Elle est décédée depuis quand, Chaz ?

Une différente variété de silence suivit, aussi inconfortable que la première. Joey mourait d'envie de voir la tête de Chaz.

— J'ai pas trop envie d'en parler. C'est trop déprimant.

— Pas si déprimant que ça, à ce que je vois, remarqua Médéa d'un ton caustique. Tu es toujours au garde-à-vous.

— Ouais, ben, quand elle a une idée derrière la tête...

Médéa ne parut pas du tout amusée.

— Je te l'ai déjà dit, je ne porte pas de parfum. Ce que tu sens, c'est ton imagination qui te joue des tours.

Non, du Chanel, faillit lui souffler Joey.

Avant de quitter l'île, elle s'en était innocemment mis une goutte derrière chaque oreille. Il était révélateur que Chaz ait flairé son parfum parmi les senteurs douceâtres et putrides du bazar hippie ambulant de Médéa.

— Écoute, faut que j'y aille, annonça cette dernière tout à trac.

— Non, on y retourne.

— J'aime pas les vibrations qu'il y a ici, Chaz.

— Attends une seconde. T'en va pas maintenant. S'il te plaît ?

Le désespoir perceptible dans la voix de Chaz était authentique. L'entendre se faire jeter faisait presque autant de bien que l'embuscade à l'alliance, que Joey décida de remettre à plus tard par sympathie pour Médéa.

Qui, maintenant hors du lit, remballait prestement ses bougies et autres huiles.

— Tu peux pas partir. Tu *ne peux pas*, insistait Chaz. Matemoi un peu ça !

— Très impressionnant. Faut que tu la fasses couler dans le bronze.

— Tu veux pas prendre un bain ? On pourrait essayer dans la baignoire.

Il l'accula dans un coin, ses orteils à lui touchant presque les siens à elle.

— Chaz, j'ai dit non.

— Oh, allez. Sois pas comme ça.

Joey entendit une exclamation gutturale qui se prolongea en un lent gémissement, tout sauf de plaisir.

— Arrête ! lâcha Chaz pour finir.

— T'as un problème auditif, c'est sûr, dit Médéa.

— Mais tu me fais *vraiment* mal !

— En cours de réflexologie, on nous a appris des exercices particuliers pour accroître la force des mains. Qu'est-ce que t'en dis ?

— Ah ! mon Dieu, fit Chaz.

— Je parie que je pourrais te la briser comme une baguette de pain.

— Pardon de pas t'avoir parlé de ma femme. Pardon pour tout.

— Va pas en profiter pour pleurnicher sur mon épaule, fit Médéa.

— Faut que t'arrêtes. Tes ongles...

— Ils ont poussé, pas vrai ?

— Je t'en supplie. *Pitié*, fit Chaz.

Joey n'en perdait pas une miette. Elle aimait bien l'attitude de cette fille.

— Je vais te lâcher maintenant, disait Médéa, mais si tu *m'agites* encore ce machin sous le nez avant que j'aie passé la porte, je te le bousille grave, au point que t'auras plus jamais l'occasion de t'en servir de ta vie. Même pas en solo. Compris ?

— Oui. Aïe ! Oui !

Ils se rhabillèrent sans un mot. Joey pouvait se représenter le regard de chien battu, sidéré, de son mari ; elle l'avait vu de ses propres yeux, la fois où elle lui avait flanqué un pain parce qu'il l'avait traitée d'un nom d'oiseau.

— Eh bien, au revoir, dit Médéa, sur le seuil.

Joey remarqua qu'elle était chaussée de tongs en chanvre indien.

— Désolé pour ce soir. Vraiment, dit Chaz. Je peux te rappeler ?

— Non mais tu déconnes ou quoi ?

C'est alors que le sol trembla sous Joey, comme si on avait balancé un frigo du haut du toit. Une plainte d'une durée inhumaine enfla, venant d'ailleurs dans la maison.

— Ah, nom de Dieu, fit Chaz faiblement. Quoi encore ?

Le temps que Chaz trouve dans le tiroir de la table de nuit ce qu'il y cherchait en farfouillant, Médéa était déjà loin. Joey Perrone attendit d'entendre Chaz courir dans le couloir avant de s'extirper vite fait de sous le lit et d'aller jeter un œil à l'angle. Elle avait beau se sentir d'un ridicule achevé, son couteau à viande à la main, elle n'osa le poser nulle part.

Toutes les fenêtres de la maison, sauf celle de l'une des chambres, avaient les stores tirés.

Mick Stranahan regarda à l'intérieur et ce qu'il vit le découragea : un type à la carrure prodigieuse, nu comme un ver, buvait à grands traits une maxi-bouteille de Mountain Dew. D'abord, Stranahan crut que l'individu portait un pull dépenaillé, mais en y regardant mieux, il s'avéra qu'il s'agissait d'une friche de poils stupéfiante. L'homme était seul à regarder des clips de country music à la télévision ; aucune trace de Charles Perrone, de la femme frisée, ni de Joey. Stranahan plongea sous la fenêtre et soupesa ses choix déprimants. Un affrontement avec l'armoire à glace semblait inévitable si Mick persistait à vouloir fouiller la maison.

Joey avait laissé le double de la clé sur la porte de service, si bien que Stranahan n'eut qu'à tourner la poignée pour entrer. Il traversa prudemment la cuisine déserte, se dirigeant vers le couloir plongé dans la pénombre. Il s'arrêta et tendit l'oreille, à proximité de la chambre d'amis, puis y pénétra.

L'homme-singe le zieuta avec stupéfaction, des rigoles de soda citron vert lui dégoulinant sur les bajoues.

Stranahan éteignit le poste.

— Faut que je jette un coup d'œil dans la maison, chuchota-t-il. Z'allez me chercher des poux ?

— Tu parles d'une question qu'elle est débile, sûr que j'vais t'en chercher.

Un martèlement étouffé et un miaulement dysharmonieux à fiche la frousse provenaient de la chambre à coucher de Chaz.

— Z'êtes un ami de Mr Perrone ? demanda Stranahan à l'inconnu poilu.

— Son garde du corps. Et ça fait des jours qu'j'attends ça.

Le type se leva et fila le train de Mick, quittant la pièce.

— Où tu crois qu'tu vas comme ça ? l'apostropha-t-il. Tu cherches quoi, bordel ?

Stranahan se retourna et répondit :

— Une connaissance. Une amie à moi.

Le type se grattait pensivement les couilles.

— Allez-y, boxez-moi, faites-moi tomber sur le cul, l'encouragea Stranahan. Je gueulerai probablement comme un bébé, mais au moins, tout le monde va péter de trouille et quand ils sortiront de leur trou, je pourrai voir qui est qui.

— T'es barge ou quoi ? fit le type.

— C'est pas fameux comme plan, lui concéda Stranahan, mais j'ai pas pu pondre mieux dans un délai aussi court.

Le gorille le saisit au collet, l'entraîna vers la porte de service. Stranahan utilisa le propre élan du bonhomme pour l'amener dans un coin avant de lui expédier son coude en pleine pomme d'Adam. Le type ne piquant pas du nez aussi sec, Stranahan poursuivit par un crochet du droit sur la nuque, mettant tout son poids en portant le coup. Le gaillard s'effondra, en frappant l'air, à l'aveuglette, dans sa chute. La maison en trembla jusqu'aux poutres.

Stranahan s'esquiva à l'extérieur, fit le tour jusqu'à l'entrée et se tapit derrière le Hummer dans l'allée. À l'intérieur, le garde du corps partit d'un braillement d'enfer en retrouvant l'usage de ses fonctions respiratoires. La femme frisée fut la première à déguerpir, ses tongs claquant dans l'allée pendant qu'elle galopait jusqu'à sa voiture. Stranahan attendit deux bonnes minutes après son départ. En ne voyant émerger personne d'autre, il revint sur ses pas jusqu'à la fenêtre de la cuisine. Il y aperçut Chaz Perrone tout nu, penché avec impuissance sur la forme prostrée, affalée, de l'homme-singe. Chaz se tenait de profil, un pistolet dans la main droite ; juste en dessous, la preuve de son ardeur sexuelle se dressait en parallèle.

Stranahan entendit non loin de là un violent claquement de portière suivi, quelques instants plus tard, de l'allumage du moteur d'une automobile. Le pouls lui cognait tandis qu'il franchissait une haie d'ixoras puis courait vers la rue. La Suburban s'éloignait lentement, tous phares éteints. Stranahan agita les bras en courant derrière, tout en songeant : Elle va sûrement jeter un coup d'œil dans le rétro après ce qui vient de se passer. Toute personne saine d'esprit s'inquiéterait de savoir si elle est oui ou non poursuivie.

Enfin, à l'extrémité du bloc, les stops s'allumèrent et la portière passager s'ouvrit à la volée. Mick Stranahan sauta dans l'habitacle et fit signe à Joey d'appuyer sur l'accélérateur.

Une quinzaine de kilomètres plus loin, une fois qu'il eut achevé de la chapitrer d'avoir pris des risques insensés, elle lui dit :

— Super coupe de cheveux, mon pote.

— Bah, moi au moins, je pue pas comme une benne à ordures de Woodstock.

Joey eut un sourire malicieux.

— Chaz n'était pas de cet avis.

16

Tool était d'humeur plus bavarde depuis qu'ils avaient fait un détour par une maison de repos où il était « passé voir » une dénommée Maureen. De façon évidente, c'était sa plus récente filière médocs ; une fripouille d'infirmière, sans doute, en avait déduit Chaz Perrone en observant Tool configurer sa nouvelle collection de patches de Fentanyl sur ses épaules rasées.

— Parlez-moi de votre femme, lui dit Tool au cours du long trajet vers l'ouest.

Chaz fut pris par surprise.

— Quoi, ma femme ?

— Comment elle était avant qu'elle meure ? demanda Tool.

— Belle, blonde, intelligente, marrante.

C'était l'extrait de la partition de Chaz dans son rôle de veuf qui ne réclamait aucune répétition, car c'était l'exacte vérité. Cela le perturba néanmoins de prononcer ces mots à haute voix, comme s'ils rappelaient à une part faible et sentimentale de son être ce qu'il avait perdu. Il n'eut que dédain pour la bosse stupide qui renflait inutilement son pantalon.

— Alors comment ça se fait que vous avez pas le blues, que vous êtes même pas triste ? lui demanda Tool.

— Qui vous dit que je ne le suis pas ?

Tool eut un rire salace.

— Ça fait à peine... quoi, une semaine ? Et z'en êtes déjà à chasser de la meuf.

— Si vous parlez de la femme qui est venue hier au soir, rétorqua Chaz, c'était une masseuse professionnelle.

— Mais ouais, et moi j'suis astronaute. Allez, toubib, k'eski s'est passé entre vous et bobonne ?

— Ça ne vous regarde absolument pas, merde.

— Oh, cool Raoul, fit Tool.

L'indiscrétion de ce dernier agaçait Chaz, même s'il était conscient que se montrer délicat dans les échanges interpersonnels n'était pas un trait caractéristique d'un contremaître d'exploitations maraîchères. En fait, la question de Tool aurait aussi bien pu être posée à Chaz par n'importe lequel de ses potes de golf et y répondre — ce qu'il ne pourrait jamais faire — était simple : Joey en savait trop. Ou bien si elle ne savait pas, elle soupçonnait à coup sûr quelque chose.

Quel autre choix avait Chaz sinon la tuer ? Si la magouille des Everglades venait à être révélée, les médias le cloueraient au pilori ; un biologiste encaissant un pot-de-vin aurait droit à la première page, même dans ce cloaque de corruption qui avait nom Floride du Sud. Chaz finirait sans doute en prison ou bien buté par Red Hammernut, et peut-être les deux.

Il trouvait ironique que, si jamais la vérité se faisait jour, Tool plus que quiconque se rendrait compte des *cojones* qu'il lui avait fallu pour jeter Joey du haut du paquebot de croisière.

À proximité de la station de pompage, Chaz s'arrêta sur le bas-côté de la levée en laissant tourner le moteur. Le marécage miroitait sous un ciel d'azur qui s'étirait jusqu'au fond de l'horizon, mais Chaz aurait été infiniment plus détendu sur le parking d'un centre commercial. Il redoutait de devoir abandonner le cocon d'acier de son 4×4 pour cette sauvagerie ambiante, infestée de prédateurs, qui lui répugnait.

— C'est joliment tranquille dans le coin, fit Tool.

— Ouais, le Paradis.

— Quoi, z'aimeriez mieux être pare-chocs contre pare-chocs sur l'Interstate 95 ? Z'êtes malade dans votre tête ?

Chaz appuya sur le klaxon pour effrayer d'éventuelles panthères en maraude. Ignorant l'œil mauvais et l'air interloqué de Tool, il lui dit :

— OK, finissons-en.

Il descendit alors du Hummer et entreprit de se changer, enfilant sa tenue de pataugeur. Tool examina la rustine rouge neuve sur le pneu avant gauche et le déclara étanche... La matinée de Chaz avait débuté comme ça, par une crevaison. Le couteau à viande planté dans la bande de roulement venait du jeu de sa propre cuisine et Chaz en déduisit que le coupable ne faisait qu'un avec l'individu qui s'était introduit par effraction chez lui et embrouillé avec Tool.

— Hé, matez un peu l'alligator.

Tool montrait du doigt un spécimen d'un mètre vingt qui pointait son nez avec curiosité hors de la laîche.

— Adorable, fit Chaz.

— Costaud, le petit salopiot, hein ?

— Ouais, c'est ça.

Chaz songea : On dirait que je suis mort et que je me réveille en pleine émission sur Discovery Channel.

Il déhoussait le Fer 2 quand il entendit des coups de feu, ce qui l'incita à plonger sous le 4×4. En jetant un coup d'œil, il aperçut Tool barboter hors de la laîche puis escalader le remblai, en traînant l'alligator tout mou par la queue. La crosse du 38 que Chaz avait trouvé chez le prêteur sur gages dépassait d'une poche de devant de la salopette du gorille.

Le bouquet, songea Chaz, l'humeur sombre. Il voyait d'ici le gros titre à la une : UN BIOLOGISTE DES EVERGLADES ARRÊTÉ POUR BRACONNAGE.

— Z'avez déjà goûté à un de ces machins ?

Tool lui fourra sous le nez le reptile mort en souriant jusqu'aux dents.

— Faut le faire frire en gros morceaux enrobés de pâte dans de l'huile de cacahuète.

Il n'y avait pas si longtemps, face à la stupidité flagrante de flinguer un alligator, Chaz se serait lancé dans une tirade. Désormais, il acceptait avec lassitude de tels incidents comme une preuve supplémentaire que son existence partait en vrille et qu'il ne contrôlait plus rien. En une manifestation de futilité risible, il tâcha d'expliquer à Tool qu'abattre une espèce sous protection fédérale était un délit punissable de lourdes amendes et d'une peine de prison. Tool lui répondit en pouffant de ne pas s'en faire, puisque la pièce à conviction aurait disparu après le souper.

Tandis que Tool chargeait la dépouille suintante à l'arrière du 4×4, Chaz s'écarta sans plus d'objection. Ses seuils défaillants de choc, de dégoût ou de colère étaient largement dépassés. Il ramassa le Fer 2, accrocha un conteneur d'échantillons à ses cuissardes et entra péniblement dans l'eau marronnasse.

— Besoin d'un coup de main ? lui lança Tool depuis la rive.

— Non, m'sieur, fit Chaz.

Sa confiance dans les aptitudes de Tool comme garde du corps avait été entamée par la médiocre performance du gaillard face à l'intrus de la veille au soir qui, selon le rapport plein d'aigreur dudit Tool, avait quarante kilos de moins et vingt ans de plus que lui. Que le rôdeur se soit enfui sans une égratignure du domicile de Chaz était moins décourageant que le fait que le gorille engagé par Red ait été laissé sur le carreau, pleurant comme un veau et dégobillant. Tool avait passé le reste de la nuit à récupérer, bruyamment, une serviette pleine de glaçons autour du cou. Sa description de son agresseur n'évoqua personne de connu à Chaz Perrone, qui supposa qu'il s'agissait d'un truand aguerri, embauché par l'inspecteur Rolvaag dans le cadre de son entreprise de chantage. Quand Tool annonça son intention de démembrer l'intrus la prochaine fois qu'il croiserait son chemin, Chaz dut contenir ses sarcasmes.

— Vous voulez le flingue ? gueula Tool du haut du talus.

— Ça va comme ça, lui rétorqua Chaz sèchement.

À l'aide du club de golf, il se tailla un passage à travers les quenouilles, qui avaient poussé dru depuis sa dernière visite sur ce site d'échantillonnage. Leur floraison luxuriante était mauvais signe, indiquant un afflux copieux et délétère de phosphore d'origine agricole. En résultait ce que les biologistes bon teint appelaient « une perte caractéristique du biofilm de périphyton calcaire ». Traduit en langage clair, ça signifiait que les fermes de Red Hammernut déversaient tellement d'engrais dans l'eau que cela étouffait en partie les Everglades.

N'importe quel collègue de Charles Perrone, surgissant en voiture à l'improviste et observant la prolifération des quenouilles, aurait su sur-le-champ que Chaz avait falsifié les taux de phosphore. Voilà pourquoi il arrachait d'habitude les tiges à l'extrémité duveteuse compromettantes, mais aujourd'hui, il y en avait tellement… et il était trop préoccupé par ailleurs pour passer des heures dans la vase à les couper.

Se tâtant l'entrejambe à travers le caoutchouc épais de ses cuissardes, Chaz songea : Si je mourais, là, on pourrait jamais fermer le cercueil.

Seize heures après avoir avalé les losanges bleus, il avait toujours la trique dans son pantalon. Absolument dénuée de toute sensation sauf celle de volume, il s'agissait d'une rigidité ankylosée et obstinée que même le froid larvé de l'étang ne parvenait pas à dégonfler. Pour Chaz, c'était la plus cruelle des afflictions qu'un gourdin persistant et ne procurant aucun plaisir.

Il préleva en hâte l'échantillon et revint en battant l'air vers la levée. Paupière tombante sous l'effet des médicaments, Tool remarqua que c'était là le boulot le plus idiot dont il ait jamais entendu parler, remplir des bouteilles d'eau marécageuse.

— Et ça paie bien ? demanda-t-il. Je veux un plan comme ça.

— Aidez-moi à retirer ces cuissardes, fit Chaz.

Les moucherons et autres insectes qui le tourmentaient ne

montraient aucun appétit pour Tool, dont le tapis de poils humides servait de repoussoir naturel.

— Dépêchez! fit Chaz à Tool qui tirait mollement sur les lourdes jambières.

Étant donné sa malchance en série, Chaz choisit de ne pas vider l'échantillon d'eau sur le site, comme ça lui arrivait parfois pour éviter tout risque de fuite sur le cuir fleurant bon de son Hummer. Sa décision s'avéra de la prescience : le récipient dûment capsulé était posé par hasard sur le siège avant quand ils croisèrent de façon imprévue Marta, la boss de Chaz. Au volant de son pick-up de fonction, elle roulait sur la levée en direction du déversoir que Chaz et Tool venaient de quitter. La paranoïa galopante de Chaz était telle qu'il refusa d'envisager la possibilité que l'apparition de Marta fasse partie de sa patrouille de routine.

— T'as déjà fini par ici ? demanda-t-elle.

Chaz opina en lui montrant la bouteille d'eau.

— Tu veux que je m'en charge ? De toute façon, je retourne au bureau, proposa Marta.

— Oh, non. Ça ira comme ça.

Chaz agrippa le récipient des deux mains, au cas où Marta tendrait la sienne et chercherait à s'en emparer. Si jamais elle ou n'importe quel autre scientifique du Service des eaux mesurait le taux de phosphore de l'échantillon, ce serait la fin des haricots pour Chaz. *Idem* pour Red Hammernut.

Comme c'était prévisible, Marta fut décontenancée en apercevant Tool sur le siège passager.

— C'est un étudiant de troisième cycle, lâcha Chaz. Il m'a demandé de l'emmener, pour une journée. J'y ai pas vu d'inconvénient.

Tool aurait tout aussi bien pu arborer une robe du soir sans bretelles vu la façon dont Marta le dévisageait.

— Vous faites vos études où ? lui demanda-t-elle.

Tool interrogea Chaz du regard, qui répondit :

— Florida Atlantic.

— Ouais, grogna Tool. Flore d'Atlantique.

Marta sourit avec indulgence.

— Ma foi, c'est un bon programme. Mais l'on est censé signer une décharge de responsabilité si l'on va sur le terrain avec un membre du service. En cas d'accident ou autre.

— C'est de ma faute, j'ai oublié, déclara Chaz tout de go, songeant : Dieu merci, j'ai recouvert l'alligator de mes cuissardes.

Marta fit faire demi-tour à son pick-up, puis leur adressa un signe d'au revoir. En la suivant sur la levée, roulant vers la grand-route, Tool dit à Chaz :

— 'gardez-moi ça. Vos mains ont la tremblote.

— Vous avez une petite idée de ce qui se serait passé si elle avait vu… Chaz désigna le siège arrière du menton : *Ça*?

— Bof, j'avais une histoire toute prête.

— J'en doute pas, fit Chaz.

— Y avait qu'à dire qu'on avait trouvé la pauvre bête sur la digue et qu'on l'emmenait d'urgence chez le véto.

Fabuleux, songea Chaz. Un service d'ambulance pour alligators.

— J'ai super mal à l'estomac, marmonna-t-il.

— Et en plus, z'avez une sangsue sur la figure.

— C'est pas drôle.

— Une toute petite.

Tool la pinça entre deux doigts et l'expédia d'une chiquenaude par la vitre.

— Et merde, petit, z'êtes blanc comme un linge. Peut-être que vous devriez vous trouver un autre job. Sérieux.

Si seulement c'était aussi simple, se dit Chaz. Il effleura l'endroit sensible sur sa joue en se demandant, démoralisé, si la bave de sangsue était toxique. Le portable sonna mais il ne fit aucun geste pour le saisir. Tool vérifia la présentation des numéros et annonça que l'appel était masqué.

Quand Chaz décrocha, le maître chanteur lui dit :

— T'as raison. Faudrait qu'on se rencontre.

À nouveau la voix de Charlton Heston, mais elle lui tapait moins sur les nerfs que celle de Jerry Lewis.
— Quand vous voudrez, fit Chaz. Dites-moi où et quand.
— Minuit. L'estacade de Flamingo.
— J'ai oublié où c'est.
— Investis dans une carte, le coupa le maître chanteur, et te donne pas la peine de faire suivre l'homme des cavernes.
— Alors, c'était bien *vous*, cette nuit, chez moi.
— Ouaip. Et ton super coup, c'était comment ?
— Très drôle.
— N'empêche, j'suis impressionné par la vitesse à laquelle tu as fait ton deuil.
— On se voit à minuit, fit Chaz Perrone.

Joey, plantée devant le miroir de la salle de bains, se dit :
— Ma fille, tu l'as voulu, tu l'as eu.
Elle avait essayé d'être sage, tâché de tenir bon. Elle avait même commencé à dresser une liste :

1. Il est trop vieux pour moi.
2. Je suis trop jeune pour lui.
3. Il a un palmarès qui craint salement.
4. J'ai un palmarès qui craint salement.
5. Il n'a jamais entendu parler d'Alicia Keys.
6. Je n'ai jamais entendu parler de Karla Bonoff.
7. Il vit sur une île et tire sur les inconnus qui emmerdent son chien.
8. Je vis...

Elle n'avait pas poussé plus loin ses « Dix bonnes raisons de ne pas coucher avec Mick Stranahan ». Il y en avait sûrement plus de sept, mais au lieu de se creuser la tête pour se les rappeler toutes, Joey avait passé outre et couché avec lui.
— T'as perdu la boule, dit-elle à son reflet.
Pour aggraver les choses, l'idée était venue d'elle. À trois

heures du matin, couchée toute seule dans son lit, fenêtres ouvertes, le goût de la brise océanique sur la langue. Chaque fois qu'elle fermait les yeux, elle entendait ce couinement régulier et bizarre — *scrouic, scrouic, scrouic* — et chaque fois qu'elle les rouvrait, ça s'arrêtait. Donc ce bruit était uniquement dans sa tête et la rendait dingue, quand tout à coup, elle comprit d'où ça venait : les ressorts du sommier. Le couinement sous son crâne était celui des ressorts du matelas tandis que Chaz tentait de sauter sa hippie de bazar, avec Joey sous le lit.

À se ressouvenir de cette scène surréaliste — tapie en intruse dans ce qui avait été sa chambre, à surprendre les exclamations lubriques d'un type qui, quelques semaines plus tôt, était encore son mari et compagnon — Joey s'était sentie souillée, esseulée, déplorable. Elle s'était levée et dirigée tranquillement vers le salon, où Mick Stranahan dormait sur le canapé. Elle s'était glissée près de lui, en se racontant sur le moment qu'elle ne désirait rien de plus qu'une manifestation de sympathie ; que quelqu'un de fort la serre dans ses bras, ne serait-ce qu'un tout petit peu.

Mais une fois pressée contre lui et après avoir épousé le rythme tranquille de sa respiration, elle avait compris qu'un câlin platonique, ça ne le ferait pas. Elle avait besoin de plus.

— Qu'est-ce que je suis nulle, se dit-elle en s'éclaboussant le visage d'eau froide.

En sortant, elle le trouva assis sur la digue, parlant dans son portable. Une fois qu'il eut coupé la communication, il lui demanda de s'asseoir.

— Tu as l'air d'avoir dix-huit ans, ce matin, lui dit-il.

— Merci tout plein, Mick.

— Mais c'est vrai.

Il siffla Cross qui se trouvait truffe à bec avec un pélican teigneux.

— Faut qu'on parle de cette nuit, lui dit Joey.

— J'étais crevé. J'ai fait de mon mieux.

— Ce n'est pas ce que je veux dire. Tu as été merveilleux, lui dit-elle, mais je crois qu'on devrait clarifier certains points.

Il lui tapota la main.

— C'est la dernière chose à faire, tu peux me croire.

Joey retira sa main.

— Ne te moque pas. Je suis sérieuse.

— Moi aussi, fit-il. J'ai connu davantage de ces conversations du lendemain que toi, aucune n'a jamais abouti à un surcroît de clarté, de paix intérieure, ni de compréhension mutuelle. Allons petit-déjeuner.

— Mais j'ai peur que ça n'ait été qu'une baise du talion, fit Joey. C'est Rose qui appelle ça comme ça.

— Ah. Nouvel exemple d'expérience du monde du club du livre.

— Eh bien ? Et si je t'avais sauté dessus uniquement parce que j'étais furieuse contre Chaz ?

— Alors je lui en suis redevable, conclut Stranahan. Loué soit-il d'être un menteur, un meurtrier et un infidèle fieffé. T'as pas faim ?

— Non !

Il l'attira à lui et ne la lâcha plus. Cross lova son museau dans la nuque de Joey.

— Hier soir, tu jubilais, t'as oublié ? À me raconter comment Chaz s'était retrouvé coincé au point mort, fit Stranahan. Comment son canon s'était enrayé, tout ça pour avoir respiré ton parfum. Tu disais que c'était impayable... c'est l'adjectif que tu as employé. C'était impayable de savoir que penser à toi le handicapait.

Joey fut obligée de sourire.

— Ça a été un moment *grandiose*. Je l'ai entendu lui dire qu'il ne ressentait rien. Il était engourdi à partir de la taille.

— Eh bien, tu vois, dit Stranahan. C'est cent fois meilleur qu'une baise du talion de routine, même cette coquine de Rose en conviendrait. Bon, maintenant, si je ne m'injecte pas du café noir dans les veines...

— Mick, attends.

— Chut.

Il lui posa un doigt sur les lèvres.

— Franchement, je ne veux pas qu'on m'explique ce qui s'est passé cette nuit. Laisse-moi, si tu permets, cette illusion d'âge mûr que tu as succombé à mon charme viril et stoïque.

Joey, espiègle, s'effondra contre son épaule.

— OK, cow-boy, je me rends.

— J'aime mieux ça.

— C'était Chaz que tu appelais ?

— Oui, c'était lui, confirma Stranahan. On se retrouve à minuit.

— Et on exige quoi, sur le plan chantage ?

— Bonne question. J'espérais que t'aurais noté ça sur l'une de tes fameuses listes, dit-il. Entre-temps, je mise sur une prochaine visite de l'inspecteur Rolvaag chez notre veuf préféré. Il y a eu un rebondissement inattendu dans l'enquête concernant ta disparition.

— Raconte.

— *Choquant* serait plus exact, lui dit Stranahan. Choquant, tout bêtement.

Karl Rolvaag mit l'endroit sens dessus dessous.

Deux pythons, plus de quatre mètres de muscle et pourtant, le tout avait disparu comme de simples puces dans son appart riquiqui.

Incroyable, se disait Rolvaag. Où ont-ils bien pu passer ?

La nuit dernière, il avait oublié de refermer le couvercle du vivarium après avoir changé l'eau du bol. Ça s'était déjà produit deux fois par le passé, mais ses flemmards de colocataires ne l'avaient même pas remarqué. Actuellement, c'était le printemps, saison où les serpents s'activent, et les pythons avaient profité de sa négligence pour partir en maraude.

Rolvaag fouilla sous les meubles, au-dessus de la bibliothèque, derrière et dans les principaux appareils électriques ou ménagers : rien. Passant dans la chambre, il eut un frisson d'appréhension en constatant qu'il avait laissé une fenêtre ouverte. Les serpents s'étaient-ils échappés au-dehors ? L'inspecteur regarda six étages plus bas le quadrillage des courts de shuffleboard, pivot géographique de toute vie sociale du condo de Sawgrass Grove. Le long d'une enfilade de buissons d'hibiscus broussailleux, Nellie Shulman baladait sa chère Pétunia, un cabot mal embouché, résultant d'un croisement de chinchilla et de carcajou, semblait-il. Plusieurs voisins de Mrs Shulman se livraient au même rituel, reliés par des laisses dansantes à des boules de poil cyclothymiques. Du haut de sa position stratégique, Rolvaag dénombra cinq chiens, tous d'une taille comestible pour un python. L'inspecteur comprit qu'il y avait urgence à ce qu'il retrouve ses lascars disparus avant qu'ils ne redeviennent affamés.

D'abord, cependant, il lui fallait choper Charles Perrone.

En se rendant au boulot, il appela sa source à la compagnie du téléphone qui accepta de l'aider sans trop de rouspétance. Pour Rolvaag, le temps était compté : il devait prendre Perrone en flagrant délit de mensonge, mensonge que ce dernier ne pourrait pas minimiser, genre mauvais déchiffrage de l'heure à sa montre ou autre innocente erreur. Le contact de Rolvaag à la compagnie de téléphone le rappela promptement avec des numéros et des noms, dont un seul avait de l'importance pour l'inspecteur.

Ricca Spillman ouvrit la porte dès qu'il lui montra son badge. Elle avait l'air d'avoir passé la nuit dans un coffre de voiture.

— Ça va ? lui demanda Rolvaag.

— Le temps de prendre un café, ça ira mieux.

Rolvaag remarqua une bonne demi-douzaine de bouteilles de bière dans la poubelle, mais nulle trace d'une quelconque compagnie.

— J'effectue une enquête, lui dit-il, dans le cadre d'une affaire de personne disparue. Je crois que vous la connaissez : Joey Perrone.

Ricca parut prête à défaillir. Rolvaag la cornaqua jusqu'à un fauteuil.

— J'y étais même pas, fit-elle.
— Où ça ?
— Sur cette croisière.
— Je sais que vous n'y étiez pas, répondit Rolvaag, perplexe.
— Qu'est-ce que vous venez faire ici ?
Elle éclata d'un rire sans joie.
— On a collé ma gueule sur une affiche ou quoi ? C'est moi, la Nouvelle Star ?
L'inspecteur lui dit qu'il avait surpris Charles Perrone passant un coup de fil de la cabine d'un hôtel de Fort Lauderdale.
— C'était samedi soir, le lendemain de la disparition de sa femme. Le numéro que Mr Perrone a appelé, c'était le vôtre. Quand je lui ai demandé à qui il avait parlé, il m'a répondu Ricca.
Elle s'affaissa sur le fauteuil.
— Qu'est-ce qu'il a dit d'autre ? Non, attendez, je veux appeler un avocat.
Rolvaag tira un autre siège.
— Vous n'avez pas besoin d'avocat, Mrs Spillman. Je veux juste vous poser deux, trois questions sur les rapports que Mr Perrone entretenait avec sa femme. Vos impressions et observations personnelles.
— Mes observations ?
— Vous savez bien... avaient-ils l'air heureux ? Est-ce qu'ils se disputaient beaucoup ?
Ricca l'observa d'un œil morne.
— Mr Perrone et moi, on ne passait pas des masses de temps à parler de sa femme.
— Mais n'avez-vous rien remarqué... des signes de tension inhabituels quand ils étaient ensemble, tous les deux ?
— Je me suis jamais trouvée avec les deux *ensemble*, fit Ricca sèchement. Je ne voyais que Chaz.
— Joey n'était jamais à la maison quand vous y étiez ?
Ricca parut se sentir insultée pour de bon.

— Je sais pas ce que Chaz vous a raconté, mais je donne pas dans le triolisme, vu ? C'est pas mon truc.

L'inspecteur tiqua.

— Vraiment désolé. Je crains bien que Mr Perrone n'ait déformé la nature de vos relations.

— Ah, pour ça oui, bon Dieu.

— Il m'a dit que vous étiez la femme de ménage.

— Redites-moi ça ? fit Ricca en s'avançant au bord du fauteuil.

— Ce soir-là, dans le hall de l'hôtel, il m'a dit qu'il vous appelait pour vous donner le code de l'alarme afin que vous puissiez entrer dans la maison.

— La femme de ménage, répéta Ricca, comme si elle avait avalé de travers.

Rolvaag feuilleta les dernières pages de son calepin.

— J'ai tout noté ici... Mr Perrone m'a dit que vous étiez la femme de ménage, que je n'avais qu'à vérifier. Il a ajouté que votre prénom, c'était Ricca, mais qu'il ne se souvenait plus de votre nom de famille.

Ricca déglutit avec difficulté, en tricotant des mâchoires.

— Donc, je l'ai obtenu grâce aux relevés de la compagnie de téléphone, expliqua l'inspecteur.

Ricca se leva, se frottant les yeux de sa manche de pyjama froissée.

— Écoutez, faut que je me prépare pour aller bosser.

— Y a-t-il autre chose que vous pouvez me dire ? lui demanda Rolvaag.

— Ouais. Mon job, c'est pas l'entretien des baraques, mais des tifs, lui dit-elle. Et l'alarme antivol de Chaz était cassée, alors connaître le code ou non n'avait pas d'importance. Vous pouvez vérifier.

Pas vraiment une preuve irréfutable, songea Rolvaag, mais mieux que rien.

À peine de retour au bureau, il se précipita chez le capitaine

Gallo pour lui rapporter tout ce qu'il venait d'apprendre de Ricca Spillman. Gallo haussa les épaules.

— Alors, Perrone a menti.

— Une fois de plus, insista Rolvaag.

— Alors, il voyait une gonzesse en cachette. Ça fait pas de lui un assassin, dit le capitaine. D'accord, il a menti à propos du coup de fil. Mais qu'est-ce que vous attendiez qu'il vous dise ? « Oui, inspecteur, je bavardais justement avec ma copine. Elle s'est marrée comme une baleine en apprenant que ma femme est tombée par-dessus bord et s'est noyée pendant la croisière de notre anniversaire de mariage. » Voyons, Karl. Parfois, un mensonge ne prouve rien. C'est juste un réflexe.

Sur ce point précis, Rolvaag ne pouvait contester l'opinion de Gallo. L'inspecteur mendia quelques jours supplémentaires pour faire pression sur Ricca.

— Elle est vachement remontée contre Perrone. Elle pourrait nous livrer quelque chose d'intéressant.

Gallo fit non de la tête.

— Si elle ne porte pas de bague de fiançailles en diamant, cadeau de votre principal suspect, ça ne m'intéresse pas. Il nous faut un mobile, Karl. Un truc plus fiable que la parole d'une pouffe qui boude... à moins qu'elle ne soit dans le coup, elle aussi.

— M'étonnerait, fit Rolvaag.

Un coursier fit son apparition, porteur d'une banale enveloppe cartonnée, zippée dans du plastique. Gallo tendit machinalement la main vers elle, mais le coursier lui dit qu'elle était adressée à Rolvaag. Surpris, l'inspecteur ouvrit l'enveloppe et en retira un document de format juridique.

— C'est quoi, un procès en paternité ? plaisanta Gallo.

Rolvaag était si absorbé par le contenu qu'il n'entendit pas.

— Alors, quoi ? le pressa Gallo. Venez pas me dire que c'est une nouvelle offre de boulot.

L'inspecteur poursuivit sa lecture, tournant les pages.

— Si jamais je m'attendais, se murmura-t-il.

Gallo souffla d'impatience.

— Karl, me poussez pas à l'abus de pouvoir. C'est quoi, bordel ?

Rolvaag releva les yeux, il avait l'air de tomber des nues.

— Les dernières volontés et le testament de Joey Perrone, dit-il. Elle laisse treize millions de dollars à son cher mari bien-aimé.

17

Une dépanneuse, qui remorquait une Cordoba piquetée de rouille, manqua accrocher la conduite intérieure banalisée de Karl Rolvaag au moment où celui-ci tournait dans les Dunes de Boca Ouest Tranche II. L'inspecteur, en remarquant la vieille bagnole au bout du crochet, se dit que des jeunes défavorisés avaient dû la voler Dieu sait où, puis la larguer dans le voisinage de Charles Perrone. Aucun des habitants de ce quartier n'aurait aimé être surpris au volant d'un tas de boue pareil.

Rolvaag se gara près du 4×4 jaune de Perrone, dont la calandre chromée était constellée de giclures d'insectes. Garé en travers du caniveau, il y avait un second véhicule, une Grand Marquis neuve et impeccable. L'autocollant à code-barres sur l'une des vitres latérales indiquait qu'il s'agissait d'une location. Rolvaag tâta le capot, qui était froid. Entendant des coups de marteau derrière la maison, il la contourna pour gagner le jardin, où un individu qu'il reconnut comme étant Earl Edward O'Toole enfonçait une croix de bois blanche dans la pelouse.

L'inspecteur posa sa serviette, déclina son identité. Puis demanda :

— Vous étiez un ami de Mrs Perrone ?

Earl Edward O'Toole parut désarçonné par la question. Il

répondit par la négative d'un signe de tête et poursuivit ses coups de marteau.

— La croix, c'est pour elle ? demanda Rolvaag.

Earl Edward O'Toole marmonna de façon incompréhensible. Rolvaag se rapprocha afin de lire l'inscription manuscrite sur la croix :

Randolph Claude Gunther
Né le 14/02/57
Ramené dans les bras miséricordieux
de Notre Seigneur Jésus-Christ, Notre Sauveur
le 17/08/02
Boire ou conduire, il faut choisir !

— Un ami à vous ? demanda Rolvaag.

— Mon chien, fit Earl Edward O'Toole, en évitant son regard.

— Drôle de nom pour un chien, Randolph Claude Gunther.

— On l'appelait « Rex » en raccourci.

— Jamais entendu parler d'un chien qui ait vécu quarante-cinq ans, observa l'inspecteur. Les perroquets, oui. Les tortues, aussi. Mais j'en jurerais pas pour les chiens.

Earl Edward O'Toole fila un nouveau et fort coup de marteau.

— Ben, çui-là, il était de bonne race.

— C'est quoi ces machins dans votre dos ? demanda Rolvaag. Ces sticks ?

Earl Edward O'Toole hésita.

— Un médicament, répliqua-t-il, sur ses gardes.

— Contre quoi ?

— Le mal de mer.

L'inspecteur dénombrant cinq patches émit un petit sifflement.

Earl Edward O'Toole ajouta :

— Je vais faire une croisière.

— Ah ouais ? Et où ça ?

À nouveau, Earl Edward O'Toole prit son temps.

— À Haïti, fit-il au bout d'un instant. Moi et ma maman.

— Bonne idée. Ça vous permettra d'oublier ce pauvre vieux Randolph.

Rolvaag s'amusait comme un petit fou. Des intermèdes avec des allumés de ce calibre se feraient rares une fois qu'il serait rentré au Minnesota.

— Je peux vous demander pourquoi vous plantez une croix ici ? Je ne vois pas de tombe.

— Pasque… il est mort dans un accident d'avion, fit Earl Edward O'Toole. Il restait rien à enterrer.

— Mais ça dit « Boire ou conduire, il faut choisir ».

— Pasque le pilote était torché quand ça s'est passé.

— Ah bon. Et ces autres croix, là ?

L'inspecteur en désignait trois autres, empilées sur l'herbe.

— Elles sont pour qui, Earl ?

— Les chiots de Rex. Z'étaient tous à bord du même avion, répondit Earl Edward O'Toole, un poil irrité. À propos, comment ça se fait que vous savez mon nom, merde ?

— Ça a été un plaisir de bavarder avec vous.

Rolvaag ramassa sa serviette et se dirigea vers la maison, où Charles Regis Perrone, faisant grise mine, l'attendait sur le seuil de la porte de service.

Les croix blanches avaient été érigées le long de Glades Road, à l'ouest de l'autoroute à péage ; quatre d'entre elles en bouquet servaient de mémorial à une effroyable collision. Résigné, apathique, Chaz avait regardé le nervi de Red Hammernut déraciner les croix jusqu'à ce qu'une voiture s'arrête dans un crissement de pneus sur le bas-côté. Deux jeunes gens, qui s'avérèrent les frères de feu Randolph Claude Gunther, avaient sauté du véhicule et apostrophé avec colère Tool, occupé à voler lesdites croix du souvenir. Les deux hommes apportaient des tournesols fraîchement coupés pour fleurir celle de leur frère ainsi qu'un recueil de versets de la Bible, pour en lire un. Tool ignorant leurs remontrances, ils s'étaient mis à le sermonner vertement, invoquant Satan et autres fripouilles bibliques. Tool avait réagi sans attendre : il avait balancé les deux frères dans un canal qui longeait la route, déchiré leur livre de versets et boulotté les fleurs. Chaz l'avait regardé faire en frissonnant.

Tool avait regagné le Hummer, les quatre croix chargées sur ses épaules, et annoncé, l'air radieux :

— J'ai un plein champ de ces trucs-là à la maison.

— Hmmm, avait émis Chaz.

— Y font vraiment bien dans le paysage, en plus y a pas besoin de les tailler comme les arbres et les buissons.

— Une excellente chose, avait conclu Chaz, qui nota mentalement d'appeler Red Hammernut dès le lendemain matin, et de le supplier de lui fournir un nouveau garde du corps.

Une fois revenus chez Chaz, Tool lui avait emprunté un marteau en lui déclarant qu'il allait planter temporairement les croix dans son jardin. Chaz aurait protesté plus énergiquement s'il avait su que Karl Rolvaag passerait à l'improviste.

— Comment se fait-il que vous connaissiez Mr O'Toole ? demanda l'inspecteur sur le pas de la porte.

C'était la première fois que Chaz entendait le vrai nom du truand.

— C'est juste l'ami d'un ami.

— Cet ami ne serait-il pas Samuel Johnson Hammernut, par hasard ? demanda Rolvaag.

— Oui, eh bien en fait, c'était une relation de ma femme. Je le connais à peine.

— Mr O'Toole ou Mr Hammernut ?

— Ni l'un ni l'autre, fit Chaz d'un air innocent.

L'inspecteur se frotta le menton.

— C'est quand même étrange.

— Que voulez-vous dire ? Comment ça, « étrange » ? demanda Chaz, à deux doigts d'exploser.

Le flic jouait avec ses nerfs, comme un chat donne des coups de patte à une pelote de fil.

— Votre 4×4... c'est l'une des sociétés de Mr Hammernut qui l'a acquis pour votre compte, fit Rolvaag, selon les registres du concessionnaire.

Ah merde, songea Chaz.

— Vous connaissez à peine cette personne et elle vous achète un véhicule loisir-travail de soixante mille dollars ?

Rolvaag se grattait maintenant l'occiput, tel l'atypique inspecteur Columbo à la télé. Chaz bouillait intérieurement mais s'arrangea pour paraître calme.

— Attendez que je vous explique, fit-il à l'inspecteur. Le Hummer, c'est le cadeau d'anniversaire que m'a fait Joey. Red — Mr Hammernut — connaissait le vendeur personnellement et lui a obtenu des conditions très avantageuses. Joey l'a remboursé ensuite.

— Par chèque ou par virement ? En fait, ça n'a pas d'importance. Dans un cas comme dans l'autre, la banque a dû en garder trace.

Chaz Perrone haussa les épaules.

— Je ne sais pas comment elle l'a réglé. C'était son argent.

Ils étaient à présent attablés dans la cuisine ; Chaz n'avait pas touché à sa bière et le flic était devant son Sprite habituel. Pendant les blancs dans la conversation, on entendait grésiller et crépiter une poêle à frire sur la gazinière.

Chaz se pencha en avant, baissant la voix.

— On pourrait arrêter toutes ces conneries ridicules, S.V.P. ? Dites-moi seulement combien vous voulez.

Rolvaag parut estomaqué pour de bon.

— Allez, ça va, fit Chaz. Évitez-moi de me taper ce bon Dieu de trajet de merde jusqu'à Flamingo.

— Je ne vous suis plus, là.

Désirant éviter de fiche la trouille à l'inspecteur ripou, Chaz ne tenait pas à employer ouvertement le mot *chantage*.

— Vous devez comprendre que j'ai déjà parlé avec Mr Hammernut à LaBelle, précisa Rolvaag. Il m'a décrit

Mr O'Toole comme l'un de ses anciens employés, pas comme un ami. Il a précisé qu'il se rappelait à peine de lui.

Chaz se redressa sur son siège et croisa les bras.

— Très bien. Si vous voulez la jouer comme ça.

Comme si j'avais le choix, songea-t-il.

Luisant de transpiration, Tool ramena sa carcasse dans la cuisine pour jeter un œil à son plat de résistance.

— Encore trois minutes, déclara-t-il avant de ressortir.

— Il séjourne chez vous ? demanda Rolvaag.

— Ouais. Le temps qu'on désinfecte sa caravane F2 par fumigation.

— Et c'est quoi son truc avec les croix du souvenir ?

— Je sais pas trop, dit Chaz Perrone, mais ça doit pas être étranger au fait que c'est un sociopathe totalement frappé et débile.

— Juste.

— Il raconte partout qu'il se balade avec une balle dans le trou du cul.

— À chacun ses problèmes, fit Rolvaag.

— Y a-t-il, euh, une raison particulière à votre visite ? s'enquit Chaz.

Mis à part le pur plaisir sadique que tu prends, ça crève les yeux, à me casser les couilles.

— Oui, bien sûr, fit l'inspecteur.

— Alors, on peut en venir au fait, S.V.P. ? J'ai trois heures de route devant moi jusqu'au milieu de nulle part, grâce à vous.

Rolvaag tendait la main vers sa serviette quand Tool fit sa réapparition, épongeant avec énergie son torse en sueur. Avec un entrain peu caractéristique, il demanda si quelqu'un avait faim.

— Parce que moi, j'pourrais m'avaler un bœuf entier, dit-il, en fourchettant de gros morceaux de queue d'alligator croustillants de la poêle à frire dans un plat.

Apparemment, Rolvaag va rester dîner, songea Chaz, et je ne

peux rien faire pour l'en empêcher. Il espérait que Tool avait veillé à se débarrasser de la carcasse illégale du reptile.

— J'espère que vous aimez le poulet, fit Chaz à l'inspecteur.

Tool laissa échapper un gloussement.

— Pour du poulet, ça c'est du *super* poulet. Du poulet des marais et du bon, bordel.

— Le fumet est délicieux, dit Rolvaag, mais non, merci. J'ai des lasagnes qui m'attendent chez moi.

— Et mon estomac refait des siennes, fit chorus Chaz en dissimulant à peine son soulagement.

Grignoter le croupion frit de frit d'un lézard préhistorique n'était pas digne d'un fin gourmet. À vrai dire, seule la menace d'une mort d'inanition imminente aurait pu le pousser à consommer quoi que ce fût provenant des eaux polluées des Fermes Hammernut.

— Alors, je vais me bouffer ce salopiot à moi tout seul, affirma Tool avec gourmandise.

Cette dégustation gastronomique était un spectacle si barbare que Chaz Perrone et Karl Rolvaag se réfugièrent dans le salon. L'inspecteur prit le temps d'admirer l'aquarium repeuplé.

— Ceux à rayures bleues... ce sont bien des balistes ?

— Je le sais pas plus que vous, fit Chaz, songeant : « Non mais, j'ai la gueule du commandant Cousteau ou quoi ? » Vous alliez me poser une question quand le Cro-Magnon cinq étoiles nous a interrompus.

Rolvaag s'installa sur le canapé, ouvrit sa serviette. Feuilletant une chemise dans un classeur, il répondit :

— Oui. Il me faudrait un échantillon de l'écriture de votre femme.

— Et pourquoi ça, grand Dieu ?

Chaz savait que ce n'était pas là une réponse pondérée, mais la requête de l'inspecteur l'avait quelque peu pris de court.

— Pour effectuer une comparaison, lui dit Rolvaag.

Chaz renifla un bon coup en levant les yeux au ciel, réflexe malheureux qu'il avait chaque fois qu'il se sentait face à l'autorité. Ça lui avait d'ailleurs causé quelques désagréments à l'université, aussi.

— Pas besoin de grand-chose, poursuivit Rolvaag. Quelques lignes de sa main au stylo ou au crayon.

Chaz se leva en disant qu'il allait voir ce qu'il pouvait trouver, ce qui bien entendu se solderait par rien. Il avait jeté tout ce que Joey lui avait jamais écrit… cartes d'anniversaire, lettres d'amour, Post-it. L'inspecteur tournicotait tandis que Chaz faisait mine de chercher.

— J'ai mis de côté presque toutes ses affaires, fit-il, en farfouillant dans le tiroir d'un bureau de la chambre.

— Je me rappelle. Où sont passés ces cartons ? demanda Rolvaag.

— Au garde-meuble, fit Chaz qui songea : et sous cinq mille tonnes d'ordures pur jus.

— Une simple signature suffirait, insista Rolvaag.

— Attendez. Je continue de regarder.

— Et son chéquier ?

Chaz fit non de la tête, fouilla un autre tiroir. Il ignorait où l'inspecteur voulait en venir avec ce truc d'écriture, mais ça n'augurait rien qui vaille.

— Des facturettes de carte de crédit ? insista Rolvaag.

— Dieu seul sait où elle les rangeait.

— Et des recettes de cuisine ? Certaines personnes notent leurs préférées sur des fiches.

— Joey était une fille fantastique, mais pas vraiment la reine des cordons-bleus.

Chaz tâchait d'avoir un ton de réminiscence émue.

— On dînait beaucoup au restau, ajouta-t-il avec un petit rire forcé.

Rolvaag lui suggéra de regarder dans la voiture de Joey.

— On pourrait tomber sur une vieille liste de courses, froissée quelque part sur le tapis de sol.

— Bonne idée, dit Chaz, sachant d'avance la futilité de l'exercice.

Tandis que Rolvaag furetait dans le garage, Chaz passait au peigne fin la Camry, qui exhalait légèrement la fragrance décoiffante de sa femme. Dans la crainte d'une nouvelle poussée érectile inopportune, Chaz respira par la bouche afin de minimiser son exposition au parfum.

Il entendit bientôt Rolvaag qui disait :

— Eh bien, merci d'avoir jeté un œil.

Le flic était un sacré bon comédien, Chaz devait l'admettre. Il n'avait pas dévié une seule fois de son personnage. Chaz s'était attendu à un signe subtil de connivence, vu la situation... un regard oblique, une lueur ironique dans l'œil. Pourtant, Rolvaag n'avait trahi aucune connaissance apparente du chantage en cours et conservé sa stricte façade de chasseur d'indices tenace. Un criminel moins perspicace aurait pu abandonner l'hypothèse que Rolvaag et le maître chanteur ne faisaient qu'un, mais Chaz Perrone n'était pas dupe du numéro de l'inspecteur. Plus il y réfléchissait, moins il lui semblait vraisemblable que quiconque l'ait vu pousser Joey du *Sun Duchess.* Chaz se rappela qu'il avait eu la prudence d'attendre que le pont se vide. Il se revoyait ensuite planté seul devant la rambarde, n'entendant rien d'autre que le grondement des moteurs du paquebot ; aucune voix, aucun bruit de pas. Le maître chanteur devait bluffer. Personne ne pouvait avoir assisté au meurtre de Joey Perrone.

Et à présent, Karl Rolvaag, qui n'avait jamais cru un seul mot de la version de la soirée donnée par Chaz, avait décidé en l'absence de preuves de le faire payer pour son crime d'une autre manière.

Comme ils regagnaient le salon, Chaz demanda avec une timidité feinte :

— C'est qui votre star de cinéma préférée ?

— Laissez-moi réfléchir.

Rolvaag pinça les lèvres.

— Frances McDormand.

— Qui ça ?

— Elle joue dans *Fargo.*

— Non, je voulais dire votre star *masculine*, fit Chaz.
— Je ne sais pas. Jack Nicholson, je crois.
— Pas moi. C'est Charlton Heston que je préfère.
Chaz guettait le moindre afflux de couleur sur le visage de l'inspecteur.
— Oui, il est bien aussi. *Ben Hur*, c'est un classique.
Et ça s'arrêta là ; pas un cillement de surprise, pas l'ombre d'un sourire. Chaz Perrone était si exaspéré qu'il ne put s'empêcher d'ajouter :
— On ne vous a jamais dit que, de temps en temps, vous avez la même voix que lui ?
L'inspecteur parut amusé.
— La même voix que Charlton Heston… moi ? Non, première nouvelle.
Un véritable iceberg, songea Chaz.
— Désolé de ne pas pouvoir vous aider pour l'écriture de Joey, fit Chaz. J'arrive pas à croire qu'il ne reste plus rien d'elle dans la maison.
— Pas grave. J'appellerai la banque, fit Rolvaag. Elle doit conserver sur microfilm tous les chèques auxquels elle a fait opposition.
— Je peux vous demander à quoi ça rime tout ça ?
— Bien sûr.
L'inspecteur retira une grande enveloppe de sa serviette et la tendit à Chaz Perrone qui ne put retenir ses mains de trembler en l'ouvrant. Il parcourut le premier paragraphe et demanda :
— Où vous êtes-vous procuré ça ?
— Continuez à lire, lui conseilla Rolvaag, qui se dirigea d'un pas nonchalant vers la cuisine et sortit.
Une fois que Chaz eut terminé, son cœur tambourinait dans sa poitrine, sa chemise était trempée et son crâne résonnait comme un flipper. Il avait sous ses yeux la photocopie d'un étonnant document, titré « Testament et dernières volontés de Joey Christina Perrone ». Pour Chaz, c'était le summun de la blague bonne nouvelle/mauvaise nouvelle.

Bonne nouvelle : feu ta femme te laisse treize millions de dollars.

Mauvaise nouvelle : le flic qui pense que tu l'as assassinée tient enfin un mobile.

Chaz posa les papiers sur ses genoux et se sécha les paumes sur le canapé. Il revint à la dernière page et examina la signature.

— C'est la sienne ? lança Rolvaag depuis le seuil de la pièce, où il décapsulait un autre de ces satanés Sprite.

— Je vous jure que j'en savais rien du tout, lui fit Chaz. Vous pouvez me soumettre au détecteur de mensonges.

— Vérifiez la date à laquelle ça a été signé... il y a un mois à peine, dit Rolvaag.

— Joey ne m'a jamais soufflé mot de tout ça.

— Intéressant.

— Vous croyez que je ne vous en aurais pas parlé si j'avais été au courant ? Nom de Dieu, je ne suis pas idiot.

Chaz se sentait perdre pied.

— C'est pour de vrai ou juste une partie de la combine ? Et faites pas semblant de pas savoir de quoi je parle.

— Je ne saurais vous dire s'il est faux ou authentique, fit l'inspecteur. C'est pour ça que je suis ici, Chaz. C'est pour ça que je voulais un échantillon de l'écriture de votre épouse.

— Écoutez-moi bien... assez de ce petit jeu avec moi ! beugla Chaz. On arrête les conneries, OK ? Vous n'êtes qu'un sale ripou et je sais parfaitement ce que vous manigancez. C'est pas le testament de Joey, c'est un faux, bordel ! Vous n'arrivez pas à trouver une raison de me mettre en examen, alors vous essayez de me piéger, avant de me faire acheter ma liberté au prix fort...

À ce stade, Chaz envisagea de déchirer le testament en morceaux pour renforcer l'effet dramatique. Cependant, au fond de sa tête, une petite voix lui serinait la possibilité, mince mais à examiner, qu'il se soit trompé sur le compte de Rolvaag et que ce document malséant soit légalement valable. Chaz se surprit à l'agripper par inadvertance à pleines mains, à la façon dont

Moïse (du moins tel qu'incarné par Charlton Heston) agrippait les Tables de la Loi.

Imperméable aux insultes, à vous rendre fou, Rolvaag lui dit :

— Vous pouvez le garder, Chaz. J'en ai des copies.

Tool entra dans la pièce, les joues luisantes de jus d'alligator. Et leur demanda à quoi rimaient toutes ces gueulantes.

— Mr Perrone s'est un petit peu énervé contre moi, expliqua l'inspecteur, mais il s'est calmé maintenant.

— Pas tant que ça, rectifia Chaz.

— Z'avez l'air emmerdé jusqu'à l'os, toubib, constata Tool.

— Merci de l'avoir remarqué. L'inspecteur et moi, on peut rester entre nous ?

Une fois tous deux seuls à nouveau, Rolvaag reprit :

— Je vous ai posé une question sur la signature.

— On dirait bien celle de Joey. Elle lui ressemble d'assez près, en tout cas, répondit Chaz. Celui qui l'a imitée pour vous, il a fait du bon boulot.

Rolvaag ne changea pas de tête.

— Laissez-moi m'assurer que je comprends bien. Vous m'accusez d'avoir fabriqué ce testament et ce afin de vous impliquer dans la disparition de votre femme ?

— Mouais.

— Vous avez fait allusion à un chantage. Je ne pige pas.

— Regardez dans le dictionnaire, fit Chaz en se disant : Tu veux me voir ramper, enculé. Tu peux toujours te brosser.

Rolvaag réfléchit un instant puis dit :

— Donc mon plan serait de vous faire raquer, puis je ferais disparaître le mobile à treize millions de dollars en même temps que le testament de Mrs Perrone.

— Parfaitement. Et n'oubliez pas votre témoin oculaire bidon.

— Quoi ?

L'inspecteur pencha légèrement la tête comme s'il écoutait le chant faiblard d'un oiseau rare. Sa réaction si nuancée était convaincante à en donner le frisson.

— Quel témoin oculaire ? demanda-t-il.

Chaz en eut l'estomac retourné. Seigneur Jésus, soit ce type est *vraiment* une fine mouche, soit je viens de commettre la pire erreur de ma vie.

— Quel témoin oculaire ? répéta Rolvaag.

Chaz rit faiblement.

— Je plaisante, mon vieux.

Ce genre de conversation, il ne s'y était pas préparé.

— À vous entendre, vous ne plaisantiez pas.

— Et pourtant si, fit Chaz. Vous les Scandinaves, j'vous jure.

Rolvaag referma sans un mot sa serviette.

— Je ne vous fais pas chanter, Mr Perrone.

— Bien sûr que non.

— N'empêche que vous devriez vous montrer prudent, dit l'inspecteur en se levant. Bien plus prudent que vous ne l'avez été jusque-là.

18

Joey se coltina la liste des exigences du maître chanteur, mais tout ce qu'elle voulait vraiment obtenir de Chaz Perrone, c'était, outre qu'il souffre éternellement, la réponse à deux questions :

a) Pourquoi tu m'as épousée ?

b) Pourquoi tu as voulu me tuer ?

— Donne-moi un chiffre, lui dit Mick Stranahan. N'oublie pas que c'est censé être un chantage. Combien de blé peut-il réunir ?

— Aucune idée.

Joey se tourna et regarda au-delà de la vitre.

Flamingo était un camp de pêche situé dans le parc mational des Everglades, sur le rivage le plus méridional de la Floride continentale. Une seule route, goudronnée et à deux voies, y menait, fendant soixante kilomètres ininterrompus de maquis, de cyprès et de prairies de laîche. Même s'ils filaient dans l'obscurité complète, Joey sentait palpiter une vie invisible tout autour d'eux. Le silence post-Miami était si apaisant, la nuit si enveloppante qu'elle était incapable de se concentrer sur les détails du chantage. Plus ils s'enfonçaient dans les Everglades, plus Chaz Perrone lui paraissait mesquin, absurde.

Stranahan gara la Suburban dans un bosquet de choux palmistes près du campement, à un jet de pierre de la marina. Il était maintenant dix heures et la plupart des campeurs, assiégés par les insectes, avaient battu en retraite dans leurs sacs de couchage. Mick tripotait la stéréo du tableau de bord mais on captait mal la radio.

Joey déclara qu'elle n'était jamais venue dans le parc.

— Chaz refusait de m'y emmener. Il prétendait que ça lui rappelait trop le boulot. En fait, je crois que les insectes lui flanquaient des boutons.

— Les insectes ?

— Les moustiques, surtout, fit-elle. Il avait aussi un problème avec les serpents. Il mourait de peur d'être mordu par un mocassin d'eau. À la maison, il s'entraînait à injecter le contrepoison sur des pamplemousses.

— Ma foi, il s'est trompé de voie, remarqua Stranahan. Tu t'es déjà demandé pourquoi ? Pourquoi il fait ce qu'il fait ?

Joey avait toujours supposé que son mari avait pris un mauvais tournant dans ses études supérieures.

— Je voulais te demander, dit Stranahan : qui est Samuel J. Hammernut ?

— Un pote de Chaz, un beauf enrichi, je l'ai rencontré à notre mariage, répondit Joey. Pourquoi ? Qu'est-ce qu'il a à voir là-dedans ?

— J'ai passé deux, trois coups de fil concernant le Hummer. Les Fermes Hammernut l'ont acheté à ton mari.

Joey n'avait aucune idée de la raison pour laquelle Mr Hammernut aurait fait cadeau d'un 4×4 tout neuf à Chaz.

— Et c'est seulement maintenant que tu me dis ça ? Qui as-tu appelé ?

— Des amis versés dans ce genre de choses... la traçabilité de la paperasse. Des amis qui sont dans les forces de l'ordre, dit Stranahan. Souviens-toi que je t'ai dit que tout ça était une histoire de gros sous. D'après moi, Chaz a une sorte d'entente véreuse avec Hammernut et peut-être que tu t'es mise en travers.

— Mais comment ? En faisant quoi ?

Stranahan raconta sa théorie à Joey, qui fut intriguée mais resta sceptique.

— Qui a déjà entendu parler d'un biologiste ripou ? demanda-t-elle.

— Qui a déjà entendu parler d'un biologiste nanti d'un garde du corps ? riposta-t-il.

Joey lui concéda un point. Elle avait été surprise et tout émoustillée d'apprendre de la bouche de Mick que son mari était désormais protégé par un gros bras à gages.

— Écoute, il y a des flics qui encaissent des pots-de-vin, continua Stranahan. Des juges qui bidonnent des procès, des médecins qui arnaquent les assurances-maladie. Est-ce que tu es en train de me dire que Chaz est trop propre pour être acheté... un type qui t'a poussée dans l'océan afin que tu te noies ?

Il a raison, se dit Joey. Il est évident que ce salaud est capable de tout et n'importe quoi. Elle se glissa plus près et posa une main sur le genou de Mick. Il lui baisa le sommet du crâne, mais elle sentit qu'il était tendu. Il lui désigna le motel en disant :

— Ta chambre est au premier. Reste planquée jusqu'à ce que je te fasse le signal avec la torche électrique.

— Trois coups brefs. Je me rappelle.

Ils observèrent un couple de ratons laveurs trottiner dans le campement pour en ressortir quelques instants plus tard avec un morceau de pain et un sac de Doritos.

— L'idée, c'était bien de le faire paniquer ? dit Stranahan.

— Oui. De lui fiche les boules.

— Et puis merde. Réclamons-lui cinq cent mille dollars.

Joey éclata de rire.

— Bon Dieu, Chaz ne dispose pas d'une telle somme.

— Je parie qu'il connaît quelqu'un qui en dispose, lui.

Ils prirent la Grand Marquis car, d'après Tool, le Hummer était quasi phosphorescent dans le noir. Red leur avait demandé de rester cool, dans tous les cas de figure.

— Écoutez ce que ce type a à dire et répondez que vous réfléchirez. Joue pas au plus malin, Red avait prévenu Chaz. Et toi, va amocher personne, avait-il dit à Tool, pas encore. Une fois qu'on aura découvert ce que veut ce fils de pute, alors on trouvera quoi faire de lui.

Le plan était d'arriver en avance à Flamingo et de dénicher un coin où Tool se cacherait ; mais ils avaient pris du retard, car Tool avait fait un nouvel arrêt ravitaillement avant l'autoroute à péage. Chaz ne se donna pas la peine de l'interroger. Il resta dans la voiture où il s'exerça à extraire en vitesse le 38 de sa ceinture pendant que Tool, ayant enfilé sa blouse blanche de laborantin, ample comme une tente, entrait carrément dans le Manoir de l'Élysée.

Maureen, assise dans son lit, regardait la télévision. Elle s'était brossé les cheveux et maquillé un brin les joues.

— Eh bien, si je m'attendais, fit-elle. Approchez-vous une chaise. Larry King interviewe Julie Andrews. Quel amour de femme c'est.

— J'vous ai amené à dîner.

Tool déposa un plat couvert sur la tablette du lit.

— C'est plus très chaud. Y z'ont un micro-ondes kek'part ?

— Eh bien, merci Earl.

Maureen souleva le couvercle et dit :

— Ça sent magnifiquement bon. C'est quoi ?

— Euh, du poulet. Du poulet des marais, on appelle ça.

— Les docteurs disent que je dois éviter tout ce qui est frit, mais je vois vraiment pas où serait le mal. Puisque je suis en train de mourir de toute façon, pas vrai ?

Elle prit un morceau d'alligator frit et le fourra dans sa bouche.

— C'est bon, hein ? dit Tool.

Maureen s'empressa d'opiner tout en mâchant. Et remâchant.

— Ce qu'on nous sert à manger ici, c'est l'horreur, chuchota-t-elle. De la volaille fraîche, c'est un vrai régal.

— Ben, je suis content que ça vous plaise. Vaut mieux que je file maintenant.

— Déjà ? Asseyez-vous comme pour une vraie visite, je vous en prie.

— J'ai une importante réunion de bizness.

— En pleine nuit ? Et c'est quel genre de bizness si je peux vous poser la question ?

— Garde du corps, fit Tool.

Les yeux bleus de Maureen pétillèrent.

— Comme c'est intéressant, Earl. Quel genre de gens vous protégez ? Des dignitaires ? Des diplomates ? Des personnalités du show-biz, je parie.

— Pas vraiment.

— Ah, fit-elle d'un ton déçu.

— Le job que j'ai en ce moment, c'est pour un docteur, fit Tool, même s'il jugeait ce titre du pur pipeau, accolé à Chaz Perrone.

— Un docteur... ma foi, ça n'est pas rien !

— Sauf qu'il s'occupe pas des gens. C'est comme qui dirait un savant.

— Il doit être très important, fit Maureen, s'il a besoin d'une protection rapprochée.

— Me lancez pas sur le sujet.

— Il est avec vous en ce moment ? J'aimerais bien le rencontrer.

— Il a rien de séduisant, pouvez m'faire confiance, lui dit Tool. Y s'prend pour le centre du monde mais, j'vous jure, les négros et les espingouins qui cueillaient des tomates pour moi, y z'avaient plus de bon sens que...

Le poing osseux de Maureen jaillit et frappa Tool dans la cavité tendre en dessous du sternum. Il se plia en deux, s'entendant se déballonner comme un pneu de tracteur.

— Earl ! Vous n'avez pas honte ! s'écria-t-elle. Ne vous amusez plus à employer ce genre de langage odieux devant moi.

Il se cramponna à la barre du lit et se redressa lentement.

— Que ferait votre mère, poursuivit Maureen, si elle était vivante et qu'elle vous entendait parler comme ça ?

— C'est... c'est... c'est elle qui m'a appris, siffla-t-il comme un asthmatique. Elle et mon papa, tous les deux.

— Alors honte à eux, aussi. Tenez — elle lui tendit un gobelet qu'elle prit sur la tablette du lit —, buvez-moi ça. Vous vous sentirez mieux.

— Bon sang, fit Tool en avalant l'eau d'un trait.

Cette vieille sorcière l'avait cogné pour de bon, c'était complètement dingue. De toute son existence, il ne se souvenait pas que quiconque lui eût filé un pain et s'en soit tiré sans une égratignure. Une fois, il avait failli estropier deux malheureux Latinos, seulement pour l'avoir maté drôlement dans la boutique d'un marchand de vins.

En dévisageant Maureen à présent, frêle et fragile comme une feuille morte, Tool savait qu'il aurait pu la tuer d'un revers de main. Étrangement, cependant, il n'en avait pas envie. Et ce n'était pas comme s'il s'était retenu, il ne désirait tout simplement pas faire de mal à cette femme, malgré ce qu'elle lui avait fait. Il n'était pas en pétard non plus, ce qui le perturbait encore davantage. Ce qu'il éprouvait — en ne sachant trop pourquoi — c'était du regret.

Il s'entendit demander pardon.

Maureen tendit la main et le tira doucement par la manche.

— Moi aussi, je vous demande pardon, Earl, de vous avoir frappé. Ce n'était pas très chrétien de ma part, dit-elle. Vous en êtes où avec les médicaments ? Ça va ?

— Bien, m'dame. Les patches qu'vous m'avez donnés c'matin, y devraient m'faire le week-end.

— Vous savez, mon mari était policier à Chicago.

— Vous me l'avez déjà dit, m'dame.

— Un jour, il a employé le mot *négro* devant moi. Je l'ai entendu quand ça lui a échappé, fit Maureen. Il était au téléphone avec son sergent ou un autre. Et le voila qui fait : « Un négro a dévalisé une épicerie coréenne et on l'a poursuivi jusque dans le lac Michigan. » Quand il a raccroché, je lui ai tapé sur l'épaule — c'était un grand costaud, lui aussi — et je lui ai dit :

« Patrick, si je t'entends utiliser ce mot odieux encore une fois, j'embarque les gosses et je retourne à Indianapolis vivre chez tante Sharon ». Et vous savez quoi ?

— Il l'a jamais redit.

Elle sourit.

— C'est vrai, Earl. Croyez-vous que Dieu nous ait tous fait à Son image ?

— J'suis pas vraiment sûr de ça, répondit Tool.

Il se croisa les bras sur le ventre au cas où lui viendrait l'envie de lui flanquer un autre coup.

— Pour être tout à fait franche, il y a des jours où je me le demande aussi, reprit Maureen. Il y a ici une infirmière, Earl, je vous jure que c'est l'Enfer qui l'a déléguée sur Terre. Une vraie s-a-l-o-p-e ! Mais moi, ce que je crois... je peux vous le dire ? Puis je vous libère.

— Allez-y, fit Tool.

— Je crois qu'il n'est jamais trop tard pour changer. J'ai quatre-vingt-un ans, mais je pense encore que je serai meilleure demain qu'aujourd'hui. Et c'est ce que je croirai jusqu'à ce qu'il n'y ait plus de lendemains pour moi, affirma-t-elle. Ah, encore une chose... vous m'avez promis d'aller voir un chirurgien.

— Ouais, je sais.

— Au sujet de la balle dans votre vous-savez-quoi.

— J'ai eu beaucoup à faire, fit Tool.

— Jeune homme, écoutez-moi bien. La vie est sacrément trop courte pour se traîner un fardeau perso de ce genre.

— Oui m'dame.

— Bougez-vous maintenant, vous allez rater votre réunion, lui dit-elle. Et soyez prudent, ce soir.

— Vous en faites pas.

— Quoi que vous mijotiez.

Maureen lui jeta un coup d'œil en biais.

— Allez-y maintenant, Earl.

Elle lui désigna la porte de sa main parcheminée et reporta son attention sur la télévision.

Ils roulèrent jusqu'à Florida City sans que Tool n'ouvre la bouche, ce qui convenait parfaitement à Chaz Perrone. Il ne pensait pas du tout au rendez-vous avec le maître chanteur, mais fantasmait sur à quoi pouvait ressembler d'avoir treize millions de dollars, au cas stupéfiant où le testament au nom de Joey se révélerait authentique. L'ironie du sort serait grandiose, car elle n'aurait jamais laissé un sou à Chaz si elle l'avait soupçonné de truquer les données des Everglades. Comme il n'était daté que de quelques semaines, le testament ne pouvait être valable que si Joey n'avait pas percé à jour l'entente de Chaz avec Red...

Ce qui voulait dire qu'il l'avait tuée sans raison ou du moins pour une mauvaise raison.

Envisager cette possibilité lui donnait légèrement le tournis et la nausée. À moins d'être convaincu du contraire, il s'en tiendrait à l'hypothèse la plus plausible, à savoir que Karl Rolvaag avait forgé le document pour l'intimider.

— J'ai faim, grogna Tool, en virant brusquement dans le parking d'un Miami Subs.

— Rapportez-moi un Coca et des frites, lui dit Chaz.

— Allez vous les chercher vous-même.

Chaz, dissimulant le calibre 38 sous le siège avant, suivit Tool dans le restauroute. Chaz avait prié et tempêté qu'on lui donne un nouveau garde du corps mais Red Hammernut avait refusé en lui disant que Tool était solide comme un roc.

Têtu comme un roc serait plus juste, se disait Chaz. Une fois installés dans un box, Tool attaqua avec voracité un maxi-sandwich à la dinde de la taille d'un ballon de foot.

— Où est le flingue ? fit Tool, postillonnant de la laitue à demi mâchée.

Chaz pointa du doigt la voiture à travers la vitre.

— Z'avez déjà buté quelqu'un ? demanda Tool.

— Non.

— Z'avez déjà buté *quelque chose*?

— Des oiseaux, fit Chaz.

Quand il était gosse, il s'était servi d'une carabine à air comprimé pour tirer sur les moineaux et les fauvettes qui le réveillaient le matin.

— Vaut mieux pas toucher un flingue si vous êtes pas entraîné, fit Tool. Un rigolo m'a tiré une fois dessus et ça suffit.

— Arrêtez de flipper.

À l'entrée du parc national des Everglades, un ranger les interrogea sur l'absence d'attirail de pêche et de matériel de camping. Un avertissement, scotché sur la guérite, notifiait l'interdiction d'introduire des armes à feu dans le parc.

— On va retrouver des amis, fit Chaz. Les Thornburgh. Ils sont dans un Airstream tout neuf immatriculé dans le Michigan. Ils ont un setter irlandais qui voyage à l'avant. Ils sont déjà passés par ici ?

— Je saurais pas vous dire. Je viens de prendre mon service.

— Bah, je suis sûr qu'on les trouvera, lui fit Chaz avec un signe de la main aimable.

Un kilomètre et demi plus loin, Tool reprit la parole.

— Putain, d'où vous la sortez celle-là ?

— Pas mal, hein ?

— C'est quoi un Airstream ?

— Un camping-car, répondit Chaz. Un genre de Winnebago, vous voyez, mais en moins bruyant. Il a marché comme un seul homme, hein ?

— Et cette connerie à propos du chien... ça vous est venu comme ça sur le moment ?

— Ouaip.

Chaz n'aurait su dire si Tool était impressionné ou dégoûté.

— J'ai jamais vu personne qui pouvait mentir comme ça.

— Eh, des fois, faut penser vite, répliqua Chaz. Ce ranger, vous savez, c'est pas ses oignons qu'on ait des cannes à pêche ou n'importe quoi d'autre dans la bagnole. Mais je peux quand même pas le lui balancer en pleine gueule, alors je lui ai monté un bateau et vogue la galère.

Tool acquiesça, les deux mains sur le volant.

— Ni vu ni connu, je t'embrouille, fit-il.

Le ciel était nuageux, sans étoiles. Devant eux, le faisceau jumeau des phares trouait une toile d'obscurité. Au début, Chaz crut qu'ils essuyaient une averse, mais le crépitement se révéla celui d'une grêle d'insectes frappant le pare-brise. Quand un lapin des marais surgit sur la ligne blanche, Tool fit machinalement une embardée pour l'éviter. Chaz lui demanda d'arrêter la voiture sur-le-champ.

— Pourquoi, z'avez envie de pisser ?

Tool déboîta la conduite intérieure de la chaussée et freina.

— Faites-nous faire demi-tour, lui dit Chaz.

— Pourquoi ?

— Vite !

Tool effectua impeccablement la manœuvre en deux temps trois mouvements, puis rebroussa chemin jusqu'à ce qu'ils atteignent le lapin, qui n'avait pas bougé du milieu de la route. Chaz passa la main sous le siège et y prit le pistolet. Tool le regardait faire en cillant lentement, comme un crapaud stone.

— Vous m'avez bien dit qu'il fallait que je m'entraîne, hein ?

— Pas sur un con de lapin.

— C'est rien d'autre qu'un gros rongeur dégénéré, fit Chaz, trahissant une ignorance taxinomique qui aurait alarmé ses collègues mais passa inaperçue avec Tool.

— Un rat à longues oreilles, ajouta-t-il en entrebâillant furtivement la portière.

— Si jamais vous butez ce machin, vous en boufferez au petit dèj.

— Ouais, d'accord.

— J'plaisante pas, toubib. Ma m'man, elle disait comme ça : « Tout ce qui trépasse, à la casserole passe. » C'est pas bien de gâcher du gibier rien que pour le sport.

Chaz se demanda si les patches médicamenteux tapaient sur le ciboulot de Tool. Qu'est-ce qu'il avait à se soucier d'un lapin débile ? Chaz, se couchant en travers du capot, visa l'animal, qui demeurait immobile dans la lueur des phares. Quand le 38 fit feu, le lapin voltigea dans les airs, pirouetta une seule fois, tourna en rond puis s'arrêta. Ses yeux étaient immenses, son museau frémissait.

— Merde, raté, murmura Chaz, tirant derechef. Cette fois, l'animal s'aplatit sur le macadam, les oreilles couchées en arrière, comme s'il se tapissait dans les broussailles.

— Ça suffit comme ça, Rambo, dit Tool.

— Encore une fois, fit Chaz, songeant : *Lui,* il se donne bien le droit de flinguer un alligator.

— Terminé, dit Tool d'un ton bourru.

— Pas tout à fait, répondit Chaz, clignant d'un œil et pointant le canon.

— J'ai dit non.

Tool donna un coup d'accélérateur une milliseconde avant que Chaz n'appuie sur la détente. Ce dernier se sentit propulsé dans les airs et assista en vol plané à la disparition, floutée fauve, du lapin dans l'herbe haute. Il retomba rudement sur les gravillons puis roula deux fois sur lui-même. Pendant quelques instants, il ne bougea plus, regardant, hébété, les essaims d'insectes autour des phares de la voiture tournant au ralenti. Il entendit bientôt un crissement de pas et vit la large silhouette de Tool au-dessus de lui.

— Aidez-moi à me relever, lui dit Chaz avec une absence de remords imprudente.

— Z'êtes rien qu'un soi-disant toubib à la con.

Tool ramassa le 38 et revint à grands pas vers la Grand Marquis.

— Qu'est-ce qui tourne pas rond chez vous, merde? beugla Chaz après lui. Z'avez essayé de me tuer?

Il se remit sur pied avec difficulté tout en balayant de la main les gravillons de ses vêtements. Quand il réintégra l'habitacle, Tool lui planta un doigt dans la poitrine en lui disant :

— Si j'avais essayé d'vous tuer, joli cœur, vous seriez en train de tutoyer les anges.

Chaz attendit qu'ils aient roulé quinze kilomètres plus loin avant de l'interroger sur le flingue.

— Fini pour ce soir, lui dit Tool.

— Mais si j'en ai besoin tout à l'heure ? Et si cet enfoiré de maître chanteur décide de la jouer brutal ?

Tool parut trouver ça du plus haut comique.

— Pas besoin du flingue, vieux, fit-il. Vous m'avez, *moi.*

19

Stranahan était déjà sur l'eau quand la Grand Marquis arriva à la marina. L'homme des cavernes descendit posément tandis que Chaz Perrone s'éjecta presque du côté passager, en se giflant le visage et la nuque avec frénésie. Ils firent les cent pas le long de l'estacade, choisissant bientôt une péniche inoccupée dont ils forcèrent l'entrée. L'homme des cavernes se précipita à l'intérieur mais Chaz ressauta sur le quai, trébuchant contre un rouleau de cordage. Au bout d'un moment, il se mit à aller et venir, rentrant et sortant de l'ombre, sans cesser de chasser les insectes de la main. À minuit, Stranahan le héla par son nom et Chaz adopta aussitôt une position à demi accroupie ridicule qu'il avait dû pêcher dans un film de Jackie Chan.

Stranahan lui fit un grand geste.

— Par ici, dugland!

Chaz s'approcha non sans hésitation, continuant de feindre l'attitude ramassée d'un maître du kung-fu. Il parut s'alarmer en voyant son maître chanteur installé dans un petit canoë.

— Saute à bord, lui intima Stranahan tout en se dirigeant lentement vers la rampe de mise à l'eau.

— Pas question.

— C'était ton idée, Chazzie.

— Le rendez-vous, pas l'endroit, rectifia Chaz, et certainement pas ce foutu canoë.

Stranahan posa la pagaie sur ses genoux, laissant le temps à Chaz de le jauger. Puis il lui dit :

— Si tu veux entendre ma proposition, pose ton cul à l'avant.

Chaz, mal à l'aise, jeta un coup d'œil vers le *slip* où était ancrée la péniche.

— Autre chose, ajouta Stranahan. Je t'avais dit de laisser ton pote avec le Dr Leakey[1].

— De quoi vous parlez ?

— T'es tellement nullard que je devrais *tripler* mon prix.

Chaz embarqua avec moult précautions dans le canoë.

— Je m'assois où ?

— Tu t'assieds pas, lui fit Stranahan. Tu te mets à genoux.

À longs coups égaux de pagaie, il enfila le Buttonwood Canal en direction de Whitewater Bay.

— Je peux vous emprunter l'antimoustique ? demanda Chaz, anxieux, en montrant un aérosol au fond du canoë. Stranahan le lui lança.

— On va où ? dit Chaz en se vaporisant.

— T'as rien à craindre tant que tu ne nous fais pas verser.

— Vous inquiétez pas, je bougerai pas d'un muscle.

Chaz reposa la bombe et agrippa dur comme fer les bords du canoë.

— Mocassin Pass, c'est là qu'on va, lui dit Stranahan.

À sa connaissance, un tel lieu n'existait pas. Cependant le nom à consonance menaçante produisit l'effet désiré.

— Bordel de merde, entendit-il Chaz Perrone murmurer.

— À ce qu'il paraît, c'est l'endroit des Glades où on trouve les plus gros mocassins d'eau, continua Stranahan, engendrant chez l'autre un gémissement de vaincu. En chair et en os, le mari de Joey ressemblait peu ou prou à ce à quoi Stranahan s'était attendu : une mauviette pleurnicharde sous pression.

— On y trouve aussi son lot de crocodiles et de requins, mon vieux, fit Stranahan, zappant momentanément sur son imitation

1. Paléontologue distingué, d'une nombreuse et célèbre lignée. *(N.d.T.)*

de Jerry Lewis, ce qui explique pourquoi je te déconseille vivement de faire chavirer le canoë.

Chaz sombra dans le mutisme. En atteignant Whitewater, Stranahan s'arrêta de pagayer et donna l'ordre à Chaz de se retourner, ce qu'il exécuta avec un excès de précaution. Quand Stranahan lui braqua une torche électrique en pleine figure, Chaz regarda ailleurs en faisant la grimace.

— Tu boudes, pas vrai ? fit Stranahan. Tu penses que je me paie ta tête.

Persifler une telle couille molle était presque trop facile, tout en détournant Stranahan de l'envie barbare mais tenace de réduire le bonhomme en chair à hamburger. Peut-être que l'heure de festivités si peu civilisées sonnerait un jour, mais pour l'instant, il se contenterait du spectacle des oreilles de Chaz Perrone, noires de moustiques. Joey avait eu la riche idée de remplacer l'insecticide par de l'eau du robinet.

— Comment vous avez fait pour entrer chez moi ? demanda Chaz.

— Secret professionnel.

— C'est vous qui avez découpé la photo de ma femme et l'avez glissée sous l'oreiller ?

— Non, c'est la petite souris des photographes.

— Z'êtes qui, bordel ? Vous voulez quoi de moi ? fit Chaz en se calottant les deux côtés de la tête.

— Du blé, pour commencer.

— Quoi d'autre ?

Chaz partit d'un rire hoquetant et aigre.

— J'aimerais aussi que tu répondes à deux, trois questions simples. Et c'est tout.

— Quelles questions ? Vous me faites chanter pour un truc que j'ai même pas fait.

— Très bien, alors. Me file pas un sou, lui dit Stranahan. On laissera les jurés en décider... ma parole contre la tienne. Au fait, tu as déjà fait un tour à Raiford, le très pittoresque pénitencier de l'État de Floride ?

Chaz jura en se giflant derechef.

— Bien visé, dit Stranahan en éteignant la torche. J'imagine que la seule façon de te prouver que je ne te mène pas en bateau, c'est de te raconter ce qui s'est passé exactement à bord du *Sun Duchess.* Alors, écoute attentivement.

— J'suis tout ouïe, grogna Chaz.

— Ça fera une semaine ce soir, commença Stranahan, ta femme et toi, vous vous êtes pointés sur le pont sur le coup d'onze heures en vous dirigeant vers la poupe. Il n'y avait pas un chat dehors à cause de la pluie. Ah, j'ai failli oublier : tu portais un blazer bleu marine et un fute anthracite. Mrs Perrone avait, elle, une jupe crème, des sandales blanches et une montre en or au poignet, je crois bien.

Joey avait aussi précisé à Stranahan la couleur de son chemisier, mais il l'avait oubliée. Rallumant la torche, il nota que Chaz avait l'air vidé et chancelant.

— Tu veux que je continue ?

— Comme vous voudrez, maugréa Chaz.

— Tous les deux, donc, étiez appuyés à la rambarde. Mrs Perrone regardait vers le large quand tu lui as joué un tour vraiment malin, dit Stranahan. Tu as pris quelque chose dans ta poche et tu l'as laissé tomber. Une pièce de monnaie, une clé, un truc métallique qui a tinté en touchant le pont. Alors t'as fait semblant de te pencher pour le ramasser… Tu te rappelles ?

Aucune réaction à l'avant du canoë.

— Mais au lieu de ça, t'as empoigné les jambes de ta femme et tu l'as fait basculer par-dessus bord. Ça s'est passé si vite qu'elle n'a pas eu le temps de résister. Tu me suis toujours ?

Quand Stranahan balaya à nouveau le mari de Joey avec la torche électrique, ce dernier avait l'œil écarquillé et vitreux. Stranahan avait vu une fois une expression similaire dans l'atelier d'un taxidermiste amateur.

— On dirait que tu nous couves quelque chose, lui dit-il. Tu t'es fait vacciner contre cette saloperie de virus du Nil ?

Chaz toussa violemment.

— Il existe un vaccin ?

Dans presque n'importe quel autre cas de figure, Stranahan aurait pu prendre en pitié cette pauvre tache.

— Pourquoi t'as fait ça, Chaz ?

— J'ai rien fait.

— Tu me traites de menteur ? Aïe.

— Dites-moi seulement combien vous voulez, fit Chaz.

— Un demi-million de dollars.

— Merde, z'êtes complètement marteau, mon vieux.

— En espèces, précisa le maître chanteur. En billets de cent, ça ira.

La légère brise, qui s'était levée en provenance du sud-est, propulsa le petit canoë plus avant dans la vaste baie ténébreuse. Le doux roulis que Stranahan trouvait si apaisant semblait avoir l'effet contraire sur le mari de Joey Perrone.

— Et où je suis supposé les trouver vos cinq cent mille dollars ? dit-il.

— Eh, Chaz, je viens d'avoir une idée, lança Stranahan qui songea : fastoche comme cracher dans l'eau. Tu pourrais les demander à ton pote Hammernut !

Inutile d'allumer la torche pour sonder la réaction du Dr Charles Perrone. Les *oups* gutturaux de ses vomissements incitèrent un héron en rut, qui pataugeait le long du rivage à plus de quatre cents mètres, à y répondre avec une lubricité des plus mâles.

Mick et Chaz étaient à peine partis depuis vingt minutes que Joey se décida à quitter sa chambre au motel. Après avoir enfilé un maillot de coton détendu et fourré ses cheveux sous une casquette des Marlins, elle se rendit sur l'estacade. Dans le parking, elle repéra une grosse conduite intérieure noire qui ressemblait à celle garée la veille au soir devant chez Chaz. Un grand baraqué en salopette foncée sur une chemise en mohair s'appuyait à la voiture. En s'approchant, Joey s'aperçut que la chemise en question était en fait une moquette de poils drus.

Le type la zieuta et lui dit :
— Viens voir par ici, petit.
Joey se planta sous l'un des lampadaires, dans l'espoir qu'il s'apercevrait qu'elle ne représentait pas une menace.
— T'es sourdingue ou quoi ? fit le type. Je t'ai dit d'venir ici.
— C'est vous le garde du corps, non ? demanda Joey.
Il la calotta d'un revers de main et elle s'écroula. L'empoignant par le maillot, il la souleva du sol et la lâcha sur le coffre de la voiture.
— Merde, t'es pas un mec, fit-il. T'es une nana.
Joey rabaissa tant bien que mal son maillot qui lui était remonté en boule autour du soutien-gorge. Elle avait un léger goût de sang sur la langue.
— Eh, pas de panique. Je suis avec le maître chanteur.
— Sans déc ? fit le type avec curiosité.
— C'est mon copain.
Le type parut vouloir y réfléchir. Joey le laissa faire.
Puis il la saisit au collet en lui disant :
— J'pourrais te buter tout d'suite. Te donner à bouffer aux crocos et à l'aube, resterait que dalle de toi, pas même les os.
Il serrait si fort que Joey craignit de s'évanouir. Le type était suffisamment balèze pour lui écraser la tête entre deux doigts.
— Me tuer, ça vous mènerait à quoi... exactement ? fit-elle.
Après avoir ruminé la chose un instant, il la lâcha.
— Ouais. C'est ton copain, le problème.
Joey se frotta la nuque en disant :
— Je vais pas vous apprendre votre boulot, mais si jamais il lui arrive quelque chose, les flics recevront un paquet contenant toutes sortes de friandises intéressantes sur votre client.
— Quel client ?
— Le type que vous protégez. Charles Perrone, dit Joey. Je peux savoir votre nom ?
— On m'appelle Tool.
— Moi, c'est Anastasia.
Depuis qu'elle était toute petite, elle avait rêvé de s'appeler

comme ça. À l'oreille, c'était tellement plus féminin et élégant que Joey. Le dénommé Tool lui dit :

— Votre copain, il lui veut quoi au toubib ?

Joey répondit qu'elle n'en savait rien.

— Je fais le guet, c'est tout. C'est lui qui s'occupe de la partie bizness.

Le type se détourna à demi et regarda en direction de la rampe de mise à l'eau.

— Il va où ce canal ?

— Aucune idée. Vous avez quoi collé sur le dos ?

— Rên.

Joey s'avança et lui posa une main sur chaque bras. Jamais de sa vie, elle n'avait vu d'individu aussi poilu.

— Tournez-vous, lui dit-elle. Allez, Mr Tool.

L'attirant dans le cercle de lumière pâle, elle remarqua qu'on lui avait grossièrement rasé des andains irréguliers entre les omoplates, avant d'y appliquer plusieurs patches de couleur mastic au petit bonheur la chance.

— Ce sont des médocs en stick, expliqua Tool.

— Ça sert à quoi ?

— À tuer la douleur.

— Euh... Oh. Vous êtes malade ? demanda Joey.

— J'me suis chopé une balle vraiment mal placée.

Un véhicule pénétrait dans le parking ; un pick-up monté d'une rampe de gyrophares bleus sur la cabine.

— C'est un ranger du parc national, chuchota Joey.

Ils le regardèrent traverser lentement la marina. Un fois qu'il eut disparu, Tool déclara :

— Où est cette saloperie de canoë ? Ça met trop longtemps.

— Ma foi, les deux garçons ont des tas de trucs à se dire.

Tool tâtait les poches de devant de sa salopette.

— Merde, fit-il, mon portable. J'reviens de suite.

Il partit d'un pas lourd le long du quai, puis disparut à l'intérieur d'une péniche plongée dans l'obscurité. À son retour, il jurait dans le portable qu'il tenait en main.

— J'peux pas avoir de réseau par ici, se plaignit-il.

— Vous appelez qui ? demanda Joey.

— Te regarde pas.

— Qui vous paie au fait ? Pas Chaz Perrone, ça, je le sais.

Tool l'empoigna par le devant de son maillot et l'attira tout près de lui, nez à nez.

— Arrête de m'emmerder avec tes questions, t'entends ?

Son haleine empestait l'oignon, sa peau dégageait une moiteur malsaine.

— J'm'sens pas bien, fit-il.

— C'est peut-être les médicaments. Et si j'allais vous chercher un Coca ?

— Et si tu la bouclais ?

— OK, d'accord, fit Joey.

Tool s'assit sur le pare-chocs de la voiture qui ploya sous sa masse. Dix minutes durant, il tapa avec colère sur le clavier de son portable tandis que Joey, appuyée à un poteau, observait un banc de poissons fourrage d'un bleu électrique sortir des ombres et y rentrer. Elle songea au petit canoë, perdu quelque part là-bas, dans les ténèbres, en se demandant si Mick s'en tenait au scénario ou s'il avait pété un câble et fait quelque chose d'impardonnable à son époux.

— Et merde. Je renonce, fit Tool pour finir en rempochant le téléphone.

— Je peux parler maintenant ? demanda Joey, malicieuse.

— Et même chanter et danser, si ça t'amuse.

— Vous avez déjà été marié ?

— Ouais. En concubinage, répondit Tool. Six ans. Non, sept.

— Qu'est-ce qui s'est passé ?

— Elle s'en est retournée chez elle à Valdosta, en Géorgie, pour un enterrement et elle est jamais revenue. J'ai appris plus tard qu'elle était partie avec l'aide du croque-mort.

— Vous saviez que Mr Perrone avait poussé sa femme depuis un paquebot ?

— J'm'doutais bien d'un truc dans l'genre.

— Vous pourriez vous imaginer en train de faire la même chose ?

— Ça dépend, fit Tool. J'ai esquinté pas mal de monde, mais jamais d'femmes à moins qu'elles m'aient cherché en premier. Peut-être qu'c'est elle qu'a commencé, sa bobonne. Peut-être que l'gars, il a fait de l'autodéfense.

— Il ne vous parle jamais d'elle ?

— Pas vraiment. Quand je lui ai posé la question, il m'a dit qu'elle était jolie, intelligente et tout et tout. Mais il m'a pas dit c'qui s'était passé, seulement qu'elle était morte. Tout le reste, ça m'regarde pas.

— Il ne vous a pas dit pourquoi il a fait ça ?

— Z'écoutez que dalle, vous l'savez, ça ?

Tool se décolla du pare-chocs comme s'il allait la choper à nouveau. Elle recula d'un pas. *Jolie, intelligente et tout.* Voilà ce que Chaz disait d'elle maintenant qu'elle avait disparu.

— Je me demande s'il l'aimait, dit-elle tranquillement.

Ça fit rire Tool.

— Z'avez bien dit « aimait » ?

— Toute cette histoire me chiffonne, j'y peux rien.

Joey sentait que Tool lui disait la vérité en prétendant savoir peu de chose.

— D'après c'qu'j'ai vu, fit-il, ce mec s'aime davantage que n'importe qui d'autre. C'est sûr que c'est pas l'genre à chialer, à se morfondre et *tutti quanti.*

Attends un peu que Chaz entende ce que Mick Stranahan a à lui dire, songea Joey, on verra s'il se morfondra pas, là.

— Vous pensez qu'il a fait ça, lui dit-elle, je le vois.

— L'un ou l'autre, ça fait pas de différence pour ma paie.

— Dans votre genre de boulot, on peut sans doute regarder quelqu'un dans les yeux et savoir tout de suite s'il ment. Mr Perrone ne vous a pas trompé une seconde, je parie.

Tool paraissait immunisé contre la flatterie féminine, caractéristique fort peu répandue chez la gent masculine, selon l'expérience de Joey. Elle changea d'angle d'attaque.

— Ça fait longtemps que vous êtes garde du corps ?

— C'est ma première fois.

— Pas étonnant que vous soyez à cran, lui dit Joey. Vous en faites pas, Chaz reviendra sain et sauf, tant qu'il ne tente rien d'idiot.

— Il en serait bien capable, fit Tool ; ce que j'essaie de capter, c'est comment votre copain s'inscrit dans le tableau, comment il en est arrivé à — comment qu'on dit déjà — *machinancer* le chantage.

— Il était au bon moment au bon endroit. C'est tout.

— C'est le même qu'est entré par effraction dans la maison de mon bonhomme, hier au soir ? Pasque, si c'est lui, j'lui dois un chien de ma chienne. Un gus d'un certain âge ? Bronzé de chez bronzé ? Ça m'a eu l'air d'être lui dans le canoë, mais j'ai pas très bien vu depuis cette péniche. Ces saletés de carreaux étaient tout barbouillés de sel.

— Oui, c'est bien lui, fit Joey.

Tool le découvrirait de toute façon dès que Mick reviendrait avec Chaz.

— Il est assez vieux pour être votre papa, hein ?

— Pas vraiment, dit-elle sur la défensive.

— Ben, il est balèze, l'enfoiré. Je lui accorde ça. Il m'a pas loupé.

Tool se tâta la pomme d'Adam, songeur.

— Il assure pas mal comme mec, concéda Joey. Dites voir, c'était quoi le nom de votre femme ?

— Jean. Jeannie Suzanne, on l'appelait comme ça.

— Elle vous manque ? lui demanda Joey.

— Non, plus maintenant. Le temps guérit de tout, comme on dit.

— Croyez-vous que sa femme manque à Mr Perrone ?

— Tu parles, Charles. Il a enlevé toutes ses photos... y en a plus une seule dans la maison.

— Mais il vous a dit qu'elle était jolie.

— Oui, c'est ce qu'il a dit, mais elle pouvait être moche comme un pou pour ce que j'en sais.

Tool haussa les épaules.

— On m'paie pas pour découvrir ce genre de truc.

— Faut que j'y aille maintenant, lui dit Joey. Merci pour la bavette.

Tool parut déçu.

— Pouvez pas rester jusqu'à ce qu'y reviennent ?

Elle fit non de la tête.

— Vaut mieux pas. J'ai des ordres.

— Moi aussi, dit Tool avec lassitude et frustration.

C'était de loin la pire soirée de sa vie que passait Chaz Perrone.

— T'as fini ? lui demanda le maître chanteur.

Chaz s'essuya les lèvres, cracha fort par-dessus bord, tâchant de se purger la bouche du goût de vomi. Il ne voyait absolument pas comment l'individu avait tout découvert au sujet de Red Hammernut. C'était la seconde nouvelle désastreuse qu'on communiquait à Chaz dans ce canoë, la première étant que le maître chanteur était un témoin oculaire du meurtre de Joey.

— T'es surpris que j'aie fait mon enquête, lui dit l'individu. Ricca l'a été, aussi.

Il est au courant pour Ricca aussi ? songea Chaz, malheureux comme les pierres. Quel cauchemar.

Il se boxait la tête, tentant de venir à bout du chœur insupportable des moustiques. Ces satanées bestioles semblaient lui avoir percé les tympans jusqu'à la matière grise. D'autres sons inquiétants s'élevaient de la baie obscure ; des éclaboussements violents et sonores, des cris d'oiseaux perçants.

En Enfer, se dit Chaz. Voilà où je suis.

— Ton pote Hammernut est propriétaire d'un paquet de terrains agricoles au sud du grand lac, reprit l'individu. Je devine que tu falsifies les prélèvements d'eau afin de la faire passer pour propre. Ça lui épargne des fortunes, aussi. Il te paie combien ? Sans compter ton Hummer tout neuf, s'entend.

Chaz se détourna, prévoyant une nouvelle giclée de lumière.

— Vous ne savez pas ce que vous dites, persista-t-il d'une voix rauque.

— Oh que si, je le sais. Et toi aussi.

Chaz n'arrivait pas à déchiffrer l'expression du maître chanteur, mais le blanc croissant d'un sourire était visible.

— Autre info pour toi, mon p'tit Chazzie : Karl Rolvaag n'a rien à voir là-dedans. J'ai jamais rencontré ce mec-là de ma vie et t'as intérêt à prier que ça n'arrive pas.

Chaz refréna un nouvel accès de nausée. Il baissa la tête et attendit que ça passe.

— Et le faux testament alors ? marmonna-t-il à l'intention de ses rotules.

— Quel testament ? fit l'individu.

— Ah, merde.

— Si jamais tu gerbes dans ce canoë, tu rentres à la nage.

— Ça va aller, dit Chaz. Patientez un instant.

Il lui traversa l'esprit qu'il ne saurait même pas dans quelle direction nager. Le ciel s'était dégagé mais les constellations scintillantes ne permettraient pas au Dr Charles Perrone, d'une ignorance aussi crasse en astronomie que dans les sciences de la terre, de s'orienter.

— Quel testament ? redemanda le maître chanteur. Celui de votre femme ?

— Oubliez ça.

Donc, il était *bon*, songea Chaz, le document que Rolvaag lui avait montré. Treize millions de dollars à mon nom, et tout ce qu'il me reste à faire, c'est d'éviter le Couloir de la Mort.

— Supposons que je réunisse la somme, dit-il.

— Oui, supposons, fit le maître chanteur en éclatant de rire. Apporte-la dans une valise. Et maintenant les questions.

— Oh, ça va, dit Chaz.

— J'en ai que deux. Primo, pourquoi tu l'as épousée ?

De mieux en mieux, se dit Chaz. C'est Montel Williams, le bon samaritain de la télé, qui me fait chanter.

— Parce que je l'aimais vraiment beaucoup, répondit-il avec impatience. Elle était drôle, jolie à regarder et intelligente. J'ai cru que j'étais prêt à me caser.

Sans prévenir, le maître chanteur le frappa avec la pagaie, le côté plat atterrissant en plein au sommet du crâne de Chaz. Malgré la pénombre, il vit venir le coup, un arc de cercle flou. Il gémit et piqua du nez sous le choc. Le canoë tangua mais ne chavira point.

— Tout ce que tu voulais, fit l'individu, c'était une fille canon à ton bras, Chazzie. Une fille que tes potes remarqueraient, qui les feraient causer et saliver... l'équivalent féminin d'une Rolex neuve. Tu t'es pas marié, tu t'es accessoirisé.

Chaz se releva lentement au fond du canoë pour se remettre à genoux. Se tâtant le cuir chevelu, il sentit s'y former une bosse. Entre-temps, le maître chanteur avait recommencé à pagayer, comme si de rien n'était. Il avait l'air bronzé et costaud, mais était si vieux que Chaz avait été complètement surpris par le coup qu'il lui avait porté si soudainement. C'était le genre de truc digne d'une jeune tête brûlée.

— Et le fait qu'elle soit riche ne gâtait rien, pas vrai ? ajouta l'individu.

— Je lui ai jamais réclamé un sou, protesta Chaz.

— Ce qui m'amène à la seconde question : pourquoi tu l'as balancée dans l'océan ?

Chaz déglutit d'une façon qui évoquait l'agonie d'un crapaud-buffle. Il n'avait nullement l'intention d'avouer son crime.

— Je crois que t'as envie de passer la nuit dans le coin, lui dit le maître chanteur, en solitaire.

— S'il m'arrive quoi que ce soit, vous serez pas payé.

Les éclats de rire de l'individu firent frissonner Chaz.

— Essaie de piger, petit, c'est pas qu'une question d'argent. J'ai les boules.

— Mais vous la connaissiez même pas !

— C'est marrant, j'ai l'impression que si pourtant.

L'individu fit pivoter calmement la pagaie hors de l'eau et frappa Chaz en pleine poire : pas assez fort pour le renverser, mais assez toutefois pour lui froisser le nez.

— Nom de Dieu ! s'écria Chaz, en sentant un filet tiède lui couler sur les doigts.

— Comme tu peux voir, fit le maître chanteur, je prends l'affaire très à cœur. Dis-moi pourquoi t'as fait ça et je te ramène en deux coups de pagaie à l'estacade.

— Je peux simplement pas.

— Chazzie, tu sais que je sais ce qui s'est passé exactement. Tout ce que je te demande, c'est pourquoi.

L'individu marquait un point, là. Il savait déjà tout et Chaz n'était pas chaud pour se faire moucher à nouveau.

— Et si vous portiez un micro ?

Chaz se pinçait les narines, tâchant d'étancher le sang. Ça lui donnait la voix de Donald ou Daffy Duck.

Le sourire du maître chanteur brilla encore une fois à la lueur des étoiles.

— Tu es impayable, lui dit-il en ôtant son tee-shirt.

Puis il braqua le faisceau de la torche à bout de bras et à rebours vers son torse nu, qui noircissait à vue d'œil sous la ruée des moustiques.

— Tu vois ? Pas de micros cachés, dit-il à Chaz. Tu te sens mieux maintenant ?

— Je crois.

— Alors, réponds à ma question, s'il te plaît.

— J'ai cru que Joey m'avait chopé la main dans le sac, s'entendit répondre Chaz. J'ai cru qu'elle avait compris la magouille de l'eau.

— Et tu l'as balancée par-dessus bord pour ça ? Au beau milieu de cette saloperie de Gulf Stream ?

— Vous ne comprenez pas, dit Chaz. Si jamais elle bavassait sur mon compte et celui de Mr Hammernut... vous pouvez pas comprendre les implications. Le hic, c'est que j'avais pas le choix. Si seulement, elle...

— Elle quoi, Chaz ?

Si seulement elle m'avait donné une bonne raison de *ne pas* le faire, songea Chaz. Comme me montrer le nouveau testament, par exemple.

— Oubliez ça, dit-il.

Le maître chanteur se mit à pagayer avec plus de détermination et Chaz s'émerveilla de la vitesse à laquelle ils glissaient sur l'eau. Répugnant à tout exercice, il n'avait jamais été friand de canoë ; un bateau de ski nautique, équipé d'un Mercury de deux cents chevaux, était l'idée que Chaz se faisait d'une embarcation de rêve.

— Et le pif, comment va ? lui demanda le maître chanteur.

— Ça fait mal.

Le nez de Chaz avait enflé jusqu'à la taille d'un poivron.

Ils arrivèrent bientôt au long canal par lequel ils avaient pénétré dans la baie, et Chaz fut immensément soulagé. Le maître chanteur le ramenait à Flamingo.

Soudain, l'individu cessa de pagayer et se redressa. Chaz entrevit qu'il luisait de sueur et entendit le zonzon vorace des insectes sur son visage et son torse.

— Vous voulez de l'antimoustique ? lui proposa Chaz.

L'individu pouffa.

— Non, merci.

Il tendit la pagaie à Chaz en lui disant :

— À ton tour, terreur.

— Quoi ?

— Ouais, moi, je suis HS...

Chaz saisit la pagaie et l'examina comme s'il s'agissait d'un appareil d'une technologie compliquée.

— S'il te plaît, me dis pas que t'as jamais pagayé de ta vie, fit le maître chanteur.

— Bien sûr que je l'ai fait.

Chaz tenta de se souvenir de la dernière fois... ça remontait à l'époque de son doctorat, sur un lac écumeux de Caroline du Nord. Avec un autre étudiant, ils aidaient un professeur à rechercher la trace d'excréments de rat musqué, dissous dans les sédiments au fond dudit lac. Chaz avait terminé la journée avec des ampoules, crevées, aux paumes des deux mains. Il n'avait pas pu faire de swing au golf pendant un bon mois.

— Qu'est-ce que t'attends, Chazzie, on repart à la dérive vers Whitewater.

— Désolé, je suis pas d'attaque. Ma tête me fait un mal de chien.

— Ça va aller.

— Mais j'arrête pas de saigner, bon Dieu.

— T'as déjà vu *Délivrance* ? fit le maître chanteur. Tu te rappelles ce qui arrive au grassouillet de la bande ?

Chaz pagaya sans plus se faire prier.

20

Se faire traiter de ripou était une expérience nouvelle pour Karl Rolvaag : ça le maintint éveillé une bonne partie de la nuit. Il était plus intrigué qu'indigné, car il était impossible de se sentir insulté par un individu tel que Charles Perrone. L'accusation de chantage était si ahurissante que l'inspecteur la considéra comme un tournant critique de l'enquête, un indice non moins important que les bouts d'ongle plantés dans le ballot d'herbe détrempée.

Rolvaag resta sous sa douche froide rituelle, une bonne vingtaine de minutes, à repasser dans sa tête son étrange conversation avec le mari de Joey Perrone. Il ne doutait pas que l'homme soit soumis à une tentative d'extorsion, mais qui le faisait chanter ? Et quel était son moyen de pression ?

Perrone avait fait vaguement allusion à un « témoin oculaire bidon », ce qui avait fait germer l'hypothèse tentante qu'il en existât un, bel et bon. Pourtant un tel scénario nécessitait que ledit témoin soit encore plus vénal et d'un sang-froid plus monstrueux que le sieur Perrone ; un individu capable d'assister au meurtre d'une femme sans tenter de l'empêcher ; un individu qui, au lieu d'aller à la police vite fait, irait direct trouver l'assassin en exigeant qu'on lui achète son silence.

Étant donné l'abondance pestilentielle de crapules de tout poil en Floride du Sud, il était fort possible que le crime de

Perrone ait été surpris par un dégénéré de la même trempe. Pourtant, Rolvaag jugeait plus vraisemblable que le maître chanteur ne fût pas un autre passager de la croisière, mais bien plutôt quelque fripouille inventive qui avait appris la disparition de Joey Perrone en lisant les journaux. En tout cas, l'inspecteur n'était pas mécontent que cette menace ait engendré chez Perrone une agitation et une paranoïa telles qu'il en vienne à accuser un inspecteur de police de tirer les ficelles. En étant aussi stressé, un criminel commet souvent des erreurs par imprudence et Rolvaag avait bon espoir que le veuf dépourvu de remords persévérerait dans cette voie d'autosabotage.

Terriblement tentant était le lien unissant Perrone et Samuel Johnson Hammernut. Rolvaag n'avait rien découvert qui donnât de la substance à la piètre version de Perrone, selon laquelle le 4×4 de soixante mille dollars avait été un cadeau de sa femme, Hammernut jouant en toute innocence les intermédiaires. Rolvaag était persuadé que, pour le nabab agricole, le Hummer — et que pouvait-on imaginer d'autre ? — n'était qu'un bakchich versé à Chaz. Rolvaag avait noté que les types de la famille de Red Hammernut n'étaient pas atteints de générosité spontanée et exigeaient d'habitude quelque chose de précieux en contrepartie.

Qu'est-ce qu'un biologiste flemmard et ignare tel que Perrone avait à lui offrir ? L'inspecteur avait sa petite idée.

Venait ensuite le remarquable « Testament et dernières volontés » de Joey Perrone, qui avait excité jusqu'au placide capitaine Gallo. Si le testament se révélait bidon, le faussaire était très probablement le maître chanteur. Quel meilleur moyen de mettre la pression sur Perrone que de rencarder les flics qu'il avait un mobile de meurtre à treize millions de dollars ?

Toutefois, si le testament s'avérait authentique...

L'inspecteur arrêta l'eau et resta planté là, tout songeur et dégoulinant. Il n'était pas certain de la validité de ce damné papelard. Si un expert graphologue déclarait que la signature avait l'air authentique, un autre pensait qu'elle était imitée. Les gestionnaires de la fortune de Joey Perrone possédaient un testament signé dans leurs archives, mais avaient rechigné à en fournir une copie en l'absence d'un certificat de décès.

Que le document communiqué anonymement à Rolvaag soit vrai ou faux, ce dernier projetait de faire tout ce qui était en son pouvoir pour empêcher le sieur Perrone de récupérer un seul sou de la succession de feu son épouse. Le plus sûr moyen d'y parvenir, du point de vue de l'inspecteur, c'était de boucler ledit Perrone sous les verrous pour le restant de ses jours. Cet objectif en était venu à occuper Rolvaag si exclusivement qu'il avait repoussé, à titre temporaire, la corvée de faire ses cartons en vue de son déménagement dans le Minnesota.

Il s'épongea avec sa serviette et enfila un jean. En se dirigeant vers la cuisine, il s'aperçut qu'on avait glissé une autre feuille de papier sous sa porte, « on » étant sans doute Mrs Shulman ou l'un de ses espions. Cette intrusion répétée suffit à faire envisager au policier une mesure de blocage genre matelassage, mais comme il devait vider bientôt les lieux...

Rolvaag ramassa la feuille. C'était un flyer avec la photo couleur d'un chien d'aspect malingre aux yeux chassieux :

PERDU !!!
Pinchot, loulou de Poméranie, onze ans (castré),
Souffrant de la cataracte, de diverticules, de la goutte.
Si vous le retrouvez, prière de ne pas l'approcher ni même de tenter de le toucher !
Contactez SVP Bert ou Addie Miller, appart 9-L, Saw Grove.
250 $ de Récompense !!!

Rolvaag en eut mal au cœur. Même si le syndic de copropriété avait averti les Miller de garder en laisse leur clebs sénescent, l'inspecteur se sentait personnellement responsable du triste sort du petit Pinchot... boitillant, à moitié aveugle, c'était du nanan pour un python en maraude. Rolvaag résolut de passer le reste de son samedi à fouiller le périmètre à la recherche de ses serpents échappés ; l'un d'eux serait sans nul doute ralenti par une bosse révélatrice de la taille d'un loulou de Poméranie. Comme il se devait, les Miller seraient consolés et dédommagés en totalité.

Mais d'abord, Rolvaag avait encore un reliquat de boulot policier à régler.

Il tria le fatras dans sa serviette jusqu'à ce qu'il retrouve le numéro de Corbett Wheeler en Nouvelle-Zélande. L'inspecteur était en train de laisser un long message sur le répondeur du frère de Joey quand ce dernier décrocha en lui disant :

— Reprenez au début, s'il vous plaît, je dormais comme une souche.

Rolvaag s'excusa puis lui demanda :

— Votre sœur avait-elle fait son testament ?

— Oui, mais laissez-moi deviner. Un nouveau a fait surface ?

— Il semblerait. Et elle y laisse tout à son mari.

Corbett Wheeler éclata de rire.

— Je vous ai déjà dit que c'était un connard, pas vrai ? Comment peut-il croire qu'il va se tirer d'un truc pareil ?

— Là est le hic, Mr Wheeler. Je ne crois pas que ce soit Charles Perrone qui ait fabriqué ce testament, à supposer qu'il le soit.

— Joey n'aurait même pas laissé à ce queutard le prix d'un ticket de bus pour...

Un craquement de parasites longue distance rendit obscur le commentaire acerbe de Corbett Wheeler.

— J'espérais que vous auriez une copie du testament original, lança Rolvaag.

— J'en ai une, bien entendu. Mais pour en revenir à Chaz... qu'est-ce qui vous rend si certain que ce n'est pas lui le faussaire ?

— Le fait que ce nouveau testament en ferait le principal suspect dans la disparition de votre sœur. Ça lui donne une très bonne raison de la tuer, un détail qui nous manque dans cette affaire.

Un parmi beaucoup d'autres, aurait pu ajouter le policier.

— Pour être tout à fait franc, poursuivit Rolvaag, je ne crois pas Chaz idiot — ni même intéressé — au point de courir un tel risque.

Corbett Wheeler hulula.

— Et moi, je crois que c'est exactement ce qu'il veut vous faire croire. Voyons, mon vieux, qui se donnerait autant de peine pour le piéger ?

— C'est ce que j'essaie de découvrir.

Rolvaag ne fit pas part à Corbett Wheeler de la possibilité que quelqu'un à bord du *Sun Duchess* eût assisté au meurtre de Joey. Il évitait toujours avec soin d'encourager les espoirs des proches d'une victime.

— Ça nous aiderait de voir le testament en votre possession, insista Rolvaag.

— Pas de problème.

Nouvelle giclée de friture.

— ... Il se trouve dans un coffre à Auckland.

— Vous pourriez nous en envoyer une photocopie par FedEx ?

— Et si je vous l'apportais en personne ? proposa le frère de Joey.

L'inspecteur tâcha de cacher sa joie.

— Encore mieux. Mais je croyais que vous ne vouliez plus jamais remettre les pieds aux States ?

— Moi aussi, Karl. Mais les choses ont changé, non ?

À l'autre bout du fil, Rolvaag entendit ce qui lui parut le *plop* discret d'une bouteille qu'on débouchait. Le policier ressentit l'envie pressante d'une Foster's bien fraîche.

— On dirait, fit Corbett Wheeler, que feu ma petite sœur a besoin que quelqu'un veille sur ses intérêts. Et, soit dit en passant, le vrai testament ne me laisse rien à moi non plus... au cas où vous vous interrogeriez sur mon mobile.

L'inspecteur assura au frère de Joey que tel n'était pas le cas.

— Quand arriverez-vous ? lui demanda-t-il.

— Après-demain. La cérémonie aura lieu jeudi prochain.

Une fois de plus, Rolvaag fut pris au dépourvu.

— Quelle cérémonie ?

— Celle que j'organise à la mémoire de Joey, répliqua Corbett Wheeler en étouffant un renvoi. Vous avez une jolie petite église à me conseiller, Karl ? Catholique, luthérienne, méthodiste... pas d'importance, tant qu'on peut y loger une chorale.

Tout en écoutant l'histoire de Chaz Perrone, Red Hammernut songeait aux nombreuses bénédictions, mais aussi aux corvées, qui lui avaient été octroyées. Une grosse entreprise agricole comme la sienne était un défi à relever, reposant comme c'était le cas sur une pollution à grande échelle et les mauvais traitements systématiques, infligés à de la main-d'œuvre immigrée. Pour Red, ce n'était pas un mince exploit que de ne pas avoir les fédés sur le dos et de faire casquer en même temps le contribuable sous la forme d'aides lucratives à l'agriculture et de prêts à des taux ridiculement bas, remboursables ou non au cours de ce siècle. Il pensait aussi aux centaines de milliers de dollars dont il avait fait don pour financer des campagnes électorales ; aux milliers d'autres non répertoriés, couvrant dessous-de-table purs et durs, putes, location de yachts privés, dettes de jeu et autres cadeaux discrets ; et, pour parachever le tout, aux heures innombrables passées à lécher le cul, contraint et forcé, de ces mêmes abrutis de politiques dont il avait acheté le soutien.

C'était tout sauf une sinécure. Et Red Hammernut piquait sa crise chaque fois qu'il entendait un de ces gauchos de merde qualifier la loi fédérale en faveur de l'agriculture d'aide sociale à l'entreprise. Le terme connotait une oisiveté satisfaite alors que personne ne bossait plus dur que Red pour faire circuler l'argent et éviter les emmerdes. Et voilà que tout le foutu bataclan était menacé de s'écrouler par la faute d'un seul individu.

— Payez-le. Je vous le conseille, résuma un Chaz Perrone présomptueux. Je sais bien que c'est une chiée de blé, mais quoi faire d'autre ?

Ils se trouvaient dans le bureau de Red Hammernut donnant

sur le plan d'eau pollué bien que paisible. Chaz et Tool avaient roulé direct de Flamingo à LaBelle où, parvenus à quatre heures du matin, ils s'étaient assoupis comme des toxicos dans le parking. Chaz avait les narines encroûtées de sang et la figure criblée jusqu'à l'extravagance de piqûres d'insectes cramoisies. Red Hammernut ne put s'empêcher d'en rester bouche bée. Le lascar avait tout l'air d'une photo tirée d'un manuel sur les maladies tropicales.

— Il nous tient par les roubignolles, disait Chaz du maître chanteur. Je vois pas d'autre choix, sinon le payer.

Red Hammernut lui répondit qu'il n'y avait jamais un seul choix, quel que fût le problème.

— Mais voyons voir si je pige bien la situation, pasque tu l'as survolée à la vitesse V. Qu'est-ce qui se passe avec le flic ? Celui qui entrait chez toi par effraction, tu pensais, et qui parlait comme Moïse au bigo ?

— Je me suis trompé. C'était pas lui, fit Chaz coupant court. Il ne trempe pas là-dedans.

— Ce qui est du moins une demi-bonne nouvelle, non ?

— Sauf qu'il a découvert, grâce au concessionnaire, que vous m'avez payé le Hummer.

— Tiens, tiens, dit Red Hammernut.

— Alors je lui ai dit que vous et Joey étiez amis et que vous aviez fait ça pour lui faire une fleur... que vous avez acheté le Hummer pour mon anniversaire et qu'elle vous l'a remboursé ensuite.

— T'as pas trouvé mieux ? Bon sang de bois.

Red Hammernut tourna son regard vers Tool dont la tête dodelinait.

— Ça va, toi ?

— Dans le coltar, c'est tout.

— Alors, va te coucher.

— Oui, chef, ça c'est une idée qu'elle est bonne.

Tool repoussa le fauteuil d'un coup de pied et se roula en

boule tel un ours obèse sur la moquette, au pied du bureau. Red Hammernut hocha la tête d'un air incrédule.

— Donc, si l'inspecteur vous questionne sur le Hummer..., conclut Chaz.

— T'en fais pas, fiston, je leur servirai la même histoire que toi, dit Red Hammernut. Et maintenant parlons de cette affaire de chantage. Ce fils de pute réclame un demi-million et, pour une raison qui m'échappe, tu penses que c'est moi qui dois les lui payer.

— Red, j'ai pas une somme pareille.

— Ma question est la suivante : que fera-t-il si tu paies pas ? Au pire ? Dire aux flics qu'il t'a vu pousser cette pauvre Joey pardessus bord ?

— Et ça vous suffit pas ? bêla Chaz.

— Primo, faudra qu'il prouve qu'il était bien sur ce bateau.

— Vous inquiétez pas, il y était.

— Alors, c'est ta parole contre la sienne, fit Red Hammernut, tout en songeant au raffut médiatique dès que l'accusation serait rendue publique.

Jusque-là, Chaz n'avait fait preuve d'aucune capacité de fermeté sous la pression et Red Hammernut doutait fort que sa maîtrise de soi s'améliore quand on le désignerait comme suspect d'un meurtre. Si Chaz avait effectivement tué sa femme, il risquait de se déballonner face à un interrogatoire de police musclé. Ce qui pouvait se révéler catastrophique pour les Fermes Hammernut en général, et encore plus pour Red en particulier.

— Cet empaffé est au courant de tout, disait Chaz.

Red Hammernut cliquetait des dents.

— Ouais, je t'ai bien entendu la première fois.

— Il sait pour le Hummer, les tests de phosphore... Me demandez pas comment, mais il a fait le rapprochement.

— Manque de bol, conclut Red Hammernut.

Avoir acheté ce 4×4, c'était sa faute, sa très grande faute ; il avait cédé parce qu'il en avait eu marre d'entendre Chaz geindre qu'il lui en fallait un. Red voyait les choses comme ça :

le maître chanteur avait sans doute engagé un privé pour enquêter sur Chaz, ce qui l'avait conduit, au fil de la paperasserie, à l'acte de vente du Hummer. Dès que le nom de Red avait surgi, pas besoin d'être Sherlock Holmes pour faire le lien entre la ferme et le biologiste qui testait le niveau de pollution de ses eaux de ruissellement.

— C'est une énorme galère, j'te l'accorde, dit Red Hammernut à Chaz. Mais un demi-million de billets verts, c'est pas très appétissant comme choix.

— Mais Joey m'a laissé que dalle, Red. Je n'ai que ce qui me reste sur mon compte en banque.

Red Hammernut calcula qu'il avait dû lâcher à Chaz de vingt à trente mille dollars en espèces au fil des années ; il en avait sans doute claqué les trois quarts en cotisations de golf et autres *lap dances* de strip-teaseuses.

— On se calme, les mecs. Faisons marcher nos petites cellules grises.

Red tira du tiroir du bas de son bureau une bouteille de Jack Daniel's et en remplit trois verres. Tool lampa le sien sans quitter sa position couchée sur le dos.

— Bon, on a jusqu'à quand pour lui donner une réponse ? demanda Red Hammernut.

— Il m'a dit qu'il me rappellerait lundi matin, fit Chaz.

— Et il est pas seul dans le coup, hein ? Tu m'as dit qu'il avait une copine.

La voix de Tool s'éleva du ras du sol.

— Son nom, c'est Anna ou un truc comme ça. Elle sait pas grand-chose.

— Bien, fit Red Hammernut, même s'il n'avait qu'une confiance limitée dans le jugement de Tool. Et tu lui as pas flanqué une pétoche du diable ?

— Ça en a pas eu l'air, grommela Tool.

— Et tu trouves pas ça bizarre ?

— Chef, ça fait un bail qu'j'ai renoncé à piger les bonnes femmes.

— Amen, dit Chaz Perrone.

— Bon, disons que la copine sait ce que le maître chanteur sait, fit Red Hammernut, et partons de là. Qui est partant pour une autre tournée ?

Tool leva son verre afin qu'on le lui remplisse.

— Je pourrai rentrer chez moi quand, Red ?

— Dès que ce foutoir sera fini. Y en a plus pour longtemps, promis.

— Mon jardin me manque. Et toutes ces jolies petites croix blanches.

— Reste avec nous, fiston, lui dit Red Hammernut. Tu fais du super bon boulot.

Chaz Perrone s'éclaircit la gorge.

— Pour être franc, Red, il a encore de quoi s'améliorer. Sans vouloir vexer personne, mais ça devait être dit.

Red Hammernut espérait que Chaz aurait le bon sens de ne pas se plaindre de Tool en présence de l'intéressé, mais peine perdue.

— Hier soir, par exemple, s'empressa d'ajouter Chaz. J'ai fini par me retrouver tout seul avec ce givré de maître chanteur au beau milieu de ces Everglades de merde. *Dans un canoë.*

— Z'êtes encore vivant, pas vrai ? fit Tool.

Red Hammernut, qui ne voyait pas plus loin que le bord du bureau, entendit Tool qui se grattait.

— Ouais, j'suis vivant. Mais pas grâce à vous, le coupa Chaz. Puis s'adressant d'un ton suppliant à Red :

— Ce salopard m'a tapé sur la tête à coups de pagaie. Et regardez un peu dans quel état il a mis mon nez.

Red Hammernut s'efforça de compatir.

— Ce type a mauvais fond, aucun doute là-d'ssus.

— Je croyais que l'intérêt d'avoir un garde du corps, ronchonna Chaz, c'était de m'éviter ce genre de désagrément.

Tool releva la tête et, en guise de réfutation, affirma :

— Y avait pas de place pour trois dans ce canoë.

— Et l'autre nuit, chez moi, parlons-en, l'asticota Chaz. Le même individu vous a botté le cul.

— On va pas parler de ça, dit Tool.

— De l'eau a coulé sous le pont, acquiesça Red Hammernut.

— Il a cinquante balais minimum, continua Chaz, et il a failli vous buter !

Tool durcit le ton.

— T'arrête tes bobards maintenant, p'tit.

La patience de Red Hammernut était à bout.

— Z'allez la boucler, ma parole, vous deux, merde. C'est pas la maternelle ici.

Chaz fulmina en silence tandis que Red sirotait lentement son verre. Tool s'assoupit et se mit à ronfler.

Après quelques minutes à cran, Chaz explosa :

— Alors, qu'en pensez-vous, Red ? On le paie cet individu ?

— J'en pense qu'tu manques foutrement pas d'air, vu que c'est toi qui nous as fourrés dans cette panade à rallonge.

Chaz parut blessé.

— Pourquoi ? Qu'est-ce que j'ai fait ?

Red songea : C'est la question à cinq cent mille dollars.

— C'est grave, insista Chaz. Peu importe qui est cet individu, il peut tous nous couler.

De ce détail-là, Red Hammernut avait une conscience aiguë.

— Va m'attendre dehors, fiston. Faut que j'en touche un mot à Mr O'Toole.

— Bonne idée.

Chaz se dirigea d'un pas confiant vers la porte.

— Peut-être que vous, il vous écoutera.

Red Hammernut contourna son bureau. De la pointe de sa botte en peau d'autruche, il taquina la cage thoracique de Tool. Le mastodonte leva un œil morne en clignant des paupières.

— S'il vous plaît, Red, me renvoyez pas à Boca Raton, merde.

— Et si je double ta paie en la passant à mille par jour ?

Tool se redressa.

— Le toubib a tué bobonne.

— Ouais, t'as sans doute raison, fit Red Hammernut.

— Il s'est tapé une autre nana, je vous l'ai pas dit ? Il est pas veuf depuis une semaine qu'déjà y tringle à tout berzingue.

— Si c'était le Pape, dit Red, j'aurais pas besoin qu'tu m'aides.

Tool, que ça démangeait toujours quelque part, défit les bretelles de sa salopette pour se favoriser un accès.

— À dire vrai, chef, j'suis pas taillé pour être garde du corps.

— À dire vrai, c'est plus la qualification de ton boulot. À partir de dorénavant.

Samuel Johnson Hammernut lui décocha un clin d'œil et plaqua une enveloppe débordante de billets sur le bureau. Le visage de Tool s'éclaira.

— Je vais m'prendre un autre verre, dit-il.

Red lui passa la bouteille.

21

Joey se dorait au soleil, allongée sur la digue, quand elle aperçut un avion luire très haut dans le ciel. Ça la fit penser à ses parents et elle ne put s'empêcher de sourire en s'imaginant l'ours de cirque camé jusqu'aux yeux à la place du copilote dans le Gulf Stream maudit. Hank et Lana Wheeler avaient vécu et étaient morts avec un panache que Joey leur enviait. Forte de cet état d'esprit, elle ôta le haut de son bikini qu'elle balança sur le ponton. Il atterrit sur le museau du doberman de Mick, qui se réveilla avec un reniflement de curiosité.

Sur l'eau, en provenance du large, s'éleva un hourra bruyant, suivi d'applaudissements. Joey pivota sur elle-même et rougit : deux hommes passaient lentement devant l'île dans un flat skiff vert foncé, à une cinquantaine de mètres du rivage, pas plus. Les types, proches de la trentaine, ou venant à peine de la franchir, portaient d'amples chemises de pêcheur pastel, du style de celles des catalogues d'articles de plein air haut de gamme. Cross, au garde-à-vous, se libéra du soutien-gorge d'une secousse et se mit à aboyer. Joey se couvrit les seins de ses bras sous les huées des pêcheurs. Puis se recoucha en fermant les yeux, dans l'espoir qu'ils pousseraient plus loin. Elle en était venue à chérir la solitude de l'île et à comprendre l'hostilité de Mick pour tout visiteur indésirable.

Cross arpentait le ponton en écumant de rage, ce qui aurait

dissuadé la plupart des êtres doués de raison, mais avoir entrevu une femme à demi nue avait oblitéré le peu de sens commun que possédaient les jeunes gens du skiff vert. Joey sut, au bruit du moteur, qu'ils se rapprochaient.

Sombres crétins, se dit-elle.

Même en pleine baie de Biscayne, il n'y avait pas moyen d'éviter ce genre de mauvaises manières typique de la gent masculine. La brise marine apportait leurs gloussements salaces et leurs remarques libidineuses en sourdine : l'un des types se fendit d'une critique favorable de ses jambes tandis que l'autre spéculait avec espoir sur la présence d'un tatouage. Joey pria en vain que les aboiements fous furieux de Cross noient leur blabla de fraternité étudiante. Cependant, quand elle releva la tête, le bateau n'était plus qu'à une vingtaine de mètres de la digue.

— Eh, poupée, fit l'un des types, montre-nous tes nibards encore une fois.

Joey s'imaginait sans peine Chaz à bord de ce skiff, faisant les mêmes avances d'une colossale finesse à une parfaite inconnue. Elle se leva lentement et se dirigea vers le hangar où Mick rangeait son attirail de pêche. Il lui avait appris le maniement d'une canne à lancer et l'occasion lui parut bonne pour exercer sa précision. Distraits par un second aperçu de ses seins, les deux pêcheurs ne prirent pas garde que Joey fixait un gros vairon en plastique à la ligne… un *plug* lourd pour eaux profondes, hérissé de plusieurs hameçons triples.

Cross en délire tournait sur lui-même tandis que Joey gagnait, ainsi armée, le bout du ponton. Le jeune homme à l'avant du skiff donnait l'impression de se gargariser, sa façon à lui sans doute d'exprimer combien il appréciait le physique de Joey, qui projeta en arrière la canne à lancer. Le type, les yeux rivés sur la poitrine de Joey, ne vit donc pas le leurre décrire son arc brillant dans le ciel de midi. Joey ne sut trop si elle avait accroché la chemise ou la chair du cou de l'individu mais, en tout cas, elle donna un coup de poignet assez fort pour précipiter cet imbécile, qui beugla, à la flotte.

Elle l'avait mouliné à mi-distance du rivage quand Cross, succombant à d'anciens instincts, sauta du ponton pour se coller lascivement à la cuisse du pêcheur qui battait l'eau de ses bras. Son compagnon alarmé vociférait sans songer une seconde à faire montre d'héroïsme ; au lieu de ça, bloquant la manette du skiff en marche arrière, il s'éloigna de l'île en reculant, à bon escient.

Le ramdam était encore manifeste quand Mick Stranahan arriva quelques minutes plus tard dans le Whaler en compagnie de Rose, l'amie pleine de sagesse de Joey au club du livre. Cross relâcha sa prise sur le pêcheur et pataugea avec quelque difficulté jusqu'à Mick qui, avec l'assistance de Rose, hissa le chien tout glissant dans le bateau. Sans se donner la peine de décrocher le nageur, Stranahan trancha le fil de pêche d'un coup de dents, puis ordonna au conducteur du skiff de venir récupérer son taré de compagnon. Le leurre, de la taille d'un concombre, demeura épinglé telle une broche criarde à la chemise du type qui barbotait. Joey avisa aussi une déchirure dans son short cargo — la contribution enthousiaste de Cross — au moment où le lascar se hissa par-dessus le plat-bord du skiff, qui démarra aussitôt à toute vitesse.

Cette scène extravagante parut frappée d'irréalité aux yeux de Rose qui, sautant du Whaler, serra Joey dans ses bras avec fougue, tout en s'exclamant :

— Tu es la morte la plus canon que j'aie jamais vue !

Joey nota que Rose avait décoloré ses cheveux, qui lui tombaient aux épaules, jusqu'à une nuance de blond à faire pâlir de jalousie les sœurs Gabor elles-mêmes. Elle portait un pull-over, des collants noirs et des baskets blanches... elle devait se rendre au fitness, sans doute, quand Mick l'avait interceptée.

Il pointa du doigt le skiff vert, qui n'était plus qu'une petite tache s'amenuisant vers le continent.

— Ces abrutis t'ont donné du fil à retordre ?

— Ils ont essayé, fit Joey, mais moi et Cross, on leur a appris les bonnes manières.

Mick l'attira à lui, l'embrassa dans le cou en lui murmurant :

— Vaudrait mieux que tu remettes le haut. T'es en train de griller.

Tandis que Rose et Joey se retrouvaient, Mick mit la table de pique-nique et prépara le repas : chaudrée de conques, salade de pamplemousse, sandwiches aux sardines et sangria. La journée était frisquette, ils prirent leur temps, Rose interrompait fréquemment le récit de Joey pour se répandre en injures contre Chaz Perrone.

— L'enfant de salaud, répéta-t-elle au moins pour la cinquième fois. J'en reviens toujours pas qu'il t'ait poussée par-dessus bord !

— Et moi, j'en reviens pas de ne pas m'être brisé le cou, renchérit Joey.

— T'es pas encore allée chez les flics ?

— C'est mieux comme ça. Comme ça, j'obtiens des réponses.

— À propos, dit Rose, fouillant dans son sac à main. Je crois que j'ai trouvé ce que tu voulais à la bibliothèque.

Elle sortit une pile de photocopies de coupures de presse, pliées en deux. Stranahan lut avec un grand sourire et à haute voix le premier gros titre : POLLUTION DES EVERGLADES : FERME DE LA RÉGION MONTRÉE DU DOIGT.

— Surprise, surprise, dit Joey.

Rose croqua bruyamment un bâtonnet de carotte.

— Bon, explique-moi. C'est qui ce Samuel Hammernut et qu'est-ce qu'il a à voir avec ton mari ?

— Chaz lui appartient, intervint Mick. Il semblerait du moins.

Joey parla à Rose des tests d'eau que Chaz effectuait dans les Everglades et du 4×4 neuf que les Fermes Hammernut lui avaient acheté. Rose la prit dans ses bras pour la consoler en lui disant :

— Ne le prends pas mal, ma douce, mais j'ai toujours su que ton mec était une pute. Bon, quoi d'autre ?

— Mon frère atterrit à Fort Lauderdale, lundi.

Rose eut l'air intriguée.

— Celui qui vit en Australie et que personne n'a jamais vu ?

— En Nouvelle-Zélande, rectifia Joey. Corbett et toi, vous êtes les seuls à savoir que je suis toujours en vie. En plus de Mick, bien sûr.

— Qui, soit dit en passant, n'a même pas voulu me raconter comment vous vous êtes rencontrés.

Joey décocha à Mick un haussement de sourcil signifiant : « Tu te fous de moi ? »

— Il m'a sauvé la vie, c'est tout, répondit-elle à Rose. C'est lui qui m'a repêchée dans l'océan.

Rose s'empara de la carafe de sangria.

— C'est *incroyablement* romantique. Il t'a vraiment sauvée ? De la noyade, quoi.

— Des requins, aussi, ajouta Mick, pince-sans-rire. Et des pieuvres géantes mutantes.

Joey lui pinça le lobe de l'oreille. Elle était heureuse qu'il se soit calmé depuis Flamingo, la veille au soir. Il avait été furieux d'apprendre qu'elle avait quitté la chambre du motel pour bavarder avec le garde du corps de Chaz.

— Je suppose que ton frère vient ici pour ratatiner ce froussard de Chaz, fit Rose.

— Il adorerait, mais non, répondit Joey. Il organise un service funèbre à ma mémoire dans une église de Boca Raton. Ce sera annoncé dans les journaux.

Rose regarda tour à tour Stranahan et Joey.

— Z'êtes méchants comme la gale, vous autres.

— Des amateurs à côté de Chaz, fit Mick.

Rose reposa son verre et se frotta les mains.

— Bon, dites-moi. En quoi je peux vous aider ?

— En assistant à la cérémonie, par exemple, dit Joey.

— Bien entendu.

— Et en faisant du rentre-dedans à mon mari.

Rose songea à la chose en deux temps, trois mouvements.

— Faudra que je couche avec lui ?
— J'aimerais mieux pas, fit Joey.

Charles Regis Perrone avait de l'expérience à revendre dans la façon de traiter avec les femmes en pétard et pour Ricca, il mit le paquet. Douze roses à longue tige, des chocolats Godiva, un magnum de Dom Pérignon... le tout fut livré à son appartement ce samedi après-midi-là. Pourtant, elle ne voulut pas décrocher. Le refus catégorique de Ricca de rétablir le contact était exaspérant mais excitant, aussi ; il révélait un côté dur assumé que Chaz n'avait jamais décelé chez elle. Il était confiant qu'une fois qu'elle aurait accepté de le revoir, il pourrait la reconquérir grâce à son arsenal fiable, où le charme de façade le disputait à la fausse sincérité et des exploits sexuels inoubliables. Alors qu'il sonnait pour la troisième fois à sa porte, Chaz vérifia dans ses poches la présence des puissants losanges bleus qui le doteraient, si tout le reste échouait, de la persuasion absolue.
— Va-t'en, lui dit Ricca de l'autre côté du battant.
— Ma chérie, je t'en prie.
— Je t'emmerde, Chaz.
— Mon chou, c'est pas juste.
Quand Chaz entendit le clic du verrou qu'on tournait, son moral remonta en flèche. Ricca ouvrit la porte et lui dit :
— Wouah, qui t'a fait ça ?
— Des moustiques.
— T'as les oreilles comme des goyaves pourries.
— Ben, merci. Je peux entrer ?
— J't'donne cinq minutes.
Chaz pénétra à l'intérieur. Il tenta de la prendre dans ses bras mais elle s'écarta.
— Où sont mes roses ? demanda-t-il.
— À la poubelle, fit Ricca.
Chaz grimaça en songeant à la note du fleuriste.
— Le champagne, je l'ai vidé dans les toilettes, ajouta-t-elle.
— Je vois. Et les chocolats ?

— Oh, eux, je les garde, dit Ricca, sauf ceux au nougat. Il te reste plus que quatre minutes.

Elle se tenait contre la porte, une main sur la poignée. En jogging froissé, pas maquillée, elle avait l'air épuisée.

— Qu'est-ce qui se passe ? Pourquoi tu veux plus me voir ? demanda Chaz.

— Parce que tu as tué ta femme.

— Qui t'a dit ça ?

— Un type qui a tout vu.

Chaz sentit son crâne se vider de son sang. Il recula contre un fauteuil et s'y assit.

— Il t'a vu pousser Joey par-dessus bord, fit Ricca. Il m'a raconté en détail comment tu t'y es pris.

— Et tu le crois ? fit Chaz, en jodlant à l'instar du folkeux Slim Whitman.

— Tu l'as attrapée aux chevilles et tu l'as fait basculer en arrière par-dessus la rambarde, poursuivit-elle. Bon Dieu, ça fait deux nuits que j'en ai pas fermé l'œil.

— Ce type me fait chanter, c'est tout. Il a appris que Joey avait disparu aux infos et...

— C'est une première pour moi, Chaz. Je suis jamais sortie avec un mec qui assassine sa femme.

— Attends. Tu crois sur parole un inconnu, une ordure, un arnaqueur...

— Tu as dit à cet inspecteur que j'étais ta femme de ménage.

Le ton de Ricca était glacial.

— Ta *femme de ménage* ?

Chaz se maudit intérieurement. Il se souvint de Rolvaag l'acculant à propos du coup de fil dans le hall du Marriott. Le flic n'avait même pas ouvert son calepin à ce moment-là, alors Chaz n'avait pas réfléchi une seconde. Ce fouinard de merde devait être hypermnésique.

— Rolvaag est venu te voir ?

Rose opina gravement.

— Il m'a posé toutes sortes de questions.

Chaz, un goût de bile dans la bouche, déglutit avec difficulté.

— Eh bien, qu'est-ce que j'étais censé lui répondre, Ricca... que j'appelais ma petite amie ? Ce type cherche à me coincer.

— Sans déconner. Il s'est donné beaucoup de mal pour localiser l'appel.

— Pardon. Dix mille fois pardon, fit Chaz. T'as pas idée de ce que je traverse.

Ricca ne montra aucun signe de dégel.

— Ma question est la suivante : comment se fait-il qu'il ne te croie pas ?

— Qui, le flic ? Oh, s'il te plaît.

Chaz eut un rire méprisant.

— Il essaie simplement de se bâtir une réputation en arrêtant un docteur pour meurtre.

Ricca leva les yeux au ciel comme pour dire : recommence pas avec tes « docteur » par-ci, « docteur » par-là.

— Allons chercher de quoi grignoter.

— J'ai pas faim, affirma-t-elle, d'ailleurs, tes cinq minutes sont terminées.

Chaz, tombant des nues, la vit ouvrir la porte et lui faire signe de s'en aller.

— Fais pas ça, lui dit-il. Me laisse pas tomber froidement. Je t'en supplie, Ricca.

Ah, bon Dieu, voilà qu'il la *suppliait.*

— C'est fini, lui dit-elle.

— Rien qu'un verre. Donne-moi une chance de te faire changer d'avis.

— Non, Chaz.

— Un petit verre de rien du tout ? Tu le regretteras pas.

— D'accord, mais pas ici. Tu finirais en essayant de me convaincre de poursuivre la conversation au plumard.

Une vague de soulagement balaya Chaz.

— Où tu voudras, dit-il.

Ricca choisit le bar d'un bowling voisin pour son manque d'intimité tonitruant. Le samedi était le soir des ligues et Chaz aurait eu davantage de chances de se faire entendre pendant une attaque de missiles de croisière en plein centre de Bagdad. Ricca partie aux toilettes, il sortit son flacon de losanges bleus et, afin d'éviter une répétition de son malencontreux rendez-vous avec Médéa, n'en fit tomber qu'un dans sa paume. Il l'avala à sec et vérifia l'heure à sa montre. La potion magique ne commencerait à faire effet que dans une heure et à ce moment-là, il espérait avoir décongelé le cœur de Ricca.

À son retour, Chaz s'aventura à lui presser tendrement le coude ; elle le repoussa comme s'il était atteint d'une maladie contagieuse. Il fut abasourdi d'une telle animosité, qui paraissait inébranlable, et aussi de son autodiscipline. Alors qu'il avait péniblement éclusé trois cocktails, elle avait à peine bu la moitié de sa Miller light. Accompagné par l'entrechoc symphonique des quilles de bowling, il s'excusa à profusion d'avoir parlé d'elle comme de sa « femme de ménage », ce qui, estimait-il, était plus un point de friction que l'assassinat de sa femme.

Cependant, Ricca ne mollissait pas.

— Il est temps d'y aller, fit-elle.

— Pas encore. Faut que tu me laisses terminer.

Chaz se considérait passé maître comme raconteur de craques, mais la vodka bas de gamme semblait avoir émoussé ses talents d'improvisation. Il se surprit à lâcher :

— Rolvaag t'a parlé du testament de Joey ?

— Nân, fit Ricca. De toute façon, d'après toi, elle donnait tout son argent aux animaux. Les yaks, les pandas, t'avais dit.

— Ma foi, c'est ce qu'elle m'avait raconté. Mais hier, ce même flic s'est pointé à ma porte avec un nouveau testament et m'a demandé si j'étais au courant. Un testament signé par Joey il y a, quoi, un mois de ça !

— Et alors, Chaz ?

— Mon chou, elle m'a *tout* laissé.

— Pourquoi elle aurait fait une bêtise pareille ?

Chaz se pencha en avant et baissa la voix.

— Treize millions de dollars !

— Ça te paiera des tonnes de cigarettes en prison. Tu devrais apprendre à fumer.

— Ah ah ah, ricana Chaz.

Mais il était déconfit. Il avait du mal à croire que la nouvelle de sa future fortune n'eût pas rallumé la flamme de Ricca. Qu'était-il arrivé à cette fille libérée, espiègle, qui se teignait les poils du pubis en vert et se les rasait en forme de trèfle pour lui ?

— Tu comprends pas ce que ça signifie ? insista-t-il. Songe à ce qu'on peut faire avec treize millions de dollars... les endroits incroyables où on peut aller, tous les trucs cool qu'on peut s'acheter.

— Chaz, tu as buté ta femme.

— Comment tu peux dire ça ?

— Ramène-moi chez moi, fit Ricca. Tout de suite.

Sur le parking, elle lança une remarque sur l'étrange raideur de sa démarche.

— Je me suis fait une entorse au genou, marmonna-t-il.

— En faisant quoi... en descendant du tabouret du bar ? Retourne-toi et fais-moi voir quelque chose.

— Laisse tomber.

— Chaz, tourne-toi.

Il était trop frimeur pour refuser. Même face à une frigidité si impénétrable, Chaz crut qu'entrevoir le renflement de son pantalon pourrait amadouer Ricca. La réaction de cette dernière, cependant, fut dénuée de tout ravissement ou d'impatience.

— Non, mais je rêve, fut tout ce qu'elle dit.

Chaz dépoussiéra un grand classique.

— J'peux pas m'en empêcher, mon chou. Regarde l'effet que tu me fais.

— Wouah. T'aimerais que je t'arrange ça ?

Chaz imprudent gémit par l'affirmative. Ricca lui fila un coup de genou ; il gémit derechef, mais plus de désir, cette fois.

— Je veux rentrer, dit-elle. Tu peux te fourrer ça dans la tête ?

Il conduisait en silence, l'esprit en rumeur. Ricca devenait carrément un problème. Un maxi problème. Tout en ne pouvant pas l'impliquer ouvertement dans la disparition de Joey, elle serait un précieux atout pour des procureurs en quête d'un scénario de crime crapoteux... la jolie maîtresse allant de pair avec l'héritage providentiel de Chaz. À en juger par ses dispositions, Ricca serait ravie de faire son devoir de citoyenne en témoignant contre lui. Sans avoir trop à la caresser dans le sens du poil, elle donnerait aux jurés, bavants et salivants, un récit de leur liaison, enjolivé de détails croustillants, et leur confierait sa piètre opinion actuelle du Dr Charles Perrone en tant qu'être humain. Son apparition au procès serait accablante pour lui.

— Dis-moi la vérité, fit Chaz. Tu penses vraiment que j'ai balancé Joey par-dessus bord ?

— Ouaip.

— Tu irais croire un parfait inconnu, une ordure de zonard qui se pointe au salon et te raconte une histoire à dormir debout ?

— Je sais quand les hommes me disent la vérité, lui répliqua Ricca. Ça m'arrive pas si souvent, alors quand c'est le cas, je le *sais*. Et, post-scriptum, il n'avait rien d'une ordure.

— Tu rigoles, cet individu est une brute épaisse ! Il a failli me tabasser jusqu'au coma avec la pagaie d'un canoë.

— Mais oui, c'est ça.

— T'as qu'à regarder mon nez !

Chaz était stupéfait qu'elle semble prendre le parti du maître chanteur. Il se rappela soudain la révélation intrigante de Tool : *le maître chanteur avait une copine.*

Ah ! merde, songea Chaz. Maintenant, ça prenait tout son sens. Cet enfoiré retrouve Ricca, tente de lui soutirer un supplément d'infos. Elle lui dit pas question, sauf si j'ai une part du gâteau. Étape suivante : Flamingo.

Ricca devait être la fille que Tool avait rencontrée sur les quais. Elle était dans le coup !

— Qu'est-ce que tu as raconté au juste à cet individu ? demanda Chaz prudemment.

— Quel individu, le flic ou le maître chanteur ?

— Le maître chanteur.

— Rien, Chaz. Je n'ai fait que l'écouter.

— Ouais, c'est ça.

Ricca le fusilla du regard.

— Je t'emmerde.

— Et Rolvaag ? Qu'est-ce que tu lui as raconté ?

— Que j'étais pas vraiment ta bonne. Je me suis fait un devoir d'éclaircir ce léger malentendu.

— Ah, fit Chaz. Alors maintenant, il est au courant pour nous.

— Il aurait tout découvert de toute façon.

— Je suppose.

— Eh, t'as raté ma rue, dit Ricca.

Quel autre choix il me reste ? se demanda Chaz.

— Où tu vas ? Fais demi-tour, lui dit Ricca.

Chaz attrapa sous le siège le colt 38 qu'il avait rechargé avant de quitter la maison. Et le braqua sur Ricca en disant :

— On rentre pas.

— Quoi... me dis pas que tu vas me violer ?

— Prends pas tes désirs pour des réalités.

Pendant vingt minutes, il roula vers l'ouest sur une route qui suivait le Hillsboro Canal en direction de la réserve naturelle nationale de Loxahatchee, qui s'étalait sur le tablier oriental des Everglades. Ricca marinait dans son jus tandis que Chaz, de la main gauche, lui pointait le pistolet à hauteur du cœur. Ce dernier était surpris de se sentir aussi calme, confiant et lucide. Une seule fois, quand Ricca avait tripoté la sécurité de la portière, Chaz lui avait braqué le 38 sur la tempe. Son bras demeurait droit et ferme. À la lueur du tableau de bord, il distinguait Ricca qui le dévisageait avec insolence mais en ouvrant de grands yeux.

Elle avait enfin peur de lui.

Chaz enfila une piste de terre qui les amena à un portail métallique verrouillé. En sifflotant, il se mit pleins phares, fit dévaler au 4×4 un talus raide puis longea un fossé peu profond jusqu'à ce qu'il eût contourné le barrage. Remontant alors la pente d'un coup d'accélérateur, il regagna une levée étroite où rien ne s'étendait devant eux, hormis une étendue déserte drapée de nuit.

— Ah mon Dieu, fit Ricca.

Chaz garda le silence. La concentration était essentielle. Quand il avait tué Joey, il ne l'avait jamais perdue, n'avait jamais dévié du plan, n'avait jamais lâché le but.

— Depuis quand tu t'es acheté un flingue ? lui dit Ricca. Je croyais que tu détestais les flingues...

De la pointe du canon d'acier bleui, Chaz effleura une touche du lecteur CD : George T. et les Delaware Destroyers emplirent l'habitacle à la puissance maxi. La guitare slide noya génialement les jérémiades de Ricca et Chaz se coula avec reconnaissance dans les vibrations de la musique, ce qui était meilleur que d'avaler un speed.

Il roula le long de la levée encore un quart d'heure avant de freiner et de commander à Ricca de sortir. Elle resta debout, éblouie par les phares, à chasser les insectes de sa figure en tâchant de ne pas craquer. Chaz éprouvait un subtil et vilain grignotis dans les tripes. Il aurait préféré de loin une embuscade silencieuse, comme dans le cas de Joey, mais Ricca ne lui avait pas laissé le choix.

— Alors c'est vrai pour ta femme, dit-elle, la voix tendue.

— Ouais. J'en ai bien peur.

— Chaz, comment tu peux me faire ça ?

— Pareil que je l'ai fait à elle.

Il s'assit sur le capot du Hummer, visa entre les phares. Plus tard, Tool l'aiderait à se débarrasser de la voiture de Ricca et à vider son appartement. Comme si elle avait quitté la ville en vitesse.

— Tu peux pas me tuer, Chaz. Tu peux pas, affirma-t-elle. Joey te regardait pas dans les yeux comme je te regarde. Elle savait pas ce qui l'attendait.

Tout à fait le genre de situation délicate que je voulais éviter, se lamenta Chaz in petto.

— Y a un truc que je pige pas très bien, lui rétorqua-t-il, si tu te souciais autant de ma femme, comment se fait-il que tu aies couché avec moi ?

Ricca parut se rétracter.

— Eh bien ? insista Chaz.

— Parce que j'étais idiote.

— Continue.

— Et égoïste, ajouta-t-elle d'une voix rauque.

— Ah, on avance, là. Dis-moi tout sur tes rapports avec le maître chanteur, fit-il. C'est uniquement le bizness ou tu baises avec lui, aussi ?

Ricca se rebiffa.

— Bon Dieu. Mais t'es en train de craquer.

Elle mit une main en visière pour mieux l'observer.

— Ta main tremble.

— Tu parles, Charles.

— T'as qu'à jeter un œil, Chaz.

— Ferme-la, c'est tout.

— En plus, t'as encore la trique. À quoi *ça* tient ?

Chaz avait espéré de toute son âme qu'elle ne remarquerait rien. Ces saletés de losanges étaient incroyables.

— C'est déjà assez pénible que tu me braques avec un flingue, fit Ricca, mais avec *ça* aussi ?

Il calcula qu'elle était à une dizaine de mètres ; facile à abattre.

— Tourne-toi, lui dit-il.

— Jamais de la vie.

Plus loin le marécage grouillait d'alligators mahousses. Par-delà la lueur des phares, Chaz distinguait une dizaine de gros yeux, rougeoyant comme des braises. Le cadavre de Ricca aurait disparu au lever du jour. Ce que les crocos laisseraient, les tortues et les ratons laveurs s'en chargeraient.

— Non, je me tournerai pas ! s'obstina-t-elle.

— Alors, tiens-toi tranquille.

Chaz abaissa le canon court et visa, empoignant le 38 à deux mains, comme il l'avait vu faire des milliers de fois à la télévision.

Bordel, elle a raison. J'ai la tremblote, on dirait un vieil alcoolo.

— Chaz, tu ne sais pas ce que tu fais.

— Bouge plus, je t'ai dit.

— Tu commets une grave erreur. La connerie des conneries...

Il retint sa respiration et pressa la détente. Ricca hurla mais ne tomba pas.

— Sale petit enculé ! s'écria-t-elle en sautillant sur place. C'est même pas drôle !

Super, songea Chaz, elle croit que je l'ai loupée exprès. Ou peut-être que je tire à blanc.

Il se raidit et visa à nouveau, en se demandant : comment, nom de Dieu, je me suis débrouillé pour pas la toucher ? Elle est cent fois plus grosse que ce lapin de merde.

Le second coup de feu atteignit Ricca à la jambe gauche et lui fit accomplir un tour complet sur elle-même. Mais à la grande surprise de Chaz, elle demeura toujours debout.

— Regarde ce que t'as fait !

Elle agrippait sa jambe blessée.

— T'es devenu dingue ou quoi ?

Incroyable, se dit Chaz. J'aurais dû prendre un fusil pour la chasse au bison.

Piqué à la joue encore une fois par un moustique, il se tapa si violemment qu'il glissa du capot du Hummer. Ricca mit à profit sa distraction et s'enfuit en boitillant dans les ténèbres à une vitesse confondante. Chaz se ressaisit et se lança à ses trousses, augmentant sa foulée en apercevant devant lui la tache floue de son jogging gris. Il comblait la distance quand soudain Ricca obliqua hors du chemin plein d'ornières et, à sa profonde stupéfaction, plongea tête baissée dans le marais.

Chaz cessa la poursuite aussitôt car rien ne le terrifiait davantage que la perspective d'entrer dans l'eau, chaude comme de la pisse, des Everglades et ce, dans l'obscurité la plus totale... d'être bâillonné par les herbes flottantes détrempées, d'être lacéré par la laîche en dents de scie et de finir par être aspiré sans retour, une jambe couverte de sangsues après l'autre, dans la vase couleur d'encre.

À d'autres, songea le Dr Charles Perrone. Merci bien.

Tandis que Ricca tentait de s'échapper à la nage, planté sur le talus, il tira à tout va jusqu'à ce qu'elle roule sur le flanc et coule, le souffle coupé. Assez vite, les oreilles cessèrent de lui tinter, l'eau redevint vitreuse et la nuit retrouva sa vie bruissante. Chaz scruta l'endroit où Ricca s'était engloutie et n'y vit plus rien si ce n'est une escadre de tourniquets patinant de-ci de-là sur le reflet de la lueur des étoiles. Quelque chose de plus substantiel éclaboussa un peu plus loin un bouquet de feuilles de nénuphar. Sans doute une foulque ou une orphie, se dit Chaz, mais à quoi bon pousser ma chance ? Ça grouille de crocos dans le coin et j'ai plus de balles.

Il regagna au trot le Hummer, effectua un demi-tour impeccable à cent quatre-vingts degrés et repartit vers la ville. Son cœur battait comme celui d'un bébé moineau, mais il se sentait léger, libéré, enchanté d'avoir fait de ce lieu honni et hanté son complice.

22

— Vous êtes ravissante ce matin, Nellie, fit Karl Rolvaag.

— Venant de la part d'un dégénéré de votre espèce, ça me donne envie d'aller me pendre. Vous avez appris pour ce pauvre Pinchot ?

— Oui, répondit l'inspecteur. On ne l'a pas encore retrouvé ?

Mrs Shulman sautillait sur place, essayant de regarder dans l'appartement par-dessus l'épaule de Rolvaag.

— Ce pauvre Pinchot n'est pas ici, Nellie.

— Alors, ça ne vous embête pas que je jette un coup d'œil ?

— En fait, si.

Rolvaag n'avait pas envie qu'elle se rende compte que le vivarium était vide.

Elle grogna, montrant les dents.

— Je vous crois bien capable de kidnapper un pauvre petit chien pour vos plaisirs de dépravé. Vous avez sans doute filmé le tout en vidéo. Et vous avez probablement mis ça sur Internet.

Vieille chouette, pauvre siphonnée, songea Rolvaag.

— J'ai pas donné le chien de Bert Miller en pâture à mes serpents, lui affirma-t-il en manquant d'ajouter : mais des accidents arrivent.

Mrs Shulman reprit :

— Ma foi, vous vous régalez déjà d'entendre couiner ces

petites souris sans défense à l'agonie. Imaginez seulement comme ça serait plus amusant avec un loulou de Poméranie !

— Vos accusations sont totalement irresponsables.

L'inspecteur réprima un éternuement. Nellie Shulman s'était inondée d'un parfum empestant le gardénia en décomposition.

— Alors pourquoi je peux pas entrer chez vous ? C'est dimanche matin, après tout.

— Parce que vous m'avez traité de dégénéré, répliqua Rolvaag.

— Ben quoi, c'est pas ce que vous êtes, peut-être ? Toute personne qui a un penchant pour les serpents est un malade, un sale malade.

Elle essaya de se faufiler mais, baissant une épaule, il lui bloqua le passage.

— Les Miller sont effondrés ! affirma-t-elle.

Rolvaag se sentait déjà assez mal comme ça. Il avait fouillé les abords de Sawgrass Grove pendant trois heures, mais en fait de serpent n'avait rien trouvé d'autre qu'un *black racer* revêche qui lui avait mordu le pouce gauche.

— Je vous ai vu rôder dehors hier, reprit Mrs Shulman, en train de chasser d'autres petits chiens appétissants.

— Nellie, vous avez encore confondu vos médicaments ?

Elle le frappa à la boucle de sa ceinture.

— C'est pas parce que vous êtes flic que vous avez le droit de penser que vous pouvez tout vous permettre. Vous avez tort, mon brave. Gare à vos sales fesses de païen, on vous fera expulser comme on a fait expulser Neville... et lui, il était diacre de son église !

Gordon Neville, ingénieur des ponts et chaussées en retraite, avait été contraint de quitter Sawgrass Grove à la suite d'un match de shuffleboard, disputé paillardement à des heures indues avec deux partenaires rencontrées lors d'une thérapie physique en externe à Imperial Point.

— On l'a eu et on vous aura aussi, jura Mrs Shulman.

Rolvaag lui claqua la porte au nez. Il était à mi-chemin de la chambre à coucher quand il entendit un bruissement dans son dos. Il espéra que c'était l'un des pythons disparus, mais ce n'était que Nellie, glissant un nouveau flyer sous sa porte. L'inspecteur le ramassa et l'air morose, regarda la photo.

ON RECHERCHE !!!
Notre bien-aimée Pandora,
adorable petite chatte siamoise blue point,
collier en pierres du Rhin.
Particularité : elle a sept doigts à la patte droite avant !
Ramenez-la SVP chez les Mankiewicz au 17-G,
Sawgrass Grove.
Récompense : notre gratitude éternelle !

Que puis-je faire d'autre ? se demanda Rolvaag. On ne peut pas appâter les serpents ni les capturer comme des ours.

Sa battue de buisson en buisson ayant échoué, il lui suffisait d'attendre que les pythons pointent le bout de leur narine. L'inspecteur avait déjà décidé de ne pas les faire suivre au Minnesota, le climat là-bas étant hostile aux reptiles tropicaux. Cependant, les laisser en liberté à Sawgrass Grove serait dangereux pour la faune domestique mais aussi pour les serpents eux-mêmes. Beaucoup de voisins âgés de Rolvaag, qui partageaient l'aversion violente de Mrs Shulman pour ses pythons, ne verraient aucun intérêt à ce qu'ils soient capturés vivants. Un râteau de jardinage ou l'extrémité opérante d'une canne orthopédique feraient joliment l'affaire.

Rolvaag prit un petit déjeuner léger, se doucha et se prépara un sac de rechange, y joignant une carte de la zone agricole des Everglades. Marta, la chef de Charles Perrone au Service des eaux, la lui avait fournie, en marquant obligeamment à l'encre rouge les routes de terre et les levées qu'empruntait en temps normal le Dr Perrone pour aller relever ses échantillons d'eau. Même si la carte ne fournissait pas le nom des propriétaires des parcelles jouxtant les terrains marécageux, Rolvaag avait hachuré à l'aide d'un crayon n° 2 les bornes approximatives des Fermes Hammernut.

Si l'inspecteur ne fut pas surpris de ce que les traits rouges semblaient révéler, il eut besoin de s'en assurer *de visu.*

Avant de quitter l'appartement, il ouvrit la fenêtre donnant sur le jardin, au cas follement improbable où les serpents retrouveraient le chemin de leurs pénates.

— Je te trouve terriblement silencieux aujourd'hui, fit Joey. Non que tu sois un moulin à paroles...

À travers la baie, ils voyaient Rose se débattre avec le kayak. Elle avait déjà chaviré deux fois mais crânement refusé qu'on l'aide.

— J'ai frappé ton mari à coups de pagaie hier au soir, fit Stranahan, j'aurais dû te le dire mais je ne l'ai pas fait.

— Te prends pas la tête avec ça. Il tape sur les nerfs de tout le monde.

— J'ai même songé à le tuer, avoua Stranahan.

— Et alors ? Moi, j'y pense tout le temps.

— Il y a une légère différence.

— Je sais, reconnut Joey. Je ne fais que fantasmer. Toi, tu es passé à l'acte autrefois.

— Oui.

— Et ça t'a pas mal chamboulé.

— Je suis enfin arrivé à redormir la nuit.

— On ne va pas tuer Chaz ni rien de ce genre. Tu l'as dit toi-même.

Joey embrassa Mick sur la bouche, ce qui le laissa joliment sonné.

— Merci de supporter tout ça. Tu mérites d'être décoré.

— C'est pas trop tard pour laisser tomber. Va chez les flics et raconte-leur ce qu'il a fait.

— Pas encore.

Rose avait versé encore une fois et Cross avait sauté à l'eau pour l'aider. Mouettes et sternes en piquèrent une crise, mais

Rose aida en riant à gorge déployée le chien pataud à reprendre pied sur le rivage.

— Tout ce bin's pourrait bien nous exploser à la figure, fit Stranahan, en partie à lui-même.

Joey lui serra le bras.

— Tout est bien verrouillé.

Stranahan n'en était pas si sûr. Le casting — lui compris — était incontrôlable et, à divers degrés, instable. Tomber amoureux de Joey en était un premier exemple : ça ne faisait pas partie du plan d'origine, mais Stranahan y allait quand même de bon cœur. Et plus il était amoureux, plus puissant devenait son désir de rosser à mort le Dr Charles Perrone (et, dans l'idéal, de lui extorquer des aveux). Stranahan s'exhorta à se reprendre.

— Tu penses à nous, aussi, fit Joey. Je le vois. En cinémascope couleur.

— Malheureusement, mon CV parle de lui-même.

— Eh bien, c'est vrai que je n'ai jamais vécu avec quelqu'un comme toi, fit-elle, mais je parie que tu n'as jamais vécu, toi non plus, avec quelqu'un comme *moi.*

— C'est un fait.

Le soir d'avant, il les avait mises au défi, Rose et elle, d'écrire noir sur blanc le nom de chacun des Beatles ; cette méthode de tri des femmes plus jeunes que lui avait mis Stranahan, par le passé, à l'abri de certains déboires. Rose n'en avait orthographié correctement que trois sur quatre, mais Joey Perrone avait passé le test haut la main, portant ça au crédit d'une émission spéciale de la BBC qu'elle avait visionnée un soir sur History Channel pendant que Chaz s'encanaillait avec ses potes dans un bar topless.

Stranahan fut forcé de sourire car inutile de prétendre qu'il pouvait se retirer du jeu maintenant. En présence de Joey, il était désarmé, motivé et probablement... heureux. Un jour, elle s'en irait, comme elles le faisaient toutes, et il reprendrait son existence ralentie, tournant paisiblement autour d'un chien, d'un bateau et d'un matériel de pêche quelque peu corrodé. Tel était le cycle qui rythmait sa vie, aussi prévisible que les marées.

Joey le poussa du coude en lui disant :

— Mick, arrête ça tout de suite. J'entends d'ici le film que tu te fais dans ta tête.

— Pardon.

— Relax, d'acc ?

Elle ôta son maillot de bain et le mena dans la chambre.

— Et c'est un ordre, fit-elle.

Chaz Perrone rêvait qu'il était boulotté par un alligator affamé à deux têtes, long de cinq mètres. L'une d'elles lui mastiquait la jambe gauche et l'autre, la droite... lancées dans un concours dément pour voir laquelle des deux gueules bâfreuses atteindrait son entrejambe la première. Il s'éveilla en gémissant et aperçut Tool planté au pied de son lit, le visage dénué d'expression.

— Rien qu'un cauchemar, lui dit Chaz, tâchant de se ressaisir.

Il était trempé de sueur, ce qui résultait, espéra-t-il, de son mauvais rêve et non pas d'une poussée de fièvre due au virus du Nil occidental. Le soir précédent, il avait dénombré trente-quatre piqûres de moustique sur son visage et, en ce moment, chacune le démangeait comme du sumac vénéneux.

— Votre mère au téléphone, fit Tool.

— Nom de Dieu, c'est quelle heure ? Dites-lui que je la rappellerai.

— Dites-lui vous-même, ducon. C'est votre maman, bordel.

Chaz avait noté un refroidissement menaçant de l'attitude de Tool depuis qu'ils avaient quitté LaBelle. En y repensant, il se demanda s'il avait été malavisé de dégoiser contre le lascar en présence de Red Hammernut.

À peine Tool sorti de la chambre, Chaz décrocha et entendit une question familière en provenance de Panama City.

— Quoi de neuf, mon fils ?

— Rien, m'man.

— Comment tu tiens le choc?

— Ça dépend des jours, répondit Chaz d'une voix chagrine. C'était toujours important d'avoir l'air en manque de sympathie.

— N'abandonne pas encore tout espoir.

— M'man, ça fait, quoi, neuf jours. Personne ne peut survivre aussi longtemps dans l'océan sans boire ni manger.

— Pratique la pensée positive, fit-elle.

— M'man, je t'en prie.

— T'as pas vu *Seul au monde*?

Chaz Perrone grinçait des dents. Ses rapports avec sa mère s'étaient détériorés autour de ses vingt ans, mais pas à cause de son mariage avec Roger, le pilote de la RAF yoyotant de la touffe. Plutôt parce que la mère de Chaz avait fini par remarquer (en s'appesantissant souvent sur le fait) que son fils négligeait de se défaire des caractéristiques les plus détestables de son adolescence. Figuraient sur la liste paresse, autosatisfaction invétérée, manque d'ambition profondément enraciné et aversion réflexe pour la sincérité. Chaz, refusant d'examiner le bien-fondé de ces critiques, informa d'un ton mordant sa mère qu'il serait le dernier des idiots de suivre les conseils d'une caissière-chef de supermarché pour son plan de carrière. Après l'obtention de son doctorat à Duke University, la mère de Chaz, des larmes dans la voix, s'excusa d'avoir douté de lui. Il fit tout un cirque avant de lui pardonner, mais l'opinion de sa mère, à vrai dire, n'avait jamais assez compté à ses yeux pour qu'il en soit blessé ou réconforté. S'il lui faisait l'aumône d'un coup de fil de temps à autre, c'était par pure charité. Sa mère radotait, lui répétant combien elle était fière de lui et comme c'était merveilleux que son fils unique utilise ses brillantes connaissances scientifiques pour préserver les Everglades des destructions de l'homme. Qu'elle était rasoir avec sa sensiblerie de gauche, lamentable. Elle adorait Joey, aussi, autre raison pour laquelle Chaz n'était pas très chaud pour bavarder avec elle.

— Les miracles, ça arrive, disait sa mère. Roger et moi, on prie pour elle tous les soirs.

Chaz soupira.

— Joey est décédée, m'man. On la retrouvera jamais.

— Tu as pensé à aller voir un voyant ?

— Non. Et toi, à te faire scanner le cerveau ? lui lança Chaz en lui raccrochant au nez.

— Vieille conne, grommela-t-il.

— C'est pas une façon de parler à sa maman, ça.

Tool, encore une fois, obstruait l'embrasure de la porte comme un chargement de briques.

Chaz lui conseilla bêtement de s'occuper de ses oignons, si bien que Tool le souleva de terre et sans grand effort le projeta contre le mur. Chaz aurait été enclin à rester tassé sur lui-même à sangloter le reste de la matinée, mais Tool le saisit aux cheveux et le remit debout.

— Tu vas la rappeler aussi sec, lui dit-il, en plantant le combiné dans la main molle de Chaz. Tu la rappelles et tu lui demandes pardon. Sinon, je t'écrabouille les couilles à coups de pied.

Une fois que Chaz se fut ressaisi, il téléphona à sa mère et s'excusa de s'être montré aussi grossier. C'était difficile, mais bien moins douloureux que l'autre option.

— C'est pas grave, Chaz, on comprend, lui assura sa mère. Tu es dans un état de grand stress en ce moment.

— T'as pas idée, fit-il.

— Tu as pensé à essayer le millepertuis ? Ça semble aider Roger à se stabiliser.

— Au revoir, m'man.

Chaz raccrocha en douceur.

Tool le traîna à la cuisine et l'installa sur une chaise.

— T'es allé où, hier au soir, toubib ? lui demanda-t-il.

— Voir une amie.

Chaz tâchait de trouver le cran de dire la vérité à Tool ; qu'il était sorti et avait commis un meurtre de sang-froid avec compétence. Peut-être que ce gorille débile y réfléchirait à deux fois avant de le rudoyer comme une poupée de chiffon. D'autre part, Chaz était absolument certain que Red Hammernut n'approuverait pas sa décision unilatérale d'éliminer Ricca Spillman. Chaz avait le sentiment que Red ne lui faisait pas confiance quand il s'agissait d'assumer des responsabilités, celle de signer de son nom les tests d'eau bidonnés mise à part.

— T'as roulé hors de la route avec ton 4×4. Tes pneus sont couverts de boue.

— Mon amie et moi, on est allés se balader.

— T'es censé aller nulle part sans moi.

— Mais vous dormiez. Vous ronfliez à tue-tête.

— Où il est ce flingue ? demanda Tool.

— Je, euh... je sais pas.

Tool le saisit à la gorge.

— Il est où ce flingue, bordel de merde ?

— Dans mon sac à dos, piaula Chaz.

— Et il est où le sac à dos, bordel ?

— Dans le Hummer.

Chaz pointa vaguement le pouce en direction de l'allée.

Tool le lâcha et se dirigea vers la porte. Chaz se massa le cou avec précaution, en se félicitant d'avoir eu la prévoyance de se débarrasser des douilles vides et d'essuyer le 38. À son retour, Tool donnait l'impression de ne pas soupçonner qu'on avait tiré récemment avec le pistolet. Il le déposa sur le comptoir et demanda d'un ton très détaché :

— Alors, qui t'as tué ?

Chaz se mit à bégayer.

Tool le gifla.

— Allez, crache, mon gars.

Il était évident que la dynamique du travail entre les deux hommes avait changé.

— Vous êtes pas censé me baffer à tour de bras, se plaignit Chaz. Vous êtes mon garde du corps, bon Dieu !

Tool secoua la tête.

— Non, plus maintenant. Alors dis-moi... c'était qui ? J'ai flairé le canon, toubib. Je sais ce que t'as fait.

Et c'est parti, songea Chaz.

— Vous souvenez de la dame en petite Ford bleue ? Celle qui est venue la semaine dernière ?

— J'm'rappelle. Ton infirmière pour le deuil, tu m'as dit.

— Ouais, eh bien, elle s'est mise en tête de me faire des ennuis. Et ça promettait de faire du vilain.

— Tiens, tiens, fit Tool.

— Son nom, c'était Ricca. Je suis quasi sûr qu'elle était de mèche avec l'enculé qui nous fait chanter. Je parie que c'est elle que vous avez vue là-bas, à Flamingo.

Tool tiqua.

— Elle m'a pas rappelé quelqu'un de connu.

— Mais il faisait sombre. Et vous m'avez dit qu'elle portait une casquette.

— Ouais, mais quand même.

Il se souvenait de la femme en Ford bleue comme étant petite et plutôt ronde. Celle en casquette de base-ball lui avait paru plus grande et plus mince.

— Écoutez, fit Chaz. Faut que vous m'aidiez à me débarrasser de sa voiture et à m'occuper de son appart. On doit faire croire qu'elle est partie à la cloche de bois.

Tool le zieutait comme s'il n'était qu'une tique.

— Ça fait deux nanas que tu butes. Qu'est-ce que t'as ?

— Allez. Vous m'aiderez ou pas ?

Tool pêcha une bouteille de Mountain Dew dans le frigo et en lampa une gorgée.

— Je suis plus ton garde du corps, répéta-t-il. À partir de dorénavant, j'suis ton « baby-sitter », c'est ce qu'il a dit, Red. Donc, j'peux t'faire pan-pan cucul si tu fais pas zactement ce qu'on te dit.

— Mon baby-sitter, répéta Chaz avec un petit filet de voix.

Encore plus dégradant que ce qu'il avait redouté.

— J'appelle Red tout de suite. On va rectifier cette absurdité sur-le-champ.

Tool flanqua son portable dans la main de Chaz.

— Son numéro est préprogrammé. Touche Un.

Red Hammernut se montra compréhensif mais resta inébranlable. Il déclara que, tout en étant sensible aux sentiments de Chaz, la gravité du problème chantage exigeait que Mr O'Toole jouisse de plus d'initiative. Ce qui laissa à Chaz l'impression troublante que le gorille de Red le tiendrait en captivité davantage qu'il ne le protégerait. Il était, plus ou moins, en résidence surveillée.

Red Hammernut ajouta avec entrain :

— Relax, fiston. Dans pas longtemps, on en aura fini avec cet enfoiré de morfale qui nous fait chanter et tout retournera à la normale pour toi.

Chaz en doutait sérieusement.

— Vous allez le payer, n'est-ce pas ? fit-il.

— Oh pour ça, on va le payer, t'inquiète.

Après l'au revoir de Red, Chaz rendit son portable à Tool, qui lui demanda :

— Comment ça s'fait qu'tu lui as pas parlé d'la femme que t'as butée ?

Chaz se détourna.

— J'ai dû oublier.

— T'avise plus jamais de mettre le pied dehors sans moi, t'entends ?

— Oui chef, oui chef, répondit Chaz, supposant à tort que le sarcasme échapperait à Tool.

Ce dernier lui baffa prestement la tête en lui disant de bien capter le programme.

Chaz battit en retraite en se protégeant des deux bras. Il en avait marre de se prendre des coups : il y avait d'abord eu ce m'as-tu-vu de maître chanteur et maintenant, ce pithécanthrope poilu. Il n'avait jamais eu autant de bleus depuis le soir où, défoncé au Ghb, cette ecstasy améliorée, il avait dégringolé les marches d'un foyer d'étudiantes à Durham.

— Très bien alors, fit Tool qui sortit pour aller planter une nouvelle croix qu'il avait déracinée sur la grand-route 27 pendant le trajet retour depuis LaBelle.

Chaz se prépara une tasse de café noir. Par nature, il n'était ni minutieux ni porté à l'introspection, mais il passa en revue avec une certaine attention au détail les événements récents. Que sa cote ait baissé auprès de Red Hammernut, rien n'était plus clair ; cela poussa Chaz à se demander si Red était en train de réviser ses engagements passés. En échange de la magouille des Everglades, il avait promis à Chaz une vraie sinécure au sein des Fermes Hammernut : biologiste à demeure avec gros salaire, grand bureau, secrétaire blonde, pouffe à souhait, et le reste à l'avenant. Tel était le pacte. Ils avaient porté un toast, se serrant la main pour sceller le tout.

Mais à présent... Chaz avait l'impression que Red rejetait sur lui toute la faute de ce malencontreux maelström d'emmerdes, depuis ce con d'inspecteur qui furetait partout jusqu'à ce con de maître chanteur qui exigeait un demi-million de dollars. C'est vrai que rien de tout cela ne serait arrivé si Chaz n'avait pas décidé de pousser sa femme parfaitement innocente du haut du pont de ce paquebot de croisière... mais comment aurait-il pu se douter qu'une crapule d'intrigant rôdait dans l'ombre et avait vu tout le truc ?

Red Hammernut se montrait injuste de lui retirer sa confiance si facilement et de restreindre sa marge de manœuvre en le mettant entre les mains d'un abruti tel que Tool. Avec une pointe d'amertume, Chaz conclut que Red le sous-estimait, tout comme sa mère l'avait sous-estimé il n'y avait pas si longtemps. Chaz était persuadé que l'évaluation de sa tiédeur de caractère par Red aurait différé s'il l'avait vu en action, la nuit précédente à Loxahatchee ; s'il avait vu la façon nette et sans bavure avec laquelle il avait résolu le problème Ricca. Cela aurait sûrement impressionné Red, se disait-il. Et peut-être même, abasourdi.

En observant Tool planter une croix blanche de plus dans le jardin, l'idée que, désormais, Red Hammernut le traitait davantage comme un handicap que comme un atout se mit à tenailler le Dr Charles Perrone.

Car il savait comment les hommes de la trempe de Red Hammernut traitaient ce qui les handicapait.

23

Corbett Wheeler était attendu par Joey et Mick Stranahan quand son Falcon de location atterrit à Tamiami. Il en descendit, vêtu d'une houppelande noire de berger ; son chapeau de cuir à large bord coiffait un déluge de cheveux blond-roux. Il arborait une barbe luxuriante en bataille et une canne noueuse du genre de celles que prisent les pêcheurs de truite en eau vive. Dominant Stranahan de cinq bons centimètres, Corbett Wheeler lui serra la main de façon à suggérer que le marché d'une affaire sensible, aux enjeux élevés, était conclu. Puis d'un seul de ses bras musclés, il fit tournoyer sa sœur jusqu'à ce qu'elle attrape le fou rire. Pendant le trajet jusqu'à Dinner Key, Corbett leur montra avec insistance des Polaroid d'une très belle brebis nommée Céline, résultat d'un croisement de Coopworth et de frisonne qui, après avoir survécu à une méchante attaque de piétin, était devenue la plus fertile reproductrice du troupeau.

— N'est-ce pas qu'elle est magnifique ? s'enthousiasmait-il.

Mick et Joey choisirent de traiter la question comme un pur effet de rhétorique. À Stranahan, Corbett Wheeler confia :

— Ce sont les créatures les plus pacifiques de cette divine planète bleue. Aussi étrange que ça paraisse, je préfère de très loin leur compagnie à celle des humains.

Stranahan lui répondit qu'il le comprenait parfaitement.

— Il ne s'agit pas d'une attirance contre nature, si vous vous posez la question, ajouta Corbett avec gravité. Joey me cautionnera là-dessus.

— C'est vrai, fit-elle. Corbett a un faible pour les femmes. Il s'est fiancé quoi... trois, quatre fois ?

Il opina, plein de remords.

— Je suis impossible à vivre. Je suis accro à ma solitude.

— Alors l'île vous plaira, lui dit Stranahan.

— Oui, mais le bateau, d'abord !

— Quel champion, fit Joey.

Corbett Wheeler toucha son chapeau.

— Le tien, ma petite sœur.

Trois heures plus tard, après une expédition épuisante à la Gallería Mall, ils se tenaient sur la plage arrière du *Sun Duchess* à Port Everglades, à attendre le coucher du soleil. Le frère de Joey, regardant par-dessus la rambarde, déclara, en pointant le vide de sa canne :

— Dieu du ciel, j'ai du mal à croire que tu aies réchappé à une telle chute.

— Je l'ai transformée en plongeon, expliqua Joey. Ce qui m'a sauvée... ce sont mes quatre ans dans l'équipe de natation universitaire.

Stranahan nota qu'elle se tenait à bonne distance du bord. Quand il lui demanda si ça allait, elle lui répondit :

— Ça fout un peu la frousse de se retrouver ici, c'est tout.

— On n'est pas obligés d'aller jusqu'au bout de ça, lui dit-il.

— Tu parles, Charles.

Fixant toujours l'eau en bas, Corbett Wheeler siffla.

— Moi, à ta place, j'y serais pas arrivé.

— À ma place, reprit Joey, t'aurais pas épousé quelqu'un qui t'aurait poussé par-dessus bord.

Son frère haussa les épaules.

— Les relations des humains entre eux sont compliquées. Cela explique mon penchant pour le bétail.

Stranahan observait le défilé erratique des remorqueurs, cargos et autres bateaux de pêche. Leurs sillages entrecroisés créaient des turbulences qui auraient rendu sans doute intéressante une balade dans son skiff.

— Vous avez loué tout le paquebot? demanda-t-il à Corbett Wheeler.

— Pour ce soir, seulement.

Joey demanda combien ça coûtait et Corbett lui dit de s'occuper de ses oignons.

— L'un des moteurs est en révision, alors la compagnie a été ravie de ma proposition. Demain, le pont-promenade est loué pour une bar-mitsva!

Joey avait coiffé sa casquette de base-ball et chaussé des lunettes noires afin d'éviter qu'on ne la reconnaisse. D'après les journaux, Chaz avait fourni une photo d'elle, dupliquée et distribuée à tous les membres de l'équipage après sa disparition.

Elle souleva deux gros sacs de courses.

— Tu es prêt, Mick?

— Et si on se prenait un cocktail pour commencer? proposa gaiement le frère de Joey.

— Amen, fit Mick Stranahan.

Tool s'installa au chevet de Maureen et lui murmura :

— Salut, vous.

Elle ouvrit les yeux à demi. En la voyant sourire, Tool remarqua qu'elle avait les lèvres desséchées et pleines de taches. Un instant, il se demanda si la viande d'alligator, qu'il lui avait apportée la dernière fois, l'avait rendue malade.

— C'est quoi, tout ce bazar? fit-il.

Un tube à oxygène lui sortait des narines. Une poche plastique remplie de liquide était plantée près de la barre du lit, reliée à un goutte-à-goutte qui lui trouait le bras.

— Ça a empiré, répondit-elle faiblement.

En essayant de déglutir, Tool s'aperçut qu'il n'y arrivait pas. Il baissa les yeux sur la boîte en aluminium posée sur ses genoux.

— J'vous apporte une part de tarte au citron vert des Keys.

— Merci, Earl. Tout à l'heure, peut-être.

— Qu'est-ce qui s'est passé ?

Il était inquiet, troublé.

— Rien. C'est le cours des choses.

— Quoi ? Quel cours des choses ?

— Des hauts, des bas, Earl. Il y a des jours avec et des jours sans, lui dit Maureen.

Elle étendit la main et lissa le poil luisant de la sienne. Il agrippait si fort la barre du lit que ses jointures en étaient blanches.

— Et ce boulot de garde du corps ? lui demanda-t-elle. Racontez-moi comment s'est passée votre grande réunion de l'autre soir.

— Non, reposez-vous, lui dit Tool. Parlez plus.

Il déposa la tarte sur la tablette du lit, attrapa la télécommande. Il zappa au fil des chaînes jusqu'à ce qu'il tombe sur une émission consacrée aux pélicans blancs qui, d'après lui, pouvait intéresser Maureen. Il se la rappela disant qu'elle adorait observer les oiseaux avant qu'elle ne tombe malade. Il se souvint d'elle lui racontant le jour où elle avait aperçu un pic à cocarde rouge, qui était presque pareil à un pic *à tête rouge*, sauf qu'il en restait fort peu sur toute la planète. Aussi Tool s'imagina-t-il qu'il ne pouvait se tromper avec un programme télé sur les oiseaux.

Comme de bien entendu, Maureen releva aussitôt la tête et se hissa plus haut sur l'oreiller.

— Vous entendez ça, Earl ? fit-elle. Ils migrent depuis le Canada jusqu'à la baie de Floride, les pélicans blancs.

— Wouah, trop fort, fit Tool.

Maureen se mit à tousser, une quinte grasse qu'il trouva inquiétante. Il la redressa et la tapota entre les omoplates, ce qui eut le chic de la faire gémir. Il la recoucha doucement sur l'oreiller. Une infirmière, qui avait entendu Maureen, entra dans la chambre en exigeant de savoir ce que Tool fabriquait là.

— Tout va bien. C'est mon neveu, lui dit Maureen, reprenant lentement sa respiration.

L'infirmière, une Latino haute comme trois pommes, s'efforçait de faire cadrer le physique peu commun de Tool avec sa blouse blanche.

— C'est un médecin, ajouta Maureen.

— Ah, vraiment ? fit l'infirmière.

— Il vient des Pays-Bas.

Une fois l'infirmière partie, Maureen dit à Tool :

— D'habitude, j'aime pas raconter des bobards, mais je crois qu'elle aurait appelé la sécurité sinon.

— Où sont ceux de votre famille ? demanda Tool. Comment ça se fait qu'ils viennent jamais vous rendre visite ?

— Mes filles habitent Coral Gables... ça fait une trotte, et elles doivent s'occuper de leurs gamins. Je les vois aux vacances.

— C'est pas si loin, fit Tool. Un saut par l'Interstate, c'est tout. Elles pourraient venir le week-end au moins.

— Vous avez encore besoin de médicaments ?

Déployant un certain effort, Maureen roula sur elle-même vers le mur. Sa chemise de nuit était ouverte dans le dos, sa peau avait un aspect cireux, terne. Tool remarqua qu'on lui avait retiré tous les patches de Fentanyl.

— Prenez ce qu'il vous faut, lui dit-elle.

— Y en a plus un seul.

— Ah bon ?

Elle roula en sens inverse et lui fit face.

— Je suis désolée, Earl. On a dû me les enlever quand on m'a mise sous morphine.

Elle lança un coup d'œil à la poche du pied à perfusion.

— On m'a donné une poire, comme ça j'ai pas besoin de déranger les infirmières... qui, soit dit en passant, restent assises toute la journée sur leurs popotins flasques à se plaindre de leurs bons à rien de maris et à lire le *National Enquirer*.

— J'ai plus besoin de sticks, fit Tool. J'étais juste passé dire bonjour.

La vérité, c'était qu'elle lui avait manqué. C'était le plus dingue de tout.

— Je crois qu'il en reste un dans le tiroir, dit Maureen. Allez-y, prenez-le.

Le patch était encore dans son emballage. Et puis merde, songea Tool. Il le glissa dans sa poche-poitrine.

— Earl ?

— Ouais.

— Quelque chose vous turlupine. Qu'est-ce que c'est ?

— Ça va, fit Tool.

— Ça ne va *pas*, jeune homme. Dites-moi.

Tool se leva.

— Rendormez-vous.

Il décida de ne pas lui raconter que Perrone avait abattu cette femme ni tout le reste. Maureen ne comprendrait pas et, de plus, il ne voulait pas la mettre sens dessus dessous.

Une fois encore, elle tendit la main vers la sienne.

— Il n'est jamais trop tard pour choisir une nouvelle orientation... ce qu'on appelle aussi changer en profondeur. Promettez-moi de garder ça dans un coin de votre tête.

— Vous allez aller mieux, lui dit-il. Les toubibs, ils vont vous donner une dope plus forte. J'veillerai au grain.

Maureen ferma les yeux.

— Écoutez-moi, Earl. C'est à vous que vous devez penser. La vie passe si fichtrement vite, chaque moment perdu est un crime.

Puis ouvrant l'un de ses yeux bleus, elle le darda sur lui.

— Et chaque crime est un moment perdu.

Tool lui assura qu'il éviterait les ennuis.

— Ce job va bientôt être fini, alors je pourrai rentrer chez moi.

— Mais j'ai un si mauvais pressentiment, insista-t-elle.

— Arrêtez maintenant. Vous faites pas de souci.

Il trouvait très secouant d'être triste pour cette femme, une inconnue ou presque. Elle ne lui rappelait en rien sa mère, qui était gueularde et soupe au lait ; une championne du monde du blasphème. Et pourtant, en regardant Maureen se remonter les draps sous le menton, Tool éprouva la même impuissance rampante, la même prémonition écrasante de sa perte que devant sa mère tombée malade.

— Vous êtes allé voir le chirurgien ? lui demanda Maureen.

— Non, m'dame. J'ai été beaucoup trop occupé.

De ses doigts squelettiques elle lui prit une pincée de poils des phalanges et tordit jusqu'à le faire crier.

— Earl, vous ne pouvez pas vous balader avec une balle logée dans le derrière. Ça affecte sûrement votre vision des choses.

Tool retira sa main.

— J'vais m'en occuper, j'vous l'jure.

— Ça pourrait bien être un tournant dans votre vie, lui dit-elle. Ce qu'on appelle une illumination. Ou du moins une catharsis.

Tool supposa qu'il s'agissait de termes chirurgicaux pour l'extraction d'une balle et promit à Maureen qu'il programmerait l'opération dès qu'il aurait un trou dans son planning de garde du corps.

— Je repasserai dans la semaine, lui promit-il.

Elle leva un regard affectueux vers lui.

— Vous priez, Earl ?

— Ça fait un bail que non, reconnut-il.

Trente ans au bas mot.

— Ça ne fait rien.

— Bon, vaut mieux que j'file maintenant.

— Chaque fois que ma foi est ébranlée, je lève les yeux vers le grand ciel bleu et je vois Dieu à l'œuvre presque partout. Imaginez seulement : un oiseau qui vole depuis le Manitoba jusqu'à Key West. Tous les hivers !

Tool se surprit à tourner les yeux vers l'écran du téléviseur. Une colonie nombreuse de pélicans neigeux prenait son envol, décollant en débandade de la surface ridée d'un marécage. Avec un peu d'imagination, on aurait dit une longue plage de sable blanc se détachant par morceaux, que le vent balayait au loin.

— J'aimerais bien voir ça un jour, fit Tool.

Bientôt, la main de Maureen glissa de la sienne et à la profondeur de son souffle, Tool sut qu'elle s'était endormie. Il regarda l'émission sur les oiseaux jusqu'au bout, puis éteignit le poste. Au moment où il quittait la maison de repos, l'infirmière latino le rattrapa pour lui demander s'il était vraiment le neveu de Maureen.

— Vous vous ressemblez pas beaucoup, observa l'infirmière.

— C'est pasque j'suis adopté, lui fit Tool.

— Vraiment. Et là-bas, en Hollande, vous êtes médecin ?

— Non, *docteur*, précisa-t-il à dessein.

— Ah.

La sale petite fouine, songea Tool, en se tassant dans la Grand Marquis. Elle a cru qu'elle pouvait me coincer !

À vingt-cinq kilomètres de là, dans la réserve naturelle nationale de Loxahatchee, un individu à l'œil unique écorchait une loutre morte. L'homme était grand, avec de grosses mains, la peau brune comme une selle anglaise. Il portait un bleu de travail, des bottes militaires, un bonnet de douche opaque et un tee-shirt élimé jusqu'à la trame avec, imprimée au pochoir sur le devant, une langue tirée de façon salace. Sa barbe était un bouquet de vrilles argentées et tressées aux bouts moussus, verdis par les lentilles d'eau séchées. L'homme avait l'air d'un patriarche légèrement dément, tout en se déplaçant avec la confiance huilée d'un athlète ou d'un soldat : il avait été les deux autrefois.

Le braconnier, qui avait tué la loutre quelques heures plus tôt, n'avait compris que trop tardivement qu'il était devenu à son tour une proie. L'individu à l'œil unique avait facilement désarmé le hors-la-loi et, après l'avoir déshabillé de pied en cap, lui avait lié poignets et chevilles avec de la laîche, avant de le mettre en laisse, faite de chanvre indien, et au piquet, près du repaire d'un alligator.

Ricca Spillman avait assisté à tout.

Elle flottait dans un état de conscience suspendue. Même au

bout de deux jours, elle doutait encore de la réalité de l'homme à l'œil unique ; si tel était le cas, toutefois, il lui avait sauvé la vie.

L'homme apprit à Ricca qu'ils mangeraient la loutre morte car c'était mieux que de la laisser aux vautours. Quand elle s'inquiéta du sort du braconnier, l'homme à l'œil unique lui dit :

— Si l'alligator le chope pas, je suppose que je le relâcherai. Tout dépendra de son attitude.

— Et moi ?

L'homme ne lui répondit pas. La lame qu'il tenait en main lançait des éclairs tandis qu'il dépouillait avec habileté la chair de la loutre de sa fourrure épaisse et trempée. Une fois qu'il eut terminé, il lui fit :

— Reparlez-moi de votre petit copain.

Ricca répéta l'histoire de Chaz Perrone pendant que l'homme préparait un petit feu. La viande de loutre avait une odeur infecte, mais Ricca était si affamée qu'elle se força à l'avaler. L'homme dévora tout ce qui restait dans la poêle à frire, croquant avec bruit dans les os à moelle de l'animal. Ensuite, il recouvrit les flammes de terre avec le pied, s'essuya la paume des mains sur le fond de son bleu de travail et souleva Ricca dans ses bras.

— Comment va la jambe ? lui demanda-t-il en se mettant à fouler lourdement le maquis embroussaillé.

— Beaucoup mieux aujourd'hui. Où va-t-on, capitaine ?

C'était ainsi que l'homme au bonnet de douche lui avait demandé de s'adresser à lui.

— Il y a un autre campement non loin d'ici.

Il portait Ricca comme si elle était aussi légère qu'une plume.

— Quand pourrai-je retourner chez moi ? fit-elle.

— Vous avez une voix agréable. Elle me donne envie de dormir dans vos bras.

— Vous voulez bien me ramener chez moi ? S'il vous plaît ?

— Désolé, répondit l'homme, je peux pas m'approcher de la grand-route. Me demandez pas ça, je vous en prie... la circulation me fait démarrer au quart de tour.

Le campement suivant était une petite clairière dans un

bosquet de choux palmistes. L'homme déposa Ricca sur le sol, alluma un nouveau feu et mit une cafetière à chauffer. D'une sacoche en toile sur laquelle était marqué SERVICE POSTAL US, il sortit un volume de poésie.

— Oliver Goldsmith, le poète irlandais, annonça-t-il.

Ricca leva un sourcil interrogateur. L'homme ouvrit le livre à une page cornée en le lui posant sur les genoux.

— Lisez-moi ça à haute voix, s'il vous plaît.

— Tout le truc ?

— Rien que la première strophe.

Ricca, dont l'intérêt pour la poésie avait culminé dans son enfance avec le recueil *Green Eggs and Ham* du Dr Seuss, déchiffra d'abord le texte des yeux.

Quand jolie femme s'abaisse jusqu'à folie,
Et découvre trop tard que tout homme trahit,
Quel charme peut sa mélancolie apaiser ?
Quel art peut sa faute effacer à jamais ?

Quand elle le récita à voix haute, l'homme au bonnet de douche eut un sourire indulgent.

— Vous n'aimez pas beaucoup ce poème, je l'entends, fit-il.

— De quelle « faute » parle-t-il ? Je me sens pas coupable, je suis furax !

— Compréhensible. Ce fils de pute vous a tiré dessus.

— Et il m'a menti, aussi. Sur toute la ligne !

L'homme lui reprit le volume de poésie des mains et le remit dans sa sacoche.

— Je meurs d'envie de rendre à ce salaud la monnaie de sa pièce, fit Ricca. Vous voulez bien m'aider ?

L'homme fit sauter son œil de verre de son orbite et le nettoya avec un coin de son tee-shirt miteux. Il avait entendu les coups de feu à huit cents mètres, avait pataugé à travers laîche et vase puis, la marée étant haute, moitié marchant, moitié nageant. Le temps qu'il arrive sur les lieux, le tireur était déjà loin : deux feux arrière rouges rapetissaient sur la levée. Ricca, en désespoir de cause, s'était immergée sous un amas de feuilles de nénuphar. L'homme à l'œil unique l'avait localisée à ses halètements et autres hoquets quand son nez et sa bouche refaisaient surface par intermittence. Tremblante, blessée à une jambe qui saignait, elle avait néanmoins tenté de le repousser, supposant raisonnablement, d'après son apparence, qu'il n'était qu'une espèce de dangereux pervers des marais.

— Je regrette mais je ne peux pas vous aider. Je traverse une très mauvaise passe sur le plan personnel, lui disait-il à présent.

— Que voulez-vous dire ?

— Pour commencer, j'entends jour et nuit dans ma tête le même duo bizarre... « Midnight Rambler », chanté par Eydie Gorme et Cat Stevens[1]. Je ne doute pas que ce soient des gens tout ce qu'il y a de sympas, mais franchement, je suis prêt à me fourrer un canon scié dans la bouche. Une heure de silence absolu serait la bienvenue, fit l'homme avec tristesse.

Ricca ne répondit pas. La vue de cette orbite creuse, suintante comme une caverne, lui faisait froid dans le dos.

— Par-dessus le marché, j'hallucine en permanence ou presque, poursuivit-il. Je suppose, par exemple, qu'en réalité, vous ne ressemblez pas du tout à lady Bird Johnson.

— À qui ? demanda Ricca.

— L'épouse de notre trente-sixième président. Le gars qui m'a expédié au Vietnam, expliqua l'homme. Pour moi, vous ressemblez trait pour trait à Mrs Johnson, ce qui, je sais, doit sembler ridicule à entendre. Vous êtes une femme beaucoup plus jeune qu'elle, avec des taches de rousseur cannelle et des cheveux bouclés, pourtant quand je vous regarde, c'est lady Bird que je vois.

— Vous savez ce qu'il vous faut ? Un médecin.

L'homme à l'œil unique se fendit d'un sourire éblouissant ; Ricca en fut frappée et songea qu'il avait dû être d'une beauté

1. Titre tiré de l'album *Let It Bleed (1969)* des Rolling Stones. Le duo qui l'interprète ici imaginairement marie, pour aller vite, la carpe et le lapin. *(N.d.T.)*

extraordinaire avant de perdre la boule. Même tel qu'il était, elle éprouvait une légère attirance pour lui qui la troublait.

— C'est tout à fait possible que je sois en train de mourir, dit-il.

— Ah ça, pas question, capitaine.

— À certaines périodes de ma vie, j'aurais sauté sur l'occasion, reconnut-il, j'aurais poursuivi votre manche de petit copain et je l'aurais ramené ici pour lui faire sa fête en toute intimité. Je ne parle pas de vengeance banale, non plus, mais d'un exercice pratique de prédation. Comprenez-moi bien, s'il vous plaît, il existe une formule primordiale de survie sur cette planète et les hommes tels que votre Chad...

— Chaz, le corrigea Ricca.

— ... ont tendance à fonctionner médiocrement, privés de chaussettes propres, de fil dentaire et de climatiseur. Même cette pauvre crapule de braconnier que j'ai ficelé ce matin est mieux équipé pour ce monde que... Chaz, c'est bien ça ?

L'homme se griffa les oreilles.

— Cette chanson atrocement nulle, elle veut pas s'arrêter.

— J'entends rien du tout.

— La semaine dernière, c'était David Lee Roth et Sophie Tucker. Le poisson-lune dans ce canal doit être chargé en mercure.

Il se pencha et fixa intensément les flammes quelques instants.

— Vous m'avez bien dit que votre jules travaille par ici dans les Glades ?

— Oui. Il teste la pollution de l'eau de ruissellement des fermes.

— Trop dommage que nos chemins se soient jamais croisés, à lui et à moi.

L'homme pouffa in petto tout en remettant en place le globe de verre dans son orbite.

— Je peux vous porter jusqu'à la jetée. Une fois là, l'un de mes amis vous reconduira en ville en voiture.

— Et quoi ensuite ? demanda Ricca.

— Moi, je m'en irai vers l'ouest.

Il lui tendit une tasse de café.

— L'autre jour, j'ai eu tellement la dalle que j'ai bouffé un crotale pygmée. Normalement, je touche pas aux reptiles, mais j'ai été pris d'une envie vachement puissante. Bref, je vais choper ce petit enfoiré et tout à coup, je vois le visage du Dr Henry Kissinger qui me regarde en tirant sa petite langue fourchue ! Salopard de Kissinger !

Ricca Spillman n'avait jamais entendu parler de lui non plus, mais elle demanda poliment :

— Alors, vous avez fait quoi ?

— Je lui ai arraché la tête avec les dents, bien sûr, fit l'homme, puis j'ai fait frire son cul plein d'écailles à l'huile de colza. Le problème, c'est que je file un super mauvais coton dans ma vie privée... je peux carrément pas m'approcher de la grand-route, ni de la foule, ni de l'humanité en général. J'aimerais beaucoup pouvoir vous aider, mais je passe la main.

— Ça fait rien, lui dit Ricca. Je me débrouillerai.

Elle se demanda si l'histoire du crotale était censée avoir une portée mystique.

Comme s'il lisait dans ses pensées, l'homme lui dit :

— Fiez-vous à vos tripes, ma jolie. C'est aussi simple que ça.

— J'y travaillerai.

Après avoir éteint le feu, l'ermite baraqué la ramassa comme rien... et traversa les marécages avec force éclaboussures. Suivit une randonnée d'une heure sous un soleil brûlant ; pourtant l'homme n'était même pas essoufflé quand ils atteignirent la levée. Une Jeep maculée de boue était garée sur la route. Assis au volant, un homme plus jeune patientait ; il portait un bonnet de laine et des lunettes noires. Il avait l'air impatient et concentré.

Le capitaine embrassa Ricca sur le front en lui disant de surveiller la jambe qui avait morflé.

Elle lui rendit sa bise en disant :

— Merci d'avoir sauvé ma peau.

L'homme à l'œil unique la salua avec panache.

— Tout l'honneur a été pour moi, lady Bird.

24

Le Dr Charles Régis Perrone brinquebalait au volant de son Hummer, en filochant sur la levée à une vitesse grotesque. De temps à autre, passant la tête à l'extérieur, il observait le ciel, qui était rempli d'hélicoptères. C'était le plus étrange des spectacles : des hélicos zonzonnaient au-dessus des Everglades comme autant de libellules géantes aux couleurs acidulées.

Chaz se sentait dans la peau du personnage joué par Ray Liotta dans *Les Affranchis*, quand il fonce comme un fou, des flingues volés sur le siège, en se demandant si l'hélicoptère qui le suit est réel ou imaginaire... sauf qu'au lieu de la chanson de Harry Nilsson du film, Papa Thorogood beuglait aux oreilles de Chaz Perrone, en lui demandant qui il aimait[1].

C'était une musique rêvée pour la route, mais Chaz n'arrivait pas à se mettre dans l'ambiance. S'en allant prélever un nouvel échantillon d'eau, il se trouvait dans un état d'extrême agitation. Peut-être y avait-il une explication innocente à la présence de ces hélicoptères... bleu layette, vert, rouge, blanc, bleu layette encore...

Peut-être qu'un chasseur ou un pêcheur s'était égaré, spéculait Chaz. Sauf que ces hélicos n'étaient pas du type secours d'urgence... mais des modèles privés, du genre réservé aux chefs

1. « Who Do You Love ? », autre titre phare de George Thorogood. *(N.d.T.)*

d'entreprise, tel le petit Bell 206 nerveux, loué à bail par les Fermes Hammernut pour transbahuter Red en long, en large et en travers de ses propriétés. Ce dernier avait fait faire le grand tour à Chaz peu après l'avoir embauché comme taupe ; le premier et unique vol de Chaz en hélicoptère, avec descentes en piqué au-dessus du damier des champs cultivés. Du haut des airs, Chaz avait été en mesure de suivre l'itinéraire précis de la pollution, le quadrillage de canaux bruns et peu profonds qui charriaient les eaux de ruissellement toxiques des sols des Fermes Hammernut jusqu'au gosier des Everglades. « La fosse septique de Dieu », les avait surnommés Red, en s'esclaffant derrière ses petites lunettes rondes teintées qui le faisaient ressembler à une mouche à fruit psychédélique. Le Dr Charles Perrone avait ri, lui aussi, réflexe obséquieux, bien qu'à peine insincère. Chaz se moquait comme d'une guigne des zones humides qu'il survolait et encore plus de ce qu'une trempette continuelle dans l'engrais pouvait bien leur faire...

Merde, songea Chaz, en voilà encore un !

Il garda les yeux si longtemps rivés sur l'hélicoptère strié de rouge que son Hummer faillit quitter la levée. L'embardée réveilla Tool qui maugréa :

— Moins vite, tête de nœud.

Paniqué, Chaz pointa un doigt vers le haut.

— Regardez !

— Un hélico. Et après ?

— Y en a tout un paquet !

Tool éternua, puis s'essuya le nez de son bras laineux.

— Peut-être qu'on tourne un film.

Tout en scrutant l'horizon, Chaz imprimait à sa tête de légers va-et-vient. Ce qui évoqua à Tool un lézard à l'affût des insectes.

— Si tu flanques c'tte caisse à la flotte, je t'étrangle avant qu'tu t'noies.

— Et s'ils nous poursuivaient ? demanda Chaz.

— Et si les poissons avaient des nibards ?

— Je plaisante pas. Bon Dieu, vous voyez le bleu, là ? Juste derrière nous ! Regardez dans le rétro !

Tool, ressentant les effets d'un nouveau patch de Fentanyl, ferma les yeux.

— Des hélicos, nom de Dieu, fit-il, avant de resombrer vite fait dans le sommeil.

Chaz se gara près du déversoir, enfila tant bien que mal son attirail de pataugeur, s'empara du Fer 2 et entra tout pataud dans l'eau semblable à du bouillon. Il dénombra sept hélicoptères dans le ciel, chacun tournant en rond à une altitude différente. Qu'ils fussent en train de le surveiller paraissait d'une évidence glaçante à Chaz, aussi prit-il soin d'effectuer l'échantillonnage des eaux de ruissellement avec zèle mais de façon posée. Il fit de son mieux pour ne pas trahir son inquiétude, même s'il compissa copieusement ses cuissardes quand l'hélico bleu layette piqua très bas pour effectuer un vol stationnaire juste au-dessus de sa tête.

Au moment où Tool s'éveilla à nouveau, Chaz s'en revenait en courant, à mi-chemin de la levée. Les hélicoptères avaient disparu.

— Passez-moi le portable, lui dit Chaz.

— Pourquoi faire ?

— Il faut que j'appelle Red.

Tool lança le téléphone à Chaz en sueur, rouge de colère. Ce dernier fit le numéro préprogrammé du bureau de LaBelle, demanda à parler à Mr Hammernut.

— Il est où ? *À la pêche ?* Fabuleux, fit Chaz, rembarrant la secrétaire de Red.

Tool sourit avec somnolence. Pêcher lui semblait une façon plutôt agréable de passer sa journée.

Chaz était furax.

— Alors, branchez-moi sur sa boîte vocale.

— Rappelle-le plus tard, lui conseilla Tool.

— Non, non, ça peut pas attendre. Red ? Red, ici Chaz. Écoutez-moi bien. On s'est rendu au second déversoir ce matin et le ciel était noir d'hélicoptères, bon Dieu… je sais pas trop de qui il s'agissait, ni d'où ils venaient, ni de quoi il retournait, bordel. Mais comme vous êtes le seul parmi mes connaissances à pouvoir se permettre de louer toute une flottille d'hélicos… ce que je veux vous dire, Red, c'est de faire attention. *Très, très attention.* Vaut mieux pas pour vous qu'il m'arrive du vilain, vraiment pas. Vaut mieux pour vous que je reste serein, calme, cool, tout le contraire de mon état actuel… Merde, le répondeur m'a coupé !

Chaz était si énervé qu'il en suffoquait. Tool lui arracha le téléphone des mains en disant :

— Non mais, t'as complètement perdu le nord.

— C'est ce que vous voulez me faire croire, hein ? C'est ça, le plan secret, hein ?

Chaz passa la tête à l'extérieur du Hummer et leva les yeux, anxieux. Le ciel était clair, brillant et vide, à l'exception d'un vautour solitaire faisant du rafting, tout là-haut dans les thermiques.

Joey Perrone s'était rappelé que *Les Affranchis* était l'un des films préférés de son mari ; ce qui lui avait donné l'idée des hélicoptères. Corbett tout excité déclara que ce serait spectaculaire. Il appela lui-même la société de location et régla le total, plus de vingt-trois mille dollars, grâce à sa carte platine. Joey n'aimait pas voler à cause de ce qui était arrivé à leurs parents, mais Corbett lui promit qu'elle passerait un bon moment. Les hélicos, c'est l'éclate, fit-il.

Et il avait raison. Le Bell Ranger bleu layette vint les prendre sur l'île et fila à basse altitude au-dessus de la baie avant de remonter la côte. Corbett prit place près du pilote ; Joey s'assit près de Mick Stranahan, les deux mains nouées à son bras gauche. Il lui montra Stiltsville où il avait vécu autrefois ; puis Key Biscayne, South Beach, les canyons de tours le long de Collins Avenue. Puis l'hélicoptère vira, survolant des banlieues à forte densité, quadrillées de routes incroyablement congestionnées. Joey vit l'Interstate bouchée dans les deux sens suite à un accident ; au cœur de l'embouteillage scintillaient les lumières rouge et bleue des véhicules de secours.

Corbett pivota sur son siège et lança, haussant la voix pour se faire entendre malgré le bruit des rotors :

— Le prends pas mal, sœurette, mais avant de vivre dans un endroit pareil, je me planterai une couronne d'épines sur la tête.

Plus tard, le pilote obliquant vers le nord, Joey entendit son frère avoir un haut-le-cœur de dégoût à la vue de Broward County ouest, où les lotissements neufs se multipliaient tels des chancres, de tous côtés ; des milliers et des milliers de pavillons de série, entassés si serrés qu'il semblait qu'on pourrait sauter de toit en toit sur des kilomètres et des kilomètres. Là où il n'y avait pas de maisons, prenaient la relève complexes de bureaux, centres commerciaux et autres énormes *auto malls*... où, sur des hectares et des hectares, des Toyota et des Chrysler cuisaient au soleil. Seule une étroite levée de terre séparait les Everglades de cette bruyante marée humaine.

— Ils ont au moins laissé un lac ou deux pour les gosses, remarqua Joey.

Mick secoua tristement le chef.

— Ce sont des trous d'eau, lui apprit-il. Profonds de centaines de mètres. C'est là qu'ils ont dragué le remblai pour les routes et les maisons.

— Mais qu'est-ce qu'il y avait à la place ? Avant tout ça ?

Il pointa d'un doigt l'autre côté de la levée.

— Ça, dit-il. La rivière la plus large du monde.

Corbett lâcha un *oups* sarcastique.

— Je viens d'apercevoir un arbre ! s'écria-t-il. Je vous le jure sur ma tête. Un arbre pour de vrai !

Bientôt, la périphérie urbaine céda devant les prairies de laîche humide qui ondulaient comme du blé inondé sous la brise fraîche de printemps. Sauf un hydroglisseur ici ou là, tache de la taille d'un moucheron sur l'ocre du paysage, il n'y avait plus trace d'activité humaine. Stranahan aperçut trois petits daims bondissant à l'abri d'un îlot d'arbres et Joey songea que — mis à part un raton laveur fouillant les poubelles, à l'occasion — c'étaient les premiers animaux vraiment sauvages qu'elle ait vus depuis son arrivée en Floride. Elle avait toujours éprouvé de la curiosité pour les Everglades, mais Chaz avait toujours refusé de l'emmener lors de ses expéditions sur le terrain, affirmant que ce serait enfreindre le règlement du Service des eaux. Qu'il ne lui ait jamais parlé de l'endroit, sauf pour rouspéter contre les serpents et les insectes, stupéfiait encore plus Joey maintenant qu'elle le voyait enfin de ses propres yeux. Comment Chaz — un biologiste, grand Dieu — pouvait-il ne pas être *ébloui*?

Pourtant et ce, de façon évidente, il ne l'était pas. Il avait trahi les marécages avec la même désinvolture avec laquelle il avait trahi Joey. Il s'était vendu — ce salaud âpre au gain qu'elle avait épousé — afin que des mégatonnes de merde toxique puissent être déversées jour et nuit dans ces eaux qui miroitaient là, en bas. Peut-être que, pour un individu sans états d'âme comme son mari, il n'était guère difficile, songea Joey, de passer de l'assassinat d'une merveille de la nature à celui d'un être humain.

— Regardez là-bas, fit Stranahan.

Les autres hélicos étaient arrivés, six en tout, et volaient en cercles concentriques dans le sens des aiguilles d'une montre. C'était une sacrée mise en scène. Joey se tourna vers Corbett en lui disant :

— Tu t'es surpassé. C'est fantastique!

Il était difficile de ne pas repérer le Hummer jaune de Chaz Perrone, même sans le plumet de poussière qu'il soulevait derrière lui sur la levée. Stranahan tendit à Joey des jumelles grâce auxquelles elle put voir son mari, ébouriffé par la vitesse, sortir la tête par la vitre conducteur et la dresser vers le ciel.

— Il n'a pas l'air à la fête, nota-t-elle, ce qui provoqua un gloussement de joie chez son frère.

Leur pilote, par radio, contrôlait soigneusement trajectoires de vol et altitude des autres appareils. Un Cessna du bureau du shérif de Palm Beach surgit, un certain sergent Robinson s'enquérant d'un tel déploiement d'hélicos. Le pilote du Bell bleu layette répondit qu'on répétait une poursuite aérienne pour le nouveau James Bond, mensonge ronflant qui produisit l'effet escompté : le Cessna de police vira sur l'aile et vola plus loin. Les autorités en Floride du Sud, c'est bien connu, se montrent très complaisantes envers l'industrie cinématographique ; on sait qu'elles ont fermé de grands axes afin qu'on puisse y tourner et y retourner la séquence d'un rodéo automobile d'un film de vampire pour ados, sans le moindre compromis artistique.

Quand Chaz gara pour finir le Hummer et pataugea dans l'eau, Joey insista pour qu'on aille lui zonzonner aux oreilles. Ce fut Corbett, cependant, qui persuada le pilote de mettre l'appareil en vol stationnaire directement au-dessus de la caboche nue de son beau-frère. L'hélico demeura assez haut afin que Chaz ne puisse pas distinguer qui se trouvait à bord, mais il n'essaya même pas. C'était amusant de le regarder trifouiller sa bouteille d'eau tout en prétendant ne pas remarquer l'ombre de l'hélico ni son raffut à crever les tympans.

— Ça suffit, cria Joey au pilote qui prit du champ.

Ils décrivirent un cercle à plus grande distance, effectuant des balayages à basse altitude en alternance avec les autres appareils, jusqu'à ce que Chaz, en ayant terminé avec l'échantillon, déguerpisse dans son 4×4.

— D'après toi, quelles idées ça lui a données ? demanda Corbett.

— Des idées noires, fit Joey.

Mick Stranahan éclata de rire.

— Attends qu'il ait vu le journal.

Plus tard, une fois de retour sur l'île, ils partirent tous pêcher dans le Whaler. Stranahan prit plusieurs beaux vivaneaux à queue jaune qu'il fit frire à la cubaine pour le dîner. Corbett s'alluma ensuite un cigare et Joey joua au mannequin avec la jupe de soie Michael Kors qu'elle s'était achetée à la Gallería. Mick déboucha une bouteille de cabernet australien. Tous trois s'assirent sur la digue et regardèrent le soleil se coucher, Cross colonisant les genoux de Joey avec sa tête pareille à une brique noire.

— Qu'est-ce que je dois dire à ton sujet, jeudi ? demanda Corbett à Joey.

Il rédigeait un brouillon de son éloge funèbre pour la cérémonie du souvenir.

— Par exemple, que j'étais une sœur tendre et aimante, lui souffla Joey.

— Oh, ça va. On peut faire mieux que ça.

— Vous n'avez qu'à dire que c'était une vraie tigresse. Qu'elle n'a jamais cessé de se battre.

Le visage de Corbett s'éclaira.

— Ça, j'aime bien.

— Ajoutez qu'elle était pleine de vie et avait un grand cœur.

— Non, un cœur *débile*, rectifia Joey.

— C'est pas vrai, fit Mick en lui effleurant le bras.

— Je dirai que tu étais idéaliste, ajouta Corbett.

Joey se rembrunit.

— Naïve, en d'autres termes.

— Ajoutez qu'elle avait des jambes magnifiques, intervint Stranahan.

— Ma foi, pourquoi pas ? pouffa Corbett.

Joey se boucha les oreilles.

— Arrêtez tous les deux.

Comme Corbett n'avait pu réunir une chorale en si peu de temps, il s'était rabattu sur un trio de guitaristes.

— Ils font une messe folk à l'église catholique de Lighthouse Point. Le prêtre m'a dit qu'ils sont plutôt bons.

— Et si Chaz ne se montre pas ? fit Joey.

Corbett, levant son menton blond-roux, souffla un rond de fumée en forme de couronne.

— Oh, il sera là. Il sait que ça ferait très mauvais effet s'il ne venait pas.

Stranahan était d'accord avec lui.

— Pour l'heure, il a une trouille bleue de faire une bourde. Il n'a pas d'autre choix que de jouer les veufs éplorés, jusqu'à la lie.

— Bon Dieu, comme j'aimerais voir ça, fit Joey.

Stranahan lui lança un coup d'œil.

— N'y songe même pas. Tu m'as promis.

— Mais je pourrais m'attifer de telle façon qu'il ne soupçonnerait jamais que c'est moi.

— Joey, c'est pas le Lucy Show[1], intervint son frère. Ce type a voulu te tuer.

Elle resta silencieuse un moment, sirotant son vin et caressant le cou lisse et brillant de Cross. Le soleil sombra au-delà de l'horizon et le ciel au-dessus de la baie de Biscayne vira de l'or au rose, puis au mauve. Joey se demandait comment son mari s'habillerait pour la cérémonie. Où il prendrait place. Ce qu'il pourrait bien dire à ses amis. S'il remarquerait Rose au premier rang.

Bien sûr qu'il remarquerait Rose.

— Voilà ce que j'appelle un coucher de soleil de première classe, fit Corbett, expédiant d'une chiquenaude son cigare dans l'eau.

Le grésillement réveilla le doberman. Corbett siffla et le chien se remit péniblement sur pattes.

Stranahan se leva, lui aussi.

— Allons jeter encore un œil à la vidéo.

Corbett fit observer que ça rendait étonnamment bien, même si ça avait été filmé en une seule prise.

— Vous avez de l'avenir à la télévision tous les deux.

— Eh, je viens juste de penser à quelque chose.

Joey se releva, lissant sa jupe.

— Et si Chaz veut dire un truc pendant la cérémonie ? Et si ce pignouf décide qu'il doit se lever et faire un speech ?

— Un peu qu'il va faire un speech, je veux, fit Corbett. Je

1. Série télévisée humoristique de 156 épisodes avec en vedette Lucille Ball (1911-1989), diffusée entre 1962 et 1968. *(N.d.T.)*

lui ai déjà laissé un message en ce sens sur son répondeur. Je lui ai dit qu'il aurait cinq minutes pour expliquer à l'assemblée quelle sainte tu étais. Et j'ai ajouté qu'il avait intérêt à pas se planter.

Le capitaine Gallo montra les bocaux de confiture alignés sur le bureau de Karl Rolvaag en lui disant :

— Ce sont les pires échantillons d'urine que j'aie jamais vus.

Rolvaag feignit de pouffer, par déférence hiérarchique.

— Ce n'est que de l'eau.

— Tamisée à travers quoi… un bison indisposé ?

— De l'eau des Everglades.

L'inspecteur avait pensé dissimuler les pots dans son bureau afin d'éviter précisément ce genre d'échange. D'habitude, Gallo prenait bien plus de temps pour déjeuner, mais sa bimbo du jour lui avait fait faux bond, semblait-il.

Il scruta avec dégoût le contenu trouble des bocaux.

— Nom de Dieu, il y a des insectes et des saloperies qui flottent là-dedans.

— Chachéchur, lâcha Rolvaag.

— Puis-je vous demander ce que ça fout ici ?

À l'inverse des autres inspecteurs, Rolvaag n'était jamais à l'aise en mentant effrontément au capitaine Gallo, même quand le bon sens le lui dictait de façon flagrante. Cette fois, il tenta le coup.

— C'est pour mes serpents. L'eau du robinet contient trop de produits chimiques, dit Rolvaag. Trop de fluor et trop de chlore, ce n'est pas sain pour eux.

— Parce que cette saloperie *l'est* ? se récria Gallo avec incrédulité. Vous êtes complètement givré, Karl, sans vouloir vous offenser. Qui d'autre dans votre entourage donne à ses animaux de compagnie de l'eau marécageuse à boire et des rats vivants à bouffer ?

L'inspecteur haussa les épaules. Dire la vérité à Gallo n'aurait mené à rien. Il aurait raillé l'expédition de Rolvaag sur le terrain en la taxant de perte de temps, ce qui n'était carrément pas le cas. Grâce à la carte de Marta, Rolvaag avait localisé en voiture un poste d'échantillonnage, jouxtant les Fermes Hammernut. Une fois là, il avait pataugé pieds nus dans les quenouilles et rempli trois bocaux d'eau couleur de salsepareille, qu'il avait remis à un professeur de ses amis à la Florida Atlantic University. Les échantillons amateurs de Rolvaag avaient révélé des taux illégaux de phosphore en suspension de, respectivement, 317, 327 et 344 milligrammes par litre. Ces chiffres contrastaient de façon spectaculaire avec les simples 9 mg/l d'une cohérence suspecte, trouvés par le Dr Charles Perrone dans les eaux de ruissellement des champs maraîchers.

Rolvaag ne communiqua pas les résultats de ses propres tests aux collègues de Perrone au Service des eaux. Tout en repoussant poliment leurs questions, il avait acquis la très nette impression qu'aucun d'entre eux n'aurait eu le cœur brisé en voyant Chaz emmené menottes aux poignets. L'inspecteur n'avait livré aucun détail de l'enquête en cours, car il se pouvait que les graphiques frauduleux du scientifique n'eussent aucun rapport avec la mort de sa femme. Si le dernier testament de Joey Perrone était authentique, Chaz pouvait l'avoir tuée purement et simplement pour des raisons d'argent. Si le testament était un faux et que l'héritage de Joey n'était pas un mobile, Chaz pouvait l'avoir tuée pour n'importe laquelle de la dizaine de raisons terre à terre qui poussaient les hommes mariés au crime.

Expliquer l'arnaque au phosphore au capitaine Gallo n'aurait provoqué que regard vide ou reniflement sceptique chez ce dernier qui lui aurait souligné aussitôt la difficulté de faire accepter un mobile aussi ésotérique à un jury d'assises. Néanmoins, le fait que Charles Perrone falsifie les données des Everglades était un élément d'information précieux aux yeux de Karl Rolvaag. Ça inscrivait l'étrange opération de chantage dans un contexte encore plus menaçant, vu ce qui était en jeu pour Samuel Johnson Hammernut. La divulgation de son entente illicite avec le biologiste lui porterait un coup terrible, financièrement et politiquement parlant. La violation des dispositifs antipollution entraînerait de très lourdes amendes gouvernementales, quant à la corruption de fonctionnaire, c'était un délit punissable d'une peine de prison. Même si Red Hammernut s'arrangeait pour ne pas être condamné, la médiatisation seule de l'affaire entacherait à jamais le bon renom de sa société. Rolvaag était convaincu que le nabab mal embouché ferait tout le nécessaire pour se protéger du maître chanteur mais aussi de Chaz Perrone, dont la loyauté s'évaporerait dès que la porte de la cellule claquerait derrière lui.

Quand Gallo lui demanda comment progressait l'affaire, Rolvaag lui répondit :

— Pas très bien. J'ai récolté des avis partagés à propos du testament de Mrs Perrone. D'après son frère, c'est un faux. Malheureusement, c'est aussi celui de l'un de mes deux graphologues.

— Est-ce que ça signifie qu'on essaie de piéger le mari pour lui faire porter le chapeau ?

— Possible. Chaz n'a pas beaucoup d'admirateurs.

Rolvaag fut pris d'une crise d'éternuements convulsive. C'était un de ces jours où le capitaine s'était aspergé d'eau de toilette avec une lance à incendie.

— Dommage pour le testament, fit Gallo. Je croyais que c'était notre coup de chance.

— Moi aussi.

— Alors vous êtes enfin prêt à laisser tomber ? demanda Gallo, plein d'espoir.

— À moins que du nouveau se présente, je vois pas trop quoi faire d'autre, lui avoua Rolvaag.

À vrai dire, il savait parfaitement quoi faire : se tenir tranquille et voir venir.

— Ça serait absurde que je me tape la tête contre les murs, ajouta-t-il.

— Vous y avez mis toute la gomme, lui dit Gallo.

— Oh, bof.

— Au fait, Karl, j'ai reçu votre lettre de démission. Je l'ai déchirée et jetée à la poubelle.

— Pas grave, dit Rolvaag. J'ai fait des copies.

— Vous voulez déjà nous quitter ?

— Je démissionne, capitaine. Pour de bon.

— Et pour aller à Edina, Minnesota ? Vous abandonnez la Floride ?

— Franchement, j'en meurs d'impatience.

Un autre chien, un caniche nain, avait disparu à Sawgrass Grove. Si Rolvaag n'avait jamais entendu parler de ventrées en série chez les pythons, il ne pouvait écarter cette éventualité. *Quelque chose* semblait prendre pour proie les animaux de ses voisins et ses serpents manquant à l'appel étaient les principaux suspects. L'inspecteur prévoyait de poster un chèque anonyme de mille dollars à chacun des couples d'affligés, ce qui soulagerait sa conscience mais aussi son compte en banque.

— Vous êtes promis à un brillant avenir par ici, fit Gallo.

Rolvaag tâcha de ne pas paraître amusé.

— L'autre en personne a remarqué le bon boulot que vous faites, ajouta Gallo d'un ton confidentiel.

L'autre, le shérif autrement dit.

— Je croyais qu'il était furax que j'aie interrogé Hammernut, répondit Rolvaag.

— Mais non, merde, Karl. Il faisait que couvrir ses arrières, c'est tout. C'est l'un de vos fans numéro un, faites-moi confiance.

L'inspecteur ne supposa pas un seul instant que le shérif fût « fan » de lui et rassembla avec peine l'énergie suffisante pour feindre d'être flatté.

— Bon sang, fit Gallo, que dois-je faire pour vous faire changer d'avis ? Et n'allez surtout pas me répondre : « Mettre Charles Perrone en examen. »

— N'ayez pas d'inquiétude, dit Rolvaag en souriant.

L'inspecteur avait accepté le fait que Perrone ne serait jamais accusé du meurtre de sa femme, même si selon toute certitude, il l'avait poussée du haut du paquebot de croisière. Ce qui avait sauvé Rolvaag d'un découragement total n'était autre que les bocaux de liquide trouble posés sur son bureau ; de l'eau des marais assaisonnée des plus agressifs des engrais chimiques. Que Chaz Perrone trahisse un lieu aussi sacré que les Everglades pour de l'argent était la preuve de sa malhonnêteté congénitale, de sa morale rance et de sa nullité générale. Cependant, si la découverte du délit minable du biologiste avait confirmé les soupçons de Rolvaag concernant le pseudo-scientifique, c'était plus ironique que révélateur.

Parce que Charles Perrone était condamné.

L'inspecteur n'avait jamais été autant sûr de quelque chose. Après avoir passé au crible la moindre bribe de renseignement recueillie par lui, Rolvaag comprit qu'il ne lui fallait pas perdre un seul instant à tenter d'expédier Chaz Perrone dans le Couloir de la Mort.

Le bonhomme était déjà foutu. Cuit.

Il était arrogant et impulsif, Samuel Johnson Hammernut le ferait disparaître. Même si Rolvaag avait envie d'intervenir, il ne ferait que retarder l'inévitable.

Chaz Perrone était, comme l'avait observé son beau-frère, un connard irrécupérable. S'il craignait un seul instant que son bidouillage des taux de pollution risque d'être dévoilé, Perrone retournerait aussitôt sa veste et balancerait Red Hammernut, tout en se présentant lui-même sous l'éclairage le moins criminel. Et qui pouvait prévoir ce scénario plus vite ou plus lucidement que celui qui avait recruté le jeune biologiste justement pour sa couardise et sa propension désinvolte au mensonge ? Red Hammernut sentirait le coup fourré à un kilomètre et n'attendrait jamais de se faire baiser gentiment.

Karl Rolvaag pouvait désormais quitter la Floride, sinon satisfait, mais relativement en paix avec lui-même. Chaz Perrone ne serait jamais poursuivi pour l'assassinat de sa femme, mais serait châtié.

Ce qui titillait encore l'inspecteur, c'était un point de détail isolé, ayant surgi de l'enquête de routine auprès d'American

Express. Depuis douze jours que Joey Perrone était passée par-dessus bord, quelqu'un s'était servi de sa carte de crédit pour louer une Chevrolet Suburban et acheter aussi des chaussures de femme, des produits de maquillage, des lunettes de soleil griffées et nombre de vêtements de luxe, un bikini Burberry inclus. Rolvaag ne jugeait pas Perrone assez téméraire (ni ayant suffisamment de goût) pour s'embarquer dans une telle frénésie de courses, même s'il était possible que l'une des accointances féminines de Chaz ait trouvé et empoché l'Amex Gold de Joey, en lui rendant visite.

— J'arrive pas à croire que vous faites vos cartons pour de bon, se plaignit Gallo, les phalanges plantées sur le bureau de Rolvaag. Merde, j'arrive pas à croire que vous mettiez vos menaces à exécution.

L'inspecteur eut un sourire d'excuse.

— La neige me manque, lui dit-il.

Une dernière visite aux Dunes de Boca Ouest Tranche II. Puis il pourrait commencer à charger la camionnette de déménagement.

25

— Je vais nulle part, affirma Charles Perrone.

— Red dit le contraire.

Tool appuyé au réfrigérateur rongeait un bâtonnet de viande séchée, tout en tétant une maxi-bouteille de Mountain Dew.

— Je me fiche de ce que dit Red !

Roulé dans sa main droite, Chaz brandissait le *Sun-Sentinel* comme un tuyau de plomb. Un encadré en page nécro annonçait que le frère de Joey organisait une cérémonie du souvenir à St. Conan, le jeudi matin ; amis et êtres chers de Joey étaient conviés à « venir partager son souvenir et à célébrer son dynamisme et sa vitalité ».

Épargnez-moi ça, songea Chaz. Une photo de Joey, prise aux environs de ses dix-huit ans, illustrait l'avis. Et voilà que le téléphone mural sonnait et que Corbett, cet allumé de Nouvelle-Zélande, laissait un message insolent, disant à Chaz de rédiger un discours de cinq minutes.

— T'aurais intérêt à pas t'en foutre d'c'qu'y dit Red, le prévint Tool.

— Ah ouais ?

La détérioration de l'état mental de Chaz n'avait pas réussi à ébranler son espoir que le nouveau testament en possession de l'inspecteur Rolvaag fût authentique et qu'au bout du compte, il hériterait des treize millions de dollars de la succession de Joey...

à partir de là, il dirait adios à Samuel Johnson Hammernut et par la suite, ne remettrait plus jamais les pieds dans ce puisard paumé des Everglades.

— Il dit qu'ça la ficherait vraiment mal, poursuivit Tool, que tu t'montres pas à la cérémonie d'ta propre femme.

— Je m'en balance que ça la fiche mal. J'irai pas.

Chaz avait encore les nerfs en pelote après l'attaque aérienne des hélicoptères qui, repassant en boucle dans sa mémoire, ressemblait moins désormais à la scène de poursuite des *Affranchis* et davantage à celle des singes volants du *Magicien d'Oz*. Entretemps, Red Hammernut n'avait eu aucune réaction après le coup de fil accusateur que Chaz lui avait passé depuis la levée et ce silence déstabilisant ne faisait qu'ajouter à ses anxiétés en cascade. Quel matraquage psychologique Chaz n'avait-il pas enduré depuis la fameuse nuit à bord du *Sun Duchess*... Les effractions horrifiantes à son domicile ; l'inspecteur qui furetait partout ; le témoin transformé en maître chanteur donneur de leçons ; la crise Ricca ; et maintenant ces mystérieux hélicos espions !

La stratégie actuelle de Chaz était de ne pas quitter les confins clos des Dunes de Boca Ouest Tranche II avant que le reste de ce monde merdique ait cessé de le houspiller.

— J'irai pas à cette cérémonie, répéta-t-il sur un ton de défi malavisé.

Tool revissa le bouchon de son magnum de Mountain Dew, s'approcha calmement de Chaz et l'étendit avec. Quand ce dernier tenta de se relever, Tool l'alluma de plus belle. Le second coup fit craquer une couture de la bouteille plastique ; elle lâcha un jet vert pétillant et piquant, qui aspergea Chaz en pleine figure. Tool l'arracha du sol en lui disant :

— Quelqu'un sonne à la porte. Débarrasse-nous-en.

Chaz secoua la tête violemment, tomba à genoux et fila sous la table de la cuisine comme un crabe blessé.

Tool soupira.

— Bordel, j'te jure, j'aurais aimé t'avoir dans une de mes équipes de cueilleurs de tomates, pauvre cul.

Il gagna la porte d'entrée d'un pas traînant et l'ouvrit à la volée. Le flic se tenait là, une serviette en cuir à la main. Du chef, Tool lui fit signe d'entrer.

— Mr Perrone est là ? demanda Karl Rolvaag.

— Dans la cuisine.

Tool pivota sur ses talons bottés et se dirigea vers sa chambre pour roupiller.

L'inspecteur découvrit Chaz se berçant en position fœtale sous la table.

— Mauvaise journée ? lui demanda-t-il.

— Problèmes d'estomac.

Chaz fut soulagé de constater que sa capacité de mentir était toujours un réflexe, n'avait en rien souffert.

Rolvaag se mit à sa hauteur.

— J'ai deux, trois questions qui ne peuvent pas attendre.

— Qu'est-ce qu'il y a de nouveau ?

Chaz, pitoyable, tripotait ses paupières enflammées.

— Votre femme avait une carte American Express.

— Et alors ? Même les Muppets en ont une.

— Où est celle de Joey ? demanda l'inspecteur.

— Comme je vous l'ai déjà dit, je me suis débarrassé de toutes ses affaires. De tout, insista Chaz. C'était trop douloureux de les avoir dans la maison. La carte de crédit était sans doute dans l'un des sacs à main que j'ai jetés.

— Quel sac ? Celui qu'elle avait pendant la croisière ?

— Comment je le saurais ? Je les ai tous balancés.

— Y a-t-il une chance que sa carte et son permis de conduire aient été volés ? lui demanda Rolvaag.

Chaz se déplia lentement et se mit en position assise. Il songea aux effractions... ne serait-ce pas bien sa chance si le maître chanteur avait fouillé les cartons dans le garage et trouvé l'Amex de Joey ?

— La raison qui me fait vous demander ça, c'est qu'on s'est

servi de cette carte plusieurs fois depuis la disparition de votre femme, expliqua l'inspecteur.

— Pas moi, en tout cas !

— La plupart du temps pour des vêtements féminins, du maquillage, ce genre d'articles.

Chaz tombait des nues pour de bon. Il espérait que ça se voyait.

— Une amie de votre femme ferait-elle une chose pareille ? Ou bien l'une de *vos amies* ? demanda Rolvaag.

Chaz savait ce que sous-entendait l'inspecteur : l'une des filles qu'il pouvait s'envoyer en extra.

— Comment pourraient-elles être en possession de sa carte ? Faudrait que je sois complètement idiot !

L'expression de Rolvaag indiquait qu'il avait envisagé cette possibilité.

Ça doit être le maître chanteur, songea Chaz. Ou Ricca, peut-être. Qui d'autre était venu chez lui et avait pu faucher la carte American Express de Joey ?

— Eh, j'y pense. Et Mr O'Toole ? s'empressa de lancer Chaz.

L'inspecteur sourit.

— Je ne l'imagine pas en bikini Burberry, mais on ne sait jamais.

— Ben, peut-être qu'il a une copine, fit Chaz qui songea : Ce jour-là, les vachettes joueront à la pelote basque.

— Eh, vous savez quoi ? Je parie que la carte de crédit de Joey a été volée sur ce paquebot de croisière, fit-il tout excité. Ces garçons de cabine, ils sont tous munis de passe-partout.

Rolvaag concéda que c'était possible.

— En tout cas, vous pourriez vouloir le notifier à American Express et faire résilier le compte de votre femme.

— Ah, absolument, dit Chaz, sans nulle intention de le faire.

À ces moments perdus, il se surprit à rêvasser aux nombreuses beautés, minces et à peau brune, qui bossaient à bord du *Sun Duchess*, en se demandant laquelle à l'instant même se prélassait sur une plage d'Aruba et prenait le soleil en bikini Burberry flambant neuf.

À son retour au bureau, le capitaine Gallo intercepta Rolvaag sur le seuil.

— Le frère de Mrs Perrone est ici. On dirait qu'il vient auditionner pour une pub sur le bush australien.

Corbett Wheeler se trouvait en zone d'attente, bavardant avec sérieux avec une femme édentée, maigre comme un clou, dont la progéniture accro au crack venait de se faire prendre à voler les airbags d'une voiture de police non banalisée. Wheeler, coiffé d'un chapeau à large bord, affublé d'un long cache-poussière, s'appuyait sur une sorte de gourdin qui paraissait assez solide pour enfoncer des piquets de clôture. Quand Rolvaag s'avança et se présenta, Wheeler lui fourra une grande enveloppe kraft dans la main.

— Le testament de ma sœur, fit-il. *Le vrai.*

— Allons dans mon bureau. Vous voulez du café ?

Le frère de Joey feuilleta distraitement un fichier de photos anthropométriques pendant que Rolvaag examinait l'ancien testament. Il divisait la fortune de Joey entre plusieurs œuvres caritatives et autres organisations de protection de la nature, la plus grosse part revenant à la World Wildlife Mission. L'inspecteur sortit le document qu'on lui avait envoyé et compara avec soin les deux signatures. Sans être identiques, elles n'étaient pas dissemblables au point d'écarter la plus récente comme étant une contrefaçon.

Corbett Wheeler souleva l'album photo en demandant :

— Qui sont ces gens-là ?

Son expression était celle d'un anthropologue qui venait de tomber sur la preuve de l'existence d'une tribu crue perdue.

— Des cambrioleurs patentés, répliqua Rolvaag.

— Stupéfiant. Ce sont les seuls à être *connus*?

— Rien que ceux qui écument les plages. Quatre autres volumes couvrent le reste du comté.

Corbett Wheeler referma l'album.

— Cette dame à qui je parlais tout à l'heure… il y a la photo de son fils là-dedans ?

— Si elle n'y est pas, elle y sera.

— Seigneur. Comment faites-vous pour faire ça tous les jours sans devenir fou ?

— À vrai dire, je repars au Minnesota.

— Bonne chose pour vous. Et il n'y a pas de criminalité là-haut ?

— Si, bien sûr, mais elle est saisonnière, expliqua Rolvaag. Commettre une effraction, c'est dur par moins quinze. La pince monseigneur a tendance à vous geler entre les doigts.

Il déposa côte à côte les deux testaments sur le dessus du bureau afin que le frère de Joey puisse comparer les signatures.

— Sans être un expert, dit Corbett Wheeler, la vôtre a l'air d'avoir été copiée.

— Très bien copiée si c'est le cas.

— Ma foi, Chaz Perrone a eu tout le loisir de s'entraîner.

Corbett Wheeler savait parfaitement que le faux testament avait été rédigé par le beau-frère marron de Mick Stranahan, puis signé par ce dernier avec des imperfections délibérées, bien que subtiles. Corbett devait tenir son rôle tout comme Stranahan.

— Joey ne voulait pas laisser un sou à Chaz. Vous pouvez me croire sur parole.

— J'aimerais pouvoir, fit l'inspecteur.

— Ce qui veut dire que vous n'avez pas assez d'éléments pour l'arrêter.

— Exact.

Corbett Wheeler haussa les épaules.

— Dommage. Mais vous savez quoi ? Je crois fermement que ce qui doit arriver arrive toujours.

Rolvaag songea à la position risquée de Chaz vis-à-vis de Red Hammernut, mais n'en souffla mot.

— Ça vous dérangerait que j'assiste à la cérémonie ?

— Demain midi. Vous serez le bienvenu.

Corbett Wheeler se pencha plus près.

— Le veuf éploré se fendra d'un hommage.

— Il me tarde déjà d'y être.

Le frère de Joey se leva et gratifia Rolvaag d'une solide poignée de main.

— Merci de vos efforts.

— Malheureusement, c'est une affaire ardue.

— Ce qui s'est passé pendant cette croisière n'avait rien d'un accident, croyez-moi. Ce fumier de yuppie mange-merde a poussé ma petite sœur par-dessus bord.

— C'est ce que je pense aussi, dit Rolvaag. Mais le prouver, c'est la galère.

Il raccompagna Corbett Wheeler jusqu'à la zone d'attente, qui avait été prise d'assaut par une troupe de boy-scouts en visite. Rolvaag lui-même avait été scout pendant son adolescence, là-bas dans les Villes Jumelles. Son souvenir le plus durable était celui du jour où il avait failli se trancher le pouce en taillant un mât totémique miniature.

— On fait de l'élevage de mouton dans le Minnesota ? demanda Corbett Wheeler.

— Oui, je crois que oui.

— Vous devriez essayer, Karl, si jamais vous n'en pouviez plus de bosser comme policier. L'agneau est un symbole universel d'innocence, vous savez.

Là-dessus, le frère de Joey Perrone leva sa canne de marche, ouvrit la porte d'une poussée et sortit.

Après avoir couché avec Mick Stranahan, Joey en conclut que ses rapports physiques avec Chaz Perrone n'avaient pas été aussi exceptionnels qu'elle l'avait cru. Sans posséder l'endurance robotique de son mari, Mick était bien plus prévenant, tendre et inventif. Pour Joey, c'était une véritable révélation. Avec Mick, pas question de coup d'œil furtif à ses propres fesses serrées dans la glace, pas d'exhortation à sa virilité digne d'un collégien, pas de youpis de rodéo autosatisfaits quand il avait fini. Dans les bras de Chaz, Joey se sentait souvent comme un accessoire porno, un de ces vagins en caoutchouc qu'on achète par correspondance. Avec Mick, elle était une vraie partenaire ; une amante. Ses orgasmes avec Chaz tenaient du tremblement de terre, mais il exigeait sur-le-champ de tout savoir en détail sur eux ; il était toujours plus intéressé par les comptes rendus qu'elle en faisait que par leurs ébats. Avec Mick, si l'apogée était tout aussi intense, l'après-coup était bien plus agréable, car il ne cassait jamais l'ambiance en lui demandant de noter sa performance. Ce n'était pas seulement parce qu'il était plus âgé et moins égocentrique que Chaz Perrone. Non, Mick avait des égards. Il savait faire durer l'instant.

Joey posa sa tête sur sa poitrine.

— Corbett a été sympa de nous laisser seuls cet après-midi.

— Un homme cultivé et raffiné, murmura Mick d'une voix endormie.

Corbett Wheeler avait pris le Boston Whaler pour remonter jusqu'à Virginia Key. Une fois là, le taxi qu'il avait commandé le transporterait à Fort Lauderdale pour rencontrer l'inspecteur Rolvaag. Joey avait proposé à Corbett les clés de la Suburban, qui était garée à Coconut Grove, mais il lui avait dit non, merci. Il craignait d'estropier ou de tuer quelqu'un en cas d'altercation entre automobilistes.

À peine le skiff hors de vue, Joey et Mick avaient sauté dans le lit pour y établir leur campement. Ils ne bougèrent pas de leur enchevêtrement confortable, même quand une bourrasque balaya la baie, rabattant les volets gondolés de la maison et fouettant de pluie les moustiquaires de la fenêtre.

— Je pourrais vivre ici pour toujours, fit-elle plus tard quand le soleil perça. Ce qui ne veut pas dire que je m'invite à demeure.

— Considère-toi comme telle, fit Stranahan. Mais réfléchis à deux fois.

— Tu ne veux pas de moi ?

— Plus que tout au monde, au contraire. C'est seulement

qu'il n'y a pas grand-chose à faire ici. Pour certaines personnes, brise marine et coucher de soleil en Technicolor ne suffisent plus au bout d'un moment.

— Pour certaines femmes, tu veux dire, rectifia Joey.

— Et merde, j'ai même pas d'antenne parabole.

— Alors, c'est cuit, mon pote. Tout est fini entre nous!

Stranahan l'attira plus près et lui embrassa l'arête du nez.

— Penses-y d'abord. Tu veux bien? dit-il.

— Vieux schnock.

— Au fait, je t'ai pas dit. Ça a été courageux de ta part de remonter sur ce bateau l'autre jour.

Joey lui demanda de ne pas changer de sujet.

— Mais j'avoue, tu étais vachement sexy dans ce blazer bleu.

— Un moment historique, dit-il, qui n'est pas appelé à se répéter.

— Eh bien, j'apprécie le sacrifice.

— Toi même, tu étais super canon dans cette petite chose en soie.

— Vieux dégueulasse, fit Joey.

Se retrouver à bord du *Sun Duchess* avait représenté une étrange expérience, éprouvante pour les nerfs. Le pont était moins haut que celui depuis lequel Chaz l'avait balancée, mais la vue, quand on regardait vers le bas était la même... terrifiante. Joey n'en revenait toujours pas d'avoir survécu à son plongeon dans l'océan. Elle n'avait jamais été quelqu'un de religieux mais depuis cette nuit-là, le concept d'un Dieu bienfaisant et omniscient lui semblait beaucoup moins invraisemblable.

— Parfois, je sens encore les mains de Chaz autour de mes chevilles.

— J'aimerais pouvoir te les faire oublier, dit Stranahan.

— Elles étaient si froides, comme s'il les avait plongées dans un baquet d'eau glacée, fit-elle. Mick, est-ce que ton plan de génie va vraiment marcher? Parce que, moi, je ne suis plus sûre de rien.

— Il n'est pas trop tard pour tout arrêter. D'après ce que j'ai vu de Chaz dans le canoë, il déraille déjà sérieusement.

Stranahan, doucement, fit rouler Joey sur le dos. Il s'appuya sur un coude pour mieux la contempler.

— On n'a qu'à aller trouver cet inspecteur demain matin. Tenter le coup au tribunal.

Elle fit non de la tête.

— J'peux pas courir ce risque. Chaz est bien trop roublard.

— Je m'en serais jamais douté.

— Mets deux femmes parmi les jurés, attention les yeux, dit-elle. Il sait y faire avec le beau sexe. J'en suis la preuve vivante... enfin, *tout juste* vivante.

— OK, dit Stranahan. Alors on continue comme prévu.

— Oui.

Mais Joey était tenaillée par le doute. Que ferait son mari quand elle le surprendrait ? Tenterait-il de s'en tirer par des bobards ? S'enfuirait-il ? Craquerait-il en pleurant comme un bébé ? Tournerait-il de l'œil, victime d'un arrêt cardiaque ?

L'agresserait-il ?

Si la réaction de Chaz était impossible à prévoir, Joey savait exactement ce qu'elle comptait lui dire ; les questions qui la rongeaient depuis sa longue nuit passée en mer. Elle en était venue à croire que la rage était ce qui l'avait fait surnager au fil de toutes ces heures, cramponnée à ce ballot d'herbe... furieuse contre Chaz, furieuse contre elle-même d'avoir épousé une telle brute.

— Je t'ai parlé du poème ? demanda-t-elle à Stranahan. C'était le soir où il m'a proposé de l'épouser. On dînait dans mon appartement. Il m'a apporté un poème d'amour dont il m'a juré être l'auteur. Et moi, en bonne blonde, en bonne écervelée, je l'ai cru.

— Laisse-moi deviner à qui il l'a emprunté, fit Stranahan. Shelley ? Keats ?

— Un peu de sérieux, Mick.

— Shakespeare serait trop évident.

— Essaie voir Neil Diamond, fit Joey.

Stranahan feignit d'être pétrifié d'horreur.

— Oh, mais Chaz est intelligent, fit-elle. Il savait que j'étais trop jeune pour être fan de lui.

Stranahan retomba en riant aux éclats sur l'oreiller.

— Quelle chanson ? Non, laisse, je vais trouver : « I Am, I Said ». Du pur Chaz.

— Non, crois-le ou pas, celle-là s'appelle « Deep Inside You », déclara Joey, d'un air chagrin. « Let me be the man who... », bla bla bla, etc. Dieu du ciel, j'ai trouvé ça chou comme tout à l'époque. Il en avait noté les paroles au dos d'une étiquette de vin qu'il avait gardée, après notre premier rendez-vous. Incroyable.

Elle se tourna sur le côté et Mick se repelotonna contre elle.

— Quelques mois plus tard, je parlais à la comptable du casino de mes parents, dit-elle, une femme qui a vu du pays, comme on dit. Elle voulait tout savoir sur mon nouveau mari, alors je lui raconté combien il était romantique, qu'il m'avait écrit une poésie le soir où on s'était fiancés. Et Inez — c'était son nom — m'a fait : « Ma poupée, j'adorerais l'entendre. » Alors, j'ai sorti l'étiquette de vin du tiroir où je rangeais toutes les babioles à l'eau de rose que Chaz me donnait et je lui ai lu les vers au téléphone. Et naturellement, Inez m'a éclaté de rire au nez, comme tu viens de le faire, et s'est empressée de me donner le scoop sur le fabuleux Neil, qu'elle avait vu au bas mot une dizaine de fois en concert. Inutile de te dire qu'elle connaissait par cœur chacune de ses sacrées chansons.

— Alors, qu'a dit Chaz quand tu l'as engueulé ? demanda Stranahan.

— Je ne l'ai pas engueulé.

— Oh, Joey.

— Je n'ai pas pu, avoua-t-elle. Le mal était fait, on était déjà mariés. Alors je me suis persuadée que ça prouvait à quel point il m'aimait, qu'il se soit donné tout ce mal pour plagier une pop star sur le retour. Je me suis dit qu'il avait sans doute passé en revue une centaine de chansons avant de tomber sur la bonne. Ma foi, c'est l'intention qui compte... qu'il ait piqué les paroles ne voulait pas dire qu'il n'était pas sincère. Voilà comment j'ai rationalisé et gardé le silence.

— Tu avais peur qu'il invente un nouveau mensonge si tu le cherchais là-dessus.

Joey acquiesça d'un air maussade.

— Parfaitement. Je n'ai pas voulu lui en donner l'occasion. Je voulais continuer à croire que c'était un hasard extraordinaire.

— Et voilà le travail.

— Ouais, voilà le travail.

Stranahan lui effleura la nuque d'un baiser.

— Ça vaut ce que ça vaut, mais je peux écrire des vers moi aussi.

— Mick, pourquoi tu veux pas me laisser assister à la cérémonie ?

— Parce que c'est toi la chère disparue. Tu es censée être morte.

— Mais je peux me déguiser, fit-elle. Allez, je veux entendre Chaz chanter mes louanges.

— J'emporterai un magnétocassette. Peut-être que cette fois il volera un truc de l'album *Sgt. Pepper*.

Joey se libéra en se tortillant de l'étreinte de Mick et se repositionna au bord du lit.

— Ce menteur, ce salaud, ce bidon, marmonna-t-elle. Il va faire pleurer tout le monde.

— Pas moi, lui dit Stranahan, tendant la main vers elle encore une fois.

26

Stranahan roula jusqu'à Boca dans la vieille Cordoba, récupérée à la fourrière contre trois cents dollars. Il se gara à un Winn-Dixie à quelques rues de l'église, afin que personne ne le voie arriver avec le frère de Joey. Mick avait prévu de s'affubler du toupet brun rat musqué que Joey lui avait acheté à la Gallería, mais changea d'avis. Il voulait que Chaz Perrone le reconnaisse tout de suite, grâce au petit tour en canoë. Il voulait paniquer cet enfoiré.

Le trio catholique de guitaristes folk s'appelait les Actes de Contrition. Ils jouaient « Michael, Row the Boat Ashore » quand Stranahan pénétra dans St. Conan ; ce n'était qu'une question de temps, redouta-t-il, avant qu'ils n'attaquent « Kumbaya ». L'église était aux trois quarts pleine des amis et voisins de Joey, des femmes pour la plupart. Beaucoup avaient assisté à son mariage, certaines avaient même dû sentir qu'elle épousait un salaud indécrottable. Elles ne lui en avaient pas soufflé mot, bien entendu, car elle n'aurait rien écouté.

Au premier rang, Rose affichait une impudeur resplendissante. Perchée sur des talons aiguilles, elle portait un tricot ajusté sur une minijupe et des bas résille noirs. Sa coloration d'un blond aveuglant paraissait refaite de frais, un collier de chien en onyx mettait en valeur la longueur et la pâleur de son cou, ses lèvres étaient corail feu. En comparaison, les autres membres du club du livre de Joey avaient l'air d'une assemblée de vieilles filles. Près du fond de l'église était assis un homme à la peau claire et de taille moyenne, en costume gris foncé, brillant d'usure. Flic des pieds à la tête. Stranahan supposa qu'il s'agissait de Karl Rolvaag et choisit une place, une dizaine de rangs plus haut, de l'autre côté de l'allée centrale.

« Kumbaya » fut joué en boucle. Toujours aucun signe de Chaz Perrone. Stranahan commença à se faire du mouron.

Le frère de Joey avait troqué sa tenue de berger contre un costume trois pièces à rayures bleues. Malgré un courageux effort pour domestiquer sa barbe et sa crinière échevelée, il ressemblait toujours à un motard hors la loi que son avocat aurait habillé pour une audience de caution. Sur l'autel, drapé de velours, Corbett Wheeler avait placé une photo 24× 36 encadrée de sa sœur, assise en tailleur dans l'herbe, près d'un palmier. Décoiffée par la brise, son visage rieur était illuminé par le soleil. Les « endeuillés » auraient été interloqués d'apprendre que le frère de Joey avait pris ledit cliché, moins de vingt-quatre heures auparavant, sur une île privée dans la baie de Biscayne et qu'elle pouffait en voyant un homme d'âge mûr en retraite anticipée dénuder son cul bien bronzé ; les mêmes auraient été tout aussi interloqués d'apprendre que cet individu musclé était assis actuellement parmi eux à St. Conan, attendant avec impatience de communiquer ses instructions de chantage.

Le trio de guitaristes attaqua une version calypso guillerette de « Blowin'in the Wind » à laquelle Corbett Wheler mit fin d'un brusque mouvement tranchant de la main devant son cou. Il s'approcha du pupitre et se présenta.

— Nous sommes réunis ici pour célébrer la vie de ma magnifique petite sœur, Joey Wheeler, commença-t-il.

Sur l'insistance de Joey, son frère avait accepté de ne pas utiliser son nom de femme mariée pendant la cérémonie.

— C'était une battante, une vraie tigresse, mais elle avait aussi le cœur généreux. Elle a toujours été l'idéaliste de la famille, la rêveuse, la romantique, poursuivit-il, celle qui croyait à la pudeur et à l'honnêteté foncières de tous ceux qu'elle rencontrait. Malheureusement, il lui arrivait parfois de se tromper...

Corbett Wheeler scruta son auditoire avec la fixité d'un hibou, en laissant la phrase en suspens. Plusieurs « endeuillés », évidemment au courant des infidélités en série de Chaz Perrone, échangèrent des coups d'œil entendus.

— Pourtant, Joey n'a jamais cessé de croire à la bonté et à l'honorabilité de la plupart des gens, au tréfonds de leur âme.

Son frère poursuivit par deux, trois anecdotes qui firent renifler la foule. La première concernait l'enterrement de leurs parents où Joey, quatre ans, avait entonné devant leur sépulture « Leaving on a Jet Plane » de Peter, Paul & Mary avec des paroles révisées pour s'accorder aux circonstances particulières du décès d'Hank et Lana Wheeler : « The bear is packed, you're ready to go...[1] »

La seconde concernait le destin tragique du premier mari de Joey dont les vertus cardinales furent énumérées longuement par Corbett Wheeler, bien qu'il ne l'eût jamais rencontré.

— Benny était le soleil de l'existence de ma sœur, lança Corbett, surévaluant généreusement la luminosité de Benjamin Middenbock. Avant de lui dire un éternel adieu, elle plaça dans le cercueil sa canne à mouche préférée et une sélection de poppers pour le bass, attachés et peints par ses soins. Puis déclara être heureuse, pour le bien des porteurs du cercueil, que Benny n'ait pas eu le bowling comme violon d'Ingres.

Il y eut un léger flottement parmi les « endeuillés » avant qu'ils ne sourient.

— Et donc, oui, Joey dut faire face à des périodes de profonde tristesse dans sa vie, continua son frère, mais elle ne s'est jamais laissé abattre. Elle n'a jamais perdu son sens de l'humour ni son optimisme... elle était la personne la plus positive que j'aie jamais connue. La plus remplie d'espoir. Et aussi la moins égoïste. Elle qui aurait pu vivre comme une princesse opta pour

1. Les paroles originales de la chanson, « My bags are packed, I'm ready to go », c'est-à-dire « Mes valises sont à bord, je suis prêt à partir », sont remplacées ici par « L'ours est à bord, vous êtes prêts à partir ». *(N.d.T.)*

une vie simple et banale, car elle croyait qu'en cela résidait le vrai secret du bonheur. En cela et en une paire de chaussures italiennes...

La phrase provoqua un rire mouillé de larmes chez les copines de shopping de Joey.

— Elle n'était pas parfaite, continua son frère. Elle avait ses défauts, comme nous tous. Des impulsions du moment. Des points aveugles. Des manques de jugement.

Corbett Wheeler s'arrêta juste avant d'incriminer nommément Chaz Perrone. Mais où était-il donc le soi-disant veuf, merde ? se demandait Stranahan.

— Non, ma petite sœur n'était pas une personne parfaite, résuma son frère, mais c'était vraiment quelqu'un de bien et elle va nous manquer à tous infiniment.

Un prêtre à cheveux blancs s'avança et, avec un accent lugubre d'Europe de l'Est, récita le Notre Père. Les Actes de Contrition prirent la relève avec une version de treize minutes de « Bridge Over Troubled Water » qui laissa l'assemblée complètement minée. La suivante à prendre la parole fut Carmen Raguso, la voisine ultra-sociable des Perrone, la reine liftée des Dunes de Boca Ouest Tranche II. Elle raconta la fois où Joey avait aidé à rassembler les chats errants derrière le Kentucky Fried Chicken avant de les emmener se faire stériliser à la clinique vétérinaire de Margate. Joey avait payé l'opération à tous les minous... plus de deux mille dollars au total, se souvenait Mrs Raguso. Une autre fois, Joey avait organisé le transport par hydravion privé d'un dauphin souffleur souffrant d'une plage de l'île de Grand Bahama au Seaquarium de Miami. Le mammifère, atteint d'une occlusion intestinale, se rétablit complètement et fut remis à la mer.

— Pourquoi ce dauphin-là ne s'ébattait-il pas dans le Gulf Stream, la nuit où Joey est tombée de bateau, pour pouvoir nager à sa rescousse ? fit Mrs Raguso. Pourquoi la vie ne ressemble-t-elle pas plus à un film ?

D'autres amies se levèrent et témoignèrent de la charité discrète de Joey, de son amour de la nature et de sa bonté envers les plus démunis. Rose fut la dernière à parler. Pendant qu'elle s'approchait de l'estrade, Stranahan remarqua que les hommes de l'assemblée, l'inspecteur Rolvaag compris, en furent tout ragaillardis.

— Joey était la star incontestée de notre club du livre! commença Rose. C'est elle qui nous a branchées sur Margaret Atwood, A.S. Byatt et P.D. James, s'enflamma Rose. Et zut, on aurait perdu six semaines entières sur Jane Austen sans Joey. C'était un amour de fille, c'est sûr, mais elle pétait aussi le feu. Elle ne craignait pas de se déboutonner, ah ça non, madame. Il aurait fallu l'entendre nous lire les passages croustillants du dernier Jean Auel! Seigneur, elle en faisait presque rougir les murs.

Stranahan songea : ma Joey?

— C'est qui cette babillarde? rouspéta Chaz Perrone.

Tool ne lui répondit pas. En fait, il était resté bouche cousue toute la matinée. Il trouvait impardonnable que Chaz n'eût pas invité sa propre mère à la cérémonie funèbre.

Chaz et lui assistaient aux hommages depuis la sacristie, hors de la vue de l'assemblée. S'étant faussement autodiagnostiqué victime du virus du Nil occidental, Chaz était à cran. La raideur de sa nuque résultait très certainement du coup porté par la bouteille de deux litres de Mountain Dew mais, dans son flip hypocondriaque, Chaz s'imaginait que c'était le premier symptôme révélateur de l'encéphalite véhiculée par les insectes, que suivraient bientôt poussée de fièvre, convulsions, tremblements, stupeur et pour finir, coma. En pleine nuit, il avait supplié Tool de lui prendre la température, mais ce sadique salopard n'avait rien trouvé de mieux que de lui coller dans les pattes une francfort congelée et un pot de vaseline.

Quel affront : mourir à cause d'une piqûre d'une saleté de moustique! songeait Chaz.

Retour de bâton de ce maudit marécage.

Selon ses propres calculs, la moitié à peu près des trente-quatre piqûres de son visage étaient soit encroûtées soit enflammées, ce qui provenait d'un grattage forcené. Lors de leur première rencontre, devant l'église, le frère de Joey avait fait des observations sur le teint éruptif de Chaz en s'enquérant, avec une insensibilité certaine, s'il avait subi des tests pour la variole du singe.

Je t'emmerde, sauteur de mouton barjoïde, songea Chaz.

Espérant y glaner une pépite ou deux pour sa propre allocution, Chaz tenta de prêter attention à l'hommage enlevé de Rose, bien qu'un poil décousu. Il se surprit à être agréablement distrait par l'absence de longueur de sa minijupe et l'audace de ses bas. Elle avait tout l'air d'une nana qui savait épeler le verbe *s'-é-c-l-a-t-e-r*.

— Tu es prêt, Charles ?

Chaz sursauta de surprise : Corbett Wheeler venait de se glisser dans la sacristie par la porte du fond.

— C'est toi la vedette, mon vieux. Celui qu'ils attendent tous d'écouter.

Chaz jeta un œil furtif dans l'église en se disant : c'est *qui* tous ces gens ? Il n'en revenait pas que sa femme pût attirer une telle foule. S'il se rappelait vaguement certains visages, vus à la réception du mariage, la majorité lui étaient inconnus. Par ailleurs, Chaz s'était rarement donné la peine de demander à Joey ce qu'elle faisait pendant la journée quand il bossait, jouait au golf ou draguait d'autres femmes qu'elle. Il n'avait pas non plus fait preuve de beaucoup de curiosité concernant sa vie mondaine passée, avant leur rencontre. La politique domestique de Chaz consistait à ne jamais poser de questions auxquelles il ne tiendrait pas à répondre lui-même.

— C'est qui, ton ami ? lui demanda Corbett Wheeler.

Sans attendre la réponse, il accueillit Tool chaleureusement et lui serra la main avec vigueur.

— À votre tenue, je vois que vous êtes un homme du terroir.

Tool s'était rendu à l'église revêtu de sa salopette noire, qu'il avait passée à la machine à laver pour l'occasion. Chaz Perrone ne voulait pas qu'il assiste à la cérémonie, mais Red Hammernut s'était montré catégorique sur ce point.

— J'étais contremaître dans une ferme maraîchère, répondit Tool.

Le frère de Joey était rayonnant.

— J'ai deux mille têtes d'ovins.

Tool parut impressionné.

— Ah ouais ? De quelle race ?

Dieu nous vienne en aide, songea Chaz. Les mutants font ami-ami.

Rose dit quelque chose qui fit rire franchement l'auditoire et soudain Chaz sentit les pognes de Corbett Wheeler le guider hors de la sacristie, puis lui faire gravir la volée de marches menant au pupitre. Chaz tremblait en réglant la hauteur du micro et en fouillant dans ses poches à la recherche de ses notes. Il prit peur en s'apercevant que son écriture, précise et régulière autrefois, avait dégénéré en pattes de mouche torturées, en gribouillage illisible, digne des ufologues distingués et autres futurs tireurs fous sur leur lieu de travail.

Levant la tête vers l'assemblée, il se pétrifia aussitôt car, à trois rangs du premier, se tenait le maître chanteur, souriant tel un coyote affamé. Chaz Perrone porta vivement les yeux à l'autre bout de l'église pour mieux tomber sur un Karl Rolvaag impassible qui, le menton calé sur ses phalanges, donnait l'impression d'assister à un match de hockey.

Chaz avait la bouche comme pleine de sciure. Quand il essaya de parler, ce fut d'une voix aux accents de violon brisé. Le frère de Joey lui présenta un verre d'eau, mais Chaz eut peur d'en boire, craignant qu'on ne cherche à le droguer.

Il finit par s'humecter les lèvres et débuta ainsi :

— Mesdames et messieurs, permettez-moi de vous parler de Joey, ma femme, que j'aimais plus que tout au monde.

Au même instant, Joey Perrone plongeait la main dans la mangeoire à oiseaux pour y récupérer le double de la clé de la maison qu'elle avait partagée autrefois avec son mari. Elle entra par la porte de service, désactiva l'alarme, gagna en vitesse la salle de bains et vomit son petit déjeuner.

Ressaisis-toi, se dit-elle. Au nom du ciel, tu n'es pas la première à ne pas épouser le bon numéro.

Sauf que tu es allée choisir l'un des pires qui aient jamais existé.

Le lit n'était pas fait. Joey s'y étendit, reprenant son souffle lentement, régulièrement. L'oreiller sentait le shampooing de Chaz, une saleté poisseuse à la mangue qu'il avait achetée à la boutique de cette femme, Ricca. Joey fixait le plafond en se demandant si Chaz était couché à la même place quand il avait pris la décision de la tuer ; tirant des plans pendant qu'elle sommeillait à ses côtés, sans se douter de rien.

Elle passa au salon, mit un CD de Sheryl Crow que tous deux avaient aimé. La musique lui remonta le moral. Elle se posa sur le canapé, où traînait le sac à dos de Chaz même pas dézippé : désordre caractéristique de l'individu. À l'intérieur, parmi des paquets de graphiques vierges et de justificatifs de kilométrage à demi remplis, elle trouva une photocopie du faux testament que Mick avait expédié à l'inspecteur. Chaz avait souligné à l'encre rouge le paragraphe qui lui léguait soi-disant la fortune de sa femme en totalité. Dans la marge, il avait tracé trois points d'exclamation guillerets. Joey feuilleta le document jusqu'à la dernière page et examina la signature que Mick avait décalquée sur l'un de ses reçus de carte de crédit. Elle était assez bien faite pour tromper son mari qui ne devait être que trop avidement prédisposé à admettre son authenticité.

Le con.

S'imaginer si irrésistible, si aimable et un tel étalon que Joey — sous le coup d'une extase impulsive —, déchirant leur accord prénuptial, aurait décidé de tout lui laisser ! Connaissant Chaz, il avait déjà échafaudé une théorie pour expliquer le tour stupéfiant pris par les événements. Il s'était figuré sans doute que Joey avait prévu de lui faire la surprise de cette bonne nouvelle, lors de cette dernière nuit de leur croisière, si on lui en avait laissé le temps. Puis, après sa disparition, Corbett avait anonymement refilé le testament à Rolvaag afin d'exciter ses soupçons sur ce qui était arrivé ; et de marquer Chaz au fer rouge, avec un mobile évident pour assassiner sa sœur.

Du moins, c'était ce que Chaz avait pu en conclure, songeait Joey. L'attrait d'hériter de treize millions de dollars engendrait sa propre plausibilité dorée, imperméable au doute.

Joey remit le document là où elle l'avait trouvé, puis éteignit le lecteur de CD. Quand elle s'approcha de l'aquarium, les poissons montèrent vers elle en frétillant follement par avance. L'employé de l'animalerie avait repeuplé la cuve décimée de gobies néon, d'un arc-en-ciel de balistes, d'un poisson-papillon, d'un ange de mer, de deux poissons-clowns et d'un chirurgien jaune. Leur espérance de vie serait brève sous le gardiennage négligent de Chaz, mais pour l'heure tous étaient vifs et brillants. Joey dispersa trois pincées de nourriture en flocons dans l'eau, observant leur frénésie kaléidoscopique.

La pièce maîtresse décorative de l'aquarium était l'épave en céramique d'une goélette échouée, la proue la première, dans le gravier. Joey plongea la main dans son jean et en sortit son alliance en platine qu'elle fit rebondir dans sa paume. Elle ne se donna pas la peine de relire ce qui était gravé à l'intérieur de l'anneau, et qu'elle connaissait par cœur : « À Joey, la fille de mes rêves. Avec tout mon Amour, C.R.P. ». Joey ferma le poing sur la bague et, de l'autre main, souleva le couvercle de l'aquarium.

— De tes cauchemars, ducon, fit-elle. La fille de tes cauchemars.

Chaz colonisait confortablement le micro. Ô miracle, la raideur de sa nuque n'était plus qu'un souvenir et les croûtes sur son visage avaient cessé de le démanger.

— Je me suis repassé des milliers de fois cette tragédie dans ma tête, disait-il, et je ne peux m'empêcher de penser que tout est de ma faute. Si seulement j'avais dit à Joey de m'attendre ce soir-là, si seulement je ne m'étais pas attardé quelques minutes de trop dans la cabine, on serait sortis sur le pont ensemble. Elle ne se serait pas approchée de la rambarde toute seule sous cette pluie glissante... j'aurais été à ses côtés et ce tragique accident n'aurait jamais eu lieu.

Chaz savait le risque qu'il courait en répétant un mensonge si flagrant devant un auditoire de témoins potentiels... tout bon avocat de la défense le lui aurait déconseillé. Mais Chaz trouvait important de montrer à Rolvaag qu'il maintenait sa version originale de l'histoire. Et ne pouvait résister, en même temps, à l'occasion de nourrir les spéculations selon lesquelles Joey luttait contre des démons intérieurs si effrayants qu'elle ne les confiait à personne et avait peut-être même mis fin à ses jours.

— Je me suis repassé le film de cette soirée en boucle dans ma tête, fit Chaz, mais j'ai toujours plus de questions que de réponses. Combien d'entre vous ont lu un roman appelé *Madame Bovary*?

Comme on pouvait s'y attendre, les membres du club du livre de Joey levèrent la main comme une seule femme. Karl Rolvaag fit de même, plus une dizaine d'autres, peut-être, dans l'église.

— Joey lisait ce livre pendant notre croisière, dit Chaz. Après coup, j'ai été pris de curiosité et je l'ai lu à mon tour.

En réalité, il avait récupéré un synopsis de deux paragraphes sur un site de fans de Flaubert sur Internet.

— Il s'agit d'une jeune Française malheureuse qui s'ennuie. Elle épouse un homme qui, espère-t-elle, la comblera en mettant du piment dans sa vie, un... docteur.

La voix de Chaz se brisa si bien que même les plus ramollis du bulbe de l'auditoire auraient fait le rapprochement.

— Mais le plus triste, c'est que Madame Bovary n'est toujours pas satisfaite, si bien qu'elle s'embarque dans des aventures qui ne lui apportent aucun bonheur durable. Et à la toute fin, cette pauvre femme déboussolée en vient à se suicider.

Il y eut un murmure de malaise dans l'église. Chaz poussa son avantage sans ménager de pause.

— Après avoir terminé le roman, j'avoue que j'étais plutôt

déprimé. Je n'ai pas pu m'empêcher de me demander si ma Joey était malheureuse, elle aussi. Si elle s'était identifiée jusqu'à un certain point avec l'héroïne insatisfaite de l'histoire et m'avait caché ce qu'elle ressentait.

Chaz baissa la tête, laissant ses épaules se tasser. En relevant les yeux, il vit que le maître chanteur semblait roupiller. Quant à Rolvaag, son expression (son manque d'expression, plutôt) n'avait pas bougé d'un iota.

— Mais après mûre réflexion, poursuivit Chaz, et après avoir parlé avec beaucoup d'entre vous qui connaissiez et aimiez ma merveilleuse femme — nouveau mensonge outrancier ; il n'avait répondu à aucun appel téléphonique —, je suis plus certain que jamais que, dans le fond, c'était une personne très heureuse. Une personne positive, comme vient de le dire son frère. Quelqu'un qui pétait le feu, comme l'a décrite son amie Rose. Une battante et une optimiste qui aimait la vie. Voilà la Joey Perrone que je connaissais. Voilà la Joey Perrone que j'adorais. Et voilà la Joey Perrone...

À cet instant, Chaz fut distrait de sa péroraison par une silhouette solitaire qui entra dans l'église, quelque peu gauchement, sur des béquilles.

— Que je pleurerai le...

Une femme, observa Chaz, qui remontait l'allée centrale en boitillant avec résolution.

— ... le reste de ma...

Une sombre abrutie frisée, la jambe dans le plâtre, interrompait son grand finale à tirer des larmes. Qui était assez mal élevée pour lui faire un coup pareil ?

— ... ma, euh... ma...

Ricca.

Hors de question ! se dit Chaz. C'est impossible.

— ... ma vie, acheva-t-il d'un ton rauque, s'agrippant aux deux bords du pupitre.

L'assemblée remarqua qu'il chancelait et une risée de murmures soucieux fit tache d'huile. Il se força à regarder ailleurs alors que Ricca s'installait près du maître chanteur, qui lui prit poliment les béquilles et les rangea sous le banc.

Et merde.

Charles Regis Perrone se vida de son souffle en un court sifflement précipité. Il quitta le pupitre en flageolant et tituba vers la sacristie, cherchant l'air comme un thon à l'agonie. Il atteignit le seuil avant que ses jambes, devenues en coton, ne le lâchent. Tool le rattrapa au vol. Chaz baissa ses paupières papillotantes aux harmonies suaves de « Que sont devenues les fleurs ? », que les Actes de Contrition enchaînèrent sans heurt, à bon escient.

Ricca chuchota à Mick Stranahan :

— Vous aviez raison à propos de cette tête de nœud. Il a bien tué sa femme. Il me l'a dit.

— Que vous est-il arrivé ?

— Pour faire court... il m'a entraînée en pleine cambrousse et m'a tiré dessus. Vous le croyez, ça ?

Stranahan répondit que oui, sans difficulté.

— Que venez-vous faire ici ?

— Lui fiche la frousse, dit Ricca. C'est dingue, je sais, mais j'ai eu envie que Chaz voie que j'étais toujours vivante. Qu'est-ce qu'il pourrait me faire dans cette église ?

— Vous êtes allée trouver les flics ?

— Pas encore, mais j'y compte bien.

— Je peux vous demander un service ? Pourriez-vous patienter deux, trois jours ?

Ricca sourit.

— Alors vous le faites chanter *pour de bon.*

— Oh, mieux que ça, dit Stranahan. Mais pendant ce temps, restez vigilante. Chaz va insister pour vous voir. Il va supplier, pleurer et sans doute vous proposer un paquet de blé contre votre silence.

— Et puis il essaiera de me tuer encore une fois.

— Bien entendu. Je vais vous donner un numéro de téléphone. Ne manquez pas de l'appeler avant de vous rendre au rendez-vous qu'il vous aura fixé.

Stranahan griffonna le renseignement au dos d'un feuillet de prières.

Ni le nom ni le numéro ne dirent rien à Ricca, qui glissa la feuille dans son sac. Le trio de guitaristes termina la chanson et l'église sombra dans le silence. Corbett Wheeler regagna le pupitre :

— Ça a été une journée difficile pour nous tous, fit-il avec un regard en biais vers la sacristie. En ce qui me concerne, j'ai encore du mal à croire à la réalité du décès de ma sœur. Il me semble que, pas plus tard que ce matin, elle me taquinait encore en se moquant de mes chaussures de bouseux et de ma coupe de cheveux aborigène.

Tout le monde pouffa, mais seul Stranahan goûta tout le sel de la plaisanterie. Joey avait vanné son frère sans pitié pendant qu'il s'habillait pour la cérémonie.

— Merci à tous d'être venus et d'avoir partagé avec nous vos souvenirs. Joey en aurait été très touchée, dit Corbett Wheeler en guise de conclusion. Je sais que nombre d'entre vous souhaitent exprimer leurs condoléances à Chaz, son mari. Il vous attendra à la sortie pour parler avec vous.

— Sympa de sa part, fit Ricca.

— Allez-y piano, l'avertit Stranahan.

Personne ne fut plus stupéfait que Charles Perrone d'entendre, alors qu'il reprenait conscience, qu'il remercierait en personne les « endeuillés » à l'extérieur de St. Conan. Il eut beau faire valoir qu'il était trop faible et fou de douleur, le frère de Joey le prit par le bras en lui disant de se secouer. Tool ne fit aucun effort pour venir au secours de Chaz, s'étant arrêté pour regarder le portrait de la défunte femme du docteur, trônant sur l'autel. C'était la première fois que Tool voyait Joey Perrone en photo, elle lui rappela vaguement quelqu'un.

Mais qui ? Tool n'arrivait pas à s'en souvenir. C'était l'un des inconvénients de ces patches antidouleur… quelquefois, ils vous brouillaient la mémoire.

Il sortit, se dénicha un coin ombragé sous un banian. S'accroupissant sur le sol, il appuya sa tête contre le tronc. Tout en regardant Chaz serrer des mains et étreindre d'autres personnes sur les marches de l'église, Tool repensa à la photo de Mrs Perrone sur l'autel. Il se demanda comment une jolie fille, intelligente semblait-il, avait pu se caser avec un tel moins que rien. Il n'y avait manifestement pas de justice dans ce monde de merde.

Tool fut dérangé qu'un type vienne le rejoindre et s'asseoir juste à côté de lui.

— Tu me remets ? lui demanda l'homme.

— Un peu, j'veux.

C'était celui qui l'avait cogné en pleine gorge cette fameuse nuit chez Chaz. Le maître chanteur.

Tool plissa les yeux.

— T'as du pot qu'y ait du peuple.

— Je te reproche pas d'être furieux. Je t'ai pas loupé.

— Attends jusqu'à la prochaine, p'tit.

— C'est de ça que je voulais te parler.

Le maître chanteur baissa la voix.

— Du lieu de la remise.

— De la quoi ?

— Pour le paiement du chantage.

— Ah. Ouais.

Tool se remua, tout sauf confortable. Il avait le croupion malencontreusement situé sur une protubérance d'une racine du banian, qui tisonnait la balle logée là.

— J'ai comme l'impression, fit le type, que Chaz va tenter un truc d'une stupidité exceptionnelle. Ça pourrait lui nuire et nuire aussi à Mr Hammernut.

— Te bile pas. Il tentera que dalle tant qu'j'suis là.

— Heureux de te l'entendre dire.

Le maître chanteur pointa un doigt vers la porte de l'église.

— Tu reconnais ces deux personnes ?

Tool plissa les yeux.

— Y en a un, c'est un flic.

— Oui, l'inspecteur Rolvaag. Et la dame brune sur ses béquilles ?

— P't-être bien.

Tool plongea la main dans sa salopette pour se gratter l'entrejambe.

Le maître chanteur lui dit que la femme s'appelait Ricca Spillman.

— Ton petit Chaz a essayé de la tuer l'autre soir.

— Sans déc ? fit Tool, même s'il savait que c'était la vérité.

Il savait aussi qu'il devrait en parler à Red, car tout ça était grave. Le docteur avait flingué une nana qui, au lieu de mourir de sa belle mort, taillait maintenant une bavette avec un flic. Tool se leva et se mit à se masser les fesses. Il sentait la vieille balle de fusil frotter contre son coccyx.

Le maître chanteur se leva, lui aussi.

— Je préfère éviter Rolvaag pour le moment, donc je vais y aller.

Tool haussa les épaules. Il remarqua que le frère de Mrs Perrone, l'éleveur de moutons, abordait la femme aux béquilles. Encore du mauvais en perspective, songea Tool.

— Prenez-le comme vous voulez, fit le maître chanteur, mais je regrette ce qui s'est passé la semaine dernière dans cette maison.

— On en a pas encore fini avec ça, lui dit Tool.

— J'imaginais bien.

— Eh, au fait, elle est où ta copine ? Celle qu'était là-bas, à Flamingo ?

— Oh, elle est restée à la maison ; elle astique les mitrailleuses.

Tool ne savait pas si c'était du lard ou du cochon. Puis, patatras, ça lui tomba dessus... voilà à qui ressemblait la photo sur l'autel, à la copine du maître chanteur. Il faisait sombre quand il l'avait rencontrée cette nuit-là sur l'estacade, mais le visage qu'il avait entrevu ressemblait furieusement à celui de la morte. Et merde, peut-être qu'elle était de la même famille. Peut-être que ce chantage était un truc genre vendetta.

— J'peux te poser une question, chef? fit Tool.

— Nân, répondit le maître chanteur.

Puis il disparut.

En un sens, Chaz Perrone fut soulagé que Corbett Wheeler se tienne à ses côtés pour les remerciements et partage un tel fardeau de cordialité. Dur de se montrer poli et plein de commisération, surtout en faisant semblant. Chaz pouvait gérer dix secondes, pas plus, de sympathie exprimée du fond du cœur par chaque « endeuillé », avant de la passer à son voisin comme un sac de sable. Il déduisit de leur physionomie inquiète qu'il devait avoir une mine de déterré, sans oublier la tremblote, sa lèvre supérieure en berne et les piqûres de moustique qui suppuraient. Mais tout ça était bel et bon pour son numéro... celui du mari dans la peine, craquant sous toutes les coutures.

Poignée de main, embrassade.

Poignée de main, embrassade.

Chaz Perrone, qui s'efforçait de conserver un masque chagriné passable, sentit sa bouche se tordre en un vilain rictus quand le maître chanteur prit son tour dans la file. L'individu fourra une enveloppe entre les mains de Chaz, se pencha tout près et lui fit, avec cette voix absurde à la Charlton Heston :

— J'entends des hélicos, Chazzie.

Par réflexe, Chaz leva les yeux mais ne vit dans le ciel qu'un petit avion traînant une banderole Budweiser en direction de la plage.

— À demain soir, lui dit le maître chanteur qui s'éloigna tranquillement.

Chaz n'eut pas le loisir de se laisser démonter, car il venait d'apercevoir Ricca, papotant ostensiblement avec Rolvaag de Dieu sait quoi. L'inspecteur paraissait cordial et détendu, ne se comportant certes pas comme si on venait de l'informer d'une tentative de meurtre à Loxahatchee. Cependant, Chaz fit tout son possible pour ne pas détaler comme un lapin.

Empêtré dans l'embrassade gluante de Mrs Raguso, pleurnicharde et vaguement parfumée à la mozzarella, Chaz fut consterné d'entendre Corbett Wheeler s'excuser de devoir quitter la file des condoléances. Cloué sur la poitrine de Mrs Raguso, il vit à son grand dam, du coin de l'œil, le frère de Joey s'approcher nonchalamment de Ricca et engager la conversation avec elle.

Incroyable, se dit Chaz. *Je suis foutu de chez foutu.*

Au bout de quelques instants, Ricca clopina dans sa direction, Corbett Wheeler lui ouvrant la voie. Chaz se dégagea de l'étreinte de Mrs Raguso, mais pas à temps pour fuir.

— Ta domestique à demeure aimerait te dire un mot en particulier, lui dit le frère de Joey.

— Volontiers, fit Chaz.

Domestique à demeure? Nom de Dieu, j'ai pas fini de l'entendre.

Corbett Wheeler se chargea du gros des condoléances tandis que Chaz se détachait de la queue. Ricca se tenait sur le côté, l'observant avec à peu près la même aménité qu'un barracuda. L'effet de trépied de ses béquilles rendait impraticable une étreinte de conciliation.

— Il faut qu'on parle, lui chuchota-t-il à moitié.

— Va te faire foutre, Chaz.

— J'étais comme dingue, cette nuit-là. J'avais complètement perdu la tête.

— Garde ça pour les jurés, lui dit Ricca, pauvre enculé.

— Je m'excuse aussi d'avoir vidé ton appart. Et de m'être débarrassé de ta voiture, ajouta Chaz. J'ai paniqué, chouchou. Que puis-je dire d'autre?

— T'as vraiment une sale gueule. C'est quoi tous ces chancres sur ta figure?

— Des piqûres de moustique. Je me couve le Nil occidental.

— Bonne chose. J'espère que tes couilles vont pourrir et tomber, dit Ricca.

— Écoute, t'as le droit d'être furax. Ce que je t'ai fait, c'est horrible.

— Ah ouais ?

— Mais j'étais plus vraiment moi. J'ai déjanté, insista Chaz. Sérieux. Qu'est-ce que je peux faire pour arranger les choses ?

— Mis à part mourir d'une mort lente et atroce ?

— Chhhuut. S'il te plaît, chouchou, pas si fort.

— Deux cent cinquante mille dollars, fit Ricca, nettement. En espèces.

— Ah bon ?

Chaz se sentit inondé de soulagement. Il l'avait toujours cernée comme accro au blé. C'était la plus heureuse nouvelle possible.

— Plus une nouvelle voiture. Une Mustang décapotable, précisa-t-elle. Si tu raques pas, j'irai rendre visite à mon nouveau meilleur ami.

Elle lança un coup d'œil vers Karl Rolvaag qui bavardait à présent avec le prêtre à cheveux blancs.

— Attends, Ricca, fais pas ça ! Je vais te donner tout de suite ma réponse !

Chaz tendit la main vers elle mais, levant une de ses béquilles, elle l'en menaça.

— La réponse est oui, lui dit-il à voix basse. Tout ce que tu voudras.

— Attends mon coup de fil, fit-elle sèchement avant de s'éloigner en boitillant sans qu'on l'aide.

Chaz revint à la file des condoléances, qui s'était réduite à une poignée d'amis de Joey. Corbett Wheeler se pencha et lui dit :

— Sûr qu'on fait plus de domestique à demeure comme ça aux antipodes. C'est une bombe atomique.

— Ouais, ben, j'ai entendu dire qu'elle a la chtouille.

Le frère de Joey gloussa.

— Bien joué.

Chaz sentit quelqu'un lui serrer les deux mains : Rose, la blonde en minijupe du club du livre de Joey.

— Je peux vous dire un mot en privé ? lui demanda-t-elle.

— Volontiers.

Chaz surprit une bouffée de son parfum, le même numéro de Chanel que mettait Joey. Ça le prit à la gorge ; il en redemandait ; cette senteur n'avait jamais manqué de l'exciter. Ce qu'il lui restait de plus marquant des secondes après le plongeon qu'il avait fait faire à sa femme, c'était son odeur à elle, s'attardant, ensorcelante, dans l'atmosphère.

Rose refit franchir à Chaz Perrone les portes de l'église. Il y faisait frais et plus sombre. Il tâchait de ne pas mater ses seins de façon trop flagrante, seins qui avaient l'air tout sauf tristounets sous le tricot collant.

— Votre hommage était tout bonnement in-croy-able, lui dit Rose avec un respect assourdi.

— Ma foi, Joey était une femme incroyable.

— Mon Dieu, n'est-ce pas ? J'peux pas croire qu'elle n'est plus de ce monde, Chaz. Je peux pas y croire.

— Oui, ça semble irréel, lui fit-il écho.

— Mais votre discours d'aujourd'hui était simplement... vous avez été semblable à un roc, presque jusqu'à la fin. Un vrai rocher de Gibraltar.

— J'ai essayé d'être fort, dit-il modestement, pour Joey.

— Mais comment ça va, Chaz, *au fond*? Comment vous tenez le coup ?

Rose lui avait repris les mains, les lui caressant d'une manière courtoise mais qui lui donna le frisson. Ça faisait des jours et des jours qu'il n'avait pas songé à baiser, mais tout à coup, ça lui parut une bonne idée. L'antidote parfait à toute cette sinistrose.

— À dire vrai, je suis effondré, en mille morceaux, lui dit-il.

— Franchement, vous n'avez pas l'air d'aller bien.

— La maison est si vide et si solitaire sans elle.

— J'peux imaginer, dit Rose, la pitié gravée sur son visage.

Chaz planait dans un brouillard parfumé. Il dévorait ses lèvres corail des yeux tout en jugulant l'envie de les forcer de sa langue. Patiente, se morigéna-t-il, c'est ni le lieu ni l'endroit.

— Ce soir, ça promet d'être dur, lui dit-il. Cette cérémonie était supposée mettre un point final pour moi, mais je ne ressens aucune différence.

Rose entremêla ses doigts aux siens. Quelle créature intrigante, songea Chaz. Il se demanda pourquoi Joey, de son vivant, ne l'avait jamais amenée chez eux pour une présentation en règle.

— Ça vous dirait de venir chez moi, ce soir ? Je nous préparerais un petit dîner, fit-elle. On pourrait louer un film ou autre. Histoire de nous changer les idées après cette affreuse, affreuse histoire. Vous aimez les pâtes ?

— Super, j'apporterai du vin. Donnez-moi votre adresse.

Il sortit au grand jour puis descendit les marches de St. Conan, le moral requinqué. Au bas du perron, Karl Rolvaag regardait les « endeuillés » se disperser sur le trottoir et au-delà. Il souriait, amusé à part soi.

Cédant à un caprice, Chaz s'arrêta à sa hauteur.

— Alors, dites-moi, vous ne me révélerez jamais ce qui appartenait à Joey et que les gardes-côtes ont retrouvé ? l'apostropha-t-il.

— Bien sûr que si, dit Rolvaag. Des bouts d'ongles.

— Mon Dieu. Rien d'autre ?

— Nân. Enfoncés dans un ballot d'herbe.

Rolvaag se mit à rire.

— Et vous trouvez ça drôle ?

Chaz, hochant la tête, s'éloigna.

Les ongles de Mrs Perrone n'étaient pas la cause de l'hilarité de l'inspecteur. Mais la Chevrolet Suburban verte qui venait de faire deux fois le tour du bloc pour passer devant l'église. Le véhicule était assez neuf et la carrosserie propre pour être la location réglée grâce à la carte Amex de Joey Perrone. Le soleil, traversant le pare-brise teinté de la Suburban, avait révélé qu'une femme était au volant, dissimulée derrière de gigantesques lunettes noires et coiffée d'une casquette de base-ball ; une jeune femme à queue-de-cheval tirant sur le blond.

Pour Karl Rolvaag, la chose était si drôle, si parfaite qu'il crut qu'il allait s'en faire péter la sous-ventrière.

27

Chaz Perrone avala son dernier losange bleu, puis sonna. Rose lui cria d'entrer. Il s'orienta vers la cuisine où il la trouva aux fourneaux, parlant au téléphone tout en touillant une sauce marinara, pendant que les *linguini* cuisaient dans l'eau bouillante. Elle portait un jean collant, coupé en bermuda, et une brassière vert chartreuse, ce qui insuffla à Chaz un certain optimisme. Il déposa la bouteille de merlot sur le comptoir et trifouilla dans le tiroir des couverts à la recherche d'un tire-bouchon.

Une fois que Rose eut raccroché, elle lui dit :

— J'ai un aveu à vous faire. Je suis rentrée après la cérémonie et j'ai chialé une heure d'affilée.

— Moi aussi, fit Chaz en gardant son sérieux.

Il passa sous silence les cinq Michelob plus les cocktails d'appoint qui lui avaient paru nécessaires pour se remettre les nerfs d'aplomb...

Ricca, cette sorcière, était en vie.

Dieu seul savait ce que Red Hammernut mijotait.

Le maître chanteur exigeait son fric demain soir.

Et pour couronner le tout, il y avait la vidéocassette qui attendait Charles Perrone, sur son paillasson, à son retour de l'église. L'image sous-ex avait du grain, mais était suffisamment nette pour que Chaz comprenne sur-le-champ ce qu'il avait devant les yeux.

Chaz, non ! Qu'est-ce que tu fais ?

Il ne se souvenait pas d'elle prononçant un seul mot, mais dans sa tête, le meurtre était devenu flou et muet. Qu'il s'agisse de Joey sur la vidéo du maître chanteur, c'était incontestable ; son visage, sa voix, ses jambes.

Même jupe, mêmes chaussures, même montre-bracelet.

La première fois que Chaz regarda la cassette, il fut atterré. La seconde fois, une fascination perverse s'empara de lui.

La vidéo commençait par un plan flash du nom *Sun Duchess*, peint en travers de l'arche de la passerelle. La séquence suivante se passait à bord du bateau ; les silhouettes d'un homme et d'une femme se dessinaient dans la pénombre près de la rambarde du pont. Même tournant le dos à la caméra cachée, Chaz n'eut aucun mal à se reconnaître dans le cadre... cheveux châtains bien coupés, blazer bleu foncé et pantalon anthracite. Détail intéressant, ses épaules semblaient plus larges et ses hanches, moins épaisses, que dans le miroir de la salle de bains. Aussi glaçant que fût le visionnement de la scène, Chaz fut ravi de son look si musclé.

Dix-sept secondes. Il l'avait minuté grâce à l'horloge du magnétoscope. Dix-sept secondes du début à la fin.

Chaz, non ! Qu'est-ce que tu fais ?

Entendre le cri de surprise de Joey était au-dessus de ses forces, s'il restait sobre, aussi ne le resta-t-il pas longtemps. Il comprenait maintenant pourquoi le maître chanteur était si sûr de lui... l'enfoiré le tenait, et bien. Il avait tout sur bande.

Un pur coup de pot, songea Chaz amèrement. Le mec traînasse sur le pont, filmant au caméscope les constellations, le rivage ou autre. On entre dans le champ, moi et Joey, et avant qu'il ait pu faire ouf, le voilà qui enregistre un meurtre.

La clé tombe sur le pont et je me baisse comme pour la ramasser.

Mais à la place, je lui saisis les chevilles.

« Chaz, non ! Qu'est-ce que tu fais ? »

Un léger mouvement, des jambes en l'air.

Et puis, disparue.

Si vite, s'émerveilla Chaz. Pouf!

Il était curieux d'observer son comportement, il se souvenait d'être resté cool et solide sur ses jambes, mais la bande se terminait au moment où il se détournait de la rambarde.

Six fois, Chaz avait revu le crime sur le magnétoscope de sa chambre, ses besoins passant en escalade de la bière à des boissons plus fortes. Ça tenait du miracle qu'il ait pu se rendre jusque chez Rose sans emplafonner son Hummer sur un poteau électrique ou autre.

Si l'alcool était thérapeutique, ce dont Chaz avait vraiment besoin, pour balayer ce qui lui plombait mortellement la tête, c'était de baiser. Ça faisait quoi, quinze jours? La dernière fois où il avait pris son pied, c'était sur le bateau avec Joey, dans la douche de leur cabine de luxe. Depuis lors, Chaz avait été, chroniquement, pas dans le rythme, pas à son affaire, incapable de passer à la vitesse supérieure. Depuis ses seize ans, il s'était appuyé sur un programme baise chargé, seul ou accompagné, pour rester concentré. Sans ça, il perdait de son mordant. Son cerveau s'embrumait, ses réflexes s'émoussaient, ses hormones se congelaient, ses testicules lui faisaient mal, sa prostate commençait à se calcifier...

Il versa du vin dans deux verres et en tendit un à Rose. Tout bien considéré, il envisageait la soirée d'une façon assez positive. Il avait réussi à s'éclipser de son domicile sans se faire malmener après que Tool fut sorti faire une course, sans doute se payer un surplus de dope. Le gorille ne viendrait jamais le chercher ici.

— Parlez-moi de votre boulot, lui dit Rose en mettant le couvert.

— Y a pas grand-chose à en dire. En fait, c'est plutôt technique.

— Joey racontait que vous travailliez sur le projet Everglades, que vous testiez l'eau pour un genre de pollution.

— En gros, ouais, fit Chaz. Mais c'est les composantes chimiques qu'on contrôle, pas les contaminants du type eaux usées. Rien qu'on puisse sentir ni même voir à l'œil nu.

Il resta en admiration devant les jolies mains de Rose qui faisaient tomber les pâtes à la cuillère.

— C'est tellement cool, fit-elle. Je suis sûre que vous avez dû lire *River of Grass*[1] une bonne centaine de fois.

— Vous parlez.

— Mrs Douglas est l'une de mes héroïnes préférées de toujours. Quelle femme étonnante, déclara-t-elle. En voilà une qui pétait le feu !

— Unique en son genre, tomba d'accord le Dr Charles Perrone qui n'avait pas lu un livre de la première ligne à la dernière depuis une bonne décennie. Il était suffisamment soûl, pourtant, pour improviser.

— Et que pensez-vous de *Silent Spring*? lui demanda Rose.

— Attendez que je réfléchisse.

— Vous savez bien... Rachel Carson ?

— Mais oui, fit Chaz. Celle qui avait épousé Johnny[2] ?

Rose éclata de rire.

— Joey disait toujours que vous étiez un marrant.

— Ah oui ?

Chaz remplit à nouveau leurs verres. Soit le losange bleu commençait à faire son effet soit Rose lui avait lové son pied gauche au creux des cuisses.

— Vous avez un petit copain ? lui demanda-t-il, tâchant de donner du poids à sa question.

— Pas depuis deux, trois mois, répondit Rose.

— Ah.

— Des choses s'accumulent à l'intérieur de soi. Des tas de sentiments et de désirs qu'on refoule.

— Je vois ce que vous voulez dire, lui dit Chaz.

— Parfois, on a juste besoin de lâcher du lest.

1. Paru en 1947, le titre exact de l'ouvrage de Marjorie Stoneham Douglas est *The Everglades : River of Grass. (N.d.T.)*

2. Rachel Carson, zoologiste distinguée, a dénoncé dans l'ouvrage cité (paru en 1962) les ravages des insecticides sur les oiseaux insectivores. Quant à Johnny Carson (1925-2005), il est connu pour avoir animé avec un flegme exemplaire son *Tonight Show* télévisé pendant trente ans, il n'a jamais été marié à Rachel Carson, bien entendu. *(N.d.T.)*

— De libérer ses émotions.

— Oui, c'est tout à fait ça, dit Rose. De se débarrasser de tout ce stress, de toute cette tension. En ce qui me concerne, le yoga n'y est jamais arrivé.

— Pour moi, non plus, renchérit Chaz qui songea : Cette femme a une vision des choses réconfortante à souhait !

— Vous pouvez me rendre un service ? Le parmesan, dit Rose en pointant du doigt. Il est dans ce grand placard près du frigo.

— Bien sûr.

Chaz se leva avec prudence, plaquant sa serviette contre lui pour dissimuler sa trique naissante. Il ne désirait pas en faire la surprise à son hôtesse avant le moment propice.

Chaz lui tournait le dos quand Rose émietta le petit cachet rond dans son verre de vin.

— La vie est tellement injuste, remarqua-t-elle. Pourquoi Joey, entre toutes ?

Chaz revint à table et lui passa la saupoudreuse de fromage râpé. Puis il prit une nouvelle gorgée de merlot.

— Vous savez ce qui est bizarre ? fit Rose. L'épisode *Madame Bovary*. Joey n'a signalé à aucune d'entre nous qu'elle le lisait. Nous, les filles du club, je veux dire. Pourquoi, d'après vous, elle ne l'a pas fait ? On discute de tout ce qu'on lit.

— Je peux simplement faire des suppositions.

Une nouille égarée pendouillait au coin de la bouche de Chaz. Il la lampa habilement et poursuivit.

— Peut-être que ce bouquin la touchait de trop près. Comme je l'ai dit à l'église, Joey devait couver quelque chose de grave — une dépression ou autre — et elle ne tenait pas à ce que ni moi ni ses amies soyons au courant.

— Chaz, dites-le moi sans détour. Vous croyez qu'elle s'est suicidée ?

— Non ! Je ne peux pas... je... je... ne crois pas ça. Comme je l'ai dit, c'était une fille très heureuse la plupart du temps.

Rose abonda dans son sens catégoriquement.

— Mais elle l'était. Vraiment, oui. C'est une affreuse question que je vous ai posée là… Excusez-moi, Chaz. *Bien entendu* qu'elle ne s'est pas suicidée. Pas Joey.

On laissa tomber le sujet. Et ils devisèrent gaiement tout en dînant… de musique, de cinéma, de sport. Il s'avéra que Rose envisageait de prendre des leçons de golf.

— J'aime tout exercice qui ne fait pas transpirer ou à peine, affirma-t-elle. Qu'est-ce qui t'arrive, mon chou ?

Chaz agrippa le bord de la table.

— Je me sens pas trop bien.

La pièce s'était mise à tourner et à tanguer comme un manège de foire. Il voyait deux Rose, semblait-il, chacune d'elles le scrutant d'un air perplexe. Elles lui dirent en stéréo :

— Tu veux t'étendre ? Tu devrais.

— Bonne idée.

Elle conduisit Chaz dans sa chambre, l'assit sur le lit et lui retira ses chaussures.

— Là. Fais ce que je te dis.

Elle tapota une pile d'oreillers moelleux. Chaz s'allongea et ferma les yeux. Bordel, songea-t-il, ça fait des années que j'ai pas été rétamé à ce point.

— Je ne serai pas longue, entendit-il Rose lui dire avant qu'elle n'éteigne la lumière.

Chaz tout sourires déboucla maladroitement la ceinture de son pantalon. Il avait une vision délicieuse de Rose se débarrassant de son jean, ôtant sa brassière et se glissant sous les couvertures pour le rejoindre. Avec effort, il glissa sur le côté pour faire plus de place dans le lit.

Le problème, c'était qu'il se sentait tout sauf au top.

Au bout d'un moment, il prit conscience d'un ronron de moteur, très probablement celui du ventilateur au plafond ; mais Chaz, entrouvrant les paupières, n'y voyait goutte dans l'obscurité. Amplifié par l'excès d'alcool, le ronron du ventilo lui évoqua le rotor d'un hélico, tourbillonnant dangereusement au-dessus de sa tête nue. Il ressentit un fourmillement de froide épouvante et s'enfouit tel un bousier sous les oreillers de Rose.

Dans son refuge ouaté, il n'entendit pas cette dernière faire cliqueter ses clés de voiture ni claquer la porte de service en sortant.

Une fois Rose partie, Mick Stranahan se tourna vers Joey.

— Prête ?

— C'est maintenant ou jamais.

— Tu te rappelles les règles.

— Pas de coups de poing. Pas de coups de pied. Pas d'instruments pointus. Quoi encore ? fit Joey.

— Pas de larmes.

— Tu plaisantes ? dit-elle.

Ils pénétrèrent ensemble dans la maison. Joey fit halte devant la porte de la chambre pour se mettre une goutte de Chanel derrière les oreilles.

— Je suis là si jamais tu as besoin de moi, lui chuchota Stranahan.

Elle entra, refermant sans bruit la porte derrière elle. Il y eut un léger bruissement dans le noir, puis une voix étouffée par la literie demanda :

— Rose ?

Joey s'assit au coin du lit.

— Rosie, ma chérie. Approche, dit Chaz.

Joey s'étendit, raide comme la justice, près de son mari. Ce dernier passa le nez hors des oreillers et, à l'aveuglette, vint échouer sa tête sur l'épaule droite de Joey.

— Tu sens super bon. Le parfum que t'as mis, c'est celui que je préfère.

— Hmmm, fit Joey.

Chaz empestait l'ail et l'alcool. Elle sentit quelque chose d'obtus et de familier pousser contre sa cuisse et songea : voilà ce que désigne parfaitement le terme *tête de nœud.*

— Je pourrais bien être soûl, fit Chaz.

Stone aussi, songea Joey. Rose avait glissé dix milligrammes de Valium dans son vin.

Chaz tâtonnait au petit bonheur pour trouver ses seins mais elle repoussa sa main.

— Arrête ça, murmura-t-elle.

— Ton cœur bat si vite. Qu'est-ce que ça veut dire, Rose ?

Si seulement tu savais.

Il se pressa plus fort contre elle.

— Non.

— Je t'en prie. Elle me manque tant, fit Chaz.

Les yeux de Joey s'accoutumèrent peu à peu à la pénombre de la chambre. Chaz avait beau être léthargique et dormir à demi, elle restait sur ses gardes.

— S'il te plaît, Rose. Aide-moi à faire disparaître ma souffrance, dit-il. Au moins pour cette nuit.

Sans prévenir, Joey se mit à sangloter. Elle n'y croyait pas : sangloter comme un bébé !

Chaz parut ragaillardi de l'entendre craquer, ce qu'il perçut sans doute comme un signe de vulnérabilité.

— Voyons, Rose, l'implora-t-il, tout en tâchant de baisser son pantalon. Ça sera salutaire pour nous deux.

— Comment ça, bon sang ?

— En s'oubliant l'un dans l'autre.

Elle est bien bonne, celle-là, songea Joey. Je me demande où il l'a piquée. Elle reprit son souffle, lentement, posément, puis chassa ses larmes en reniflant un grand coup.

— Ce sont des sentiments très normaux dans un moment pareil, continuait Chaz. Joey nous aimait tous les deux. Elle comprendrait parfaitement.

— Non, Chaz, Joey ne comprendrait *pas du tout*.

Elle prononça cette dernière phrase tout haut avec sa voix normale. Il cessa de gigoter et se releva légèrement, tâchant d'apercevoir son visage. Elle l'entendit déglutir à sec.

— Je t'assure, fit-elle, qu'elle ne comprendrait carrément pas comment tu peux essayer de sauter sa meilleure amie le soir même de son service funèbre.

La confusion parut paralyser Chaz. Joey, fourrant la main

dans son caleçon, lui pinça la peau des couilles entre l'ongle du pouce et l'index.

— Lâche-moi ! Ah ! mon Dieu, se lamenta-t-il. Ah ! seigneur, bon Dieu, Joey, lâche ça !

Elle compta jusqu'à dix mentalement puis obtempéra.

— Maintenant, Charles, tu ne bouges plus.

Elle alluma la lampe et le vit roulé en boule, tel un gros hérisson pâlichon, se protégeant des deux mains l'entrejambe.

— T'es pas réelle.

Son mari la regardait, soupçonneux, en plissant les yeux.

— Tu peux pas être réelle.

Il montra les dents et lâcha un étrange rire dissonant.

— Fais voir tes ongles.

— Qu'est-ce que tu as bu exactement ? demanda-t-elle.

— T'es morte, Joey. Je t'ai tuée de mes mains.

Chaz continuait à sourire comme un chimpanzé.

— Tout a été filmé en vidéo !

— Va falloir que tu y mettes du tien, mon bonhomme, lui dit-elle. Je veux certaines réponses.

Chaz se mit à dodeliner en cadence, comme si son cou était devenu en caoutchouc. Chaque cillement semblait lui coûter un effort surhumain.

— T'avise pas de t'endormir, dit Joey.

— Je le savais. J'ai chopé le Nil occidental.

Il rauqua un rire caquetant.

— C'est pour ça que t'es ici... la maladie fait halluciner ceux qui en sont victimes.

Rose avait dû forcer sur le Valium, se dit Joey. L'ordure déclinait à vue d'œil.

— Chaz, tu m'entends ?

Il opina du chef.

— Clair et net.

— Pourquoi tu as essayé de me tuer ?

— Oh, ça va, renifla-t-il.

Joey lui empoigna une touffe de cheveux et lui redressa la tête en tirant.

— Réponds-moi !

— Je peux te garantir que j'étais pas le seul mec de cette croisière qui rêvait de pousser bobonne par-dessus bord. Et les femmes, elles y pensent aussi, bordel. Chaque personne mariée y pense de temps en temps, oh et puis merde. Moi, je l'ai fait, c'est la seule différence. Moi, j'suis passé à l'acte, je l'ai fait.

Joey se surprit à fouiller la chambre du regard pour y dénicher un truc dentelé, rouillé de préférence. Puis se rappela l'avertissement de Mick : N'en fais pas une scène de crime.

Elle lâcha la crinière de Chaz dont la tête retomba sur la poitrine.

— J'ai cru que t'allais me balancer pour avoir truqué les échantillons d'eau.

— Mais je savais même pas ce que tu faisais !

— Alors peut-être que je me suis laissé emporter.

— Pardon ? fit Joey.

Chaz se grattait l'air absent une croûte de la taille d'une pièce de dix cents dans le cou.

— Tu comprends pas. Red rigole pas quand il s'agit de bizness.

— C'était *notre anniversaire* !

— Ah ouais, j'ai failli oublier.

Chaz releva la tête.

— Merci pour les housses de clubs de golf, elles étaient mortelles. Je les ai retrouvées après, dans ma valise.

— T'es vraiment qu'un monstre, fit Joey d'une voix enrouée.

— Si t'existais pour de vrai, je te demanderais pardon.

— Et moi, je te dirais d'aller au diable sans passer par la case départ, lui répondit-elle. Pourquoi tu m'as épousée pour commencer ?

Chaz parut sincèrement surpris par la question.

— Parce que t'étais canon. Et qu'on faisait un super couple tous les deux.

— Parce que j'étais *canon*?

Joey zieuta le cordon électrique de la lampe, songeant : Aucun jury de ce pays ne me condamnerait.

— Je dors vraiment debout, dit Chaz. Tu peux remonter au paradis maintenant? Ou d'où tu sors, où que ce soit?

— Tu ne m'as jamais aimée?

Joey éteignit la lumière au cas où elle se remettrait à pleurer.

— Jamais, Chaz?

— Bien sûr que si.

— Alors qu'est-ce qui s'est passé? lui demanda-t-elle. D'abord, tu baisouilles à droite et à gauche, ce qui était déjà assez moche...

Grognement prudent dans l'ombre.

— ... puis tu me pousses à la mer pendant notre croisière d'anniversaire! Je pige pas, fit Joey. Si tu voulais plus de moi à ce point, t'avais qu'à demander. Tu sais, y a un truc nouveau qui vient de sortir qui s'appelle le divorce.

Mais elle n'entendait plus maintenant que le raclement sourd d'une respiration profonde. Cinq, dix, quinze secondes s'écoulèrent.

— Chaz?

Rien.

Elle lui arracha l'oreiller de sous la tête en disant :

— Réveille-toi, bordel! J'ai pas fini.

Un gémissement groggy, inquiet. Puis :

— Tu peux rien contre moi, Joey. T'es déjà morte.

Il se ramassa laborieusement sur lui-même, projeta le bras vers elle, la ratant dans le noir. Elle lui sauta sur le râble, le clouant au matelas.

— Parce que j'étais « canon »? T'es sérieux?

Sa bouche était à quelques centimètres de son oreille.

— Eh, c'est un compliment, reprit Chaz. Maintenant, s'il te plaît, tu peux arrêter de m'écraser. Je bande et ça me tord la queue.

— Que c'est émouvant. T'as encore emprunté ça à Neil Diamond ?

La porte s'ouvrit, projetant un cône de lumière sur le lit.

— Ça va. On s'en sort bien, lança Joey par-dessus son épaule.

— Qui est là ? demanda Chaz en se tortillant.

La porte se referma.

— Rose ?

— Relax, Roméo, tu feras ceinture cette nuit, lui dit Joey.

— Laisse-moi me lever.

— Ce n'est toujours que moi, Chaz. Ta chère défunte moitié.

— C'est pas possible.

— Je ne suis pas morte.

— Mais si.

Joey lui planta un coude dans le dos.

— Et ça, tu le sens réellement ?

— Rien qu'un mauvais rêve, gémit-il.

— Tu paries ?

— Repince-moi les couilles. Allez, vas-y, tu verras si j'en ai quelque chose à battre.

— Qu'est-ce qui a déraillé chez toi, Chaz ? fit Joey.

Haussement d'épaules en retour.

— Les gens changent, c'est la faute de personne, lui dit-il. Laisse-moi dormir, s'il te plaît...

— Non, m'sieur, pas encore.

— Si t'étais là pour de vrai, Joey, tu m'aurais déjà tué à l'heure qu'il est.

Puis avec un profond soupir, il devint tout mou sous elle.

Elle secoua Chaz par le collet, puis scotcha ses lèvres à ses oreilles au point que leur duvet les effleura.

— Chaz ! fit-elle sèchement. Chaz, écoute-moi. Je vais *tout* raconter aux flics. Et ça sera plus ma parole contre la tienne... ils auront le nouveau testament, la cassette vidéo, toute l'arnaque des Everglades. Ton ami Red, il sera grillé, lui aussi. Réveille-toi, Roméo, c'est fini. Tentative de meurtre, faux et usage de faux, corruption. Même si tu t'en sors, tu seras fauché, au chômage et endetté auprès de tes avocats jusqu'à la fin de tes jours. Tu seras foutu, Chaz.

Pas un mot de son mari. Il avait sombré.

Joey dégringola du lit et appela Mick à la rescousse. À eux deux, ils bousculèrent et secouèrent Chaz, sans réussir à le réveiller.

— Maintenant, qu'est-ce qu'on fait ? dit-elle. Ce connard croit qu'il hallucine. Il croit que je ne suis pas réelle.

— Mais tu ne l'es pas, lui dit Stranahan, affectueusement.

— Je ne plaisante pas, Mick. Il était bourré, c'est évident, à son arrivée ici, puis Rose l'a drogué jusqu'au trognon.

— La vache. J'espère seulement qu'il fera pas de boulette en rentrant chez lui. Qu'il flanquera pas sa voiture dans un canal ou qu'il s'endormira pas sur une voie de chemin de fer.

— Ah non, toi, pas ça.

— Eh, des trucs de ce genre arrivent tout le temps. On lit que ça dans les journaux.

Joey fixa le tas répréhensible de chair ronflante et mouchetée de bave auquel elle était mariée et ne ressentit que vide et épuisement. Étrange comme elle n'avait plus envie de le cogner, de l'étrangler, de le tuer, ni même de l'engueuler. Toute sa colère et son indignation s'étaient taries, ne lui laissant qu'un arrière-goût de dégoût.

— Ça va ? lui demanda Stranahan.

— Du feu de Dieu. J'ai épousé une merde totale.

— Ça n'a rien de difficile. Si tu veux faire une tête au carré à ce salopard, c'est l'occasion ou jamais.

Joey refusa du chef.

— À vrai dire, Mick, je me fiche totalement de ce qui peut lui arriver à partir de maintenant.

— Eh bien, pas moi, fit Stranahan, en saisissant Charles Regis Perrone par les chevilles.

28

Nellie Shulman le coinça dans l'ascenseur. Son peignoir empestait la naphtaline et le thon.

— Pourquoi vous m'avez pas prévenue que vous déménagiez ? À quoi rime toutes ces cachotteries ?

— J'ai obtenu un nouveau boulot dans le Nord, lui annonça Karl Rolvaag.

— Et vous allez louer votre appartement à des bohèmes, sans doute. Des pervers et des solitaires de votre espèce.

— Je vends le condo, Nellie.

Elle fit claquer son râtelier jaune.

— À un autre maniaque des serpents, pas vrai ? Un barjo qu'aura des cobras cracheurs, cette fois.

— À qui pourra en payer le prix. Selon la loi.

À peine la porte de l'ascenseur ouverte, l'inspecteur fonça, Nellie à ses basques.

— Pas la peine de le prendre de haut, vous le savez, ça ? fit-elle. Parce qu'on a retrouvé Rumsfeld, vous croyez que vous pouvez partir d'ici en danseuse, la conscience tranquille ?

Rumsfeld était le caniche nain porté absent, le troisième animal de compagnie à avoir disparu de Sawgrass Grove. L'inspecteur se réjouit in petto d'apprendre que cette petite boule de poils incontinente n'avait pas été dévorée par l'un de ses pythons voyageurs.

— On l'a retrouvé derrière la supérette, lui rapporta Mrs Shulman d'un air sombre, où il dormait dans un carton de vin. Un clodo le nourrissait de biscuits apéritifs.

— Et Pinchot et l'autre, comment déjà, le siamois ? demanda Rolvaag.

Posté devant sa porte d'entrée, il fouillait dans ses poches pour trouver ses clés. Mrs Shulman semblait bien partie pour un affrontement d'envergure.

— Jouez pas les innocents avec moi, lui dit-elle. Son nom, c'était Pandora et vous savez fichtrement bien ce qui lui est arrivé... Vous l'avez sacrifiée à vos méchants reptiles ! Pareil pour ce pauvre Pinchot. Et ma chère Pétunia est sans doute la prochaine inscrite au menu !

— Ce sont de graves accusations que vous portez là, Nellie, et sans l'ombre d'une preuve.

Mrs Shulman se mit sur la défensive.

— Je ne suis pas la seule, tout le monde par ici ne parle que de ça. « Pourquoi sinon, un adulte élèverait-il des anacondas ? », voilà ce qu'on dit. « Qu'est-ce qui tourne pas rond chez lui ? »

— Ce sont des pythons, pas des anacondas, rectifia Rolvaag. Et ça ne mange pas de chats siamois ni de loulous de Poméranie.

Il espéra que son manque de conviction n'était pas flagrant pour la vice-présidente suppléante de l'association du Sawgrass Grove Condominium.

— Vous savez ce que je pense, Nellie ? Je crois que vous êtes déçue de ne plus être obligée de me faire expulser. Je crois que vous l'avez mauvaise parce que je déménage, comme et quand ça me chante.

Il finit par trouver sa clé et l'enfonça dans la serrure.

Mrs Shulman lui planta ses serres arthritiques dans le bras.

— Ah bah ! Je suis l'unique raison qui vous fait quitter la ville !

L'inspecteur sourit de façon suggestive.

— Je vais vous manquer, pas vrai ?

— Arrgghh !

Mrs Shulman trébucha en reculant, en perdit ses pantoufles.

Rolvaag pénétra en vitesse dans son appartement et ferma la porte. Il lança son ordinateur et cliqua pour ouvrir la page météo des Villes Jumelles. Il faisait dix-huit degrés et un beau soleil à Saint Paul ; toute la splendeur d'un printemps du Midwest. Il se demanda si son ex-femme s'était remise au jardinage, hobby qu'elle avait abandonné face à la touffeur de la Floride du Sud.

L'inspecteur prit une boîte de soda dans le frigo, s'attabla dans la cuisine et vida sa serviette. Sur le dessus de la pile se trouvait le contrat de location de la Suburban verte. Initialement, le directeur de l'agence avait refusé de le faxer au bureau du shérif avant de changer d'avis quand Rolvaag avait suggéré d'y passer en personne d'un coup de voiture et de sauter sur le comptoir en agitant son badge doré sous le nez de tous les clients afin qu'ils n'en perdent pas une miette.

Selon ce document, on avait loué la Suburban grâce à la carte de crédit de Joey Perrone, trois jours après qu'elle fut passée par-dessus bord du *Sun Duchess.* Rolvaag plaça ledit contrat côte à côte avec des photocopies de chèques auxquels Mrs Perrone avait fait opposition, fournies par sa banque. La signature sur le contrat de location et celle figurant sur ces anciens chèques paraissaient d'une similitude frappante. Ensuite, l'inspecteur compara l'écriture du contrat de location avec celle du testament que lui avait remis le frère de Mrs Perrone. Rolvaag en étudia quelques minutes les caractéristiques graphologiques, puis remit les documents dans sa serviette. Prévenir Chaz Perrone serait une perte de temps ; ce type était foutu et d'un point de vue légal, Rolvaag n'y pouvait rien changer, même s'il l'avait voulu.

Il téléphona à la station des gardes-côtes et obtint qu'on lui passe Yancy, la quartier-maître.

— Ce ballot de jamaïcaine, vous vous souvenez ? Celui d'où l'on a retiré les bouts d'ongle ?

— Oui, chef. Il se trouve au dépôt des pièces à conviction, répondit Yancy, comme vous l'aviez demandé.

— Dites qu'on le brûle. J'en aurai pas l'utilité en fin de compte.

— Je vais vous faxer la paperasse, chef.

Yancy marqua un temps.

— Au fait, on a retrouvé cette femme qui avait disparu du paquebot de croisière ?

— Nân.

— C'est trop moche.

— Pas forcément, fit l'inspecteur.

Dès qu'il eut raccroché, il se lança dans ses préparatifs de départ pour le Minnesota.

Tool passa la nuit au chevet de Maureen, à la maison de repos. Elle dormit mal, murmurant tout bas, ce qui pouvait être aussi bien causé par des cauchemars que par la douleur. Red Hammernut en pétard avait appelé Tool en lui ordonnant de retourner chez Chaz Perrone et de garder à l'œil cette vermine de petit magouilleur. Tool avait prétendu ne plus avoir de batterie sur son portable et donc ne pas comprendre ce que lui disait Red.

Pas question de quitter Maureen tant qu'elle ne se sentirait pas mieux.

Il trouva la chaîne télé qui diffusait des clips de musique country, ça lui fit passer le temps. Certaines chansons étaient déprimantes, si l'on faisait attention aux paroles, et d'autres ne le concernaient pas du tout. C'étaient des histoires sans fin de types qui ne pouvaient pas rester en place et de femmes aimantes qu'ils abandonnaient à leur triste sort. C'est le bon côté de travailler à la ferme, songeait Tool... on a un foyer et on sait où il se trouve.

À l'aube, la balle du braconnier lui faisait tellement mal au coccyx qu'il dut se lever et aller se promener un peu. En revenant dans la chambre, il trouva Maureen éveillée. Elle leva les yeux et lui sourit faiblement. Le soleil filtrant à travers les stores tombait en raies brillantes sur le lit, mais les yeux bleus de Maureen, autrefois semblables à des étoiles, semblaient aussi mornes et gris que du plomb. Tool, remarquant qu'elle gardait le doigt appuyé sur la sonnette, lui demanda ce qui n'allait pas. Elle lui montra la poche du goutte-à-goutte qui était vide.

— J'ai besoin qu'on me la remplisse, chuchota-t-elle.

— Ça vous fait mal où ?

— On m'a pas donné de bain depuis trois jours. C'est vraiment embêtant.

— Donnez.

Il lui prit la sonnette et l'écrasa du pouce à répétition. Mais ils eurent beau attendre, personne ne vint.

— Le matin, il y a pénurie de personnel. Parfois, ça prend du temps.

— On va s'en occuper.

— Où allez-vous ?

Tool alpagua la première personne habillée en infirmière qu'il rencontra et la poussa sans ménagement dans la chambre de Maureen. La femme était ahurie, dépassée par les événements.

— Earl, c'est Natacha, lui expliqua Maureen. Elle travaille à la cuisine.

Tool ne lâcha pas le bras de Natacha.

— Allez chercher quelqu'un pour donner à cette dame un médicament contre la douleur. *Et que ça saute.*

— Natacha, il faut excuser mon neveu. Il se fait trop de mauvais sang pour moi, dit Maureen.

Natacha opina imperceptiblement. Tool la lâcha et tandis qu'elle se sauvait vers la porte, Maureen lui cria :

— La soupe de lentilles d'hier soir était divine. J'exige la recette !

— Y a pas de toubibs dans cette baraque ? fit Tool.

Maureen s'emmaillotta dans le drap de dessus.

— Cette femme ne saurait pas préparer du corned-beef, même si sa vie en dépendait, mais c'est la super diva des lentilles.

— Laissez-moi aller chercher quelqu'un d'autre.

— Ah ça, non.

Maureen le menaça du doigt.

— Si vous faites des ennuis, on vous demandera de partir. Restez tranquillement assis et détendez-vous. Je vais bien pour le moment.

Tool voyait que ce n'était pas vrai. Il la fit rouler doucement sur le côté et défit le cordon de sa chemise de nuit.

— Non, Earl, fit-elle.

— Chut.

Remontant le haut de sa blouse blanche, il se passa une main dans le dos et décolla le dernier patch restant. Précautionneusement, il le cibla entre les omoplates de Maureen et appuya fermement, afin qu'il adhère bien.

Quand il la retourna, elle lui dit :

— Ce n'était pas nécessaire, mais merci quand même.

— Il a déjà servi, mais c'est mieux que rien.

— Earl, je veux que vous m'écoutiez.

Elle lui tendit sa main, fraîche au toucher.

— Certaines personnes se laissent aller quand elles arrivent dans un endroit pareil, lui dit-elle. Je le vois sur leur figure... elles cessent simplement de lutter. Et plus faible on devient, croyez-moi, c'est tentant... avec les antidouleur qui existent de nos jours, mon Dieu, les jours, les semaines défilent devant ma fenêtre comme un grand fleuve tiède. Mais ne vous en faites pas, je suis pas encore prête à jeter l'éponge.

— Vous pouvez pas me faire ça! lâcha Tool.

Il se sentait avoir la rage, sans trop savoir vraiment pourquoi.

— C'est quand la dernière fois que vous avez vu vos filles?

— C'est difficile pour elles de s'échapper. Leurs enfants sont à l'école.

— C'est merdique comme excuse.

Maureen rit doucement.

— Je vous giflerais, Earl, si j'en avais la force.

Il ne savait que faire.

— Si vous voulez, je peux essayer de vous donner un bain.

— Ne vous avisez pas de faire une chose pareille!

Elle lui pinça le poignet.

— Seigneur, j'aurais pas dû ouvrir la bouche.

La mère de Tool était décédée un mois à peine après que les médecins lui eurent annoncé qu'elle était malade. C'était en pleine récolte des tomates et Tool n'avait pu rentrer à Jacksonville à temps pour lui dire adieu. Il s'entendit raconter l'histoire à Maureen, qui lui dit :

— Ne vous en faites pas, je suis sûre qu'elle savait combien vous l'aimiez.

— Vos filles, elles devraient être ici. C'est pas le bout du monde.

Il pressa la sonnette si fort qu'elle lui resta dans le poing, cassée en deux.

— Merde, fit-il. Pardon.

— Earl, il faut vous calmer. Je n'ai nullement l'intention de mourir aujourd'hui.

Une infirmière entra enfin avec une nouvelle poche à perfusion, deux petits flacons de calmants et une couche-confiance. Tool s'écarta du lit pour respecter l'intimité de Maureen. L'infirmière était une black de chez black musclée qui s'adressait tranquillement à Maureen avec un accent que Tool reconnut comme étant jamaïcain. Songeant à tous les cueilleurs jamaïcains qu'il avait engueulés, frappés et détroussés, il se sentit un peu merdeux et méprisable. L'infirmière qui aidait Maureen aurait pu être l'une de leurs sœurs ou cousines et même leur fille. Son sourire était aussi éclatant que le soleil et quand elle posa sa main sur le front de Maureen, Tool sut ici et maintenant que ses jours à faire le contremaître étaient derrière lui. Il ne serait plus capable de regarder en face l'un de ces gars black en sueur sans repenser à ce moment, à son amertume qui lui brouillait les idées. Quelque part dans sa vie, il avait pris un mauvais tournant et, très vraisemblablement, il était trop tard pour faire machine arrière. Il était certain qu'avec Red Hammernut, il avait plongé affreusement profond, le même Red Hammernut qui voulait maintenant qu'il fasse quelque chose qui l'expédierait encore plus profond sur la voie qui menait en Enfer. Il y avait une semaine de ça, Tool aurait dit oui sans réfléchir à n'importe quel boulot, qu'il soit sale ou pas, tant qu'on le payait en espèces. Mais depuis, il avait rencontré Maureen.

— Elle va aller bien ? demanda-t-il à l'infirmière de Jamaïque.

— Oh, elle se sentira mieux après le petit déjeuner.

— Earl, je vous présente Ivie. Elle fait partie des bons éléments.

L'infirmière éclata de rire.

— Je reviens dans une heure vous donner votre bain.

Dès qu'ils furent seuls à nouveau, Maureen lui dit :

— C'est une fille dégourdie. Vous devriez lui laisser jeter un œil à votre problème là-où-je-pense.

— Non, merci.

Tool ne se voyait pas montrer la raie de son cul à une inconnue, black, blanche ou mauve à petits pois.

— Au nom du ciel, Earl, c'est une aide-soignante professionnelle.

— Ça vous dit de voir la télé ?

— Hmmm-hmmm, fit Maureen.

Tool s'aperçut que sa respiration avait ralenti, qu'elle avait les paupières lourdes. Les médicaments apportés par Evie l'infirmière combinés au patch de Fentanyl d'occase faisaient leur effet. Peut-être qu'à présent, Maureen allait se payer un bon somme.

— Vaut mieux que je m'en aille, lui dit-il.

— Merci de m'avoir tenu compagnie, Earl.

— C'est quand vous voulez.

— J'ai même pas pensé à vous demander comment se passait la garde du corps, lui dit-elle, assoupie à demi. Ça va comment avec votre docteur, le gros bonnet ?

— Toujours la même merde.

Quand il se leva pour partir, Maureen se tourna face au mur et se recroquevilla en forme de point d'interrogation, du moins aux yeux de Tool.

— N'allez pas renoncer, lui fit-il, anxieux.

— Me ressemble pas.
— Je suis vraiment sérieux, là.
— Earl ?
Il l'entendait à peine, aussi se pencha-t-il par-dessus la barre du lit et mit son énorme tête en équilibre près de la sienne.
— Oui, m'dame. Qu'est-ce qu'il y a ?
— Earl, j'ai besoin d'un service.
— Tout ce que vous voudrez.
— Oui, mais un très grand, fit Maureen.
— Dites toujours.
— Vous pouvez me faire sortir d'ici ?
Tool sourit.
— Je croyais que vous alliez jamais m'l'demander.

Chaz Perrone s'éveilla tout nu dans son 4×4 jaune sur le bas-côté de l'Interstate 95, quelque part dans Palm Beach County.
Vendredi matin.
Heure de pointe.
Sa vessie avait la taille du lac Okeechobee et son crâne se fendait comme une pastèque trop mûre. Il ouvrit la portière passager et tenta de pisser un coup, mais on aurait dit qu'il urinait du verre pilé. En rampant derrière le volant, il fut soulagé de constater que les clés étaient sur le contact.
Il retourna chez lui en respectant strictement la limitation de vitesse, ne désirant pas être arrêté par les flics et forcé d'expliquer son apparence. Il remerciait le ciel que la hauteur absurde du Hummer dissimulât sa nudité, irritée et cireuse, aux autres automobilistes, sauf à de grossiers camionneurs.
Que m'est-il arrivé, bordel, hier au soir ? se demandait Chaz, plissant les yeux sous le cruel soleil matinal.
La dernière chose qu'il se rappelait clairement, c'était Rose, dans cet incroyable short en jean, qui l'amenait dans la chambre. C'est là qu'il avait dû disjoncter, parce qu'il ne savait comment Rose s'était métamorphosée en Joey qui, immédiatement, s'était

mise à déverser sur lui un tombereau de conneries invraisemblables.

Joey, qui portait la même jupe et le même chemisier que le soir où il l'avait jetée par-dessus bord !

En atteignant la sortie pour Les Dunes de Boca Ouest Tranche II, Chaz avait tout solutionné. Ce qui avait déclenché sa panique, c'était d'avoir visionné en boucle la vidéo du meurtre de Joey ; ça, plus d'avoir trop picolé. Et Rose ne portait-elle pas le même parfum que Joey ?

Si Chaz ne se souvenait pas de s'être enfui de la chambre, c'était ce qu'il avait fait, apparemment. Il avait foncé sur la porte d'entrée, sauté dans son Hummer et s'était barré. Rose avait dû le prendre pour un chtarbé de première.

Il baissa les yeux vers sa bite, qu'il eut du mal à reconnaître dans son tassement douloureux et assagi. Il se demanda s'il serait jamais capable à l'avenir d'amorcer un rapport sexuel sans être nargué par le fantôme odoriférant de sa défunte épouse.

Il vira dans son allée et se gara près de la Grand Marquis de Tool, vérifiant des deux côtés de la rue avant de bondir dans la maison. La porte de la chambre du gorille étant close, Chaz gagna à pas de loup la cuisine où il prit quatre cachets d'aspirine, arrosés de Mountain Dew. Puis il entra dans la douche et, appuyé au carrelage, massa sa gueule de bois jusqu'à ce qu'il n'y eût plus d'eau chaude.

À l'instant où il émergeait de la douche, le téléphone sonna.

— T'étais où, fiston ?

C'était Red Hammernut.

— J't'ai laissé, quoi, une dizaine de messages sur ton répondeur.

— J'ai passé la nuit chez une amie, fit Chaz.

— Sans mister O'Toole ?

— Il y avait urgence, Red.

— Tu veux qu'on parle d'urgence ? Laisse-moi te dire, j'en ai une de super mahousse qui m'est arrivée pas plus tard qu'hier par Federal Express. En forme de cassette vidéo.

— Ah, merde.

— T'y es jusqu'aux yeux, fiston. T'es au courant de cette saloperie ?

— Oui, m'sieur. J'en ai reçu une, moi aussi.

— Ah bon ?

À entendre Red Hammernut, on eût dit qu'il préparait un glaviot.

— J'croyais en avoir vu un pacson d'mon temps, Chaz, mais jamais un machin pareil. Je mentirais en disant qu'ça m'a pas secoué.

L'élocution pâteuse de Red suggérait qu'il avait commencé à forcer de bonne heure sur les cocktails.

— Parlons pas d'ça au téléphone, fit-il à Chaz.

— Vous voulez que je vienne à votre bureau en voiture ?

— Non, bordel. Je suis garé juste devant ta saleté de baraque.

Chaz gagna la fenêtre et aperçut la Cadillac grise tournant au ralenti dans l'allée. Il enfila un pantalon froissé et s'empressa de sortir. La portière passager de la grosse bagnole s'ouvrit à la volée et Chaz grimpa dans le froid. Red Hammernut, vêtu comme s'il descendait d'un bateau de pêche au marlin, avait tout d'un gnome bronzé en tenue Eddie Bauer kaki. Sa chique de tabac lui gonflait une joue et de l'oxyde de zinc barbouillait son nez en forme de radis. Autour de son cou épais et rougeaud pendait une paire de lunettes de soleil polaroïd. Une bouteille de Jack Daniel's entamée était posée sur la tablette au dos du siège passager ; pas de verre.

— Je savais pas que ce type avait une caméra, lui dit Chaz. Quand j'ai vu la cassette, j'ai été soufflé.

— Fiston, c'est des mauvaises, très *mauvaises* nouvelles.

— Y a pas pire, tomba d'accord Chaz.

— Faut que j't'dise, c'était teurribleu à voir. J'ai toujours bien aimé Joey, vraiment bien, dit Red. J'tiens pas à t'demander pourquoi t'as fait ça, pasque c'est pas du tout mes oignons.

Chaz en fut légèrement irrité.

— Mais on en a déjà parlé, vous vous rappelez pas ? Comme

j'étais inquiet ? J'ai cru qu'elle avait découvert toute notre combine.

Il était déçu que Red s'abstienne de tout commentaire sur l'efficacité du crime en lui-même ; les couilles d'acier qu'il lui avait fallu pour le mener à bien.

— Il faut qu'on paie le maître chanteur, Red. Là, on n'a plus le choix.

— Ch'uis d'accord.

— Les cinq cent mille jusqu'au dernier sou, oui ?

— Ouaip, fit Red Hammernut. Tout le paquet.

Le soulagement de Chaz Perrone céda presque instantanément la place au soupçon. Il s'était attendu à de la résistance ou du moins à un plan alternatif frappadingue. Il savait à quel point Red chérissait son argent ; si jamais il lâchait un demi-million, il ne dessoûlerait pas pendant six mois.

— La remise est prévue pour ce soir, lui annonça Chaz, dans une baraque en plein milieu de la baie de Biscayne. L'individu m'a noté des coordonnées GPS.

— Ouais, Tool m'l'a dit.

— Vous avez parlé à Tool ?

— Exact. Je lui ai déjà confié le fric.

Red Hammernut lampa du bourbon à même la bouteille.

— Pourquoi t'as l'air aussi surpris, fiston ? Le gaillard bosse pour moi.

— Ouais. Moi aussi, lui rappela Chaz.

— Et t'es chargé d'acheter la valise.

Red lui dit la chose sans nulle trace de sarcasme.

— J'vous ai trouvé un bateau pour ce soir, les gars, un sept mètres, à Bayside Marina. C'est au centre de Miami, juste en face de la Basketball Arena. Tool, il touche sa bille avec les hors-bord, tu le laisseras conduire.

— Comme vous voudrez, fit Chaz.

Il repensait à la séquence vers la fin des *Affranchis* ; tout part en couille pour les gangsters et Ray Liotta retrouve Robert de Niro dans un *diner*. Tous les deux sont assis là à parler tranquillement des problèmes et de la pression — juste comme Red et moi, on est en train de parler, songea Chaz — quand de Niro demande nonchalamment à Ray Liotta de descendre en Floride exécuter un boulot.

Et c'est juste là, à cet instant, que Ray Liotta pige qu'il est piégé, qu'on l'envoie au casse-pipe.

— Fiston, je veux pas d'embrouille, là-bas sur l'eau, lui disait Red Hammernut. J'ai dit pareil à Tool… payez-moi ce fils de pute, puis tirez-vous sans demander vot'reste, t'entends ?

Idem que dans le film, songea Chaz. Autrefois, j'étais l'associé, maintenant, c'est moi le problème.

Il comprenait que Red Hammernut voie plus loin. Le maître chanteur représentait une menace pour Red tant que Chaz était en vie. Si le Hummer était le lien le plus facile à établir entre eux deux, Red pourrait toujours charger Chaz. En prétendant que le biologiste l'avait tapé d'une caisse neuve. En fait, Red pourrait dire que toute la combine des Everglades, le bidouillage des graphiques de pollution était une idée de Chaz ; l'objet d'un chantage pour le racketter depuis le début.

Une fois Chaz disparu, qui pourrait le contester ?

— Je veux, les gars, qu'vous m'régliez ça, c'est le principal, disait Red Hammernut. Qu'on en finisse une bonne fois pour toutes.

Amen, songea Chaz. L'heure avait sonné.

29

Joey et son frère emportèrent les restes du dîner sur la digue pour nourrir les poissons. Stranahan, installé à la table de pique-nique, nettoyait son fusil. Il était soulagé d'être rentré chez lui, loin de la démence régnant sur le continent. Cross, couché à ses pieds, refusa de bouger même quand une volée de mouettes lui chercha des noises. Tout l'après-midi, le chien était resté à ses côtés, sentant que quelque chose était en train. Si seulement les humains avaient autant de flair, songea Stranahan.

Cross sur ses talons, il emporta le Ruger jusqu'au bateau. Joey l'observa envelopper le fusil dans une toile cirée, puis le planquer dans l'écoutille avant.

— Mick, écoute ça, dit-elle. Mon frère a craqué sur la copine de mon mari.

Corbett Wheeler éleva une objection du geste.

— Pas si vite... tout ce que j'ai dit, c'est qu'elle avait pas l'air d'une pouffe.

— Voilà ce qui arrive quand on vit avec des bêtes à poil laineux. Les critères piquent du nez, fit Joey. Si je peux te donner un conseil, c'est de ne pas sortir avec quelqu'un qu'on rencontre à un enterrement. Demande à Chaz, si tu me crois pas.

Stranahan vint s'asseoir près d'elle sur la digue, le doberman faufila sa truffe entre eux. Joey agrippa la main de Stranahan, le genre de pression à broyer les phalanges qu'on se permet à

10 500 mètres d'altitude en cas de fortes turbulences. Le rendez-vous lié au chantage la rendait nerveuse, comme toute personne saine d'esprit.

— Quelles sont nos chances réelles de récolter le blé ? demanda Corbett.

— Pas énormes, concéda Stranahan.

Il prévoyait que Samuel Johnson Hammernut fournirait tout ou partie des cinq cent mille dollars à titre d'appât. Le pithécanthrope qui baby-sittait Chaz veillerait sur le magot jusqu'à leur arrivée sur le lieu de la remise, où il ouvrirait la valise et encouragerait Stranahan à compter les billets. Puis, à la première occasion, il tenterait de tuer ce dernier. Plus tard, probablement, pendant le retour en bateau vers la terre ferme, il réglerait aussi son compte à Chaz Perrone.

Il existait une dizaine de variantes, toutes aussi peu alléchantes, à ce scénario, que Stranahan avait passées et repassées au crible. À l'origine, il avait prévu de récupérer le magot en solo, mais Joey et Corbett furent intraitables : ils se joindraient à lui. Stranahan les comprenait ; pour eux, c'était une affaire personnelle. Il appréciait aussi l'avantage tactique du nombre... le gorille à gages de Hammernut comprendrait à coup sûr qu'il ne pourrait pas les prendre tous les trois par surprise et Stranahan était prêt à parier qu'il n'essaierait même pas. Le gaillard avait davantage le profil d'une sombre brute que d'un tireur d'élite.

— Si on nous remet l'argent, dit Joey, on en fera don à l'une des fondations pour les Everglades.

— Anonymement, je suppose, ajouta son frère.

Stranahan avait envie de se servir un truc bien tassé, mais c'était hors de question. Il y avait toutes les chances qu'il soit obligé de flinguer quelqu'un tout à l'heure.

— J'aime énormément ton île, Mick, lui dit Corbett Wheeler, mais à mon goût, elle est un poil trop proche des lumières de la ville.

— Chhhuut. J'essaie de convaincre ta petite sœur que c'est le paradis.

— La petite sœur est déjà convaincue, pour sa part, intervint Joey, agitant ses orteils dans l'eau.

Corbett fit l'article pour la Nouvelle-Zélande d'un ton nostalgique.

— Une fois qu'on y est, on n'a plus envie de s'en aller.

— Si ça tourne mal ce soir, on pourrait te rendre bientôt visite, lui dit Stranahan, tout dépend de la politique d'extradition en vigueur.

Joey lui bourra les côtes.

— Arrête. Pratique la pensée positive.

À l'ouest, une barrière de nuages violets obscurcissait le soleil couchant. La brise mourut en filets d'air et la baie devint d'huile. Stranahan gagna en vitesse le hangar à bateaux, y prit trois cirés jaunes contre le mauvais temps. Un lointain coup de tonnerre fit dresser l'oreille à Cross.

— Jamais le temps de s'ennuyer, dit Corbett.

— La bonne nouvelle, c'est que Chaz ne supporte pas la pluie.

Stranahan s'intéressait plus à la foudre. Il connaissait des endroits plus sûrs où se trouver que dans un skiff ouvert sur une grande étendue d'eau pendant un orage magnétique. Le plus raisonnable aurait été d'annuler la remise, mais c'était trop tard.

— Allons-y, dit-il, avant que le vent se lève.

Chaz Perrone s'enferma dans la salle de bains avec une pile de revues de cul et la photo encadrée de Joey qu'il avait taxée sur l'autel de St. Conan après la cérémonie. Son remède habituel contre l'anxiété était de se branler avec un entrain simiesque, mais même la photo juvénile de feu son épouse — régnant béatifiquement sur le porno à deux balles — ne provoqua qu'une tumescence transitoire. Ses manipulations fiévreuses et mornes furent interrompues par un coup sec à la porte.

— Il est où ce flingue, bordel ? demanda Tool.

— Je m'en suis débarrassé, mentit Chaz, remontant en hâte son caleçon.

— Laisse-moi entrer.

— Je suis sur les chiottes !

— Non, t'y es pas.

Tool ouvrit la porte d'un coup de pied et examina avec un dégoût non dissimulé les photos étalées sur le sol de la salle de bains.

— Seigneur tout-puissant, fit-il.

Chaz s'empara de la photo de Joey et la coinça sous son bras. Puis il tomba à genoux et se mit à ramasser les magazines en disant :

— Vous comprenez pas, j'suis au bout du rouleau. Fallait que je fasse *quelque chose.*

Tool le considérait comme s'il était un exhibo de cour de récré.

— Le flingue, fiston.

— Je vous l'ai déjà dit. Je l'ai jeté, fit Chaz.

— Red l'a dit : pas d'embrouille là-bas, sur l'eau.

— J'ai entendu.

— T'as fini ici ?

Tool montra les toilettes d'un geste méprisant.

— Pasqu'il est temps qu'on y aille.

— Laissez-moi m'habiller. Je vous retrouve dehors, fit Chaz.

Le 38 bleui était caché au fond du panier à linge. Il le glissa avec son portable dans une poche zippée d'un blouson de pluie patagon, qu'il plia avec soin et emporta dans le Hummer. Tool trônait au volant, mâchant un bâtonnet de viande séchée, ses doigts salis tambourinant au rythme d'une chanson country.

— Qu'est-ce que vous fabriquez ? lui demanda Chaz.

— J'ai l'air de quoi faire ?

— Vous n'allez pas conduire mon 4×4.

— Red m'a dit que si. Allez hop, en voiture, toubib.

Chaz était fumasse.

— Et la valise ?

Il avait fait l'emplette d'une Samsonite grise à coque dure et roues rétractables. Tool y avait entassé la somme tout seul, liasse par liasse de billets de cent dollars. Même s'il avait refusé de laisser Chaz s'approcher du fric, la simple vision en avait été pour ce dernier des plus enivrantes.

Tool fit un signe du pouce.

— À l'arrière.

Chaz grimpa à la place du mort. Pour rappeler à Tool qui était propriétaire du véhicule, il tendit la main vers le bouton du tuner stéréo. Tool l'attrapa au vol et la lui plaqua au-dessus du tableau de bord. Le bras de Chaz s'engourdit.

— C'est Patsy Cline, dit Tool simplement.

— Vous m'avez cassé le poignet, ma parole, merde !

— T'avise pas de tripoter la radio quand Patsy Cline chante.

Pauvre givré, songea Chaz. Même s'il ne sentait pas de fracture, quelque chose dans sa main gauche était soit foulé, déchiré, soit bloqué.

Tool observa un silence revêche au cours du trajet jusqu'à Miami, tout en se révélant un conducteur passable. Chaz fit relativement bonne figure jusqu'à ce qu'il entende le premier coup de tonnerre et zieute la ligne de nuages noircissant à vue d'œil devant eux.

— Et si on veut pas nous louer le bateau par ce temps ? demanda-t-il.

La question parut amuser Tool.

— T'inquiète, Red a tout arrangé.

Chaz ouvrit l'enveloppe, relut les instructions du maître chanteur.

— Vous êtes sûr de savoir vous servir d'un GPS ? fit-il.

Tool lui répondit que c'était un jeu d'enfant.

— À une époque, j'ai eu des problèmes à Immolakee, alors je suis descendu à Ramrod Key et j'ai dirigé un crevettier pour un gus. Il faisait de l'import en à-côté, alors on a passé du temps dans les îles, ni vu ni connu. On a fait la traversée aller-retour depuis Cay Sal par tous les genres d'orages.

— Pire que celui-là ? demanda Chaz.

— Certaines fois, oui, tu parles.

La pluie tombait à torrents, le temps qu'ils se garent à Bayside Marina et trouvent le bateau. C'était un hors-bord de sept mètres avec un bimini top et un gros Yamaha à quatre temps. On avait monté un GPS Garmin sur la console.

Tool déposa la lourde valise à la poupe. Chaz s'empaqueta à contrecœur dans son blouson anti-intempéries ; le chien du pistolet s'enfonçait dans ses côtes. Il mit son capuchon, scruta le ciel de plomb percé. Son poignet gauche l'élançait douloureusement.

Tool découvrit un projecteur amovible, le brancha sur la batterie. À vrai dire, il parut surpris que ça marche. Puis Tool mit le moteur en route, largua les amarres et se détacha lentement de l'estacade. Une fois au large, il dit à Chaz de poser son cul et poussa la manette en avant. Simultanément, un coup de tonnerre fit plonger Chaz aux abris.

C'est de la folie pure, songea-t-il.

Ce qu'il avait prévu pour ce soir aurait déjà été difficile à exécuter par temps clair et calme ; lors d'un grain, ça pouvait être suicidaire. Tassé sur lui-même, il se rétractait à la moindre lueur d'éclair. Tool paraissait à l'aise — une main sur le volant, l'autre orientant le projo — malgré sa salopette qui pendait, détrempée. La pluie avait lissé le poil brun et dru de ses bras et de ses épaules, lui donnant un éclat lustré, irréel dans le crépuscule.

Ils passèrent bientôt sous le pont du Rickenbacker Causeway, que Chaz avait souvent traversé en tant qu'étudiant pour se rendre à l'École Rosenstiel. Cette vision lui remémorant son supplice d'antan avec les « poux de mer », il supputa que ces petites saloperies s'ébattaient autour d'eux, affamées et salivant d'avance, au cas où Tool se débrouillerait pour faire chavirer le bateau. Hantait aussi l'imagination de Chaz la plus grande et plus mortelle menace des requins. On avait rarement entendu parler de telles attaques en baie de Biscayne, l'un des nombreux faits que Chaz avait soit oubliés soit omis simplement d'enregistrer pendant sa scolarité oisive en sciences de la mer. L'alligator vorace à deux têtes qui tenait la vedette dans ses cauchemars récents aurait pu, tout aussi bien, être un requin-marteau étant donné sa peur viscérale — et son ignorance crasse — des deux espèces.

Par bonheur, le tonnerre se tut et la forte averse diminua jusqu'au crachin, même s'ils rencontrèrent un front venteux glacial, qui les souffleta tous deux les trois quarts du temps jusqu'au cap Floride. Cette balade en mer fut plus que suffisante pour renforcer chez Chaz sa détestation du vaste plein air. Se cramponnant de sa main valide au banc sur lequel il était assis, il se voyait déjà projeté sur le pont avec une telle force que le pistolet se déchargerait accidentellement dans son blouson. Même s'il n'était pas tué sur le coup, le bruit lui provoquerait sans doute une crise cardiaque.

Naviguant grâce à la magie des satellites terrestres, Tool aperçut tout ce qui subsistait de Stiltsville, ancien groupement de maisons en bois bâties sur pilotis dans les hauts-fonds herbeux. Après que le cyclone Andrew eut presque rasé l'endroit, le service des parcs nationaux avait racheté les quelques carcasses restantes. Les maisons vides et dépourvues de lumière se découpaient tels des squelettes dans le vacillement des éclairs bleuâtres.

Tool coupa le moteur, laissant porter le bateau par la marée descendante, le long du chenal. Il marmonnait dans sa barbe, on le voyait froncer le sourcil à la lueur verte de l'écran du GPS.

— Qu'est-ce qui va pas ? lui demanda Chaz.

— On est pile poil à l'endroit où il nous a dit de le retrouver, répondit Tool, mais j'aime pas ça.

Comme ils arrivaient à hauteur de la dernière maison sur pilotis, Tool se transbahuta à l'avant et jeta l'ancre. La corde se tendit et le bateau s'arrêta complètement, la proue piquant un peu du nez sous la masse de Tool. Il regagna la console et se rassit avec une grimace.

— Et maintenant, y a plus qu'à attendre, fit-il en se frottant les fesses.

Chaz consulta sa montre : il restait plus d'une heure avant le rendez-vous. Il alluma son portable, comme le maître chanteur le lui avait demandé. Du continent provint un nouveau grondement et de là-haut, parmi les nuages, une giclée dentelée de lumière vive.

— Ce machin est encore loin, constata Tool. Si ce con-là est à l'heure, on sera plus là quand ça pétera.

L'un de nous deux du moins, songea Chaz. Il était certain que Red Hammernut avait ordonné à Tool de le liquider et de maquiller la chose en suicide... un veuf très éprouvé par son chagrin, incapable de supporter la disparition de sa femme, décide de la rejoindre au fond de la mer pour l'éternité.

Mais Chaz Perrone avait treize millions de raisons pour rester en vie et un plan perso.

— Où est la glacière, merde ? demanda Tool. J'ai soif.

— J'crois bien que j'l'ai laissée dans le Hummer.

— Dis-moi qu'tu rigoles.

— Désolé.

De sa main valide, Chaz sortit le colt de son blouson et le braqua sur la silhouette massive de Tool.

Ce dernier remarqua seulement le flingue quand un éclair de l'orage approchant l'illumina. Si Chaz ne put distinguer l'expression du molosse, il entendit en revanche clairement cet avertissement :

— À ta place, je m'amuserais pas à ça, p'tit.

— Bien sûr que si, fit Chaz en pressant deux fois la détente.

Le premier coup de feu troua la toile du bimini top. Le second fit basculer Tool par-dessus bord, provoquant un *plouf* qui eut tout d'une commotion, un peu comme si on balançait un congélateur à viande dans une piscine. Chaz vida le 38 dans le cratère écumant et guetta si le corps ne remontait pas aussitôt, comme dans les séries policières à la télé. Il s'était attendu à ce que sa couche de poil hivernal fournisse à Tool un surcroît de flottabilité ; pourtant, il n'y avait nulle trace du mort dansant en surface.

À l'instant où Chaz rempochait le revolver, son portable sonna.

— Qu'est-ce qui se passe, bordel ?

Le maître chanteur avait un ton grave et alarmé ; pas d'imitation de Jerry Lewis, ce soir.

— J'ai canardé des tortues, fit Chaz. Où vous êtes ?

Chaz s'était imaginé avoir beaucoup de temps, mais l'individu était en avance. Il avait entendu les coups de feu et maintenant, il avait la frousse.

— Quelles tortues ? dit-il.

Chaz eut un rire désinvolte.

— Je me faisais chier. Vous êtes dans le coin ? Finissons-en avant que cette saloperie d'orage ne vienne par ici.

— Où est l'homme-singe ?

— Oh, lui, il a pas pu venir.

Le maître chanteur raccrocha.

— Merde, fit Chaz.

Il tâtonna sur le pont jusqu'à ce qu'il mette la main sur le projecteur. Il en promena lentement le faisceau çà et là sur l'eau ; pas d'autre embarcation en vue.

Quelques instants plus tard, le téléphone sonna à nouveau.

— Où vous êtes ? demanda Chaz.

— Là-haut, fit une autre voix.

Celle d'une femme ; une voix qui le statufia.

— Balance-moi ce flingue, dit-elle. Par-dessus bord.

Chaz balaya du projo, de haut en bas, le cottage sur pilotis. Et, assise au bord du toit, qui d'autre était là sinon sa femme, et bien vivante ? Elle semblait lui viser la tête avec un fusil de gros calibre.

— Joey, c'est vraiment toi ? murmura Chaz dans le portable.

Le canon du fusil cracha une flamme orange et le pare-brise du bateau explosa sous le regard terrifié de Chaz.

— Ça répond à ta question ? lui cria-t-elle.

Il lui obéit : ressortant le 38 de son blouson, il le jeta dans la baie.

Les premiers coups de feu avaient pris Mick Stranahan par surprise.

— Je crois que couilles molles vient de buter son baby-sitter, informa-t-il Joey Perrone et Corbett Wheeler.

Tous les trois, à plat ventre sur le toit, étaient invisibles pour Chaz, depuis le bateau.

— Et maintenant, on fait quoi ? chuchota Joey.

— Franchement, j'en sais rien.

— Passe-moi le fusil.

Stranahan lança un coup d'œil à Corbett qui opina avec bienveillance.

— Faut qu'elle se purge le système de tout ça.

— Tranquille, dit Stranahan quand Joey s'empara du Ruger.

Il lui avait permis de l'essayer une fois auparavant, à exploser des noix de coco sur les palmiers de l'île. Le recul était puissant, mais Joey avait manié l'arme avec compétence.

Stranahan appela Chaz Perrone sur son portable pour découvrir ce qui s'était passé à bord du bateau. L'échange fut de courte durée et il raccrocha.

— C'est bien ça, fit-il. Il nous la joue en solo.

Joey gémit.

— Quel abruti.

— S'il a descendu le garde du corps, il prévoit peut-être de buter Hammernut dans la foulée, conjectura Stranahan.

— Et sa petite amie, ajouta calmement Corbett.

— Ricca. Tu peux l'appeler par son nom, ça me fait plus rien, dit Joey. Bon, et nous, Mick, qu'est-ce qu'on fait, maintenant ?

— Dès que Chaz verra le Ruger, il se dégonflera probable. Pour l'instant, il se prend pour Vin Diesel.

Stranahan composa le numéro de portable de Chaz et tendit le sien à Joey.

— Dis-lui de jeter le flingue ou le marché ne tient plus, lui dit-il.

— Vous êtes où ? demandait Chaz à l'autre bout de la ligne.

— Là-haut ! répondit Joey.

Corbett et Mick dégringolèrent du toit, se faufilèrent en dessous de la maison où était amarré le Whaler. L'idée de Stranahan, c'était que tous deux nagent sans bruit jusqu'au bateau et maîtrisent Chaz. Ils étaient en train de se désaper quand retentit un coup de fusil puis ils entendirent Joey crier :

— Ça répond à ta question ?

— Tire pas ! lui hurla son mari.

— Donne-moi dix bonnes raisons de ne pas le faire !

Quelle femme, songea Stranahan.

Corbett lui saisit le bras.

— Mick, j'entends autre chose.

— Où ça ?

— Tout près. Écoute.

Stranahan entendit, lui aussi.

— Ça, par exemple.

Game over, songea-t-il avec un accès de soulagement. Grâce à la fabuleuse inefficacité de Chaz Perrone en tueur, ils étaient à présent libres de faire ce que Darwin aurait fait : se retirer et laisser la Nature se charger de tout. Livré à sa cupidité instinctive, le mari de Joey n'avait absolument aucune chance.

— Là, encore une fois, murmura Corbett, très attentif.

Stranahan acquiesça.

— Une douce musique à mes oreilles.

Un coup de vent fit craquer et murmurer la vieille maison au-dessus d'eux. Les nuages s'éclairèrent et, à travers les pilotis, Stranahan distingua la forme du bateau dans le chenal et la silhouette de Charles Perrone, tenant le projecteur à l'avant.

— Vite.

Stranahan rampa le long de la passerelle en direction de la source des gémissements... une masse grise barbotante, qu'on aurait facilement confondue, dans les hauts-fonds, avec un lamantin blessé.

— Mais qu'est-ce qu'on fait de Joey ? demanda Corbett.

— Et merde, laissons-la s'éclater, répondit Stranahan. Viens, aide-moi à sortir ce pauvre glandu de l'eau.

Joey se laissa glisser du toit et réapparut au bout du ponton, à trente mètres à peine de l'endroit où le bateau était à l'ancre. Elle portait un ciré jaune trop grand pour elle, au capuchon rabattu, sa queue-de-cheval blonde fouettée par le vent. Chaz luttait pour stabiliser le projecteur, mais le bateau tanguait, sa main tremblait, le tout étant aggravé par la vision de sa femme armée d'un fusil chargé.

Donc, la nuit dernière, je rêvais pas, se dit-il, hébété.

— Qu'est-ce qu'il y a, mon chéri ? lui cria Joey d'un ton acerbe.

Il leva les mains en signe de reddition, dépassé.

— Quoi... t'arrives pas à piger ? dit-elle. C'est pourtant simple. Tu m'as poussée par-dessus bord, sur ce bateau, sauf que je me suis pas noyée.

— Comment est-ce possible ?

— On appelle ça nager, Chaz. Où est le blé ?

Il désigna un point derrière lui, là où la Samsonite était posée à plat contre le tableau. Depuis le ponton, Joey ne pouvait la voir. Le vent se levait, Chaz ne l'entendit plus dire un mot jusqu'à la prochaine accalmie entre deux rafales.

— J'attends toujours que tu me donnes dix bonnes raisons pour que je t'explose pas la tête ! gueula-t-elle.

— Quoi ?

Une goutte de pluie s'écrasa sur le nez de Chaz qui, faisant grise mine, baissa les yeux. La robe noire pendue dans le placard, la photo découpée cachée sous son oreiller, le fait que les gardes-côtes n'aient rien retrouvé à part ses ongles... bien entendu, Joey était vivante. Tout prenait son sens.

— Chaz ?

— Seconde. J'essaie de réfléchir, lui gueula-t-il à son tour.

Le canon du fusil lança un nouvel éclair et le projecteur se fracassa dans le poing de Chaz. Des bris de verre et de plastique tintèrent sur le pont.

— OK, j'y suis ! s'écria-t-il, saisi de frénésie. Je suis un malade mental !

— Quoi ?

— La raison numéro un pour laquelle tu dois pas m'abattre... j'ai plus toute ma tête ! Mon chou, faut que je me fasse soigner !

— T'as pas trouvé mieux ? lui demanda Joey.

C'était malheureusement le cas. Chaz Perrone n'avait pu trouver une seule bonne raison pour laquelle sa femme devrait s'abstenir de lui faire sauter la cervelle. Il tenta désespérément de changer de sujet.

— Et tu étais où ces quinze derniers jours ?

— Je t'ai regardé jouer les bouffons.

— Joey...

— J'étais cachée sous notre lit pendant que tu essayais de baiser une taille XXL avec une rose tatouée sur la cheville. C'était pitoyable.

Chaz se sentit humilié jusqu'à l'os. Médéa, se rappela-t-il, accablé, la réflexologue qui chantonnait. Ça lui donnait des envies de disparaître sous terre rien que de penser que Joey ait été à l'écoute de l'une de ses pannes sexuelles.

Il tenta de la battre à son propre jeu en la culpabilisant.

— Tu nous as fait vivre un enfer. On a organisé une cérémonie à l'église et tout ça !

— Trop touchée, beugla Joey. Prépare tes paquets pour la prison, parce que je vais aller trouver les flics... et j'emporte avec moi cette cassette vidéo.

— Mon chou, je t'en prie.

— On joue pas au golf en prison, Chaz. On n'y joue pas non plus au docteur avec des coiffeuses, un peu salopes sur les bords.

La pluie giflant les vagues donnait à Charles Perrone l'illusion d'entendre des applaudissements cruels.

— Et ce testament ? fit-il, se surprenant à chevroter. Il était vrai ou pas ?

— C'est vrai que t'es malade dans ta tête, lui asséna sa femme.

Alors, c'est comme ça, songea Chaz sombrement. Pas de treize millions de dollars au bout du compte. Le vent tomba soudain, réduit à un soupir de fraîcheur, le calme proverbial avant la tempête.

— J'y comprends plus rien du tout, que dalle, bredouilla Chaz. Où est l'individu qui a organisé ce rendez-vous ? Le fils de pute qui m'a emmené dans ce canoë parmi ces saloperies de moustiques ?

— Ah, mais il est ici, Chaz, il attend que tu tentes de faire une connerie.

— Alors, t'es dans le coup, toi aussi ?

Joey poussa un cri joyeux.

— Depuis le premier jour, mon chéri.

— Mais pourquoi ? T'as pas besoin de tout ce blé !

— C'est pas une question de blé, lui dit-elle. Comment tu peux être aussi débile ?

Question bien méritée, dut admettre Chaz. Il avait eu faux sur presque tout — à commencer, par le sens du Gulf Stream — et sur presque tout le monde, de Rolvaag à Red Hammernut en passant par Ricca. La réapparition de sa femme anciennement morte laissait Chaz mariner en pleine confusion. La seule chose qui lui semblait palpable, c'était la valise contenant les cinq cent mille dollars. Chaz ne pouvait s'empêcher de calculer où ils pourraient le mener et combien de temps il pourrait les faire durer.

— Tu as jeté toutes mes affaires ! s'exclamait Joey. Tous mes vêtements, toutes mes photos, tous mes livres... même mon orchidée !

— Pas tout. Tes bijoux sont dans un coffre à la banque, lui précisa Chaz. Je te donnerai la clé si tu veux.

— Enfoiré !

— Et si je te disais que je regrette. Parce que c'est vraiment le cas, plaida Chaz à travers l'étendue d'eau. J'ai déconné dans les grandes largeurs, Joey. Rien n'est plus pareil depuis ta disparition.

— C'était pas ça le but ?

La foudre tomba sur l'une des autres maisons sur pilotis ;

le coup de tonnerre fut si assourdissant que Chaz se protégea la tête. Quand il eut le cran de la relever, il vit à travers un nouveau rideau de pluie que le maître chanteur, torse nu, avait rejoint sa femme sur le ponton. L'individu entourait de son bras la taille de Joey et lui chuchotait à l'oreille.

— Vous inquiétez pas, j'ai votre argent ! lui gueula Chaz, anxieux.

— Garde-le ! lui répondit l'individu.

— Quoi ?

— Tu peux te le garder, Chazzie.

Joey lui fit un signe d'adieu moqueur.

— T'as bien entendu. Et maintenant casse-toi d'ici avant que je change d'avis.

Chaz s'empressa de hisser l'ancre. Quand Joey parut épauler le fusil, il plongea avec bon sens derrière la console. Le coup de feu coïncida avec le boum du tonnerre, la balle sifflant sans faire de dégâts au-dessus de la poupe. Chaz retint son souffle mais pas sa vessie, frissonnant sous le flux chaud et soudain qui lui dégoulina le long des jambes.

— Tu vas même pas me dire adieu ? lui cria Joey.

Un bouquet final de coups de feu, lâchés tous en hauteur, suivit. La marée et un vent arrière éloignaient progressivement le bateau, l'avant tournoyant dans les courants de surface. La pluie se mit à cingler, les éclairs se succédaient et l'air crépitait comme un incendie. Chaz resta accroupi, étrangement réconforté par le choc des vagues contre la coque. Il avait du mal à comprendre pourquoi Joey et le maître chanteur l'avaient laissé partir et ne pouvait se défaire de l'image d'eux deux, plantés sur le ponton. Ils avaient paru si à leur aise ensemble, de façon choquante, ressemblant davantage à un couple qu'à des partenaires d'affaires, et Chaz se demandait avec jalousie s'il était possible que sa femme couche désormais avec un artiste de l'arnaque.

Plus le bateau voguait loin de la maison sur pilotis, moins Chaz s'inquiétait d'une fusillade éventuelle. Quand il trouva enfin le courage d'empoigner la clé de contact, il s'arrangea pour la casser à l'intérieur. Ignorant comment démarrer manuellement un moteur hors-bord, Chaz abandonna son fantasme d'échappée pleins gaz. Plus de trois centimètres d'eau recouvraient maintenant le pont et rien ne signalait que la pompe de cale fonctionnait. Il gagna l'arrière en crabe et se ventousa à la Samsonite, au cas où le bateau viendrait à sombrer. Il escomptait que la valise flotterait, argent et tout.

Deux heures plus tard, il s'échouait sur une plage du cap Floride puis appela un taxi grâce à son portable.

— Ah Mick, bon Dieu.

— Je suis fier que tu l'aies pas descendu.

Stranahan lui retira le Ruger d'entre les mains.

— J'ai pas pu. Et ne me demande pas pourquoi.

— Tant que ce n'est pas parce que tu l'aimes encore. Parce qu'il ne me resterait plus qu'à aller me noyer.

— L'aimer ! C'est rien qu'une ordure de bas étage, fit Joey avec amertume. Mais je n'ai pas arrêté de me rappeler ce que tu m'as dit : l'effet que ça fait de tuer quelqu'un, la ribambelle de cauchemars qui te poursuivent après.

— C'est le meilleur moyen pour finir en Robinson sur une île. Tu as bien fait, lui dit Stranahan.

— Si j'étais meilleure tireuse, je l'aurais amoché au moins.

— Tu as fait fort en touchant le projo. Viens, je veux te présenter quelqu'un.

Tel un gros tas luisant, Earl Edward O'Toole était assis, adossé à une cuve de propane rouillée, à l'extrémité du ponton. Corbett Wheeler était accroupi près de lui.

— Mr O'Toole a une balle logée au creux de l'aisselle droite, annonça-t-il, mais il refuse tout soin médical.

La salopette détrempée de Tool s'effrangeait et ses bras poilus saignaient pour avoir étreint le pilotis incrusté de coquillages. C'était là que Corbett et Mick l'avaient retrouvé, gémissant et ayant à peine pied, en dessous de la maison. Il leur avait fallu mobiliser toute leur énergie pour le sortir de l'eau à la force de leurs muscles.

Il leva les yeux vers Joey et cilla.

— J'vous connais, vous.

— Anastasia, de Flamingo, lui dit-elle en le saluant du chef. Enchantée de vous revoir.

— Mais dans la vraie vie, z'êtes la fille qu'est morte, non ?

— Oui, la morte, c'est moi.

— Alors je pige pas, fit Tool. Red m'a dit qu'y avait une vidéo où on voyait tout.

Corbett le coupa :

— Oui, en effet. Nous l'avons tournée nous-mêmes. Mick s'est mis une perruque châtain et a joué le mari assassin, Joey a tenu son propre rôle et moi, j'étais derrière la caméra.

La partie délicate avait consisté à mettre en scène le plongeon de sa sœur par-dessus la rambarde. Ils avaient choisi le pont où les canots de sauvetage étaient suspendus, pour qu'elle puisse atterrir quelque part.

Tool parut amusé.

— À quoi ça rime tout ça, merde ?

— Il s'agit d'un problème matrimonial épineux, dit Stranahan.

Joey soupira avec impatience.

— Ça suffit. Cet homme a besoin d'un médecin.

Tool grimaça, en réarrangeant sa volumineuse carcasse.

— M'dame, votre mari est un connard encarté.

— Merci de l'info.

— Où est la valise ?

— Dans le bateau, dit Joey, avec Chaz.

— Et lui, il est passé où ?

Stranahan pointa vers la montagne d'intempéries qui glissait hors de la baie en direction de l'Atlantique.

— Il a embarqué le fric. Le fric de Red, fit Tool, tout songeur.

— Notre garçon tout craché.

Corbett voulut examiner la blessure par balle, mais Tool repoussa sa main.

— Pourquoi il vous a tiré dessus ? lui demanda Joey.

— J'suppose qu'il s'est figuré que j'étais parti pour le buter le premier.

— Et c'était pas le cas ?

— Si, bien sûr, mais j'ai changé d'avis. C'est c'qui m'a eu, fit Tool avec aigreur. Voilà-t-y pas qu'j'agis en bon chrétien — à savoir, j'laisse le mec peinard — et kesk'y s'passe ? Y m'plombe, moi !

Stranahan enfila ses vêtements plus un ciré. Corbett lui montra le Beretta 9 mm qu'il avait trouvé dans l'une des poches de la salopette de Tool. Stranahan éjecta le chargeur de la chambre et rendit l'arme vide à Tool qui la balança depuis le ponton.

— Plein d'eau, ce bidule, fit-il. Au fait, vous l'voyez, là-bas kèk'part ?

Joey fit non de la tête. Les poings sur les hanches, elle scrutait à fond l'obscurité opaque. Les éclairs avaient momentanément cessé, rendant impossible de repérer un petit bateau dans le lointain.

— Mick, lui dit-elle, vaudrait mieux que t'aies raison sur ce point.

— Arrête de t'en faire. Ce mec, c'est de l'histoire ancienne.

Tool se remit sur pied avec peine.

— Ramenez-moi sur la terre ferme, et on s'ra quittes pour c'qui s'est passé chez l'toubib... le coup que vous m'avez flanqué dans la gorge et tout ça.

— C'est le moins que je puisse faire, tomba d'accord Stranahan.

Corbett Wheeler et lui aidèrent Earl Edward O'Toole à grimper dans le skiff, qui donna périlleusement de la bande sous le poids. Joey hésita à se joindre à eux, mais il n'y avait pas d'autre moyen de quitter Stiltsville.

Corbett leur tendit les gilets de sauvetage. Tool n'entrait pas dans le sien.

— Faudra plus que je touche à ces croustilles Pringles, fit-il.

Malgré la pénombre nocturne, Joey distinguait un mince filet sombre lui couler de sous le bras. Quand elle lui conseilla d'aller direct à l'hôpital, il partit d'un rire strident.

Le skiff était ballotté si rudement qu'une vague traîtresse aurait pu le submerger. Personne ne bougea de sa place tandis que Stranahan les dirigeait laborieusement vers le rivage ouest de Key Biscayne. Le trajet fut arrosé et dingo, mais naviguer devint plus facile en atteignant Pines Canal. Ils débarquèrent Tool dans le jardin d'un milliardaire quelconque, à un jet de pierre de Crandon Boulevard.

— Allez vous occuper de cette balle, lui dit Corbett.

Tool eut un sourire piteux, comme si ça lui rappelait une blague connue de lui seul.

— J'pige toujours pas c'qu'vous vouliez, vous autres, fit-il, c'qu'vous espériez gagner dans c'deal foireux d'mes deux.

— C'est à *eux* qu'il faut le demander, lui dit Corbett en montrant du doigt sa sœur et son complice.

— Un rendu des comptes, dit Mick Stranahan.

— Un point final, fit Joey. Une certaine tranquillité d'esprit, peut-être.

Tool battit d'exaspération ses bras dégoulinants.

— Non, mais ça va, la tête ! Ça marche pas comme ça dans la vie !

— Oh, quelquefois, si, conclut Stranahan.

30

Charles Perrone dormit dans son lit, lové contre la valise. Il s'éveilla avant l'aube, mâcha cinq comprimés de Maalox à la cerise, jeta une brosse à dents et trois caleçons propres dans un sac en papier kraft et s'attabla pour rédiger un mot expliquant son suicide.

« À mes amis et tous ceux que j'aime », commença-t-il sans trace d'ironie.

Vivre seul m'est insupportable. Chaque lever de soleil me rappelle ma précieuse Joey. J'ai bien tenté d'être fort, mais j'ai peur que ça me soit impossible. Je me suis raccroché à l'espoir aussi longtemps que je l'ai pu, mais il est temps maintenant de faire face à l'atroce vérité. Elle ne reviendra jamais plus et tout est de ma faute... comment ai-je pu la quitter des yeux, par cette nuit pluvieuse en pleine mer?

Je vous prie tous de bien vouloir me pardonner. J'aimerais simplement pouvoir me pardonner moi-même. Ce soir, je serai réuni à ma bien-aimée, afin qu'enlacés, nous puissions faire ensemble le voyage vers un monde meilleur.

Qu'on prépare mon costume de cygne!

Douloureusement vôtre, Dr Charles Perrone.

Chaz prévoyait que son intégrité serait remise en question, dès que Joey, refaisant surface, irait trouver la police. Il avait l'espoir prétentieux qu'un message d'adieu à fendre le cœur jetterait l'ombre d'un doute sur l'épouvantable récit de sa femme et lui donnerait le temps de s'enfuir. Les phrases marquantes, il les avait, bien entendu, dérobées à un site Internet consacré aux lettres de suicide mémorables et autres mots de la fin célèbres. Chaz avait surtout un faible pour la dernière, attribuée à la ballerine Anna Pavlova au moment où elle quittait la scène terrestre, en 1931.

Après avoir scotché le mot sur le réfrigérateur, il déchiqueta manuellement les papiers contenus dans son sac à dos, en accordant une attention particulière aux tableaux manuscrits qui indiquaient des niveaux de phosphore minimum dans les eaux usées des exploitations agricoles de Red Hammernut. Ces crétins du Service des eaux auraient été verts de constater que Chaz avait complété et signé ses graphiques d'échantillonnage en les antidatant. Chaz avait envisagé de conserver les documents falsifiés au cas où il aurait eu besoin de faire chanter Red ou de témoigner contre lui. À présent, grâce à la manne de cinq cent mille dollars à lui échue, son choix le plus prometteur était de disparaître sans laisser de trace. Son Hummer jaune allait lui manquer, du moins jusqu'à ce qu'il s'achète le même.

À condition qu'il existe un concessionnaire au Costa Rica.

Le standard de la compagnie de taxis l'avait mis en attente quand on sonna à la porte. Il raccrocha sans un mot et gagna à pas de loup la chambre de Tool, où il découvrit un revolver rouillé dans un sac de gym moisi. Alors qu'il revenait en vitesse sur le devant de la maison, on sonna à nouveau. Chaz garda le silence jusqu'à ce qu'on se mette à cogner à la porte, comme si on s'y attaquait avec un maillet de croquet.

— Oh, arrêtez ça ! Qui est là ?

— La femme de ménage.

— Ricca ? fit-il avec incrédulité.

— Ouvre sinon je crie au meurtre.

— Fais pas ça.

Ses roucoulades pouvaient briser le cristal, Chaz s'en souvenait très bien pour avoir fait l'amour avec elle.

— Qu'est-ce que tu crois que les flics feraient d'un type qui tente de violer une infirme ? lui dit Ricca.

Chaz fourra vite fait l'arme dans sa ceinture et la laissa entrer. Elle le fusilla du regard en passant devant lui en clopinant. Le bois de la porte était éraflé et entaillé, là où elle l'avait matraqué avec son plâtre.

— Comment va la jambe ? s'enquit Chaz avec tiédeur.

— Je t'emmerde.

— Comment as-tu su que j'étais là ?

— J'ai essayé de te joindre toute la nuit et puis, sur le coup de six heures, ce matin, ta ligne était occupée.

Ricca fit glisser son pied plâtré sur le carrelage.

— J'étais sur Internet. Assieds-toi, lui dit Chaz.

Avec un soupir d'impatience, elle se laissa tomber sur le canapé.

— J'ai pensé à ma nouvelle voiture… oublie la Mustang. Je veux une Thunderbird décapotable à la place.

— À ta guise, fit Chaz.

Sa visite n'aurait pu plus mal tomber, question timing.

— P.-S., où est mon fric ?

— J'y travaille. Tu as soif ?

— Je suppose que t'as pas de lait entier ? lui dit-elle.

Chaz battit en retraite dans la cuisine, faisant mine de fouiller dans le frigo, histoire de gagner du temps et d'improviser un nouveau plan. Quand il se releva, Ricca était là… Comment avait-elle fait pour se faufiler si subrepticement avec une jambe foutue, Chaz ne pouvait l'imaginer, mais elle affichait un air de mépris dévastateur. Pendant qu'il farfouillait à loisir parmi bouteilles de bière et de Mountain Dew, elle avait parcouru sa lettre de suicide.

— Petit malin, fit-elle, tu vas filer illico presto.

— Et si je te disais que j'allais vraiment me tuer. Je suis sérieux, mon chou, j'ai eu un super coup de déprime.

— Et tu as fait ta valise pour l'autre monde ?

Elle pointa du doigt la Samsonite grise, posée debout dans le couloir.

— Ah ça, fit Chaz. Je peux t'expliquer.

Elle ne lui laissait pas d'autre choix que de la tuer, la tuer *pour de bon* cette fois. Il sortit le second flingue de Tool.

— Ça va pas recommencer, soupira Ricca.

— Tu as une voiture ?

Chaz était rentré de Miami en taxi, puisque le Hummer se trouvait à la marina, les clés dudit 4×4 dans la poche de Tool et ledit Tool, au fond de la baie de Biscayne.

— On va où cette fois ? demanda Ricca.

Chaz la ramena au salon. Glissant un œil à travers les stores, il vit qu'elle était venue en trois portes blanche, avec une plaque commémorative d'Alamo sur le pare-chocs avant. Si le coffre semblait pouvoir loger la Samsonite et à la rigueur un sac de voyage, il n'accepterait pas le surplus d'un cadavre à la jambe volumineusement plâtrée.

Pas de problème, songea Chaz. Je ferai ça quelque part dans la cambrousse, je balancerai son corps puis me rendrai avec sa voiture à l'aéroport. Il avait largement le temps… il y avait un vol direct American Airlines pour San José à cinq heures.

— Tes poissons meurent de faim.

Ricca examinait l'aquarium avec une sollicitude maternelle.

— Rien à battre, fit Chaz.

Pourquoi plongeait-elle la main dans cette saleté de cuve ?

— Regardez-moi ça.

Elle tenait une petite alliance en platine.

— Ça pendait au mât de ce bateau pirate miniature.

S'efforçant de garder son calme, Chaz lui ordonna de remettre la bague dans l'eau. Elle lut à haute voix l'inscription gravée :

— « À Joey, la fille de mes rêves. Avec tout mon Amour. C.R.P. ». Wouah, comme c'est romantique.

Il laissa passer le sarcasme de Ricca. Peut-être savait-elle déjà que sa femme portée disparue était bien vivante et déterminée à lui pourrir l'existence ; et que l'alliance avait été placée dans l'aquarium à seule fin de le pousser à bout. Peut-être même, Ricca et Joey étaient-elles de mèche dans la combine. Pourquoi pas ? songea Chaz. Plus rien ne le surprendrait désormais.

Ricca, incapable de passer la bague à son annulaire, se l'enfila au petit doigt.

— Qu'est-ce que t'en dis ? roucoula-t-elle d'un ton théâtral.

Chaz dut résister à l'envie de la descendre sur-le-champ.

— Bouge plus, lui intima-t-il et, pour faire bonne mesure, il lui rafla les béquilles qu'il jeta dans le vestibule.

— Qu'est-ce que fichait l'alliance de ta femme au milieu des poissons ? lui demanda-t-elle en agitant son petit doigt orné de platine. L'histoire doit valoir son pesant d'or.

De retour dans la cuisine, Chaz empoigna le revolver de sa main gauche meurtrie en espérant que Ricca ne tenterait rien de dingo, cette fois. Il grimaça au souvenir de sa fuite téméraire pour lui échapper à Loxahatchee.

De sa main valide, Chaz fit rouler la Samsonite vers la porte, s'étonnant du poids handicapant des billets mouillés. Il poussa les béquilles vers Ricca et lui dit sèchement :

— Allez, magne ton cul.

— C'est comme ça que tu me remercies de m'être teint le pubis en vert ?

C'était énervant qu'elle puisse plaisanter ; qu'elle ne tremble pas de peur et ne le supplie pas de l'épargner.

— On va faire un tour, lui dit-il.

— Non, mais tu me crois cruche à ce point ?

— On débattra de ça plus tard.

— Je vais nulle part avec toi, sale petite bite.

Tout ce qui l'empêcha de lui tirer dessus, c'était de savoir que la présence de taches de sang féminin sur le mur compliquerait à plaisir son scénario de veuf suicidaire, peaufiné avec tant d'art. Il avait fourni trop d'efforts pour sa lettre d'adieu pour y renoncer.

— Lève-toi, Ricca. *Maintenant.*

— Nân. Faudra que tu me portes.

Ah, l'éclate que ça serait, songea Chaz, d'avoir une seule bon Dieu de journée sans personne pour me prendre la tête !

À l'extérieur, on klaxonna trois fois. Ricca sourit.

— Quoi encore ? rouspéta Chaz entre ses dents.

— Écoute, je plaisantais pour la Thunderbird, lui avoua-t-elle, ou pour les deux cent cinquante mille dollars.

— Alors, je comprends pas...

— Évidemment que non, le coupa-t-elle.

La porte s'ouvrit à la volée et Earl Edward O'Toole, son torse ample croisillonné de sparadrap blanc, s'y encadra.

La bouche comme pleine de cendres, Charles Perrone dit :

— Il a fallu que tu me couillonnes.

D'abord Joey, puis Ricca, maintenant le gorille. Comment ça peut être aussi difficile de tuer quelqu'un ? s'étonna Chaz.

Avec un cri d'exaspération rauque, il braqua son arme mais son index déformé et bleu appuyait avec impuissance sur la détente. Tool le sonna d'un désinvolte crochet du gauche à la mâchoire.

Douze heures plus tard, le 4×4 longeait la levée L-39 ; Faith Hill chantait de sa voix suave à la radio ; Red Hammernut, cure-dent d'ivoire en bouche, déroulait méticuleusement la cassette vidéo qu'il avait retirée du magnétoscope de Chaz.

— Y a un truc que je pige pas, disait Red à Tool. Comme ça se fait que cette fille, Ricca, savait qu'il fallait me contacter, *moi* ? Je suis vachement content qu'elle l'ait fait et tout ça, mais c'est bizarre qu'elle ait eu mon nom et mon numéro de téléphone.

Tool, qui conduisait, répondit qu'il n'en avait pas la moindre idée.

— Vous lui avez posé la question ?

— Elle m'a dit qu'un lascar les avait inscrits au dos d'un

feuillet de prières qu'il lui avait donné au service funèbre de Joey Perrone. Que ça soit vrai ou pas, j'suppose qu'ça n'a plus d'importance, maintenant.

Red Hammernut empocha le cure-dent et expectora par la vitre.

— Ce deal a été une super embrouille à rendre chèvre, du début à la fin. Et merde, j'ai presque perdu le fil du pourquoi et du comment.

Tool aurait pu éclairer la lanterne de Red sur la tentative bâclée du toubib d'assassiner non seulement Ricca Spillman mais aussi Mrs Perrone, mais ne se sentait pas d'humeur bavarde. Chaque ornière de la levée lui rappelait la balle fraîchement logée dans son aisselle. Cet inconfort était amplifié par son absence de traitement, puisqu'il avait donné son dernier patch de Fentanyl à Maureen.

Du coin de l'œil, il vit les vestiges entortillés de la cassette vidéo du *Sun Duchess* s'envoler loin du Hummer, Red disant qu'il ne pouvait se permettre que ce sacré fouinard d'inspecteur mette la main dessus. Un peu plus tôt, au bureau, Red avait détruit sa copie perso.

— J'arrive toujours pas à croire, reprit-il, qu'cet enfoiré d'yuppie t'ait flingué à bout portant. On avait un si bon plan, en plus.

Pas si bon que ça, songea Tool.

Red lui avait donné ordre de tuer Chaz Perrone avant d'arriver à Stiltsville, mais Tool en son for intérieur avait enterré cette idée. Il avait beaucoup cogité à ce que lui avait dit Maureen des changements à opérer... qu'on n'était jamais trop vieux pour donner une nouvelle orientation, positive, à sa vie. Tool savait que, s'il butait le toubib, il finirait par lâcher le morceau à Maureen et il ne supportait pas l'idée de la peiner, elle déjà si souffrante. Il avait donc décidé qu'au lieu d'assassiner Perrone, il se contenterait de le balancer du bateau en l'obligeant à regagner la côte à la nage. Et en l'avertissant de ne plus jamais ramener sa fraise piquée par les *mosquitos* en Floride.

Mais cet enculé avait tiré le premier.

Quant au rendez-vous du maître chanteur, l'intention de Tool, selon la consigne de Red, c'était de remettre l'argent pacifiquement. Quand Tool avait exprimé sa surprise que Red soit prêt à dire adieu à cinq cent mille dollars, ce dernier avait ri si fort qu'un filet de morve lui avait sauté du nez. Il parla à Tool d'un gadget à la James Bond déniché par lui dans une « officine d'espionnage cubaine » de Miami ; un émetteur, avait expliqué Red, de la taille d'un paquet de Winston. Tool l'avait fourré dans la Samsonite pendant qu'il y entassait la somme en liquide. Entre-temps, Red réunirait une bande de péquenots poids lourds pour filer la valise, une fois revenue sur la terre ferme, et se charger du maître chanteur, de sa copine mystère et de tous ceux qui trempaient dans la magouille.

Mais Charles Perrone avait piqué le blé le premier.

Ensuite, quand Chaz avait abandonné le bateau et pataugé jusqu'au rivage, la Samsonite avait dû prendre l'eau et l'émetteur être court-circuité. Tool avait écouté Red piquer sa crise à cause du blé porté disparu, puis le téléphone avait sonné et la dénommée Ricca à l'autre bout du fil avait dit : « Chaz Perrone est rentré à Bocca, si ça vous intéresse. »

Red avait dit à la fille d'attendre qu'il arrive là-bas, raccroché le téléphone violemment et fait à Tool : « Allez, on bouge. Ce débile est rentré directo chez lui. »

À présent, la valise était rangée en sécurité à l'arrière du 4×4, en compagnie de Charles Perrone, en route pour les Everglades pour la toute dernière fois.

— Tu vois, tout est bien qui finit bien, dit Red Hammernut à Tool.

Sauf que ce dernier ne mourait toujours pas d'envie de tuer Perrone, même si le bonhomme lui avait tiré dessus en le laissant pour mort à Stiltsville. C'était la plus étrange des sensations. Toute la journée, Tool s'était trituré les méninges afin de trouver comment échapper à cette corvée, étant donné que Red l'accompagnait pour être sûr que la chose serait faite et bien faite.

— Ah que j'aime cette fille, Faith Hill, disait Red. Tu sais qui aussi ? L'autre, là, Shania Twain.

— Ouais, moi pareil.

— J'ai lu quelque part qu'elle serait parente de l'autre, l'écrivain, Twain. Celui qu'a écrit le fameux livre, Huckleberry Trucmuche.

— Ah ouais ?

— Ça parle d'un gosse blanc dégourdi et d'un grand nègre, ils font du radeau ensemble sur un fleuve.

— OK.

Tool supposa que Red Hammernut avait bu.

— Shania, t'vois, c'est comme qui dirait l'arrière-arrière-arrière petite-nièce de Mark Twain. C'est ce qu'on disait dans l'article en tout cas.

— P't'être qu'elle pourrait tourner son prochain clip sur un radeau, fit Tool, entrant dans le jeu. Elle et son groupe.

— Fiston, cette fille, elle tournerait un clip dans une quincaillerie, elle te ferait passer ça pour le Taj Mahal.

Red se retourna pour scruter l'arrière du Hummer.

— Ah, notre ami s'est enfin calmé.

Ils avaient saucissonné le biologiste avant de le transbahuter à LaBelle et de le planquer dans un camion frigorifique parmi huit cent cinquante kilos de choux et de céleris frais. Tool était passé chez lui enfiler une salopette propre et irriguer le champ herbeux où étaient plantées ses croix du souvenir ; de son côté, Red Hammernut consacrait l'après-midi à régaler deux sénateurs de l'État qui avaient concocté un plan prometteur pour contourner le traité de l'ALENA et niquer les cultivateurs de tomates mexicains.

Plus tard, ce beau linge une fois parti, Tool et Red étaient revenus retirer Chaz Perrone, grelottant, les lèvres bleues, du véhicule frigorifique. Puis, grâce au dernier cri technologique du conditionnement des légumes, ils l'avaient empaqueté sous plastique de la tête aux pieds. On s'attendait à ce qu'il expire par asphyxie avant l'arrivée à la réserve naturelle nationale de Loxahatchee. C'était là que Red avait choisi de se débarrasser du corps, à une confortable distance des Fermes Hammernut.

— J'pressens qu'il va falloir que j'm'dégotte un nouveau pseudo-scientifique qu'aime plus la monnaie que la laîche et les poissons de vase, disait Red. Autrement, l'Oncle Sam m'obligera à creuser une saloperie d'étang artificiel pour filtrer mon eau. Ça se chiffrera en millions de dollars, sans compter les avocats et les politiques qu'y m'faudra arroser. Et après, on viendra s'étonner que le fermier américain soit une race en voie de disparition !

À voir les ongles polis et les dents blanchies de Red, Tool se demandait à quand remontait la dernière fois où il avait touché une pelle ou une binette. Il était de notoriété publique que feu le papa de Red avait fait un malheur avec le gaz naturel en Arkansas et que Red avait utilisé son héritage pour rafler des exploitations maraîchères dans toute la Sun Belt.

— Tiens, voilà la camionnette, fit Red.

Tool freina pour s'arrêter près d'un pick-up Dodge poussiéreux. L'un des contremaîtres de confiance de Red l'avait garé une heure plus tôt sur la levée, afin que ce dernier et Tool bénéficient d'un moyen de transport pour quitter la réserve de Loxahatchee. Ils comptaient abandonner le Hummer au bord du canal, le message d'adieu de Chaz Perrone collé sur le tableau de bord. Pour Red, ce mot était un plus, même si l'allusion au costume de cygne lui échappait quelque peu.

Traînant leur prisonnier hors du Hummer, ils eurent la surprise de s'apercevoir qu'il n'était pas mort. Avec la ténacité d'une marmotte psychotique, Chaz avait rongé un trou dentelé dans l'emballage, au travers duquel il respirait maintenant avec peine. On aurait cru entendre de la mélasse aspirée par un tuyau d'égout.

— Misère, lâcha Red.

Il fit main basse sur une Remington calibre 12 sur le siège arrière et commanda à Tool de libérer ce fils de pute.

— Z'êtes bien sûr ?

— Mais oui, merde.

Tool dépouilla Chaz de son cocon de plastique au canif. Ce dernier se hissa en position accroupie, les vêtements trempés, le visage congestionné.

— Merci, siffla-t-il, tel un asthmatique.

— Merci de quoi ? l'apostropha Red Hammernut. On en a pas fini avec ta poire, voleur de mes deux.

— Red, je regrette vraiment pour l'argent.

— J'en doute pas.

— Je ferai tout ce que vous voudrez. Vous n'avez qu'à parler.

Le toubib, recroquevillé et tremblant, les yeux caves, offrait un minable portrait de coupable. Même sans éprouver pour lui une once de sympathie, Tool n'était pas non plus d'humeur à voir le lascar se faire réduire la cervelle en porridge.

— C'était du pipeau depuis le premier jour, hein ? fit Red. Y avait pas de chantage, y avait que toi et tes enfoirés de potes morfales.

— C'est pas vrai ! protesta Chaz.

— J'ai toujours pensé que t'avais buté ta femme. Ça au moins, j'l'avais pigé d'entrée, fit Red. Mais que t'aies tout filmé en vidéo, ça, c'est un truc de malade. Et tout ça pour me soutirer de la thune ? Fiston, t'es rien qu'un petit salopard et un pervers.

— Écoutez, Red. J'ai pas tué Joey. Elle est *vivante* !

Red jeta un regard à Tool qui haussa les épaules, sans rien manifester.

— Ben, alors, à c'qu'tu dis... elle trempe là-dedans, elle aussi ?

— Parfaitement ! s'exclama Chaz. C'est elle qui est derrière cette histoire de chantage.

— Ta défunte femme.

— Oui ! J'ai tout découvert hier au soir.

Red opina.

— Bien, fiston, tu viens de répondre à ma prochaine question.

— Laquelle ?

— Jusqu'où tu peux t'abaisser.

— Mais Red, je vous dis la vérité vraie.

— Écoutons l'opinion de Mr O'Toole.

Ce dernier regardait le soleil se coucher, occupé par la grosseur brûlante qui l'élançait sous le bras.

— Passez-moi la carabine, fit-il.

Red eut un grand sourire de soulagement.

— Voilà qui est parlé, mon garçon.

Au loin, un alligator mâle poussa son grognement. Tool prit la Remington et logea une cartouche dans la chambre. Il demanda à Chaz Perrone de se lever et de se tourner.

Red Hammernut recula lentement en disant :

— Je crois que je vais t'attendre dans le pick-up.

C'est ça, se dit Tool. Des fois que du sang tacherait tes belles fringues de catalogue.

— Entre dans l'eau, fit Tool à Chaz.

— Dites-lui que je mens pas à propos de Joey, je vous en prie.

— Tu m'as flingué et t'as piqué le blé.

— Oui, j'ai commis une terrible erreur. Oui, répéta Chaz à bout de souffle.

— Ça, tu peux le dire. Maintenant, je vais compter jusqu'à cinq.

— Mon Dieu, m'obligez pas à entrer dans cette eau.

— C'est bien c'que t'as fait faire à ta copine, non ? De quoi t'as peur ?

Un autre gros croco souffla, quelque part là-bas dans un bourbier.

La saison des amours, supposa Tool.

Chaz se mit à frissonner sans pouvoir se contrôler. Il se plaqua les mains sur les cuisses et cria :

— Regardez-moi ! Regardez seulement !

Il offrait un triste spectacle, assurément, Tool devait bien le reconnaître. Le bonhomme était en maillot de corps, caleçon écossais et chaussettes marron lustrées... c'était dans cette tenue qu'ils l'avaient embarqué de chez lui. Les *mosquitos* festoyaient sur ses bras flasques et ses jambes noueuses, comme des manches à balai.

— Tu veux un conseil gratuit ? fit Tool.

— Ouais, bien sûr.

Le docteur acquiesça avec raideur.

— Casse-toi à donf.

— Où ça ? Là-dedans ?

Il montra d'un geste affolé ce qui était dans son dos.

— Ouaip, fit Tool. C'est parti. Un... deux... trois...

Chaz Perrone dévala tant bien que mal le remblai pour atterrir avec fracas dans le marais, de l'eau jusqu'aux genoux, environnement peu favorable pour piquer un sprint genre jeux Olympiques. Il fuyait la levée, la démarche exagérément balancée, fendant l'herbe dense avec des pieds de plomb, fou de désespoir.

Le premier tir de Tool passa trop loin à gauche. Le second, trop bas, souleva un minigeyser qui trempa le fond pendouillant du caleçon de Chaz. Le troisième était largement trop à droite.

Red Hammernut furieux sauta en bas du pick-up en gueulant. Tool, un œil fermé, faisait mine de se concentrer.

Au quatrième coup de feu, Chaz poussa un cri et perdit l'équilibre.

— Enfin, déclara Red, juste avant de voir le biologiste se relever et reprendre sa cavale laborieuse, tout en zigzags liquides à travers la prairie de laîche.

Red arracha la Remington des mains de Tool et visa fébrilement.

— Vite, fit Tool avec l'ombre d'un sourire que Red ne remarqua pas.

— La ferme, toi !

Le tir de Red — dernière cartouche de la carabine — survola de si haut son but que les chevrotines plurent, aussi inoffensives qu'une grêle de petits cailloux, loin derrière la cible mouvante.

— Nom de Dieu.

Red trépignait de frustration.

— Va le chercher ! Vas-y !

Tool déclina l'invite laconiquement.

— J'ai mal au bras, là où cet enculé m'a flingué.

Histoire de rappeler à Red son récent sacrifice, accompli en effectuant son devoir.

— Mais, Seigneur tout-puissant, il est en train de s'échapper !

— Ben alors, z'avez qu'à le poursuivre, vous, chef, suggéra Tool. J'allume les phares, vous l'verrez mieux.

L'un des alligators en rut grogna, plus près cette fois.

Red Hammernut n'avança pas d'un millimètre en direction de l'eau tranquille et noire.

— Mais, *nom de Dieu,* fit-il, examinant la carabine qu'il tenait comme si elle avait mal fonctionné pour une raison surnaturelle. J'suis à court de munitions.

— Ouaip, fit Tool.

Puis, dans un silence tendu, tous deux regardèrent, confus, Charles Regis Perrone, le détenteur d'un doctorat, se fondre peu à peu dans le superbe crépuscule cuivré tombant sur le marécage.

31

Joey Perrone s'enfouit dans les plis de la peau de mouton de son frère.

— Tu peux pas rester encore quelques jours ?

— L'amour et l'aventure me réclament, lui répondit Corbett Wheeler. En plus, mes brebis sont perdues sans moi.

— J'espère que tu sais ce que tu fais. Et s'il s'avère que ce n'est qu'une pétasse de plus ?

— Il y a plus tragique dans la vie, sœurette.

Joey se récria, faussement indignée, et rabattit le chapeau de Corbett sur ses yeux. Mick Stranahan transporta les bagages jusqu'à l'hélicoptère, qui avait failli donner un infarctus à Cross quand il s'était posé sur l'île. Le pilote remit les moteurs en marche et Joey battit en retraite loin du vacarme, en refoulant ses larmes.

Corbett lui envoya un baiser, faisant tournoyer sa canne avec enjouement. Avant de prendre place à bord, il prit le temps de serrer la main de Stranahan. Joey vit les deux hommes se parler avec une vive attention. Mick acquiesçait, semblant poser des questions à Corbett. Puis il recula au trot et demeura près d'elle pendant le décollage de l'hélico. Tous deux accompagnèrent de grands gestes d'adieu l'appareil qui s'éloignait en vrombissant vers le continent.

— Ricca le retrouve à l'aéroport. Elle devait faire un saut à Boca ce matin, signala Stranahan.

— Quoi d'autre ? demanda Joey.

— C'est tout.

— Ça va, Mick. De quoi vous venez de parler, les mecs ?

— De rien, juré, persista-t-il. Ton frère voulait juste me remercier d'avoir pris soin de toi. Surtout en sachant la chieuse que tu pouvais être.

Elle le poursuivit jusqu'au ponton, où ils se déshabillèrent mutuellement et plongèrent. En effectuant pour la troisième fois le tour de l'île, ils furent surpris par le bateau d'un ranger du parc national. C'était un gros SeaCraft à bimoteur Mercury, conduit par un Cubain musclé d'une petite quarantaine.

— Plus ça change, moins ça change, fit-il.

— Salut, Luis.

— Salut, Mick. Bonjour, jolie madame.

Jetant pudiquement un œil par-dessus l'épaule de Mick, Joey se fendit d'un minisalut.

— Je te présente le légendaire Luis Cordova, lui dit Mick, en se maintenant à flot. On se connaît depuis la bonne vieille époque de Stiltsville, il n'était alors qu'un bleu de la patrouille maritime. Aujourd'hui, c'est un grand manitou des troupes d'assaut du parc national qui mate ceux qui se baignent à poil en toute innocence.

Luis Cordova éclata de rire en lançant une amarre.

— Je suis ici en mission officielle, vieux filou en chaleur.

— Ah, s'il te plaît, viens pas me dire que le Señor Zedillo a cassé sa pipe, fit Stranahan.

Miguel Zedillo était le romancier mexicain, propriétaire de l'île. Joey se rappela avoir vu ce nom dans une pile de bouquins sur une étagère dans la chambre de Mick. Il lui avait dit que l'écrivain était de santé fragile et que l'île serait sans doute vendue après sa mort. C'est alors que Joey était intervenue, disant d'une voix flûtée qu'elle aimerait bien l'acheter, ce qui avait tellement ravi Mick qu'il lui avait aussitôt fait l'amour sur la table de pique-nique.

— Relax, man, lui dit Luis Cordova. Autant que je sache, le

vieux pète toujours le feu à Tampico. Non, je suis venu te poser des questions à propos d'un bateau abandonné.

Mick attrapa l'amarre, Joey collée à son dos, telle une guenon. Le ranger les remorqua jusqu'au tableau du SeaCraft, afin qu'ils puissent se reposer sur la plate-forme de plongée. Joey fut agréablement surprise des manières de gentleman de Luis Cordova, qui détourna avec empressement ses regards de son postérieur dénudé.

— Quel bateau ? demanda Mick.

— Un sept mètres de location. Il s'est échoué sur les rochers du cap Floride, hier au soir, sans doute quand le temps a changé. Pas de matériel de plongée, pas d'attirail de pêche, personne à bord. Rien qu'un projecteur pété et des taches de sang sur le plat-bord.

— Du sang humain ?

Luis Cordova écarta les bras.

— C'est la raison de ma présence ici.

— La paperasse t'a fait remonter à qui ?

— Pas de paperasse, Mick, répondit le ranger. La société de location affirme qu'on a volé le bateau à la marina juste avant l'orage, mais j'ai comme l'impression que c'était une fleur faite à quelqu'un.

— Un sept mètres, tu as dit ?

— Bimini top bleu. Yamaha à quatre temps.

— Désolé Luis, fit Stranahan. J'ai pas vu de bateau.

Joey prit la parole.

— On a pas mis le nez dehors de toute la nuit. Il faisait un temps de chien.

— Ça, vous l'avez dit, approuva Luis Cordova, tentant par galanterie de garder les yeux fixés à hauteur du cou de Joey. Vous vous appelez comment, m'dame ?

Joey, qui couvrait ses seins de son bras libre, le laissa choir le temps de filer un coup de coude dans la cage thoracique de Mick. Il reçut le message cinq sur cinq.

— Elle cherche à se faire oublier, confia-t-il au ranger. À

cause de problèmes familiaux là d'où elle vient. Tu vois ce que je veux dire.

— J'vous ai précisé qu'une balle avait troué le pare-brise ?

— Non, Luis, première nouvelle.

— Peut-être avez-vous entendu quelque chose, vous deux... genre un coup de feu ?

— Pas avec ce tonnerre de tous les diables, répliqua Stranahan.

— On s'entendait à peine parler, renchérit Joey.

Luis Cordova avait beau acquiescer à ce qui était dit, Joey sentait qu'il était loin d'être convaincu.

— Bah, j'me suis dit que ça mangerait pas de pain de poser la question. Chaque fois que je trouve un bateau taché de sang, je pense à toi en premier, Mick.

— Très flatté, mais en ce moment, je mène une vie paisible, normale.

— Ouais, je vois ça, fit Luis Cordova, pince-sans-rire. Désolé d'avoir interrompu votre après-midi. Vous voulez que je vous ramène au ponton ?

— Nân, on nagera.

Stranahan repoussa la poupe, Joey accrochée à ses épaules.

— Sympa de t'avoir revu, mon pote, cria-t-il au ranger.

— *Idem* pour moi, amigo.

— Vous cherchez un corps ?

La question jaillit de la bouche de Joey avant qu'elle n'en prenne conscience. Stranahan baissa la main et lui pinça les fesses.

— Quel corps ? demanda Luis Cordova.

Joey songea : Plus bécasse que moi tu meurs !

— Ce que je voulais dire, fit-elle, c'est que peut-être quelqu'un est tombé de ce bateau pendant la tempête.

Le ranger lui répondit que personne n'était porté disparu.

— Mais n'oubliez pas qu'on est à Miami, ajouta-t-il. Parfois des gens disparaissent et personne ne prévient les flics. De toute façon, l'océan est grand.

M'en parlez pas, se dit Joey in petto.

En nageant vers la maison, elle ne put s'empêcher de se poser des questions sur son mari. Si l'on avait retrouvé une valise bourrée d'un demi-million de dollars dans le bateau abandonné, Luis Cordova ne l'aurait vraisemblablement pas passé sous silence. Et si ni valise ni corps n'avaient fait surface, raisonna Joey, il y avait de très grandes chances que Chaz Perrone eût survécu et barboté le blé. C'était presque insupportable de l'envisager.

— T'arrêtes pas de me dire de pas m'en faire, beugla-t-elle à Mick en lui mettant cent mètres dans la vue. T'es content, maintenant ? Cette ordure de bon à rien court toujours !

— Pourquoi tu ne veux pas me faire confiance ? lui beugla Stranahan en retour.

— Parce que t'es un mec.

Joey lâcha des bulles en éclatant de rire dans l'eau.

— Très bien, dit-il, alors tu me dois quinze jours de pension pour le gîte et le couvert !

— Faudra d'abord que tu m'attrapes.

Baissant la tête, elle allongea sa brasse, fendant la crête écumeuse des vagues. Elle l'entendit à peine crier :

— Eh, Joey, ralentis ! Je t'aime !

Vieux schnock, se dit-elle.

Elle fila joyeusement vers la digue où Cross allait et venait en jappant, tout en agitant son ridicule moignon de queue.

Red Hammernut se léchait le coin des babines. Il avait tant craché et juré que sa langue avait un goût de craie. Pour la sixième fois environ, il asséna :

— J'ai jamais vu un type qu'a deux bons yeux flinguer aussi mal.

Earl Edward O'Toole fixait la route sur la levée, de ses deux bons yeux, sans dire un mot. Il était évident que pour lui, le temps des excuses était passé.

Red frôlait l'apoplexie, suite à la fuite de Chaz. Tool lui avait dit d'arrêter de paniquer ; que le lascar était une chochotte finie et ressortirait pas vivant des Glades.

Et si jamais il en ressort ? songeait Red.

— Ce p'tit-là peut me ruiner comme rien, fit-il sombrement.

Tool pouffa.

— Il est pas prêt de ruiner quelqu'un, chef. Il va courir jusqu'à ce qu'il tombe.

— Tu sais kek'chose que j'sais pas ?

— Juste qu'il aura des masses de quoi avoir la trouille, fit Tool, si jamais y s'en sort.

— Et kesk'y se passera si quelqu'un d'autre le chope d'abord ? T'y as pensé à ça une fois ? Un p'tit comme çui-là, face au Couloir de la Mort, ça le démangera pas longtemps de balancer ton serviteur pour négocier sa peine.

— Vous montez pas l'bourrichon en solo, lui dit Tool.

Au cas où Chaz reviendrait par hasard sur ses pas, ils avaient patienté un long moment dans l'obscurité sur la levée — l'oreille tendue, épiant le moindre mouvement dans l'ombre — jusqu'à ce que Red finisse par ne plus supporter les insectes. Ils abandonnèrent sur place le Hummer de Perrone mais en prenant les clés, si jamais ce salopard guettait dans les herbes tout près. Sa lettre de suicide larmoyante était étalée bien en vue sur le tableau de bord — « au cas où son cadavre aurait la politesse de surnager », avait expliqué Red.

À présent, assis à côté de Tool dans le pick-up poussiéreux, Red ne put s'empêcher de ruminer tout ce qui s'était passé depuis que ce barjo de biologiste s'était débarrassé de sa femme. Fort inquiétantes, la façon dont les choses s'étaient dégradées et l'extrême rapidité avec laquelle l'ordre et la raison avaient viré à la destruction. Red Hammernut n'avait rien d'un compliqué ni d'un méditatif ; c'était un pragmatique, un combinard et un botteur de culs. Il ne croyait pas plus au destin qu'au karma ou aux bons et mauvais aspects des planètes. Si une marée noire d'emmerdes le submergeait, c'était que quelqu'un avait déconné quelque part en amont.

En temps normal, Red Hammernut n'avait aucune difficulté à identifier la source du problème et à y remédier — un pot-de-vin, une dérouillée en règle ou un billet d'avion faisaient d'habitude l'affaire — mais le cas Perrone ne ressemblait à rien de ce à quoi il s'était frotté par le passé. Toute l'influence et les relations politiques de Red ne lui seraient d'aucune utilité si jamais Chaz reparaissait et blablatait à la ronde sur la magouille des Everglades. Red regretta alors d'avoir détruit les deux cassettes vidéo de l'assassinat de Joey Perrone qui, à la réflexion, auraient été bien utiles pour renvoyer l'ascenseur à Chaz.

À cette canaille capable de vous poignarder dans le dos.

Ah, bof, songea Red, j'ai récupéré au moins mon fric.

La Samsonite glissait bruyamment à l'arrière du pick-up tandis qu'ils cahotaient le long de l'accotement, en direction de la sortie de la réserve de Loxahatchee.

— Pourquoi t'avances comme un escargot, bordel ? rouspéta-t-il contre Tool.

— Pasqu'y faut que j'roule tous feux éteints.

— Et pourquoi faut qu'tu fasses comme ça au juste ?

— Au cas où y aurait des rangers du parc et des gardes-chasse dans le coin, expliqua Tool. C'est pas comme par chez vous, Red. Ici, c'est fédéral.

— Peuvent aller se faire foutre, les fédés.

— En plus, votre p'tit, il nous a laissé un réservoir qu'au quart plein.

— Ben, ça se tient.

Par choix, Red Hammernut n'avait pas passé beaucoup de temps dans le peu qui restait intact des Everglades d'origine. Il préférait les parties qu'on avait drainées, labourées ou pavées... par exemple, les champs maraîchers qu'il patrouillait en Cadillac ou en hélicoptère ; des rectangles plats et ordonnés, nettement délimités par des fossés et dépouillés d'arbres à l'état sauvage. Parfois, on tombait sur un sanglier ou un raton laveur égarés, mais la faune restait en général clairsemée sur la ferme.

Sans avoir peur de la nature, Red ne s'y sentait pas très à l'aise, la nuit en particulier ; et surtout, armé d'une carabine vide.

— Ces salauds de fédés, fit-il avec mépris, et l'État de Floride, aussi, tant qu'on y est, y vont me tomber sur le râble pasque j'déverse de la merde dans cette eau. Attends un peu et tu verras, fiston. Tout ça, c'est cirque, chiqué et compagnie, bordel !

— Ouais, chef, fit Tool, avec moins de compassion que son patron l'aurait aimé.

— Prends ces alligators qu'on a entendu faire la nouba là-bas ce soir, poursuivit Red. Y zonent dans le coin... depuis, quoi, cent mille milliards d'années. Tu crois qu'une pincée d'engrais, ça les dérange ? Et les fongicides ? Et les pesticides ? Bordel, ces enculés de mes deux pourraient bouffer leur propre poids de DDT, ça les rendrait même pas assez malades pour les faire péter. C'est des *dinosaures*, bon Dieu. Z'ont pas besoin du gouvernement américain pour veiller sur eux.

Tool gardait les yeux fixés droit devant lui.

— Mais tous les autres dinosaures, y z'ont pas disparu ?

— Quoi ?

Red Hammernut n'en croyait pas ses oreilles.

— Dans quel camp t'es, fiston ? J'sais pas c'qu'est arrivé à toutes les autres saletés de dinosaures et j'en ai deux fois rien à battre.

— Moi, j'm'suis buté un p'tit gator pas plus tard qu'l'autre jour. Y faisait pas plus d'un mètre vingt, mais quand même.

— Quand même *quoi* ?

Red mijota dans son jus le temps qu'ils quittent Loxahatchee. Il commença à respirer mieux seulement quand la camionnette finit par retrouver le sec de l'asphalte et en apercevant l'éclairage au sodium de Palm Beach County oranger le ciel à l'est.

— Faut qu'on s'monte en hélico, première chose demain matin, déclara-t-il froidement. Je m'fais pas de souci. On va le retrouver, ce salopard de trouillard.

— Si les dinosaures l'chopent pas en premier, fit Tool, de marbre.

— Fiston, tu cherches à me casser les couilles ? Pasque je suis pas disposé, au cas où tu l'aurais pas remarqué.

— Ouais, chef.

— Tu sais c'que tu pourrais faire demain, Mr O'Toole ? Prendre ce calibre 12, t'en aller au stand de tir pour t'entraîner sur une cible, comme ça p't-être que, la prochaine fois, tu seras capable de pas rater un machin gros comme une maison.

Tool resta impassible sous l'insulte, silence que Red Hammernut confondit avec de la soumission. Il négligea complètement de percevoir la ténuité de la loyauté de Tool ou de sentir la colère qui commençait à fermenter dans la tête aux idées simples du bonhomme.

— C't'à cause de toi qu'y s'est échappé ! râlait Red. C'est ta faute à toi, bordel, et à personne d'autre !

Tool consentit à un demi-haussement d'épaules.

— Z'avez qu'à essayer d'tirer à la carabine avec une balle dans l'aisselle.

— Nom de Dieu, conduis, point barre. Et ramène-moi à la maison.

Fermant les yeux, Red songea au jacuzzi fumant qui l'attendait. Il lui tardait de récurer sa peau de la sueur, écran solaire et autres insectes morts ; de s'asseoir devant un T-bone steak de quatre cent cinquante grammes et une bouteille de Jack Daniel's. Il fut tiré de sa rêverie par un brusque coup de frein de Tool, qui arrêta le pick-up sur le bas-côté herbeux de la grand-route.

Red jeta un regard alentour.

— Quoi encore ? On a crevé ?

— Bougez pas.

Tool se propulsa hors de la camionnette.

— Hé, reviens ici ! lui beugla Red.

Il sauta à l'extérieur et se lança à ses trousses.

— Où tu crois aller comme ça, merde ? J'ai pas le temps ce soir pour ces absurdités !

Tool ne modifia pas son allure. Red arriva à sa hauteur et se mit à le traiter de tous les noms connus de lui.

— Bouclez-la, vous, lui dit Tool, levant une main de la taille d'un parpaing.

Puis, se baissant pour examiner la petite croix blanche, il la débarrassa d'une gerbe de lis flétris.

— Pas maintenant, fiston. Tu reviendras un autre jour la chercher, mais pas ce soir, l'admonesta Red. Pas pendant qu'tu bosses pour moi.

— Y en a pour une seconde.

— T'es devenu sourd ? Sourd et *con* ?

Le nom sur la croix bricolée était visible à l'éclat des phares de la camionnette :

Pablo Humberto Duarte
Mari, père, fils et frère aimant
Né le 03.09.1959, mort le 21.03.2003.
Maintenant, il conduit aux côtés du Seigneur Tout-Puissant
N'oubliez pas : la ceinture épargne des vies humaines !

— Encore un de ces sales chicanos, ronchonna Red Hammernut. Il s'est bourré la gueule probable puis s'est torché dans le canal.

— Z'en savez rien, fit Tool.

— T'as qu'à regarder l'nom. Pas-beau Hein-beurré-tôt. Va pas m'dire qu'c'est pas un nom chicano, ça.

Tool était accroupi, les coudes plantés sur les genoux.

— Bon, alors, grouille, lui dit Red avec mauvaise humeur. Arrache-moi cette saloperie du sol et on y va. J'ai besoin d'un verre et d'un bain de vapeur.

Tool ne bougeait toujours pas. Red le fusilla du regard.

— Bordel, kesk'y a, fiston ?

— J'm'faisais le calcul dans ma tête. Le pauvre vieux avait à peu près le même âge que moi, dit Tool, plus ou moins.

— Le chicano ?

— Mr Doux-Art-Thé ici présent. Ou comment ça se prononce.

— Pitié.

Red implora : Seigneur, faites que ce gland me tombe pas dans les bras en chialant.

Tool montra d'un geste la croix de bois.

— Du moins, lui, il a été un mari, un père, un fils, un frère... moi, j'suis rien de tout ça, Red. J'ai pas de femme, pas de famille... à part un cousin craignos qu'est à Starke pasqu'il a dévalisé un Lavomatic...

La patience de Red Hammernut était à bout. À son avis, un homme de sa stature n'avait aucune bonne raison d'être planté sur le bas-côté de la route d'État 441, un samedi soir, face à un demeuré poilu, nanti d'une balle dans les miches, qui piquait soudain sa crise de la quarantaine, tout ça parce qu'un Mexicain à la manque avait oublié de boucler sa ceinture et en était mort.

Sans réfléchir une seconde, Red balança une baffe à Earl Edward O'Toole sur le haut du crâne. Ce fut une piètre décision dénotant un manque de respect que Tool considéra comme intolérable.

— Écoute-moi bien, ducon, pauv'gorille camé jusqu'aux yeux, l'apostropha Red. Y a là un demi-million de dollars à moi, étalés comme un grosse merde de vautour à l'arrière de ce pick-up et au beau milieu de nulle part ; le premier accro au crack venu, en baskets, peut les chouraver et s'envoler avec, aussi sec. Bon, j'sais franchement pas ce qui t'est passé par la tête, fiston, mais j'm'en vais compter jusqu'à dix, tu vas m'arracher cette connerie de croix de mes deux du sol et on va s'casser d'ici en vitesse. Compris ?

Tool ne bougea pas, même pas pour essuyer les postillons de Red sur sa salopette.

— Un... souffla Red, tel un bœuf... deux... trois... quatre...

Il n'avait pas la moindre idée de ce qu'il ferait si cet imbécile boudeur refusait de lui obéir. Le baffer encore une fois ?

À l'incommensurable soulagement de Red, Tool se leva et dit :

— C'est vous le patron.

Il saisit à pleins battoirs le pieu de la croix blanche et l'extirpa lentement de terre, pour éviter d'en fendre le pin.

— Il est grandement temps, fit Red. Allez, dépêche, on y va.

— Pas vous, chef.

— Quoi ?

Renversant, médita Red, comme les plombs et les boulons d'une existence peuvent péter et sauter d'un seul coup, d'un seul.

— Qu'est-ce que t'as dit ? répéta-t-il, un peu à l'étourdie.

Earl Edward O'Toole se plaça entre Red et la camionnette, sa large carcasse masquant les phares. Red se sentit tout petit et, pour la première fois, craintif. Le bruit de la respiration de Tool le glaçait, si lent et si calme comparé au sien.

Avec une morne curiosité, Red leva les yeux et scruta l'ombre qui le surplomblait.

— Quoi encore, grand abruti ?

— Tenez-vous tranquille, lui conseilla Tool.

Samuel Johnson Hammernut aperçut le mastodonte lever haut les deux bras et, un court instant, il distingua la croix de Pablo Duarte, silhouettée sur un fond de nuages gris perle, mais après ça, il ne vit plus rien du tout.

L'assassinat des Everglades, perpétré par Red Hammernut et consorts, est subtil, insidieux, peu voyant. Contrairement à des formes de pollution plus télégéniques, les engrais déversés à la tonne par les champs de canne à sucre et les exploitations maraîchères de Floride du Sud ne provoquent ni marées puantes de poissons crevés ni épouvantables panoramas de charognes animales en décomposition. Au lieu de ça, phosphate et autres contaminants agricoles œuvrent invisiblement à la destruction d'une couche d'algues connue sous le nom de périphyton, vase brune et visqueuse qui tapisse la Rivière d'herbe tout en étant son élément nutritif le plus essentiel. Dès que le périphyton se met à mourir, les petits poissons qui s'en nourrissent et y pondent émigrent. Aigrettes et hérons partent à leur tour, précédant crapets arlequins et bass à grande bouche et ainsi de suite en remontant la chaîne alimentaire. Bientôt les prairies de laîche flétrissent et dépérissent, remplacées par des vagues de quenouilles et autres plantes aquatiques qui prospèrent sur ce torrent de phosphore mais procurent un habitat déplorable aux oiseaux et à la faune native.

L'un des objectifs prioritaires du plan gouvernemental de sauvegarde des Everglades consistait à réduire ce déluge régulier d'engrais chimiques. Barons du sucre et entreprises agricoles, qui ne pouvaient plus compter sur des politiques de faveur pour éviter d'avoir sur le dos l'Agence de protection de l'environnement et autres organismes de contrôle, coopérèrent à contrecœur. Et alors que des marais artificiels, conçus pour filtrer certains polluants, s'étaient montrés prometteurs, les Everglades mouraient toujours à raison d'un hectare par jour au moment même où Charles Regis Perrone effectuait son cruel périple à travers Loxahatchee, en solitaire.

Il maudissait le bourbier âcre qui lui aspirait les chaussettes des pieds, les tiges de laîche qui lui déchiquetaient maillot de corps et caleçon, les monceaux de nénuphars et d'utriculaires feuillues qui entravaient sa fuite. Les pousses de quenouilles nouvellement fleuries dénonçaient la présence d'engrais dans l'eau mais n'étaient pas la source de l'inquiétude et l'agitation de Chaz. Ce dernier savait que le phosphore n'était pas toxique au sens déplaisant et bactérien du terme comme dans le cas, disons, de matières fécales en suspension. Il était conscient aussi que les niveaux inférieurs de pollution enregistrés à Loxahatchee étaient plus hospitaliers pour la faune et la flore d'origine que les taux mensongers trouvés dans les eaux contiguës aux champs de Red Hammernut.

Pourtant, Chaz Perrone traversait le marécage balayé par la brise, avec la peur ratatinante d'être traqué... par Red et son gorille, porteur de carabine ; par de voraces insectes vecteurs de maladies ; par des mocassins d'eau aux crocs effilés, des sangsues vampires et des tiques du daim ; par des lynx hydrophobes et des panthères consanguines ; par des alligators en rut dont les rauques appels fracturaient le silence fragile...

Chaz ne voyait aucune ironie du sort dans sa situation critique, s'étant toujours considéré plus comme un spectateur que comme un criminel devant l'empoisonnement de la nature sauvage. Rejeter la faute de la mise à mort des Everglades sur des scientifiques putassiers de son espèce paraissait aussi idiot à Chaz que de rejeter la faute du cancer du poumon sur les médecins employés par les compagnies du tabac qui, pendant des générations, avaient dit et répété que les cigarettes étaient inoffensives. La vérité, c'était que les gens étaient bien décidés à fumer, sans tenir compte de ce que des crétins de chercheurs avaient à redire. Pareillement, villes et fermes étaient tenues de se débarrasser de leur merde liquéfiée de la manière la plus économique et la plus efficace — en la déversant dans les eaux publiques — sans tenir compte des dangers pour l'environnement.

On ne peut pas brider la nature humaine, avait raisonné Chaz, alors autant suivre le courant, façon de parler.

Après avoir pris son boulot, au titre de taupe « biostituée » de Red Hammernut, il s'était familiarisé avec l'écosystème des Everglades, juste ce qu'il fallait pour converser avec ses collègues sans trahir son ignorance criminelle. De ses cours intensifs, il avait retenu que la gadoue malodorante dans laquelle il pataugeait présentement était importante, de façon nébuleuse, sur le plan écologique, et que les autres scientifiques la traitaient en plaisantant de « vomi de singe » — description que Chaz se trouvait à même d'apprécier de première main.

Il détestait par-dessus tout se mouiller, même dans des endroits paisibles, se refusant même à tremper l'orteil dans les obstacles d'eau peu profonds d'un country-club pour récupérer une balle de golf vagabonde. L'idée de patouiller, nu comme la main et sans arme, à travers un marais obscur était si humiliante pour Chaz qu'il ne pouvait s'y appesantir sans courir le risque de craquer. Le ciel commençait à s'éclaircir et la lueur des étoiles projetée sur l'eau était suffisante pour qu'il puisse enfin discerner des formes parmi les ombres. Il accordait une attention particulière à celles qui ressemblaient, ne fût-ce que vaguement, à des alligators, dont les grognements retentissants, proches et lointains, confirmaient l'abondance. Chaz, rassemblant ses notions de base en herpétologie, se rappela que de telles manifestations territoriales étaient d'origine sexuelle, et se demanda s'il était en plus grand danger d'être dévoré ou violenté. S'il était averti que la plupart des reptiles possèdent deux pénis opérationnels — un sujet de gorges chaudes en cours de biologie à la fac —, il n'arrivait pas à se souvenir si les crocodiles étaient pareillement dotés par la nature. Il ne lui fallut guère de temps avant que son cauchemar d'être mangé par un alligator bicéphale ne soit supplanté par une vision plus atroce encore.

Au loin se dessinait un îlot d'arbres, tertre-oasis au milieu de cette savane aquatique. Chaz s'y dirigea en barbotant à une allure de forcené, aiguillonné par la crainte d'être violé deux fois par un lézard égrillard de deux cent cinquante kilos. La laîche eut beau le taillader impitoyablement dans son avancée, il demeura motivé sans défaillance. Ce ne fut qu'en atteignant la butte broussailleuse de terre sèche et en s'affaissant contre le tronc d'un laurier-sauce que Chaz put prendre la pleine mesure de son malheur.

Ses muscles étaient noués de crampes, sous l'effet conjugué de la fatigue et de la déshydratation.

Son dos criblé de chevrotine n'était que brûlures cuisantes.

Ses bras et son torse étaient striés de traînées sanglantes.

Sa figure disparaissait sous une nuée de moustiques zonzonnants.

Ses cuisses et son entrejambe le démangeaient mystérieusement.

Et il ne s'agissait là que de la partie physique de ses tourments. Des souffrances psychiques assaillaient Chaz Perrone également.

Les treize millions d'héritage qu'il avait rêvés de toucher s'étaient révélés une intox sadique.

L'épouse qu'il avait cherché à assassiner était bien vivante et prête à aller trouver la police.

La petite amie, sur laquelle il avait tiré dans une intention similaire, avait survécu et l'avait piégé pour qu'on l'enlève.

L'homme avec lequel il avait fricoté si profitablement s'était retourné contre lui en ordonnant qu'on l'abatte comme un cheval boiteux.

Et pour l'heure, Chaz se retrouvait, sale et mouillé, nu et misérable, perdu, sans défense dans un endroit qu'il abhorrait pardessus tout.

Mais qu'est-ce que j'ai fait pour mériter ça ? se demandait-il.

Il se passa un index le long de l'un de ses tibias, écrémant la gadoue tel du glaçage au chocolat. La portant à son nez, il ne détecta aucune odeur délétère ou repoussante. Même si cette bouillasse est bourrée d'engrais, et après ? songea Chaz. C'est rien que de la vase, bon Dieu. C'est pas comme si j'assommais des bébés phoques.

Un mince croissant de lune répandit une lumière bleuâtre sur la savane. Il y eut un fort bruissement, hors de vue. Chaz Perrone ramena ses genoux contre sa poitrine et, en silence, chercha à tâtons un caillou. Un autre genre d'alligator beugla depuis un étang proche.

Who... do... you love ?

Yeah, who... do... you love ?

32

Maureen sourit affectueusement en voyant Tool sortir de la grange, cahin-caha. Il ouvrit la porte de la camionnette et se posa derrière le volant.

— Alors ? fit-elle en tendant la main.

Il laissa choir deux amandes de plomb déformées dans sa paume.

— Celle qu'est rouillée vient d'où-vous-savez, lui dit-il, la brillante, de sous mon bras.

Après examen des balles, Maureen lui dit :

— Je suis fière de vous, Earl. Ça a dû vous piquer du feu de Dieu.

Il précisa que la douleur n'avait pas été si forte.

— Ce mec est un vrai pro.

— Sa spécialité, c'est les... les bovins ?

— Le bétail, en général.

Tool avait expliqué à Maureen qu'un vrai médecin est tenu par la loi de notifier aux autorités tout patient blessé par une arme à feu. Et qu'un vétérinaire n'a pas une telle obligation.

— L'important, c'est que vous soyez finalement débarrassé de ce fardeau, lui dit Maureen. Plus de souffrances inutiles.

— Ouais. Maintenant, c'est à votre tour.

— Mais je vais bien, Earl.

— Dites-moi la vérité, lui demanda-t-il.

— La vérité, c'est que je suis ravie de retrouver l'air pur du dehors.

— Attendez pour ça qu'on se casse de ce pré.

— Non, tout est merveilleux, reprit Maureen, même l'odeur de bouse de vache. Merci, Earl.

— Merci de quoi ?

— De ma liberté. D'être mon preux chevalier. De m'avoir sauvée du Manoir de l'Élysée !

Elle le tira plus près et lui colla une bise sur la joue.

— Suffit comme ça.

Tool se sentit rougir.

Personne n'avait élevé d'objection quand il avait emporté Maureen loin de la maison de repos. Personne n'avait osé lui barrer la route.

Réveillée depuis des heures, assise droite dans son lit, elle l'attendait, son sac sur les genoux.

Elle s'était retiré la perfusion du bras, propulsée dans la salle de bains. Puis avait échangé la chemise d'hôpital contre une robe légère en coton, bleu pervenche. S'était recoiffée, mis un peu de rouge à lèvres, coloré les joues d'un léger blush. Enfin, elle avait écrit un mot expéditif à chacune de ses filles, en leur disant de ne pas s'en faire.

À l'heure du petit déjeuner, l'infirmière du diable était entrée raide comme la justice, zieutant Maureen comme si elle était givrée ; elle l'amadoua en lui disant qu'elle était jolie comme un cœur, retapa ses oreillers, cherchant sans relâche à la faire s'allonger tranquillement afin de pouvoir, ainsi piégée, lui enfoncer une autre intraveineuse.

Mais Maureen avait résisté vaillamment, obligeant l'infirmière à appeler du renfort. Bientôt, deux aides-soignants godiches et boutonneux s'étaient pointés ; le plus godiche des deux bloquait les bras de Maureen pendant que l'autre tentait de lui maintenir les jambes... l'infirmière planait au-dessus d'elle avec un sourire mielleux machiavélique ; puis, ôtant le protègeaiguille d'une seringue pleine, elle s'apprêta à lui faire une piqûre.

C'était alors que Tool, luisant de sueur, avait fait son apparition tel un mammouth miasmatique, bloquant la porte de sa présence. Ses bottes de chantier étaient crottées et sa salopette, lui pendouillant de traviole des épaules, mettait à nu un rudimentaire cocon de momie en sparadrap souillé. Ses bras et son cou n'étaient qu'un tapis humide de boucles d'un noir de jais qu'on aurait pu confondre à distance avec un tatouage ornemental.

— Éloignez-vous d'elle, avait-il dit sans la moindre émotion.

Les aides-soignants avaient aussitôt lâché Maureen en s'écartant.

— Tout va bien, Polly, avait dit cette dernière à l'infirmière tremblant de peur. C'est mon neveu le Hollandais. Celui dont je vous ai parlé.

Entrant avec lourdeur, Tool avait cueilli Maureen sur le lit, l'emportant hors de la chambre, longeant le couloir, passant devant la réception, franchissant les doubles portes et débouchant sur l'allée circulaire où il avait garé le pick-up double cabine Ford F-150 pomme d'api, payé la veille 33 641 dollars, rubis sur l'ongle.

Ce qui laissait, selon les calculs laborieux de Tool, un peu plus de 465 000 dollars dans la Samsonite.

Et plein de place pour les trente et un patches de Fentanyl, fauchés en cambriolant une pharmacie discount de Boynton Beach... au bénéfice de Maureen, non au sien.

— Elle est de toute beauté ! s'était-elle exclamée en voyant la nouvelle camionnette. Mais il va me falloir un escabeau.

— Nân, lui avait répondu Tool en la soulevant pour l'installer comme une reine sur le siège passager.

Le pick-up était muni de fauteuils capitaine, habillage cuir, d'espace pour allonger les jambes à gogo, d'un système de climatisation génial et d'un coffre suffisant pour y loger la moisson entière de croix du souvenir de Tool : ce dernier les avait déracinées soigneusement l'une après l'autre de derrière sa caravane. Cette tâche l'avait occupé presque toute la nuit.

Consternée par l'état lamentable de ses bandages, Maureen avait insisté pour que Tool aille voir un médecin. Pendant des kilomètres, elle l'avait supplié, jusqu'à ce qu'il quitte à contrecœur l'autoroute à péage près de Kissimmee et dirige sa route jusqu'au ranch d'élevage sur la rivière. Son pote, le vétérinaire, avait accepté, sur les instances de Maureen, d'extraire les deux balles.

— Vous vous sentirez bientôt un homme nouveau, déclara Maureen, en laissant tomber les balles dans son sac. Il vous a donné quelque chose contre la douleur ?

— Ce qu'on emploie pour les taureaux, répondit Tool.

À vrai dire, il se sentait péter la grande forme.

— Bon, où vous voulez qu'on aille ?

— Earl, je peux vous poser une question indiscrète ?

— Bien sûr.

Ils rebondissaient le long d'une étroite piste de terre en s'éloignant du ranch. Tool éteignit la radio qui diffusait une chanson bêtasse sur la solitude crève-cœur de ceux sur la route.

— Bon, ça ne me regarde absolument pas, dit Maureen, mais je serais curieuse de savoir comment on peut se payer un véhicule pareil avec un revenu de garde du corps.

Tool réfléchit à la réponse, en sirotant une lampée de Mountain Dew tiédasse.

— Ben, faut qu'vous compreniez, fit-il, y a des affaires qui paient mieux que d'autres.

— Alors, celle-ci s'est avérée juteuse ?

— J'suis obligé d'vous dire ouais, tout bien considéré, fit-il. Bon, à mon tour d'vous poser une question, OK ?

— Très bien, d'accord.

— Quelles sont vos vacances de rêve depuis toujours ?

— Vous voulez dire, en pouvant aller n'importe où dans le monde ?

— C'est c'que j'essaie d'vous dire, fit Tool. On peut aller n'importe où. Dites seulement l'endroit.

Maureen regarda par la vitre. Ses cheveux semblaient plus clairsemés et plus gris au soleil, même si ses yeux restaient d'un bleu vif comme la mer. Tool se la représentait facilement étant jeune, pas tant d'après sa physionomie que d'après son air franc et placide.

— On est encore au printemps, hein ? demanda-t-elle.

— Oui, au mois d'avril, m'dame. Presque en mai.

— Je pensais à ces pélicans. Ils vont migrer vers le Nord, je suppose.

— Jusqu'au Canada, c'est c'qu'on a dit à la tété, dans l'émission.

— Oui, au Canada. Je m'en souviens, fit Maureen. N'est-ce pas remarquable ?

— Ça doit être d'enfer, tous ces grands oiseaux blancs qui descendent du ciel par milliers et qui rentrent chez eux à tire d'aile, dit Tool. Sûr qu'j'aimerais voir la manœuvre.

— Moi aussi, Earl.

— Ça fait une sacrée trotte jusque là-bas. Z'êtes sûre que vous êtes partante ?

Elle se pencha et lui boxa l'oreille pour rire.

— T'en fais pas pour moi, mon mignon. Contente-toi de conduire.

— Bien, m'dame.

Tool rayonnait en tendant la main vers la radio.

— Un peu de musique, ça vous dirait ?

Karl Rolvaag rêvait qu'on l'étranglait très lentement avec un nœud coulant de soie claire. Il se réveilla en se tenant la gorge et découvrit qu'une queue albinos tendineuse l'entortillait douillettement. Après quelques instants intéressants, l'inspecteur réussit à se désempêtrer et à allumer la lampe. Il suivit la longueur de python qui se retirait à travers les draps, sous le lit et par un trou déchiqueté dans le matelas à ressorts. En achevant de fendre la toile, Rolvaag découvrit non pas l'un de ses compagnons absents mais les deux, lovés ensemble dans une satisfaction toute platonique. Après inspection, ni l'un ni l'autre n'affichaient de bosse de la taille d'un chien-chien ou d'un minou. Au contraire, les deux serpents semblaient secs et affamés.

Rolvaag en fut soulagé, quoique pas tout à fait surpris, puisque les animaux domestiques de Sawgrass Grove, portés manquants, avaient resurgi indemnes. Pinchot, le loulou de Poméranie d'âge gériatrique, avait été retrouvé à la fourrière du comté où on l'avait mis en quarantaine pour avoir mordillé un témoin de Jéhovah traînard. Des voyous du quartier avaient rendu Pandora, la siamoise disparue, à la famille Mankiewicz, contre rançon, à savoir une caisse de bière.

L'inspecteur eut beau se sentir vengé, une impression d'inachèvement persistait. Il retira les musculeux reptiles de leur planque dans le matelas et s'en drapa avec précaution les épaules ; une parure pittoresque bien que pesante. Traversant le couloir jusqu'à l'appartement de Mrs Shulman, il frappa trois fois. Par bonheur, celle-ci était de trop petite taille pour regarder par le judas, autrement elle n'aurait jamais ouvert sa porte.

— Nellie, vous nous devez des excuses, lui dit Rolvaag.

Mrs Shulman recula, révulsée.

— Espèce de monstre dégénéré ! Éloignez de moi ces choses visqueuses !

— Pas tant que vous ne leur aurez pas demandé pardon.

— La seule chose que je ne me pardonne pas, c'est de ne pas vous avoir traîné au tribunal, espèce de givré, de tordu. Maintenant, allez-vous-en !

Pendant ce temps, la petite Pétunia, sautillant comme une folle aux pieds empantouflés de Mrs Shulman, n'avait pas échappé aux pythons. Dressant leur tête laiteuse, ceux-ci dardèrent leur langue rose, tâtant l'air. Rolvaag sentit leurs anneaux se raidir dans l'expectative.

— Mollo, les mecs, leur murmura-t-il.

Les petits yeux pincés de méchanceté de Nellie Shulman

s'exorbitèrent de crainte quand elle vit les serpents tout frémissants.

— Espèce de malade, de sale pervers ! cria-t-elle en claquant la porte.

À l'instant où l'inspecteur regagnait ses pénates, le téléphone sonna. Il laissa le répondeur faire son office.

— Karl, ramenez votre cul ici, fissa.

C'était le capitaine Gallo.

— On va faire une balade en hélico. Y a du nouveau.

— Tu parles d'une surprise, se murmura Rolvaag à lui-même.

En un sens, il était navré pour son patron qui, tout bon flic qu'il fût, oubliait parfois la loi de la jungle. Gallo avait été sincèrement estomaqué pas plus tard que la veille, quand le shérif l'avait appelé pour lui signaler la découverte du corps de Samuel Johnson Hammernut, gisant au bord de la route 441, à l'ouest de Palm Beach County.

Il s'agissait d'une mort tout sauf naturelle : Mr Hammernut avait été empalé de façon funeste sur une croix du souvenir au nom de Pablo Humberto Duarte, éminent podologue mort dans un accident de voiture au même endroit. Un soir de pluie, la Mini Cooper de Duarte avait été écrabouillée par un conducteur qui avait pris la fuite et n'avait jamais été arrêté. Et même si le rappel de boucler sa ceinture inscrit au pochoir sur ladite croix partait d'une intention louable, aucun harnais de sécurité n'aurait sauvé la vie dudit médecin, la Mini Cooper ayant été réduite sous le choc à la taille d'un toaster, à peu de chose près.

Étant donné l'aspect rituel du meurtre de Hammernut, les inspecteurs de Palm Beach flairaient un lien entre le nabab agricole et le podologue. Selon une de leurs hypothèses, la famille de Duarte, ayant peu ou prou identifié Hammernut comme l'auteur du délit de fuite, avait mis en scène une vendetta macabre.

Rolvaag avait pouffé en entendant ça. Gallo, non. Ça le rendait nerveux qu'un citoyen riche et influent se soit fait assassiner dix jours après avoir été interrogé par l'un de ses hommes.

— Considérez le bon côté des choses, lui avait dit Rolvaag. Ça s'est passé hors de notre secteur.

L'humeur du capitaine ne s'était guère améliorée du jour au lendemain. Rolvaag à peine arrivé, Gallo l'attira dans son bureau dont il ferma la porte.

— On s'envole pour les Everglades, lui dit-il, l'air important.

— OK.

— Vous ne me demandez pas pourquoi ?

— Je crois que je devine, répondit l'inspecteur.

Paraissant tourmenté, ce qui lui ne ressemblait guère, Gallo mordillait sa lèvre inférieure avec une certaine sauvagerie.

— Karl, j'ai besoin d'un conseil d'ami, là, fit-il.

— Que voulez-vous savoir ?

— C'est justement la question que je me pose : qu'est-ce que je veux savoir ?

Le capitaine tenta de faire un clin d'œil, mais ça dégénéra en tic.

— À ma place, Karl, vu la position que j'occupe, auriez-vous vraiment envie de plonger dans le souk Perrone ? Pensez-y, d'acc ?

Pendant qu'ils attendaient l'hélicoptère, Gallo demanda à Rolvaag ce qu'il transportait. Le couvercle du grand conteneur Rubbermaid était perforé de trous d'aération.

— Mes serpents, répondit Rolvaag.

Il n'avait pas pris cette décision à la légère.

Gallo eut l'air affolé.

— Vous plaisantez ou quoi ? Et si ces satanées bestioles prenaient la tangente ?

— Ne dites rien au pilote, c'est tout.

Rolvaag apprécia la balade aérienne qui leur fit survoler Fort Lauderdale, puis les banlieues ouest avant de remonter au nord en suivant la voie express Sawgrass et pénétrer dans Palm Beach County. C'était époustouflant de prendre conscience qu'un ruban de terre surélevé était, pour l'essentiel, ce qui séparait cinq millions d'êtres humains braillards et névrosés de la solitude préhistorique des Everglades. L'inspecteur regretta, durant son séjour en Floride du Sud, ne pas avoir passé plus de temps de l'autre côté de la levée ; du côté sain et paisible.

— Le bureau du shérif de Palm Beach nous a invités par politesse, expliquait Gallo, sans quitter des yeux la boîte à pythons. Ils ne nous communiqueront que ce qui leur plaira. Cette affaire est la leur.

— Dieu merci, conclut Rolvaag.

Se détachant sur l'ocre et le vert de la savane, le 4×4 de Charles Perrone passait à première vue pour un scintillement métallique, puis pour une balise jaune vif. L'hélicoptère se rapprochant, Rolvaag distingua deux, trois voitures de patrouille garées sur la levée, plus un véhicule tout-terrain qui devait appartenir aux fédés, supposa-t-il. Un ranger du parc national de Loxahatchee avait été le premier arrivé sur les lieux.

À peine eurent-ils atterri que Rolvaag et Gallo furent accueillis par un jeune inspecteur du bureau du shérif de Palm Beach du nom d'Ogden. Il leur montra la lettre de suicide retrouvée dans le Hummer.

— « Mon costume de cygne » ? se récria Gallo en donnant une chiquenaude à la feuille. On parle de quoi, là, bordel ?

Ogden haussa les épaules.

— Vous avez retrouvé le corps ? demanda Rolvaag.

— Pas encore. Les recherches ne sont pas terminées, répondit Ogden.

On entendait vrombir l'hydroglisseur qui en était chargé pendant qu'il zigzaguait parmi les herbes hautes. Si Rolvaag n'aurait guère été surpris qu'on retrouve la dépouille du mari de Joey Perrone, il eût été en revanche fort étonné que sa mort s'avère un suicide.

— J'ai cru comprendre que vous aviez interrogé le disparu plusieurs fois depuis l'accident arrivé à sa femme, reprit Ogden. Vous a-t-il semblé assez déprimé pour faire une chose pareille ?

— En fait, il ne m'a pas paru déprimé du tout, dit Rolvaag. Il m'a eu l'air d'un pignouf insensible.

Gallo se sentit professionnellement tenu de développer.

— Karl avait une théorie sur l'éventuelle implication de Mr Perrone dans la disparition de sa femme. Mais ça n'a rien donné.

— Malheureusement, fit Rolvaag, qui songea : Amuse-toi à étayer un dossier criminel en deux semaines riquiqui et sans cadavre.

— Vous l'avez vu quand pour la dernière fois ? demanda Ogden.

— Il y a quelques jours, à l'église, lors d'une cérémonie à la mémoire de Mrs Perrone.

— Il était bouleversé ?

— Pas particulièrement. Il draguait la meilleure amie de sa femme.

— Sympa, le bonhomme, fit Ogden.

— La noblesse même. Bonne chance, lui dit Rolvaag.

— Y a quoi dans cette boîte ?

— Vaut mieux pour vous ne pas le savoir.

Rolvaag ramassa le pesant Rubbermaid et chemina plus loin sur la levée. Une fois invisible aux autres, il obliqua, descendit le remblai et posa le conteneur par terre. Ce n'était pas la solution idéale, Rolvaag le savait. En tant qu'espèce importée, les pythons n'avaient rien à faire en Floride mais, malheureusement, leur Inde native ne figurait pas dans les projets de voyage de l'inspecteur dans l'immédiat. Ici, du moins, les pythons seraient au chaud et en relative sécurité, car ils étaient bien trop gros et puissants pour se faire embêter par les faucons, les ratons laveurs ou les loutres. Rolvaag, n'ayant pas oublié le bébé serpent grossièrement difforme croisé sur le territoire des Fermes Hammernut, était plus inquiet des dangers que leur feraient courir pesticides et autres produits chimiques. Tout ce qu'il pouvait faire, c'était de prier que l'eau, ici à Loxahatchee, fût moins polluée.

Il fit sauter le couvercle de la boîte plastique, attendit que les pythons s'agitent au soleil. L'un d'abord, puis l'autre, se dressèrent non sans hésitation, pointant leur narine carrée par-dessus le rebord. Rolvaag s'émerveilla, comme il le faisait souvent, devant leur grâce sinueuse. C'étaient les plus purs des prédateurs, charmeurs et pourtant dénués d'émotion ; un tronc cérébral muni d'une queue.

— Salut, les mecs. Et faites de votre mieux, leur dit Rolvaag.

En revenant d'un pas traînant vers les véhicules de police, il ne put s'empêcher d'observer que la couleur criarde du Hummer de Chaz Perrone était quasi ton sur ton avec le ruban de scène de crime qui l'entourait. D'après Rolvaag, Red Hammernut avait éliminé Perrone par crainte que le biologiste ne révèle leur entente illicite. L'autre possibilité, c'était que Chaz avait tenté de lui extorquer bêtement une plus grosse somme. Vu le sort effroyable réservé au même Hammernut, Rolvaag supposa qu'il avait succombé suite à un différend avec Earl Edward O'Toole. Cette brute à gages collectionnait des croix semblables à celle qui avait transpercé le nabab agricole comme un vulgaire kebab.

Dans des circonstances ordinaires, Rolvaag aurait communiqué tout ce qu'il savait ou soupçonnait au jeune Ogden, l'inspecteur. Pas aujourd'hui, cependant, car Rolvaag avait hâte de retourner chez lui faire ses paquets. De toute façon, que gagnerait-on à mettre le gamin au parfum ? Son chef ne lui laisserait sans doute pas assez de temps pour entamer l'affaire.

Plus tard, en les raccompagnant à l'hélicoptère, Ogden leur dit :

— On vous appelle dès qu'on retrouve le corps.

— S'il est déguisé en cygne, lui dit Gallo, j'exige une photo.

Au cours du trajet retour en hélico à Fort Lauderdale, Gallo, faisant le dos rond, grommela :

— Il me faut une réponse, Karl. Tout de suite.

— Très bien, la voici, lui dit Rolvaag. À votre place, je préférerais carrément ne pas savoir ce que je sais.

Gallo parut soulagé, puis ajouta, circonspect :

— Vous dites pas ça juste parce que vous me jugez trop épais pour résoudre l'affaire ?

— Bien sûr que non.
— Vous pensez que Perrone est mort ?
— Chachéchur, fit l'inspecteur.
— Mais si vous vous trompiez ?
— Alors, je reviendrai d'un coup d'avion pour le procès.
— Quel procès, bordel ? Le seul témoin, c'était la victime.
Rolvaag mit un doigt sur ses lèvres.
— Vous ne voulez pas savoir. Vous vous rappelez ?
Gallo baissa la voix.
— Vous pouviez pas choisir un plus mauvais moment pour me laisser tomber, merde, dit-il, ni une affaire pire.
— Elle est presque bouclée. Vous pouvez me faire confiance.
— Vous *faire confiance* ? Karl, j'arrive même pas à vous *suivre.*
En revenant au bureau, Rolvaag constata qu'y régnait le même silence feutré que dans une galerie d'art. Tous les inspecteurs faisaient mine de compulser des rapports, en matant à la dérobée Rose Jewell qui lisait un bouquin, installée au bureau de Rolvaag. Elle portait des talons gris perle, un haut blanc sans manches et une minijupe marine si mini qu'elle aurait pu se choper une laryngite.
En levant les yeux et apercevant Rolvaag, elle referma le livre d'un coup sec et dit :
— J'ai pas d'atomes crochus avec Emma Bovary. Navrée, j'y renonce.
La chevelure blond Broadway de Rose était mise en valeur par de toutes petites lunettes de soleil rondes qu'elle avait remontées sur le front de façon coquine.
— Offrez-moi un café, dit-elle à Rolvaag.
— Vous n'en buvez pas, lui rappela-t-il.
— Simple figure de style, fit-elle avec un rire grondeur. Comprenez que je désire vous parler en tête à tête.
Le capitaine Gallo s'interposa entre eux et lui tendit une pogne viandue.
— Je ne crois pas qu'on nous ait présentés, lui dit-il.
— Et pourquoi on l'aurait fait ? Vous êtes marié, mon coco.

Rose désigna gentiment l'alliance de Gallo. Puis se tournant vers Rolvaag, elle lui dit :

— Vous venez ?

Il la suivit le long du couloir jusqu'à l'enfilade des distributeurs. Il lui paya un Coca light qu'elle but à même la boîte.

— J'ai remarqué plein de cartons sur votre bureau, lui dit-elle. Vous partez ?

— Oui. J'ai accepté un poste dans le département de police du Minnesota.

— Au Minnesota ? Et qu'est-ce que vous faites de Joey ?

— L'affaire est plus ou moins terminée, répondit Rolvaag.

— Est-ce que ça veut dire la même chose que close ? demanda Rose, sceptique.

— Pas tout à fait. Terminée, c'est tout.

Puis il lui parla du 4 × 4 de Chaz Perrone retrouvé à Loxahatchee et de sa lettre de suicide. Il ne lui relata que ce qu'il savait être des faits, sans lui faire part de ce qu'il soupçonnait fortement.

Rose s'appuya au distributeur de boissons gazeuses en disant :

— Ah, mon Dieu. Il y a quelque chose que je dois vous avouer.

L'inspecteur sentit une pique au cœur.

— Me dites pas que vous l'avez tué, s'il vous plaît. J'ai déjà loué la camionnette de déménagement.

— Grands Dieux, non, je ne l'ai pas tué, fit-elle. Mais je l'ai invité chez moi après la cérémonie... et j'ai mis de la drogue dans son verre.

Elle eut un sourire penaud.

— Je voulais lui faire avouer qu'il avait poussé Joey par-dessus bord.

— Et il s'est mis à table ?

— Sans commentaire, dit Rose. J'ai besoin d'un avocat ?

— Non, à moins que Mr Perrone ne porte plainte et, d'après moi, les chances sont des plus minces.

Elle passa à Rolvaag la cannette de soda à moitié vide, qu'il jeta à la poubelle.

— Ma maman vit au Minnesota, dit-elle.

— Sans blague ? Mon boulot, c'est à Edina.

— Jolie ville, approuva Rose d'un claquement de langue. Je vous ai aperçu à la cérémonie pour Joey. Vous étiez assis au fond de l'église, mais j'ai pas su si c'était cool ou pas de vous dire bonjour.

— Votre discours était très bien, lui dit Rolvaag. Je suis certain que Mrs Perrone aurait apprécié.

— Je ne me suis pas résignée à sa disparition, vous savez. On a vu arriver des trucs beaucoup plus bizarres.

— Moi non plus, je ne me suis pas résigné, lui dit Rolvaag.

Il désirait lui en dire plus, sans le pouvoir.

— Je tâche de monter voir maman une ou deux fois par année.

— C'est sympa là-haut au printemps, s'entendit dire Rolvaag.

— Peut-être que je pourrais vous faire signe la prochaine fois que je serai dans le coin, lui dit Rose. Il ne se passe pas des masses de choses à Edina, criminellement parlant. Je parie que vous pourrez me consacrer une bonne heure pour déjeuner.

— Oh, minimum, fit l'inspecteur.

En sortant du bureau, Rose Jewell ne regarda pas une seule fois en arrière, ce qui épargna à Rolvaag l'embarras d'être surpris en train de la dévorer des yeux. C'était l'une des sorties les plus grandioses à laquelle il lui ait été donné d'assister. Après avoir recouvré ses esprits, il revint à son bureau et se remit à ranger ses dossiers dans des cartons. Il vérifia sa boîte vocale mais n'y trouva pas le message qu'il espérait. Il était possible qu'il eût tout faux à propos de ce qui s'était passé. Possible, songea-t-il, mais peu probable.

Rolvaag fit en sorte que le reste de sa journée se déroule lentement, pour laisser au téléphone le temps de sonner. Ce qu'il s'abstint de faire. Puis, peu avant cinq heures, il fut abordé par un homme d'âge mûr bien bâti, bronzé par les embruns. L'homme se présenta en lui montrant une pièce d'identité délavée du bureau du procureur d'État de Dade County, où, plusieurs années plus tôt, il avait bossé comme enquêteur.

— En quoi puis-je vous aider, Mr Stranahan ? lui demanda Rolvaag.

— Allons manger un morceau.

— Comme vous le voyez, je suis assez occupé. C'est ma dernière semaine de boulot.

— Ça concerne un certain Charles Perrone, lui précisa Stranahan.

Rolvaag attrapa sa veste.

— Il y a un nouvel endroit à Las Olas. Leurs burgers ne sont pas mauvais.

— Ça vous embête si je viens avec une amie ?

L'inspecteur dénicha un tout dernier calepin dans le tiroir du bas de son bureau.

— Ça me va, fit-il.

La Suburban verte était garée trois rues plus loin, dans le parking public. En l'apercevant, Rolvaag réprima un sourire. Il monta à l'arrière et baissa la vitre pour sentir le soleil sur son visage. Ils finirent par commander des plats à emporter et s'installèrent à une table de pique-nique sur la plage.

Mrs Perrone était encore plus ravissante au naturel que sur les photos. Mick Stranahan la laissa se charger du récit en quasi-totalité. Une fois qu'elle eut terminé, Rolvaag lui demanda :

— Redites-moi la dernière chose que vous vous rappelez.

— Ma chute, fit-elle. Non, mon plongeon.

— Et avant ça ?

— Mon mari qui me pousse par-dessus la rambarde.

— Et ensuite ?

— Je me suis réveillée chez Mick en ne me souvenant plus de rien, lui dit Joey Perrone. Jusqu'à hier.

— Bon. Et tout vous est revenu d'un coup ? Ou petit à petit, par bribes ?

Stranahan prit le relais.

— Par bribes. Pendant un moment, elle ne savait même plus comment elle s'appelait.

Rolvaag posa son calepin et s'attaqua à sa portion de frites.

— On a repêché un ballot de marijuana avec des bouts d'ongles vous appartenant enfoncés dedans, apprit-il à Mrs Perrone. Je me suis demandé combien de temps vous y étiez restée accrochée.

Elle regarda ses mains d'un air pensif et fit jouer ses doigts, comme si elle cherchait à muscler sa mémoire.

— Elle s'y est cramponnée toute la nuit, fit Mick Stranahan. C'est comme ça que je l'ai trouvée.

Même si Joey Perrone semblait vigoureuse et en forme, Rolvaag n'en fut pas moins impressionné. Peu d'hommes de sa connaissance auraient survécu à une telle chute, suivie par huit heures de ballottement dans un océan glacial.

— Où se trouve cette île exactement ? demanda-t-il.

Stranahan le lui dit.

— Mais vous possédez bien un bateau, non ? Pourquoi ne pas avoir emmené Mrs Perrone à l'hôpital après l'avoir découverte ? fit l'inspecteur.

— Parce qu'elle n'était pas transportable. Je n'ai qu'un petit skiff et quand la mer est mauvaise, c'est désagréable.

— Vous n'avez ni téléphone ni radio VHF sur votre île ?

— Rien qu'un portable, et la batterie était morte.

— Pas de chargeur ?

— Foutu, dit Stranahan. Idem pour la VHF.

— Donc, ces quinze derniers jours...

— Mick m'a soignée, intervint Joey Perrone.

À l'aide d'une paille, Rolvaag fit tournoyer les glaçons dans son maxi Sprite.

— Ça ne vous a pas mal profité, à vous voir.

Sur ce point précis, il croyait à leur histoire.

Mrs Perrone picorait distraitement une salade grecque.

— Je sais que c'est ma parole contre la sienne, mais je veux attaquer Chaz pour tentative de meurtre. Je veux le traîner au tribunal.

— Ça risque de ne pas être possible, lui dit Rolvaag. Votre mari a disparu dans les Everglades. On a retrouvé une lettre annonçant son suicide dans son véhicule.

Joey Perrone parut plus secouée que Mick Stranahan, qui demanda si la lettre semblait authentique.

— Je crois qu'il existe de fortes chances que Mr Perrone soit décédé pour de bon, répliqua l'inspecteur.

Mrs Perrone posa sa fourchette et se détourna, portant son regard vers l'océan. Stranahan se rapprocha d'elle, lui passant une main dans le dos.

— Merde, fit-elle doucement.

— Ça va ? lui demanda Rolvaag.

Elle acquiesça puis se leva.

— J'ai besoin de marcher.

Restés en tête à tête, Stranahan demanda à l'inspecteur où il partait.

— Je reviens chez moi, au Minnesota, lui dit Rolvaag. Je me dis qu'il vaut mieux que je m'en aille d'ici en ce moment, tant que je n'ai pas oublié le sens du mot « normal ».

— Bonne chance, lui dit Stranahan.

— Pas plus tard qu'hier, j'ai encore eu droit à une spécialité typiquement made in Florida. On m'a demandé de me déplacer pour un cadavre au bord d'une route. Vous connaissez ces croix blanches que les gens dressent sur le lieu d'un accident mortel ? On lui en avait planté une en plein bide.

Stranahan mordit dans son cheeseburger.

— C'était un touriste ? Parce qu'on n'entend parler du gouverneur que dans ce cas-là, quand des touristes se font buter.

— Nân, le propriétaire d'une grosse exploitation agricole, là-haut près du lac Okeechobee. Coïncidence, c'était un associé du mari de Mrs Perrone, ajouta l'inspecteur. Son nom, c'était Samuel Hammernut.

Stranahan ne manifesta absolument aucune curiosité. Quand

une mouette se posa sur un coin de la table, il lui jeta une frite dans les pattes.

— On a organisé une cérémonie à la mémoire de Mrs Perrone, jeudi dernier, et, ma foi, un type qui y assistait vous ressemblait comme deux gouttes d'eau.

— Sans blague ?

Stranahan offrit une rondelle de cornichon détrempée à la mouette, qui la mit à mal avec voracité.

— L'île est infestée de ces volatiles, observa-t-il. De vrais rats avec des ailes.

— Pendant toutes ces années où vous avez bossé pour l'État, reprit Rolvaag, il vous est déjà arrivé qu'une affaire se boucle toute seule, joliment empaquetée, et que tout ce qui vous reste à faire, c'est de redresser l'échine et d'assister au spectacle ? Où tous les affreux se liquident mutuellement, ce qui épargne à tout le monde le tracas d'un procès ?

— J'ai eu rarement ce plaisir, conclut Stranahan.

— Pour moi, c'est une première.

Rolvaag ramassa son calepin et l'expédia dans une poubelle, effrayant l'oiseau.

— Je pense que je quitte la Floride sur une bonne note. Qu'en dites-vous, Mr Stranahan ?

— Je dis que tout est une question de timing, Karl.

Les deux hommes cessèrent de parler en apercevant Joey qui revenait en longeant la plage. Elle avait mis ses lunettes noires, ôté ses chaussures et libéré sa queue-de-cheval de son chouchou. Un gros ballon rayé vint rouler devant elle et, sans ralentir l'allure, elle le renvoya gentiment d'un coup de pied à un petit blond rieur qui s'éloigna en gambadant. De temps à autre, elle s'arrêtait pour contempler les vagues qui baignaient ses jambes d'écume ou pour ramasser un coquillage.

Le grand gaillard débraillé, qui surgit en écartant la laîche d'un coup d'épaule, n'était pas armé. Chaz Perrone lança son caillou, qui tomba avec un *plouf* aux pieds de l'inconnu, en lui hurlant :

— T'approche pas de moi, vieux schnock !

Le sourire du bonhomme était d'une perfection inquiétante. Au vu de sa dégaine, Chaz l'avait cadré d'entrée comme un SDF et un alcoolo, mais un alcoolo n'a pas pour priorité, ni comme particularité, une bonne hygiène dentaire.

— Viens pas plus près, l'avertit Chaz.

Il arracha une autre pierre du sol et leva le bras.

L'inconnu chenu n'interrompit pas son avancée. Lorsqu'il fut à dix mètres, Chaz déclencha le tir. L'homme attrapa la pierre à mains nues et la renvoya avec une vélocité surprenante. Elle passa au-dessus de la tête de Chaz.

— Moi aussi, j'ai tâté un peu du ballon en fac, fit l'homme, y a de ça une éternité.

Chaz protégea ses parties ratatinées, piquées par les insectes en se repliant contre le laurier-sauce. Il se disait que la situation pourrait être pire ; qu'il pourrait être face à Red, Tool et le calibre 12.

— J'ai entendu tirer hier soir, mais j'étais très loin d'ici, fit l'homme.

— Qu'est-ce que vous me voulez ? lui demanda Chaz d'une voix chevrotante.

— J'ai cru que vous braconniez le daim. Cinq coups de carabine, ça veut dire que quelqu'un cherche à tuer *quelque chose.*

— Ouais, à me tuer *moi.*

Chaz se retourna pour lui montrer son dos criblé de plomb.

— Vous l'avez échappé belle, dit l'homme, sans intérêt excessif.

S'il était garde-chasse, songea Chaz, il devait être paumé dans la cambrousse depuis des lustres. Il portait un tee-shirt des Stones en lambeaux, un bleu de travail crasseux et des bottes moisies au bout décousu depuis longtemps. Un bonnet de douche plastique lui couvrait les cheveux et l'un de ses globes oculaires disait merde au ciel sans le voir. Sa barbe d'argent, nattée de façon compliquée, était mise en valeur par un collier fait de dents.

De dents humaines, nota Chaz avec consternation. Il distinguait d'ici les plombages.

L'inconnu, remarquant que Chaz en restait bouche bée, lui précisa :

— Ce sont des vraies, si vous vous posez la question. Je les ai arrachées à un type qui a tué une maman loutre pour une mauvaise raison. Où sont vos vêtements, monsieur ?

— La laîche me les a arrachés.

Chaz était assoiffé, affamé et rendu à moitié dingue par le manque de sommeil, ayant passé la nuit à se faire chanter la sérénade par les alligators en rut.

— Et où est passé le lascar qui a essayé de vous tuer ? demanda l'homme au bonnet de douche.

Chaz fit un geste fataliste vers le marécage environnant.

— Qui sait. Ils étaient deux, là-bas sur la levée.

L'inconnu opina.

— Avant que je décide quoi faire de vous, faut que vous répondiez à certaines questions. Ça ne vous ennuie pas ?

Chaz répondit catégoriquement.

— Tout ce qu'il vous plaira. Faites-moi sortir seulement de ce trou du cul de l'Enfer.

— Faut comprendre que je suis une personne qui va pas bien. Je dois faire avec une grosse crise de confusion mentale en ce moment, reprit l'homme. Par exemple, j'ai comme une petite idée que vous ne ressemblez pas, mais pas du tout, même de loin, à H.R. Haldeman. Celui qu'on appelait Bob à la Maison-Blanche[1].

Chaz répondit qu'il ne voyait pas qui c'était.

— Une fripouille, un arrogant, un parjure, faisant obstruction à la justice, qui travaillait pour le trente-septième président

1. Secrétaire général de la Maison-Blanche sous l'administration Nixon, intimement mêlé au scandale du Watergate. *(N.d.T.)*

des États-Unis, une vermine sans morale de la plus belle eau, relata l'inconnu un tantinet irrité. Bref, c'est lui que j'hallucine quand je vous regarde... Bob Haldeman. Donc, gardez ça en tête. En plus, j'ai un duo atroce qui égrène ses notes comme les wagons d'un train de marchandises, dans mon crâne... genre « Hey Jude », interprétée par Bobbie Gentry et Placido Domingo. Putain, c'est un miracle que je me sois pas éventré de mes propres mains.

— C'est quoi votre nom ?

Chaz tâchait de garder son calme, de prendre un ton aimable et inoffensif.

— Appelez-moi Capitaine, ça suffira. Mais c'est moi qui pose les questions, compris ?

Chaz fit un signe coopératif.

— Bien, dit l'homme. Commençons par le début, votre identité.

— D'accord. Je m'appelle Charles Perrone et j'ai un doctorat d'écologie des marécages. Je travaille en tant que biologiste de terrain à la direction du Service des eaux de Floride du Sud.

— Vous y faites quoi, Mr Perrone ?

— Docteur Perrone.

Chaz espérait que l'importance de son titre contrebalancerait le négligé de son apparence.

— Je bosse surtout par ici dans les Everglades, je teste la présence de phosphate dans l'eau, expliqua-t-il. Ça fait partie du plan gouvernemental de sauvegarde.

L'inconnu ne parut ni impressionné ni respectueux, comme Chaz l'avait espéré. Il retira son œil artificiel et, à l'aide d'un canif mal en point, gratta un agrégat d'algues séchées sur le verre poli.

Puis il revissa la sphère dans son orbite en disant :

— Vous pouvez me répéter votre nom ?

— Perrone, fit Chaz en l'épelant.

— Non, champion, ton prénom.

— Charles. Mais tout le monde m'appelle Chaz.

L'inconnu inclina la tête.

— Chad ?

— Non, *Chaz*. Avec un *z*.

Ce qui provoqua un éclat de rire inexplicable.

— Le monde est petit, fit l'homme au bonnet de douche.

— Comment ça ? demanda Chaz, qui redoutait déjà la réponse.

— J'ai rencontré une dame de tes amies l'autre soir, lui dit l'homme.

Chaz estomaqué sentit sa langue virer au papier de verre.

— Son nom, c'était Ricca, poursuivit l'inconnu. Elle m'en a raconté une bien bonne.

Chaz sourit faiblement.

— Ben, elle a pas mal d'imagination.

— Ah ouais ? Parce que tu crois qu'elle imaginait le trou de calibre 38 qu'elle avait à la jambe ?

L'homme plongea la main dans son bleu de travail, d'abord dans une poche, puis dans l'autre. Il gloussa en retrouvant la balle qu'il leva pour que Chaz l'inspecte à la lumière rose du petit matin.

— Je l'ai retirée avec un hameçon et une pince à épiler le nez. Ça lui a fait un mal de chien, mais quel as, cette fille.

Il expédia d'une chiquenaude la balle esquintée dans l'eau.

Chaz Perrone, en pleine déroute, restait planté là tout mou et désarmé. Par quel hasard stratosphérique, se demanda-t-il, ce hippie farfelu à demi sénile ne faisait qu'un avec la personne qui avait secouru Ricca ?

— Laissez-moi vous préciser deux, trois points, Mr Perrone. Primo, je suis pas vieux au point de pas pouvoir vous briser la nuque à mains nues. Deuzio, cet endroit n'est pas le trou du cul de l'Enfer, c'est chez moi et il se trouve que pour moi, c'est le Paradis. Tertio, si vous êtes un vrai scientifique, moi, je suis Goldie Hawn.

D'un ton monocorde, Chaz énuméra ses références universitaires à l'homme, qui le toisa de haut avec une incrédulité brutale.

— Vous voulez pas entendre ma version de l'histoire, Capitaine ? S'il vous plaît ?

Chaz reconnut à peine sa voix.

Le fou se pencha en arrière et tiqua en voyant le soleil levant.

— Faut qu'on se bouge. Je m'attends à ce qu'on se lance à ta recherche sous peu.

— Personne dont je souhaite qu'il me retrouve.

— Allez, on y va, junior. Pas le moment de s'apitoyer.

Avec une obéissance morose, Chaz suivit l'ermite à l'œil unique quittant le monticule ombragé pour la plate savane brûlante. La laîche entaillait la chair de Chaz à chaque pas, mais cette sensation ne lui procurait plus de douleur. Non loin de là, traversaient la même étendue de marécage deux serpents couleur crème de la grosseur de câbles de remorqueur ; ils se mouvaient selon un tropisme fluide et intrépide, comme si leur nouvel environnement sauvage les stimulait autant qu'il démoralisait Charles Perrone.

— Je reconnais que je me suis conduit comme une belle ordure, dit-il à l'inconnu qui le précédait, mais les gens changent si on leur en laisse l'occasion.

— Haldeman n'a pas changé, lui, le coupa l'homme sèchement sans se retourner. En plus, je trouve pas que tu sois une ordure de haut vol, Chaz. Pour moi, t'es rien d'autre qu'un nul, un zéro.

Chaz ne sut trop qu'en déduire mais, vu le contexte, il supposa le pire. Ricca avait dû tracer de lui un portrait guère flatteur.

Alors qu'ils s'enfonçaient plus avant en terrain hostile, Chaz sentit s'abattre sur ses épaules la chape de plomb de son épreuve. Bon Dieu, songea-t-il, j'ai toutes les chances d'y laisser ma peau.

Au sens premier du terme.

Au bout de ce qui lui parut une heure, le vieux débris en bonnet de douche s'arrêta, tendit à Chaz une gamelle cabossée sur laquelle se rua ce dernier, toute honte bue. Tout en piétinant dans l'eau, il lui vint à l'esprit que l'homme des bois grisonnant saurait probablement combien au juste de pénis possédait un alligator mâle.

Une question dont la réponse n'aurait rien d'apaisant.

Une autre encore : Qu'est-ce que je vais devenir ?

Le vagabond maboul parut avoir lu dans ses pensées.

— T'as déjà étudié Tennyson ? Je parie que non, fit l'homme. « Nature, toutes griffes et dents dehors. » C'est un vers célèbre.

Aux oreilles de Chaz, ça n'augurait rien de bon.

— Je ne reverrai pas Boca Raton, n'est-ce pas ?

— Non, Dr Perrone, vous l'avez dit.

Composition CMB Graphic
Achevé d'imprimer sur Roto-Page
par l'Imprimerie Floch
à Mayenne, en mai 2006
Dépôt légal : juin 2006
Numéro d'imprimeur : 65842

ISBN 2-207-25674-X / Imprimé en France.

133498